WHITLEY STRIEBER

DIE BESUCHER

UNHEILIGES FEUER

Zwei unheimliche Thriller

PAVILLON VERLAG
MÜNCHEN

PAVILLON TASCHENBUCH
NR. 02/0012

Titel der Originalausgabe
COMMUNION: a true story
erschienen im Verlag Beech Tree Books,
William Morrow, New York

Aus dem Amerikanischen von
Joachim Körber und Angelika Felenda

Titel der Originalausgabe
UNHOLY FIRE
erschienen im Verlag Dutton,
Penguin Books USA, New York

Aus dem Amerikanischen von Christel Wiemken

Umwelthinweis:
Dieses Buch wurde auf
chlor- und säurefreiem Papier gedruckt.

Der Pavillon Verlag ist ein Unternehmen der
Heyne Verlagsgruppe, München
http://www.heyne.de
Printed in Germany 1999
Umschlagillustration: Marin Zhouf/Agentur Schlück
Umschlaggestaltung: Atelier Ingrid Schütz, München
Gesamtherstellung: Elsnerdruck, Berlin

ISBN: 3-453-15764-8

DIE BESUCHER

Inhalt

Vorwort: *Die Wahrheit hinter dem Vorhang* 9

Eins Der unsichtbare Wald: *Erste Erinnerungen* 13

Zwei In die Tiefen der Seele hinab: *Hypnose* 49

Drei Die Farbe der Dunkelheit: *Einsicht* 89

Vier Der Himmel unter meinen Füßen:
Eine kleine Reise durch meine Vergangenheit 111

Fünf Die Allianz der Verlorenen:
Erinnerungen meiner Familie 185

Sechs Ein Gebilde in der Luft:
Wissenschaft, Geschichte und Geheimwissen 233

Epilog 299
Anhang I 307
Anhang II 308

Vorwort

Die Wahrheit hinter dem Vorhang

The concrete world has slipped through the meshes of the scientific net.

ALFRED NORTH WHITEHEAD
Modes of Thought

Dies ist die Geschichte eines Mannes, der mit einem Angriff des Unbekannten fertig werden mußte. Es ist eine wahre Geschichte, so wahr ich sie zu schildern vermag.

Allem Anschein nach hatte ich ausführliche Begegnungen mit intelligenten nichtmenschlichen Wesen. Aber wer sind sie, und woher kommen sie? Gibt es unbekannte Flugobjekte? Gibt es Trolle oder Dämonen... oder Besucher?

Anfangs glaubte ich, ich würde den Verstand verlieren. Aber ich wurde von drei Psychologen und drei Psychiatern untersucht, einer ganzen Reihe psychologischer und neurologischer Tests unterzogen, und man stellte fest, daß ich in jeder Beziehung normal bin. Ich wurde auch von einem Mann mit fast dreißigjähriger Berufserfahrung am Lügendetektor befragt und bestand auch diesen Test. Dem ganzen Themenkomplex fliegende Untertassen und außerirdische Besucher war ich gleichgültig gegenübergestanden; ich hatte sie für Fälschungen gehalten, für Trugwahrnehmungen oder Halluzinationen. Was sollte ich nun denken?

Die Besucher spazierten ohne Vorwarnung in das Leben eines prinzipiellen Skeptikers hinein.

Später fand ich eine große Zahl von Menschen, die ähnliche Erfahrungen gehabt haben wie ich. Die meisten davon waren geistig völlig normal. Sie gehörten nicht alle derselben Bevölkerungsschicht an, sondern bildeten einen Querschnitt durch die amerikanische Gesellschaft. Ich habe, unter vielen anderen, einen Wissenschaftler, einen Polizisten und einen Bundesoffizier kennengelernt, die Begegnungen hatten.

In meinem Fall gab es Zeugen und greifbare Nachwirkungen, die man nur schwer ignorieren kann. Entweder waren die Besucher da, oder – was unglaublich scheint – der menschliche Verstand vermag etwas zu erschaffen, das der stofflichen Wirklichkeit nahekommt. Was auch immer es sein mag, es gibt derzeit keine wissenschaftliche Erklärung dafür.

Ich weiß, wie es ist, mit den Besuchern zusammenzusein. Ich weiß, wie es klingt, wenn sie sprechen, und wie es bei ihnen aussieht und riecht. Ich weiß, wie sie handeln und wie sie auftreten. Ich weiß vielleicht sogar ein wenig darüber, weshalb sie hier sind und was sie von uns wollen.

Scheinbare Begegnungen mit nichtmenschlichen Wesen sind nicht neu; sie haben eine Geschichte, die Jahrtausende zurückreicht. Neu in der zweiten Hälfte des zwanzigsten Jahrhunderts ist lediglich, daß die Begegnungen eine Intensität erreicht haben, wie die Menschheit sie bisher noch niemals erlebt hat.

Was mir widerfuhr, war schrecklich. Es wirkte völlig real. Mein Denkvermögen war ungetrübt und normal. An das meiste erinnerte ich mich bereits, bevor ich hypnotisiert wurde, um das Erinnerungsvermögen zu steigern.

Menschen, die von den Besuchern mitgenommen worden waren, sahen sich häufig scharfen Angriffen der Öffentlichkeit ausgesetzt. Man hat behauptet, daß ihre Erinnerungen Nebenwirkungen der Hypnose sind. Das stimmt nicht. Die meisten hatten erst vage Erinnerungen und griffen zur Hypnose, um sie deutlicher werden zu lassen.

Diese Menschen zu verhöhnen ist genauso häßlich, als würde man über Opfer von Vergewaltigungen lachen. Wir wissen nicht, was in diesen Leuten vor sich geht, aber offensichtlich haben sie ein einschneidendes traumatisches Erlebnis gehabt. Die Gesellschaft, angeführt von professionellen Entlarvten, wendet sich von ihnen ab. Auch viele verantwortungsvolle Wissenschaftler sind nicht zu Unrecht skeptisch.

Aber objektiv gesehen kann all dies nicht mehr als falsche Unbekannte angesehen werden, und denkende Menschen sollten nicht davor zurückschrecken. Man kann sich diesem Unbekannten mit offener Neugier stellen. Wenn man das tut, geschieht etwas Seltsames: Das Unbekannte verändert sich. Eine rätselhafte Form menschlichen Geistes blitzt aus dem Dunkel zurück, und ein kleiner Fortschritt in Richtung des wahren Verstehens ist getan.

Ich habe durch diese Erfahrungen gelitten. Andere haben gelitten und leiden noch immer. Es ist wichtig, jenen zu helfen, die betroffen sind. Der Spott muß aufhören. Ich schäme mich, es zuzugeben, aber ich habe es früher auch getan. Was ›UFOs‹ betraf, gehörte ich zu den Skeptikern.

Ich schaue zum Nachthimmel empor, der durch die zwei hohen Bögen über den Fenstern meines Arbeitszimmers sichtbar ist. Fast bis zur Spitze der Bögen hinauf leuchten die Wolken von den Lichtern Manhattans. Ganz oben ist es dunkel, und diese Dunkelheit zieht mich an. Ich bin nicht nur verwirrt und beängstigt, offengesagt bin ich auch neugierig. Ich möchte wissen, was dort draußen vor sich geht. Während ich hinsehe, wird der Nachthimmel ein wenig dunkler.

Menschen, die sich den Besuchern gegenübersahen, berichten von energischen kleinen Wesen mit Augen, die tief in uns hineinzublicken scheinen. Und diese Augen bitten um etwas, fordern es sogar.

Es scheint mehr zu sein als bloße Auskünfte über uns. Das Ziel ist nicht der offene Informationsaustausch, den wir erwarten mögen. Sie verlangen viel mehr. Ich habe den Eindruck, als suchten sie nach einer Verbindung, nach dem Innersten der Seele.

Eins

Der unsichtbare Wald

Erste Erinnerungen

Als unseres Lebens Mitte ich erklommen,
befand ich mich in einem dunklen Wald,
da ich vom rechten Wege abgekommen.
Wie schwer ist's, zu beschreiben die Gestalt
der dichten, wilden, dornigen Waldeshallen,
die, denk ich dran, erneun der Furcht Gewalt!
Kaum bittrer ist es in des Todes Krallen;
des Guten wegen, das er mir erwies,
bericht ich, was im Wald sonst vorgefallen.

DANTE, *Die göttliche Komödie*
Die Hölle. Erster Gesang

26. Dezember 1985

Meine Frau und ich besitzen eine Blockhütte in einem abgelegenen Winkel des Staates New York. In dieser Blockhütte fanden unsere wichtigsten Erlebnisse statt. Ich möchte mit den lückenhaften Erinnerungen an den 26. Dezember 1985 beginnen und dann das schildern, was mir vom 4. Oktober 1985 im Gedächtnis blieb. Bevor ich Hilfe suchte, konnte ich mich nur an eine vage Unruhe am 4. Oktober erinnern.

Erst nach einigen Gesprächen mit anderen Leuten, die gleichzeitig in der Hütte gewesen waren, konnte ich die Geschehnisse rekonstruieren.

Die Schilderung der Ereignisse des 26. Dezember fußt auf Tagebuchaufzeichnungen, die ich machte, bevor ich mich der Hypnose unterzog oder mit irgend jemandem über diese Dinge gesprochen habe.

Und so hat alles begonnen:

Unsere Blockhütte ist sehr abgelegen und ruhig. Sie gehört zu einer kleinen Anlage von Blockhütten, zu denen ein schmaler privater Feldweg führt. Dieser wiederum zweigt von einer wenig befahrenen Landstraße ab, die zu einem kleinen Ort führt, der auf vielen Landkarten nicht einmal erwähnt ist. Wir verbringen fast die Hälfte des Jahres in der Blockhütte, denn dort arbeite ich am liebsten. Sonst wohnen wir in einem Apartment in New York City.

Wir führen ein sehr zurückgezogenes Leben. Wir gehen nicht aus, trinken selten etwas Stärkeres als Wein, keiner von uns hat jemals Drogen genommen. Von 1977 bis 1983 hatte ich Thriller geschrieben, aber in den letzten Jahren konzentrierte ich mich auf ernstere Literatur über Frieden und Umwelt, Bücher, die eng an Fakten gebunden sind.

Wir verbrachten Ende Dezember 1985 ein schönes Weihnachtsfest in der Hütte. Am Heiligen Abend hatte es geschneit, die beiden folgenden Tage ebenfalls. Mein kleiner Sohn hatte zu seinem Entzücken entdeckt, daß der Schnee in vollendeten Kristallflocken auf seine Handschuhe fiel, wenn er mit ausgestreckten Armen still dastand.

Am 26. Dezember verbrachten wir den Vormittag damit, seinen neuen Schlitten einzuweihen, nachmittags gingen wir langlaufen. Abends aßen wir den Rest der Weihnachtsgans, Preiselbeeren und kalte Süßkartoffeln. Wir tranken Mineralwasser mit frischem Zitronensaft. Nachdem unser Sohn zu Bett gegangen war, saßen Anne und ich schweigend beisammen, hörten Musik und lasen.

Gegen halb neun schaltete ich die Alarmanlage ein, die alle Fenster und Außentüren sichert. Ich hatte im vergangenen Herbst aus einem damals nicht ersichtlichen Grund eine seltsame Angewohnheit angenommen: Ich machte täglich heimlich einen Rundgang durch das ganze Haus, sah in Schränke und sogar unter das Bett im Gästezimmer, ob sich nicht Eindringlinge versteckt hatten. Das tat ich auch diesmal, nachdem ich den Alarm angestellt hatte. Um zehn Uhr lagen wir im Bett, um elf Uhr schliefen wir beide. Die Nacht des Sechsundzwanzigsten war kalt und bewölkt. Es lagen etwa sechzehn Zentimeter Schnee, und es schneite immer noch leicht.

Mitten in der Nacht – die genaue Zeit weiß ich nicht mehr – wachte ich unvermittelt auf. Und ich wußte, warum: Ich hörte ein eigentümlich heulendes, sausendes Geräusch aus dem Wohnzimmer unten. Es hörte sich an, als würden sich viele Menschen sehr schnell in dem Zimmer bewegen.

Ich lauschte angestrengt. Das Geräusch ließ sich einfach nicht einordnen. Ich richtete mich im Bett auf: Ich war verblüfft und sehr neugierig und hatte auch etwas

Angst. Die Nacht war totenstill, kein Wind wehte. Mein Blick suchte sofort die Schalttafel der Alarmanlage über dem Bett. Das System war aktiviert und funktionierte fehlerfrei. Keine Tür und kein Fenster war geöffnet worden, niemand war hereingekommen – zumindest der Reihe leuchtender Lämpchen nach zu schließen.

Was ich als nächstes tat, mag seltsam erscheinen. Ich legte mich wieder nieder. Aus unerfindlichen Gründen trieben mich die seltsamen Geräusche, die ich hörte, nicht zum Handeln. Im Laufe meines Berichtes wird sich diese sonderbar scheinende Reaktion mehrmals wiederholen. Wenn etwas sehr seltsam ist, reagiert man darauf häufig anders, als man denkt.

Kaum hatte ich mich zurückgelegt, da merkte ich, wie die Tür, die in unser Schlafzimmer führt, bis auf einen schmalen Spalt zuging. Ich setzte mich wieder auf. Ich war hellwach, mein Verstand arbeitete glasklar. Ich hätte mühelos aufstehen und ein Buch lesen oder Radio hören oder einen nächtlichen Spaziergang im Schnee machen können.

Ich konnte mir nicht vorstellen, was da vor sich ging, und fühlte mich sehr unbehaglich. Mein Herz fing an, heftig zu schlagen. Ich lehnte mich nicht mehr zurück, ich saß aufgerichtet da und stellte mir die Frage: Was mag wohl die Tür bewegen?

Dann sah ich, wie sich eine gedrungene Gestalt durch den Türspalt hereindrängte. Es war alles so deutlich, gleichzeitig aber so unvorstellbar verblüffend, daß ich es zuerst überhaupt nicht begreifen konnte. Ich saß einfach da und war unfähig, mich zu bewegen.

Viele Monate später fand ich heraus, daß sich die Besucher auch in einem anderen Fall zuerst durch diese eigentümliche Gestalt gezeigt haben, die ebenso auftrat wie bei mir.

Im Zimmer war es düster, aber nicht dunkel. Allein die Lämpchen der Alarmanlage strahlten genug Licht aus, um etwas sehen zu können. Der Schnee draußen reflektierte zusätzlich.

Die Gestalt war zu klein, um ein menschliches Wesen zu sein, außer ein Kind. Ich habe an dem Türrahmen rasch gemessen, in welcher Höhe sich der Kopf befunden haben muß, und ich glaube, daß die Gestalt ungefähr einen Meter zehn groß war, also kleiner als mein Sohn.

Ich konnte etwa ein Drittel der Gestalt sehen, den Teil, der sich um die Tür bog, um mich anzusehen. Sie hatte einen glatten, runden Hut auf, mit einer seltsam starren Krempe, die auf der Seite, die ich sehen konnte, gut zehn Zentimeter vorstand. Was sich darunter befand, war undeutlich. Ich konnte das Gesicht nicht sehen. Wenige Augenblicke später, als es näher am Bett war, erkannte ich zwei dunkle Augenlöcher und eine dunkle, nach unten gezogene Mundlinie, die später zu einem O wurde.

Von der Schulter bis zur Leibesmitte befand sich eine Platte, in die konzentrische Kreise geätzt waren. Damals dachte ich, daß es wie eine Art Brustpanzer aussähe oder wie eine kugelsichere Weste. Darunter befand sich ein ähnliches rechteckiges Gebilde, das den Unterleib bis zu den Knien verbarg.

Was ich sah, war so seltsam, daß ich annehmen mußte, es handle sich um einen Traum. Vielleicht blieb ich deshalb im Bett sitzen und tat nichts. Vielleicht war mein Denken auch bereits einer Kontrolle von außen unterworfen.

Ich saß verängstigt da, konnte oder wollte mich aber nicht mit dem auseinandersetzen, was ich beobachtete. Mein Verstand erklärte mir meine Vision: Es mußte sich um eine Halluzination handeln. Solche Phänomene ereignen sich zuweilen an der Grenze zwischen Schlaf und Wachsein. Ich nahm an, daß mich etwas geweckt hatte und ich jetzt so eine Halluzination erlebte, ungeachtet der Tatsache, daß ich mich völlig wach fühlte.

Wegen seiner abgelegenen Lage hatte das Haus nicht nur eine Alarmanlage, ich besaß auch eine Schrotflinte. Trug das Ding hinter der Tür deshalb einen Panzer, falls es sich um einen solchen handelte? Ich habe mich seither gefragt, ob sie das Haus nicht zuvor besucht und dabei das Vorhandensein der Waffe festgestellt haben könnten.

Im vergangenen Juli hatten wir ein Erlebnis gehabt, das hier erwähnt werden sollte. In jener Nacht las ich im Bett, als ich gegen halb zwölf Schritte hörte – normale, menschliche Schritte –, die sich über unsere Veranda auf eine Stelle zubewegten, wo ich kurz zuvor einen Bewegungsdetektor hatte anbringen lassen. Das Seltsame an diesen Schritten war, daß sie von der Seite des Swimmingpools kamen und auf die Straße zugingen, also in die entgegengesetzte Richtung, aus der sie gekommen wären, wenn es sich um einen Einbruch gehandelt hätte. Ich beschloß, daß ich nach unten gehen würde, sollte das Licht angehen.

Kaum hatte ich das gedacht, geschah es. Ich hastete nach unten, sah aber niemanden, obwohl das Licht noch an war. Da es mit einer Zeitschaltuhr mit Fünfzehn-Sekunden-Intervall verbunden war, verblüffte mich das. Ich hatte nicht mehr als zehn Sekunden vom Schlafzimmer zur Veranda gebraucht, und in dieser kurzen Zeit konnte sich kein Eindringling zwischen dem Haus und der Straße versteckt haben.

Ich war sicher gewesen, daß ich den Unbekannten davonlaufen hätte sehen müssen. Ich überlegte sogar, ob der Eindringling aufs Dach geflüchtet sein könnte, aber da war niemand.

Danach funktionierte der Bewegungsdetektor nie wieder richtig, obwohl er an diesem Nachmittag noch in einwandfreiem Zustand gewesen war. Im September wechselte ich die Glühbirnen. Später wurde die ganze Anlage erneuert.

Das nächste, was ich wahrnahm, war, daß die Gestalt ins Zimmer gestürzt kam. Danach erinnere ich mich nur noch an Dunkelheit, die eine unbestimmte Zeit anhielt. Ich kann mich nicht daran erinnern, eingeschlafen zu sein oder wachgelegen zu haben. Woran ich mich jedoch erinnere, ist wesentlich beunruhigender: Ich war nackt und hatte die Arme und Beine ausgestreckt, als wäre ich mitten in einem Sprung erstarrt. Ich bewegte mich aus dem Zimmer hinaus. Ich hatte keinerlei körperliche Empfindungen, spürte keine Berührungen und auch nicht, ob es warm oder kalt war. Ich nahm mich selbst bloß als eine Masse wahr, so, als wäre ich vollkommen gelähmt. Obwohl ich mich mit aller Verzweiflung bewegen wollte, konnte ich es nicht.

Ich weiß nicht, ob ich auf einem Gegenstand liegend transportiert worden bin. Es kann ebensogut sein, daß ich getragen wurde. Jedenfalls befand ich mich in einem Zustand der Panik. Jeder Gedanke an Traum oder Halluzination war dahin. Etwas stimmte auf fürchterliche Weise nicht, auf so fürchterliche Weise, daß sich mein Verstand vollkommen abschaltete. Ich konnte nicht denken. Ich fühlte mich unfähig, einen Laut von mir zu geben.

Ich muß wieder das Bewußtsein verloren haben, denn das nächste, woran ich mich erinnere, ist, daß ich in einer flachen Mulde im Wald saß. Es war recht dunkel, ringsumher war gefrorenes Unterholz. Ich weiß noch, daß ich verblüfft war, keinen Schnee auf der grauen Erde zu sehen.

Ich hatte die Beine ein wenig angewinkelt und die Hände im Schoß liegen. Ich kann mich nicht genau entsinnen, aber möglicherweise lehnte ich an etwas. Ich war immer noch völlig empfindungslos. Links von mir, jenseits der Mulde, befand sich ein kleines Wesen, das ich nur aus dem Augenwinkel sehen konnte. Es trug einen grauen Overall und saß auf dem Boden, das Knie angezogen und die Hände darumgeschlungen. Es hatte zwei dunkle Augenlöcher und ein rundes Mundloch. Das Gesicht sah aus wie eine Maske.

Ich fühlte, daß ich ganz in der Gewalt dieser fremden Wesen war. Ich konnte weder den Kopf bewegen noch die Hände, auch sonst keinen Körperteil, nur die Augen. Dennoch war ich nicht gefesselt.

Rechts von mir stand eine Gestalt, die ich bis auf das gelegentliche Aufblitzen von Bewegungen nicht zu sehen bekam. Sie machte sich anscheinend an der rechten Seite meines Kopfes zu schaffen. Sie trug einen dunkelblauen Overall und war außerordentlich schnell.

Die Mulde hatte kaum mehr als einen Meter zwanzig im Durchmesser, aber meine Augen funktionierten nicht gut – vielleicht nur, weil ich meine Brille nicht aufhatte (ich bin leicht kurzsichtig). Während ich eine unklare Vorstellung von der Anwesenheit anderer hatte, hinterließ das Wesen links von mir einen deutlichen Eindruck. Ich weiß nicht, warum, aber ich hatte das bestimmte Gefühl, daß sie weiblich war – daher werde ich sie künftig als weibliches Wesen bezeichnen.

Sie war so klein wie die anderen und wirkte gelangweilt oder gleichgültig. Es schien mir, daß sie mir etwas erklärte, aber ich kann mich nicht erinnern, was es gewesen war.

Dann sah ich Zweige, die sich an meinem Gesicht vorbeibewegten, dann ein Brausen von Baumwipfeln. Ich blickte nach unten und sah den Wald rechts von mir davonziehen. Es war völlig unerklärlich, wie ich über die Bäume gelangt war. Ich registrierte nur, was ich sah. Dann verdeckte ein grauer Boden, der unter meine Füße glitt, das Bild.

Als nächstes erinnere ich mich, daß ich in einem runden Raum saß, in dem ein schreckliches Durcheinander herrschte. Die Versetzung in diese fremde Umgebung unter so ungewöhnlichen Umständen hatte den Rest meiner Selbstbeherrschung hinweggespült. Meine Angst war so übermächtig, daß sie meine Persönlichkeit auszulöschen schien.

›Whitley‹ hörte auf zu existieren. Übrig blieb ein Körper im Zustand äußerster Angst, die mich wie ein schwerer, erstickender Vorhang einhüllte und die Lähmung todesähnlich machte. Ich glaube nicht, daß mein Bewußtsein die Versetzung in diesen seltsamen Raum überlebte. Ich starb, und an meiner Seite erschien ein wildes Tier. Der kleine Rest meiner Menschlichkeit aber war um die Erklärung des Erlebnisses bemüht. Ich sah mich um und registrierte, was ich sah.

Der kleine, kreisrunde Raum hatte eine kuppelförmige graue Decke mit Rippen in etwa dreißig Zentimeter Abstand. Ich hatte den Eindruck von Unordnung. Auf der anderen Seite des Raumes, rechts von mir, lagen Kleidungsstücke auf dem Boden. Mir ging sogar der Gedanke durch den Kopf, daß es richtig schmutzig war. Alles war eng gedrängt. Ich glaube mich daran zu erinnern, daß der Raum stickig und die Luft recht trocken war – vielleicht ließ also meine Betäubung nach.

Rings um mich bewegten sich winzige Wesen mit großer Geschwindigkeit. Ihre Schnelligkeit war beunruhigend, auf seltsame Weise sogar abstoßend. Ich dachte an meine Familie. Das nagende Gefühl, in einer Falle zu sein, überkam mich. Es war eine schreckliche Vorstellung, zumal ich gleichzeitig wußte, daß ich diesen fremden Wesen vollkommen hilflos ausgeliefert war.

Trotz meines Entsetzens war ich mir meiner Umgebung bewußt. Ich weiß, daß ich auf einer Bank saß und an einer Wand lehnte. Die vorherrschenden Farben im Raum waren braun und grau. Die Bank hatte dieselbe Farbe wie die Wände und eine dunkelbraune Umrandung. Da meine Erinnerungen an diese gedämpften Farben so deutlich sind, nehme ich an, daß der Raum erleuchtet war, aber ich konnte keine Lichtquelle erkennen.

Ich kann nicht sagen, wie lange ich in diesem Raum blieb. Es schienen wohl nur ein paar Minuten oder Sekunden zu sein, andererseits hatte ich aber Zeit, mich genauer umzusehen. War ich zuvor völlig gelähmt gewesen, so konnte ich jetzt zumindest die Augen bewegen und möglicherweise auch den Kopf.

Ich hatte so große Angst, daß meine Erinnerungen undeutlich und lückenhaft sind. Selbst während ich dies niederschreibe, bin ich mir bewußt, daß vieles mehr geschehen sein muß, aber ich komme einfach nicht an die Erinnerungen heran. Daran könnte eine Schreckamnesie Schuld tragen oder Drogen oder Hypnose, vielleicht sogar alles zugleich. Es gibt ein Narkotikum, Tetradotoxin, das einen solchen Zustand herbeiführen könnte. In kleinen Mengen verursacht es Anästhesie. Eine größere Dosis löst jenes Gefühl des ›Sich-außerhalb-des-Körpers-Befindens‹ aus, von dem andere Entführungsopfer gelegentlich berichten. Noch größere Mengen führen zu Scheintod – selbst das Gehirn stellt meßbare Funktionen ein.

Diese seltene Droge ist die Grundlage des Zombiegifts von Haiti, über dessen Wirkung man nur wenig weiß. Sie ist auch im berüchtigten japanischen ›Fugu‹-Gift enthalten, das sich im Gewebe des Kugelfisches findet und ein begehrtes, wenn auch tödliches Aphrodisiakum ist.

Meine Umgebung war so fremd, mein Entsetzen so groß, daß ich jede Kontrolle über mich verlor. Ich war nicht nur körperlich betäubt – wenn auch nicht mehr direkt gelähmt, eher vollkommen erschlafft; ich war geistig so sehr von mir selbst getrennt, daß es mir nicht möglich war, meine Gefühle zu analysieren. Ich war auf rein biologische Reaktionen reduziert, als wäre mein Vorderhirn vom restlichen System abgetrennt worden; das, was übrig blieb, war ein primitives Geschöpf, gewissermaßen der Affe, aus dem wir uns vor so langer Zeit entwickelt haben.

Ich war jedoch nicht in diesem Affen. Ich war in meinem Vorderhirn. Mein Verstand war zum Gefängnis geworden.

Ein Wesen war rechts von mir, ein anderes links. Wieder begann ein großes Hinundherhasten. Als nächstes erinnere ich mich daran, daß mir ein winziges graues Kästchen mit Schiebedeckel gezeigt wurde. An einem Ende dieses Kästchens befand sich eine Einkerbung, so daß man es leicht öffnen konnte. Es wurde von einer dünnen, anmutigen Person gehalten. War es wieder die Frau? Ich bin nicht sicher. Es hat fast den Anschein, als wäre etwas mit meinen Augen getan worden, um mein Sehvermögen einzuschränken. Wenn ich Blicke durch das Zimmer warf, sah ich alles recht deutlich, aber sobald ich versuchte, mich auf etwas Bestimmtes zu konzentrieren, verschwamm der Gegenstand oder das Wesen. Es wäre interessant zu wissen, ob das beabsichtigt war oder ob es durch meine eigene Angst vor dem, was ich sah, bewirkt wurde.

Das Wesen, das ich als nächstes wahrnahm, war winzig und gedrungen. Es kauerte am Boden, als wäre es über etwas gebeugt. In der Hand hielt es das Kästchen, das es nun öffnete. Darin lag eine stark glänzende, haarfeine Nadel.

Mir wurde klar – ich glaube, es wurde mir gesagt –, daß sie vorhatten, die Nadel in mein Gehirn einzuführen.

Hatte ich bis dahin Angst gehabt, so wurde ich nun buchstäblich verrückt vor Entsetzen. Ich stritt mit ihnen. »Hier ist es schmutzig«, sagte ich, und: »Ihr werdet meinen Verstand ruinieren.« Ich stellte mir vor, wie meine Familie am nächsten Morgen aufwachen und mich als einen Halbidioten vorfinden würde. Tiefe Traurigkeit überkam mich. Ich kann mich nicht daran erinnern, geschrien zu haben, aber offenbar habe ich es, denn an den nächsten Wortwechsel erinnere ich mich ganz deutlich.

Eines von ihnen, ich glaube, es war das Wesen, das ich zuvor als Frau bezeichnet habe, sagte: »Was können wir tun, damit du aufhörst zu schreien?« Die Stimme hatte einen leicht elektronischen Klang, und die Aussprache war der des amerikanischen Mittelwestens verblüffend ähnlich.

Meine Antwort war unerwartet. Ich hörte mich selbst sagen: »Du könntest mich dich riechen lassen.« Ich war peinlich berührt; das war keine normale Bitte. Aber sie war durchaus sinnvoll, wie ich später herausfinden sollte.

Das Wesen rechts von mir antwortete: »Gut, das kann ich tun.« Es hatte eine ähnliche Stimme und sprach sehr schnell. Dann hielt es seine Hand gegen mein Gesicht und stützte mit der anderen meinen Kopf. Der ausgeprägte Geruch gab mir genau das, was ich brauchte: die Gewißheit, daß das alles wirklich geschah. Er erinnerte ein wenig an Pappe, als wäre der Ärmel des Overalls, der gegen mein Gesicht gepreßt wurde, aus einer papierähnlichen Substanz gemacht. Die Hand selbst roch schwach, aber eindeutig nach organischer Säure. Es war kein menschlicher Geruch, aber es war unverkennbar der Geruch von etwas Lebendigem. Dazu kam noch ein zarter Duft nach Zimt.

Dann gab es einen Knall und einen Blitz, und mir wurde klar, daß sie die Operation an meinem Kopf durchgeführt hatten. Mir war zum Weinen zumute, und ich erinnere mich, daß ich in eine Wiege aus winzigen Armen niedersank.

Zu diesem Zeitpunkt besaß ich wieder genügend Kontrolle über meine Muskeln, um mich mit den Füßen abzustützen, so daß ich nicht ganz hinfiel. Dann wurde ich hochgehoben. Ich schien mich plötzlich in einem anderen Raum zu befinden, vielleicht sah ich aber auch nur meine bisherige Umgebung anders. Sie sah aus wie ein kleiner Operationssaal. Ich lag auf einem Tisch in der

Mitte, drei Bankreihen waren von kauernden Gestalten besetzt, von denen einige runde, andere schlitzförmige Augen besaßen.

Ich hatte bisher vier verschiedene Arten von Gestalten erblickt. Die erste war das kleine, roboterähnliche Wesen, das in mein Schlafzimmer gekommen war. Ihm war eine große Gruppe kleiner, gedrungener Wesen in dunkelblauen Overalls gefolgt. Sie hatte breite Gesichter, die – je nach Beleuchtung – dunkelgrau oder dunkelblau wirkten, glitzernde, tiefliegende Augen, Stupsnasen und breite, fast menschliche Münder. In dem Raum hatte ich zwei Arten von Gestalten gesehen, die beide ganz und gar nicht menschlich aussahen. Die auffallendste der Gestalten war etwa einen Meter fünfzig groß, sehr schlank und zierlich, mit hypnotischen, schräggestellten, schwarzen Augen. Mund und Nase waren nur schwach angedeutet. Die kauernden Gestalten in dem Operationssaal waren kleiner, hatten ähnlich geformte Köpfe, aber runde, schwarze Knopfaugen.

Die ganze Zeit über waren die Gedrungenen stets um mich. Sie waren offenbar dafür verantwortlich, mich von einem Ort zum anderen zu bringen und zu bewachen. Ich hatte den Eindruck, daß sie gutmütig waren. Warum, weiß ich nicht.

Ich erinnere mich nicht, was in diesem Operationssaal geschehen ist. Die Ortswechsel scheinen mir alle entfallen zu sein, vielleicht weil ich mich da besonders hilflos fühlte. Sooft sie mich berührten, wuchs meine Angst. Ihre Hände waren sanft, sogar beruhigend, aber es waren so viele, daß ich zuweilen den Eindruck hatte, ich würde von Hunderten Insekten weitergereicht werden. Wenig später befand ich mich wieder in einer anderen Umgebung. Überall lagen Kleidungsstücke verstreut, und zwei der Gedrungenen zogen meine Beine auseinander. Als nächstes weiß ich, daß mir ein abstoßender Gegenstand gezeigt wurde, grau und schuppig, mit einer Art Netz aus Kabeln am Ende. Er war mindestens dreißig Zentimeter lang, dünn und dreieckig. Dieses Ding führten sie in meinen After ein. Es drang in mich ein, als hätte es ein Eigenleben. Es diente offenbar dazu, Stuhlproben zu entnehmen, aber damals war es wie eine Vergewaltigung, und ich empfand zum erstenmal Zorn.

Erst als das Ding herausgezogen wurde, sah ich, daß es ein mechanisches Gerät war. Das Wesen, das es hielt, deutete auf die Drähte an der Spitze und schien mich vor etwas zu warnen. Aber wovor? Ich fand es nie heraus.

Einer von ihnen nahm meine rechte Hand und fügte mir einen Schnitt im Zeigefinger zu. Ich spürte überhaupt keinen Schmerz. Und hier enden meine Erinnerungen.

Am nächsten Tag war alles aus meinem Gedächtnis gelöscht.

Nachdem ich am Morgen des Siebenundzwanzigsten erwacht war, kämpfte ich mit einem unbestimmten Gefühl des Unbehagens. Ich hatte eine sehr intensive Erinnerung daran, eine Schleiereule gesehen zu haben, die mich in der Nacht durch das Fenster angestarrt hatte.

Ich weiß noch, wie ich mich fühlte, als ich im hereinbrechenden Abend des Siebenundzwanzigsten auf das Dach hinaussah und feststellte, daß dort keine Eulenspuren im Schnee waren. Mir wurde klar, daß ich keine Eule gesehen haben konnte. Ich erschauerte, plötzlich war mir kalt, und ich wich vom Fenster zurück, wich vor der Nacht zurück, die sich rasch über den Wald herabsenkte.

Aber ich wollte mit aller Kraft an diese Eule glauben. Ich erzählte meiner Frau davon. Sie war höflich, erwähnte aber das Fehlen von Spuren. Dennoch wollte ich sie überzeugen. Mehr aber noch wollte ich mich selbst überzeugen. Ich war so versessen darauf, daß ich eine Freundin in Kalifornien anrief, nur um ihr von der Eule am Fenster zu erzählen.

Später fand ich heraus, daß Erinnerungen an Tiere an

seltsamen Orten oft als Blockierungen außergewöhnlicher Erlebnisse dienen. In einem Wald in Frankreich kam eine junge Frau zu ihrer Picknickrunde zurück und erzählte von einem wunderschönen Hirsch, den sie gesehen hatte. Aber sie hatte Blut auf der Bluse und eine seltsame Narbe, die man nicht erklären konnte. Zehn Jahre vergingen, bis sie sich an ihr wahres Erlebnis erinnern konnte. Sie wäre mit jenem Trugbild gestorben, wenn nicht die Erinnerung an eine andere Begegnung mit den Besuchern sie veranlaßt hätte, über dessen wahre Bedeutung nachzudenken. Ein anderer Mann hatte nach seiner Begegnung lediglich die Erinnerung an Kaninchen, die um sein Auto herumgehüpft waren.

Von diesem Tag an bemerkte meine Frau einen drastischen Persönlichkeitswandel an mir, der sie an eine ähnliche Veränderung im vergangenen Oktober erinnerte. Damals hatten wir wegen meiner ständigen Gereiztheit die Hölle durchgemacht, und sie wollte nicht, daß sich das wiederholte.

Aber mit mir ging es wieder bergab, und diesmal waren die Symptome keineswegs nur seelischer Natur. Am nächsten Abend schon verspürte ich die ersten körperlichen Auswirkungen. Wir waren von einem ganz und gar nicht anstrengenden Skilanglauf heimgekehrt. Ich war todmüde. Normalerweise bin ich voller Energie. Selbst nach einem harten Nachmittag auf der Skipiste fühlte ich mich sonst nur angenehm entspannt.

Ich bekam Schüttelfrost und ging zu Bett. Ich lag eingemummt zwischen Laken und Decken, während sich der Abend herabsenkte, und fühlte mich schrecklich. Ich dachte, ich müßte hohes Fieber haben. Ich war völlig erschöpft. Die Geräusche meiner Frau und meines Sohnes unten erfüllten mich mit einem Gefühl der Vorahnung. Seltsame Erinnerungen an laufende Leute, daran, gezogen und gestoßen zu werden, wirbelten durch meinen Kopf. Da kamen plötzlich unsere Nachbarn vorbei. Sie hatten sich nicht angekündigt. Wir führen in unserer kleinen Gemeinde ein sehr zurückgezogenes Leben, und das war erst ihr zweiter unangemeldeter Besuch in den zwei Jahren, seit wir Nachbarn waren.

Da ich mich ein wenig besser fühlte, ging ich nach unten, um sie zu begrüßen. Schon nach den ersten paar Worten beschwerte ich mich, daß ich um drei Uhr früh die Lichter eines Schneemobils im Wald zwischen unseren Häusern gesehen hätte. Ich war entsetzt über mich selbst. Wovon redete ich? Ich konnte mich an nichts dergleichen erinnern, das wurde mir, noch während ich es aussprach, klar. Unsere Nachbarn wandten ein, daß der Wald so dicht wäre, daß kein Schneemobil darin manövrieren könnte, was der Wahrheit entsprach. Dann sagte ich, es müßten die Lichter an ihrem Haus gewesen sein. Sie haben zwei Flutlichter, die ihren Hinterhof erleuchten. Der Mann erklärte, daß die Scheinwerfer ausgeschaltet gewesen waren, versprach mir aber, ihnen eine andere Richtung zu geben, damit ihr Licht von unserem Haus aus nicht mehr zu sehen war. Ich wußte, daß seine Scheinwerfer mich nicht so spät in der Nacht gestört haben konnten. Meine Erinnerung an das Schneemobil war genauso abwegig wie meine Erinnerung an die Eule.

Nach einer kurzen Unterhaltung gingen unsere Nachbarn nach Hause. Ich machte mir Vorwürfe wegen meines Verhaltens. Ich verstand mich selbst nicht. Es war beinahe, als hätte ich gegen meinen Willen gesprochen.

Meine Frau sagt, daß mein Zustand sich im Lauf der darauffolgenden Wochen drastisch verschlechterte. Ich wurde überempfindlich, zerstreut und – das war das schlimmste – ungehalten mit meinem Sohn. Wir sind immer eine glückliche Familie gewesen, und es gab keinen erklärbaren Grund für diesen Persönlichkeitswandel.

Die Erkenntnis, daß die Erinnerung an die Eule nicht stimmte, beunruhigte mich. Mir war bewußt, daß irgend etwas mit mir passiert war. Aber ich kam nicht dahinter, was es war. Ich dachte an Giftstoffe in unserem Wasser und den Lebensmitteln, aber da niemand sonst in der Familie irgendwelche Symptome einer Vergiftung oder einer Allergie zeigte, schien diese Erklärung unwahrscheinlich zu sein.

Ich hatte das Gefühl, als wäre entweder ich unwirklich oder die Welt um mich herum. Am 28. Dezember war ich so deprimiert und innerlich so zerrissen, daß ich mich hinsetzte und eine Kurzgeschichte schrieb, um mir über meine eigenen Gefühle klar zu werden. Sie spiegelte nicht nur meinen Gemütszustand wider, sondern wahrscheinlich teilweise auch das, was sich dahinter verbarg. Ich gab ihr den Titel ›Pain‹ – Schmerz. Sie war das Letzte, was ich im Lauf der folgenden sieben Wochen schrieb, das Letzte, was ich schrieb, bevor die unfaßbare Wahrheit aus meinem Unbewußten aufzutauchen begann.

Zu dem Zeitpunkt ahnte ich noch nicht, daß ich an einem emotionellen Trauma litt und daß Dutzende anderer Menschen ähnliches durchmachten, nachdem sie von den Besuchern entführt worden waren.

Vor dem Sechsundzwanzigsten hatte ich an einem schwierigen zweibändigen Roman gearbeitet, der von den russisch-amerikanischen Beziehungen zu Beginn der Oktoberrevolution handelte, und ich hatte gute Fortschritte damit gemacht. Jetzt konnte ich meine eigene Arbeit kaum lesen, geschweige denn fortsetzen.

Da ›Pain‹ ein Ausdruck des emotionalen Zustands war, der meine unterdrückten Erinnerungen überlagerte, möchte ich hier kurz darauf eingehen. Die Erzählung handelt von einem Mann, der einer geheimnisvollen Frau namens Janet begegnet, die sich als eine Art übermenschliches Wesen entpuppt, ein Engel oder ein Dämon. Der Mann wird gefangengenommen und in einem winzigen Zauberkabinett eingekerkert. Durch das Leid, das ihm widerfährt, gewinnt er Einsichten und neue seelische Kraft.

Das Interessante an dieser Geschichte ist die Tatsache, daß darin Bilder fortgeführt werden, die bereits in meinen früheren Romanen zu finden sind. Das Thema war stets dasselbe: Ein Mensch muß sich einer rätselhaft schönen, grausamen Kraft entgegenstellen, die, wie eine meiner Romanfiguren sagt, ›Teil des Weltengerichts‹ ist.

Während ich an ›Pain‹ arbeitete, verschlechterte sich mein geistiger und körperlicher Zustand weiter. Ich bekam eine Infektion am rechten Zeigefinger. Es sah aus, als hätte ich mir einen Splitter eingezogen, aber ich konnte mich nicht erinnern, wann das geschehen sein sollte; vielleicht als ich ein Holzscheit in die Hütte getragen hatte. Die Verletzung eiterte. Weder Jod noch Antibiotika halfen. Ich suchte nach dem Splitter, konnte aber keinen finden.

Ich saß unbequem, weil ich im After Schmerzen hatte, ein unheimliches und beunruhigendes Symptom. Ich hatte das unbestimmte Gefühl, daß mir etwas Schlimmes zugestoßen war, aber keine deutlichen Erinnerungen.

In den folgenden Tagen hatte ich Schwächeanfälle. Ich arbeitete, und plötzlich wurde mir kalt, und ich fing an zu zittern. Mit einem Mal war ich so erschöpft, daß ich nicht weiterarbeiten konnte und elend und fröstelnd ins Bett kroch. Ich war überzeugt, daß ich eine Grippe bekommen würde. Bei einem dieser Anfälle maß ich meine Temperatur und stellte fest, daß sie am Anfang 35,8 betrug und auf dem Höhepunkt des ›Fiebers‹ auf 37,1 anstieg. Hinterher sank sie auf 36,1.

Nachts schlief ich, fühlte mich aber morgens, als hätte ich mich die ganze Zeit ruhelos herumgewälzt. Ich träumte nicht mehr und hatte manchmal Schwierigkeiten, die Augen zu schließen. Ich fühlte mich beobachtet und hörte Geräusche in der Nacht. Morgens erwachte ich stets mit dem Gefühl, irgendwie auf der Hut gewesen zu sein.

Mit meinem seelischen Zustand ging es zusehends bergab. Ich wurde launisch, war in einem Augenblick außer mir vor Begeisterung, im nächsten verzweifelt. Ich war Freunden und meiner Familie gegenüber argwöhnisch, häufig feindselig. Ich begann Telefonanrufe zu hassen. Ich konnte mich nicht einmal auf die anspruchslosesten Fernsehprogramme konzentrieren. Nachdem ich ›Pain‹ geschrieben hatte, brachte ich nicht mehr genug Konzentration auf, um länger als fünf oder zehn Minuten zusammenhängend zu arbeiten. Der Versuch, einen anspruchsvollen Roman zu lesen, scheiterte. Ich las dieselben Seiten immer wieder und wußte nicht, was dort stand. Ich nahm mir eine leichtere Lektüre vor, kam aber auch damit nicht zurecht. Ich konnte meinen eigenen Gedanken nicht mehr folgen, geschweige denn denen der Autoren, auch wenn sie mich interessierten. Das war eine beängstigende Erfahrung.

Am Nachmittag des 3. Januar, beim Skifahren, bekam ich Schmerzen hinter dem rechten Ohr. Es war ein ähnliches Gefühl wie wenn nach einer Zahnbehandlung die Wirkung der schmerzstillenden Injektion nachläßt. Mein Kopf tat weh, die Haut war gereizt. In der Mitte dieser gereizten Stelle entdeckte meine Frau einen winzigen Einstich.

Ich glaube, daß das Zusammenkommen von der Infektion am Finger, von den Afterschmerzen und dem Kopfweh schließlich meine Erinnerungen ans Licht brachte. Das Chaos ordnete sich zu einer Reihe klarer Bilder. Als ich sah, woraus sie bestanden, verging ich fast vor Entsetzen und Unglauben.

Ich dachte, ich hätte den Verstand verloren.

Mein halbes Leben habe ich mit der Suche nach einem besseren Bewußtseinszustand verbracht. Jetzt dachte ich, daß meine jahrelange intensive Beschäftigung mit allem möglichen, von Zen bis hin zur Quantenphysik, mich auf ein seltsames, unheilvolles Nebengleis der Seele geführt hätte.

Kaum waren meine Erinnerungen aufgetaucht, da wurden sie auch schon völlig klar – so klar, wie etwa Kindheitserinnerungen sind, wenn man sie aus der geistigen Schublade holt, in der sie abgelegt sind. Ich saß an meinem Schreibtisch und versuchte zu verstehen, was nicht zu verstehen war.

Ich dachte ruhig und gelassen: *Vielleicht wirst du verrückt, oder du hast einen Gehirntumor. Du mußt herausfinden, was es ist, und schnellstens die notwendigen Schritte unternehmen.* Dann legte ich den Kopf auf den Schreibtisch und fing an zu weinen.

Ein paar Tage lang lebte ich damit und hoffte, daß die ›Symptome‹ nachlassen würden.

Dann erinnerte ich mich eines Nachmittags ganz unerwartet an den Geruch. Ihren Geruch. Er war so deutlich, als hätte ich ihn erst einen Augenblick zuvor eingeatmet. Das rettete mich mehr als alles andere davor, völlig den Verstand zu verlieren.

In der ersten Januarwoche brachte eine Lokalzeitung einen Artikel über Objekte, die in unserer Gegend gesichtet worden waren. Der Artikel erschien in der Ausgabe vom 3. Januar 1986 des *Record* von Middleton, New York. Die Schlagzeile tat das Ganze als einen dummen Streich ab, aber dem Bericht zufolge bezweifelten das die Anrainer, die es gesehen hatten. Allerdings behauptete ein Mann, er habe die Objekte über das hell erleuchtete Gefängnis hinwegfliegen sehen, und in diesem Licht seien es Flugzeuge gewesen. Ein weiterer Bericht am 12. Januar bekräftigte die Annahme einer vorsätzlichen Täuschung.

Meine Frau zeigte mir den Artikel und sagte: »Du hast gesagt, daß das passieren würde. Du hast letzte Woche davon gesprochen.« Ich konnte mich nicht an das Gespräch erinnern, aber der Artikel veranlaßte mich, in einem Buch zu blättern, das mein Bruder mir zu Weihnachten geschickt hatte. Es trug den Titel *Science and the UFOSs*, die Autoren waren Jenny Randles und der Astronom Peter Warrington.

Warrington ist ein anerkannter Wissenschaftler, und das Buch schien gut geschrieben zu sein. Es stellt keinerlei Behauptungen über die Wirklichkeit des Phänomens auf, sondern fordert nur ausführlichere Untersuchungen darüber und verlangt von den Wissenschaftlern, daß sie es als Forschungsgebiet akzeptieren.

Zu meiner Überraschung machte mir *Science and the UFOSs* Angst. Ich las nur die ersten fünf oder sechs Seiten, dann legte ich es beiseite.

Viel später, als wir die ganze Angelegenheit schon sehr ernst nahmen, forschten Anne und ich nach weiteren UFO-Sichtungen in unserer Gegend. Wir fanden heraus, daß in diesem Gebiet sehr häufig solche Phänomene beobachtet worden sind, und zwar bereits seit fast fünfzig Jahren.

Zufällig sah der achtzehnjährige Sohn eines unserer Nachbarn in einer Nacht Ende Dezember gegen einundzwanzig Uhr dreißig in der Nähe einer Straße etwas schweben, keine fünf Meilen von unserer Blockhütte entfernt. Er beschrieb es mir als ›riesig und voller Lichter‹. Er beobachtete es eine Weile. Als Sohn eines ehemaligen Staatspolizisten und Piloten behauptete er nicht, daß es sich um ein ›UFO‹ gehandelt habe, sondern sagte einfach die Wahrheit: Er wußte nicht, was es war, aber es sah aus wie ein massives Gebilde, und da es eine beachtliche Zeitspanne, fast an die fünfzehn Minuten, auf der Stelle schwebte, konnte es auch kein Flugzeuggeschwader gewesen sein. Ich rief bei der Firma Goodyear an und erfuhr, daß ihr Werbe-Zeppelin um diese Zeit nicht in unserer Gegend gewesen war.

Ich konnte mir nur vorstellen, daß es sich um einen

unbekannten Zeppelin gehandelt hatte, aber selbst das wurde immer unwahrscheinlicher, je mehr ich herausfand.

Bei einem Gespräch mit Freunden im April stieß meine Frau auf eine Sichtung, die Ende der fünfziger Jahre stattgefunden hatte. Eine ihrer besten Freundinnen besuchte in ihrer Kindheit ein Sommerferienlager, das keine zehn Meilen von unserer Blockhütte entfernt stattfand. Davon wußten wir nichts, als Anne ihr die Frage stellte, die wir als Teil unserer Nachforschungen an so viele Leute wie möglich richteten.

Um jede Voreingenommenheit auszuschließen, fragten wir die Leute einfach: »Was war dein seltsamstes Erlebnis?« Keiner der Befragten hatte eine Ahnung, was wir gerade durchmachten.

Die Antwort der Frau war äußerst aufschlußreich. Sie erzählte, daß sie 1953, mit neun Jahren, eine fliegende Untertasse gesehen habe. Sie beschrieb ein ähnliches Objekt wie das, das im Dezember 1985 in derselben Gegend gesehen worden war. Wie so viele Zeugen im Lauf der Jahre, schilderte auch sie es als riesengroß, mit vielen Lichtern und schwebend. Es entfernte sich langsam.

Wenn all diese Berichte auf dumme Streiche zurückzuführen waren, dann mußten die Witzbolde seit mehr als dreißig Jahren am Werk sein – und hatten bereits in den fünfziger Jahren über beachtliche Schalldämpfer verfügt, denn den Berichten zufolge waren die Objekte damals ebenso leise wie heute.

Weitere Nachforschungen ergaben, daß in unserem Gebiet des Staates New York, also in Westchester, Orange, Putnam, Rockland und Ulster County, seit 1983 sehr häufig riesige dreieckige Objekte gesichtet worden sind. Tausende Menschen sahen diese Objekte, Meteorologen, Angestellte der Luftfahrtbehörde, Beamte der Stadtverwaltung, Soldaten, in einem Fall sogar ein ganzer

Stadtrat – sie alle sahen und beschrieben etwas, das ›die Größe eines Flugzeugträgers‹ hatte.

Die offizielle Erklärung für diese Erscheinungen in der Zeitschrift *Discover* im November 1984 lautete, daß es sich um eine Gruppe kleiner Flugzeuge gehandelt habe. Laut *Discover* flogen diese Flugzeuge nachts manchmal mit abgeschalteten Motoren in einer Formation, bei der die Tragflächenenden nur Zentimeter voneinander entfernt sind. Da jene Flugkörper niemals Funkgeräte zu benützen schienen, wurde angenommen, daß während der nächtlichen Flugmanöver Funkstille gewahrt wurde.

Der Pilot sagte mir, daß das alles höchst unwahrscheinlich sei, daß ein solcher Formationsflug selbst mit viel größeren Maschinen unmöglich wäre.

In der Ausgabe vom 17. April 1983 der *New York Times* erschien ein Artikel, in dem ein Meteorologe zitiert wurde, der ein geräuschloses Objekt mit einem Durchmesser von fast tausend Metern gesehen hatte, das etwa dreißig Meter über ihm schwebte. Der *Times* zufolge habe er sich dabei gefühlt, als sei er ›geprüft und abgelehnt‹ worden.

Ich kann mir nicht vorstellen, daß ein Meteorologe ein so großes Objekt in so geringer Flughöhe mit einem Flugzeuggeschwader verwechseln würde.

Mr. Philip J. Klass, ein bekannter Entlarver ungeklärter UFO-Phänomene, behauptete, daß die Leute wahrscheinlich ein ›Werbeflugzeug‹ gesehen hätten. Zu der Zeit war Mr. Klass Chefredakteur von *Aviation Week and Space Technology*, einer Zeitschrift, die berühmt für ihr Geschick ist, sich direkte Informationen aus dem Verteidigungsministerium über geheime Luftraumprojekte zu verschaffen. Mr. Klass schreibt auch für eine Zeitschrift, die ich stets bewundert habe, den *Skeptical Inquirer*. Angesichts meiner eigenen Erlebnisse frage ich mich jedoch allmählich, ob in diesem Fall die Skepsis nicht weiter getrieben wurde, als angemessen ist.

Weder die offizielle Version noch Mr. Klass' Ausführungen erklären die vielen Berichte von Sichtungen aus nächster Nähe, die der Naturwissenschaftslehrer Philip J. Imbrogno gesammelt hat. Die *Times* beschrieb ihn als einen Mann, ›der sich redlich bemüht, eine rationale Erklärung zu finden‹. Ich sprach mit Mr. Imbrogno. Er hatte seit 1983 mehr als zweihundert Berichte qualifizierter Beobachter gesammelt. Sie alle hatten riesige Gebilde von fester Struktur gesehen. Er fügte hinzu, daß in einer Nacht, in der ein Objekt über einer Parkanlage gesichtet wurde, die durchschnittliche Windgeschwindigkeit dreiundzwanzig Knoten betragen hatte! Was die Menschen in dieser Nacht gesehen hatten, waren keine Flugzeuge in dichter Formation, egal ob klein oder groß.

Als wir im Januar wieder nach New York City übersiedelten, wußten wir immer noch so gut wie nichts über UFOs und nichts von all den Sichtungen.

Das Leben kehrte nicht zu seinem normalen Gang zurück.

Ich brachte es nicht fertig, mich wieder an meine Arbeit zu machen. Es ging mir etwas besser, aber ich war schrecklich unruhig. Meine Schwierigkeiten mit Frau und Sohn hielten an.

Schließlich las ich *Science and the UFOs* zu Ende. Gegen Ende des Buchs stieß ich auf die Beschreibung eines Erlebnisses, das meinem ähnelte. Als ich von der ›archetypischen Entführungserfahrung‹ las, war ich entgeistert. Ich lag gerade im Bett und starrte wie gebannt in das Buch. Auch ich hatte in einer Mulde im Wald gesessen. Auch ich hatte mich später an ein Tier erinnert. Meine erste Reaktion war, das Buch zuzuschlagen, als wäre eine giftige Schlange darin.

Es ging um Menschen, die glaubten, daß sie von Außerirdischen an Bord eines Raumschiffes gebracht worden waren. Und ich gehörte anscheinend zu ihnen. Mir gefror das Blut. Niemand durfte jemals davon erfahren, nicht einmal Anne. Ich beschloß, das Ganze einfach zu verdrängen.

Ein paar Tage später saß ich an meinem Schreibtisch, als unvermittelt alles wieder aufbrach. Verzweiflung überkam mich. Ich sah regungslos zum Fenster hinaus. Ich hatte das starke Verlangen zu springen. Ich wollte sterben. Ich konnte diese Erinnerungen einfach nicht ertragen, und ich konnte sie nicht loswerden. Was, um alles in der Welt, waren diese Wesen? Was hatten sie mit mir gemacht? Gab es sie wirklich, oder litt ich an irgendeinem abnormen Geisteszustand?

Mir fiel ein, daß in dem Buch ein Mann namens Budd Hopkins erwähnt wurde, der ein berühmter Forscher auf diesem Gebiet sein sollte. Der Name war mir bekannt: Anne und ich interessierten uns für Kunst, und Hopkins ist ein bekannter abstrakter Maler, der vom Guggenheim- und Whitney-Museum gesammelt wird.

Ich fand seinen Namen im Telefonbuch. Aber konnte ich ihn einfach anrufen? Was sollte ich ihm sagen? Kleine Männchen, fliegende Objekte, das klang ja idiotisch.

Eines war mir jedoch klar: Sollte ich noch einmal einen Augenblick solcher Verzweiflung erleben, würde ich zum Fenster hinausspringen. Ich schuldete es der Familie, die mich liebte und mir vertraute, zu versuchen, mir selbst zu helfen.

Ich rief Budd Hopkins an. Er hörte mir ein paar Minuten lang zu. Ich verging fast vor Verlegenheit, während ich meine Geschichte erzählte, aber er unterbrach mich recht bald. Ob ich vorbeikommen könne – am besten gleich.

Es stellte sich heraus, daß seine Wohnung nur zehn Minuten von meiner entfernt war.

Hopkins war ein großer, kräftiger Mann mit einem der gütigsten Gesichter, die ich jemals gesehen habe. Ich fand später heraus, daß er auch schlau war, aber damals machte er einen ganz arglosen Eindruck.

Zu Beginn unseres Gesprächs erklärte er, daß er kein Therapeut sei, mich aber mit einem bekannt machen könne, wenn ich es wolle. Dann erzählte ich ihm alles, was ich erlebt hatte.

Als ich da im Wohnzimmer dieses Mannes saß und er mir sagte, daß ich nicht allein sei, daß es andere gebe, die dasselbe durchgemacht hatten, rannen mir Tränen über das Gesicht. Mit einem Mal wollte ich nicht länger alles verdrängen, sondern es verstehen.

Während dieses ersten Gesprächs fragte er mich, ob davor schon irgend etwas Ungewöhnliches geschehen war. Meine erste Reaktion war, nein zu sagen. Eines dieser grauenhaften Erlebnisse reichte mir völlig. Aber die Frage schien in mir etwas auszulösen. Nachdem ich einen Augenblick nachgedacht hatte, stieß ich hervor: »Ich bilde mir ein, mich zu erinnern, daß das Haus abbrannte. Aber es ist nicht abgebrannt.«

In einer Nacht Anfang Oktober war plötzlich die Hölle los gewesen. Eine Explosion hatte das ganze Haus geweckt. Seltsame Dinge waren geschehen, aber aus unerfindlichen Gründen hatten wir sie nicht beobachtet. Wir hatten uns nicht einmal ausführlich darüber unterhalten. Aber diese Dinge waren damals nicht nur mir widerfahren. Wir hatten Gäste gehabt. Wenn wirklich etwas geschehen war, müßten sie sich daran erinnern. Das war eine Chance: Wenn sich keiner an etwas erinnerte, konnte ich das peinliche Thema ›außerirdische Wesen‹ ad acta legen.

Ich verließ Hopkins' Haus als glücklicher Mensch. Er hatte gesagt, daß seinen Erfahrungen zufolge die Ereignisse im Oktober dieselben Ursachen haben könnten wie die Vorfälle am 26. Dezember.

Großartig. Ich wollte mich mit den Zeugen in Verbindung setzen. Sie würden selbstverständlich sagen, daß sie sich an nichts erinnern konnten. Dann würde ich allmählich lernen zu akzeptieren, daß ich das Opfer eines ungewöhnlichen geistigen Phänomens geworden war – ein schmerzhafter, aber gottlob durchaus begreiflicher Prozeß. Ich würde mich einer Therapie unterziehen und die seltsamen Besucher vergessen. Mein Problem war gelöst.

4. Oktober 1985

Als ich am Heimweg die Sixth Avenue entlangging, wurde meine Erinnerung an die Nacht des 4. Oktober deutlicher.

Warum hatte ich bisher nicht darüber nachgedacht? Die Antwort ist einfach: Ich hatte die ganze Angelegenheit abgetan und vergessen. Zurückblickend kann ich nur einen Grund dafür anführen: Ich wollte mich mit den seltsamen Ereignissen jener Nacht nicht auseinandersetzen.

Ich schrieb dennoch den folgenden Bericht über die Ereignisse des 4. Oktober nach meinem Besuch bei Hopkins nieder. Damals hatte ich mich noch nicht der Hypnose unterzogen und wußte nicht, was in den Tiefen meines Gedächtnisses ruhte.

Am 4. Oktober 1985 fuhren meine Frau, mein Sohn und ich mit zwei guten Freunden, Jacques Sandulescu und Annie Gottlieb, zu unserer Blockhütte.

Wir kennen Jacques und Annie seit ungefähr fünf Jahren. Er ist ein Koloß, wiegt fast dreihundert Pfund, hat den schwarzen Gürtel in Karate und kann hundert Liegestützen hintereinander machen. Sie hat ebenfalls den schwarzen Gürtel, ist aber winzig klein, zart und wiegt nur hundertzwanzig Pfund. Er ist ein gebürtiger Rumäne und kam Ende der vierziger Jahre als Flüchtling aus einem sowjetischen Arbeitslager nach Amerika. Sein Buch *Donbas* erzählt die Geschichte seiner Flucht und zeichnet ein treffliches Bild von einem robusten, tatkräftigen Mann.

Annie Gottlieb ist ein intellektuellerer Typ. Sie ist die Autorin des Buches *Do You Believe in Magic: The Second Coming of the Sixties Generation* (Times Books, 1987).

In der Nacht des 4. Oktober war es neblig. Wir aßen in einem Restaurant zu Abend und kamen gegen neun Uhr in der Blockhütte an. Ich machte Feuer im Kamin. Wir waren alle so müde, daß wir sehr bald zu Bett gingen.

Das Schlafzimmer von Anne und mir ist im ersten Stock, Jacques und Annie schliefen im Gästezimmer unten, und unser Sohn neben ihnen in einem Eckzimmer. Ich konnte von meinem Bett aus durch die offene Schlafzimmertür auf das Spitzdach des Wohnzimmers sehen, mit dem sechseckigen Fenster im Giebel.

Im Verlauf der nächsten Stunde wurde der Nebel immer dichter. Als ich meine Leselampe ausschaltete, war ich in völlige Dunkelheit und Stille gehüllt. Am 29. September hatten wir Vollmond gehabt, jetzt war beinahe Halbmond. Er ging gegen zweiundzwanzig Uhr dreißig auf, war aber wegen der Wolkendecke nicht zu sehen.

Ich schlief eine Zeitlang, ohne zu träumen, vielleicht zwei oder drei Stunden. Plötzlich schreckte ich hoch und sah zu meinem Entsetzen ein blaues Licht auf dem Wohnzimmerdach.

Ich bekam Angst, weil ich mir nicht erklären konnte, woher das Licht kam. Autoscheinwerfer von der Straße konnten ihr Licht nicht bis an die Decke werfen. Unser Nachbar war in Japan, und sein Haus war nicht nur dunkel, sondern durch den noch dicht belaubten Wald zwischen unseren Grundstücken gar nicht zu sehen. Das automatische Verandalicht, das immer Ärger bereitet hatte, funktionierte nicht, denn es enthielt keine Glühbirne. Es konnte auch keine Taschenlampe sein, dazu war der Lichtstrahl zu breit und zu intensiv blau. Wir haben später versucht, das Licht mit einer Campingleuchte nachzuahmen, aber nicht einmal eine starke Leuchtstofflampe erreichte den gleichen Effekt.

Das blaue Licht kroch langsam über die Decke, so als würde das, was den Schein verursachte, allmählich in den Vorgarten hinabgleiten. Schließlich fand ich eine Erklärung, die mir überzeugend vorkam. Der Kamin stand in Flammen und ergoß einen Funkenregen in den Garten. Ich mußte auf der Stelle etwas unternehmen. Darauf fiel ich wie betäubt in tiefen Schlaf. Der letzte Gedanke, an den ich mich erinnere, bevor ich mit noch wild klopfendem Herzen einschlief, war, daß das Dach brennen mußte. Das war die erste der völlig ungewöhnlichen Reaktionen in dieser Nacht. Einige Zeit später wurde ich wieder geweckt, diesmal von einem lauten Krach, als wäre ein Knallkörper direkt vor meiner Nase losgegangen. Meine Frau schrie auf, und unten begann mein Sohn zu rufen.

Als ich die Augen öffnete, sah ich bestürzt, daß das ganze Haus von einem hellen Leuchten umgeben war.

Ich dachte bei mir: *Du verdammter Narr, du bist eingeschlafen, und das Feuer hat sich ausgebreitet.* Schließlich gelang es mir aufzustehen. Dabei sagte ich zu Anne: »Das Dach brennt. Ich hole unseren Sohn und wecke die anderen.«

Ich war noch nicht bei der Tür, als das Leuchten plötzlich verschwand. Ich war verwirrt. Ich sagte Anne, daß ich mich geirrt hatte, und ging dann nach unten, um meinen Sohn zu beruhigen. In der Diele traf ich auf Jacques. Er jagte mir so einen Schrecken ein, daß ich zurücksprang. Ich entschuldigte mich dafür, sagte ihm, er solle wieder zu Bett gehen, und versicherte ihm, daß alles in Ordnung sei.

Ich ging ins Zimmer meines Sohnes und sprach mit ihm. Alles schlief, als ich ein paar Minuten später wieder im Bett lag.

Am nächsten Morgen wurde kaum über den Vorfall

gesprochen. Annie erwähnte, Jacques sei durch einen Lichtschein in der Nacht gestört worden. Das verstand ich nicht, denn ihre Schlafzimmertür war geschlossen gewesen, sie konnten also das Badezimmerlicht nicht gesehen haben, das wir für unseren Sohn brennen lassen. An die Sache mit dem Feuer konnte ich mich nicht erinnern. Ich gab mich damit zufrieden, daß Annie und Jacques ein Licht gestört hatte, mich aber nicht.

In den darauffolgenden Tagen war ich unruhig, ohne zu wissen, warum. In mir hielt sich die Vorstellung von einem Licht, das mir in jener Nacht in die Augen geschienen hatte. Und ich hatte eine dunkle Erinnerung an eine Art Explosion.

Am nächsten Wochenende erinnerte ich mich plötzlich sehr deutlich an einen riesigen Kristall, der aufrecht über dem Haus stand, ein strahlendes Ding von enormer Höhe, das ein überirdisches blaues Licht ausstrahlte.

Ich erzählte Anne davon. Schon während ich redete, wußte ich, daß sie mir nicht glaubte – natürlich nicht! Ich glaubte es ja selbst nicht. »Gab's da nicht irgendein Problem mit dem Kamin?« fragte sie. Ich war verlegen und erwähnte den Kristall nie wieder.

Am 6. Februar 1986 kam ich von Hopkins nach Hause, voller Eifer, der Sache auf den Grund zu gehen. Jacques und Annie waren sicherlich vom Badezimmerlicht gestört worden. Ihre Tür mußte aufgegangen sein, da ich Jacques in der Diele getroffen hatte. Und meine Frau hatte nicht wegen einer Explosion geschrien, sondern weil ich ihr gesagt hatte, daß das Haus brennen würde.

Es hatte keine Explosion gegeben. Und was das blaue Leuchten an der Wohnzimmerdecke betraf: Eine Lichtquelle im Nebel konnte die merkwürdigsten Effekte hervorrufen.

Zuerst bat ich meine Frau, an den 4. Oktober zurückzudenken. Es war nicht schwer, sich diese bestimmte Nacht zu vergegenwärtigen, denn es war das letzte Mal gewesen, daß Jacques und Annie mit aufs Land gekommen waren, und außerdem war der Nebel ungewöhnlich dicht gewesen.

Es beunruhigte mich, daß Anne sich sofort daran erinnerte, von dem Knall geweckt worden zu sein. Das Leuchten hatte sie nicht gesehen. Offenbar hatte sie meine erste Warnung wegen des Kaminbrandes verschlafen, denn sie konnte sich nur erinnern, daß ich gesagt hatte, es sei kein Feuer gewesen.

Ich fragte meinen Sohn: »Erinnerst du dich noch, als Jacques und Annie zum letztenmal mit uns aufs Land gefahren sind?«

»Ja, die Nacht, in der es knallte.« Also hatte er es auch gehört.

»Ein paar Leute haben mir gesagt, es ist alles in Ordnung, du hast nur deinen Schuh nach einer Fliege geworfen.«

»Was für Leute?«

»Nur so Leute. Leute, die da waren.«

Diese Antwort erschreckte mich zutiefst. Ich rief Budd Hopkins an, der mir riet, ihn nicht zu fragen, woran er sich erinnerte, sondern ob er etwas Ungewöhnliches geträumt habe. Dies ist seine spontane Antwort:

»Ich habe geträumt, daß lauter kleine Doktoren mich auf die Veranda trugen und auf eine Bahre legten. Ich bekam Angst, und da sagten sie: ›Wir werden dir nicht weh tun.‹ Ich hörte diesen Satz immer wieder in meinem Kopf. Dieser Traum war der seltsamste, denn er war so echt. Es passierte mitten in einem anderen Traum, als ich träumte, daß ich und Ezra [einer seiner Freunde] in einem Boot fuhren.« Er konnte mir nicht sagen, ob er diesen Traum in der Nacht des 4. Oktober gehabt hatte. Er wußte nur, daß es in der Blockhütte gewesen war.

Sein unschuldiger Bericht brachte mich aus der Fassung. Sein Traum deutete entweder darauf hin, daß es eine Art unheimliche telepathische Verbindung zwischen uns beiden gab oder daß er irgendwann einmal ein ähnliches Erlebnis wie ich gehabt hatte.

Als nächstes rief ich Jacques Sandulescu an. Dies ist eine Niederschrift des Gesprächs:

Ich: »Erinnerst du dich an irgend etwas in der Nacht, als du mit Annie zum letztenmal bei uns auf dem Land warst?«

Jacques: »Das Licht! Ich schlief, und plötzlich weckte mich etwas auf. Das Zimmer lag in strahlendes Licht getaucht, als wäre es heller Tag. Ich dachte, wir hätten verschlafen. Ich sah auf die Uhr, vier Uhr dreißig. Dann hörte ich dich durch die Tür sagen, daß alles in Ordnung sei. Das Licht ging aus, und ich schlief wieder ein.«

Ich: »Was für ein Licht war das?«

Jacques: »Einfach ein Licht. Ich konnte die Büsche draußen sehen. Und die Baumstämme. Ich dachte, es wäre schon morgens.«

Unser Gästezimmer hat ein kleines Fenster, das auf eine zwei Meter tiefer gelegene überdachte Veranda geht. Dahinter steigt das Gelände an, so daß nicht einmal Autoscheinwerfer von der Straße ins Zimmer scheinen können, geschweige denn der Mond oder die Sonne. Als im Winter die Blätter abgefallen waren, stellten wir fest, daß auch die Lichter von den Nachbarhäusern durch dieses Fenster nicht zu sehen sind. Die Lampe des Bewegungsdetektors scheint nicht direkt hinein, sondern auf die Veranda hinunter. Auch wenn sie funktioniert hätte, hätte Jacques nicht die Bäume und das Gebüsch gesehen, sondern das Innere der Veranda. Der Vorgarten wäre dahinter im Dunkeln gelegen. Auch wenn die normale Verandabeleuchtung eingeschaltet gewesen wäre, hätte Jacques nichts anderes sehen können.

Ich kenne nichts, das dieses gewaltige Leuchten in jener Nacht bewirkt haben könnte. Vielleicht läßt sich das blaue Licht, das ich an der Decke gesehen habe, erklären, aber nicht diese Lichtflut von oben. Ein Pilot sagte mir schlicht und einfach: »Flugzeuge oder Helikopter können Sie vergessen.«

Und was war mit der Explosion? Vielleicht war es Donner. Aber es gab keine Unwetter in der Gegend, außerdem folgt Donner dem Blitz, nicht umgekehrt.

Dann sprach ich mit Annie Gottlieb.

Wie wir anderen auch, wurde Annie von einer lauten Explosion geweckt. Sie erzählte: »Da war ein Knall. Dann hörte ich das Getrippel kleiner Füße, die oben durch euer Schlafzimmer liefen. Das waren wahrscheinlich die Katzen.«

»Annie, die Katzen waren in der Stadt. Wir nehmen sie am Wochenende nicht mit, weil sie die Tragkörbe nicht mögen.«

»Mach keine Witze! Ich war überzeugt, daß es die Katzen waren. Jedenfalls erinnere ich mich vage an das Licht. Am deutlichsten erinnere ich mich an die Geräusche. Ein paar Minuten nach dem Trippeln hörte ich dich die Treppe herunterkommen. Du hast durch die Tür hindurch gesagt, wir sollten uns keine Sorgen machen. Am nächsten Morgen hast du mir gesagt, daß Wesen aus einem Raumschiff zu Besuch gekommen seien.«

»Was? Annie, das habe ich nie gesagt. So etwas würde ich niemals sagen.«

»Damals dachte ich, es sei wohl eine Art Traum gewesen.«

»Du erinnerst dich ganz bestimmt, daß ich das gesagt habe?«

»Na ja, wenn ich genauer darüber nachdenke, weiß ich eigentlich nicht, wie ich auf die Idee komme, daß das jemand gesagt haben soll.« (Monate später erklärte sie, daß ich nichts von einem Besuch gesagt, sondern den Kristall beschrieben hätte. Jedenfalls hätte ich eine ausgesprochen merkwürdige Erklärung für die nächtlichen Störungen gegeben.)

An diesem Punkt wünschte ich mir fast, ich hätte nie

mit der Fragerei begonnen. Ich verabschiedete mich und legte den Hörer auf. Nun wurde mir endgültig klar, daß etwas sehr Merkwürdiges vor sich ging.

Ich ging in mein Arbeitszimmer und machte die Tür zu. Es war Abend, und die wenigen blassen Sterne über Manhattan blinkten am Himmel. Die Welt draußen wirkte so normal, und in diesem Augenblick kam mir diese Alltäglichkeit schöner vor als jemals. Ich dachte an den Oktober zurück. Der Herbst war für mich und meine Frau eine schreckliche Zeit gewesen. In der zweiten Oktoberwoche hatte mich das Leben in New York plötzlich so beängstigt, daß ich beschlossen hatte, umzuziehen.

Rührte meine Furcht von jener Nacht her? Warum war ich so nervös, warum suchte ich verstohlen unter Betten und in Schränken herum, warum hatte ich eine so irrationale Angst vor Landstreichern? Ich war in den vergangenen Monaten immer unruhiger geworden. Ich hatte schreckliche Träume, an die ich mich nicht erinnern kann. Immer wieder wachte ich in den frühen Morgenstunden mit dem Gefühl auf, daß gerade etwas Grauenhaftes geschehen war.

In der letzten Oktoberwoche kam ich zu der Überzeugung, daß ich keinen Tag länger in New York leben konnte. Die Straßen der Stadt wirkten bedrohlich. Unsere Blockhütte war ein finsterer, grauenerregender Ort, den ich niemals wieder betreten konnte. Ich fühlte mich allem hilflos ausgeliefert, was rund um mich geschah.

Ich wollte nach Austin ziehen. Ich hatte dort auf der Universität von Texas studiert, und es ist eine Stadt, die Anne und ich lieben. Einige unserer besten Freunde leben dort.

Ich bestand darauf, die Blockhütte und das Apartment zu verkaufen; wir bekamen ein Angebot für die Blockhütte, aber niemand hatte Interesse an dem Apartment. Wir fuhren Anfang November nach Texas, meldeten dort unseren Sohn an einer Privatschule an und begannen mit der Wohnungssuche.

Eines Abends sahen wir uns in Austin das Haus an, das wir kaufen wollten. Meine Frau war im Haus und sprach mit dem Makler und den Besitzern. Ich ging unterdessen ein wenig auf die Terrasse hinaus.

Als ich das dunkle Tal sah, das in der Dämmerung dalag, und die Sterne am Abendhimmel, überkam mich plötzlich schreckliche Angst. Mir war, als wäre der Himmel ein lebendes Wesen, das mich anstarrte.

Ich fürchtete, vollkommen verrückt zu werden.

Ich wußte, ich konnte in diesem Haus nicht leben. Ich konnte es nie wieder betreten.

Als ich meiner Frau sagte, in New York bleiben zu wollen, war sie verständlicherweise wütend. Daraufhin beschuldigte ich sie, daß sie diejenige gewesen sei, die wollte, daß wir nach Austin ziehen.

Es folgte eine Krise. Sie dachte, sie würde sich von mir trennen müssen, denn das Zusammenleben wurde unerträglich. Ihre Drohung, mich zu verlassen, brachte mich ein wenig zur Vernunft. Erst zu Weihnachten begann ich, mich wieder besser zu fühlen.

Als ich an diesem Nachmittag im Februar in meinem Arbeitszimmer saß, machte ich eine genaue Aufstellung von allem, was ich herausgefunden hatte. Zu einer plausiblen Erklärung der Ereignisse vom 4. Oktober und 26. Dezember führte auch das nicht.

Zwei

In die Tiefen der Seele hinab

Hypnose

O plunge your hands in water,
Plunge them up to the wrist;
Stare, stare in the basin
And wonder what you 've missed.

The glacier knocks in the cupboard,
The desert sighs in the bed,
And a crack in the teacup opens
A lane to the land of the dead.

W. H. AUDEN, ›As I Walked Out One Evening‹

Der unsichere Spiegel

Mein nächster Schritt war klar: Ich mußte einen Therapeuten aufsuchen. Aber ich hatte gewisse Vorbehalte. Es sollte niemand sein, der eine vorgefaßte Meinung hinsichtlich übersinnlicher Phänomene hatte. Ich konnte ebensogut ein seelisches Problem haben. Es konnten Dinge im Spiel sein, die der Wissenschaft bis jetzt unbekannt waren.

Da ich offensichtlich Gedächtnislücken hatte, mußte dieser Therapeut auch ein geübter Hypnotiseur sein. Es genügte auch nicht ein Psychotherapeut, der in seiner Praxis Hypnose durchführte. Ich wollte jemanden, der als Autorität galt. Ich wollte wissenschaftliche Genauigkeit und therapeutische Erfahrung und Geschick – und beides zusammen findet man nicht immer in ein und derselben Person.

Hopkins erinnerte sich, daß Dr. Donald Klein vom New Work State Psychiatric Institute an diesem Phänomen Interesse bekundet hatte und unvorbelastet zu sein schien. Ich sah Dr. Kleins Referenzen durch: sie waren ausgezeichnet. Wenn er mich nehmen wollte, war er der ideale Mann.

Ein paar Wochen später saß ich in Dr. Kleins Büro und führte mit ihm ein dreistündiges Vorgespräch. Dr. Klein ist ein großer Mann mit lockigem Haar und einem ruhigen Auftreten. Er strahlt Gelassenheit aus und ist ein gründlich und sorgfältig arbeitender Mann mit scharfem Verstand. Ich spürte, daß ich ihm vertrauen konnte.

Ich hatte Dr. Klein eine schriftliche Zusammenfassung aller meiner bisherigen Erlebnisse – soweit sie in meinem Gedächtnis haften geblieben waren – gegeben. Wir versuchten gemeinsam etwa eine Woche lang, meine

Erinnerungen zu analysieren und neue zu wecken. Da wir keinen Erfolg mit dieser Methode hatten – ich bekam nur Schwindelanfälle und Alpträume –, beschlossen wir, es mit Hypnose zu versuchen.

Ich war noch nie hypnotisiert worden. Der Gedanke, die Kontrolle über mich selbst abzugeben, beunruhigte mich zutiefst. Dr. Klein versicherte mir, daß Leute nicht einmal unter Hypnose dazu zu bringen sind, Dinge zu sagen, die sie nicht sagen wollen.

Zuvor hatte ich mir Informationen über Hypnose verschafft, und ich möchte hier einiges, was zum besseren Verständnis dienen dürfte, anführen.

Es ist ein reiner Mythos, daß Menschen unter Hypnose nicht lügen können. Sie können es sehr wohl, und sie tun es, wenn sie meinen, daß der Hypnotiseur ganz bestimmte Sachen hören will.

Der Hypnotiseur kann mit geschickt gestellten Fragen die Leute dahingehend beeinflussen, daß sie genau die Antworten geben, die der Hypnotiseur braucht, um eine bestimmte Meinung zu unterstützen. Das ist zum Beispiel für eine Studie geschehen, die beweisen wollte, daß Erinnerungen an außerirdische Wesen und Entführungen unter Hypnose aus jedem beliebigen Menschen herauszuholen sind.

Wir wissen auch nicht genügend, was Hypnose alles auslösen kann, um sie als völlig vertrauenswürdig wissenschaftliches Werkzeug zu akzeptieren. Dennoch ist die Hypnose eine der vielen Möglichkeiten, wenn sie seriös angewandt wird, in unser Unbewußtes vorzudringen.

Es ist durchaus möglich, daß wir im Laufe der Evolution verlernt haben, mehr als nur drei Dimensionen zu sehen. Das könnte bedeuten, daß früher alles, was heute unsere Wahrnehmung übersteigt, wirklich existiert hat. Es könnte also, jetzt stark vereinfacht, sein, daß Götter, Dämonen, Fabelwesen in früheren Zeiten Realität waren und auch von jedem Menschen gesehen werden konnten.

Wir haben unser sogenanntes ›drittes Auge‹ verloren, doch in uns noch eine Fülle von Bildern bewahrt, die nicht unserer Realität entsprechen und deshalb sehr oft als ›Hirngespinste‹ abgetan werden. Diese innere Welt lebt aber so stark in uns und übt eine solche Anziehung auf uns aus, daß wir ständig auf der Suche nach ihnen sind und uns bemühen, mit den vielfältigsten Methoden in sie einzudringen. Die Religionen lassen zwar zu, daß wir uns mit diesem inneren Reich beschäftigen, manche fordern das geradezu als Lebensziel des Menschen, fassen aber auch unsere Welt nicht nur als Trugbild, als Illusion auf. Andere Religionen wieder verhindern durch ihre Gebote und Dogmen, daß wir uns einer anderen Betrachtungsweise als ihrer zuwenden.

Es folgen nun zwei Protokolle von Hypnosesitzungen, die meine verschütteten Erinnerungen an den 4. Oktober und den 26. Dezember 1985 betreffen. Wenn es sich damals wirklich um Besucher gehandelt hat, dann gehören diese Berichte zu den intensivsten und umfassendsten, die bisher aufgezeichnet worden sind. Wenn es aber etwas anderes war, dann warne ich Sie: Dieses ›andere‹ ist eine Kraft in uns selbst, vielleicht eine zentrale Kraft der Seele, und wir sollten uns bemühen, sie zu verstehen, ehe es zu spät ist.

Die bei mir angewendete Hypnose unterscheidet sich nicht von jener, die bei Polizeizeugen angewendet wird. Und dieselben Vorbehalte, die für Kriminalfälle gelten, gelten auch in meinem Fall. Man darf nicht vergessen, daß ich nur beschreibe, was ich wahrgenommen habe. Das muß nicht unbedingt mit dem übereinstimmen, was tatsächlich geschehen war.

Der Vorgang des Hypnotisiertwerdens war angenehm. Ich saß in einem bequemen Sessel. Dr. Klein stand vor mir und bat mich, auf seinen Finger zu schauen. Er hielt ihn so nahe, daß ich fast schielen mußte, um ihn zu sehen. Er bewegte ihn von einer Seite zur anderen und sagte mir, ich solle mich entspannen. Schon eine halbe Minute später konnte ich kaum noch die Augen offenhalten. Dann sagte er, daß meine Lider schwer würden; sie wurden tatsächlich schwer, und ich schloß die Augen.

Ich fühlte mich entspannt und ruhig, aber ich schlief nicht. Meine Umgebung war mir bewußt. Ich spürte, wie mein Gesicht schlaff wurde. Wenig später sagte Dr. Klein, daß meine rechte Hand warm würde, und sie wurde warm. Dann ging er weiter zu meinem Arm, dann zum ganzen Körper. Ich saß nun völlig behaglich da, eingehüllt in Wärme. Ich spürte noch immer meinen eigenen Willen, ein Gefühl, das mich nie verlassen sollte.

Nach einigen einleitenden Fragen kam Dr. Klein zum Nachmittag des 4. Oktober. Ich möchte hinzufügen, daß Budd Hopkins bei beiden Sitzungen anwesend war und sie aufzeichnete. Er durfte Fragen stellen, aber erst gegen Ende der Sitzung und selbst dann nur wenige.

Im Protokoll sind sie mit seinem Namen ausgewiesen. Alle anderen Fragen hat Dr. Klein gestellt.

EREIGNISSE DES 4. OKTOBER 1985

Datum der Sitzung: 1. März 1986
Patient: *Whitley Strieber*
Psychiater: *Donald Klein, MD*

Dr. Klein begann die Sitzung mit dem Labor Day, dem 2. September 1985. Dann führte er mich näher an die fragliche Nacht heran.

»Jetzt gehen wir ein wenig weiter, bis Anfang Oktober. Um den ersten Oktober 1985. Können Sie mir sagen, was Sie gerade tun?«

»Ja, ich arbeite an dem russischen Buch.«

»Welchem Buch?«

»Dem russischen Buch.«

»Was ist das?«

»Ein Roman über Rußland. Ich hatte gerade einen guten Einfall. Ich arbeite an dem russischen Buch.«

»Wo sind Sie?«

»In der Stadtwohnung.«

»Haben Sie Pläne für das Wochenende?«

»Ja, wir wollen Jacques und Annie aufs Land mitnehmen, und ich bin mir nicht sicher, ob Jacques in den Jeep passen wird.«

»Wer sind Jacques und Annie?«

»Jacques ist ein Bekannter. Annie ist seine Freundin.«

»Jetzt fahren Sie aufs Land.«

»Ja.«

»In einem Jeep?«

»Ja. Alles hat geklappt. Annie ist sehr schlank, daher hat Jacques genug Platz. Er sitzt auf dem Rücksitz, und mein Sohn freut sich, denn er mag Jacques sehr. Ich schaltete den Kassettenrecorder ein, aber niemand gefiel die Musik. Also unterhielten wir uns. ›Ich werd euch heute abend alle zum Essen einladen. Es ist zu spät, um noch Lebensmittel einzukaufen. Gehen wir ins *Top of the Falls*?‹ Wir hatten Schwierigkeiten, uns zu entscheiden. Daran kann ich mich noch erinnern, aber schließlich gingen wir doch ins ›Top of the Falls‹.«

»Jetzt sitzen Sie im Restaurant.«

»Ja.«

»Wie geht es Ihnen?«

»Ich fühle mich pudelwohl.«

»Wie weit ist das Restaurant von Ihrem Haus entfernt?«

»Nicht weit, ungefähr fünfzehn Minuten. Wir aßen dort zu Abend. Anne, unser Sohn, alle ... ich unterhalte mich prächtig. Jacques unterhält sich auch gut.«

»Jetzt sind Sie im Haus.«

»Ja.«

»Und Sie gehen zu Bett.«

»Ja.« (Ich stellte mir vor, wie ich im Bett lag und vor dem Einschlafen mit meiner Frau sprach.) »Du lieber Himmel, ich wünschte, ich hätte in diesem Restaurant nicht soviel Geld ausgegeben.«

»Was geschah, nachdem Sie zu Bett gegangen waren?«

»Also... [Lange Pause.] Ich erwachte mitten in der Nacht... das verstehe ich nicht. Ist da etwas am Fenster vorbeigehuscht?« (Ich meinte die sechseckige Dachluke im Wohnzimmer, die etwa neun Meter über dem Boden gelegen ist und auf den Wald hinausgeht.) »Was zum Teufel...? War da etwas am Fenster? *Am Fenster?* Da ist nichts am... O Gott! ›Anne, das Haus ist...‹ Etwas...«

»Es war etwas am Fenster?«

»Ein großes Ding. [Fängt zu weinen an.] Nein, es war ein Licht! (ruhiger). Da war nichts am Fenster. Es kann gar nicht am Fenster gewesen sein. Ich schlafe wieder ein. Mit dem Kamin ist alles in Ordnung. Es war ein Licht im Garten. Ich glaube noch immer... Wer, zum Teufel, ist *das?«* (Ich starrte in die gegenüberliegende Ekke des Schlafzimmers, wo ich im Finstern eine etwa neunzig Zentimeter große dunkle Gestalt stehen sah.) »Ist da jemand? [Pause.] *Ist* da jemand? Das gibt es doch nicht. Ich sehe da so ein... Das... das gefällt mir gar nicht. [Lange Pause. Macht die Augen auf.]«

»Entspannen Sie sich. Schließen Sie die Augen. Sie werden ganz entspannt bleiben, Sie werden die Augen nicht öffnen. Ganz entspannt. Und jetzt erzählen Sie uns, was Sie sahen.«

»Da stand etwas in der Schlafzimmerecke an der Wand, etwas, das aussah, als hätte es eine Kapuze auf. [Bricht in Panik aus.] Und ich will nicht, daß es da steht! Ich will es nicht! Bitte! O Gott, es... was macht es da mit mir? Aufhören! Oh, oh, aufhören! Was macht es denn da mit mir? [Schreit lange, ungefähr zwanzig Sekunden.]« (Ich kann mich nicht erinnern, jemals in meinem Leben solche Angst empfunden zu haben, wie sie jetzt in der Hypnose heraufkam. Die Gestalt huschte durch das Zimmer an mein Bett, und ich erkannte, starr vor Entsetzen, daß es ein völlig fremdartiges Wesen war. Darauf erwachte ich unvermittelt aus der Hypnose. Was ich in diesem Moment empfand, läßt sich in Worten nicht ausdrücken. Eine so nackte, tiefe Angst hätte ich vorher nicht für möglich gehalten.)

»Oh, ich glaube, ich muß mich gleich übergeben. Es tut mir leid. O Gott. Ich habe doch bis jetzt nicht gewußt, daß damals in meinem Haus etwas war. [Weint.] O Gott. Mannomann. Ich hatte eine Heidenangst. Tut mir leid. Das habe ich nicht erwartet, daß es so schlimm sein würde, denn... Ich dachte, ich würde mich erst am sechsundzwanzigsten Dezember fürchten. Ich wußte ja nicht, daß etwas in mein Haus eingedrungen war... nun gut... es war da.«

»Können Sie uns etwas darüber erzählen?«

»Es ist dunkel. Es war ein kleines Männchen mit einer Art Kapuze über dem Kopf. Es sieht fast aus wie diese... Er ist in etwas eingehüllt... Und er tritt an mein Bett und bohrt etwas in... nicht in meinen Kopf, verstehen Sie; es steckt direkt in meinem Verstand. Und dabei macht es ein Geräusch, das wie eine Stimme klingt. Es war schrecklich! [Demonstriert das Geräusch: ein schmatzender, quietschender Laut.] So ungefähr. Es war einfach gräßlich. Es stand einfach da und...«

»Und was?«

»Nein, so geht es nicht. Ich muß wieder hypnotisiert werden, wenn ich dahinterkommen will, was dieses Ding sagte. Es klang, als wäre die Stimme in mir drinnen. Als hätte es ein winziges Ding, das es an meinen Kopf hielt und das eine Stimme erzeugte.«

»Während es mit Ihnen sprach, haben Sie da nicht geschrien?«

»Ich habe geschrien. Doch, habe ich schon.« (Die Frage

verwirrte mich, denn wie man gleich sehen wird, sprach das Wesen eigentlich nicht mit mir.) »Ich verstehe nicht, wieso die anderen... wieso sich die anderen nicht daran erinnern. Ich bin ganz sicher, daß ich geschrien habe.«

»Erinnern Sie sich, was Ihre Frau tat?«

»Ich sehe sie nicht, weil ich dem Ding zugewandt bin. Bin ich noch hypnotisiert?«

»Nein.«

»Ich kann einfach nicht glauben, daß sich das so zugetragen hat. Aber es war so. Das Licht zog am Fenster vorbei, dann sah ich ein Leuchten im Vorgarten. Ich dachte, ich wäre aufgestanden, aber das glaube ich jetzt nicht mehr. Ich dachte, ich hätte das Licht auf dem Wohnzimmerdach gesehen, aber auch das glaube ich nicht mehr. Irgendwie wußte ich die ganze Zeit, daß es beim Fenster hereinkam, dieses Leuchten, und wollte es nur nicht sagen. Denn schon damals war mir ganz klar, daß es kein Feuer war. Und dieses... ich habe keine Ahnung, was dieses Wesen getan hat. Ganz ehrlich, ich kann es mir einfach nicht erklären. Es war sehr beängstigend. Aber es war nicht... es war in etwas eingehüllt, ja, es hatte irgendwas an. Ich bin völlig durcheinander.«

»Durchaus verständlich.«

»Ich verstehe es nicht. Das heißt, ich verstehe natürlich, warum so ein Erlebnis beängstigend ist. Aber möchten Sie weitermachen?«

»Wenn Sie es wollen?«

»Ja. Unbedingt.«

»Gut.«

»Ich glaube, ich habe gleich zu Beginn das Schlimmste hinter mich gebracht. Diese ersten Momente waren jedenfalls grauenerregend.«

Budd Hopkins antwortete: »Das ist häufig so. Der erste Augenblick ist der schlimmste. Danach wird es leichter.«

»War ich ein gutes Hypnosemedium?«

»Sie waren ausgezeichnet.«

»Es ist so schnell gegangen. Und es war sehr angenehm.«

»Es ist immer angenehm.«

»Ich war ganz verblüfft. Ich dachte, Sie erklären mir nur, wie es gemacht wird. Auf einmal konnte ich die Augen nicht mehr offenhalten.«

»Es ist ganz einfach. Wenn man es erst einmal raus hat, ist es ganz leicht. Und jetzt sehen Sie auf meine Finger.« (Nach wenigen Augenblicken war ich wieder hypnotisiert.) »Wenn Sie etwas sehr Beängstigendes sehen, werden Sie weiterschlafen. Sie werden weiterschlafen, aber Sie werden uns erzählen, was Sie empfinden. Die Nacht vom vierten Oktober. Sie sind aufgewacht. Sie sind soeben aufgewacht. Es ist hell. Etwas ist bei Ihnen im Zimmer.«

»Es ist dunkel.«

»Sagen Sie mir, was Sie sehen.«

»Als er merkt, daß ich ihn sehe, kommt er ans Bett. Er ist klein, reicht nur bis zur Lampe. Er sieht auf mich herunter. Er hat große Augen. Große, schrägstehende Augen. Und einen kahlen Kopf. Er sieht auf mich herunter. Er hat einen Stab in der Hand. Mit einer silbernen Spitze. Er berührt mich. Ich sehe Bilder. [Lange Pause.] Ich sehe Bilder vom Ende der Welt. Als er meinen Kopf mit diesem Ding berührt, sehe ich, wie die ganze Welt in die Luft fliegt. [Weint.] Herrgott. Es ist das Bild einer riesigen Explosion oder so. In der Mitte ist ein dunkelrotes Feuer und rundherum weißer Rauch.

Eine Stimme sagt: ›Das ist deine Heimat. Das ist deine Heimat. Du weißt, warum das geschehen wird.‹

›Ich weiß, warum. [Weint.] Warum magst du mich nicht? Warum haßt du mich so?«

Dr. Klein: »Wer hat das gesagt?«

»Ich habe das gesagt. [Pause.] ›Warum brauchst du mich nur mit diesem Ding zu berühren, und schon fliegt die ganze Welt in die Luft? Was *soll* das alles? Was soll das? Ich verstehe nicht, was das soll. Wann fliegt etwas in die Luft? Was fliegt in die Luft?‹« (Blitzartiges Bild meines Sohnes.) »Ich weiß, was explodieren wird. Ich weiß es.« (Ich wurde wieder berührt.) »Oh... grün. Ich sehe einen Park. Ich sehe meinen Sohn. Was hat das mit ihm zu tun? Was, zum Teufel, ist das?

Eine Stimme sagt: ›Ich werde dir nicht weh tun.‹

›Das weiß ich. Ich weiß, daß du mir nicht weh tun wirst. Aufhören! Ah!‹ Das Haus brennt ab! Das Haus steht in Flammen. Nein, stimmt nicht. Das klingt dumm. Warum habe ich das gesagt?«

»Etwas hat Sie geweckt. Was ist geschehen?«

(Ich war unvermittelt aus der Hypnose erwacht.) »Ein Knall. Ich wußte es. Ich hatte es erwartet. Ich wußte genau, wann es passieren würde. Er nahm ein kleines Ding, eine Art Nadel, und strich es wie ein Zündholz vor meinem Gesicht an, es machte einen lauten Knall, *peng!* Und ich dachte, das Haus stehe in Flammen.«

Budd Hopkins: »War er danach noch da?«

»Weiß ich nicht. Ich kann mich an gar nichts erinnern. Als ich sagte, das Haus stehe in Flammen, bin ich schon aus dem Bett.«

»Das war die Explosion, die Anne und Ihr Sohn...«

»Ja, ich glaube, das war die Explosion, die sie gehört haben. Er hat sie mit einer kleinen Nadel erzeugt, die er in die Luft hielt.«

»Weshalb hat er Ihnen diese Bilder gezeigt?«

»Ich weiß es nicht. Es waren ganz schreckliche Bilder.«

»*Warday?*« (Eine Anspielung auf meinen Roman dieses Titels.)

»Ich werde Ihnen ganz ehrlich sagen, was ich glaube: Ich denke, er hat mir Bilder von der Zukunft der Welt gezeigt.«

»Was war mit dem Grün?«

»Ich sah ein wunderschönes grünes Gelände. Ich fühlte mich gleich ganz entspannt, als ich es sah. Und mein

Junge, mein Junge ist in diesem Park. Und er ist glücklich. Aber...«

»Warum sind Sie so beunruhigt?«

»Weil ich denke, daß dieser Park den Tod versinnbildlicht, und er ist dort, weil er tot ist.«

»Warum sollte der Park den Tod versinnbildlichen?«

»Weiß ich nicht. Ich habe eben diesen Eindruck.«

»Und die andere Szene, das mit der Welt, die in die Luft fliegt?«

»Das ist komisch. Es sieht gar nicht aus, als würde die Welt in die Luft fliegen. Das wird mir nur gesagt. Es ist ein rotes Feuer, ein großes, rotes, loderndes Feuer, und in alle Richtungen breitet sich dichter Rauch aus. Und sie sagen, daß das die explodierende Welt ist. Ich meine, Herrgott, ich meine, wir gehen schließlich unsicheren Zeiten entgegen.«

Budd Hopkins: »Zweifellos. Anderen Menschen wurden diese Bilder auch gezeigt.«

»Jetzt verspüre ich eine grenzenlose Erleichterung. Es tut gut, sich erinnern zu können, auch wenn es keine angenehme Erinnerung ist. Ich habe bisher nur damit gekämpft, sie zu verdrängen.«

»Das verstehe ich.«

»Im November träumte ich, daß ganz Cleveland in die Luft flog. Ich hatte also eine Erinnerung an dieses Bild von der Explosion, aber im Traum war es nur eine einzige Stadt, daher war es nicht so grauenhaft.«

»Sie sagten, er hatte einen kahlen Kopf?«

»Er hatte einen kahlen Kopf und schrägstehende Augen, glaube ich. Er war schwer zu erkennen, weil er mir ständig dieses Ding an den Kopf hielt. Fast jedesmal, wenn ich mich bewegte, hielt er mir dieses Ding an den Kopf.«

»Und daraufhin sahen Sie die Bilder?«

»Daraufhin sah ich diese Bilder, ja. Zuerst dachte ich, das Ding hätte gesprochen, aber als Sie mich zum zweitenmal hypnotisiert hatten, sah ich die Bilder. Er hatte ein kleines Ding, so ein Stäbchen mit einer silbernen Spitze, die in dem dunklen Zimmer funkelte. Wollten Sie, daß ich besser sehe oder so was, als Sie sagten, es sei hell?«

»Nein.«

»Denn das Zimmer war dunkel. Sehr dunkel.«

»Ich dachte, Sie hätten gesagt, es war hell.«

»Oh. Ich habe auch den Eindruck, daß er eine Art Überwurf trug. Als wollte er nicht ... als ich hinsah ... was mich irgendwie besonders erschreckte, war, daß er anscheinend schon einige Zeit da war und dort in der Ecke stand. Und dann erinnere ich mich vage an eine Art Zischen ... Ich will nicht sagen, daß ich bedroht wurde, eher gewarnt. So empfand ich es. Es war eine sehr ernste Warnung ... Wenn ich nicht Angst vor einem Atomkrieg hätte, wären vielleicht andere Bilder entstanden, als er dieses Ding an meinen Kopf hielt. Verstehen Sie, was ich meine?«

Budd Hopkins: »Es entspricht sicher ...«

»Meinen eigenen Ängsten. Genau.«

»In *Warday* haben Sie sie ja ausführlich dargelegt.«

»Vielleicht machte dieser Kerl einen psychologischen Test mit mir. Wäre das eine Möglichkeit? Ich meine, vielleicht hat er mich buchstäblich getestet, indem er mit mir etwas machte, was Sie als Hypnotiseur auch tun könnten, nur benützte er eine silberne Nadel anstelle des Fingers. Könnte das sein?«

»Das könnte sein, unter anderem.«

»Es besteht natürlich auch die Möglichkeit, daß alles eine Art Halluzination war, aber das glaube ich nicht.«

»Wo hat er Sie berührt?«

»Hier.« (Ich berührte meine Stirn, direkt über dem Nasenrücken.) Genau hier. Und jedesmal, wenn er mich da berührte, kam ein neuer Bilderregen.«

Budd Hopkins: »Sie hatten keine Zeit, zwischen den Bildern nachzudenken?«

»Nein. Es ging alles sehr schnell.«

»Waren sie rein visuell.«

»Ja.«

»Ganz ohne Worte?«

»Ja. Nur Bilder.« (Ich verstummte. In mir wirbelten Bilder durcheinander.)

»Whit?«

»Ja.«

»Sie haben zwei Visionen beschrieben. Hatten Sie noch mehr?«

»Ja, aber es ist alles so verworren, daß ich nichts Genaues sagen kann. Wissen Sie, ich komme immer mehr zu der Überzeugung, daß es sich um Bilder aus meinem Inneren handelt, um Bilder meiner größten Ängste. Etwa davor, daß mein Sohn stirbt, oder vor einem Atomkrieg. Und da ist noch etwas in diesem Durcheinander. Vielleicht eine so schreckliche Angst, daß ich nicht einmal unter Hypnose damit zurechtkommen kann.«

Budd Hopkins: »Sie sagten anfangs, daß die Gestalt in etwas gehüllt war, als hätte sie eine Kapuze auf.«

»Ja, aber als sie näher kam, sah ich das Gesicht.«

»Und sie hatte einen kahlen Kopf.«

»Ach ja? Habe ich das gesagt?«

»Ja.«

»Nun, soweit ich erkennen konnte, hatte er einen unverhältnismäßig großen kahlen Kopf. Und schrägstehende Augen, wie bei einem Orientalen. Und sie waren... Der Blick war beinahe stechend. Das ganze Gesicht hatte einen richtig harten Ausdruck. Ich bin nicht sicher, aber irgendwann dachte ich fast, daß er wie ein Käfer aussah. Aber nicht... wissen Sie, schon mehr wie eine Person als wie ein Käfer... aber sie hatte käferähnliche Eigenheiten. Drücke ich mich klar genug aus?«

»Oh, ja. Haben Sie jemals zuvor ein ähnliches Bild gesehen?«

»Ich weiß es nicht. Das einzige in der Richtung, woran

ich mich erinnere, ist ein Artikel in der Zeitschrift *Look* vor etwa sieben Jahren... Ein Artikel über Menschen, die entführt worden waren. Mehr habe ich darüber nicht gelesen. Und ob Abbildungen dabei waren, weiß ich nicht mehr.«

»Sind Sie sicher, daß Sie so ein Bild noch nie gesehen haben? Was ist mit dem Buch, das Sie gelesen haben?«

»Nein, das hat keine solchen Abbildungen. Glaube ich nicht.«

Budd Hopkins: »Was ist mit dem Buch von Hynek? Ich glaube, da ist eine Zeichnung drinnen.« (Er bezog sich auf ein berühmtes Buch über UFOs von Dr. J. Allen Hynek, *The UFO Experience.)*

»Ich habe es nicht gelesen. Aber Sie wissen ja, in unserer Kultur sind die Medien allgegenwärtig... Es wäre möglich, aber ich glaube es nicht. Dafür ist es zu real. Es kommt mir einfach unmöglich vor, daß es nur ein Bild sein soll, das ich irgendwo flüchtig gesehen habe...«

»Es könnte ja real sein und dennoch ein Bild, das Sie...«

»Vielleicht stimmen die Zeichnungen. Auch das wäre möglich.«

»Ja. Aber es könnte auch sein, daß es etwas völlig Unerklärliches ist und Sie nur versuchen, ihm eine bestimmte Gestalt oder Form zu geben.«

»Ja, auch das ist möglich.«

»Ich würde gerne noch einmal dorthin zurückgehen und schauen, ob wir nicht noch etwas über die anderen Visionen herausfinden können.«

»Einverstanden.«

»Mir ist klar, daß dies eine anstrengende Sitzung ist, und wenn Sie sie abbrechen wollen...«

»Nein, ich möchte sie nicht abbrechen. Ich bin entschlossen, das durchzustehen. Und es sieht so aus, als wäre da noch mehr. Es wäre höchst unverantwortlich mir selbst gegenüber, nicht fortzufahren.«

»Wir gehen vielleicht zu schnell voran. Ich möchte nicht, daß Sie glauben, Sie müßten den Helden spielen.«

»Es geht nicht darum, den Helden zu spielen. Es geht nur darum, das Kino nicht vor dem Ende des Films zu verlassen.« (Die Hypnose wurde nach derselben Methode wie zuvor eingeleitet. Am Ende wurde bis zehn gezählt. Nach etwa einer Minute war ich wieder hypnotisiert.)

»Kehren Sie zu dem Zeitpunkt zurück, wo Sie diese Vision haben. Und jetzt wird alles wie in Zeitlupe ablaufen. Alles läuft sehr langsam ab, sehr langsam, sehr langsam. Und sehr deutlich. Sehr deutlich. Sagen Sie mir, was Sie sehen.«

»Die ganze Welt verwandelt sich in einen roten Feuerball. Sie geht in Flammen auf – wie ein kleiner benzingetränkter Ball mitten am Himmel. Und all diese Rauchschwaden... wie riesige Hörner aus Rauch. Und wir alle sind mitten in diesem roten Feuer. Dann sehe ich dieses Ding an meinem Kopf, und es ist vorbei. Er hat es von meinem Kopf genommen. Jetzt habe ich wieder Angst vor ihm. Jetzt sehe ich... einen Park... mein kleiner Junge sitzt im Gras... er ist ganz linkisch, als könnte er die Arme nicht richtig bewegen. Er ist ganz wackelig, und seine Augen sehen komisch aus.« (Sie waren völlig schwarz, ohne eine Spur von Weiß.) »Ich muß hingehen, ihn hochheben und ihm helfen. Wenn ich ihm nicht helfe, wird er sterben.« [Lange Pause.] (An dieser Stelle folgten beunruhigende Bilder vom Tod meines Vaters.)

»Und wieder hält er mir das Ding an den Kopf. ›Du fehlst mir, Daddy. O Gott, Daddy, warum bist du gestorben? [Stöhnt.] Daddy, warum... warum... ich habe dich nie richtig kennengelernt, Dad.‹ Oh, mein Gott, mein armer Dad, er hatte einen schweren Tod. Sie konnte ihm nicht helfen. Mein Dad stirbt, und meine Mutter sitzt da und starrt ihn an, als wäre er ein kleines Tier. Warum gibt sie ihm nicht wenigstens einen Abschiedskuß oder so was?« (Ich sah ein deutliches Bild meines Vaters. Er lag in unserem alten Wohnzimmer auf dem Sofa, hatte den Kopf zurückgeworfen und stöhnte und keuchte. Meine Mutter saß neben ihm auf einem Stuhl, sah ihn an und konnte sich vor Angst nicht rühren. Dieses Bild erschütterte mich zutiefst. Es wirkte so real, daß ich glaubte, ich könnte einfach hineintreten. Wieder erwachte ich unvermittelt aus der Hypnose. Das ist sehr ungewöhnlich, besonders bei einer tiefen Trance wie der, die Dr. Klein herbeigeführt hatte. Es ist ein Zeichen für das extreme Ausmaß der Gefühle, die ich durchlebte.)

»Ergab das einen Sinn?«

»Ergab es für Sie einen?«

»Ja, verdammt noch mal. Es war ein Bild meines Vaters, der auf dem Sofa lag – keuchend und stöhnend... und meine Mutter sitzt auf einem Stuhl und sieht zu. Und er stirbt.«

»Ist das wirklich passiert?«

»Ich weiß es nicht. Sie hat etwas anderes erzählt. Vielleicht habe ich nur Angst, daß es so gewesen sein könnte.«

»War Ihr Vater Ihrer Mutter gleichgültig?«

»Nein. Ihre Ehe hatte Höhen und Tiefen, aber sie waren fast fünfzig Jahre verheiratet, und ich glaube nicht, daß er ihr am Ende gleichgültig war.«

Budd Hopkins: »Sie glauben also, diese Bilder waren möglicherweise Ihre eigenen Gedanken?«

»Sie waren meine Gedanken. Sie waren eindeutig meine eigenen Gedanken. Ich meine, es war ja schließlich nicht *sein* Vater. Er hat das aus meinem Kopf gezogen – aus meinem Inneren herausgezogen. Als ich dieses Bild sah, empfand ich zunächst heftigen Schmerz. Ich stand meinem Vater nie sehr nahe. Mein Dad war eher zurückhaltend. Er war ein liebevoller Vater, aber er ging nicht sehr aus sich heraus. Er gehörte einer sehr verschlossenen Generation an. Die Texaner sind überhaupt recht zugeknöpfte Menschen. Ich glaube, manchmal habe ich deswegen ein wenig Schuldgefühle. Ich weiß nicht, was ich von alldem halten soll.«

»Ich weiß es auch nicht, aber es hört sich an, als...«

»Es ist nur...«

»... wäre Ihr Unbewußtes aufgedeckt worden.«

»Es ist so unerwartet. Damit hätte ich nie gerechnet, daß so etwas zum Vorschein kommt. Es ist so unheimlich. Warum sollte jemand aus einer fliegenden Untertasse bei mir erscheinen und solche Vorstellungen in mir erwecken? Was könnten sie bloß für Gründe dafür haben?«

Budd Hopkins: »Nun, das läßt sich im Augenblick nicht feststellen. Das wäre reine Spekulation.«

»Als wollten sie herausfinden, wie ich funktioniere. Genau so war es. Aber vielleicht bin ich einfach an einem Punkt meines Lebens angelangt, wo ich mich mit schwierigen und beängstigenden Gegebenheiten auseinandersetzen muß, und das ist meine Form der Auseinandersetzung. Vielleicht war gar kein kleines Männchen da. – Nein, das habe ich jetzt zwar so gesagt, aber es stimmt nicht. Es stimmt nicht. Das Männchen stand neben meinem Bett.«

»Sie sagten ursprünglich über den Zwischenfall am sechsundzwanzigsten Dezember, daß sie sogar Ihr tiefstes Geheimnis, ohne zu zögern, verraten hätten.«

»Ja, ohne zu zögern.«

»Sie ahnten also etwas. Daß Ihre tiefsten Geheimnisse aufgedeckt würden.«

»Ja, offensichtlich. Aber wenn Sie mich direkt gefragt hätten, dann hätte ich gesagt, daß ich absolut keine Ahnung habe, was in dieser Stunde geschehen ist. Ich dachte, ich wäre eingeschlafen, nachdem ich das erste Leuchten gesehen hatte.«

»Und die Explosion kam gleich danach?«

»Er nahm ein kleines Stäbchen – eine Nadel, und wenn er sie nur ein bißchen bewegte, sah ich die Spitze funkeln, und er machte so [eine Bewegung wie beim Anzünden eines Streichholzes], da knallte es, und ich spürte ein Kribbeln in meinem Gesicht.«

Budd Hopkins: »Und Ihre Anne sagte, es klang, als würde etwas gegen etwas schlagen.«

»Ja. Nun für mich war es mehr wie – man kann nicht sagen, wie wenn ein Ballon platzt. Das ist ein zu harmloses Geräusch. Es war viel heftiger, als wäre eine gewaltige Energie freigesetzt worden.«

Budd Hopkins: »Annie Gottlieb sagte, es klang wie ein Schlag mit der flachen Hand.«

»Nicht so kurz. Und dumpfer. Es war ein lautes Geräusch. Und es hatte eine tiefere Resonanz.«

Budd Hopkins: »Das hat Annie auch gesagt. Wir haben vier verschiedene Menschen, die das Geräusch beschreiben können.«

»Donner?«

»Es war nicht wie Donner, nein. Nicht wie Donner.«

»Ein Krachen?«

»Eigentlich nicht, denn es hallte nicht nach. Es war wie ein Krachen, das auf der Stelle endete. Mit einem tiefen Grundton – ein tiefer Donnerschlag ohne Echo. Nur ein einziges Geräusch. Mit einer sehr elektrischen Klangfarbe. Wenn man jemandem einen winzigen Blitz ins Gesicht schleudern könnte, würde auch der Donner direkt vor seinem Gesicht entstehen. Genau so war es.«

»Ich denke, wir sind am Ende.«

»Ja, ich möchte jetzt nicht auch noch den Sechsundzwanzigsten untersuchen.«

»Vielleicht sind wir mit dem Vierten noch gar nicht fertig.«

»Jetzt ist zumindest die Angst vorbei. Die Aufregung. Ich weiß, daß ich keine psychische Störung habe. Ich denke, da haben Sie recht. Wissen Sie, was ich jetzt tun muß? Ich muß lernen, damit zurechtzukommen, denn ich glaube nicht, daß ich ihre Existenz noch länger leugnen kann. Und ich muß mir darüber klarwerden, was ich diesen Wesen gegenüber empfinde, die in mein Haus eindringen und etwas so Seltsames und dennoch irgendwie Produktives tun.«

»Weshalb produktiv?«

»Nun, in zweierlei Hinsicht. Zunächst einmal haben sie viel über mich erfahren, falls sie sich, aus welchen Gründen auch immer, für mich interessieren. Und heute nachmittag habe ich viel über mich selbst erfahren. Sehr viel. Mich ängstigen Dinge, von denen ich keine Ahnung habe. Diese Sache mit Dad und meiner Mutter zum Beispiel.«

»Die anderen Ängste...«

»Nun, die Angst vor einem Krieg ist naheliegend... und auch die Angst davor, daß mein Sohn sterben könnte. Es gibt keinen guten Vater, der sich nicht um seine Kinder sorgen würde. Aber das andere war eine große Überraschung für mich. Ich liebte meine Eltern sehr. Ich liebe meine Mutter auch heute noch, und ich möchte gerne glauben, daß sein Ende ein so liebevoller und zärtlicher Augenblick war, wie sie mir immer erzählte.«

»Ist das denn keine Vision davon, was wirklich geschehen war?«

»Nein, ich habe keinen Grund, das zu glauben, vielleicht geht es hier um etwas viel Subtileres. Vielleicht wurde diese Vision erzeugt, um zu sehen, wie ich auf etwas reagiere, das ganz schrecklich für mich wäre. Vielleicht wollten sie auch nur herausfinden, was für ein Mensch ich bin.«

Die Sitzung endete mit dem Entschluß, noch in derselben Woche weiterzumachen. Am nächsten Abend (Sonntag, 2. März) rief ich meine Mutter in San Antonio an, was ich alle ein bis zwei Wochen tue. Ich erzählte ihr nichts von alledem. Ich hätte nicht gewußt, wie ich meiner siebzigjährigen Mutter am Telefon erklären sollte, was wir erlebten.

Wir unterhielten uns eine Weile über einen gemeinsamen Freund, der im Krankenhaus lag. Und dann, ganz unerwartet, beschrieb sie mir plötzlich den Tod meines Vaters. Ich hatte sie nicht darum gebeten, ich hatte nicht einmal gehofft, daß sie es tun würde. In den vergangenen zehn Jahren habe ich diese Schilderung nur ein einziges Mal gehört, am Tag nach seinem Tod. Sie erzählte, wie sie neben ihm gesessen war, während er auf dem Sofa lag. Er hatte einen unruhigen Nachmittag verbracht. Der Arzt war der Meinung, daß sein Herz bald versagen würde, das hatte er meiner Mutter wenige Tage zuvor eröffnet. Aber sie waren schon so lange zusammen, daß sie sich seinen Tod nicht vorstellen konnte. In den letzten Jahren ihrer Ehe standen sie sich besonders nahe; oft saßen sie Hand in Hand da, in jener wortlosen Verbundenheit, die bei sehr langen Beziehungen manchmal entsteht. Ich kann mir kaum ein sanfteres oder liebevolleres Ende ihres langen gemeinsamen Lebens vorstellen als dieses.

Mutter erzählte mir wieder, wie sie plötzlich gehört hatte, daß er ihren Namen rief, wie sie zu ihm gegangen war und gesagt hatte: »Karl? Karl, wach auf.« Er lag still und ruhig da... so einfach war das.

Wie kam es, daß sie diese Geschichte nach all den Jahren wieder erzählte, genau in dem Augenblick, da ich sie hören mußte? Die Verbindung von der Erinnerung an jene schreckliche Nacht und dieser Geschichte, die meine Mutter mit ihrer ruhigen, festen Stimme erzählte, verhalf mir zu einer tiefen Einsicht über meine verschütteten Ängste und Schuldgefühle. Ich gab mir die Schuld an dem Mangel an Wärme in meiner Beziehung zu meinem Vater. Obwohl ich ihn liebte, zog ich weg und ließ ihn ohne den Beistand seines ältesten Sohnes alt werden und sterben.

Aber ich mußte mein eigenes Leben aufbauen. Das schließt stets Opfer von seiten anderer ein, die für die eigene Entwicklung nötig sind. Das größte Opfer ist das der Eltern. Man kann sich die Schuldgefühle, die man deswegen hat, bewahren – wie ich es getan habe, wie mir nun klar wurde – oder sie abbauen, indem man sie akzeptiert und in den Reifeprozeß einbaut. In einem einzigen Augenblick in jener Nacht, unter dem Federgewicht des silbernen Zauberstabs, wurde mir eine Möglichkeit erschlossen, die mein ganzes Leben bereichern konnte.

Wenn mir tatsächlich von einem Besucher aus einer anderen Wirklichkeit wichtige Einsichten vermittelt worden waren, warum waren sie dann hinter Amnesie verborgen, wo ich sie nicht nutzen konnte? Vielleicht waren meine Erlebnisse nur Nebenwirkungen einer Art Untersuchung. Oder vielleicht war von Anfang an klar, daß mir dieser reichhaltige Erfahrungsschatz eines Tages zur Verfügung stehen würde, weil das Erlebnis bis in jede Einzelheit von intelligenten Wesen geplant worden war, von Wesen, die die Menschen ganz allmählich an ihre Existenz gewöhnen wollten.

Es gibt aber noch andere Möglichkeiten. Vielleicht deckte die Hypnose in Wahrheit nicht die Anwesenheit von Besuchern auf, sondern das Wirken eines verborgenen therapeutischen Potentials, das von unschätzbarem Wert sein könnte.

In den Märchendichtungen des Mittelalters kommen häufig Zauberstäbe vor, die Einsichten vermitteln können, und der Engel in der Offenbarung berührt die Auserwählten dreimal zwischen den Augen und verursacht ihnen großes Leid. In den modernen Berichten über Besucher ist jedoch nur ein versteckter Hinweis darauf enthalten. Eine Frau, die in den fünfziger Jahren eine rätselhafte Begegnung mit Besuchern hatte, wurde danach allmählich verrückt. Dabei krallte sie sich mit der Hand an ihrer Stirn fest, genau an jener Stelle, wo ich mit dem Zauberstab berührt worden war, bis die Haut fast bis auf den Knochen weggekratzt war.

Man könnte nun leicht behaupten, daß all das nur das Wirken des Unbewußten ist, das nächtliche Störungen dazu benützt, um verborgene Ängste aufzudecken. Der größte Haken bei dieser Annahme liegt darin, daß der ganze Vorfall noch viele Monate danach unter Amnesie verborgen war. Auch die Zeugenaussagen und der ›Donnerschlag‹, der vor dem ›Blitz‹ kam, stellen ein Problem dar. Das einfachste wäre, alles als rein psychologisches Phänomen abzutun. Aber auch das wäre ein Fehler, zumindest so lange, bis die körperlichen Auswirkungen vollständig und zufriedenstellend geklärt sind.

Wenn tatsächlich ein Besucher da gewesen war, dann konnte nur der menschliche Teil der Begegnung den Schlüssel zum Verständnis bergen. Und war der Besucher nicht mehr als der Wind im Schornstein oder der Mond, der den Nebel beleuchtete... dann war er der Schlüssel zum Verständnis meiner selbst.

EREIGNISSE DES 26. DEZEMBER 1985
Datum der Sitzung: *5. März 1986*
Patient: *Whitley Strieber*
Psychiater: *Donald Klein, MD*

Wenige Tage später trafen wir uns wieder. In den vergangenen vier Tagen hatte ich mich mit anderen Dingen beschäftigt, aber das war mir sehr schwer gefallen. Es erforderte große Beherrschung, nicht in die Bibliothek zu gehen und ein halbes Dutzend Bücher über unheimliche Begegnungen zu holen, und ein weiteres halbes Dutzend über mögliche psychologische Ursachen solcher Erfahrungen. Aber ich stimmte mit Dr. Klein und Budd Hopkins darin überein, daß ich bis nach der Hypnose so wenig wie möglich über dieses Gebiet wissen sollte.

Mir fiel aber ständig dieses Gesicht ein, die dunklen, funkelnden Augen, das Glitzern des silbernen Zauberstabs.

Ich war bereit, die Existenz von Besuchern zu akzeptieren. Aber daß einer von ihnen neben meinem Bett stand und mit einem Zauberstab eine Art Psychotherapie machte, konnte ich nicht so einfach hinnehmen. Das war mir zu persönlich.

Aber wir befinden uns hier auf ganz fremdem Terrain. Wenn es sich wirklich um Besucher handelt, dann kennen sie uns gut ... besser, als wir uns selbst kennen. Vielleicht aber sind sie nicht Besucher, sondern nur ›anders‹, eine Art des Daseins, die wir bislang noch nicht enträtselt haben.

Jedenfalls deuten all die unbekannten Flugobjekte, die während der vergangenen zwei Generationen gesichtet wurden, und die zahlreichen Berichte von Entführungen darauf hin, daß etwas Seltsames im Gange ist. Vielleicht ist es nur eine merkwürdige Form von Hysterie, aber dann wäre es eine sehr merkwürdige Form ... die riesige Lichter und kleine trippelnde Füße mit intimen Eingriffen in die Seele verbindet.

Budd Hopkins sagte mir, daß erste Hypnosesitzungen häufig traumatisch seien. Diese Erinnerungen sind aus gutem Grund verschüttet: Sie sind extrem furchterregend. Wenn sie aufgedeckt werden, durchlebt man die Panik, der man aus dem Weg gegangen ist. Mein Erlebnis mit dem Zauberstab ist so gut wie einmalig, aber das Wesen, das ihn hielt, wurde schon häufig beschrieben.

In dieser Woche begann ich mich mit meinen seltsamen Erinnerungen abzufinden. Ein Wesen war in meinem Zimmer gewesen. Ich hatte es gesehen. Und im Dezember hatte ich andere gesehen. Ich erinnerte mich daran, wie sie gerochen hatten, wie es gewesen war, von ihnen herumgetragen zu werden, wie es bei ihnen ausgesehen hatte.

Ich empfand vielschichtige Gefühle, von tiefer innerer Unruhe bis hin zu etwas, was ich nur als Drang zur Unterwerfung bezeichnen kann. Ich wollte mit ihnen auf freiwilliger Basis zusammenkommen, eine Art von Gemeinsamkeit finden.

Ich hatte mich noch nie so winzig, so hilflos gefühlt. Die Worte meines Jungen verfolgten mich: »... lauter kleine Doktoren, die mich auf die Veranda getragen haben...« Es gibt nichts Schlimmeres, als sich nachts um sein Kind sorgen zu müssen.

Als ich wieder in Dr. Kleins Praxis war, beschrieb ich meinen Zustand als ›unbehaglich‹. Er sagte: »Ist das alles?«

»Völlig verängstigt«, räumte ich ein.

»Sehr verständlich.«

Wir begannen mit der Sitzung über den 26. Dezember, sobald ich mich etwas entspannter fühlte. Wieder war Budd Hopkins dabei und hatte die Erlaubnis, mir mit denselben Vorbehalten wie bei der vorhergehenden Sitzung Fragen zu stellen.

»Ich möchte Sie zum sechsundzwanzigsten Dezember zurückversetzen. Erinnern Sie sich an den sechsundzwanzigsten Dezember. Sie sind beim Abendessen. Sie werden jetzt zu mir sprechen, dabei aber nicht erwachen. Sie schlafen tief... Wo essen Sie zu Abend?«

»Auf dem Land.«

»Sagen Sie mir, wer da ist.«

»Anne und unser Sohn.«

»Wie fühlen Sie sich.«

»Gut.«

»Was machen Sie?«

»Wir essen zu Abend.«

»Was essen Sie?«

»Gans. Kalte Gans. Es sind Reste... Weihnachtsessen. Und Preiselbeeren. Süßkartoffeln.«

»Wie fühlen Sie sich?«

»Ich bin sehr glücklich. Ich fühle mich großartig.«

»Haben Sie sich in den vergangenen Wochen immer großartig gefühlt?«

[Langes Schweigen.] »Bis Weihnachten ging es mir sehr schlecht.«

»Was meinen Sie mit schlecht?«

[Lange Pause.] »Ich hatte Angst – Angst, war unglücklich, fühlte mich ganz erschlagen. Ich dachte immerzu, jemand hätte sich im Schrank versteckt. Jeden Abend machte ich einen Kontrollgang durchs Haus.«

»Was kontrollierten Sie?«

»Das ganze Haus.«

»Hatten Sie eine Ahnung, was Sie suchten?«

»Ob sich jemand im Haus versteckt hatte.«

»Wer hätte das sein sollen?«

»Leute. Diese Leute.«

»Wußten Sie von diesen Leuten?«

»Ja.«

»Was wußten Sie?«

»Daß sie sich vielleicht im Haus verstecken.«

»Haben Sie das jemandem erzählt?«

»Nein. Ich wußte nichts von ihnen.«

»Hat Ihre Frau Sie gefragt, warum Sie in die Schränke gesehen haben?«

»Nein. Sie hat mich nie dabei gesehen.«

»Sie haben es vor ihr verheimlicht?«

»Ja. Und vor meinem Jungen. Ich habe eine Waffe.«

»Was für eine Waffe?«

»Eine Schrotflinte.«

»Wann haben Sie sie gekauft?«

»Im Oktober.«

»Wann im Oktober?«

»Wir gingen ins Waffengeschäft. Gegen... die Blätter fielen... ich weiß es nicht... ich glaube, es war... im Oktober... Mitte Oktober... ich ging schnurstracks in das Geschäft und kaufte die Flinte...«

»Wofür wollten Sie sie?«

»Zum Schutz.«

»Wovor?«

»Ich weiß nicht recht. Ich habe nur manchmal Ahnungen... daß Leute in meinem Haus sind.«

»Ich versetze Sie jetzt in der Zeit vorwärts, vorwärts bis zum Abend des Sechsundzwanzigsten. Sie gehen zu Bett.«

»Ja.«

»Sie gehen jetzt schlafen. Ich möchte, daß Sie mir alles erzählen, was passiert. Sie werden ruhig bleiben und mir sagen, was geschieht.«

»Wir gehen zu Bett. Ich habe ein gutes Buch, das ich lesen möchte. Gebe Anne einen Kuß. Ich schalte das Licht aus. Lege mich hin. Habe ich die Alarmanlage eingeschaltet? Ja. Ich höre eine Weile Radio. Jazz. Es ist spät. Ich schalte ab, alles wird ruhig. Jetzt werde ich schläfrig. Ich schlafe ein. [Lange Pause.] Ja... ich glaube... ich höre sie. Ich höre sie. Er kommt geradewegs zur Tür herein, sieht aus, als hätte er... Karten an. Verdammt noch mal! Das ist keine Einbildung! Sieht aus, als hätte er Karten an. Auf der Brust, eine große, eckige blaue Karte auf der Brust. Und darunter eine längliche. Und er hat einen... einen runden Hut auf. Und er trägt eine Gesichtsmaske mit zwei Augenlöchern und einem runden Loch etwas tiefer in der Mitte, und er bewegt sich ganz schnell. Und er macht... steht neben meinem Bett und macht eine Geste zur Tür. Und plötzlich sind wahnsinnig viele von ihnen da! Marschieren ins Zimmer. Unmengen! Sie haben keine Karten an... sie tragen alle Overalls... blaue Overalls. Und sie haben kahle Köpfe. Zeit, aufzustehen. Ich stehe auf. Ich habe Angst. Eine Heidenangst. Ich ziehe den Schlafanzug aus. Am schlimmsten ist es, Anne zu sehen. Ich muß mich jetzt von ihr verabschieden. Sie stehen in zwei langen Reihen da. Ich gehe hinaus. Sie bewegen mich. Sie tragen mich. Sie tragen mich. Reichen sie mich von Hand zu Hand weiter? Es sind winzig kleine Leutchen. Ich glaube, ich könnte einen von ihnen mit nur einer Hand aufheben.« (Ich wurde auf die Veranda hinuntergetragen, wo ich eine Art schwarze Eisenbahre sah.)

»Gefällt mir nicht, wie das aussieht. Das ist eine Bahre, oder eine Art Bett. Aber – es ist für mich. Ich fühle mich elend. Einfach elend. Nicht... nicht. Ich beobachte das alles nur irgendwie. Weil es immer so anfängt. Man fragt sich, ob es nicht ein Traum ist, aber es ist keiner. Und als sie hereinkamen, also als sie da in zwei langen Reihen zur Tür hereinkamen... das ganze Zimmer war voll.

Ich weiß nicht, wo sie jetzt sind. Ich liege auf der Bahre. Alles ist irgendwie – verworren. Mir war, als bestiege ich den elektrischen Stuhl. Und ab geht es von der Veranda, und jetzt weiß ich, daß dies ein Traum ist, denn ich fliege. Ich fliege, also muß es ein Traum sein. Ich will aber das Haus nicht verlassen. Nein. Ich will das Haus nicht verlassen.« [Schluchzt, stöhnt.]

»Wo ist der Schnee? Wir sind tief im Wald. Das verstehe ich nicht; ich bin so weit von... Mir scheint, da sind Weinreben auf meiner Schulter.« [Lange Pause.] (Einer von ihnen erklärte mir etwas, aber ich war nicht imstande, das Gehörte zu wiederholen. Jedenfalls erschreckte es mich zutiefst. Ich machte die Augen auf.)

»Was hat Sie geweckt?«

»Ich weiß nicht, ob ich es Ihnen erzählen kann. Ich bin auch gar nicht sicher, ob ich wach bin. Bin ich wach?« (Das Zimmer sah verschwommen aus, und ich fühlte mich sehr entspannt.)

»Schwer zu sagen. Versuchen wir einfach, wieder einzusteigen. Ganz ruhig. Ganz entspannt...«

»Anfangs war alles sehr klar. Und auf einmal...«

»Alles wird langsamer laufen. Wir werden das ganz langsam durchgehen.«

»Okay.«

»Langsam und entspannt. Alles verlangsamt sich. Schweben Sie?«

»Nein, sie tragen mich. Zumindest sind sie rund um mich. Es ist komisch: Ich lege mich hin und sehe den Himmel. Ich sehe Wolken. Und... sie sind alle um mich herum. Und ich bin nackt, friere aber nicht. Und ich sehe den Himmel. Dieses Ding hat... das sind zwei Armstützen... es ist gar nicht wie ein Bett. Es hat Fußstützen und eine Kopfstütze. Ich liege darauf, und ich sehe zum Himmel empor, und ich sehe... Dinge – wie Wolken. Und sie haben... sie sind ein ganzer Schwarm, sie sind rund um mich. Und ich habe das Gefühl... ich spüre nicht viel. Ich fühle mich ganz taub und komisch. Nicht schlecht. Irgendwie angenehm. Als wäre ich betäubt. Und dann sitze ich plötzlich. Ich bin noch immer in diesem Ding, aber ich sitze im Wald. Es ist fast, als wäre es ein Teil von mir geworden. Wie ein... es hält mich fest und läßt mich nicht los, auch wenn ich mich bewege. Und ich kann nirgends hingehen, soviel steht fest. Weil das Ding mich nicht losläßt.

Wir sitzen in einem kleinen – wir sitzen in einem Loch. Einem kleinen Loch. Ich bin so. [Lehnt sich halb zurück und hält die Hände so, als würden sie Armlehnen eines Sessels umklammern.] Vorhin erinnerte ich mich, daß jemand dort drüben saß, aber jetzt nicht mehr. Oder sie sind nicht mehr da. [Pause.] Diese Leute machen mir angst. Schreckliche Angst, weil... *Huuuiiii!* In die Luft. Einfach hochgeschnellt. Das hat mich zu Tode erschreckt. Ich habe die Bäume unter mir gesehen! Jetzt ist wieder Boden unter mir.«

»Sie flogen in die Luft?«

»Ich schoß kerzengerade in die Höhe, weit über die Bäume empor. In diesem Sessel, diesem Ding. Einfach so, *huuuiiii,* aus dem Wald heraus.«

»Sehr hoch?«

»Das kann man wohl sagen! Weit hinauf. Kerzengerade. Ich muß dreißig Meter emporgeschnellt sein. Mehr als dreißig Meter. Weit über die Bäume hinaus. Einfach so. *Huuuiiii.* Senkrecht in die Höhe. *Huuuiiii.* Senkrecht in die Höhe und über den Wald. Wie in einem Fahrstuhl. Ich habe es genau gespürt. Ich meine, ich habe es gespürt. Senkrecht in die Höhe. *Huuuiiii!* Und jetzt ist wieder Boden unter mir. Ich weiß, daß das kein Traum ist. Hoffentlich darf ich wieder nach Hause. Ich bin froh, daß sie dieses Ding fortgenommen haben. Ich sitze auf einer Bank in einem kleinen Raum. [Schnüffelt.] Und es riecht komisch. Riecht irgendwie nach Käse hier drinnen. Riecht ziemlich widerlich. Hier ist es nicht sauber. Da ist etwas. Jemand spricht mit mir. Da ist jemand, der mit mir spricht. Jetzt geht sie vorne an mir vorbei. Und sie trägt einen braunen... Anzug. Sie sieht irgendwie aus, als wäre sie aus Leder. Den Kopf sehe ich ganz deutlich, und man mußte... man mußte... es macht einen irgendwie krank, weil man nicht weiß, weil ich nicht weiß... ich habe keine Ahnung, wohin das führen soll.« (Der kleine Raum, der üblicherweise rund ist, ist eine fast allgemeine Erfahrung. Auch der braune Anzug und die Lederhaut kommen in den Berichten oft vor. Handschuhleder wurde beschrieben. Dieses Wesen wirkte übrigens kein bißchen menschlich. Sein Aussehen entsprach einem Besuchertyp, der häufig beschrieben wird, besonders die Augen.)

»Weißt du was, ich glaube, du bist alt. Bist du alt?

Sie sagt: ›Ja, ich bin alt.‹

Sie sieht... sieht mich an. [Bewegt den Kopf zurück, dann nach rechts und links, als würde er am Kinn gehalten und untersucht werden.] Sie sieht mich ganz genau an. Sie hat eine Streichholzschachtel. Nein, es ist keine Streichholzschachtel.« (Ich hatte bei diesem Wortwechsel eine tiefe Baßstimme in Erinnerung. Dann sagte sie mir, daß sie eine Operation durchführen würden.)

»Waaas? Was soll das heißen, eine Operation? Was soll

das heißen, *eine Operation?* Was soll das heißen? Ich bekomme wieder schreckliche Angst. Schreckliche Angst. Weil ich nichts dagegen tun kann. Ich will nicht einmal hinsehen.

›Können wir etwas tun, damit du zu schreien aufhörst? Können wir etwas tun, damit du zu schreien aufhörst?‹

›Du könntest mich dich riechen lassen.‹ Sie hält ihre Wange an mein Gesicht. Sie sind da. Sie sind wirklich da. ›Ich werde euch keine Operation durchführen lassen.‹

›Wir werden dir nicht weh tun.‹

›Ich werde euch keine Operation durchführen lassen! Ihr habt kein Recht dazu.‹

›Wir haben das Recht.‹

Das war es, peng. War gar nichts dabei. Ich dachte, sie würden mir den ganzen Kopf aufschneiden. War überhaupt nichts dabei.«

Dr. Klein: »Was ist geschehen?«

»Hinter meinem Kopf machte es peng, das war alles. Nicht laut. Nur peng. Und sie sitzt die ganze Zeit direkt vor mir und sieht mich an. Dort hinten bewegen sie sich.« (Ich spürte die anderen, sah aber nur sie an. Sie holte etwas von unten herauf.) »›Herrgott, ist das dein Penis?‹ Ich hatte gedacht, es wäre eine Frau. [Gibt ein tiefes, grunzendes Geräusch von sich.] Es dringt in mich ein. [Erneutes Grunzen.] Es bohrt sich in mich, bohrt sich in mich. Ich kotze sie gleich alle an.« [Pause.] (Sie versuchten, mir mit ihren Händen den Mund zu öffnen.) »›Warum macht ihr das da mit meinem Mund?‹ Sie versuchten ständig, mir etwas in den Mund zu schieben. Sie sind wirklich. Das ist kein Traum. Sie hat mir die Wange hingehalten, und sie sind wirklich! Es ist einfach unglaublich. Ich habe immer noch dieses Ding in mir, und ich wäre es gern wieder los. [Pause. Tiefer Atemzug.] Ich hatte Gelegenheit, mich umzusehen. Hier steht eine lange Bank, und da auf der Seite liegt ein Haufen alter Kleidungsstücke. Und dort ist eine Tür. Eine runde Tür. Sie ist geschlossen. Sie hat einen kleinen schwarzen Nippel. In der Mitte. Und sie ist geschlossen.« (Ich hörte ein Murmeln.) »Was, zum Teufel, hat sie zu mir gesagt?

Stimme: ›Du bist unser Erwählter.‹

›Das glaube ich nicht. Ist ja lächerlich.‹« (Sie fragten, woher ich wüßte, daß es lächerlich sei.) »›Woher ich das weiß? Weil es lächerlich *ist*. Das könnt ihr einem anderen erzählen. Außerdem will ich nach Hause.‹«

Dr. Klein: »Was haben sie gesagt?«

»›Du bist unser Erwählter.‹ Und das ist Scheiße, das war mir auf der Stelle klar. Klang fast wie ein Witz. Sie sagt: ›O nein, o nein.‹ [Imitiert Singsang.] Als machten sie sich über mich lustig. Ich will nach Hause.

›Und wenn wir dich nicht nach Hause gehen lassen?‹

Aber ich weiß nicht, ob sie das gesagt hat oder nicht. Ich denke, *ich denke*, daß sie es gesagt hat.« (Wieder wurde mir diese Tür gezeigt, die mir aus irgendeinem Grund Angst machte. Sie fragten mich, ob sie die Tür öffnen sollen.) »›Ich möchte nicht, daß ihr diese Tür öffnet! Ich gehöre zu meiner Mutter und meiner Frau . . . und meinem Jungen. Dahin gehöre ich. [Schluchzt.] Ich gehöre nicht hierher. Ich weiß nicht, wie ich hierher geraten bin. Was habe ich bloß getan, um all das auf mich zu ziehen?‹« (Sie fragte mich, ob ich so steif war, wie ich konnte. Ich wußte nicht genau, was sie meinte.) »›Ich glaube schon.‹

Stimme: ›Kannst du noch steifer werden?‹

›Ob ich noch steifer werden kann?‹ Oh, Gott. Ich wußte gar nicht, daß ich so steif war. ›Nein, solange du in der Nähe bist, kann ich nicht steifer werden.‹

Stimme: ›Was soll ich sein, was möchtest du?‹

›Was du sein solltest? Ich möchte, daß du ein Traum bist, das sollst du sein.‹

Stimme: ›Das geht nicht.‹

›Ich weiß, daß das nicht geht. Du hast mich gerade in den Finger geschnitten.‹ Einfach so. Kommt einfach her, zack, peng, fertig. Tut überhaupt nicht weh. Tut überhaupt nicht weh. Es macht mir keine Angst, als der Boden unter mir so verschwindet. Ich rolle wie ein Ball. Fühlt sich fast so an, als würde der Film zurückgespult werden. Oh, Mann.«

(Rasend schnell schwebte ich in mein Wohnzimmer zurück. Ich hatte keinerlei Erinnerung daran, wo ich gerade gewesen war.)

»Ich sitze auf dem Sofa. Ich denke, daß ich Feuer machen sollte, aber ich habe nichts an. So kalt. So müde. Ich gehe nach oben. Dort oben stehen jetzt zwei Leute. Das macht mir angst, weil... Ich glaube nicht, daß sie vorhin schon da waren. Ich glaube nicht, daß sie schon da waren. Ich gehe ins Bad und putze mir die Zähne. Ich kann das Gesicht nicht vergessen. Ich bin verdammt froh, wieder zu Hause zu sein. Jetzt muß ich nur ins Bett gehen.

Ich sehe meinen dunklen Schlafanzug, meinen blauen Schlafanzug, ziehe den Schlafanzug an, knöpfe ihn zu, gehe ins Bett. Ich berühre Anne, und sie ist warm.« [Sitzt mit geschlossenen Augen und zusammengesunken da, als würde er schlafen.]

»Entspannen Sie sich. Gehen Sie zurück, zurück. Ich möchte, daß Sie ihr Gesicht sehen, ganz deutlich. Ich möchte, daß Sie ihr Gesicht sehen.«

»Ja.«

»Warum denken Sie, daß es eine Frau ist?«

»Ich weiß es nicht. Ich denke es eben. Und sie ist alt. Sie hat einen kahlen... sie hat einen großen Kopf und vorstehende Augen... sie ist braunhäutig, aber nicht wie ein Farbiger, eher wie Leder. Gelbbraun. Und wenn sie den Mund öffnet, sind ihre Lippen... sie hat eigentlich gar keine Lippen... aber sie hängen herab. Sie hat hängende Lippen. Ich habe sie nie sprechen gesehen. Also ehrlich gesagt, weiß ich nicht, was das ist. Ich weiß nicht, ob es ein Käfer ist oder was. Und ich weiß auch nicht, ob es eine Frau ist oder nicht. [Spricht mit hoher, dünner

Stimme.] Es spricht ungefähr so. Es hat eine Art... [Normale Stimme, wie zu dem Wesen] ›Weißt du, das kaufe ich dir nicht ab. Da kannst du mir sagen, was du willst, ich werde es dir trotzdem nicht abkaufen.‹«

»Was meinte sie damit, ob Sie noch steifer werden können?«

»Ich hatte einen halben Ständer. Mein Penis. Und sie sagt: ›Kannst du noch steifer werden?‹ Und ich konnte es nicht. Ich wußte nicht einmal, daß ich in diesem Zustand war. Wenn sie dabei ist, geht es einfach nicht.«

»War das natürlich oder irgendwie herbeigeführt?«

»Ich weiß es nicht. Nein. Aber sehen Sie, dieses Ding war noch immer in mir. Ich weiß nicht einmal, wann es entfernt wurde. Es sah beinahe aus, als wäre es lebendig. Es war ein großes, graues Ding mit einer Art kleinem Käfig am Ende, etwa so groß wie eine Daumenkuppe. Und sie schoben es in mich hinein... sie zeigten es mir hinterher, also müssen sie es wieder herausgeholt haben, aber ich kann mich nicht daran erinnern. [Pause.] Wissen Sie, sie sprechen mit mir, aber ich kann sie nicht hören.« [Lange Pause. Seufzt.]

»Sie erwähnten diese Botschaft, daß Sie der Erwählte seien.«

»Ja.«

»Haben Sie darauf reagiert?«

»Ja. Ich sagte genau das, was ich vorhin gesagt habe. Weil sie sagen: ›Du bist unser Erwählter‹, und das ist einfach Scheiße. Als wollten sie mich beeindrucken, wissen Sie.«

»Haben sie gesagt, wofür erwählt?«

»Nein. Für nichts Bestimmtes. Sie haben viele ›Erwählte‹, glauben Sie mir. Ich habe einige der anderen gesehen. Sie lagen alle da unten.«

»Welche anderen?«

»Die anderen Menschen. Es war eine ganze Reihe. Aber das ist lange her. Sie wußten nicht, wo sie waren oder was sie taten. Ich hatte mich im Bett aufgerichtet. Und...«

»Wie alt waren Sie?«

»Zwölf.«

»Wo waren Sie?«

»Ich saß im Bett. Alle anderen schliefen. Da ist eine ganze Reihe Betten...« [Laute des Unbehagens. Langer, resignierter Seufzer.]

»›Ich bin froh, daß ihr mich wach sein laßt.‹ Ich sitze auf einem Stuhl... nur dieses graue Ding vor mir. ›Was ist *das?*‹ Es hat rote Flecken. ›Ich bin müde. Mir ist schlecht.‹

›Möchtest du nach Hause?‹

›Es macht mir auch nichts, wenn ihr mich nie wieder nach Hause bringt.‹

›Du mußt nach Hause gehen.‹

›Wer sind all diese Leute?‹

›Soldaten.‹

›Warum sind sie hier?‹

›Weil sie allein waren.‹

›Was macht ihr mit ihnen?‹

›Wir untersuchen sie und schicken sie dann nach Hause.‹

›Zu welchem Zweck?‹

›Der Grund dafür ist... der Grund dafür ist... naja.‹

›Warum siehst du so schrecklich aus?‹

›Dafür kann ich nichts.‹

›Wann habt ihr meine Schwester gefunden?‹

›Sie ist da unten in der Halle.‹

›Patricia? Ipi? Ipi sieht gar nicht gut aus. Ipi sieht aus, als wär' sie mausetot.‹

›Es geht ihr gut.‹«

(Dann sah ich zum erstenmal meinen Vater. Er stand aufrecht und offenbar bei vollem Bewußtsein da.) »›Daddy!‹ Jetzt habe ich Angst. Sie haben... ›Daddy! Hab keine Angst, Daddy! Dad, hab keine Angst! Daddy, hab keine Angst! Oh, Daddy! Daddy, hab keine Angst! Komm her, Daddy! Daddy, alles ist gut!‹

Er sagt: ›Whitty, es ist nicht gut! Es ist nicht gut!‹

›Nein, ich weiß, daß es nicht gut ist.‹

›O Gott, was ist das?‹ fragt er.

›Ich weiß auch nicht, was es ist, Daddy. Wie bist du hierher gekommen. Daddy?‹? [Stöhnen, unterdrücktes Schreien. Allmähliche Beruhigung. Tiefe Atemzüge. Schweigen. Erwacht unvermittelt aus der Hypnose.] »Wir waren in einem Zug. Waren wir in einem Zug? [Lange Pause.] Ich bin nicht hypnotisiert.«

»Erinnern Sie sich, was da vor sich ging?«

»Ob ich mich erinnere, was da vor sich ging?«

»Im letzten Teil der Hypnose.«

»Im letzten Teil? Wir waren in einem Zug. Ich hatte Todesangst. Einfach Todesangst. Meinem Vater war etwas zugestoßen. Ist das ... ist das wahr ... ist das, was ich ...? Nein, es ist nicht wahr. Wir waren nicht in einem Zug.«

Budd Hopkins: »Sie haben von Ihrer Schwester gesprochen.«

»Ja, meine Schwester war bei uns.«

»Edie?«

»Ipi.«

»Ebie?«

»Nein, Ipi. Habe ich Ipi gesagt? Das war ihr Spitzname.«

»Nennen Sie sie so?«

»Wir haben sie so genannt, als wir noch Kinder waren. Wie bin ich denn dorthin gelangt ... ich bin ganz durcheinander, weil ... Ich weiß nicht, ich habe irgendwann gesagt, ich sei zwölf, und dann habe ich dieses Ding wiedergesehen, dasselbe Ding, das ich sah, als ...«

Budd Hopkins: »Was für ein Ding?«

»Das Ding ist eine ... na ja, ich sage dauernd, es sei eine Frau. Dabei ist es ein Ding. Aber ich habe sie gesehen. Im Zug? Was, um alles in der Welt, hat das zu bedeuten?

Ich bilde mir ein, sie in einem Zug gesehen zu haben. *In einem Zug?* Aber es ist kein... es ist kein Zug.«

Budd Hopkins: »Ihr Vater war da?«

»Ja. Er war da. Er hatte Todesangst! Und als *er* Angst bekam, bekam ich auch Angst. Und meine Schwester war da, aber sie war völlig weggetreten. Und dann waren noch eine ganze Menge Soldaten da.«

»Gewöhnliche Soldaten?«

»In Uniformen.«

Budd Hopkins: »Und sie waren auch weggetreten?«

»Und sie hatten Uniformen. Sie lagen alle auf...«

Budd Hopkins: »Bewußtlos?«

»Tischchen... nein, es waren Betten, massive Betten... ohne Beine.«

Budd Hopkins: »Viele?«

»Sehr viele. Ja.«

»Sie durften sich aufsetzen?«

»Ich saß aufrecht da. Ich war glücklich und saß aufrecht da. Ganz aufgeregt. Dann sah ich meinen Vater, und ich erschrak, weil er solche Angst hatte.«

Budd Hopkins: »War das derselbe Schauplatz oder ein anderer?«

»Nein, es war derselbe Schauplatz. Nicht ganz. Ich saß auf einem Stuhl, und da war ein graues Ding vor mir, eine Art graue Kiste, die herabgesenkt wurde – vollkommen grau –, ich konnte die Kanten und den Boden sehen, aber nicht das obere Ende. Weil ich irgendwie in meiner Bewegungsfreiheit eingeschränkt war. Wissen Sie, ich denke immerzu, daß es in einem Zug war, aber das kann doch nicht sein, oder? Ich spreche doch offenbar von Begebenheiten, die nicht in einem Zug stattfanden, oder? Habe ich gesagt, daß es... wissen Sie, allmählich... ich bin völlig durcheinander. [Lacht.] Ich habe keine Ahnung, was los ist.«

Budd Hopkins: »Warum haben Sie *Zug* gesagt?«

»Ich weiß nicht.«

Budd Hopkins: »Sahen Sie...«

»Nein, wir *waren* in einem Zug. Wir waren wirklich in einem Zug! Wir waren im Zug, und ich sage Ihnen, die gottverdammte Sache passierte, als wir in einem Zug waren! Wir gerieten im Zug in diese Sache hinein. Wir drei waren in einem Zug. Ich kann Ihnen auch sagen, weshalb. Wir kamen mit dem Zug aus Madison, Wisconsin, zurück. Im Jahre 1957, und da hat sich das alles zugetragen.«

Budd Hopkins: »Haben Sie Sitzreihen gesehen?«

»Nein, nein, wir waren... Das soll wohl ein Witz sein. Mein Vater reiste doch nicht auf normalen Plätzen. Wir waren in einem großen Privatabteil.«

Budd Hopkins: »Sie waren also in einem Privatabteil.«

»Ja. Und ganz plötzlich bin ich nicht mehr in einem Zug, ich sitze aufrecht im Bett, und all diese Soldaten...«

»Hatten Sie eine Decke?«

»Nein, nein... ja... eine kleine... nicht so schnell, Budd. Ich weiß, Sie brennen darauf, alles zu erfahren, aber in meinem Kopf... da ist etwas in mir, das sagt immerzu: ›Du bist in einem Zug. Du bist in einem Zug. Du bist in einem Zug.‹ Und es ist, als wäre ich... es ist sehr schwer... aber, nein, da war keine Decke. Da war... ich spürte unter mir etwas Weiches. Es war nicht unbequem. Das Bett hatte massive Seitenteile, die ein wenig über die Kanten hinausragten. Ich saß aufrecht da. Dann saß ich an der Bettkante. Sehen Sie, ich erinnere mich nicht daran, mich bewegt zu haben. Das ist das Komische daran. Ich erinnere mich an eine Situation und dann an die nächste. Verflucht! So etwas ist mir noch nie passiert.«

»Und als Sie aufgerichtet saßen, war Ihr Vater da?«

»Nein, ich saß eine Weile vor diesem grauen Ding, auf einem kleinen Stuhl. Und dann sah ich plötzlich meine Schwester da unten [deutet abwärts und nach rechts], sie lag einfach da und war völlig hinüber. Darauf bekam ich Angst. Dann entdeckte ich meinen Vater. Er stand da und sah ganz verloren und fassungslos aus. Verängstigt, völlig verängstigt. Er senkte den Kopf und machte so, und ich wurde fast wahnsinnig vor Angst.« (Ich ahmte meinen Vater nach, indem ich krampfhaft würgte. Es war, als wollte er etwas aus dem Hals bekommen.) »Und dann hörte ich ihn schreien, aber nur ganz leise, wissen Sie. Ich konnte ihn sehen – er war nicht weiter entfernt als Sie jetzt« (ungefähr einen Meter zwanzig) »aber ich hörte ihn nur ganz leise, er schrie und schrie. Kaum hörte ich ihn, da überkam mich fürchterliche Angst. Ich weiß noch genau, was das für ein Gefühl war. Es ging mir einfach durch und durch. Als Daddy sich fürchtete, da stand ich einfach Todesängste aus.«

»Sie sagten, das war während einer Reise.«

»Ja, die Reise hat stattgefunden. Und nicht nur das; während dieser Reise passierte tatsächlich etwas. Denn auf der Rückfahrt war mir hundeelend. Ich erbrach mich, bis nur noch Galle hochkam. Mein Gott, es muß eine schreckliche Fahrt für meinen Vater gewesen sein, der arme Kerl.«

»Sie meinen...«

»Er machte mit mir Schreckliches mit, weil mir dauernd so übel war.«

»Lebt Ihre Schwester noch?«

»Ja.«

»Da war etwas... Sie haben es beschrieben, als hätten Sie es schon einmal gesehen.«

»Wissen Sie, was ich schon einmal gesehen habe? Die Frau. Dieselbe Person.«

»Das kommt in der Hypnose vor. Diese spontanen Zeitverschiebungen. Wenn jemand unter Hypnose etwas sieht, das er von früher kennt, dann kommt es oft zu solchen Zeitverschiebungen.«

»Ich hatte vor der Hypnose das vage Gefühl, daß ich jemanden dort kannte. Aber ich habe es verdrängt, weil es unmöglich ist. Man kann nicht... ich meine, sich mit so etwas auseinandersetzen ist eine Sache, aber herausfinden, daß man einen von ihnen bereits kennt, ist wieder ganz etwas anderes.« [Lacht.]

Budd Hopkins: »Was ist mit dieser Frau...«

»Es ist so seltsam! Hören Sie bitte einen Augenblick auf, Budd, es wird mir alles zuviel! Ich meine, es ist nur... wir werden uns ein ander Mal darüber unterhalten, aber jetzt muß ich mich ausruhen.«

»Hören wir also auf.«

»Ja. Für heute hab ich genug.«

Drei

Die Farbe der Dunkelheit

Einsicht

Farewell, green fields and happy grove,
where flocks have took delight;
where lambs have nibbled, silent move
the feet of angels bright;
unseen they pour blessing,
and joy without ceasing,
on each bud and blossom,
and each sleeping bosom.

WILLIAM BLAKE,
»Night«

Verloren

Diese letzte Sitzung hinterließ ein Gefühl tiefer Beunruhigung in mir. Ich fühlte, daß ich in einen vollkommen unbekannten Bereich des Innenlebens vordrang. Aus zwei Gründen fürchtete ich um meinen Verstand: Erstens dachte ich noch immer, daß ich einer seltenen Geisteskrankheit zum Opfer gefallen sein könnte; und zweitens bezweifelte ich, mit der Vorstellung, mein Leben sei nach einem verborgenen Plan verlaufen, existieren zu können. Keine dieser Möglichkeiten war für mich akzeptabel – ich mochte nicht einmal daran denken –, und doch mußte eine von beiden zutreffen.

Ohne zu denken, wanderte ich durch die Straßen von New York und genoß die Normalität des alltäglichen Lebens. Ich ging, aber ich hatte den Drang zu rennen. Ich saß in einer Falle: Wenn ich nicht akzeptierte, daß sich hinter diesen Erfahrungen etwas Wirkliches verbarg, dann mußte ich hinnehmen, daß ich geistesgestört war. Aber weder fühlte ich mich gestört, noch handelte ich entsprechend. Ich empfand Angst, und all meine irrationalen Handlungen konnten als Reaktion auf meine verdrängten Ängste angesehen werden.

Ich war ein verantwortungsvoller Ehemann und Vater. Es gab nie das geringste Anzeichen einer psychotischen Störung. Don Klein war ein anerkannter Experte, und er erklärte selbst nach dieser Sitzung, daß er mich für geistig gesund hielt.

Aber wie konnte ein geistig gesunder Mensch derart ausgefallene Wahnvorstellungen haben?

Was sollte ich meiner Frau sagen? Und was war mit meinem Sohn? Bis zu welchem Grad waren sie beide in die Angelegenheit verstrickt? Noch nie hatte ich mich so gefühlt wie in diesem Augenblick:

Ich war in rätselhaften Abgründen meines Lebens gefangen, meines Lebens, das mir immer so klar und verständlich erschienen war.

Wie war es möglich, daß dies alles bis in meine Kindheit zurückreichte? Und wenn es nicht stimmte, wenn alles nur eine Ausgeburt meiner Fantasie war? Was ging dann in mir vor, und zu welchem Zweck?

Wesentlich später hörte ich mir die Hypnosekontrolle anderer Leute an (mit deren Erlaubnis) und las das Buch *Missing Time* von Budd Hopkins. Ich nahm auch an einer Diskussion mit Menschen teil, die sich an eine Entführung erinnerten. Dabei stellte ich fest, daß Erinnerungen an mehrere Episoden keine Ausnahme sind. Viele dieser Menschen waren genau wie ich auf eine Vielzahl von Erlebnissen seit ihrer frühen Kindheit gestoßen.

Ich schlug mich mit der Vorstellung herum, daß in meinem Leben etwas geschehen war, das eine ungeheure, bislang allerdings unbewußte Wirkung auf mich hatte. Sicherlich hatte ich mich entsprechend verhalten, noch bevor mir diese Erinnerungen bewußt wurden. Bewußte Erinnerungen tauchten eigentlich erst in der ersten Januarwoche des Jahres 1986 auf. Meine Unruhe wegen der ›Leute im Haus‹ begann aber schon im Sommer 1985. Sie steigerte sich so sehr, daß ich teure Alarmanlagen kaufte und im Oktober sogar eine Waffe erwarb.

Ich wollte meinen Wohnort verlassen und nach Texas zurückgehen, wo ich aufgewachsen war. Merkwürdig ist, daß ich in Texas noch größere Furcht als in New York empfand. Bedeutete dies, daß ich mich unbewußt an noch schrecklichere Dinge erinnerte als jene, die in New York passiert waren?

Als ich schließlich nach Hause kam, wurde ich schon von meiner Familie mit dem fertigen Abendessen auf dem Tisch erwartet. Fast meinte ich, die Schatten hinter mir gelassen zu haben.

Aber dann ging mein Sohn zu Bett, und bald darauf auch Anne. Als kein Licht mehr brannte, erschien mir meine Wohnung nicht sicherer als jede Straßenecke.

In dieser Nacht sehnte ich mich inbrünstig danach, mein altes Ich abzuwerfen und als neuer Mensch in die Welt treten zu können. Die Gedanken an die Besucher brannten in mir wie glühende Kohlen. Ich spürte ihren grenzen- und zeitlosen Blick, der tief in mich hineinsah. Jeder Schatten schien von ihnen beseelt zu sein. Ich ging wieder hinaus und wanderte durch die Straßen.

Als ich zurückkehrte, kamen die Katzen und strichen um meine Füße – und sprangen gleich wieder davon. Meine Katzen. Ich ging in mein Arbeitszimmer, setzte mich im Yogasitz auf den Boden und versuchte, mich zu sammeln.

Sobald ich mich entspannt hatte, war es, als hätte ich den Riegel zu einer anderen Welt geöffnet. Sie überrollten mich, drängten aus meinem Unbewußten hervor, griffen nach mir. Dies war keine gewöhnliche Erinnerung. Sie nahm auf jede nur mögliche Weise von mir Besitz, sowohl zärtlich wie gewaltsam von mir Besitz. Dieser Ausbruch glich einer inneren Geburt, bloß war das, was hier geboren wurde, kein unschuldiges Kind. Es war eine gewaltige Kraft, die in meinem Bewußtsein auftauchte. Und ich stand in Beziehung zu ihr – nicht in einer ungewissen neuen, sondern einer Beziehung voll Reichtum und Reife, die den gesamten Bereich meiner Empfindungen und mein ganzes Leben umfaßte: Was immer es auch sein mochte, es prägte mich schon seit Jahren. Ich krümmte mich unter der Last dieser Erkenntnis.

Was mochte in meinem Unbewußten verborgen sein? Mir war als tanzte ich auf einer dünnen Eisschicht, die über meiner Seele lag. Unter mir gähnten endlose, vollkommen unbekannte Abgründe. Weder die Psychiatrie noch die Religion, noch die Biologie vermochten bis dorthin vorzudringen.

Ist der Mensch das, als was er erschien? Oder leben wir auf ein Ziel in einer anderen Welt hin? Vielleicht ist unser irdisches Leben nur ein flüchtiger Schatten, eine nebensächliche Erscheinung unseres wirklichen Daseins.

Um mir wenigstens den Anschein von Selbstkontrolle zu geben, beschloß ich, eine Liste aller möglichen Erklärungen aufzustellen. Ich setzte mich an den Schreibtisch und begann damit.

Selbst wenn die Besucher real waren, mußten sie nicht unbedingt Wesen von einem anderen Planeten sein.

Ich verlegte mich aufs Spekulieren. Die ›Besucher‹ konnten auch von hier stammen. Die Tradition des Sagen- und Märchengutes legt nahe, daß wir seit langem von bestimmten Phänomenen begleitet werden, weit länger als die vierzig oder fünfzig Jahre, seit das Phänomen seine heutige Form angenommen hat. Das einzige Problem dieser Theorie war, daß sich das, was sich seit Mitte der vierziger Jahre ereignet hat, so sehr von den Märchenüberlieferungen unterschied. Plötzlich tauchten Gehirnuntersuchungen und fliegende Untertassen auf, Entführungen und graue Wesen mit starrenden Augen. In der menschlichen Psyche hat sich sicherlich kein derart extremer Wandel vollzogen, der die radikale Änderung der mythologischen Bilder erklären könnte. Und dennoch, es war zweifellos etwas da... Vielleicht, dachte ich, versuchten die Besucher, sich hinter unserem Märchengut zu verbergen.

Ein anderer Gedanke war, daß es sich bei den Besuchern um unsere eigenen Toten handeln könnte. Vielleicht befinden wir uns im Stadium von Larven, und die ausgereifte Form unserer Gattung ist uns ebenso fremd, wie der Raupe der Schmetterling fremd ist. Vielleicht haben die Toten ihre eigene technologische Revolution gehabt, und wir lernten nun, die Grenzen zu ihrem Bereich zu durchbrechen.

Oder etwas ganz Reales war aus unserem Unterbewußtsein aufgestiegen, hat wirkliche, physische Formen angenommen und verfolgt uns nun. Möglicherweise erschafft der Glaube seine eigene Wirklichkeit. Vielleicht waren die Götter der Vorzeit deswegen stark gewesen, weil ihnen der Glaube ihrer Anhänger tatsächlich Leben verlieh, und vielleicht geschah so etwas heute wieder. Wir haben schäbige, nachindustrielle Götter anstelle der glorreichen Wesen der Vergangenheit erschaffen. Statt eines Apolls, der seinen feurigen Triumphwagen über den Himmel führt, oder der Göttin der Nacht, die ihren besternten Mantel ausbreitet, haben wir kleine stahlgraue Götter mit Piratenseelen kreiert, deren Fahrzeuge innen nicht schöner sind als etwa der Kielraum eines Schlachtschiffes.

Vielleicht bekamen wir auch Besuch aus einer anderen Dimension oder sogar aus einer anderen Zeit. Vielleicht sehen wir menschliche Zeitreisende, die aus der Zukunft zu uns zurückkommen.

Ich überlegte, wieso ich sie wohl als insektenartig beschrieben hatte. Sie hatten keine Fühler, keine Flügel, waren keine Vielfüßler. Es war die Steifheit ihrer Bewegungen, die mich an Insekten erinnerte. Dies und ihre riesigen schwarzen Augen. Wenn Intelligenz nun nicht der Höhepunkt der Evolution wäre, sondern etwas, das sich auf der evolutionären Stufenleiter auf ganz verschiedenen Ebenen entwickeln kann, genauso wie Flügel und Krallen und Augen? Primitive Geschöpfe haben primitive Organe.

Wenn beispielsweise auf irgendeinem fremden Planeten – oder auch hier bei uns – eine Gattung von staatenbildenden Insekten lange vor uns Intelligenz entwickelt hätte, wäre ihr Verstand möglicherweise wesentlich primitiver in seinem Aufbau.

Wie würde eine primitive Intelligenz aussehen? Ich überlegte, ob sich nicht die Angehörigen einer solchen Gattung untereinander weniger unterscheiden würden, als dies bei uns der Fall ist... mit weniger individuellem Bewußtsein und weniger Unabhängigkeit.

Wenn es sich um staatenbildende Insekten handelte, könnten sie auch wie ein Schwarm miteinander kommunizieren, unter Verwendung einer Kombination von Tönen, Bewegungen, Gerüchen und ähnlichem. Unser Wissen über die staatenbildenden Insekten auf Erden ist nur begrenzt. Ein intelligenter Schwarm könnte als Ganzes sehr mächtig, seine Einzelwesen aber sehr schwach sein und nur begrenzte Intelligenzfähigkeiten besitzen.

Sie würden im Grunde über einen einzigen, großen Verstand verfügen. Dieser Verstand würde vielleicht sehr genau, aber nur sehr langsam denken. Daran mochte es liegen, daß sie so vorsichtig mit uns umgingen. Ein einzelner Mensch war möglicherweise weniger weise als sie, aber er konnte viel schneller denken.

Ich hatte angenommen, daß Besucher jedenfalls weit intelligenter wären als wir. Wenn dies aber auch falsch war? Der Mensch ist im Laufe der Evolution erst sehr spät aufgetaucht. Vielleicht ist daher der Mensch auch nicht das niedriger, sondern das höher entwickelte Geschöpf. Wenn dies zutraf, dann könnten uns ältere, weniger schnell denkende und weniger anpassungsfähige Wesen als Bedrohung für sich empfinden. Dann würden sie uns vielleicht auf der Erde einsperren oder uns noch Schlimmeres antun wollen.

Ich hatte jedoch nicht den Eindruck, daß sie uns freundlich gesonnen waren. Sie wirkten nur sehr streng. Sie fürchteten sich auch vor mir. Dessen war ich mir sicher.

Für mich repräsentierte ihr Auftauchen in unserem Bewußtsein in gewissem Sinn, daß sich das Leben überhaupt – und damit das Universum – in einem fortdauernden Schöpfungsakt befand.

Plötzlich erkannte ich, daß all meine Fragen nach der Realität meiner Erlebnisse bedeutungslos waren. Natürlich waren sie real. Ich hatte das alles erlebt. Eine viel wesentlichere Frage war, was sie bedeuteten. Sie waren nicht rein geistige Phänomene, zumindest nicht in herkömmlichem Sinn. Meine Freunde und meine Familie hatten ihre Begleiterscheinungen wahrgenommen. Das Licht, das Jacques Sandulescu am 4. Oktober sah, das Huschen, das Annie hörte, und die Explosion, die ich, meine Frau, Annie und mein Sohn gehört hatten, deuteten darauf hin, daß es sich um mehr als ein psychisches Phänomen handelte. Dafür sprechen auch Dutzende ähnlicher Berichte von Menschen aus allen Bevölkerungsschichten.

Meine Gedanken kehrten zu dem Teil der Hypnosesitzung zurück, der den Vorfall in meiner Kindheit betraf. Ich hatte keine Ahnung gehabt, daß ich mit zwölf Jahren entführt worden war, ganz zu schweigen davon, daß dies während einer Zugfahrt geschehen sein sollte. Aber Leute berichten von Erlebnissen, die zu den unwahrscheinlichsten Zeiten stattfinden, wie zum Beispiel während einer Autofahrt. Wenn es sich um eine Art Trancezustand handelte, warum kamen diese Menschen dann nicht von der Straße ab oder überfuhren eine rote Ampel?

Meine Schwester, mein Vater und ich fuhren 1957 nach Madison, Wisconsin, um meine Tante, meinen Onkel und deren Kinder zu besuchen. Auf der Heimfahrt war mir furchtbar schlecht. Wir hatten ein Privatabteil im Nachtzug von Chicago nach San Antonio. In diesem Augenblick überkam mich ein Gefühl, als hätte ich das Tor zu dem vertrauten Garten unserer Blockhütte geöffnet und dort weder Gras noch Blumen, noch hohe Schierlingsstauden vorgefunden. Statt dessen war da nur grenzenlose Weite und leerer, blauer Himmel. Überschritte ich die Schwelle, fiel ich ins Bodenlose.

An diesem Punkt gab ich auf. Es war gegen drei Uhr früh, und ich war so erschöpft, daß ich mich nicht länger wach halten konnte. Ich ging zu Bett. Ich erinnere mich an keine Träume. Am Morgen hatte ich nur einen Gedanken: Ich mußte dies zu Ende führen. Ich mußte verstehen lernen, was mit mir geschah.

Ich hätte gern geglaubt, daß niemand durch dieses Erlebnis zu Schaden gekommen war, aber das war mir nicht möglich, nicht angesichts der ungeheuren Belastung, der ich ausgesetzt war. Vor der Hypnose war die große und quälende Frage gewesen: Ist es geschehen oder nicht? Mit anderen Worten, war ich ein Opfer oder ein Verrückter? Diese Frage fraß mich innerlich auf. Es war unerträglich.

Am Tag, bevor ich Budd Hopkins traf, wäre ich fast aus dem Fenster gesprungen. Ich hatte Glück gehabt. Ich fand Hopkins, und er fand Don Klein. Was wäre geschehen, wenn ich mich an jemanden gewandt hätte, der felsenfest davon überzeugt gewesen wäre, daß ich unter Halluzinationen oder unter einer Psychose litt, und der jede andere Möglichkeit ausgeschlossen hätte? Wahrscheinlich hätte ich mich umgebracht. Aber die Unvoreingenommenheit von Don Klein angesichts des Schrecklichen und Fantastischen half mir, mit der Ungewißheit leben zu lernen.

Im April 1986, als meine Kräfte wiederkehrten, begann ich mit ausgiebigen Nachforschungen. Ich las Tausende von Seiten über dieses Phänomen in all seinen wissenschaftlichen und kulturhistorischen Aspekten.

Wenn die Besucher tatsächlich unter uns sind, dann inszenieren sie unsere Wahrnehmung ihrer Anwesenheit sehr sorgfältig. Entweder sind sie wirklich erst seit den späten vierziger Jahren da, oder sie beschlossen zu diesem Zeitpunkt, in unser Bewußtsein zu treten. Anscheinend wurden schon damals Menschen von ihnen entführt, aber vor Mitte der sechziger Jahre erinnerten sich nur wenige daran. Trotzdem könnte ihre Beziehung zu uns von Anfang an sehr eng gewesen sein. Viele der Entführten berichten über sehr frühe Kindheitserlebnisse, einige datierten aus einer Zeit lange vor dem Zweiten Weltkrieg.

Der Eindruck der sorgfältigen Inszenierung ist hauptsächlich auf die Art der öffentlichen Wahrnehmung zurückzuführen. In den vierziger oder fünfziger Jahren wurden die UFOs erstmals von weitem gesehen. Dann wurden sie aus immer geringerer Entfernung beobachtet. In den sechziger Jahren gab es eine Menge Berichte über fremde Wesen und einige Entführungsfälle. Und nun, Mitte der achtziger Jahre, begannen ich und andere – zum größten Teil unabhängig voneinander –, sie in unserem Leben wahrzunehmen.

Obwohl es keinen objektiven Beweis für die Existenz von Besuchern gibt, deutet meiner Meinung nach die Form, in der sie in unserem Bewußtsein auftaucht, eindeutig auf einen Plan hin.

Trotz der Dinge, die sie mir angetan hatten, haßte ich die Besucher nicht. Weil ich ihre Kraft, aber nicht ihre Motive kannte, machten sie mir angst. Aber ich wollte objektiv sein. Ich schloß nicht einmal völlig aus, daß sie ein Produkt unseres Unterbewußten waren und nicht von irgendwoher aus dem Weltraum stammten. Daß sie eine reale, lebendige Kraft darstellten, war schwer zu bestreiten. Aber es blieb durchaus im Bereich des Möglichen, daß sie im wesentlichen einen menschlichen Ursprung hatten.

Ihr Aussehen war jedenfalls überhaupt nicht menschlich. Unter Hypnose habe ich eine kleine Gestalt beschrieben, die mit merkwürdigen Karten und einem Helm bekleidet war. Voller Entschlossenheit stand das Wesen neben meinem Bett und machte mit seinen geschlossenen Fäusten eine winkende Geste. Ich sprang aus dem Bett, warf meinen Schlafanzug ab und stand ihm und seinen Soldaten nackt gegenüber. An dem Wesen war nichts Menschliches, außer daß es zwei Arme, zwei Beine und einen Kopf hatte.

Angesichts ihrer allgemeinen Scheu, sich uns offen zu zeigen, könnte man meinen, daß sie einen bestimmten Grad von Einfluß oder sogar Kontrolle über uns ausüben wollen, wobei aber zumindest ein Anschein von Freiwilligkeit unsererseits gewahrt bleiben soll.

Ungefähr zwei Wochen nach meiner letzten Hypnosesitzung fuhren wir drei das erste Mal seit Weihnachten wieder zur Hütte. Anne wußte noch immer sehr wenig, unser Sohn überhaupt nichts. Erst nach unserer Ankunft dort wurde mir klar, daß ich diese beiden Menschen in die Sache hineingezogen hatte, ohne sie auf die möglichen Gefahren aufmerksam zu machen. Aber was hätte ich sagen sollen? Daß es gefährlich werden könnte? Stimmte das? Oder hätte ich es ihnen sagen müssen, damit sie sich selbst entscheiden konnten?

Wahrscheinlich. Aber ich habe es nicht getan. Später, nachdem sich Anne in Hypnose versetzen ließ und Bescheid wußte, sagte sie, daß sie die Hütte niemals aufgegeben hätte. Und was unseren Sohn betraf: Wenn er tatsächlich in die ganze Sache verwickelt war, konnten wir kaum mehr tun, als uns Sorgen zu machen.

Kaum waren wir in der Hütte angekommen, da wurde mir klar, wieviel sie mir bedeutete. Man hätte annehmen können, daß die Furcht sich besonders auf jenen Ort konzentrieren würde, an dem die unheimlichen Erlebnisse stattgefunden hatten. Anfänglich hatte mich der bloße Gedanke an die Hütte mit Horror erfüllt, aber als wir schließlich wieder hinfuhren, hatte ich mich bereits besser mit meiner Situation zurechtgefunden. Das Verdrängen solcher Erlebnisse verbraucht sehr viel Kraft. Deckerinnerungen und Amnesie müssen aufrechterhalten werden, dies fordert einen hohen Preis.

Wenn mein Erlebnis keine ungewöhnliche Erfahrung war, dann litt möglicherweise unsere ganze Gesellschaft an einer geheimen Wunde. Je mehr von uns sich aber dem stellen, was wir bisher so angestrengt ignoriert haben, desto eher kann diese Wunde verheilen.

Als ich in unserem Wohnzimmer stand, dachte ich an meinen gequälten Zustand im Lauf des letzten Jahres zurück. Wie oft war ich mitten in der Nacht durch das Haus oder das Apartment gegangen und hatte Schränke geöffnet und unter Betten nachgesehen. Dabei war ich stets über mich selbst verwundert gewesen, weil ich diesen Drang, in alle Ecken und Ritzen zu schauen, nicht verstand. Immer suchte ich in den Schränken nach etwas Kleinem. Unter Hypnose erinnerte ich mich, daß ich damals das Gefühl hatte, etwas sehr Merkwürdiges wolle nach mir greifen und mich mit sich forttragen. Es war ein höchst eigenartiges Gefühl, ähnlich jener Stimmung, die das Rauschen des Nachtwindes in den Bäumen auslöst oder das Mondlicht, das auf einen reißenden Fluß fällt.

Oberflächlich gesehen war ich ganz normal, aber tief in mir steckte eine stete Angst. Ich fühlte mich beobachtet, obwohl ich wußte, daß niemand da war. Ich kaufte eine Waffe und ließ eine Alarmanlage installieren.

Wozu das alles in diesem friedlichen Winkel der Welt? Damals schon hatte ich Schwierigkeiten, eine rationale Erklärung für meine Ängste zu finden. Inzwischen war mir klargeworden, daß sie sich nicht auf gewöhnliche Einbrecher bezogen, sondern auf die heimliche Gegenwart der Besucher.

In dem Augenblick, als ich das Schlafzimmer betrat, überkam mich schlagartig ein Gefühl der Wahrheit. Meine Anwesenheit am Ort der Geschehnisse machte es mir unmöglich, sie von der sonstigen Wirklichkeit zu trennen. Die Erlebnisse des 26. Dezember unterschieden sich von Träumen genauso deutlich wie jedes andere Vorkommnis, das tatsächlich passiert war. Jene ersten Momente, als die Person mit den schildartigen Karten den Raum betrat, waren eine echte Erinnerung. Ich war nicht in Trance, als dies geschah. Ich war bei Bewußtsein und in einem Zustand, der in jeder Hinsicht normal erschien.

Nun stand ich im Schlafzimmer und betrachtete die Tür, den Fußboden und das Bett.

Hinter der Tür entdeckte ich mit einemmal eine Einkerbung in der Wand, die durch heftiges Anschlagen der Tür entstanden sein mußte. Hatten wir dies getan oder sie?

In diesem Raum wurden die Erinnerungen an den 26. Dezember immer deutlicher. Ich sah vor mir, wie die Besucher hereinkamen, rief mir mein Entsetzen und meine seltsame Unterwürfigkeit ihren Befehlen gegenüber ins Gedächtnis. Ich erinnerte mich, wie es war, als sie mich berührten. Ihre Bewegungen waren schnell und präzise. Ich erinnerte mich an ihren Geruch, an den Ort, an den sie mich brachten, und vor allem an die Empfindung, die das Zusammensein mit ihnen auslöste. Es war eine Mischung aus Furcht, Schmerz und einer Art Zuneigung.

Es war kalt in der Hütte. Ich ging nach unten und machte Feuer. Wir aßen zu Abend und erzählten unserem Sohn eine Gutenachtgeschichte. Dann setzte ich mich mit einem Glas Wein in meinen Lieblingssessel, starrte ins Feuer und dachte nach. Ich wollte die ganze Angelegenheit von einem möglichst ergiebigen Gesichtspunkt angehen. Ich beschloß, mich mehr auf meine eigenen Gefühle zu konzentrieren, statt zu überlegen, wer die Besucher sein könnten und was sie hier wollten. Da wir so gut wie nichts über sie wußten, gab es eigentlich gar keine andere sinnvolle Möglichkeit.

Ich blickte auf das Fenster auf der anderen Seite des Zimmers und erkannte nur vage mein eigenes Spiegelbild. Wie genau ich mich doch an das Abheben von der

Veranda erinnern konnte, daran, wie ich durch die Luft flog und die kleinen Leute um mich herumschwärmten. Vor meinem inneren Auge stand ein Bild, an das ich mich unter Hypnose erinnerte: Meine Hütte, mein dunkles Schlafzimmer und darunter das Fenster meines Sohnes, durch dessen Vorhänge der schwache Schein der Nachtlampe drang.

Dann hatte ich den Eindruck, als wären alle Bäume unter mir plötzlich zu einer einzigen Masse aus Stämmen und Ästen zusammengeschmolzen. Als sie sich wieder ordneten, saß ich in einer kleinen Grube mit Wachen um mich herum. Ich dachte noch immer, daß in dieser Situation jemand mit mir sprach; aber ich erinnerte mich nicht an die Worte. Die Stimme schien aus meinem eigenen Kopf zu kommen. Dies könnte man als eine Art Gedankenübertragung deuten, aber vielleicht war es auch etwas anderes. Das Gehirn operiert mit Elektrizität. Es hat ein schwaches elektromagnetisches Feld und gibt sehr schwache elektrische Stöße ab. Sie bewegen sich in einem Frequenzbereich von einem bis dreißig Hertz. Auch das Herz und die Muskulatur entwickeln elektromagnetische Felder im Bereich der Niedrigfrequenz.

Eine fortgeschrittenere Technologie als die unsere wäre unter Umständen in der Lage, mit Hilfe von empfindlichen Niedrigfrequenzsendern und -empfängern mentale und physische Funktionen zu übermitteln. Das klingt vielleicht prosaischer als magische Gedankenübertragung, zeigt aber, daß eine Kontrolle von außen über unseren Verstand, ja selbst die Einpflanzung von Wahrnehmungen (Stimmen im Kopf) nicht völlig unvorstellbar wäre.

Auch die Erde selbst gibt Niedrigfrequenzemissionen im Bereich von ein bis dreißig Hertz ab. Möglicherweise gibt es natürliche Bedingungen, die im Gehirn eine bestimmte Reaktion auslösen. Vielleicht stehen wir mit unserem Planeten in einer Verbindung, von der wir keine

Anung haben, und die alten Götter, die Märchenfiguren und die modernen ›Besucher‹ sind nur eine Nebenwirkung dieser besonderen Verbindung. Zugegeben, diese Idee ist weit hergeholt. Aber jede andere Erklärung ebenfalls.

Ich starrte ins Feuer; ich konnte mich einfach nicht auf meine Hypothesen konzentrieren. Meine Gedanken kehrten immer wieder zu meinen Erinnerungen zurück. Verstandesmäßig war ich mir unsicher, worum es sich bei den Besuchern handeln konnte. Aber gefühlsmäßig hatte ich keinerlei Zweifel: Es waren wirkliche Wesen, wenngleich auch nicht von menschlicher Art.

Die Hypnose hatte meine Erinnerungen sehr lebendig werden lassen. Als ich mich unter Hypnose über die Bäume erhob, hatte ich wirklich das Gefühl, nach oben zu sausen, ganz so, als stünde ich in einem extrem schnell fahrenden Aufzug. Unter mir schimmerten die schneebedeckten Bäume. Zwischen meine Knie hindurch sah ich sie rasch kleiner werden.

Der Raum, in den ich gebracht wurde, roch nach warmem Cheddarkäse mit einem Anflug von Schwefel. Dieser Schwefelgeruch war auch von anderen beschrieben worden. Über der Bank lag ein abgeworfener Overall. Ich hatte den Eindruck, daß ich mich in einer Art Wohnraum befand. Meistens jedoch wird von einem Untersuchungszimmer berichtet.

Vor mir saß das eigenartigste Wesen, das ich je zu Gesicht bekommen hatte. Das erstaunlichste war, daß ich sie kannte. Ich sage *sie,* obwohl ich nicht weiß, warum. Für mich handelte es sich um eine Frau, vielleicht weil ihre Bewegungen so graziös waren, vielleicht weil sie gewisse sexuelle Empfindungen in mir auslöste, oder auch, weil ihre Hand sich so leicht und gleichzeitig entschlossen anfühlte, als sie sie mir einmal auf die Brust legte.

In den folgenden Monaten fand ich heraus, daß die Menschen, die von solchen Begegnungen berichteten, oftmals das Gefühl hatten, mit einem der Besucher vertraut zu sein. Dieses Wesen wurde meist als gegengeschlechtlich wahrgenommen. Für gewöhnlich erinnerten sich die Menschen vor der Hypnose an eine einzige oder zwei Begegnungen. Wenn sie dann entdeckten, daß es sich um eine anhaltende Erfahrung handelte, waren sie meist genauso überrascht wie ich. Die Tatsache, daß Menschen von mehrfachen Begegnungen mit Besuchern berichten, war kaum jemals bekanntgegeben worden, nicht einmal innerhalb der UFO-Literatur. Ich war fest überzeugt gewesen, daß ich als erster unter Hypnose auf diese unwahrscheinliche Vorstellung gestoßen war. Interessanterweise teilten viele Leute die Erfahrung der Mehrfachbegegnung, obwohl in den Veröffentlichungen dieser Aspekt vermieden wird, da bereits eine einmalige Begegnung mit außerirdischen Besuchern so unglaublich klingt.

In dieser Nacht in der Hütte dachte ich über die Person nach, die ich von früher kannte, und führte mir ihren Anblick immer wieder vor Augen. Sie hatte erstaunliche, elektrisch-glühende Augen... die riesigen, starrenden Augen der alten Götter. Sie waren ausdruckslos und hatten weder Pupillen noch eine Iris. Sie saß mir mit angezogenen Beinen gegenüber, die Hände auf den Knien. Ihre Hände waren breit, wenn sie sie flach hinlegte, schmal und lang, wenn sie sie seitlich herabhängen ließ. Unter der Haut erkannte man eine Struktur, vielleicht von Knochen, die sich zart abzeichneten. Andere Teile ihres Körpers wirkten mehr wie ein Hautskelett, wie man es von Insekten kennt.

Sie wirkte ganz zweifellos anziehend auf mich. In gewissem Sinne glaubte ich dieses Wesen zu lieben – so wie man seine eigene Anima liebt. Ich empfand ihr gegenüber dasselbe Gefühl von Entsetzen und Faszination, das ich wohl jemandem entgegenbringen würde, der mich aus den Tiefen meines Unbewußten anstarrte.

In ihrem Blick lag etwas so Unerbittliches, daß sie mir auch andere Gefühle einflößte. In ihrer Gegenwart war ich aller persönlicher Freiheit beraubt. Ich konnte weder sprechen noch mich bewegen, wie ich wollte.

Ich fragte mich, ob dies nicht etwas wie Erleichterung bedeutete. Ich hatte gesagt, daß mir ihre Gegenwart große Angst bereitet hatte. Sicher, ich erinnere mich an Angst. Aber war das eine exakte Beschreibung meines damaligen Zustands? Wenn ich auf meine Selbstbestimmung verzichtete, würde das möglicherweise nicht nur Angst, sondern gleichzeitig auch eine tiefe Empfindung von Ruhe auslösen. Sich so völlig aufzugeben wäre mit einer Art Todeserfahrung gleichzusetzen, und das Zusammensein mit ihr *war* in gewisser Weise eine Todeserfahrung.

Als sie mich in ihren Armen hielten, war ich so hilflos wie ein Baby, ich schrie wie ein Baby, war verängstigt wie ein Baby.

Diese außergewöhnlich intensiven Gemütszustände konnten mich, wie ich erkannte, in zwei unerwünschte Richtungen treiben: Erstens erweckte das Gefühl absoluter Hilflosigkeit Ehrfurcht, die wiederum für den Wunsch nach Unterwerfung verantwortlich sein konnte... und auch für die Liebe. Zweitens rief die Angst solche Verwirrung in mir hervor, daß ich nicht mehr wußte, wo mir der Kopf stand.

Ihr Blick schien tief in mich einzudringen, und als ich ihr direkt in die Augen sah, empfand ich starkes Unbehagen. Es war, als wüßte sie alles über mich. Niemand auf der ganzen Welt kann einen anderen Menschen so genau kennen, noch konnte je der Blick eines Menschen diese Wirkung hervorrufen. Ich spürte diese andere Person direkt in mir – was eine ebenso verwirrende wie eigentümlich sinnliche Empfindung war. Ihre Augen werden oft als ›grenzenlos‹, ›unheimlich‹ und ›entblößend‹ beschrieben. Kann etwas, was nicht Teil von uns selbst ist, uns so gut kennen? Natürlich wäre dies möglich. Für eine höhere Intelligenz wären wir wahrscheinlich völlig durchschaubar.

Die Erkenntnis, daß in mir tatsächlich etwas vorging, sobald dieses Wesen mich ansah – daß sie offensichtlich in mich hineinschauen konnte –, erfüllte mich mit der tiefsten Sehnsucht, die ich je empfunden habe... und mit dem tiefsten Argwohn.

Ich fragte mich in dieser Nacht in der Hütte, ob es der bloße Eindruck des Erlebnisses war, der das Bild dieses Wesens so lebhaft in mir eingegraben hatte. Oder war es zu einer Art Vereinigung gekommen? War sie immer noch da... und beobachtete mich, wie ich da vor dem Feuer saß? Mit einemmal fiel mir ein Wortwechsel ein, der mir nun sehr wichtig erschien. Ich hatte den bestimmten Eindruck gehabt, daß sie sehr alt war. Nicht nur ein bißchen bejahrt, sondern *wirklich* alt. Warum empfand ich das so? Ich war mir nicht sicher.

Ich habe noch ihre sanfte Stimme im Ohr, die aus dem Nirgendwo kam: »Ja, ich bin alt.« Wenn sie in meinem Kopf sprach, klang es recht melodisch. Aber wenn sie selbst sprach, war ihre Stimme verblüffend tief für ein so winziges Geschöpf, tiefer als ein Baß: Sie klang wie der dumpfe Schall aus einer tiefen Höhle.

Mir fiel mein Protest ein, als sie mir versicherte, daß die Operation keine Schmerzen verursachen würde. Das Gefühl der Hilflosigkeit war schwer zu ertragen: »Ihr habt kein Recht dazu«, hatte ich gesagt.

»Wir haben das Recht.« Vier große Worte. Niederschmetternde Worte. *»Wir haben das Recht.«* Wer gab es ihnen? Mit welcher ethischen Begründung? Ich fragte mich, ob sie es manchmal hinterfragten oder ob es völlig selbstverständlich für sie war.

Das Feuer war ausgegangen. Ich öffnete den Abzug des Kamins, und es flackerte wieder auf.

Vielleicht stammte das Recht aus einer anderen Richtung, als man annehmen würde. Wenn sie ein Teil von uns waren, haben wir es ihnen vielleicht selbst gewährt.

Während ich auf das Prasseln des Feuers hörte, das sich mit dem Ticken der Uhr vermischte, dachte ich, daß ich mich vielleicht nach Stimmen der Belehrung sehnte. Nachdem ich die Arbeit an meinem Buch *Nature's End* abgeschlossen hatte, war ich von dem Gedanken erfüllt, daß sich die Welt in einer unhaltbaren Situation befand. Ich erwartete nicht direkt das Ende der Welt, aber ich wäre leicht zu überzeugen gewesen, daß eine katastrophale Änderung der Biosphäre bevorstand, die den Tod vieler Menschen bedeuten würde.

Ein Geist, der sich mit solchen Schreckensvorstellungen beschäftigte, erschuf sich vielleicht selbst Götter; und sei es auch nur, um die Last der Angst erträglicher zu machen.

Wenn es aber wirklich Besucher waren, dann wollte ich die moralische Begründung ihres ›Rechts‹ wissen. Wir selbst stellen allerdings unsere Rechte über andere Geschöpfe auf dieser Erde kaum je in Frage. Es war merkwürdig, sich plötzlich jener Macht ausgesetzt zu sehen, die wir selbst ohne weiteres Tieren gegenüber ausüben.

Ich dachte an jene grasenden Kühe mit Glocken um den Hals an einem weit zurückliegenden Abend in Texas oder an meine Katze, die in der Stadt so oft auf meinem Schoß schlief; sie vertraute mir ihr kleines Ich vollständig an; meine zufällige Zuneigung war für Sadie der Mittelpunkt ihres Universums.

Mein Vater hatte mich einmal in ein Schlachthaus in Fort Worth mitgenommen. Ich sah die sich bäumenden Stiere und die Panik in ihren Augen. Ich roch den Kot und den Urin und das Blut und hörte das stetige Krachen der Schußapparate und das Kreischen der Sägen.

In einem Forschungsinstitut in San Antonio sah ich ganze Reihen von Käfigen mit Kapuzineraffen, rasiert, mit vernähten oder kunstvoll offengelegten rosa Köpfen; ich sah die zitternden Gehirnsonden und hörte die schnatternden Töne, wenn das Stimmzentrum eines der Affen zwecks Belehrung von Doktoranden stimuliert wurde.

Was dachte der Affe mit der Nadel im Kopf über seine Beobachter? Waren sie für ihn Götter, denen er sich mit vornehmer Teilnahmslosigkeit unterwarf, weil ihm nichts anderes übrigblieb? Ich sah auch die Kadaver der Affen auf der Müllkippe.

Aber wie ich es auch drehte, ich hatte nicht den Eindruck, daß die Besucher uns so behandelten wie wir unsere Tiere. Gewisse Parallelen waren allerdings vorhanden. Ich war am 26. Dezember wie ein wildes Tier gefangengenommen, betäubt und aus meiner Höhle gezerrt worden.

Ich hatte auch nicht den Eindruck, daß sie mich einfach nur studieren wollten. Ganz und gar nicht. Sie hatten mich verändert, mir etwas angetan. Das spürte ich ganz deutlich.

Später dachte ich, daß sie mich zähmen wollten. Vielleicht ist das der Zweck des immer enger werdenden Kontakts über all die Jahre. Sie wollen uns alle zähmen.

Nach dem Gespräch über Rechte nannte mich das weibliche Wesen ihren ›Erwählten‹, und ich wurde wütend. Ich hielt das für einen Scherz und reagierte mit Zorn darauf. Sie wiegte den Kopf und sang dabei: »O nein, o nein.« In ihrer Stimme klang Beharrlichkeit – und Humor.

Ich erinnerte mich deutlich daran, eine Frau in einem geblümten Kleid gesehen zu haben, der das gesagt wurde. Aber wo? Wann? Der Strom meiner Erinnerungen floß frei, ohne Anhaltspunkte. Eine Frau in einem weißgeblümten Kleid stand vor einer Gruppe von ihnen und rief: »Gelobt sei der Herr!«, als ihr gesagt wurde, daß sie erwählt sei. Vielleicht meinten sie, daß wir alle erwählt sind – und daß wir alle gezähmt werden.

Niemand hat jemals die Menschheit domestiziert. Wir sind eine wilde Spezies, noch genauso wild wie an dem Tag, als wir zum erstenmal heulend durch die Savanne zogen. Der Zivilisationsprozeß hat uns nicht Besuchern gegenüber, sondern nur uns selbst gegenüber gezähmt... und auch das nicht sonderlich gut, wenn man unsere gewalttätige Geschichte bedenkt.

In dieser Nacht in der Hütte blickte ich auf die Couch, auf der sie mich am 26. Dezember zurückgelassen hatten. Vielleicht hatten sie gerade in dem Moment, als ich dort wieder zu Bewußtsein kam, die Niedrigfrequenz-Emmissionen geändert, und ich war nicht aus jenem geheimnisvollen Raum im Himmel gefallen, sondern kam von einem traumwandlerischen Rundgang durch mein eigenes Haus zurück. Ich fragte mich, ob es wohl eine Verbindung zwischen meiner Erfahrung und den mystischen Wanderungen oder nächtlichen Hexenflügen gibt.

Ich hatte mich ausgiebig mit Mystik und Mythologie beschäftigt, und rückblickend überraschte es mich, daß ich so erstaunt war, als ich schließlich in den Tiefen meiner Seele tatsächlich etwas fand. Als ich nun wieder am Ort des Geschehens war, fühlte ich, daß ich immer gewußt hatte, was ich finden würde. Auch meine Überraschung war eine Art Illusion gewesen.

Die Entführung in einen runden Raum hat eine lange Tradition in unserer Kultur: Es gibt in den Märchen und Sagen eine ganze Reihe solcher Beispiele dafür.

Dies deutet zwar auf mögliche historische Wurzeln hin, liefert aber auch keine Erklärung für den Ursprung des Phänomens.

Vielleicht waren die Märchenfiguren wirkliche Wesen. Vielleicht flogen sie neuerdings in UFOs herum und schwangen bewußtseinserweiternde Zauberstäbe, weil auch sie eine technologische Revolution erlebt hatten.

Jedesmal, wenn man sich entweder für die physische oder die reale Erklärung des Phänomens entscheidet, stößt man bald auf gewichtige Argumente, die in andere Richtungen weisen.

Der schwierigste Teil meiner Hypnose war die plötzliche Rückversetzung in das Jahr 1957. Um eine Erklärung dafür zu finden, mußte ich meine ganze Lebensgeschichte in Frage stellen. Am Anfang dieses Kapitels hatte ich geschrieben, daß mich diese unerwartete Rückversetzung tief verstört hatte. Nun, das stimmte.

Aber verglichen damit, was ich empfand, als ich meine gesamte Vergangenheit einer genaueren Prüfung unterzog, war dies nur ein leichtes Unbehagen gewesen.

Vier

Der Himmel unter meinen Füßen

Eine kleine Reise durch meine Vergangenheit

A child said What *is the grass?*
fetching it to me with full hands;
How could I answer the child? I do
not know what it is any more than he.

WALT WHITMAN,
›Grass‹ aus *Song of Myself*

Die Reise zurück

Sommer 1957

Je mehr ich darüber nachdachte, um so weniger war ich imstande, die Vorstellung zu akzeptieren, daß sich solche Ereignisse während meines ganzen Lebens zugetragen hatten. Als Budd Hopkins mich fragte, ob ich mich an etwas aus der Vergangenheit erinnerte, erwähnte ich einige eigenartige Vorfälle.

Die Erinnerung, aus dem Zug entführt worden zu sein, war nicht darunter.

Wenn dies tatsächlich geschehen war und noch tiefer in meinem Unterbewußtsein vergraben war als die Ereignisse vom 4. Oktober, was kam dann sonst noch auf mich zu? Alles deutete darauf hin, daß mein ganzes bewußtes Leben nur die Verschleierung einer anderen Realität war. Es ist leicht, an einem müßigen Abend Gedankenspiele über so etwas anzustellen. Wenn ich aber die schreckliche Intensität des Erlebnisses, an das ich mich erinnert hatte, bedachte, dann erschütterte mich die Vorstellung, dies könnte immer wieder geschehen sein, bis ins Mark.

Trotzdem konnte ich den Gedanken nicht einfach zurückweisen. Warum sollte ich auch? Weil es unwahrscheinlich erschien? *Alles* erschien unwahrscheinlich. Ich beschloß, das Experiment, in meine Vergangenheit zurückzukehren, zu wagen, nur um herauszufinden, was dabei ans Tageslicht käme. So gut ich konnte, durchforschte ich die vergangenen Jahre nach Hinweisen. Ich fragte mich jedoch, woher ich wissen sollte, was wahr war. Vielleicht war in dem Zug nichts geschehen. Das war sogar wahrscheinlich, aber es ließ sich nicht beweisen. Ich brauchte irgendeine Bestätigung, bevor ich es für eine ernsthafte Möglichkeit halten konnte.

Es wirkte wie eine Sinnestäuschung. Doch dann dachte ich an die Hypnosesitzung zurück: Die Erinnerungen waren so spontan aufgetaucht und hatten so echt gewirkt. Es hatte nicht das geringste Anzeichen gegeben, daß ich bis zu meinem zwölften Lebensjahr zurückgehen würde. Und trotzdem... Jetzt erinnerte ich mich an die Soldaten, die auf jenen Tischen schliefen, genauso deutlich wie an das Zugabteil, in dem wir reisten.

Um nicht wahnsinnig zu werden, mußte ich davon ausgehen, daß es sich hierbei um eine erklärbare Sache handelte. Sie mußte zumindest annähernd Richtlinien folgen, die für mich nachvollziehbar waren. Sie sind für eine Weile da gewesen. Gut. Kürzlich fanden sie mich, weil ich in eine einsame Gegend gezogen war. Darauf konnte ich mich gerade noch einlassen. Aber die Vorstellung, daß sie mit meinem ganzen Leben verwoben waren, war unerträglich.

Ich fand eine Fotografie von mir, die mich als Zwölfjährigen zeigte. Ich trug darauf die Schuluniform von St. Anthony in San Antonio und sah so sauber aus, als hätte man mich genauso poliert wie die Messingverzierungen auf meinem Kragen. Auf dem Foto steht: ›Für meinen lieben Vater, Whitty.‹

Die äußerliche Ordentlichkeit täuschte. Sie kann nicht länger als den kurzen Moment bestanden haben, den es dauert, das Bild zu knipsen. Mit zwölf Jahren führte ich ständig irgendeinen Unfug im Schilde. Sauber war ich selten. Und ruhig hielt ich auch kaum jemals.

Ich schaute in die Augen des Kindes. Dieser Junge, der kurz vor der Pubertät stand, sah nicht aus, als wäre er von bösen Geistern gehetzt. Im Mai desselben Jahres war mein jüngerer Bruder geboren worden, daher befand sich der Haushalt in einem Umbruch, den ich nur teilweise als angenehm empfand. Ich verbrachte viel Zeit in meinem Zimmer mit Lesen. In diesem Sommer las ich *Leben auf dem Mississippi,* und im selben Sommer entdeckte ich Kafka. Eines Nachmittags sah ich, daß meine Mutter *Die Verwandlung* las. Danach las ich *Das Urteil.* Ich fuhr mit dem Bus in die Bibliothek von San Antonio, saß unter dem großen Ventilator und las Kafka, bis der Aufseher unruhig zu werden begann, dann ging ich zum Ausgleich zu *Robert Benchley* über.

Mein lächelndes Gesicht verbarg eine Persönlichkeit voll innerer Konflikte. Ich mußte mit der plötzlichen Anwesenheit eines Neugeborenen in unserer Familie fertig werden und entdeckte gleichzeitig unter der nächtlichen Bettdecke, daß es die Sünden, über die die älteren Jungen flüsterten, wirklich gab. Aber waren es wirklich Sünden?

Ich hatte tiefe Zweifel an meinem katholischen Glauben und wußte nicht, wie ich die Dogmen meines Glaubens mit meiner Vorstellung von der Welt in Einklang bringen sollte. Ich fragte mich, warum der Papst die Juden nicht vor Hitler gerettet hatte. Ich fragte mich, warum die Kirche Menschen auf Scheiterhaufen verbrannt hatte und was der Verzicht von Fleischgenuß am Freitag mit der ewigen Seligkeit zu tun haben sollte. Und wenn die schlimmste Höllenstrafe darin bestand, einen Spalt des Himmels zu sehen und nicht hineinzukommen, was war dann mit jenen Nonnen in der Vorhölle, die dort die ungetauften Kinder betreuten, um die die Engel sich nicht kümmern wollten? Sie hatten doch mehr als einen Spalt des Himmels gesehen. Sie waren ja eine Weile dort gewesen. Bedeutete dies nicht, daß man sie in die tiefste persönliche Hölle gestürzt hatte?

Der Papst hat die Vorhölle geschlossen, bevor wir diese im Katechismusunterricht herausfinden konnten – leider.

Trotzdem war mein Glaube eine brennende Flamme in mir. Besonders Jesus und Maria liebte ich inständig, und ich betete mit großer Inbrunst, wenn ich in die Kirche geschickt wurde.

Zu Hause fand ich zufällig ein Buch von George Gamow über die Relativitätstheorie. Plötzlich verstand ich, warum es die Nonnen in der Vorhölle aushielten. Es war alles relativ. Indem Einstein das physikalische Universum beschrieben hatte, hatte er auch die innere Logik der Kirche beschrieben. Dies ermöglichte mir, an meinem Glauben festzuhalten.

Als ich aber meiner Mutter gegenüber Einstein erwähnte, sagte sie: »Wir sind Katholiken. Katholiken sind Absolutisten.«

Wir beide saßen oft stundenlang auf den Verandastufen und unterhielten uns. Wir sprachen über alles, angefangen von der allgemeinen Relativitätstheorie bis zum Preis von Tennisschuhen. Ich versuchte, ihr ihre Religiosität auszureden, aber sie war eine katholische Intellektuelle der wilden fünfziger Jahre, als die Messe noch ein echtes Mysterium war und es eine Menge faszinierender und spitzfindiger Möglichkeiten zum Sündigen gab.

Im Katechismusunterricht mußten wir Aufsätze schreiben, die die Existenz Gottes beweisen sollten. Mein Aufsatz, eine Gleichung mit einem bewußt tautologischen Schluß, wurde als dämonische Inspiration bezeichnet. Als der Lehrer dies meiner Mutter sagte, meinte sie: »Der Gedanke, daß Kinder vom Teufel inspiriert werden könnten, ist selbst eine teuflische Inspiration.« Die Zeiten waren damals nicht unschuldiger als heute, sie waren nur weniger komplex.

Ich erinnere mich nicht, jemals über außerirdische Wesen nachgedacht oder gesprochen zu haben. Als ich jedoch vor kurzem einen Freund aus jenen Tagen fragte, was das merkwürdigste Erlebnis gewesen sei, an das er sich erinnern könnte, hatte die Antwort zu meiner Überraschung mit mir zu tun.

Er erzählte mir folgende Geschichte: Als wir dreizehn

waren, hatte ich ihm verkündet, daß ›Wesen aus dem Weltraum‹ mich gelehrt hätten, eine Antigravitationsmaschine zu bauen, die ich nun in meinem Zimmer konstruierte. Das war im Sommer 1958. Ich weiß nicht mehr, woher ich die Idee zu dieser Maschine hatte, aber daran, daß ich sie baute, erinnere ich mich gut. An dem Ding war nichts Magisches. Es handelte sich bloß um eine Konstruktion aus einigen Elektromagneten, die aus alten Motoren stammten. Der vermeintliche Antigravitationseffekt beruhte auf dem Prinzip der Gegenrotation.

Als ich mein Gerät ausschaltete, surrte alles gewaltig. Der Elektromagnet im Innern der Maschine drehte sich wie wild, und die Lichter im Haus begannen zu flackern. Das ganze Ding quietschte und flatterte. Funken sprühten. Von unten ertönten elterliche Schreckensrufe. In dem Moment, als die Maschine sich selbst zerstörte, wurden die Lichter im Haus schwächer, bis die Glühbirnen orangerot glühten. Dann flammten sie wieder auf, wobei eine ganze Reihe von ihnen zerplatzte.

Schließlich gelang es mir, den Stecker herauszuziehen. Ich lief nach unten und spielte den Unschuldigen, statt meinen Eltern zu erzählen, was wirklich geschehen war. Furcht brauchte ich nicht vorzutäuschen. Mein Freund erzählte, daß ich ihn in großer Angst angerufen und ihm gesagt hätte, daß ich befürchtete, die Wesen aus dem Weltraum seien böse, weil ich ihr Kraftfeld gestört hatte.

Später entdeckte ich eine ganze Mythologie über die Technologie der fliegenden Untertassen; ein großer Teil davon dreht sich um gegenrotierende Magnete. Einer der Menschen, die entführt worden waren, erzählte mir eine interessante Geschichte. Er kannte einen Mann, ebenfalls ein Opfer, dem man detaillierte Erklärungen gegeben hatte, wie man einen Motor dieser Art baut. Dem Mann wurden diese Instruktionen während einer Entführung in den fünfziger Jahren anvertraut, und er behauptete, man habe ihm gesagt, er würde sich erst

1985 wieder daran erinnern können. Tatsächlich habe er zu diesem Zeitpunkt festgestellt, daß sein Kopf plötzlich voller detaillierter Pläne gewesen sei.

Sie enthielten Angaben über die exakten Größen der Elektromagnete und ihre Abstände voneinander und auch über die zu verwendenden Materialien. Da ich die Pläne nicht gesehen habe, kann ich sie nicht beurteilen. Ich kann nur sagen, daß die Idee, gegenrotierende Magnete könnten irgendeine ungewöhnliche Energie erzeugen, ein Schlag ins Gesicht der modernen Physik ist. Er aber behauptete, daß nach dem Bau der Maschine alle Metallgegenstände in seiner Scheune sofort angezogen worden seien und er von einem durch die Luft fliegenden Automotor bewußtlos geschlagen worden sei. Am nächsten Tag sei die Scheune aus unerklärlichen Ursachen bis auf den Grund niedergebrannt.

Solche Auswirkungen wären leichter zu glauben, wenn anstelle der Elektromagnete supraleitende Spulen benutzt worden wären. Bei unserem heutigen Verständnis von Magnetismus läßt sich schwer vorstellen, woher ein derartig starkes Magnetfeld kommen sollte.

Ich glaube nicht, daß Details wie die Konstruktion eines Motors Teil eines gemeinsamen Systems von Halluzinationen sein können. Ich hatte mich ja nicht einmal selbst an meine Antigravitationsmaschine erinnert, ein Freund mußte mir erst von diesem Jugenderlebnis erzählen. Meine Maschine war 1958 gebaut worden. Mehr als zwanzig Jahre später scheint dieser andere Mann eine exaktere Version des gleichen Geräts gebaut zu haben, die sich angeblich auf Pläne stützte, die er in derselben Zeit erhalten hatte. Am Tag, nachdem ich meine Maschine gebaut hatte, überkam mich plötzlich das dringende Bedürfnis, das Haus zu verlassen. Ich begleitete meine Großmutter zu ihrem Landhaus, obwohl sie dort einen ihrer Kartenspielnachmittage abhielt.

Gegen vier Uhr klingelte das Telefon. Ich erinnere

mich, daß meine Großmutter sagte: »Das Haus ist abgebrannt? Mary Striebers Haus ist abgebrannt?« Mir gefror das Blut in den Adern. Glücklicherweise war nicht das ganze Haus abgebrannt, sondern nur das Dach über dem Flügel, in dem sich mein Zimmer befand. Das Feuer wurde nie befriedigend erklärt, aber ich denke doch, daß es eher auf die Einwirkung meiner Antigravitationsmaschine auf die Elektroinstallationen als auf eine Feindseligkeit erboster Besucher zurückzuführen war.

Glücklicherweise ahnten meine Eltern nie, daß ich ein Unglück dieses Ausmaßes verursacht haben könnte.

Im Juli 1957 nahm mein Vater meine damals dreizehnjährige Schwester und mich mit nach Madison, Wisconsin, um seine Schwester und deren Familie zu besuchen. Wir flogen nach Chicago und wohnten im Hilton. Dort ließ ich aus Versehen ein Glas mit Milchshake aus dem Fenster des zehnten Stockwerks fallen.

Wir verbrachten die Nacht in einem anderen Hotel und fuhren dann nach Madison weiter, um unsere Verwandten zu besuchen. Eine Woche später kehrten wir mit dem Zug nach San Antonio zurück. Mein ganzes Leben lang war mir ein Bild dieses Zuges, der durch die Nacht rauscht – von oben gesehen – im Gedächtnis geblieben. Die meisten Fenster sind dunkel, es ist also wahrscheinlich sehr spät. Die dichten Pinienwälder deuten darauf hin, daß es in Arkansas oder weiter im Norden gewesen sein muß, denn der ›Texas Eagle‹ fuhr nicht durch die Pinienwälder von Ost-Texas, sondern durch die Ebenen zwischen Texarkana und Dallas und dann nach Süden durch hügelige, eintönige Landschaft.

Aus irgendeinem Grund habe ich nie über dieses seltsame Bild des fahrenden Zuges nachgedacht. Warum sollte ich ihn aus dieser Perspektive gesehen haben? Ist es möglich, daß ich mich wirklich zu irgendeinem Zeitpunkt außerhalb des Zuges befand?

Ich hatte absolut keine Erinnerung daran, aus dem

Zug entführt worden zu sein, nur eine verworrene Vorstellung davon, daß mein Vater auf dem oberen Bett in unserem Abteil kauerte, mit hervorquellenden Augen und entblößten Zähnen. Aber ich hatte immer angenommen, daß es sich dabei um einen Alptraum handelte, der durch meine starke Übelkeit während der Zugfahrt verursacht worden war. Mir ging es sehr schlecht. Ich übergab mich, bis ich dachte, ich würde sterben, und das ohne augenscheinlichen Grund. Außer Gallenflüssigkeit gab mein Magen nichts mehr her, aber der Brechreiz hörte nicht auf.

Diese Bilder lösten eine lebhafte Erinnerung daran aus, wie mir das Wesen eine Blase in den Mund stopfte. Das war nicht das einzige Mal, wo ich von den Besuchern zum Essen gezwungen wurde. 1968 ›fehlten‹ mir vier bis sechs Wochen nach einer verzweifelten, unerklärlichen Reise quer durch Europa. In Verbindung damit steht eine entsetzliche Erinnerung daran, etwas zu essen, was ich stets für einen verdorbenen Granatapfel gehalten habe; er war unerträglich bitter. Eine Krankenschwester träufelte mir Tropfen auf die Zunge, damit es mir nicht wieder hochkam. Aber welche Schwester? Wo? Ich war nie in einem Krankenhaus. Vielleicht war mir auch in der Nacht des 26. Dezember etwas in den Mund gestopft worden. Ich erinnere mich genau daran, wie sie versuchten, mir den Mund zu öffnen. Und als ich wieder in meinem Haus war, putzte ich mir die Zähne.

Das ist das beunruhigendste an diesem ganzen langen Erlebnis. Nicht das Essen als solches beunruhigt mich, da ich es offensichtlich überlebt habe, sondern vielmehr der allgemeine Zusammenhang. Zuerst werde ich gefüttert; dann kommt es mir wieder hoch. Dann werde ich wieder gefüttert, und diesmal werden mir Tropfen gegeben, damit ich mich nicht wieder übergebe. Jahre später nimmt dieses Gefüttertwerden einen so geringen Teil innerhalb des ganzen Erlebnisses ein, daß es von anderen Erinnerungen überlagert wird.

Kurz, meine geheimnisvollen Freunde scheinen gelernt zu haben, wie man mich dazu bringt, das bei mir zu behalten, was sie mir verabreichen.

Lange Zeit habe ich nicht an jene Krankheit während der Zugfahrt gedacht. Ich erinnere mich jedoch, wie sehr mein Vater sich um mich bemühte, und als er müde wurde, kam der Schlafwagenschaffner und hielt mich über die Toilette. Ein Doktor im Bademantel erschien und versuchte, mir etwas Wasser einzuflößen. Die Krankheit war mitten in der Nacht ausgebrochen und dauerte bis zum Morgen. Als der Zug schließlich in San Antonio einfuhr, schlief ich wie ein Toter. Mein Vater trug mich zu einem Taxi, und wir fuhren nach Hause.

Als ich zu Hause ankam, fühlte ich mich viel besser und hatte Lust, meine Freunde zu sehen. Immerhin waren wir mitten im Sommer fast zwei Wochen weggewesen.

Als wir die Elizabeth Road hinunterfuhren, war ich ganz aufgeregt. Kaum daß wir ausgeladen hatten, war ich weg, und die Krankheit war vergessen.

Ich erinnere mich, daß ich damals eine Geschichte erzählte, die ich jahrelang vergessen hatte. Ich erzählte, ich hätte einen Wolf heulen gehört und ihn am Stadtrand gesehen. Schon als ich die Geschichte erzählte, war ich etwas verwirrt. Aber bis heute sehe ich den Wolf vor mir und höre sein Heulen, das durch die Nacht hallt. Von diesem Bild rührt mein lebenslanges Interesse an Wölfen her, das schließlich zu echter Liebe für diese wunderbaren Tiere wurde.

Schon während ich sprach, wußte ich, daß wir weder einen Wolf gesehen noch gehört hatten. Warum erzählte ich es dann? War es eine jener Deckerinnerungen, die für die Erfahrungen mit den Besuchern so typisch sind? Meine Erinnerung an den Vorfall vom 26. Dezember wurde zuerst durch die Erinnerung an die Eule blockiert. Auch während der Ereignisse im Jahr 1968 sah ich eine Eule.

Das persönliche Symbol meiner weisen und entschlossenen Freundin könnte eine Eule sein. Das lateinische Wort für Eule ist *strix,* was gleichzeitig auch Hexe bedeutet. Immer schon hat die Eule die Weisheit verkörpert. Die Eule war das Totem der keltischen Blodeuwedd, der dreigestaltigen Mondgöttin, und steht in Verbindung mit dem Gedanken der Dreiheit, die sich später in diesem Buch als das geläufigste Symbol für die Besucher erweisen wird. Dieses Symbol wird von vielen Entführten erwähnt – von Menschen, die keine Ahnung über dessen ehemalige Bedeutung haben, weil heutzutage nur noch ein paar Altertumswissenschaftler und Mythologen darüber Bescheid wissen.

Mein Leben ist voll von merkwürdigen Geschichten wie derjenigen mit dem Wolf und jener mit den Eulen. Seltsamerweise hatte auch meine Schwester ein sonderbares Erlebnis mit einer Eule. In den frühen sechziger Jahren war sie mit dem Auto zwischen Kerrville und Comfort, Texas, unterwegs. Es war weit nach Mitternacht. Sie wurde von einem riesigen Lichtstrahl erschreckt, der herabschwebte und vor ihr die Straße kreuzte. Ein paar Minuten später flog eine Eule vor das Auto. Ich frage mich, ob dies nicht auch eine Deckerinnerung ist, aber meine Schwester will das nicht glauben.

Viele meiner Deckerinnerungen beziehen sich auf Tiere, wenn auch nicht alle. Jahrelang habe ich etwa behauptet, dabeigewesen zu sein, als Charles Whitman 1966 seine Schießerei vom Turm der Universität von Texas aus veranstaltete. Aber ich war nicht dort. Wo war ich dann gewesen? Was steckt hinter all den Deckerinnerungen?

Vielleicht hatte ich stets eine gewisse Ahnung. Vielleicht verwandte ich deswegen so viel Zeit darauf, in Schränken und unter Betten nachzusehen. Wenn ich mir über mein Verhalten ganz ehrlich Rechenschaft ablege, muß ich zugeben, daß es schon lange so ging und im Jahr 1985 nur erheblich zunahm. Jetzt, nachdem ich diese Erinnerungen aufgedeckt habe, hat das zwanghafte Nachsehen vollkommen aufgehört.

Tatsächlich kann ich mich an keinen Zeitpunkt meines Lebens erinnern, zu dem ich mich so wohl und glücklich gefühlt habe wie jetzt. Was auch immer geschehen mag, eines ist sicher: Ein großer Druck ist von mir genommen worden, ein Druck, der schon immer auf mir gelastet hatte.

Dieser kurze Überblick legt jedenfalls nahe, daß ich die Erforschung meiner Vergangenheit fortsetzen sollte. Doch bevor ich damit weitermache, wäre es vielleicht angebracht, jene letzten Minuten der Hypnosesitzung genauer zu betrachten. Es begann damit, daß ich mich plötzlich im Jahr 1957 befand.

Unter Hypnose kann es durchaus zu spontanen Rückversetzungen kommen. Der Grund dafür besteht gewöhnlich darin, daß der Patient auf etwas stößt, das er von früher her kennt. Unversehens wird er dadurch in die einmalige Situation zurückversetzt.

Das auslösende Moment scheint der Satz ›Du bist mein Erwählter‹ gewesen zu sein. Danach erwähnte ich ›andere‹. In diesem Augenblick schoß mir das Bild einer Dame im geblümten Kleid durch den Kopf, an die eine Art Ansprache gerichtet wurde und die ›Gelobt sei der Herr‹ rief, als sie sie hörte. Dann fragte mich Dr. Klein nach den ›anderen‹, und ich sah mich wiederum an einem anderen Ort; vor mir aber stand dasselbe weibliche Wesen oder jemand, der ihr sehr ähnlich sah.

Aufgeregt saß ich im Bett und blickte auf die anderen Betten, in denen amerikanische Soldaten lagen. Bei diesen Betten handelte es sich eher um Tische mit einem massiven Unterbau und einer leichten, von unten nach oben verlaufenden Schräge. Soweit ich mich erinnerte, waren sie grau. Die Soldaten waren junge Männer in

Drillichanzügen, die wie im Koma dalagen. In diesem Augenblick fragte mich Dr. Klein, wie alt ich sei, und ich hörte mich sagen: »Zwölf.«

Ich veränderte mich völlig. Ich war wieder der, der ich als Kind gewesen war. Es war sehr eigentümlich. Ich fühlte mich kleiner, fühlte mich ganz anders. Auch mein Denken war verändert. Die Last des Wissens war verschwunden. Für die Dauer von einigen Augenblicken war ich wieder unschuldig geworden.

Ich wußte, wo ich war, und fand es sehr aufregend. Zuerst setzte ich mich auf und freute mich, wach zu sein, obwohl sogar die Soldaten schliefen. Ich war richtig stolz auf mich. Der Übergang zwischen der Zeit, als ich wach im Bett saß, und der Zeit, als ich vor einer konturlosen, grauen Fläche in einem kleinen Stuhl saß, fehlte.

Etwas außerordentlich Verwirrendes geschah, während ich auf diesem Stuhl saß. Nach der Hypnose erinnerte ich mich an eine Landschaft, über der ein großes, krummes Objekt schwebte, das sich bei genauester Betrachtung als ein Dreieck herausstellte. Dann folgte eine Flut von Symbolen. Selbst jetzt beim Niederschreiben fühle ich noch, wie es an Kopf und Körper schmerzte, diese Überfülle in mich aufzunehmen. Ich weiß nicht mehr, worum es sich dabei handelte – Dreiecke, fliegende Pyramiden, durch die Luft springende Tiere.

Sind derartige Erfahrungen der Grund für die Prüfungsangst, die in psychologischen Tests bei mir festgestellt wurde? Vielleicht läßt sie sich aber auch auf etwas anderes zurückführen. Ich habe viele sonderbare Erinnerungen daran, in der Mitte eines kleinen runden Raumes zu sitzen und von einer Runde unnachsichtiger Befrager bis ins Innerste ausgequetscht zu werden. Um als Kind mit solchen Erinnerungen fertig zu werden, habe ich Angstfantasien mit diesen Bildern verwoben. Die Gestalten wurden zu den Freunden meiner Kindheit, die in einem runden grauen Kellergeschoß die geheimen Strukturen meines Denkens aus mir hervorholten; wie Chirurgen zogen sie mit Pinzetten glänzende Nervenstränge aus meinem Gehirn. Ich hörte sie einzelne Worte sprechen, und jedes Wort fegte wie ein Wirbelsturm durch mich hindurch – jede Erinnerung, jeder Gedanke, jedes Gefühl, das damit verbunden war, wurde wachgerufen. Stundenlang ging das so, bis ich sie bat aufzuhören; darauf wurde mir eine kurze Ruhepause zu ihren Füßen gewährt.

War das nur eine Fantasievorstellung, oder geschieht so etwas wenn jemand versucht, den tieferen Sinn einer Sprache aus dem Denken eines Kindes hervorzulocken? Wenn das zutrifft, wer hat es getan? Ist dies eine Erinnerung an die Besucher bei der Verrichtung ihrer Arbeit?

In meiner Kindheit galt ich als unermüdlicher Frager. Während einer Schulstunde durfte ich nicht mehr als drei Fragen stellen, weil ich sonst den ganzen Unterricht aufgehalten hätte. Auch dieses Wesen fragte ich gleich aus. Vielleicht kannte ich es damals schon – jedenfalls hatte ich alle anfänglichen Ängste schnell überwunden.

Ich finde das Gespräch faszinierend. Ich fragte, wer die Leute um mich herum seien, und mir wurde gesagt, was auch für mich offenkundig war: Sie waren Soldaten. Dann wollte ich wissen, warum man sie hierhergebracht hatte. Die Antwort lautete: »Weil sie allein waren.« Dies bestätigt vielleicht eine bestimmte These, die in einigen Studien über UFO-Sichtungen vertreten wird: Die Flugobjekte scheinen verlassene Gegenden vorzuziehen. Sie tauchen selten über Städten auf, und es gibt nur wenige Entführungen aus dichtbevölkerten Orten. Vielleicht zeigt sich hier eine Begrenztheit ihrer technologischen Möglichkeiten: In bevölkerten Gegenden sind die Risiken zu hoch.

Ich fragte, was mit den Soldaten gemacht werde. Die Antwort war uninformativ wie immer: »Wir sehen sie uns an und schicken sie dann nach Hause.« Ich kann mich gut erinnern, wie sehr mich dies überraschte: Ich erlebte es unter Hypnose noch einmal. Mir kam vor, daß das ein enormer Aufwand war, nur um irgendwelche Leute zu untersuchen, daher fragte ich wie aus der Pistole geschossen zurück: »Aus welchem Grund?« Das Wesen schien bereit, mir zu antworten, aber sie wurde mitten im Satz unterbrochen, wie wenn jemand einen Schalter ausgeknipst hätte. Es hörte sich wie eine hängengebliebene Schallplatte an: »Der Grund dafür ist – Der Grund dafür ist –« Dann hielt sie inne, als hätte sie sich bei einer Unachtsamkeit ertappt, und sagte einfach: »Nun ja.« Ihre Stimme klang ein wenig belustigt.

Kurz danach beobachtete ich sie beim Herumgehen. Ich wußte nicht, was sie tat, ich glaube, sie berührte die Soldaten mit einem kupferfarbenen Gegenstand. Ich fragte sie, warum sie so schrecklich aussehe, und sie sah tatsächlich schrecklich aus. Ich verstehe nicht, warum ich keine Angst hatte. Es ist doch unglaublich beunruhigend, ein Wesen zu betrachten, das eindeutig kein Mensch ist, das aber trotzdem über Intelligenz verfügt. An der Präzision einer bewußt ausgeführten Bewegung ist etwas ganz Unmißverständliches, es ist aber höchst furchterregend, wenn die Bewegung von einem solch fremdartigen Körper ausgeführt wird.

Diese Gedanken gingen mir im Alter von zwölf Jahren nicht durch den Kopf, aber das Bild von jener unheimlichen Person, die zwischen den Tischen umherging, habe ich ganz klar vor mir. Als ich sie fragte, warum sie so schrecklich aussehe, antwortete sie fast abwesend und ohne ihre Arbeit zu unterbrechen: »Dafür kann ich nichts.«

Während ich diese Person beobachtete, die mit ihrem kupfernen Zauberstab zwischen den Soldaten umherging, bemerkte ich meine Schwester. Ausgestreckt lag sie rechts unter mir, nur mit ihrem Nachthemd bekleidet. Ich weiß noch, wie sehr mich ihr Anblick erschreckte.

Wir beide standen uns damals sehr nahe. Ich liebte und bewunderte sie, und es war furchtbar, sie wie eine Tote daliegen zu sehen. Eine Stimme sagte mir, daß es ihr gut gehe. Diese Stimme sprach direkt in meinem Kopf, daran erinnere ich mich ganz deutlich.

Darauf sah ich etwas, was mich mehr ängstigte als alles andere: Mein Vater stand neben meiner Schwester, mit einem blauen Schlafanzug bekleidet. Seine Arme hingen herunter, und in seinem Gesicht stand ein Ausdruck des Erstaunens. Dann bewegten sich seine Augen, bis sie auf etwas haften blieben, das ich nicht genau erkennen konnte, weil es sich hinter der Tür befand. Wie in Zeitlupe verfiel sein Gesicht. Er warf den Kopf zurück, und etwas durchfuhr ihn wie ein elektrischer Schlag; er spreizte die Finger und schüttelte die Arme. Seine Augen quollen hervor, und sein Mund öffnete sich. Dann schrie er, aber ich hörte ihn nur ganz schwach; ein unterdrücktes Schreien voll Angst und Verzweiflung.

Das ›schrecklich aussehende‹ Wesen kam mir nun absolut monströs vor. Für mich stand außer Frage, daß dies alles Wirklichkeit war. Es kam mir nicht einmal in den Sinn, daß ich träumen könnte. Alles war genauso real wie jedes andere Ereignis in meinem Leben, aber es war weit schreckenerregender als der furchtbarste Horrorfilm, und bald verschwand die Erinnerung unter der Decke einer Amnesie. Es verging noch ein ganzes Jahr, ehe ich meinen ersten Horrorfilm sah: Es war *The Creature from the Black Lagoon* und wurde in einem Sommerlager gezeigt. In dem Lager blieb ich genau einen Tag. Mein Interesse an Horrorgeschichten erwachte erst viel später.

Unter Hypnose spürte ich die Angst wie Eiswasser durch meine Adern rinnen. Don Klein und Budd Hopkins konnten von Glück sagen, daß ich unter dem Befehl stand, nicht zu schreien, denn sie hätten sich furchtbare Schreie anhören müssen. Die Angst explodierte geradezu in mir. Einen Augenblick lang glaubte ich, ohnmächtig zu werden. Ich erinnerte mich, wie es mich als kleinen Jungen gequält hatte, meinen Vater in einem Zustand solch hochgradiger Panik zu sehen, war er doch in jenen Tagen eine Art Held für mich gewesen. Ich versuchte mit ihm zu sprechen, ihm zu versichern, daß alles in Ordnung sei. Er stöhnte: »Nein, Whitty, es ist nicht in Ordnung«, und versuchte, nach mir und meiner Schwester zu greifen. Seine Arme hoben sich und blieben in der Luft, während er sich krümmte und Grimassen schnitt. Als er wieder zu schreien begann, wurde er zum Schweigen gebracht.

Sie beobachteten die Szene mit ihren ruhigen, schwarzen Juwelenaugen.

Dem Aussehen dieser Wesen kommt keine Darstellung in einem modernen Science-Fiction-Film nahe, sondern viel eher das uralte, starre Gesicht der Ischtar. Malt man ihre Augen schwarz aus, entfernt man die Haare, dann ergibt sich das Bild, das vor meinem inneren Auge steht.

Stammen meine Erinnerungen aus meinem eigenen Leben oder aus anderen, lange vor mir gelebten Leben in den schattigen Tempeln, wo die Göttin regierte?

Vielleicht sind die Besucher Götter. Vielleicht haben sie uns erschaffen. Francis Crick, der berühmte Entdekker der Doppelhelix, hat behauptet, die genetische Struktur des Lebens sei so ausgeklügelt, daß sie nach einem Plan gefertigt zu sein scheint.

Wenn wir uns um Jahrmillionen zurückversetzen, könnten wir eine menschenähnliche Kreatur durch die Savanne streifen sehen. Würden wir wohl auch auf jenes Wesen treffen, das man später unter anderem Ischtar nannte und das in einem riesigen, dreieckigen Raumschiff darüber hingleitet? Ein Raumschiff wie jenes, das 1983 über Westchester gesehen wurde und dessen Anblick für die Piloten der Air Force ebenso unfaßlich war wie seinerzeit für die herumstreifende Kreatur, die knapp vor der Menschwerdung stand.

Oder würden wir auf ein noch tieferes Geheimnis stoßen? Vielleicht war alles, was unsere Wirklichkeit ausmacht, bereits im dumpfen, sich erst versuchenden Verstand jener Kreatur erhalten. Ein Panther sprang ihr an die Kehle und ließ wieder von ihr, und sie warf sich auf die Knie, denn nur das Wesen in dem eben dahingleitenden Gebilde konnte sie gerettet haben, und ›Gott‹ und ›Dank‹ waren geformt worden.

Die Reise wird fortgesetzt

Die sechziger und siebziger Jahre

Ich schien am Rand eines Abgrunds angelangt zu sein, eines Abgrunds, der in ungeahnte Tiefen hinabreichte, und ich fragte mich, was ich dort wohl finden würde, wenn ich gewissenhaft weitersuchte.

Worin hatte mein Leben wirklich bestanden? Wie viele hatten ebenso gelebt wie ich, waren wie ich über die Oberfläche dieses dunklen Spiegels geglitten? Ich überlegte, ob eine Reihe eigenartiger Vorfälle aus jüngster Zeit für die Erforschung meiner Vergangenheit eine Bedeutung haben könnte.

Am 21. März passierte mir in unserer Blockhütte etwas Merkwürdiges: Ich wachte in der Nacht auf und konnte mich nicht bewegen, nicht einmal die Augen öffnen. Ich hatte den Eindruck, daß etwas in meinem Nasenloch steckte und langsam nach oben geschoben wurde. Als ich mich zu wehren versuchte, hörte ich ein Geräusch, wie wenn man in einen Apfel beißt – direkt zwischen den Augen. Das nächste, woran ich mich erinnerte, war der folgende Morgen.

Tagsüber schmerzte meine Nase und blutete ein bißchen. Da aber meine Frau und unser Sohn eine Woche zuvor über ähnliche Beschwerden geklagt hatten (ohne die Erinnerung an einen Gegenstand in ihrer Nase), nahm ich an, daß es von der trockenen, kalten Winterluft herrührte. Aber ich bekam keine Erkältung.

Nach dem 15. März war bei meiner Frau und meinem Sohn Nasenbluten aufgetreten, und im Inneren der Nase hatten sich kleine Knoten gebildet, bei Anne im rechten, bei unserem Sohn im linken Nasenflügel. Bei den beiden waren die Beschwerden wieder vergangen, ich aber hatte Schmerzen, daher machte ich einen Termin mit meinem Arzt aus.

Am 26. März sah er sich meine Nase an und diagnostizierte einen Kratzer in der Nasenschleimhaut, der zu der Knotenbildung geführt hatte. Seiner Meinung nach würde in ein paar Tagen alles verheilt sein, womit er recht behielt.

Erst am 26. Juli 1986 erinnerte ich mich wieder an den Vorfall, als ich von Dr. Klein einen Brief erhielt. Er erwähnte darin, daß viele meiner Symptome auf eine Abnormität des Schläfenlappens hinwiesen und für einen Test dieses Gehirnteils eine Nasenuntersuchung notwendig sei.

Der Schläfen- oder Temporallappen ist in gewissem Sinn der wichtigste Teil des menschlichen Gehirns, der Sitz des ›Menschseins‹ überhaupt. Im Schläfenlappen erhalten unsere Wahrnehmungen ihren Sinn. Die Strukturen in diesem Bereich sind verantwortlich für Gefühle, Motivationen und Erinnerungen, Menschen mit Temporallappenelepsie haben Déjà-vu-Erlebnisse, unerklärliche Panikzustände, riechen schlechte Gerüche und zeigen auch übertriebenes Interesse an philosophischen und kosmischen Fragen. Manchmal halluzinieren sie Reisen, von denen ihnen lebhafte Eindrücke bleiben.

Am Anfang hielt ich dies für die Erklärung meines ganzen Erlebnisses. Ich las eine Arbeit von Dr. Michael Persinger von der Laurentian University, in der psychische und religiöse Erfahrungen einer zeitweiligen Störung des Temporallappens zugeschrieben werden. Aber je mehr ich über diese Krankheit erfuhr, um so weniger schienen meine Fragen beantwortet zu werden. Sie erklärte nicht das überwältigende Gefühl von Realität, das ich bei meinen Erlebnissen hatte. Sie erklärte nicht die körperlichen Auswirkungen. Sie erklärte nicht die Zeugenaussagen, und sie erklärte auch nicht die Erfahrungen, die andere gemacht hatten. Die Temporallappenepilepsie stellte wieder nur eine reine Spekulation dar, im Grunde auch nicht überzeugender als die Hypothese, die ich über die außerirdischen Besucher aufgestellt hatte. Ich war wieder bei meinem Ausgangspunkt angelangt. Ich hatte keine Ahnung, was vor sich ging.

Eine Woche nachdem ich Dr. Kleins Brief erhalten hatte, traf ich eine Frau, die eine Begegnung mit Besuchern hatte. Sie begann ihre Erzählung damit, daß sie behauptete, die Besucher hätten eine Sonde in ihre Nase gesteckt, wodurch ein Geräusch verursacht worden sei, ›wie wenn man in einen Apfel beißt‹ – genau zwischen den Augen. Sie hatte sogar Zeichnungen angefertigt, sowohl von der Sonde als auch von dem Wesen, das sie eingeführt hatte. Bei der Sonde handelte es sich um eine Nadel mit einem kleinen Griff wie bei einem Messer. Das Wesen kam mir bekannt vor, derartige Gestalten hatte ich auch gesehen.

Dann bat ich Budd Hopkins um Informationen über Fälle, wo über ein Eindringen in den Kopf berichtet wird. In vier der hundert Fälle, die Budd Hopkins bekannt sind, wird von einem Eindringen in das Ohr berichtet (mein Fall eingeschlossen), dreimal von einem Eindringen unterhalb des Auges und elfmal von einem Eindringen durch die Nase (wieder einschließlich mit mir selbst). Darüber hinaus ist bemerkenswert, daß mein Sohn und ich die Verletzung im linken Nasenflügel hatten. Wir beide sind Linkshänder, Anne ist Rechtshänderin.

Es könnte sein, daß die Besucher durch die Einwirkung auf den Schläfenlappen eine Störung hervorrufen, die als Epilepsie diagnostiziert werden würde. Da die Auswertung eines Elektroenzephalogramms eine subjektive Angelegenheit ist, beschloß ich, zwei Tests an mir vornehmen zu lassen. Einen bei einem Neurologen, den Dr. Klein mir empfahl, und einen weiteren bei einem anderen Psychiater. Der zweite Neurologe führte die gleiche Voruntersuchung durch wie der von Dr. Klein empfohlene und kam zu dem gleichen Schluß: Es gab keinen Beweis für eine Störung. Dann berichtete ich dem Neurologen kurz vor meinen Erlebnissen am 26. Dezember, aber wir sprachen nicht über etwaige Ursachen oder Erklärungen. Daher hatte er keinen Anlaß, sein Untersuchungsergebnis gegen irgendwelche Hypothesen zu verteidigen. Ich ging in ein Labor, nahm Chloralhydrat, und die Elektroden wurden durch meine Nase eingeführt. Ein paar Tage später bekam ich die Resultate: Völlig normale Funktion des Schläfenlappens – darüber waren sich beide Neurologen einig.

Was auch immer die Besucher angestellt haben mögen, sie fügten mir keine Verletzung zu, die für unsere Wissenschaftler erkennbar gewesen wäre. Ich bin kein Epileptiker. Die Hypothese von der Störung des Schläfenlappens war aus drei Gründen nicht haltbar: Erstens wurde sie durch die Zeugenaussagen und die körperlichen Auswirkungen erschüttert, zweitens zeigte das EEG, daß ich kein Epilektiker war. Darüber hinaus konnten kurzzeitige Störungen, wie Dr. Persinger sie beschrieben hatte, nicht für so umfassende Erfahrungen wie die meinen verantwortlich gemacht werden. Das wäre nur bei einer vollausgebildeten Epilepsie möglich gewesen.

Bisher gibt es auch keine Erklärung der Motive der Besucher oder für das Selbstvertrauen, das sie an den Tag legten, als sie die Sonde durch meine bakteriengefüllte Nasenhöhle in mein Gehirn einführten. Kein Arzt würde jemals so etwas tun, was auch beweist, daß es sich um keine verschüttete Kindheitserinnerung handelt. Es gibt keine Operation, bei der einfach Nadeln durch die Nase gestoßen werden. Es kann sich auch nicht um erste epileptische Anzeichen handeln. Dieser Vorfall geschah erst Wochen, nachdem ich mich an meine erste Begegnung erinnert und darüber berichtet hatte. Anstatt irgendwelche Gehirnstörungen zu belegen, waren die Übereinstimmung der verschiedenen Erzählungen und die Nebenwirkungen wie Nasenbluten und Verletzung der Nase vielmehr ein deutlicher Hinweis, daß etwas Reales geschehen war.

Hätte das Eindringen in den Schläfenlappen am Anfang meines ganzen Erlebnisses gestanden, dann wäre ich versucht gewesen, alle meine Wahrnehmungen damit in Verbindung zu bringen. Aber es stand nicht am Anfang. Es mag sehr wohl meine Wahrnehmung verändert haben – und auch meine Erinnerungen. Vielleicht sollte genau dies erreicht werden.

Ich dachte über die vergangenen Wochen nach. Das meiste, was seit Dezember passiert war, ist genau dokumentiert: Sobald ich mir der Vorkommnisse bewußt wurde, hatte ich sofort anderen darüber berichtet.

Abgesehen von dem Besuch am 15. März, den ich in einem späteren Kapitel ausführlich behandeln werde, gab es einen Vorfall zu einem früheren Zeitpunkt, der der Erwähnung wert ist, weil er mir mehr als alle anderen das Tor zu meiner Vergangenheit öffnete. Auch dies ereignete sich vor dem scheinbaren Eindringen in mein Gehirn und nicht danach.

Die Nacht des 7. Februar verbrachten wir in unserer Wohnung in der Stadt. Ich war vollkommen verzweifelt. Ich hatte ein schreckliches Gefühl. Ich fühlte ihre Gegenwart. Das schlimmste war, daß ich sie riechen konnte. Es roch wie nach verbrannter Pappe. Ich kannte den Geruch von früher, meine Frau ebenfalls. Bis jetzt war mir aber seine Bedeutung nicht klar gewesen. Es roch außerdem noch nach Käse und Zimt, was ich schon vom 26. Dezember her kannte.

Ich lag im Bett, schwitzend und schlaflos, und plötzlich entdeckte ich zu meinem Entsetzen, daß vier Stunden vergangen waren, ohne daß ich es bemerkt hatte. Es war Mitternacht, ich las, blätterte eine Seite um, und plötzlich zeigte die Uhr vier Uhr früh. Ich trug keinen Schlafanzug mehr.

Als ich am nächsten Morgen aufstand, waren zwei kleine Dreiecke auf meinem linken Unterarm eingeritzt. Ich weiß nicht, was geschehen ist, und der Vorfall läßt sich auf herkömmliche Art nicht erklären. Das größere Dreieck war sorgfältig in die oberen Hautschichten eingeschnitten – die Arbeit eines Meisterchirurgen. Das andere Dreieck, winzig, zeigte auf das größere.

Am Morgen des 8. Februar betrachtete ich schaudernd diese Dreiecke. Ich erinnerte mich auch an die Gerüche. Gerüche sind ein ausgezeichneter Auslöser für Erinnerungen, und der Geruch nach verkohltem Papier schien viele Türen zu öffnen.

Zuletzt hatte ich ihn 1972 oder 1973 gerochen. Meine Frau und ich waren nach San Antonio gefahren, um meine Familie zu besuchen. Wir schliefen im früheren Zimmer meiner Schwester im zweiten Stock des Hauses. Gegenüber auf dem Flur befand sich das Zimmer, das ich als kleiner Junge bewohnt hatte. Mitten in der Nacht wachte ich plötzlich auf. Ich bildete mir ein, ich hätte ein lautes Geräusch gehört. Ich beschloß, mir ein Glas Wasser zu holen. Im Flur bemerkte ich den eigenartigen Geruch nach verbrannter Pappe.

Als ich ins Badezimmer ging, rannte eine kleine, dunkle Gestalt mit einem roten Licht in der Hand aus meinem ehemaligen Zimmer und fegte die Treppe hinunter. Ich war einen Moment lang verblüfft, kam dann aber zu dem Schluß, es könne nur ein Familienmitglied gewesen sein.

Die Tatsache, daß die Person viel kleiner als ein Mensch war, störte mich nicht im geringsten, machte mich keinen Augenblick stutzig. Warum nicht? Vielleicht aus demselben Grund, warum keiner von uns sich an die Ereignisse des 4. Oktober erinnern konnte. Vielleicht sollte ich so reagieren. Es gibt Berichte über Besucher, die kleine Lichter tragen, und in Märchen kommen immer wieder leuchtende ›Zaubersteine‹ vor.

Die Erscheinung der kleinen Gestalt blieb ohne Folgen, außer daß ein Familienmitglied sich über einen Alptraum während der Nacht beklagte. Sonst wurde darüber nichts gesagt. Jenes Mitglied meiner Familie kann sich weder an einen Vorfall erinnern noch an den Inhalt des Alptraums.

Mit Erstaunen stellte ich fest, daß ich mein Leben lang auf der Flucht war. Ein anderes Opfer, das ich kennengelernt habe, eine junge Frau, deren Schwangerschaft sich plötzlich in nichts auflöste, obwohl sie erwiesenermaßen nicht hysterischen Ursprungs war, beschreibt ihr Leben ebenfalls als eine einzige Flucht. »Mein ganzes Leben lang wollte ich nach New York, wegen der Lichter und der Menschen.«

Mir ging es genauso. Und jetzt stellt sich heraus, daß sie einen Häuserblock von mir entfernt wohnt. Beide waren wir wie verrückt durch die Welt gerannt, und nun sind wir praktisch Nachbarn. Ist dies ein Zufall? Vermutlich. Aber der Mensch sucht stets nach größeren Zusammenhängen, nach Bildern in den Wolken und den Sternen, nach dem verborgenen Sinn der Welt. Der gleiche Drang nach Verstehen, der unsere Vorfahren dazu trieb, im Sternengewimmel des Nachthimmels die Konstellationen zu erkennen, könnte mich dazu treiben, falsche Schlüsse zu ziehen. Und doch, wie sollte ich ohne eine allgemeine Theorie des Zufalls wissen, wo letztlich die Wahrheit lag? Ich suchte weiter, immer tiefer in meiner Vergangenheit.

Im Alter von neun Jahren übernachtete ich mit einem Freund im Freien. Es war eine wunderbare texanische Sommernacht. Kurz nach Mitternacht weckte uns etwas, vielleicht eine Eule, die eine Ratte tötete, vielleicht das plötzliche Schweigen der Grillen oder das Untergehen des Mondes. Was es auch immer gewesen sein mag, wir waren wach und freuten uns, allein draußen zu sein. Wir standen auf und durchstreiften die weiten Wiesen und das Gebüsch. Die Schatten hatten eine neue Welt gezaubert. Auf dem freien Grundstück hinter unserem Haus befand sich damals ein Feld mit hohen Sonnenblumen, die uns Jungen bei weitem überragten. Als wir hindurchgingen, hörten wir jemand auf uns zukommen. Mein Freund drehte sich um und rannte davon. Ich stand da, dann wandte auch ich mich um und lief ihm nach. Als ich zu unseren Schlafsäcken zurückkam, fand ich ihn zu meinem Erstaunen bereits so tief schlafend vor, daß ich ihn nicht wecken konnte. Wie konnte er so übergangslos von seinem erschreckten Davonrennen in Tiefschlaf verfallen sein? Und warum war er noch immer im Freien? Warum war er nicht ins Haus gerannt? Wieder stand unser Verhalten vollkommen im Widerspruch zu unserer Erfahrung.

In einer anderen Sommernacht sahen wir beide ein riesiges Objekt durch den Himmel segeln, ein Vorfall, der mir immer als besonders merkwürdig in Erinnerung geblieben ist. Fünfundzwanzig Jahre später rief ich meinen Freund an. Wir unterhielten uns eine Weile, dann fragte ich ihn nach diesen beiden Nächten. Von meinen anderen Erlebnissen sagte ich nichts, auch sprachen wir nicht über außerirdische Besucher. Zu den Ereignissen der ersten Nacht meinte er: »Wahrscheinlich hat uns ein Hund erschreckt.« Zu der zweiten Nacht: »O ja, ich erinnere mich an das Ding. Es war riesig. Es sah aus wie ein – einfach komisch. Und da war auch noch ein schwarzes Auto.« Daran erinnerte ich mich auch. Im gleichen Moment, als das Objekt über uns wegflog, raste ein altes, schwarzes Auto ohne Lichter die Elizabeth Road hinunter, in die gleiche Richtung, in die das Objekt geflogen war.

Hatte sich alles wirklich so zugetragen, oder waren dies Deckerinnerungen? Wenn man sich sehr bemüht, kann man vielleicht eine Methode entwickeln, die Antworten auf solche Fragen zuläßt; eine Methode, die zuverlässiger ist als die Hypnose.

Ich erinnere mich auch, mit ein paar Leuten in einer Art Gummifloß über die Dächer der Nachbarhäuser geflogen zu sein, und daran, morgens manchmal mit Grashalmen und kleinen Zweigen in meinem Bett aufgewacht zu sein, als wäre ich draußen gewesen.

Sonst war in meinem Gedächtnis nichts Außergewöhnliches aufzustöbern, außer der Erinnerung an ein furchteinflößendes rundes Objekt, das in einem vergessenen Kindheitshimmel hing, und an eine Gruppe großer grauer Affen, die einen Abhang heraufkamen. Offensichtlich war dies im Landhaus meiner Großmutter geschehen, als ich ungefähr zwei Jahre alt gewesen war, also im Sommer 1947.

In der Zeit zwischen meinem neunten Lebensjahr und einem Vorfall in Austin im September 1967 kann ich mich nur an jene Vorfälle erinnern, die unter Hypnose aufgetaucht waren. 1967 besuchte ich die Universität von Texas. In der letzten Augustwoche hatte ich ein Apartment gemietet und war wieder von San Antonio nach Austin gezogen. Damals machte ich eine Erfahrung, die ich heute als ›fehlende Zeit‹ bezeichnen würde. Mir fehlten damals mindestens vierundzwanzig Stunden.

Ich war am Tag zuvor in das Apartment eingezogen und saß mit einem Fertiggericht auf der Couch, als ich verwirrt feststellte, daß das Essen von meinen Knien auf den Couchtisch gesprungen sein mußte und dort kalt geworden war. Ich erinnere mich, daß ich aufstand, um das Essen wieder aufzuwärmen, und dabei bemerkte ich, daß es bereits zwei Uhr nachmittags war. Ich schob das Essen in den Ofen und stellte die Uhr auf fünfzehn Minuten ein. Plötzlich fühlte ich mich schwindlig, mein Mund war trocken, und draußen ging die Sonne unter! Das Essen war wieder kalt, und ich kann mich bis heute nicht erinnern, was in der Zwischenzeit geschehen ist. Ich bekam Angst und dachte, ich hätte eine Zeitlang das Bewußtsein verloren. Ich versuchte, Hilfe herbeizuholen. Die Uhr am Backofen zeigte auf Mitternacht, als ich zum Telefon griff. Ich hatte aber durchaus nicht das Gefühl, ohnmächtig gewesen zu sein. In einem Moment war es auf der Backofenuhr kurz nach sechs, und der Himmel leuchtete hell, dann ging ich zum Telefon, und die Uhr zeigte auf Mitternacht, und der Himmel war schwarz. Es war so, als wären sechs Stunden in weniger als einer Sekunde vergangen. Dann versuchte ich, mein Apartment zu verlassen. Ich schlotterte vor Angst, und ich war unerträglich durstig. Das nächste, woran ich mich erinnern kann, ist, daß ich vor dem Abwaschbekken stand. Das Wasser rann unaufhörlich in ein volles Glas. Auf meiner Uhr war es Viertel nach vier. Ich rannte aus der Wohnung in die kühle Luft des Morgens hinaus. Ich erinnere mich, an dieser Stelle etwas schmerzlich Schönes am Himmel gesehen zu haben. Meinen Freunden erzählte ich später von einem Meteoritenschauer. Ich fuhr zu einem Restaurant, das rund um die Uhr geöffnet hat, und bestellte mir ein riesiges Frühstück mit Toast, Eiern, Speck, Cornflakes, Kaffee und mindestens sechs Gläsern Orangensaft.

Einige Wochen später folgte eine furchterregende Fortsetzung des Erlebnisses. Ich lag im Haus meiner Großmutter in San Antonio im Bett und las das *Time Magazine*. Es war spät, und ich wollte eigentlich einschlafen. Wenn ich damals in San Antonio war, wohnte ich gewöhnlich bei meiner Großmutter, denn mein jüngerer Bruder, der damals ein Teenager war, hatte mein Zimmer übernommen.

Ich war noch hellwach, als ich ein so sonderbares und beängstigendes Erlebnis hatte, daß ich es bis heute nicht vergessen habe. Ich fühlte mich plötzlich um ein paar Wochen zurückversetzt. Ich war in Austin, sprang in meinen Wagen und fuhr aus der Parklücke heraus. Es war Nacht, und die Autofenster waren geschlossen. Ich konnte draußen nichts erkennen. Ich sah nur die Spiegelung des Wageninneren. Ich war so blind, daß ich anhalten mußte. Etwas näherte sich dem Auto. Voller Angst sah ich eine Art Dämon hereinspähen, der das Gesicht fast gegen die Scheibe preßte. Er hatte ein schmales Gesicht und dunkle, schräg gestellte Augen.

Er sprach mich mit hoher quäkender Stimme an, und ich erinnere mich, daß ich sagte, wir könnten das Auto nicht mitten auf der Straße stehenlassen.

Dann stand ich einen verzweifelten inneren Kampf aus. Ich befand mich im Auto und wollte wegfahren, konnte aber dem Drang nicht widerstehen, auszusteigen und in mein Apartment zurückzukehren; und gleichzeitig kämpfte ich in der realen Welt gegen das Bedürfnis, aufzustehen und wegzurennen. Zappelnd wie ein gestrandeter Fisch lag ich auf dem Bett. Dann war es vorbei: Ganz im Gegensatz zu meinem Eindruck hatte ich mich überhaupt nicht bewegt. Das Magazin lag noch immer auf meinem Schoß. Im Zimmer auf der anderen Seite des Flurs sah ich meine Großmutter ruhig in ihrem Bett liegen und lesen. Dieser furchtbare Alptraum hatte anscheinend nicht das geringste Aufsehen verursacht.

Bis tief in die Nacht hinein ließ ich das Licht brennen. In der Morgendämmerung schlief ich ein. Heute glaube ich, daß dies ein Alptraum war und einen Versuch darstellte, den unheimlichen Geschehnissen in meinem Apartment in Austin zu entkommen.

Ich durchlebte eine Erfahrung noch einmal, die zu dem Zeitpunkt ihres tatsächlichen Geschehens so unsagbar grauenerregend war, daß ich mich bis heute nicht an den Vorfall selbst, sondern nur an den Traum erinnere.

Ab diesem Zeitpunkt begann meine Flucht, die bis zum heutigen Tag andauert. Ein paar Wochen später war ich plötzlich von dem Gedanken besessen, die Universität von Texas zu verlassen, aus den Vereinigten Staaten fortzugehen, irgendwohin, so weit weg wie möglich. Ich träumte von einem kleinen Apartment in einer riesigen Stadt. Ich wollte lautes Treiben und helle Lichter, nicht die einsamen Landschaften und sternklaren Nächte von Texas.

Ich hatte nicht viel Geld, aber ich kratzte auf alle möglichen Arten genug zusammen, um fortgehen zu können. Ich bekam ein Stipendium von der Minnie-Stevens-Piper-Foundation in San Antonio für die London School of Film Technique. Ich verdiente etwas Geld durch die Übersetzung von Senecas *Thyestes* ins Englische und durch die Umarbeitung der Übersetzung in ein Filmskript für eine TV-Station. Ich arbeitete auch als Kameramann.

Bis zum Januar 1968 hatte ich genug Geld gespart und fuhr nach London. Nie in meinem Leben war ich so glücklich gewesen, einen Ort verlassen zu können, wie damals Texas. Jahrelang habe ich behauptet, daß mir Austin wegen der Schießerei von Charles Whitman unerträglich geworden sei. In Wahrheit hatten mich aber meine geheimen Ängste fortgetrieben.

Während der ersten Monate in London war ich selig. Ich fühlte mich wie von einer Last befreit. Die meiste Zeit verbrachte ich in Vorlesungen über Filmgeschichte, auch nachts sah ich mir im National Film Theatre alte Filme an. Ich lernte interessante Leute kennen. Dann kam es im Juli zu einem weiteren Vorfall. Ich kann mich jedoch nicht mehr klar daran erinnern. Es war einfach zu konfus und durcheinander. Ich war in der Wohnung eines Freundes in der King's Road in Chelsea. Jahrelang habe ich den Vorfall als einen ›Überfall‹ beschrieben, dem ich durch eine Flucht ›über die Dächer‹ entkommen war. Woran ich mich tatsächlich erinnere, ist eine Menge völlig chaotischer Wahrnehmungen; dann bildete ich mir zu meiner Verwirrung ein, in die Schornsteine der Gebäude hineinzusehen. Und danach herrschte nur noch Finsternis. Am nächsten Morgen wachte ich in meiner Wohnung auf und hatte keine Ahnung, wie ich dorthin gelangt war. Auf die Geschehnisse in der Wohnung wurde von niemandem jemals Bezug genommen, mit einer Ausnahme, auf die ich gleich zu sprechen komme.

Am nächsten Tag beschloß ich, London zu verlassen und auf den Kontinent zu fahren. Ich hielt es keine Woche länger in England aus. Einer der Leute, die sich in der Wohnung befunden hatten, wollte mich davon abhalten, weil ich ›niemals zurückkommen‹ würde. Ich lachte ihn aus. Ich plante bloß einen zweiwöchigen Urlaub. Er sagte, er würde eine Hexe um einen Zauberspruch bitten, damit ich zurückkam. Ich dachte: *Was für ein abergläubischer Unsinn.* Kürzlich suchte ich ihn auf, um ihn danach zu fragen. Er hatte keine Erklärung für seine Worte, obwohl er sich erinnerte, eine gewisse Furcht im Zusammenhang mit meiner Abreise empfunden zu haben.

Ich nahm den Zug nach Italien, zweiter Klasse. Im Zug lernte ich eine junge Frau kennen, und wir reisten zusammen weiter. An diesem Punkt werden meine Erinnerungen sehr eigenartig. Wenn ich nicht angestrengter darüber nachdenke, scheint alles in Ordnung zu sein, aber sobald ich versuche, meine Erinnerungen zusammenzufügen, ergeben sie keinen Sinn. Ich erinnere mich, daß wir nach Rom fuhren, aber auf dem Weg ein paar Tage in Florenz verbrachten. Achtzehn Jahre lang erzählte ich, ich sei sechs Wochen lang in Florenz geblieben. Aber als ich im Sommer 1984 zur Präsentation der italienischen Ausgabe meines Romans *Warday* hinfuhr, entdeckte ich, daß ich die Stadt kaum kannte. Trotzdem nahm ich diese merkwürdige Tatsache einfach hin. Aus irgendeinem Grund verließ ich die junge Frau in Rom, sprang in einen Zug und fuhr aufs Geratewohl und ohne Fahrkarte davon. Schließlich landete ich in Straßburg, wo ich den Dom besichtigte, danach eilte ich wieder zum Bahnhof und bestieg einen Lokalzug, der durch Frankreich zukkelte und mich bis nach Port-Bou an der spanischen Grenze brachte. Dort nahm ich einen Zug nach Barcelona. Ich hatte kein Geld mehr, also mietete ich mich in einem schäbigen Hotel auf den Ramblas ein. Ich erinnere mich an angsterfüllte Nächte, in denen ich nicht wagte, das Licht zu löschen; die Türen und Fenster hielt ich verschlossen. Ich lebte wie ein Flüchtling. Nie wollte ich allein sein, immerzu rannte ich durch die Straßen, dankbar für die endlosen Menschenmassen. Der Rest meiner Erinnerung ist ein einziges Durcheinander. Ich weiß einfach nicht, was geschehen ist, aber am Schluß ›fehlten‹ mir ein paar Wochen. Ich erinnere mich vage an eine Reise in einem lauten, übelriechenden Flugzeug mit jemandem, der sich als Trainer bezeichnete, und daran, an einem Kurs in einer antiken Universität teilgenommen zu haben. Ich erinnere mich auch an kleine Hütten aus Lehmziegeln, und wie ich jemandem meine Verwunderung über die Einfachheit ihrer Häuser ausgedrückt habe.

Ich kehrte Wochen später, als ich geplant hatte, nach London zurück, ohne mir diese Verzögerung auf irgendeine Weise erklären zu können. Ich weiß auch nicht, wie ich zurückkam. Ich weiß nur, daß ich mich um sechs Uhr früh vor einem Hotel befand. Ich ging hinein, nahm ein Zimmer und schlief bis Mittag. Nach dem Lunch ging ich zu meiner Wohnung und stellte fest, daß mein Zimmer vermietet worden war und meine Sachen in einem Koffer in den Keller geräumt worden waren. Die Verwaltung war ziemlich verärgert. Man sagte mir, ich hätte nur zwei

Wochen wegbleiben wollen, sei dann aber auf viel längere Zeit verschwunden. Da ich die Miete nicht weiterbezahlt hatte, war mein Zimmer an einen anderen Studenten vergeben worden, der auf der Warteliste stand.

Damals habe ich alles einfach hingenommen. Ich wohnte eine Zeitlang bei einem Freund und fand dann eine Wohnung in Pimlico, wo ich bis zum Dezember 1968 blieb. Wenn sich derartige Vorkommnisse in meinem Leben gehäuft hätten, könnte ich sie auf eine Art Trancezustand zurückführen. Es gab zwar eine ganze Reihe unerklärlicher Vorfälle, aber sie unterschieden sich zu sehr voneinander, als daß man daraus die Symptome einer bestimmten Krankheit ableiten könnte.

Bis zum Februar 1977 gibt es wenig zu berichten. Von 1970 bis 1977 lebten meine Frau und ich in einer Zweizimmerwohnung im obersten Stock eines alten Gebäudes in Manhattan. Trotz der Enge waren wir glücklich. Unsere Ehe festigte sich, und wir glaubten an unsere gemeinsame Zukunft. An einem Aprilabend 1977 geschah etwas so Eigenartiges, daß ich mich wundere, warum wir dem nicht weiter nachgegangen sind. Wir saßen beide im Wohnzimmer, als plötzlich jemand über die Lautsprecher der Stereoanlage sprach. Wir waren natürlich überrascht, als diese Stimme ein kurzes Gespräch mit uns führte.

Die Stimme war vollkommen klar, nicht wie die verstümmelten Botschaften, die man manchmal von Amateurfunkern oder Taxisendern auffängt. So etwas war nie zuvor geschehen, und es passierte auch nicht wieder. Ich erinnere mich nur noch an die letzten Worte des Gesprächs: ›Ich weiß noch etwas über Sie.‹ Das war der Schluß. Wir haben den Vorfall nicht völlig ignoriert. Ich rief die staatliche Fernmeldezentrale an. Ein Mann erklärte mir, was ich schon wußte. Private Funkgeräte, Taxi- und Polizeifunk könnten eine Störquelle sein. Aber eine Unterhaltung hielt er für unmöglich. Unsere Stereoanlage hatte weder ein Mikrofon noch ein Kassettendeck. Es handelte sich um ein gutes und relativ billiges Modell, das Mitte der siebziger Jahre ziemlich verbreitet war. Ich besaß das Gerät seit ungefähr vier Jahren.

Ein paar Wochen später wurde ich von dem überwältigenden Wunsch gepackt umzuziehen. Anne war einverstanden. Es gab gute Gründe dafür: Wir brauchten mehr Platz, und ich hatte eben eine Gehaltserhöhung erhalten. (Ich arbeitete damals in der Werbebranche.) Ende Mai zogen wir in die West Seventy-sixth Street, in die beiden obersten Stockwerke eines Backsteinhauses. Bis zum nächsten Jahr ging alles gut. Im Juni 1978 geschah mitten in der Nacht etwas Schreckliches. Ich habe es wechselweise für einen Telefonanruf, auf den ein bedrohlicher Besuch folgte, oder für eine ganze Serie von Drohanrufen gehalten. Ich verständigte die Polizei, sie suchten das Dach ab, fanden aber nichts. Ich erinnere mich, daß ich von unserem Schlafzimmerfenster aus jemanden auf dem Dachgarten stehen gesehen hatte.

Fast unmittelbar danach beschloß ich, nach Connecticut zu ziehen. Wiederum brachte ich diesen plötzlichen Entschluß nicht in Zusammenhang mit jenem sonderbaren Vorfall. Wir mieteten ein Haus in Cos Cob, in das wir im Juli 1978 einziehen wollten. Dann fuhren wir von New York nach Texas und verbrachten die verbleibenden Wochen dort. In unserer alten Wohnung schliefen wir nur noch ein paarmal. Wieder hatten wir gute Gründe für unseren Umzug. Es erschien uns völlig vernünftig, die Stadt zu verlassen. Anne war schwanger, deshalb wollten wir aus dem Haus ohne Fahrstuhl ausziehen.

In Cos Cob blieben wir kein volles Jahr. Im Frühjahr 1979 wachte ich nachts mit dem sonderbaren Gefühl auf, daß Leute durch die Fenster unseres recht einsamen Hauses eindrangen. Ich hatte Angst. Wir hatten ein kleines Kind. Ich erinnere mich, wie ich versuchte, zu ihm zu gelangen, mehr weiß ich nicht. Ein paar Nächte später wurden wir durch Schreie aus der Nachbarschaft geweckt. Obwohl wir die Polizei riefen, kam sie nicht, und keiner der Nachbarn erwähnte jemals die Schreie. Ein paar Wochen später verließen wir Cos Cob, da wir ›vom Landleben genug‹ hatten, und zogen in die Stadt zurück.

Ein weiteres interessantes Erlebnis mit Geschrei hatten wir im August 1986 in Provincetown, Massachusetts. Wir wohnten bei Freunden. Mitten in der Nacht wurden wir durch mörderisches Geschrei geweckt, das von oben aus dem Haus zu kommen schien. Weder unsere Freunde noch sonst jemand, mit dem wir am Tag danach sprachen, erinnerte sich an etwas Ungewöhnliches während der Nacht – bis auf einen Mann. Als ich ihn fragte, ob er gut geschlafen habe, sagte er, daß er durch Schreie geweckt worden sei. Sein Haus befand sich ungefähr eine Meile von unserem entfernt. Auch er hatte in der Vergangenheit ein Erlebnis mit Besuchern gehabt.

Im Januar 1980 mieteten wir ein Apartment im obersten Stockwerk eines Hochhauses in der East Seventy-fifth Street. Bis zum September dieses Jahres ging alles gut. Zu Beginn der folgenden Episode sah ich einen merkwürdigen Lichtstreifen am Nachthimmel. Er bewegte sich schneller als ein Flugzeug, und ich hatte das Gefühl, er habe etwas mit mir zu tun. Ich war auf unerklärliche Weise tief berührt und empfand es als unheimliches Vorzeichen. Mitten in der Nacht wurde ich durch die Schreie unseres Sohnes geweckt. Er war verzweifelt, fast außer sich vor Angst. Ich lief durch das Wohnzimmer in Richtung seines Schlafraums. Unterwegs glaubte ich eine kleine, dunkle Gestalt zu sehen, die zur Balkontür rannte. Dann gab es eine furchtbare Explosion, und aus der Speisekammer flogen Glassplitter. Ich rannte weiter, es schien eine Ewigkeit zu dauern, bis ich endlich beim Bettchen meines Sohnes angelangt war. Ich wiegte ihn in meinen Armen, während Anne durch die Wohnung lief und alle Lichter andrehte. Dann nahm sie unseren Sohn, und ich ging nachsehen, was geschehen war. Eine Flasche Sodawasser war mit solcher Wucht explodiert, daß das Glas in winzige Splitter beinahe zu Staub zersprungen war. Von dem Wasser war nirgends eine Spur. Anne räumte auf, während ich unseren Sohn beruhigte. Dann gingen wir wieder ins Bett.

Im November kauften wir eine Genossenschaftswohnung, und im Januar 1981 zogen wir wieder um, diesmal in unsere gegenwärtige Wohnung im Village. Wohl ein dutzend Mal habe ich erzählt, ich sei von einem alten Studienkameraden bedroht worden, dessen furchterregende Auftritte und Telefonanrufe uns aus unserer Wohnung in der Seventy-sixth Street nach Cos Cob, von dort in das Hochhaus in der East Seventy-fifth Street und schließlich ins Village getrieben hätten. Zu dieser Geschichte gehörte auch ein freundlicher Detektiv, der mich angeblich hypnotisierte und mir dadurch ermöglichte, die Stimme auf dem Tonband zu identifizieren. Dann hätten wir der Sache ein Ende bereitet, indem wir nach einem seiner boshaften Anrufe einfach zurückriefen. Nichts davon stimmte. Es ist eine reine Deckerinnerung, genauso wie die Geschichte mit dem sechswöchigen Aufenthalt in Florenz. (Nachdem ich herausgefunden hatte, daß ich nicht so lange dort war, legte ich mir eine *andere* Erklärung zurecht: Ich glaubte, ich sei nach Rußland und dann nach Frankreich gereist und dort von den Streiks von 1968 aufgehalten worden. Die Tatsache, daß die Streiks zwei Monate vor meiner Ankunft beendet waren, störte mich dabei nicht.) Aber wozu brauchte ich diese absurden Geschichten? Es sind keine Lügen; wenn ich sie erzähle, glaube ich selbst daran. Ich lüge nicht. Vielleicht erzähle ich sie mir selbst, um vor mir zu verbergen, was mich mein ganzes Leben lang zum Flüchtling gemacht hat.

Wir verbrachten ein angenehmes Jahr ohne besondere Vorkommnisse in unserer Wohnung im Village. Dann passierte etwas, was wir als ›die Sache mit dem weißen Ding‹ bezeichneten. Es ereignete sich in der Wohnung und nahm seinen Anfang bei dem prosaischsten Mitglied unserer Familie, bei Anne. Eines Nachts wachte sie schreiend auf und behauptete, etwas habe sie in den Magen gestoßen. Sie hatte es auch gesehen: Es war durchscheinend weiß und etwa einen Meter groß. Sie war sehr erregt. Natürlich hielten wir das Ganze für einen Alptraum. Wir sprachen nicht weiter darüber, auch nicht mit unserem Sohn.

Am Abend darauf saß ich gegen zehn Uhr im Bett und las. Anne hatte sich umgedreht und war eingeschlafen. Plötzlich wurde ich auf den Arm geschlagen. Als ich mich umwandte, sah ich eine kleine, blasse Gestalt, die sich in den Vorraum zurückzog. Ich sprang auf und folgte ihr, aber sie war verschwunden. Es war nicht unser Sohn gewesen. Er lag friedlich schlafend in seinem Bett. Wieder sprachen Anne und ich kaum über den Vorfall. Als sie mich fragte, warum ich aufgestanden sei, murmelte ich nur etwas von ihrem Alptraum, der mich angesteckt habe. Am nächsten Morgen bemerkte ich einen deutlichen blauen Fleck auf meinem Arm, nahm aber an, daß ich mich irgendwo angestoßen hatte.

Ein paar Nächte später brüllte unser Sohn das ganze Haus zusammen. Ich sprang aus dem Bett und ging zu ihm. Er war sehr verschreckt. Er sagte, daß ›ein kleines weißes Ding‹ an sein Bett gekommen sei und ihn ›ganz oft‹ gestoßen habe.

Weder Anne noch mein Sohn zeigten Spuren einer Verletzung. Am folgenden Sonntag gingen Anne und ich zu einer Hochzeitsfeier. Ich rief zu Hause an, und die Mutter unserer Babysitterin nahm den Hörer ab. Sie sagte, daß es Schwierigkeiten gegeben habe, aber nun wieder alles in Ordnung sei. Dennoch verließen wir die Feier, noch bevor sie richtig begonnen hatte, und fuhren sofort nach Hause. Die Brautleute waren entsprechend verärgert. Unsere Babysitterin hatte ein merkwürdiges Erlebnis gehabt. Sie sagte, sie hätte gerade ihr Abendessen zubereitet, als sie von einem Kind in einem weißen Laken erschreckt wurde, das von der Feuerleiter aus in die Küche spähte. Nur meine Frau hörte diese Geschichte, ich nicht. Wir versuchten, die Babysitterin wiederzufinden, aber seitdem sind Jahre vergangen, und wir erinnern uns nicht einmal an ihren Namen. Wir wissen nur, daß sie im folgenden Semester weggezogen ist. Daher gibt es keine Möglichkeit herauszufinden, ob meine Frau die Geschichte richtig wiedergegeben hat.

Mit dem weißen Ding hatte es eindeutig etwas Merkwürdiges auf sich. Ich muß zugeben, daß ich es für eine Art guten Geist hielt. Sonderbarerweise gibt es auch andere Fälle, wo eine ähnlich weiße Gestalt im Zusammenhang mit den Besuchern auftauchte. Wie amüsiert ich mich nach außen hin auch gab, ein paar Wochen später war ich wieder auf der Flucht. Wir boten unsere Wohnung zum Verkauf an, und wieder brachten wir dies in keine Verbindung mit den Störungen. Wir wollten auf die Upper West Side zurückziehen. Aber diesmal ging es nicht so leicht. Wir hätten für die alte Wohnung einen zu niedrigen Preis erzielt, um in einer teureren Gegend eine gleich große Wohnung zu finden. Schließlich gaben wir es auf.

Ende März 1983 passierte wieder etwas: Ich ging aus, um kurz Luft zu schnappen, und kehrte erst drei Stunden später zurück. Anne war nicht zu Hause gewesen und unser Sohn in der Schule. Ich entwickelte aus dem unerklärlichen Erlebnis eine kunstvolle Fantasiegeschichte: Ich behauptete, während der fehlenden Stunden in das alte New York zurückversetzt gewesen zu sein. Dieses nette Märchen habe ich vielen Leuten erzählt. Alles andere habe ich verdrängt. In Wahrheit weiß ich nicht, was während dieser drei Stunden geschah. Ich weiß nicht einmal, ob ich tatsächlich die Wohnung verließ. Ich war einfach weg.

Schließlich gaben wir den Versuch, unsere Wohnung loszuwerden, auf und kauften statt dessen die Blockhütte. Damit bin ich beim heutigen Stand der Dinge angelangt.

Ich habe große Schwierigkeiten mit der Vorstellung von Raumschiffen und außerirdischen Besuchern. Ich komme nicht dagegen an, obgleich ich das Gefühl habe, späteren Generationen verstockt erscheinen zu müssen. Angesichts der Beweislage ist meine zögernde Haltung nicht ganz verständlich. Darin unterscheide ich mich aber nicht von vielen meiner Freunde mit akademischem Hintergrund, die auch nur sehr widerwillig die Existenz außerirdischer Besucher in Erwägung ziehen.

Der Grund hierfür besteht darin, daß die Vorstellung von intellektuell und technologisch überlegenen Wesen bedrohlich ist.

Wir Menschen haben ein ganz natürliches Interesse an der Überlegenheit unserer Gattung und unseres Geistes. Dies trifft um so mehr auf jene zu, deren Eigenwertgefühl aus geistiger Arbeit herrührt. Wenn der menschliche Geist nur zweitrangig ist, dann sind es die Menschen selbst auch. Dazu kommt, daß wir ja von den Außerirdischen kontrolliert werden können und somit Gefangene auf unserem eigenen Planeten sind.

Doch auf einer tieferen Bewußtseinsebene beginne ich mich mit der Existenz außerirdischer Besucher abzufinden, und zwar aus einem ganz unerwarteten Grund: Ich denke an die huschenden Gestalten, an die unheimlichen Augen, die Gerüche, die kleinen Räume, die Uniformen und den Eindruck schwerer Arbeit, die verrichtet wird. Ich erinnere mich, wie steif und insektenhaft die Bewegungen der Besucher wirkten und wie sehr sie darauf achteten, mich ständig unter Kontrolle zu halten, und ich glaube, die Ursache für ihr eigenartiges Verhalten im Umgang mit uns zu kennen. Wenn ich recht habe, dann liegt der Grund für ihre Zurückhaltung nicht in

Verachtung, sondern in Angst, in wohlbegründeter Angst. Sie fürchten sich nicht vor der Wildheit oder der Gier der Menschen, sondern vor ihrer Fähigkeit, unabhängig zu handeln.

Ich habe sie aus der Nähe betrachtet, und das erstaunlichste an ihnen war, daß sie sich nach einer Art Choreographie zu bewegen schienen... als würden die Handlungen jedes einzelne Wesen irgendwie anders beschlossen und ihm dann übermittelt werden. Ich kehre zu dem Gedanken zurück, es handle sich bei ihnen um eine Art Schwarm. In diesem Fall könnten sie tatsächlich einen einzigen Geist mit Millionen von Körpern darstellen – ein hochintelligentes Geschöpf, dem aber die Schnelligkeit der Reaktion und der scharfe Verstand der Menschheit fehlt. Wenn sie langsamer denken, könnte ihnen ein Mensch, autonom und schnelldenkend, wie er ist, durchaus als Bedrohung erscheinen. Möglicherweise ist eine alte, primitive Intelligenz auf eine neue, fortgeschrittene Form gestoßen und fürchtet sich vor der Überlegenheit, die unserer Individualität innewohnt.

Ich stelle mir vor, wie ich sie in einer zukünftigen Nacht beobachten werde, wenn sie an mein Bett treten. Es wird so dunkel sein, daß ich sie kaum erkennen kann. Aber ich werde ihre kleinen Körper in den vertrauten Overalls sehen. Ich werde die großen, runden Köpfe und ihren ernsten, scharfen Blick sehen. Ich werde ihre kühlen, winzigen Finger spüren und ihr Atmen vernehmen, wenn sie mich fortschaffen. Vielleicht werde ich sogar ihr vereinzeltes hohes Flüstern hören. Dann werde ich den Grund für ihr Interesse und ihre Scheu kennen: Wir flößen ihnen Respekt und Furcht ein. Und ich werde wissen, warum.

Wenn ich mich nicht täusche, dann ist es unwahrscheinlich, daß es jemals zu offenem Kontakt zwischen unseren beiden Gattungen kommen wird, sei er auch noch so erwünscht von unserer Seite. Selbst ein wohlmeinender Mensch wäre eine Bedrohung für sie. Denn beginge der Mensch zufällig eine für sie unvorhergesehene Handlung, würden sie ihn unter Umständen mitten in einem ihrer eigenen Flugapparate buchstäblich aus den Augen verlieren. Könnte er ihn dann nicht nach Belieben erforschen, seine Geheimnisse auskundschaften und damit letztendlich uns allen einen Zugang zum Kosmos verschaffen?

War jeder von uns ihrer gesamten Gattung gleichzeitig überlegen und unterlegen?

Solche Vorstellungen lösen in mir ein tiefes, schmerzliches Verlangen nach Gewißheit aus. Doch gleichzeitig durchdringt mich ein Gefühl plötzlicher innerer Erlösung.

Hypnose
Fischen in der Vergangenheit: Teil 1: Die seichten Gewässer

Datum der Sitzung: *10. März 1986*
Patient: *Whitley Strieber*
Psychiater: *Dr. Donald Klein*

Nachdem wir das vorhandene Material gesichtet hatten, beschlossen Don und ich, darin zu ›fischen‹. Bei dieser und der nächsten Sitzung hypnotisierte mich Don zum letztenmal. Obwohl ich zwischen April und Oktober 1986 interessante Erlebnisse hatte, verlegte sich ab März 1986 unser Interesse von der Suche nach neuem Material darauf, physikalische Erklärungen zu finden.

Die Hypnose trägt zum Verstehen der Ursachen der Geschehnisse nichts bei, sie fördert nur Inhalte zutage. Ich hatte keine Ängste mehr. Warum ich mich trotzdem ohne Hypnose an die jüngsten Ereignisse nicht vollständig erinnern kann, ist unklar.

Wir wollten uns mit der Nacht im Haus meiner

Großmutter, dem Herbst 1980 in New York und allem, was sonst noch von Interesse sein konnte, beschäftigen. Natürlich bestand eine gewisse Gefahr, daß ich unbewußt meine eigenen Erwartungen, Besucher zu sehen, erfüllte. Zwar hatte ich mich zum Zeitpunkt der folgenden Hypnosesitzungen noch immer nicht mit Literatur beschäftigt, die in irgendeiner Weise mit dem Thema in Verbindung steht, trotzdem mußte allein die Beschäftigung mit meinen eigenen Erinnerungen meine Wahrnehmung auf irgendeine Weise verändert haben.

In der folgenden Sitzung untersuchten Don und ich einen Vorfall, der sich an einem Oktober- oder Novembernachmittag 1984 auf dem Land ereignet hatte. Ich war auf der Rückfahrt vom Lebensmittelladen nach Hause, als ich plötzlich eine Nebelbank sah. Es war ein klarer Herbsttag, und die Luft war trocken. Die Nebelbank interessierte mich, und ich bog von der Straße in einen Feldweg ein, um mir die Sache genau anzusehen. Das nächste, woran ich mich erinnere, ist, daß ich mit dem Auto im Nebel stand und zwei Leute in dunkelblauen Uniformen sich gegen die Scheiben lehnten. Dann war ich wieder auf der Straße und fuhr nach Hause. Ich hatte nicht mehr an den Vorfall gedacht, bis er mir kürzlich wieder einfiel und ich mich entschloß, nochmals den Feldweg entlang zu fahren. Ich fuhr zu der Stelle, wo ich abgebogen war. Ich erinnerte mich genau, wo es gewesen war, weil man von dort aus eine hübsche Aussicht hatte. Aber der Feldweg existierte nicht mehr, und es gab kein Anzeichen dafür, daß es ihn jemals gegeben hatte.

Auf Budd Hopkins Wunsch hin sollte ich mich mit diesem Vorfall als erstes beschäftigen, weil er ihn an eines der am häufigsten Entführungsszenarios, die Entführung aus einem fahrenden Auto, erinnerte. Er verriet mir allerdings nicht, daß auch eine gewisse Verwirrung über den Ort der Ereignisse unter den Entführten weit verbreitet ist. Es gibt Geschichten von Straßen, Stränden und Gebäuden, die nicht existieren. Wolken lassen sich auf die Erde nieder, eigenartige Nebel sind nicht nur mit Wasserdampf gefüllt. Man ist versucht, diese Berichte auf Trancezustände zurückzuführen, aber damit erklärt man nicht, was mit dem Auto des Opfers geschieht, während der Fahrer in Trancezustand ist – und es handelt sich oft um einen Zeitraum von Stunden. Viele Erlebnisse dieser Art passieren zudem, wenn mehrere Leute im Auto sitzen. Eine bestimmte Zeitspanne vergeht, und die Insassen wachen auf und sehen sich in eine andere Richtung fahren oder auf einer falschen Straße oder etwas Ähnliches. Bloß finden sie sich nicht dort, wo sie sein sollten: im Straßengraben.

Dr. Klein: »Sie sind im Auto, im Auto –«

»Ich bin an der Abzweigung vorbeigefahren. Ich bin an dem Lebensmittelgeschäft vorbeigefahren. Ich weiß nicht... ich möchte spazierenfahren. Ich höre Radio.«

»Was hören Sie?«

»Don Giovanni.« (Das sagte ich zwar, aber es hörte sich entsetzlich fremd an.) »Ich fahre... die Straße runter bis zur Kreuzung. Ich denke, ich sehe etwas über dem Auto. Ich bin ein bißchen nervös. Ich stelle das Radio ab. Ich kurble das Fenster herunter, dann wieder rauf. Ich weiß nicht, warum ich die Abzweigung verpaßt habe, ich drehe um und fahre zurück. Aber ich fahre nicht zurück. Keine Menschenseele ist da. Ich beruhige mich und drehe das Radio wieder an.« (Ich erinnere mich, wie ich den Knopf drücken wollte, dabei aber feststellte, daß es schon angedreht war. Es war kaputt – das war für den Wagen, den ich damals fuhr, typisch.) »Ich fahre an dem Restaurant vorbei, auf der linken Seite hat man eine wirklich schöne Aussicht. Ich blicke aus dem Wagenfenster. Ein weißer Lastwagen fährt vorbei. Es ist... mit dem weißen Lastwagen stimmt etwas nicht. Ich weiß nicht, was passiert. Jetzt will ich nach Hause. Mir ist furchtbar schlecht. Schrecklich. Ich will nicht sagen, was mit mir passiert.«

»Natürlich. Entspannen Sie sich. Sie müssen es uns nicht erzählen. Nur wenn Sie können. Erzählen Sie uns, was Sie können.«

»Ich fuhr in meinem Auto, als mir plötzlich ein weißer Lastwagen entgegenkam. Ein komischer weißer Sattelschlepper mit schwarzen Windschutzscheiben. Und dann... ich war völlig verblüfft... ich hatte überhaupt nicht an sie gedacht. Ich sitze in einem langen Raum. Und da ist dieses Ding – steht vor mir. Ein langer, grauer Raum. Peng. Und ich sprang runter und wollte wieder in mein Auto zurück. Ich wußte nicht, wo ich war, was mit meinem Auto passiert ist, nichts. Es war alles so plötzlich. Und dann ist da dies – ich werde angestarrt. Es spielt sich eine Menge ab, glaube ich, aber ich bin völlig benommen. Ich kann nicht beschreiben, wie ich mich jetzt fühle. Es ist, wie wenn man mir das Innerste nach außen gekehrt hätte. Mir ist so schlecht. Ich kann es einfach nicht glauben – ich verstehe überhaupt nichts.«

»Versuchen Sie nicht, es zu verstehen. Versuchen Sie es erst gar nicht.«

»Da steht jemand direkt vor mir. Ich sitze mit gespreizten Beinen auf dem Boden. Ich habe meine Kleider an, meinen braunen Pullover; und ich kann meine Schuhe sehen. Weil ich mit ausgestreckten Füßen dasitze. Und da ist jemand, der mich mit großen Augen beobachtet. Beobachtet mich einfach. Einen Moment lang glaube ich, daß sie böse sind, dann weiß ich nicht, was ich daraus schließen soll. Ich habe jetzt keine Angst. Ich bin bloß erstaunt und völlig... völlig... es ist wie... als ginge ich bloß um die Ecke... und wäre plötzlich in Arabien oder so.

Und da war dieser weiße Lastwagen... was war da bloß? Was ist geschehen? Ich hatte irgendwie Angst, weil ich dachte, etwas Falsches getan zu haben, in die falsche

Richtung des Tunnels gefahren zu sein oder so. Und dort drüben [Gesten nach links], da ist jemand dauernd in Bewegung. Niemand sagt ein Wort. Ich sage kein Wort.«

»In Bewegung?«

»Ich sah aus dem Augenwinkel, wie jemand oder etwas sich bewegte. Irgend etwas flitzte in der Gegen herum. Und da ist eine ganze Reihe von Leuten – kleinen Leuten –, sie stehen ruhig da auf einem kleinen... sie stehen etwas über mir. Und ich bin... in meinem Kopf schwirrt es, als hätte ich einen Kurzschluß. Ich meine, es ist, wie wenn ich übersteuert wäre. Und ich habe so ein Gefühl, als könnte ich einfach abhauen oder so.«

»Sprechen sie mit Ihnen?«

»Nein.«

»Was machen Sie?«

»Ich sitze einfach nur da.«

»Kümmern sie sich um Sie?«

»Ja. Jetzt setzt sich jemand vor mich hin und starrt mich an, und sie ist ganz anders als die anderen. Die anderen sind alle sehr klein. Diese ist groß und dünn. Und sie setzt sich nieder. Sie ist ganz schlaksig. Ich weiß nicht, was ich davon halten soll. Wo, zum Teufel... wie, zum Teufel... Es ist einfach unmöglich. Es ist ganz unmöglich. So kann es nicht sein.«

»Vielleicht ist es nicht so.«

»Wie, zum Teufel, ist es dann?«

»Schauen Sie es ganz genau an, ob Sie Veränderungen wahrnehmen können. Sehen Sie es ganz genau an.«

»Sie starrt mich an. Sie sieht wie ein großes Insekt aus. Sie sitzt einfach da und starrt mich an.«

»Sehen Sie sie auch an?«

»Ich weiß nicht genau, was ich mache. Ich bin sehr traurig.«

»Traurig?«

»Traurig. Ja. Ich sehe sie an. Sie sieht mich an.«

»Wissen Sie, warum?«

»Keine Ahnung. Ich verstehe es einfach nicht. Es ist sehr schwer zu verstehen.«

»Sie sagen, sie sieht wie ein Insekt aus?«

»Ja. Große, schwarze Augen. Sie ist bräunlich. Sie hat einen winzigen Mund. Sie ist dünn.«

»Hat sie Fühler?«

»Nein.«

»Hat sie Haare?«

»Nein, sie ist kahl.«

»Hat sie Ohren?«

»Ich sehe keine.«

»Augenbrauen?«

»Nein.«

»Hat sie eine Nase?«

»Eine winzige, mit zwei Löchern.«

»Eine Nase oder nur zwei Löcher?«

»Ich glaube, eine Nase.«

»Wie sieht der Mund aus?«

»Er ist gerade... ist er gerade und... aus irgendeinem Grund ist es schwierig, ihn anzusehen.«

»Versuchen Sie es. Waagrechte Lippen?«

»Ja. Er ist sehr schmal. Nur eine Öffnung. Ganz schmale Lippen. So sitzt sie da.« (Ich schlang die Arme um meine Knie, um es zu demonstrieren. Dann machte ich eine Pause; in mir wirbelten Bilder durcheinander.) »In dem Moment geschah etwas. Sie saß lange dort, dann streckte sie eine Hand aus, schob sie unter mein Hemd und meinen Pullover und legte sie auf meine Brust. Es fühlte sich sanft an... es fühlt sich nicht schlecht an, von diesem Ding so angefaßt zu werden. Dann nimmt sie ihre Hand weg. Wo bin ich? Ich bin weit draußen auf dem Land. Ich dachte, ich wäre... o mein Gott, ich fürchte mich zu Tode.«

»Versuchen Sie, sich zu entspannen.«

»Ich fürchte mich zu Tode.«

»Entspannen Sie sich. Lehnen Sie sich zurück. Die

Furcht ist real, aber es kann Ihnen nichts geschehen. Wann begann die Angst?«

»Als ich bemerkte, daß ich die Straße entlangfuhr und keine Ahnung hatte, wo ich war. Ich war im Wald, auf einer ungeteerten Straße... wo... wie... was... wie bin ich dorthin gekommen? Ich habe so genug von... ich fuhr die Schnellstraße entlang, dann sehe ich diesen unheimlichen weißen Lastwagen, und auf einmal bin ich völlig durcheinander. Dann sitze ich auf diesem Feldweg in meinem Auto und fürchte mich zu Tode.«

»Erinnern Sie sich an zwei Leute in Uniform, die dort waren?«

»Ich sitze allein in meinem Wagen.«

»Hat Ihnen jemand gesagt, daß Sie zurückfahren sollen?«

»Ja. Er sagt zu mir: ›Verschwinden Sie hier.‹ Dann sagt die Frau auf der anderen Seite: ›Wir wollen Sie hier nicht.‹ Ich sage: ›Wer seid ihr?‹ Sie sieht mich ganz böse an. Sie ist richtig böse.«

»Was haben sie an?«

»Ich habe hauptsächlich auf die Frau auf dieser Seite geblickt.« (Fußgängerseite.) »Ich dachte, es sei eine Frau. Wissen Sie, ich kann einfach nicht sagen, was da los war. Ich weiß nicht, was passiert ist. Weil als nächstes erinnere ich mich nur mehr, daß ich wieder auf der Schnellstraße bin. Ich fahre nach Hause.«

»Ich möchte, daß Sie sich entspannen. Entspannen Sie sich. Ihr Körper wird schwer. Tiefer Schlaf. Tiefer Schlaf. Bleiben Sie ruhig. Ich möchte, daß Sie erzählen. Erzählen Sie. Sagen Sie mir, was passiert ist. Ich möchte, daß Sie in den langen Raum zurückgehen. Sie sehen dieser Person in die Augen. Sie sagten, daß es eine Frau sei. Warum halten Sie sie für eine Frau?«

»Weil sie eine Frau ist.«

»Haben Sie sie sprechen hören?«

»Nein. Sie hat es mir vor langer Zeit gesagt.«

»Kennen Sie sie?«
»Ich weiß nicht.«
»Erinnert sie Sie an jemanden?«
»Ich weiß nicht, fragen Sie mich nicht.«
»Versuchen Sie, dran zu bleiben.«
»Ja, erinnert mich an jemand, den ich...« [Offenkundige ernsthafte Beunruhigung. Keuchen.]
»Versuchen Sie weiterzumachen.«
»Ich kann nicht, weil es keinen Sinn ergibt. Es ist, als wären da riesige, wirbelnde... sie hat etwas, sie zeigt damit auf mich, es macht ungeheure, schwindelerregende Bilder in meinem Kopf, von... ich weiß nicht, wovon. Es ist... uh... mir wird schlecht davon. Es ist sehr... es sind abstrakte Bilder. Die einzelnen Teile passen zusammen.« [Pause.] »Ich fühle mich viel ruhiger, viel besser.«
»Warum fühlen Sie sich so?«
»Ich weiß nicht. Einfach so.«
»Was hat sie getan?«
»Wegen dieser Bilder?«
»Fühlen Sie sich deswegen besser?«
»Besser. Es sind abstrakte Bilder. Dreiecke und Kreise und so Sachen. Und sie paßten zusammen. Das Dreieck mit dem Kreis darin und außen herum das Viereck, und alles bewegt sich ganz ruhig, und ich fühle mich viel besser.« (Anmerkung: Wenn man Leute bittet, diejenige Figur zu zeichnen, die ihnen als erstes in den Sinn kommt, zeichnen dreißig Prozent ein Dreieck. Niemand weiß, warum.)
»Wollte sie, daß Sie sich besser fühlen?«
»Ich weiß nicht. Niemand sagte etwas zu mir.«
»Diese Person... Sie haben jemanden gesehen, als Sie zwölf Jahre alt waren. War das die gleiche Art Wesen?«
»Ja.«
»Genau das gleiche?«
»Ich weiß nicht. Sie sieht genauso aus.«
»Sie sagten, sie sei sehr groß und dünn.«

»Sie sitzt immer. Sie hat eine Menge Arme und Beine.«

»Eine Menge?«

»Ich meine vier.« (Zwei Beine und zwei Arme.) »Aber sie ist so dünn, und ihre Arme sind besonders dünn. Sie hat Hände, die irgendwie aussehen, als steckten sie in Handschuhen. Ich kenne sie von früher, wissen Sie.«

»Von wo kennen Sie sie? Versuchen Sie sich in diese Zeit zurückzuversetzen.«

»Wann?«

»Wann immer Sie sie gesehen haben.«

»Ich habe sie oft gesehen.«

»Oft?«

»Sicher. Ich habe sie oft gesehen. Ich denke sehr ungern daran. Mein Gott. Sehr, sehr ungern. Es tut weh, daran zu denken. Es ist, als würde ich ausgepeitscht werden. Ich will einfach nicht daran denken. Ich will nicht daran denken.«

An diesem Punkt wollte Dr. Klein wegen meiner offenkundigen Beunruhigung die Hypnose nicht fortsetzen und weckte mich auf. Meine ersten Worte waren: »Es war, als stecke mein Kopf in einem Schraubstock. Als würde ich geschlagen werden. Furchtbar. Warum war es bloß so intensiv?«

»Anscheinend haben wir eine Menge schlimmer Gefühle aufgerührt.«

»Es war wie ein Stein. Ein Stein, der mich blockiert.«

Am Abend nach der Hypnosesitzung wurde ich einer fast greifbaren Vision gewahr: Ich sah das weibliche Wesen vor mir. Nachdem ich sie unter Hypnose genau betrachtet hatte, war das Bild in meinem Kopf haftengeblieben. Als ich an diesem Abend nach Hause ging, sah ich die Gestalt noch immer vor mir, genau wie in dem langen Raum starrte sie mich mit ihren großen, schwarzen Augen an.

Während der Hypnose hatte ich den Eindruck, an jenem Nachmittag an einem Ort gewesen zu sein, zu dem ich keinen Zutritt hatte. Es war fast so, als wäre ich zuerst dazu verführt worden, ein Haus in dieser Gegend zu kaufen, und wäre ihnen dann geradezu in die Arme gelaufen. Könnte es sich um eine Projektion in die physische Realität handeln, wo sich diese Erscheinungen materialisieren! Oder haben die Besucher tatsächlich eine Basis in der Nachbarschaft aufgebaut? ... Waren sie vielleicht gar schon seit Urzeiten da?

Nach dieser Sitzung litt ich an der gleichen Entkräftung, die mir nach dem 26. Dezember so lange zu schaffen gemacht hatte – Untertemperatur, Schwächegefühle, das unangenehme Gefühl, von der Realität abgeschnitten zu sein. Und am nächsten Nachmittag war ich entsetzlich müde.

Entweder war ich überfordert von dem Wunsch nach mehr Information, die ich nicht auf einmal verarbeiten konnte, oder mein Aufnahmevermögen war begrenzt.

Oder konnte ich vielleicht deshalb nicht weitermachen, weil mein Unbewußtes die Frage nicht vorhergesehen hatte und in der kurzen Zeit nicht imstande war, weitere Geschichten zu ersinnen?

Ich weiß es nicht.

Hypnose
Fischen in der Vergangenheit. Teil 2: Die Tiefen

Datum der Sitzung: *14. März 1986*
Patient: *Whitley Strieber*
Psychiater: *Dr. Donald Klein*

Diesmal versuchten wir einen besonders tiefen Trancezustand zu erreichen. Ich machte mir nicht so sehr Sorgen, ich könnte zu sehr auf Dons Wünsche eingehen – er bleibt ja neutral –, sondern eher, ich könnte meine eigenen geheimen Wünsche, daß meine Erinnerungen und die Realität übereinstimmten, erfüllen wollen. Ich hoffte, ein tieferer Trancezustand würde mich ganz auf Don konzentrieren und meine eigenen Wünsche ausschalten. Ich wußte, daß ich auf seine Neutralität vertrauen konnte.

Der Trancezustand wurde durch die zusätzliche Suggestion, daß ich zwei Treppen mit je zwanzig Stufen hinabsteige, vertieft. Es funktionierte sehr gut. Als ich aufwachte, war mir, als wäre ich aus einem Brunnen heraufgekommen. Ich war ziemlich überzeugt, daß ich zu sehr auf den Hypnotiseur ausgerichtet gewesen war, um mir selbst in die Quere zu kommen. Beweisen läßt sich dies allerdings nicht. Wie ich später feststellte, hatte er seine Fragen auf ein Minimum beschränkt, vielleicht um mich noch weniger zu beeinflussen.

Wir begannen mit dem Vorfall, der sich 1967 im Haus meiner Großmutter ereignete. Die Bilder waren erschrekkend real, ich empfand alles so lebhaft wie damals vor zwanzig Jahren.

»Oma ist im anderen Zimmer. Sie liest auch. Ich sehe, daß ihr Licht noch an ist. Gigi schläft neben ihrem Bett. Sonst ist das Haus dunkel. Ich blättere um. Da ist eine Anzeige für ein Auto. Ich starre darauf. Verdammt. Etwas surrt hier herum. Plötzlich hält etwas an meinem Kopf, eine Art Schienenbolzen. Ein silberner Nagel. Ein großer, flachköpfiger silberner Nagel, mit dem es mir auf den Kopf schlägt. Und ich verwandle mich. Ich habe... ich bin schwer und groß. Ich stehe auf, fühle mich völlig verändert. Ich gehe durchs Haus wie ein Gespenst. Ich bin im Keller.

Nein, es stimmt nicht. Ich – ich bin immer noch im Bett. Es ist so merkwürdig. Ich habe mich überhaupt nicht bewegt. Die Anzeige ist immer noch da. Ich bin nirgendwo gewesen, ich war immer hier. Ich stehe auf, um ein Glas Wasser zu holen. Ich fürchte mich zu Tode. Ich weiß nicht, warum mir das passiert ist.«

»Sie sagten, ganz am Anfang geschah etwas?«

»Ja. Da ist dieses widerliche Gesicht neben dem Bett. Ein ganz widerliches, eigenartiges Gesicht, wie eine Riesenfliege. Es schlägt mich mit etwas, das wie ein glänzender silberner Nagel aussieht. Darauf überkommt mich diese Verwandlung. Es ist beängstigend. Als wenn ich eine andere Person werden würde. Ich bin groß, schwer und dunkel. Ich bin knochig. Und ich gehe aus dem Zimmer. Und es ist... ist einfach furchtbar. Und das nächste, was ich weiß, daß ich wieder im Bett bin, mein Magen ist zusammengekrampft, ich fürchte mich zu Tode, und das Magazin liegt noch immer auf meinem Schoß. Und dann –«

»Kann es ein Traum gewesen sein?«

»Ich weiß nicht. Ich weiß nicht, was ich davon halten soll. Ja, natürlich ist es ein Traum. Es muß ein Traum sein. Und doch – ich will nicht dort hinsehen, wo das Ding war. Ich habe solche Angst, daß ich einfach... es ist völlig unerklärlich. Ich weiß nicht, was über mich kam. Es kam aus dem Nichts. Und dieses Gesicht – ein wirklich böses, widerliches Gesicht.«

»Eine Person?«

»Nein. Es sieht aus wie ein großes Insekt. Und es hat einen silbernen Nagel in der Hand und schlägt mich mit dem flachen Ende des Nagels. Und dann habe ich mich bewegt. Nur – ich war wieder im Bett und las das Magazin, immer noch auf derselben Seite. Eine Reklame für einen Mustang, ganz ähnlich wie mein Mustang, nur blau.«

»Sie machten schon einmal eine Erfahrung mit diesem Gegenstand?«

(Er bezog sich wahrscheinlich auf den Vorfall am 4. Oktober, aber das war es nicht, was mir daraufhin einfiel.)

»Ja, es ist mir schon einmal passiert. Wir waren auf dem leeren Grundstück draußen. Jemand kam durch die

Wiese. Meine Schwester dachte, es sei ein Feuerball. Ich dachte, es sei ein Motorrad. Wir hatten ... sie stellten das Zelt auf, ich war spät herausgekommen. Ich wollte gerade in das Zelt hineingehen. Es regnete. Plötzlich kam dieses Ding quer durch die Wiese. Und sie halten alle inne. Es hatte ein Skelett drauf. Ich fürchtete mich zu Tode. Ich drehte mich um, um ins Haus zu rennen, ich bin nirgendwo hingegangen. Das Skelett ist in den Büschen. Es riß die Zelte nieder, und sie machten gar nichts, sie blieben einfach drin. Patricia und Roxy und Angie, und das war alles. Und es hatte ein silbernes Ding, und es hatte ganz lange Arme. Ich schrie nach Daddy, ich konnte nicht – es geschah einfach gar nichts. Ich schrie nach Daddy, und es kommt ... ich spüre seine Hand auf meiner Schulter. Ich will seine Hand nicht auf meiner Schulter, es ist wirklich schrecklich. [Macht Laufbewegungen.] Ich kann nicht wegrennen. Und es hat seine Hand auf meiner Schulter, und ich kann nicht davonrennen. Es ist ... es klebt richtig an mir. Grauenhaft! Es windet sich um mich, so daß ich es sehen kann – o Gott! [Keucht.] Starrt mich einfach an. Und dann ... sie versucht, dieses Ding an mich zu halten.

Oh, ich fühle mich viel besser. Ich spüre, daß es da ist, aber ich habe keine Angst. Ich versuche nicht mehr wegzulaufen. Das ist wirklich eigenartig. Mein Gott. Ich liege auf dem Gras, auf dem Grundstück. Ich liege nicht auf dem Gras. Ich bin auf dem Grundstück, und unter mir ist es ganz klebrig. Ich hatte mein T-Shirt an, und da ist etwas ... ich weiß einfach, daß es da ist, ich kann es ganz deutlich sehen. Es sieht ganz wie ein Insekt aus. Wie eine Gottesanbeterin sieht es aus. Bloß ist es so groß. Wieso ist es so groß? Und ich fühle mich nicht schlecht, aber – Herrgott! Es hat dieses Ding und steckte es in meine Haare. Ich spüre überhaupt nichts. Jetzt ist es in der Luft. Und ist verschwunden. Und ich weiß, daß die Sterne herauskamen, und vorher war es bewölkt gewesen.«

»Wie alt sind Sie?«

»Zwölf. Und jetzt schreien sie mich an, weil ich das Zelt umgerissen habe. Meine Schwester ist richtig wütend, und sie will Mama holen, damit sie mich verhaut, weil ich das Zelt umgerissen habe. Und dann bekommen sie Angst. Und wir nehmen unsere Sachen und gehen ins Haus. Patricia erzählt Mama, daß sie einen Feuerball gesehen hat. Mama und Daddy sind drinnen und sehen fern. Sie sehen die – *Ed-Sullivan-Show*. Und Mama sagt, wir dürfen auch fernsehen, wenn wir im Haus bleiben. Und es ist ohnehin kühl, kühl im Haus. Draußen war es heiß und stickig. Ich glaube, Patricia erzählt Mama, im Feld sei ein Feuerball gewesen, deshalb seien wir zurückgekommen. Und ich frage mich, warum sie nicht sagt, daß ich das Zelt umgerissen habe. Und da war kein Feuerball im Feld. Mama sagt, wir sollen uns keine Gedanken machen, es sei nur ein Feuerball gewesen.

Und diese Nacht schliefen wir auf der überdachten Veranda. Daddy kam heraus und sang uns ein Lied vor. Patricia fand das peinlich, aber mir gefiel es. Roxy und Angie auch.«

»Dieses Ding, das wie eine Gottesanbeterin aussah, ist das das gleiche wie die anderen, die Sie gesehen haben?«

»Sie sehen alle so aus. Ja. Zuerst dachte ich, es sei ein Skelett auf einem Motorrad oder so was Ähnliches. Es flog... nein, es flog nicht. Es kam näher, und es sah wirklich wie eine Gottesanbeterin aus, nur größer. Es hat große Augen, die einen zu Tode erschrecken. Große, große Augen. Es sieht nicht *genau* wie eine Gottesanbeterin aus. Die haben weiße Augen. Dieses Ding hat große, dunkle Augen. Ich dachte, es sei ein Motorrad, weil es zuerst aussah wie ein Typ auf einem Motorrad, der dunkle Brillen trägt.

Es kam direkt am Zelt vorbei und flog bis zur Geißblatthecke. Und ich wäre so gerne durch die Hecke in den Garten gelangt. O Gott.«

»Sie hatten also schon früher erlebt, daß etwas mit Ihrem Kopf gemacht wird?«

»Ja.«

»Dasselbe?«

»Nein, es beruhigte mich. Es fühlte sich... gut an. Es berührte mich mit etwas am Kopf und beruhigte mich damit. Es fühlte sich gut an. Und ich wußte, daß es immer noch da war, aber ich legte mich einfach hin im... war ich im Garten? Nein, ich war auf der Wiese. Aber es war keine schlechte Stelle zum Hinlegen. Auf der Wiese sind eine Menge Kletten. Es war ein bißchen klebrig, aber es war nicht so schlimm. Ich legte mich hin und sah es an, und es steckte etwas in mein Haar. Ich spürte gar nichts. Es steckte etwas Langes in mein Haar. Es steckte es hinein. Machte etwas. Dann ging es fort. Ich habe mich nicht gefürchtet, als es das Ding in mein Haar steckte. Ich weiß nicht, was es war. Ich bekam es nie zu Gesicht. Es steckte mir etwas ins Haar. Ich spürte überhaupt nichts.«

»Versuchen Sie, sich zu entspannen. Die Muskeln sind locker. Tiefer Schlaf, ganz entspannt. Vorher sprachen wir über ein anderes Erlebnis, als Sie dachten, Sie hätten einen Meteoriten gesehen.«

»Ja.«

»Wie alt sind Sie jetzt?«

»Ich bin sechsunddreißig.«

»Erzählen Sie mir, was geschah.«

»Nun, ich habe mit den jungen Leuten in der Stiftung zu arbeiten begonnen.«

(Es handelte sich um die Gurdjieff-Stiftung, eine Organisation, die sich mit Bewußtseinserweiterung beschäftigt. Sie beruht auf den Ideen der Philosophen G. I. Gurdjieff und P. D. Ouspensky.)

»Es war eine sehr intensive Periode. Viel Meditation, und alles sehr anstrengend. Ich arbeite an meinem neuen Buch. *(The Hunger)* Jim Landis ist auf Studienurlaub, deshalb arbeite ich viel allein. Ich fühle mich wohl dabei. Wir haben lange gemeinsam daran gearbeitet. Und jetzt ist er auf Studienurlaub. Ich glaube, es gefällt ihnen in Morrow.

Ich sah dieses Ding... Ich hatte ein gutes Gefühl bei meiner Arbeit in der Stiftung. Ich stand in gutem Kontakt mit den jungen Leuten. Vielleicht erreichte ich auch einen neuen Bewußtseinsstand. Als ich eines Abends über die Stadt blickte, war die Sonne gerade untergegangen, und alles leuchtete wunderbar orange; überall sah man die Straßenlaternen. Ich liebte das Zimmer, das ich damals hatte. Ich liebte das Zimmer. Es hat einen so schönen Blick. Bei klarem Wetter sieht man bis Bear Mountain.

Und dann sah ich diesen Meteor. Er erschien am Himmel, ganz winzig, wie ein Funken. Und ich dachte: *Oh, das ist kein Flugzeug. Das ist etwas anderes.* Ein ehrwürdiges Gefühl überkam mich. Es war, als wollte mich jemand besuchen kommen. Ich erzählte Anne davon. Sie sagte: ›Wer kann das sein?‹ Ich antwortete, daß ich keine Ahnung hätte. Dann ging ich zu Bett.

Ich liebe sie so sehr, wissen Sie, ich kann nicht glauben, daß ich das sehe. Eins-zwei-drei-vier-fünf-sechs. Ich blicke von meinem Buch auf – und da stehen sechs Gestalten am Bettende und starren uns beide an. Sie hat sich weggedreht und ist eingeschlafen. Ich sage: ›Anne, Anne, schau dir das an.‹

Sie sehen bedrohlich aus. Fremdartig. Ich verstehe nicht, woher sie gekommen sein konnten. Sie machten kein Geräusch. Sie kamen aus dem Wohnzimmer. Die Tür ist so dunkel. Nelson schläft unter dem Bett. (Nelson war unser Hund.) ›Nelson! Nelson!‹

Nelson schläft einfach unter dem Bett. Es fühlt sich an, als würde mich ein Gewicht niederdrücken. Ich will aufstehen, ich denke an unseren Sohn. Ich möchte unbedingt aufstehen. Ich weiß nicht, was hier vorgeht. Vielleicht, weil wir so hoch oben wohnen? Warum habe ich bloß diese Wohnung genommen? Ich könnte weinen, weil ich nicht aufstehen kann und weil die Tür so dunkel ist. Sie stehen einfach da. Sie sagen nichts, sie sehen nicht einmal aus, als wären sie lebendig. Fünf, sechs Ölgötzen. Sechs Ölgötzen stehen da. Sehe ich Gespenster? ›Anne, Anne!‹ Niemand sieht das. Also muß ich Gespenster sehen. Ich schließe meine Augen. Ich öffne meine Augen. Und es hat sich verändert. Sie stehen jetzt an beiden Seiten des Bettes, so als bewegten sie sich nur, wenn man nicht hinsieht.

Ich bin wahnsinnig geworden. Ich bin wahnsinnig geworden. Das kann doch nicht wahr sein. ›Anne? Anne!‹ Ich schüttle Anne. Ich lasse die Augen nicht von ihnen, aber ich schüttle Anne. Sie tragen Uniformen. Es ist einfach unglaublich. Es kann nicht wahr sein. Das gibt es einfach nicht. ›Anne?‹ Warum in aller Welt wacht sie nicht auf? So tief hat sie noch nie geschlafen. ›Anne, wach auf! Anne, *Anne!*‹ Oh, mein Gott. Mir ist, als wäre ich in einer anderen Welt. Ich kann sie nicht aufwecken, und jedesmal, wenn ich zu ihr hinübersehe, rücken sie näher ans Bett. Das ist wirklich ein übler Alptraum. Das ist ein echt schlimmer Alptraum, Mann! Oh, mein Gott, ich wünschte, ich könnte sie aufwecken!

Stimme 1 [tiefer Baß]: ›Du versuchst nicht, sie aufzuwecken.‹

›Ich versuche nicht, sie aufzuwecken.‹ Ich fühle mich ruhiger, besser.

Stimme 2 [hell]: ›Es geht ihnen gut.‹

›Es geht ihnen gut.‹

Stimme 2: ›Sie müssen das machen.‹

›Sie müssen das machen. Wer steht dort?‹ Ich habe das Gefühl, das Zimmer steht voller Leute. Jemand sagt mir immer wieder, daß alles in Ordnung sei. Alles ist in Ordnung. Alles ist in Ordnung. ›Ich weiß, daß alles in Ordnung ist, aber ich will trotzdem aufstehen und – uh – ah –‹

Sie haben sich wieder bewegt. Als ich aufstehen wollte, haben sie sich wieder bewegt. Da stehen sie, eins, zwei, drei, vier, fünf. Sie stehen direkt neben meinem Bett, vier, fünf, am Fußende des Bettes. Eins, zwei, drei am anderen Ende. Und der verdammte Nelson schnarcht unter dem Bett. Warum wacht nicht wenigstens der Hund auf? Wozu hat man einen Hund? Das sind keine Menschen, deshalb ist es ein Traum.

Unser Junge sagt: ›Oh!‹ Er sagt: ›Oh!‹ Und dann schreit er laut auf, ganz laut! Ah! Sie verziehen sich alle – zum Fußende, und ich stehe auf, und ich renne – so schnell ich kann, und er schreit, so laut er kann, und diese Gottesanbeterin steht im Wohnzimmer. Bei den Fenstern. Und ich renne weiter zu meinem Jungen, und er streckt die Arme aus, und sein Gesicht ist ganz verzerrt, und er schreit. So habe ich meinen kleinen Jungen noch nie schreien gehört. Anne – Anne ist etwas zugestoßen. ›Anne?‹ Was, zum Teufel, war das? Ich nehme ihn auf den Arm. Sie kommt herein. Er fühlt sich ganz hart und kalt an. Seine Windel hat sich um seine Knie gewickelt. Sie fällt herunter. Wir halten ihn fest, wir halten ihn beide fest. Schließlich beruhigt er sich. ›Was ist passiert, Anne?‹

›Ich weiß nicht.‹

›Mein Gott, in der Küche ist etwas explodiert.‹

›Halt du ihn fest. Ich geh nachsehen. Es ist eine Flasche.‹

Er schläft in meinem Arm ein. ›Was für eine Flasche, Liebling?‹

›Eine Flasche Sodawasser ist explodiert.‹

›Das gibt's doch nicht.‹ Ich habe meinen Sohn noch immer auf dem Arm. Ich gehe in die Küche.

›Tritt nicht in das Glas. Auf dem Boden ist alles voller Splitter.‹ Ich wiege ihn. Sie räumt die Scherben weg, und ich wiege ihn. Wir haben alle Lichter angedreht. Ich wiege ihn.« (Don schlug daraufhin vor, daß ich wieder im Bett sein und die Umstehenden genau ansehen sollte.)

»Sie sehen aus, als würden sie mich mit offenen Mündern anstarren. Aber ihre Gesichter bewegen sich nicht. Ich weiß nicht genau, was sie sind.«

»Gleichen sie dem anderen Wesen?«

»Nein, nein, das andere ist dünn und größer. Sie sind untersetzt und klein.«

»Was für eine Farbe haben sie?«

»Farbe? Sie tragen blaue Uniformen. Dunkelblaue Uniformen. Sie selbst sind gräulich. Sie sehen aus, als wären sie jahrelang nicht in der Sonne gewesen. Schimmlig grau. Sie riechen auch komisch. Wie ein abgebranntes Streichholz. Die Gesichter sind ganz ausdruckslos. Zwei große runde Augen und ein runder Mund – und ich glaube, sie haben keine Nasen. Ich sah sie nicht so genau an und ich weiß nicht, ob sie Nasen hatten. Ich hatte ziemliche Angst. Das muß ein Traum sein, weil der Hund so tief schläft. Wozu hat man einen Hund?«

An dieser Stelle weckte mich Don aus der Trance auf.

Ich war entsetzt über die Intensität dessen, was ich gesehen hatte. In diesem Moment konnte ich nicht anders, als an die Wirklichkeit dieser Gestalten zu glauben.

Wenigstens eine dieser Erinnerungen konnte überprüft werden, da an den Ereignissen eine Person beteiligt war, die ich gut kannte: meine Schwester. Ich rief sie am nächsten Nachmittag an und stellte ihr die übliche Frage: »Was ist das merkwürdigste Erlebnis, an das du dich erinnerst?«

»Damals, als wir im Freien schliefen und der Feuerball kam.«

Ich saß mit dem Telefonhörer in der Hand da und hatte das Gefühl, als wäre ich in einen tiefen Brunnen gefallen.

»Kannst du das beschreiben?«

»Es war ein großer, grüner Feuerball. Er kam quer durch die Wiese. Wir bekamen alle Angst und gingen ins Haus. Die Nacht verbrachten wir auf der Veranda.«

»Erzählten wir den Eltern davon?«

»Mutter sagte, wir sollten uns keine Sorgen machen, es sei nur ein Feuerball.«

Bis heute erinnere ich mich nicht daran, den Feuerball gesehen zu haben. Mein ganzes Leben lang hatte ich eine vage Vorstellung von einem Skelett auf einem Motorrad, ein erschreckendes Bild. Jetzt kenne ich seinen Ursprung.

Bedeuteten die Worte meiner Schwester eine Bestätigung? Ja – dafür, daß damals auf dem leeren Grundstück etwas Ungewöhnliches vorgefallen ist. Aber worum es sich handelte, liegt noch immer im dunkeln.

Zwei Arten von Begegnungen mit Besuchern lassen sich unterscheiden. Die eine Art ist die kurze Annäherung eines einzelnen Wesens oder einer kleinen Gruppe wie etwa bei dem Erlebnis mit dem Feuerball, in unserem Apartment in der East Seventy-fifth Street und am 4. Oktober auf dem Land. Die andere Art ist die ausgiebigere Kontaktaufnahme wie 1957 im Zug, in Austin und am 26. Dezember. Diese Erlebnisse sind oft mit Entführungen verbunden.

Die kurzen Besuche betreffen meist psychologische Aspekte, die längeren scheinen mehr auf physische Testreihen hin angelegt zu sein. Es sieht fast so aus, als würden während solcher Zeiten Vorbereitungen getroffen oder Resultate überprüft werden.

Bis zum Dezember 1985 mochte ich wohl ein Dutzend solcher Begegnungen gehabt haben. Und doch habe ich nie etwas daraus gelernt. Jedesmal war ich genauso verängstigt, gequält und erstaunt wie vorher.

Dies ist eines der schwierigsten Probleme. Man hätte erwartet, daß der Verstand all diese Erfahrungen in einem gemeinsamen Fach abgelegt hätte, so wie er dies etwa bei wiederkehrenden Träumen tut. Dann hätte ich mich zumindest auf frühere Erlebnisse beziehen können, sobald ich in diesen Zustand kam, auch wenn die Erfahrung – genau wie wiederkehrende Alpträume – nach wie vor furchteinflößend war.

Vielleicht sollte ich so hilflos wie möglich gehalten werden, indem ich in einen Zustand versetzt wurde, wo ich jede Begegnung nur einzeln wahrnehmen konnte und es mir unmöglich war, die vorhergehenden Begegnungen damit in Zusammenhang zu bringen. Daher war ich jedesmal vollkommen überrascht.

Durch sämtliche Erinnerungen zieht sich eine panische Angst. Stammt diese Angst nur von mir, ist es eine rein physische Angst? Im Kontakt mit Wesen, die einer anderen Biosphäre entstammen, kann es Dinge geben, die wir überhaupt nicht verstehen. Vielleicht haben auch sie eine Art von Gefühlen. Ich habe den Eindruck, daß sie die Begegnungen sehr intensiv miterleben, wenn sie ihnen nicht gar furchterregend erscheinen.

Wenn es sich bei der Angst um eine unvermeidliche Nebenwirkung unserer Biologie handelt, dann muß man die Amnesie nicht nur als Selbstschutz, sondern geradezu als eine Wohltat ansehen.

Dieses Buch ist nicht nur die Chronik meiner Entdekkung der Anwesenheit von Besuchern auf der Erde, sondern auch des Lernprozesses, mich weniger vor ihnen zu fürchten. Ich sehe aus meinem Fenster. Es ist ein warmer Nachmittag. Der Himmel ist bedeckt, und ein Gewitter zieht auf. Ein Nachmittag im Vorfrühling. Die Leute laufen mit Schirmen herum. Der Hubschrauber fliegt über die Stadt, und ein Düsenjet setzt zum Landeanflug in La Guardia an.

Alles ist so normal, so heimelig. Aber was war das noch am Himmel – ein silberner Lichtstrahl oder bloß ein Reflex auf meiner Brille?

Das Bild

Am Morgen nach der Hypnosesitzung über das Erlebnis mit der Nebelbank fühlte ich mich beim Aufwachen, als wäre ich in der Nacht zusammengeschlagen worden. Gleichzeitig war ich mir aber auch etwas Neuem bewußt: Ein Gesicht starrte mich an, das ernste, undurchdringliche und leicht humorvolle Gesicht, das ich unter Hypnose gesehen hatte.

Ein lebhaftes Bild von ihr hatte sich in meinem Kopf festgesetzt. Es war so real, daß ich es fast berühren konnte. Das beunruhigte mich, und ich wollte es unbedingt vertreiben. Ich hielt es für eine Nachwirkung der Hypnosesitzung, die deswegen aufgetreten war, weil Dr. Klein so viele Details über ihr Aussehen wissen wollte.

Das Bild war unglaublich deutlich. Panik erfaßte mich. Ich konnte mit diesem Bild, das mich beständig an die geheimnisvolle Anwesenheit der Besucher erinnerte, nicht leben.

Ich ging in mein Arbeitszimmer, setzte mich auf den Boden und meditierte. Ich konzentrierte mich auf meinen Körper, auf den Schwerpunkt unterhalb des Nabels, lenkte meine Aufmerksamkeit weg von meinen rotierenden Gedanken.

Die Erscheinung verschwand nicht. Im Gegenteil, sie wurde noch deutlicher. Sie war ganz anders als alle anderen Visionen, die ich je gehabt hatte. Ich konnte mich nicht beruhigen. Ich war außer mir. In den ersten paar Stunden blieb das Bild unverändert, es starrte mich einfach mit großen, glänzenden Augen an.

Ich habe nie über ein fotografisches Gedächtnis verfügt, deshalb war dieses Bild etwas ganz Neues für mich. Doch dies war mehr als eine Fotografie:

Es strahlte Leben aus.

Ich versuchte, dieses Phänomen Budd Hopkins und Don Klein zu erklären, aber ich konnte ihnen nicht verständlich machen, *wie* ungewöhnlich es war. Selbst mir wurde dies erst nach ein paar Tagen bewußt, als sich die besonderen Eigenschaften des Bildes zu enthüllen begannen.

Ich glaube, die Vision war durch die Hypnose ausgelöst worden. Vielleicht wurde sie durch die starke Konzentration hervorgerufen... oder aber ich habe die Aufmerksamkeit der Besucher erregt, und sie haben geantwortet.

Nachdem das Bild aufgetaucht war, beschäftigte ich mich mit der Eidetik, der Fähigkeit, sich Objekte oder Situationen so anschaulich vorzustellen, als ob sie real wären. Ich fand heraus, daß das bei Erwachsenen sehr selten vorkommt und so gut wie gar nicht in den westlichen Kulturen. Darüber hinaus entsprachen die Beschreibungen, die ich von eidetischen Bildern fand, meiner Erfahrung nicht einmal annähernd. Nie wurde von eidetischen Bildern berichtet, die ein Eigenleben angenommen hätten.

Mein Bild schien geradezu nach mir zu greifen. Ich empfand eine starke Beziehung zu ihm. Es war, als betrachte man eine Person hinter einer Glaswand und nicht bloß eine Abbildung. Die Erscheinung bewegte sich nicht nur aus eigenem Antrieb, sondern veränderte auch auf Befehl ihre Stellung. Sie zeigte mir ihre Hände, ihr Gesicht und jeden einzelnen Körperteil. Anne bat mich, die Füße zu beschreiben, und schon lehnte sich die Erscheinung gegen etwas Unsichtbares und hob einen Fuß, der wie die vereinfachte Version eines menschlichen Fußes aussah. Er hatte keine Zehen, sondern war nur an einer Stelle gespalten. Wie alle Gelenke wirkte auch der Knöchel einfach im Aufbau.

Vielleicht war diese Vision tatsächlich das Resultat einer außergewöhnlichen Verbindung zwischen mir und einem realen, bewußten Wesen. Genausogut war es aber möglich, daß es sich um eine Einbildung handelte, hervorgerufen durch den Wunsch, einen weiteren Beweis für die Begegnung mit außerirdischen Besuchern zu liefern.

Wenn all dies in Wahrheit auf einen instinktiven Versuch, mir eine eigene neue Gottheit zu erschaffen, hinauslief, dann konnte ich meine agnostische Einstellung nur bewahren, wenn sich mein bewußtes Ich gegen mein unbewußtes stellte.

Was würde geschehen, wenn mein Unbewußtes böse mit mir würde und mit Dingen aufwartete, die wirklich furchterregend, vielleicht sogar gefährlich wären? Wir haben keine Ahnung von Zauberei und Magie. Wir haben dies alles vernachlässigt, weil wir zu wissenschaftsgläubig sind. Vielleicht entspringen unserem Unbewußten ganz reale Geschöpfe. Dies war jedenfalls eine der Hypothesen, die sich aufgrund der Geschehnisse anboten. Ich hatte Bedenken, ob ich diese Fähigkeit zu zaubern unter Kontrolle halten könnte. Ich hatte bereits etwas äußerst Beunruhigendes hervorgezaubert. Was würde geschehen, wenn in meinem Unterbewußten noch viel schrecklichere Dinge lauerten?

Andererseits konnte ich vielleicht tatsächlich dieses Ding zu wirklichem Leben erwecken. Das war furchterregend, aber auch faszinierend.

Budd Hopkins schlug mir vor, mich an einen Künstler zu wenden, der das Bild malen sollte. Wir entschieden uns für Ted Jacobs, weil er Übung darin hat, Porträts nach Beschreibungen anzufertigen.

Als Ted mit seinem Skizzenblock kam, entdeckte ich das Interessanteste an dem Bild überhaupt. Ich hatte meine Augen geschlossen und beschrieb die Erscheinung so gut wie möglich. Ich konnte jedes Detail erkennen. Ich sah selbst so geringfügige Einzelheiten wie den weißen, pudrigen Flaum, der ihre Wangen überzog. Ich stellte mir vor, daß sie sich so weich anfühlten wie der Kopf eines Babys. Die Nase war eher flach, aber die Nasenspitze schien empfindlich zu sein, fast wie eine Fingerkuppe.

Als ich sie beobachtete, bewegte die Gestalt ihre Nase. Es war offenbar ein empfindliches Organ, sowohl für Berührung als auch für Gerüche. Der Mund war nicht gerade, sondern bestand aus vielfältigen Linien, wie sie auch bei Menschen im zunehmenden Alter entstehen können. Der Mund war von einem merkwürdigen Ausdruck geprägt: Er spiegelte unbeugsamen Willen wider, vermischt mit etwas, das ich nur als Heiterkeit bezeichnen kann. Ted Jacobs tat sein Bestes, um gerade diesen Zug einzufangen, und es gelang ihm ausgezeichnet – obwohl das Endergebnis auf dem Buchumschlag menschenähnlicher aussieht, als es tatsächlich der Fall war. Der Mund war nur eine Linie, ganz ohne Lippen. Und der Schädel war wesentlich größer. Das Kinn war sehr spitz, und man hatte den Eindruck, daß die Haut über platte Knochen gespannt war.

Das eindrucksvollste an diesem Gesicht waren die Augen. Sie waren viel größer als unsere. Ein- oder zweimal glaubte ich die Andeutung einer schwarzen Iris und einer Pupille zu entdecken. Aber es waren nur Andeutungen, so als schwebten hinter diesen dunklen Teichen optische Strukturen.

Diese Augen hatten am 4. Oktober auf mich herabgestarrt. Ich hatte sie am 26. Dezember gesehen und im Sommer 1957 und während des Erlebnisses mit der Nebelbank.

Ted stellte mir viele Fragen über die Augen. Als er mich fragte, wie sie im geschlossenen Zustand aussähen, bekam ich wieder einen Schock: Die Gestalt schloß die Augen. Ich sah die riesigen glasigen Strukturen zurückweichen, und im selben Moment gingen die Lider auf und zu. Dabei bedeckten sie nur die untere Hälfte des Augapfels.

Ich beschrieb dies Ted, aber er wollte noch mehr wissen. Wie sah die Gestalt im Profil aus? Gehorsam drehte sie den Kopf.

Ich konnte kaum glauben, was ich sah. War das ein Phantom? Bisher hatten meine Nachforschungen keinerlei Beispiele für Erfahrungen dieser Art erbracht.

Solange sich das Bild erhielt, veränderte es sein Aussehen nicht. Ich konnte jeden Teil des Körpers vom Scheitel bis zur Fußspitze betrachten. Sooft ich dies tat, sah ich jedesmal dasselbe. Am 13. März hielt ich meine Beschreibung der Figur auf Tonband fest. Am 23. März wiederholte ich die Beschreibung und verglich die beiden Bänder miteinander. Es gab keinen Unterschied. Die Gestalt blieb unverändert.

Die Form der Knie- und Ellbogengelenke erinnerte mich an Grashüpfer oder Grillen. Die Hände hatten drei Finger und einen Daumen und vermittelten den Eindruck größerer Biegsamkeit als unsere. An den Fingern waren kurze, schwarze Nägel von klauenartigem Aussehen.

Alles in allem wirkte der Körper nicht sehr hochentwickelt, sondern eher einfach. Man hatte den Eindruck von wenig Knochen und nicht viel Fleisch.

Ich weiß nicht, wie ich die Erscheinung erklären soll. Wenn sie nicht durch Dons intensives Nachfragen hervorgerufen wurde, dann ist sie möglicherweise eine Art holographische Projektion. Vielleicht kann ein Bild im Kopf fixiert werden, wenn man weiß, wie das optische Zentrum im Gehirn entsprechend stimuliert wird.

Die folgenden Ereignisse ließen allerdings erahnen, daß es sich um etwas noch Außergewöhnlicheres handelte.

Der Besuch am 15. März

Am 14. März spät nachts, nachdem ich von der letzten Hypnosesitzung zurückgekehrt war, setzte ich mich und dachte angestrengt nach.

Das Bild sah ich wie immer vor mir. Ich fragte mich, was geschehen würde, wenn ich es bäte, zu mir zu kommen.

Die Menschheit hat eine lange Tradition von Zauberei und Magie. Zweifellos entstand das meiste davon aus den hilflosen Versuchen der Menschen, gegen ihre Machtlosigkeit gegenüber der Umwelt anzukämpfen.

Wenn dies aber nicht in allem zutraf? Ich saß da und beobachtete das Bild. Es sah mich an. Sonst geschah nichts. Mich durchfuhr plötzlich der Gedanke, daß alles, was ich über diese Erfahrung geschrieben hatte, viel überzeugender wäre, wenn ich eine Bestätigung dafür bekäme. Das Bild antwortete mit einem intensiveren Blick.

Am Samstagmorgen fuhren wir aufs Land. Unser Sohn hatte eine Freundin eingeladen, und wir holten das Kind auf dem Weg ab. Es war ein Mädchen aus seiner Klasse, ebenfalls sieben Jahre alt, und die beiden waren ganz aufgeregt über die Aussicht, das Wochenende zusammen zu verbringen. Das Thema UFOs oder Besucher wurde zu keinem Zeitpunkt gestreift, und ich zweifle sehr, ob die Kinder sich je damit beschäftigt hatten. Unserem Sohn hatten wir nichts von meinen Erlebnissen erzählt, er hatte überhaupt keine Ahnung davon.

Vor dem Essen machte ich einen Spaziergang. Es war eine relativ klare Nacht mit einem Viertelmond. Unterwegs sah ich einen haarfeinen Lichtstrahl, der direkt aus dem Himmel kam. Ich dachte: Ich bin enttäuscht von mir – oder von ihnen. Warum bloß eine so kleine Manifestation?

Als wir vier uns zu Tisch setzten, war es dunkel geworden. Wir hatten gerade mit dem Essen angefangen, als die Freundin meines Sohnes rief: »Ein kleines Flugzeug mit lauter Lichtern ist gerade durch den Vorgarten geflogen.«

Sie schaute mich zutiefst beunruhigt an. Mein erster Impuls war, mich unter dem Tisch zu verkriechen, aber ich nahm mich zusammen und sagte leichthin: »Es ist ein Flugplatz in der Nähe.« Der Flugplatz der Nationalgarde ist dreißig Meilen entfernt, aber mir fiel nichts anderes ein. »Wir lassen uns davon nicht stören. Du kümmerst dich am besten gar nicht darum.«

Ich stand auf und ging hinaus, sah aber nichts. Der Schreck war bald vergessen, und die Kinder aßen weiter. Anne und ich schauten uns nur an. Sie war am Tag zuvor das erste Mal hypnotisiert worden. Sie wußte noch kaum etwas von dem, was mit mir geschah, schloß aber aus ihren eigenen Hypnoseerfahrungen, daß es sich um ein Erlebnis mit Besuchern handeln könnte, deshalb wurde sie von der Aussage des kleinen Mädchens erschreckt.

Nach dem Essen gingen Anne und ich nach oben und sprachen über die Angelegenheit. Die spontante Äußerung des Kindes hatte mich endgültig davon überzeugt, daß wir es mit realen Geschehnissen zu tun hatten. Warum hätte das Kind wohl sonst so etwas sagen sollen?

Ich erzählte Anne von meinem Versuch, mit ihnen in Verbindung zu treten. »Ich habe geahnt, daß du so etwas tun würdest«, sagte sie. »Zu dumm, daß ich nicht Auto fahren kann, sonst würde ich die Kinder in die Stadt zurückbringen und dich hier deine Suppe allein auslöffeln lassen.« Sie hielt inne. »Nein, das würde ich nicht tun.« Hand in Hand saßen wir im Dunkeln zusammen, während die Kinder unten ruhig lasen.

Ich war mir nicht sicher, ob ich hätte fahren können, auch wenn ich gewollt hätte. Ich konnte kaum die Augen offen halten. Mich überkam das Gefühl einer leichten Trance.

Was hatte die Freundin unseres Sohnes gesehen? Am nächsten Tag fragte ich sie, ob sie wisse, was eine fliegende Untertasse sei. Sie antwortete: »Eine was?«

»Du kennst doch fliegende Untertassen.«

Das Kind sah mich an, als wäre ich verrückt geworden. »Ich weiß nicht, was das ist. Ihr Sohn und ich gehen jetzt zu seinem Clubhaus.« Ihre Verwirrung verriet, wie wenig sie wußte.

Als wir in die Stadt zurückfuhren, verwickelte ich den Vater des Kindes in ein Gespräch. »Wissen Sie, was fliegende Untertassen sind?«

»Hm – ja.«

»Haben Sie Bücher darüber gelesen?«

»Ich glaube nicht.«

»Haben Sie jemals mit jemandem darüber gesprochen?«

»Whit, was soll das?«

»Haben Sie darüber gesprochen?«

»Nein. Was soll das? Ein neues Gesellschaftsspiel?«

Ein Kind, wie ich es war, aufgewachsen in den fünfziger Jahren, hätte über fliegende Untertassen Bescheid gewußt. Damals brachten die Zeitungen Meldungen darüber groß heraus. Heutzutage ist das nicht so. Es ist also nicht erstaunlich, daß das kleine Mädchen keine Ahnung hatte, aber es ist wichtig. Es ist sogar sehr wichtig. Das kleine Mädchen sah, was es sah. Wenn man eine so unschuldige und naive Aussage abtut, macht man einen großen Fehler. Genauer gesagt, gerade weil sie so naiv ist, stellt sie einen schlagenden Beweis für die Realität des Phänomens dar.

Aber für welche Realität? Vielleicht sah das Kind tatsächlich ein Objekt in der materiellen Welt. Aber vielleicht hat der menschliche Geist auch Fähigkeiten, über die wir nichts wissen. Vielleicht existiert so etwas wie mentale Telepathic, und als ich die Gestalt bat, mir zu helfen, habe ich in Wahrheit mein eigenes Inneres auf die Suche geschickt. Und am Ende der Suche fand ich diesen unschuldigen, offenen kleinen Geist und erweckte in ihm eine Halluzination – wobei ich genau wußte, wie unwahrscheinlich es war, daß unser kleiner Gast etwas sehen würde – und um wieviel glaubwürdiger daher seine Aussage wäre.

Um neun Uhr waren beide Kinder eingeschlafen. Ich war in erstaunlich gelöster Stimmung. Ich hörte mir ein Musikprogramm im Radio an und genoß es, mit meiner Frau zusammenzusein. Wir saßen in der Sitzecke in unserem großen Schlafzimmer und wurden immer müder. Gegen zehn Uhr gingen wir zu Bett.

In der Nacht wurde ich plötzlich durch einen Schlag auf die Schulter geweckt. Ich war sofort hellwach. Neben meinem Bett standen drei kleine Gestalten, deren Umrisse im Schein der Alarmanlage klar zu erkennen waren. Sie trugen blaue Overalls und standen vollkommen ruhig.

Es waren vertraute Figuren, nicht jenes großäugige weibliche Wesen, das ich vorhin beschrieben habe, sondern die eher zwergenhafte Art, untersetzt und kräftig gebaut, mit den menschenähnlichen Gesichtern und den tiefliegenden, glänzenden Augen.

Ich dachte: *Mein Gott, ich bin vollkommen bei Bewußtsein, und sie stehen einfach da.* Da versuchte ich, die Hand zu bewegen. Ich wollte den Schalter der Lampe neben meinem Bett anknipsen und auf die Uhr sehen.

Es fühlte sich an, als stieße ich meinen Arm durch elektrisch aufgeladenen Teer. Ich mußte all meine Kräfte anspannen, um mich überhaupt bewegen zu können. Ich konzentrierte meine ganze Aufmerksamkeit auf diesen einen Willensakt. Es genügte nicht, einfach meinen Arm zu bewegen. Ich mußte mir die Bewegung befehlen, damit ich sie ausführen konnte. Währenddessen standen sie neben mir.

Ich kämpfte mich Millimeter um Millimeter näher an

die Lampe heran. Ich drehte meinen Kopf, wobei ich gegen den Druck ankämpfte, als wäre ich in einen Bleimantel gehüllt, und sah den Lichtschalter in der Dunkelheit. Ich tastete mich langsam näher und bekam den Lichtschalter zwischen meine Finger. Ich knipste ihn an. Nichts. Ich versuchte es nochmals. Immer noch nichts.

Keine Elektrizität. Die Alarmanlage funktionierte noch, denn sie wurde durch Batterien gespeist – offensichtlich störte sie das wenig, denn sie hatten das Haus betreten, ohne sie auszulösen.

Als ich den Kopf zurückwandte, sah ich etwas so Unheimliches, daß ich danach nicht wußte, wie ich darüber schreiben sollte.

Neben meinem Bett, etwa einen halben Meter von meinem Gesicht entfernt, stand eine Abart der dünnen Gestalt, jener, die ich als weiblich beschrieben habe. Ihre Augen sahen wie große schwarze Knöpfe aus, eher rund als mandelförmig. Sie trug eine alberne Pappimitation eines blauen zweireihigen Anzugs, selbst das weiße Taschentuch in der Brusttasche fehlte nicht.

Mich überfiel in diesem Moment eine so tiefgreifende Angst, daß sie eher physisch als psychologisch wirkte. Die Angst saß mehr in meinem Blut, meinen Knochen und meinen Muskeln als in meinem Kopf. Meine Haut kribbelte, und mein Haar schien elektrisch aufgeladen zu sein. Ich versuchte Anne aufzuwecken, aber ich konnte die Lippen nicht bewegen. Als ich an die Kinder dachte, schoß mir ein Bild durch den Kopf. Die beiden schliefen friedlich.

Das Ding an meiner Seite konnte ich mir nicht erklären. Warum dieser Anzug? Wollten sie mir ein männliches Wesen vorführen? Wenn sie eine Art Schwarm waren, dann war es sehr wohl möglich, daß mehrere Geschlechter existierten, die sich in ihrer Erscheinungsform sehr voneinander unterschieden. Weibchen, Männchen und untersetzte kleine Drohnen?

Was sollte ich nun tun, nachdem ich sie gerufen hatte – hier liegen und zittern? Ich wollte einen Kontakt herstellen.

Offensichtlich warteten sie darauf, daß ich etwas tat. Deutlich sah ich ihre Gesichter, ihre dunklen Augen, glänzende Höhlen in ihren grauen Gesichtern. Diese Wesen strahlten eine Art Fröhlichkeit aus. Ich habe schon einmal gedacht, daß sie glücklich wirken. Ich wollte sie wissen lassen, daß ich mich noch immer in der Gewalt hatte. Ich war immer noch funktionsfähig und bis zu einem gewissen Grad auch frei. Darüber hinaus wollte ich sie wissen lassen, was ich von ihnen dachte, trotz der sonderbaren Art, wie sie mich gerade behandelten. Vielleicht hatten sie gute Gründe für ihr Verhalten. Waren all ihre Kontakte mit menschlichen Wesen friedlich verlaufen?

Wenn sie einen gemeinsamen Verstand besaßen, konnten sie mir vielleicht nicht mehr eigenen Willen zugestehen, ohne das Risiko einzugehen, die Kontrolle über die Situation zu verlieren. Wenn ich nun eine unerwartet schnelle Bewegung machen würde und eine von ihnen an der Schulter faßte?

Niemals würde ich in ihrer Gegenwart eine provozierende Bewegung wagen. Ich bewege mich unaufgefordert überhaupt nicht, nicht, so lange ich so wenig verstehe. Wenn man in ihre Welt entfliehen kann, kann man genauso gut darin verlorengehen.

Ich empfand ein tiefes Gefühl der Verantwortung. Ich mußte in irgendeiner nicht bedrohlich wirkenden Art mit ihnen in Verbindung treten. Ich war eine Art Gesandter – wenn auch vielleicht nur am Hof der Alpträume, in dem Fall wäre es allerdings ein eigenartig böser Traum, denn die Angst verschwand jetzt, obwohl der Traum noch nicht vorüber war.

Und wieder bedeutete es eine große Willensanstrengung, meine ganze Konzentration und die äußerste Beanspruchung meiner Gesichtsmuskeln, aber ich brachte ein Lächeln zustande.

Damit änderte sich sofort alles. Mit einem Schlag waren sie verschwunden, und ich fiel im gleichen Moment in Tiefschlaf zurück. Jetzt träumte ich – aber auf ganz andere Art als vorher. Ich war mir vollkommen sicher, daß die Wesen, die ich gesehen hatte, keine Traumgestalten und keine Halluzinationen waren.

Interessanterweise war mein Traum die angstfreie Wiederholung einer der wenigen wirklich schreckenerregenden Alpträume, die ich je hatte. Ein Roboter mit runden, hervortretenden Augen jagte mich durch einen steinernen Palast. Diesmal jedoch rannte ich nicht davon, und der Roboter starrte mich bloß an.

Als ich am nächsten Morgen die Augen öffnete, fühlte ich mich völlig erschöpft. Anne sagte: »Das war eine ruhige Nacht«, und bereitete danach ein wundervolles Frühstück zu, während ich dasaß und vor mich hinstarrte.

Alle saßen froh und zufrieden um den Frühstückstisch. Die *Times* war so dick wie immer, und der Kaffee und die Waffeln waren köstlich. Ich war wieder in meiner Welt, im Kreis meiner vertrauten Familie. Als ich Anne von dem Vorfall erzählte, lachte sie herzlich über die Vorstellung eines aufgemalten, altmodischen Anzugs, dann stellte sie die Uhr am Herd richtig ein, die fünf Minuten nachging.

Eines der Entführungsopfer, die ich kennengelernt habe, hatte auch eine Begegnung mit Besuchern in altmodischen Anzügen. Vielleicht interessierten sich die Besucher nicht allzusehr für unsere Kleidung, vielleicht befinden sie sich auch über die Bedeutung unserer Kleidungsstücke im unklaren. Vielleicht stellt der Anzug den Versuch einer Kommunikationsaufnahme dar.

Das Erlebnis in der Nacht des 15. März war grundsätzlich verschieden von den Kontakten, die ich vorher gehabt hatte. Alles war viel offener. Die Besucher erlaubten mir, sie zu sehen, ohne mir meine Erinnerungen an frühere Erlebnisse zu nehmen – wenngleich meine physische Handlungsfähigkeit stark eingeschränkt war. Und sie hatten mir ihren Besuch durch die Aussage des unbeteiligten Kindes angekündigt, der einzigen Person, die mit der ganzen Sache überhaupt nichts zu tun hatte.

Wer hatte mich in dieser Nacht besucht? Waren sie wirklich aus dem Himmel gefallen oder kamen sie von einem anderen Kosmos, einem Ort, wo Träume real sind und Realität ein Traum ist, wo Schatten und die, die sie warfen, ein und dasselbe sind?

Aber warum sprechen sie nicht einfach? Sie haben eine Art Stimme. Ich habe sie gehört, und andere ebenfalls. Und sie können auch direkt in unseren Köpfen sprechen. Ich fragte mich, ob dies alles mit einem Wunsch nach Bestätigung zu tun hatte. Hatten die drei realen Besucher eine Art Vogelscheuche hingehalten, weil sie sehen wollten, was ich tun würde, und weil sie keines der eigenen Wesen der Gefahr einer Berührung meinerseits aussetzen wollten?

Rückblickend gesehen bin ich froh, daß ich nicht nach ihnen gegriffen habe. Ich glaube, diese Gestalten haben große Furcht vor uns. Ich glaube, es war besser zu lächeln, als meine Hand nach ihnen auszustrecken. Aber ich wünschte, es wäre zu einer Berührung gekommen. Hätte ich nur in die Luft gegriffen? Ich werde dies wohl nie herausfinden.

Ich hatte um Bestätigung gebeten, nicht um einen Beweis. Anscheinend haben sie mich beim Wort genommen.

Fünf

Die Allianz der Verlorenen

Erinnerungen meiner Familie

I rage to know
what beings like me, stymied by death
and leached by wonder,
hug those campfires night allows,
aching to know the fate of us all,
wallflowers in a waltz of stars.

DIANE ACKERMAN
»Lady Faustus«

Gefangen in der Dunkelheit

Von Anfang an hatte ich mir Sorgen gemacht, daß meine Frau und mein Sohn in die Sache verwickelt werden könnten. Vor unserem Sohn wurde das Thema nie erwähnt. Mein größtes Anliegen war, seine glückliche Kindheit nicht zu belasten.

Als ich entdeckte, daß meine Erinnerungen mit den Berichten in *Science and the UFOs* übereinstimmten, sagte ich Anne nichts davon. Ich sagte es überhaupt niemandem. Ursprünglich wollte ich einfach alles verdrängen, und als mir dies nicht mehr gelang, suchte ich ärztliche Hilfe. Ich erzählte weder Anne noch unserem Sohn davon.

Als Anne zum erstenmal hypnotisiert wurde, wußte sie nur, daß in den Nächten des 4. Oktober und des 26. Dezember etwas Ungewöhnliches passiert war. Erst nach ihrer ersten Hypnosesitzung am 13. März 1986 deutete ich an, daß möglicherweise außerirdische Wesen mit uns in Kontakt stehen könnten. Am Abend des 15. März wurde sie Zeuge der Aussage des kleinen Mädchens in unserer Blockhütte.

Es ist ein Beweis für Annes Mut, daß sie in dieser Nacht dort geblieben ist.

Allerdings besitzt Anne einen sehr wachen Geist und war viel zu neugierig, um sich einfach zurückzuziehen. Wir bildeten ein Team, und sie übernahm die wissenschaftliche Leitung unserer Nachforschungen. Sie steuerte kreatives Denken bei sowie ihre Überzeugung, daß jede Hypnose auf Fakten fußen muß.

Vor ihrer Hypnose hatte Anne eine vage Erinnerung daran, daß ich sie am 4. Oktober vor dem Feuer gewarnt hatte; sie erinnerte sich an eine Explosion und daran, daß mein Sohn nach mir gerufen hatte. Keiner von uns kann verstehen, warum sie trotz der Explosion auf die Warnung nicht reagiert hatte. An die Nacht des 26. Dezember erinnerte sie sich überhaupt nicht.

Es gab ein paar frühere Erinnerungen. Letzten März hatte ich ihr erzählt, daß ich eines Nachts ›im Zimmer herumgeflogen‹ sei. Ich erinnerte mich lebhaft an diesen Traum. Aber Flugträume sind nichts Ungewöhnliches, nichts Pathologisches, Psychologen folgern daraus normalerweise den verborgenen Wunsch, einer Streßsituation zu entfliehen. 1982 hatten wir das Erlebnis mit dem weißen Ding; dies wurde während Annes Hypnose genau untersucht.

Im März 1986 wurde Anne von Dr. Robert Naiman hypnotisiert. Wir wählten einen anderen Psychiater als Dr. Klein, um die Möglichkeit der Voreingenommenheit auszuschließen.

Ich hatte das Gefühl, daß hier eine echte Chance bestand, Antworten zu finden, und ich wollte alles tun, um das Gelingen zu unterstützen. Anne und ich haben eine sehr tiefe Beziehung zueinander. Wenn wirklich etwas mit mir geschah, dann mußte sie es wissen. Sie mußte irgend etwas bemerkt haben. Wenn sie nichts bemerkt hatte, dann würde dies bedeuten, daß es sich bei mir um ein rein psychisches Phänomen handelte. Dann wäre die ›Theorie der Besucher‹ weniger wahrscheinlich gewesen als die Annahme eines seelischen Vorganges, der physische Erscheinungen auszulösen vermochte.

Bob Naiman hatte bereits mit Leuten gearbeitet, die eine solche Erfahrung gemacht haben, und er nahm die gleiche aufrechte und neutrale Haltung ein wie Don Klein.

Budd Hopkins war während Annes Sitzung anwesend. Seine Fragen sind als solche ausgewiesen. Alle anderen Fragen wurden von Dr. Naiman gestellt.

Auch wenn ich bereits Fortschritte darin gemacht hatte, meine Erfahrungen zu akzeptieren, war ich jetzt durch Annes Hypnose tief beunruhigt. Sie erwartete oder suchte nichts Bestimmtes. Und doch war *etwas* da, das Einfluß auf ihr Gedächtnis und auf unser gemeinsames Leben genommen hatte.

Die Hypnose zeigte, daß Anne sich bemühte, all jene Dinge zu vergessen, an die zu erinnern man ihr aufs strengste verboten hatte. Sie unterwarf sich, das ist richtig, aber nicht dem Hypnotiseur, sondern offensichtlich einer Macht, die ihr strenge Befehle erteilt hatte. Gegen diese kam der Hypnotiseur nicht an. Meine Frau war augenscheinlich zu der Auffassung gebracht worden, daß meine geistige Gesundheit von ihrem Vergessen abhing. Vermutlich sollte sie für mich einen sicheren Halt in der realen Welt darstellen.

Ihre Hypnose begann mit der Untersuchung der Nacht des 30. Juli 1985. Bewußt erinnerte sie sich an nichts, aber es gab einen Hinweis in den Schulheften unseres Sohnes, daß in dieser Nacht etwas geschehen sein könnte. Damals befand sie sich mit unserem Sohn allein auf dem Land, da ich auf einer Geschäftsreise war. Dr. Naiman begann die Sitzung mit dieser Nacht, ohne ihr den Grund dafür zu nennen.

Hypnose

30. Juli, 4. Oktober und 26. Dezember 1985
Datum der Sitzung: *13. März und 21. März 1986*
Patient: *Anne Strieber*
Psychiater: *Dr. Robert Naiman*

Dr. Naiman: »Wir wollen uns auf den dreißigsten Juli 1985 konzentrieren. Sie waren mit Ihrem Sohn zusammen?«

»Ja.«

»Sie waren auf dem Land!«

»Ja.«

»Wer war noch da?«

»Eine Menge Handwerker kamen an diesem Tag, daher fühlte ich mich nicht einsam. Ich hatte nämlich kein Auto. Whitley hatte den Wagen und war damit in die Stadt gefahren. Die Handwerker sollten kommen, also war ich nicht einsam. Ich glaube, ich bin mit dem Fahrrad zum Einkaufen gefahren. Ich fuhr zum Lebensmittelladen. Ich erinnere mich, daß ich dachte, wie soll ich einkaufen gehen? Das Auto würde ich ohnehin nicht nehmen, aber ich habe ein Fahrrad, und mein Sohn kann zu Hause bleiben, denn die Handwerker sind ja da. Das habe ich dann auch getan. Ich wollte uns etwas besonders Gutes zum Essen machen.«

»Ihr Sohn wollte etwas essen?«

»Ich auch. Ich erinnere mich, daß ich daran dachte, wie einsam es sein würde, ihn allein zu Bett zu bringen. Das war es dann auch. Sonst ist nichts passiert.«

»War es ungewöhnlich, daß Sie dort allein mit ihm waren?«

»Ja. Wir fahren sonst immer zusammen. Ich kann nicht gut fahren, deshalb bin ich nie allein mit meinem Sohn dort.«

»Konzentrieren Sie sich auf den Rückweg vom Laden.«

»Ja.«

»Wann war das?«

»Es war Nachmittag. Spätnachmittag. Gegen vier Uhr, glaube ich, weil die Handwerker noch da waren, aber gerade gehen wollten.«

»Was haben die Handwerker gemacht?«

»Sie haben den Swimmingpool gebaut.«

»Und sie sind gegen vier Uhr gegangen, und nur Sie und Ihr Sohn waren im Landhaus?«

»Ja.«

»Und was ist dann passiert?«

»Ich weiß nicht mehr, was wir zum Abendessen hatten, aber sicherlich war es etwas Einfaches. Vielleicht habe ich etwas gebacken, ich erinnere mich nicht mehr. Ich glaube, wir haben Plätzchen gemacht. Es muß doch früher gewesen sein, weil ich den Handwerkern sicher auch welche gegeben hätte. Ich glaube, ich habe das auch getan. Vielleicht war es ein andermal, aber ich erinnere mich, daß wir es einmal getan haben. Das war's, was ich eingekauft habe: Schokolade, um Plätzchen zu backen. Ich wollte auch eine Zeitung kaufen, ich erinnere mich. Und ich sagte mir: Warum soll ich nicht das Fahrrad nehmen?«

»Dann haben also Sie und Ihr Sohn zusammen zu Abend gegessen?«

»Ja.«

»Um welche Zeit?«

»Gegen sechs. [Klingt erstaunt.] Ich erinnere mich nicht an das Abendessen. Waren wir irgendwo eingeladen? Ich glaube nicht.«

»Und wann haben Sie ihn zu Bett gebracht?«

»Gegen acht. Halb acht.«

»Sie haben es nicht gerne getan?«

»Nun, es ist nicht leicht, den ganzen Tag mit einem Kind allein zu sein, und am Abend bin ich müde, und normalerweise bringe nicht ich ihn zu Bett. Ich kann nicht so gut Geschichten vorlesen wie Whitley, und ich habe es nicht gerne, wenn Whitley weg ist und ich ihn allein zu Bett bringen muß.«

»Aber es ging alles gut?«

»Ja ... Ich *erinnere* mich nicht. Ich kann nicht ferngesehen haben, weil wir keinen Empfang haben. Aber wir haben Video. Ich glaube nicht, daß wir einen Film zu Hause hatten. Ich erinnere mich nicht. Ich erinnere mich, daß Whitley zurückkam, und es war früher, als ich dachte.«

»Wann war das?«

»Am nächsten Tag.«

»Erinnern Sie sich an irgend etwas in dieser Nacht, als Sie allein geschlafen haben?«

»Nein – ich – nun – nein.«

»Hat Ihr Sohn in dieser Nacht nach Ihnen gerufen?«

»Ich glaube nicht.«

»Sie haben normal und gut geschlafen?«

»Ich glaube schon. Aber auf dem Land fühlt man sich einsam in der Nacht, wenn man allein schläft. Vielleicht habe ich Geräusche gehört. Ich glaube, daß es so war, aber es war nichts, die Tür war verschlossen.«

»Und Sie haben eine Alarmanlage?«

»Ja.«

»Hören Sie öfters Schritte... Geräusche?«

»Nicht Schritte... Ich glaube nicht, daß es Schritte waren. Ich höre sonst keine Geräusche. Es war ziemlich ruhig. Keine Geräusche.«

»Also gut, dann konzentrieren Sie sich noch eine Minute. Ich möchte, daß Sie sich scharf konzentrieren. Sie haben die Fähigkeit dazu. Konzentrieren Sie sich auf diese Nacht, beginnen Sie mit dem Sonnenuntergang.«

»Es ist komisch. Ich erinnere mich an den Nachmittag, aber nicht an den Abend. Ich erinnere mich an nichts, nachdem die Handwerker gegangen waren.« [Lange Pause.]

»Also gut, wir wollen keine Zeit mehr darauf verwenden. Es ist aber gut möglich, daß Ihnen zu diesem Datum etwas einfällt, vielleicht im Lauf dieser Woche. Sollte das geschehen, versuchen Sie sich genau zu erinnern.«

»Ja.« (Dies ist niemals geschehen. Ihr Erinnerungsvermögen setzt gerade vor dem Abendessen aus und beginnt erst wieder am nächsten Morgen nach meiner Rückkehr. Was in der Zwischenzeit passierte, ist verschwunden. Die übrigen Erinnerungen an den Tag sind ganz normal.)

»Es kann sein, daß wir Erinnerungen wachrufen, die aber erst später zu Bewußtsein kommen. Also geben Sie acht.«

»Ja.«

»Wir wollen jetzt zu der Nacht des vierten Oktober übergehen. Soweit ich weiß, waren Sie mit Whitley, Ihrem Sohn und zwei Gästen zusammen, Jacques und seiner Freundin.«

»Annie.«

»Alle gehen schlafen. Es war ein schöner Abend gewesen. Sie haben gegessen, Wein getrunken und sich gut unterhalten. Ist das wahr?«

»Nun, wir waren in einem Restaurant.«

»Oh.«

»Am nächsten Tag war es lustig, weil Jacques schwimmen ging und das Wasser sehr kalt war.«

»Wir wollen über die Nacht des 4. Oktober sprechen. Sie haben Ihren Gästen eine gute Nacht gewünscht. Ihr Sohn schläft natürlich schon –«

»Wir sind spät nach Hause gekommen. Wir haben erst um neun das Restaurant verlassen. Die beiden waren schon einmal in unserem Haus gewesen, hatten aber auf der Couch geschlafen. Sie haben zum erstenmal unser Gästezimmer gesehen. Früher stand kein Bett drin. Es ist schon ganz dunkel, man kann kaum mehr etwas sehen. Wir kommen nach Hause und machen die Betten und ziehen unsere Schlafanzüge an. Wir sind alle müde. Ich glaube, wir haben an diesem Abend nicht viel miteinander gesprochen.«

»Und?«

»Wir sind später weggefahren als sonst – ich erinnere mich nicht. Ich glaube, deshalb haben wir auswärts gegessen. Wir hatten keine Zeit einzukaufen. Also müssen wir aus irgendeinem Grund später weggefahren sein.«

»Das war ein Freitagabend?«

»Ja.«

»Sie wünschten also jedem eine gute Nacht und gingen mit Whitley nach oben?«

»Ja.«

»Versuchen Sie sich zu erinnern, was in dieser Nacht geschehen ist. Konzentrieren Sie sich, so stark Sie können.«

[Lange Pause.] »Es war keine ruhige Nacht, aber ich weiß nicht mehr, warum.« [Pause. Wirkt beunruhigt.]

»Was denken Sie jetzt?«

»Ich weiß nicht.«

»Weil Sie Ihr Gesicht verzogen und die Augen zusammengekniffen haben.«

»Es scheint eine Menge los gewesen zu sein, aber ich erinnere mich nicht. Ich erinnere mich, daß Withley dachte, das Dach würde brennen. Aber ich kann mich nicht daran erinnern. Aber ich erinnere mich, daß es wie ein Höhepunkt war – wie ein Höhepunkt von einer Reihe anderer Vorfälle. Ich – ich – mir kommt vor, es war spät und nicht dunkel, aber ich erinnere mich nicht daran, und es ist nicht klar. Aber mir scheint, es war nicht dunkel genug. Normalerweise ist es so dunkel. Es ist völlig *dunkel*. Und so friedlich und ruhig, aber ich habe ein anderes Gefühl dabei. Ich habe das Gefühl, daß Whitley die ganze Nacht auf war, und einmal war es dies, dann wieder das, und schließlich war es das Dach. Es war aber etwas anderes als das Dach, das gebrannt haben soll. Aus irgendeinem Grund war etwas mit dem Ofen.«

»Was geht Ihnen jetzt durch den Kopf?«

»Nichts.«

»Nichts? Konzentrieren Sie sich.«

»Ich kann ein Licht sehen. Ich meine, es ist nicht dunkel. Wissen Sie, es ist nicht dunkel.«

»Aber als Sie aus dem Restaurant kamen, waren Sie überrascht, wie dunkel es war.«

»Habe ich das gesagt?«

»Ja.«

»Ich erinnere mich, daß es im Haus dunkel war, weil wir nichts sehen konnten. Ich erinnere mich, daß ich dachte, sie können das Gästezimmer nicht richtig sehen, und sie haben es doch noch nie gesehen. Natürlich hätten sie das Licht andrehen können. Draußen war es sehr dunkel. Ich glaube, wir haben nicht viele Lichter angedreht. Wir gingen einfach zu Bett. Wir waren alle sehr müde, und wir wollten einfach ins Bett. Ich dachte kurz daran, so als Gastgeberin, ob wir nicht etwas trinken und uns unterhalten sollten, aber wir wollten alle einfach ins Bett.«

»Wie spät war es?«

»Ich glaube, neun Uhr.«

»Als Sie aus dem Restaurant kamen?«

»Wir waren müde. Da draußen wird man früher müde. Es ist komisch. So erholsam. Geht jedem so. Ich bleibe nie lange auf.«

»Ich glaube, es war Neumond. Also wenig Mondlicht.« (Dr. Naiman war nicht gesagt worden, wie neblig diese Nacht war und wie finster, weil die Gegend so spärlich bewohnt ist. Der Mond nahm ab. Er ging um zweiundzwanzig Uhr dreißig auf und vor Morgengrauen unter.)

»Nein.«

»Was nein?«

»Ich weiß nicht. Ich glaube, da war ein Licht.«

»Erzählen Sie mir davon.«

»Nein. Ich glaube, ich täusche mich. Ich meine, weil ich meine Augen geschlossen habe, und es ist nicht dunkel. Es ist hell.«

»Sie sind in der Nacht des vierten Oktober?«

»Ja, ich versuche es. Ich bin da, und wir gehen zu Bett. An das Restaurant kann ich mich besser erinnern. Dann gehen wir zum Parkplatz, und der Wagen ist kalt. Sehr kalt. Es ist dunkel, aber das Restaurant ist von außen beleuchtet. Es scheint tiefe Nacht zu sein, ja wirklich. Aber das Restaurant hat die Außenbeleuchtung eingeschaltet, vielleicht ist es der Kontrast... aber es scheint wirklich pechschwarze Nacht zu sein. Eine klare Nacht? Sterne? Ich glaube nicht, daß es grau und bewölkt war, weil man sonst den Eindruck von Helligkeit hat. Aber wenn es klar ist, kann man die dunkle Nacht sehen und die Sterne. Aber ich habe nicht –«

»Wir wollen zu dem Zeitpunkt zurückgehen, als Sie ins Bett gingen. Es war kurz nach neun?«

»Es war komisch mit Leuten im Haus, weil man dann das Gefühl hat, man kann nicht laut reden. Unser Haus ist sehr hellhörig.«

»Was?«

»Unser Haus ist sehr hellhörig.«

»Also mußten Sie still sein?«

Man kann sich dann einfach weniger rühren im Bett, und wenn man spricht, dann hören sie einen, und deshalb flüstert man. Es war komisch mit so vielen Leuten im Haus, weil normalerweise nur unser Sohn da ist, und es sehr leer ist... in der Küche... als wäre es leer, und dabei war es so voll. Das Haus war *voll*, verstehen Sie.«

»Hat Ihnen das ein Gefühl der Sicherheit gegeben?«

»Nein. Im Gegenteil.«

»Aber Sie erinnern sich, daß Sie mit Whit im Bett lagen und flüsterten?«

»Nicht sehr klar. Ich erinnere mich nicht genau daran.«

»Fühlten Sie sich wohl im Bett?«

»Nun, irgendwie ja, wir fühlen uns immer wohl im Bett.«

»In einer Oktobernacht muß es ziemlich kalt gewesen sein dort oben.«

»Oktober? Nein. November. Es ist Dezember.«

»Nein, wir sprechen über den vierten Oktober.«

»Oktober?«

»Es war im Oktober, als Jacques und Annie – «

»Richtig. Ich dachte, es war Dezember. Weil ich mich an Schnee erinnere. Aber im Oktober hat es nicht geschneit.«

»Nein?«

»Es ist unwahrscheinlich. Ich erinnere mich an Schnee.«

(Entweder hat sie die beiden Erfahrungen im Oktober und Dezember durcheinandergebracht, oder sie hat eine vage Erinnerung an den eisigen Nebel.) »Ich erinnere mich, daß es sehr kalt war.«

»Erinnern Sie sich, was für Kleider Sie getragen haben, als Sie ins Restaurant gingen?«

»Nein. Sicher etwas Einfaches. Meine normalen Kleider. Einen Rock... Ich habe mich sicher nicht umgezogen.«

»Es würde mich interessieren, wie sehr Sie gefroren haben. Waren Sie warm genug angezogen?«

»Vielleicht war ich das nicht, weil ich die Kleider, die ich auf dem Land anziehe, draußen lasse. Es ist oft kalt im Haus, man muß Feuer anmachen. Es wäre kalt gewesen, aber ich habe die Heizdecke angeschaltet, und mir wurde warm.«

»Wie fühlte sich Ihr Körper an in dieser Nacht?«

»Nun, ich glaube, mir war kalt, und dann wurde mir warm. Unser Schlafzimmer war sehr warm, als Whitley mich aufweckte.«

»Mitten in der Nacht oder am Morgen?«

»Oh, es war mitten in der Nacht. Ja.«

»Erzählen Sie mir davon.«

»Whitley sagte etwas über den Kamin und daß er dachte, daß das Dach brennt. Aber ich verstand nicht, wieso das Dach brennen sollte, weil es keine Flammen gab und auch kein Licht.« (Ich weckte sie das erste Mal auf, als ich durch das Licht geweckt wurde, das am Fenster vorbeiging. Bis sie wach wurde, hatte es sich zu einem kleinen Leuchten im Vorgarten verkleinert.) »Wenn das Dach brennen würde, würde man das Dach leuchten sehen. Er hat ein Licht gesehen, ich nicht.«

»Hat er Ihnen von dem Licht erzählt, als er aufwachte?«

»Nun, er sagte... Ich weiß nicht, wie er es sagte, aber ich hatte den Eindruck, daß er Flammen oder Licht sah. Kein Feuer. Für mich gab das keinen Sinn.«

»Ist es möglich, daß Sie die Augen nicht aufgemacht haben?«

»Ja.«

»Das ist möglich?«

»Ja.«

»Und doch sagen Sie etwas über ein Licht in dieser Nacht?«

»Der Eindruck ist jetzt verschwunden. Aber es war keine friedliche Nacht, soviel weiß ich.«

»Sie wissen, daß Budd hier ist. Darf er Ihnen ein paar Fragen stellen?«

»Ja.«

Budd Hopkins: »Haben Sie in dieser Nacht etwas geträumt?«

»Ich kann mich nicht erinnern.«

Budd Hopkins: »Sie sagten, es sei eine unruhige Nacht gewesen. Wegen der Träume?«

»Lassen Sie mich nachdenken. Ich glaube, Whitley war die meiste Zeit nicht da. Er war weg. Wissen Sie, er verschwindet nachts manchmal. Er geht arbeiten. Oder er geht einfach so weg.«

»Wohin ging er in dieser Nacht?«

»Er ging runter.«

»Sie haben den Eindruck, daß Whit aufgestanden ist?«

»Ja. Ich fühlte mich einsam. Ich wollte, er würde das nicht tun.«

»Geschah das, nachdem er sagte, daß das Dach brennt?«

»Ich glaube, vorher auch. Er ging raus, dann kam er

zurück. Die ganze Nacht war er mit irgendwas beschäftigt.«

»Es war sicherlich nicht eine Nacht ruhigen, tiefen Schlafs, oder?«

»Nun, so scheint es, aber ich erinnere mich an nichts. Aber so muß es gewesen sein.«

»Haben Sie Ihren Sohn gehört?«

»*Ja!*«

»Sie haben ihn gehört?«

»O ja, er klang so verschreckt. Richtig verängstigt.«

»Kommt das öfter vor?«

»Manchmal hat er Alpträume. Aber er klang besonders angstvoll. Schrecklich verängstigt. Mehr als sonst.«

»Er schrie?«

»O ja. *O ja!* Es tut weh, das zu hören.« (Niemand sonst erinnert sich an seine Schreie, nur daß er mich gerufen hat.)

»Ist das etwas, das Sie in einer normalen Nacht verschlafen würden?«

»O nein, nein! Whitley hört ihn normalerweise zuerst, aber ich höre ihn immer.«

»Dann haben Sie nicht tief geschlafen?«

»O nein. Ich habe es gehört. In manchen Nächten habe ich es vielleicht nicht gehört, aber normalerweise höre ich es. Diesmal war es gar nicht zu überhören. Ich meine, es war so laut.«

»Schrie er etwas Bestimmtes?«

»Ich glaube schon, aber ich erinnere mich nicht daran. Er hatte richtige Angst. Etwas hat ihm wirklich Angst gemacht. Ich dachte, ihm passiert etwas. Ich dachte, jemand tut ihm etwas an. Es war anders als sonst.«

»Warum sind Sie nicht zu ihm gegangen?«

»Weil Whitley schon zu ihm ging. Aber ich erinnere mich, daß ich sehr unruhig war. Ich wollte zu ihm gehen, aber ich hatte das Gefühl, daß ich das nicht tun sollte.«

»Warum nicht?«

»Ich dachte, Whitley würde... Es hatte mit ihm zu tun. Er sollte gehen.«

»Er sollte gehen?«

»Er sollte gehen. Ich sollte nicht gehen, obwohl ich wollte.«

»Es muß schwierig gewesen sein, im Bett zu bleiben.«

»Ich blieb im Bett, weil ich nicht wußte, was passiert war.«

»Und wann haben Sie herausgefunden, was passiert war?«

»Ich erinnere mich nicht. Ich erinnere mich nicht.«

»Was ist passiert?«

»Ich erinnere mich, daß er lange weg war. Er kam nicht zurück. Manchmal geht er und schläft unten, wenn unser Sohn einen schlechten Traum hat. Oder er schläft im Zimmer unseres Sohnes in unserem Apartment. Ich erinnere mich, daß ich mich sehr einsam fühlte, weil er nicht zurückkam, und ich fand es ungerecht, so allein gelassen zu werden. Es war sehr einsam und furchterregend. Ich fühlte mich unwohl. Er ging weg, wissen Sie. Er ging immer wieder weg.« (Ich schlafe nie bei unserem Sohn.)

Budd Hopkins: »Ihr Sohn schrie weiter?«

»Whitley ging weg. Er ging immer weg.«

Budd Hopkins: »Ich möchte, daß Sie jetzt etwas tun. Sie liegen ganz ruhig. So entspannt wie in jener Nacht. Ich möchte, daß Sie sich auf das konzentrieren, was Sie sehen, fühlen und hören können. Ob Sie etwas durch die Augenlider sehen können. Fühlen Sie Ihren Körper, Ihre Schultern, Ihre Beine. Entspannen Sie sich.«

»Ich fühle mich nicht entspannt. Ich bin nicht entspannt. Ich meine, damals fühlte ich mich nicht entspannt. Nein, überhaupt nicht. Dafür war zu viel los. Es war –«

Budd Hopkins: »War etwas los in Ihrem Zimmer, oder haben Jacques und Annie –«

»Nein, die haben nichts damit zu tun. Irgend etwas ist

passiert. Ich wollte wissen, *was*. Es war wie ... etwas geschah, und ich wollte wissen, was! Es war sehr viel los, aber ich konnte nicht daraufkommen, was es war!«

»Warum sind Sie nicht aufgestanden und haben nachgesehen?«

»Ich konnte nicht, weil ich ... ich hatte Angst, oder durfte ich nicht? Es war, wie wenn meine Mutter sagt: ›Du mußt hierbleiben‹; man möchte unbedingt rausgehen und nachsehen, aber es ist einem verboten worden.« (Ihre Identifizierung des Befehls mit einer weiblichen Person ist faszinierend.)

»Das ist Ihnen beigebracht worden?«

»Nun, das ist uns allen seit unserer Kindheit beigebracht worden.«

Budd Hopkins: »Wer hat Ihnen das gesagt?«

»Niemand hat mir das gesagt. Ich mußte es nur tun.«

»Hat Ihnen Whitley das gesagt?«

»Nein. Der ist fort. Nein.«

»Wollten Sie das Licht andrehen?«

»O nein. Ich durfte nichts sehen.«

»Wer hat das gesagt?«

»Niemand hat das gesagt. Ich wußte es einfach.«

»Sie durften nichts *sehen?*«

»Nein, und das wußte ich. Das hat mich bedrückt, weil ich nichts wissen durfte, aber mein Sohn hatte *Angst*. Und Whitley sagte Dinge wie ›Das Dach brennt‹, und ich durfte nichts tun. Es ist, wie wenn jemand sagt: ›Wir fahren gegen den Baum, aber unternimm nichts!‹«

»Merkwürdige Befehle.«

»Es waren keine Befehle. Es waren keine *Befehle*.«

Budd Hopkins: »Anne, ich möchte, daß Sie mir einen Gefallen tun. Ich möchte, daß Sie ganz entspannt –«

»Ich bin nicht entspannt.«

»Seien Sie so entspannt wie möglich. Ich möchte, daß Sie ein bißchen träumen. Fantasieren Sie. Was ging damals vor sich? Was passiert gerade?«

»Gut.«

»Whitley hat damit zu tun. Ihr Sohn hat damit zu tun.«

»Ich habe nichts damit zu tun.«

»Nun, träumen Sie. Erzählen Sie uns, woran Sie sich erinnern.«

»Whitley muß gehen. Sie sind gekommen, um Whitley zu holen.«

»Wie bitte?«

»Sie wollen Whitley holen, und er muß mitgehen. Aber ich soll nicht mitgehen.«

»Wer will ihn holen?«

»Niemand, den ich kenne. Er hat bloß das Gefühl, daß er gehen muß. Es ist, wie wenn jemand in den Krieg zieht, und man selbst muß zu Hause bleiben.«

»Jetzt sagen Sie aber etwas anderes. Am Anfang haben Sie gesagt, daß Whitley oft aufsteht und runtergeht, um zu schreiben.«

»Nicht auf dem Land. Weil er auf dem Land oben schreibt. Er schreibt nicht oft auf dem Land. Wenn man auf dem Land schreiben will, muß man die Deckenbeleuchtung anschalten. Nein, ich meine, zu Hause steht er auf. Ich habe herausgefunden, daß er nachts viel gearbeitet hat. Ich fühle das.«

»In der Stadt?«

»Ja.«

»Wenn er jetzt also nicht im Bett ist –«

»Nein, das ist ungewöhnlich auf dem Land. Auf dem Land bleibt er im Bett. Deshalb meine ich, daß er dort mehr Ruhe hat. Weil er ins Bett geht und auch dort bleibt und weil es keinen Platz zum Schreiben gibt, nichts, was ihn verlocken würde; auf dem Land bin ich diejenige, die früh aufsteht und liest. Er schläft lange.«

Budd Hopkins: »Warum stehen Ihrer Ansicht nach Jacques und Annie nicht auf? Sie haben die Schreie Ihres Sohnes gehört. Haben sie sich nicht darum gekümmert?«

»Ich glaube, sie sind aufgestanden, oder?« (Nein. Keiner der beiden behauptet, aufgestanden zu sein; beide waren wach genug, um sich zu erinnern, was sie selbst und der andere getan haben.)

»Haben Sie sie gehört?«

»Ich glaube, ich erinnere mich, daß Annie mit ihm gesprochen hat. Ich glaube, Annie ging als erste zu ihm. Ich erinnere mich, daß ich... daß ich eifersüchtig war, weil ich nicht gehen konnte. Ich bin seine Mutter. Es war nicht richtig. Es machte einen schlechten Eindruck. Es sah aus, als würde ich mich nicht kümmern.« (Annie Gottlieb hat ihr Zimmer nicht verlassen und sprach auch nicht mit unserem Sohn.)

Budd Hopkins: »Als Sie ihn rufen hörten, wollten Sie gleich zu ihm gehen?«

»Ja. Normalerweise geht Whitley, aber diesmal klang es so schlimm, und ich wollte auch gehen. Ich dachte, es sei etwas passiert.«

»Was meinen Sie damit?«

»Ich weiß nicht. Ich habe das Gefühl, daß ein Freund da war. Es ist nur eine Erinnerung.« (Später sagte sie, daß sich dies auf unser Schlafzimmer bezogen hätte und daß sie dachte, sie hätte ›einen Freund‹ gesehen. Sie erklärte es nicht näher. Als sie zwei Wochen später nochmals danach gefragt wurde, konnte sie nichts weiteres dazu sagen.)

»Was hat Sie zurückgehalten?«

»Nichts hat mich zurückgehalten. Ich hatte einfach das Gefühl, daß ich nicht gehen durfte.«

Budd Hopkins: »Waren Sie immer so folgsam in Ihrem Leben?«

»Das frage ich mich auch.«

»Ist es ein Ihnen bekanntes Gefühl?«

»Nein... nein... Aber ich habe das immer getan.«

»Was?«

»Wenn ich die Wahl hätte, würde ich es tun. Wenn man es tut, dann hat man es eben getan, wissen Sie.«

»Was meinen Sie?«

»Ich meine damit, daß ich nicht die Art Person bin, die nichts tut.«

»Dann ist dies etwas Besonderes?«

»Nein, das nicht, weil Whitley derjenige ist, der aufsteht.«

»Also gut. Können wir zum nächsten Morgen kommen?«

»Ich erinnere mich nicht gut daran. Wirklich nicht. Ich versuche mich zu erinnern. Ich erinnere mich nicht, was wir zum Frühstück hatten. Ich erinnere mich, daß wir schwimmen gingen. Wir wollten sehen, ob Jacques es aushalten kann. Es war kalt. Ich konnte nicht ins Wasser gehen. Oder doch? Ich glaube, ich habe es nicht probiert. Ich habe meinen Badeanzug angezogen, aber ich konnte nicht einmal meine Füße reinstecken. Ich war ungehalten, weil Whitley reinging. Außer Jacques hat es sonst niemand versucht. Nicht einmal Whitley ging rein. Und wenn doch, dann nur für ganz kurze Zeit. Annie ging rein, um mit Jacques gleichzuziehen, weil sie kleiner ist als ich. Wir alle wollten sehen, ob Jacques reingehen würde; es war ein Scherz.«

»Sie erinnern sich nicht, was es zum Frühstück gab. Erinnern Sie sich, wie die Stimmung bei Tisch war?«

»Es war angenehm, glaube ich. Angenehm.«

»Wie ging es Ihrem Sohn?«

»Ich weiß nicht mehr. Es ging ihm gut.«

»Gut. Möchten Sie noch irgend etwas sagen über die Nacht des vierten Oktober? Oder über den folgenden Morgen?«

»Ich fand es komisch, daß das Dach nicht abgebrannt war, als ich aufwachte.«

»Sie fanden es komisch, daß das Dach nicht abgebrannt war?«

»Ja. Ich dachte, das wäre passiert.«

Budd Hopkins: »Und der Knall?«

»Vielleicht schien deswegen so viel los gewesen zu sein.«

»Was meinen Sie damit?«

»Vielleicht gab es Lärm.«

»Was für eine Art Lärm?«

[Lange Pause.] »Ich erinnere mich nicht.«

»Können Sie die Geräusche irgendwie beschreiben?«

»Nur die von unserem Sohn. Es scheint viele Geräusche gegeben zu haben. Es scheint keine ruhige Nacht gewesen zu sein. Ich habe den Eindruck, daß jemand da war, aber nicht Annie und Jacques, weil die in ihrem Zimmer waren und dort geblieben sind. Aber – und dann erinnere ich mich, wie Annie unseren Jungen beruhigt... Es war eine Frau... Ich dachte, es war Annie. Es *war* Annie.«

»Sie haben ihre Stimme erkannt?«

»Ja. Ich glaube, ja. Ich glaube, ja. Ich habe den Eindruck... er ist so vage... Ich habe kein gutes Gedächtnis. Aber ich habe den vagen Eindruck, daß sie da drin waren wie in einem Kokon. Eingeschlossen in dem Raum.«

»Jacques und Annie?«

»Ja.«

»Wie ist das geschehen?«

»Einfach so. Sie konnten irgendwie nicht heraus.«

»Sie glauben, sie waren gelähmt, oder etwas Ähnliches?«

»Nun, ich wußte nur, daß sie dort drin waren. Sie kamen einfach nicht raus. Ich kann mich daran erinnern, daß ich wußte, sie würden nicht herauskommen. Sie hatten die Tür geschlossen und würden nicht herauskommen. Ich erinnere mich an den Morgen.

Ich kam herunter, und die Tür war immer noch geschlossen, und ich dachte: *Sie sind immer noch drin, und warum können sie nicht raus, oder wann können sie raus?* Ich wußte, daß sie immer noch drin sein mußten, aber es war fast so, als wären sie es nicht.«

Budd Hopkins: »Meinen Sie, daß Annie gesprochen hat?«

»Sie hat versucht, ihn zu beruhigen.«

Budd Hopkins: »Also ist sie herausgekommen.«

»Ja, wenn es Annie war. Es muß Annie gewesen sein.«

Budd Hopkins: »Haben Sie Worte gehört?«

»Ich glaube, so etwas wie: ›Was ist los?‹ Aber ich bin mir nicht sicher. Ich kann mich nur vage erinnern. Aber ich erinnere mich, daß ich dachte, sie alle waren vor mir dort.«

»Ich möchte jetzt zum sechsundzwanzigsten Dezember 1985 übergehen. Woran erinnern Sie sich an diesem Tag, wenn Sie sich konzentrieren?«

»Tag danach... Ich erinnere mich an nichts.«

»Denken Sie scharf nach. Wer war da?«

»Nur wir.«

»Nur Ihre Familie.«

»Ja.«

»Das war der Tag mit der Eule?«

»Das wurde mir gesagt. Ich erinnere mich an die Eule. Ich erinnere mich auch, daß Whitley über einen Kristall gesprochen hat.«

»Worüber?«

»Über einen Kristall am Himmel. Aber das war vor der Eule.«

»Was bedeutet das, ein Kristall am Himmel?«

»Ein leuchtender Kristall am Himmel.«

»Haben Sie ihn gesehen?«

»O nein.«

»Warum sagen Sie ›O nein‹, als ob –?«

»Whitley hat viele Dinge gesehen damals, die ich nicht sah.«

»Haben Sie es versucht?«

»O nein. Ich wußte, daß sie nicht wirklich waren.«

»Woher wußten Sie, daß es nicht wirkliche Dinge waren? Whitley ist doch ein ziemlich nüchterner Mensch...«

»Nein, das ist er nicht.«

»Nein?«

»Nein. Weil es keinen Kristall am Himmel geben kann. Er sagte, er hätte eine Spitze gehabt, die bis zum Boden reichte.«

»Es hat Sie nicht überrascht, daß Whitley solche Dinge sieht?«

»Nein.«

»Ist das eine alte Geschichte?«

»Nein, das nicht. Nein.«

»Warum hat es Sie nicht überrascht?«

»Nun – ich glaube, ich habe gedacht, daß er es mir später erklären würde. Verstehen Sie, Whitley hat gesagt, daß er im Zimmer herumgeflogen sei. Was soll man dazu sagen?«

»Wann war das?«

»Das hat er letztes Jahr gesagt.«

»Glauben Sie, daß Whitley zu einem Psychiater gehen sollte?«

»Nein.«

»Nein?«

»Nein. Weil er... ich glaube, er wird mit diesen Problemen fertig werden.«

Budd Hopkins: »Gehen wir zu dieser Nacht zurück. Es war unruhig.«

»Es war wie bei einer Party.« [Nervöses Lachen.] »Es ist viel los. Es war wie eine Party, zu der ich nicht eingeladen war.«

Budd Hopkins: »Eine lustige Party?«

»O nein.«

»Was für eine Party war es?«

»Ach wissen Sie, Jacques und Annie waren auch nicht eingeladen. Es war alles unten. Und ich mußte warten, bis sie zurückkamen.« (Sie ist verwirrt, weil man sie über die Ereignisse des 4. Oktober befragt, obwohl der 26. Dezember der Gegenstand der Sitzung war. Daher ist es nicht möglich zu entscheiden, ob sie die Vorfälle am 4. Oktober oder am 26. Dezember meint.) Es war, wie wenn die Mutter sagt: ›Nein, du darfst nicht gehen. Du mußt oben auf uns warten.‹«

Budd Hopkins: »Haben Sie jemals vorher dieses Gefühl schon gehabt?«

»Was für ein Gefühl?«

»Das Gefühl, daß etwas passiert, und Sie dürfen es nicht sehen, irgendein Vorgang wie der in dieser Nacht?«

»Nun, ich habe oft das Gefühl gehabt, daß Whitley in Dinge verwickelt ist, von denen ich nichts wissen durfte. Meine Aufgabe ist, ihm hinterher zu helfen, mit den Dingen zurechtzukommen. Das ist meine Rolle. Aber ich kann die Dinge nicht abstellen. Das muß er selbst tun.«

»Glauben Sie, diese Dinge kommen aus Whitleys Kopf?«

»Nein, ich glaube nicht, daß er unter Halluzinationen leidet, nein. Aber ich glaube, sie erscheinen ihm, weil er diesen Verstand hat. Er hat einen einzigartigen Verstand.«

Budd Hopkins: »Anne, ich möchte Sie fragen – es gab da eine Nacht in Ihrer Wohnung am La Guardia Place.«

»La Guardia Place, ja.«

Budd Hopkins: »Sie wurden von etwas gestoßen.«

»Ja, das weiße Ding.«

Budd Hopkins: »Haben Sie eine Ahnung, was das war?«

»O ja.«

Budd Hopkins: »Sagen Sie es uns.«

»Es war wie ein harter Stoß in den Magen. Genau hier.« [Zeigt auf die Stelle unterhalb der Rippen, in der Mitte des Bauches.] »Es war wie mit vier Fingern, nicht nur mit einem. Es war – uff. Es war wie ein Scherz. Aber wer sollte das getan haben? Und dann einfach verschwinden. Ich bin davon aufgewacht.«

»Haben Sie die Augen geöffnet?«

»Ich glaube nicht. Aber ich habe mich aufgesetzt. Mein Sohn ist aufgewacht, er hatte zur gleichen Zeit einen Alptraum und sagte, daß ihn etwas in den Magen gestoßen habe. Und dann Whitley – ich erinnere mich nicht, wann das war, es war am nächsten Morgen oder so –, er sagte, etwas habe ihn in den Magen gestoßen. Er sagte, daß er ein kleines weißes Ding gesehen habe, und die Babysitterin sagte, daß sie ein kleines, weißes Ding gesehen habe.«

Budd Hopkins: »Können Sie uns das kleine, weiße Ding beschreiben?«

»Ein kleiner Geist. Ein kleiner weißer Geist mit kleinen Füßen, der herumrennt und schnell verschwindet. Nachdem er zugestoßen hat, wissen Sie. Die Babysitterin dachte, daß es ein paar Jungs wären, die Laken über die Köpfe gestülpt hatten, aber so sah es nicht aus.« (Als ich die Beschreibung von ›kleinen Füßen‹ las, die in unserer Wohnung im Jahr 1982 herumgelaufen waren, fiel mir Annie Gottliebs Erinnerung an ›wuselnde Füße‹ ein, die sie in unserem Haus auf dem Land im Jahr 1985 gehört hatte. Zum Zeitpunkt ihrer Hypnose war meine Frau davon nicht unterrichtet.)

Budd Hopkins: »Wie sah es dann aus?«

»Es hatte eine Art viereckigen Kopf, und es ist weiß ... Ich kann es nicht sehen, Budd. So stelle ich es mir nur vor.«

Budd Hopkins: »Hatte es Flügel?«

»Nein. Es strahlte nur irgendwie. So, daß man es sehen konnte. Wie hätte man es sonst im Dunkeln sehen können?«

Budd Hopkins: »Hatte es eine Farbe?«

»Nein, es war weiß.«

»Hat es auf irgendeine Weise mit Ihnen gesprochen?«

»Nein.«

Budd Hopkins: »Was glauben Sie, tat es?«

»Ich weiß nicht. Es muß ein Scherz gewesen sein.«

Budd Hopkins: »Hatte es Arme und Beine?«

»Ja.«

Budd Hopkins: »Finger?«

»Ja. Aber keine Zehen, glaube ich. Irgendwie spitze Füße. Aber es sah nicht so aus, als wäre es bekleidet, obwohl es das war, aber man sah keine Säume oder Kleidungsstücke; trotzdem war es nicht nackt, wissen Sie. Kleine, spitze Füße.«

Budd Hopkins: »Wie groß war es?«

»Oh, ungefähr so groß wie ein vierjähriges Kind. Es hatte kleine, spitze Füße.«

Budd Hopkins: »Glauben Sie, daß es mehr als einmal in Ihrer Wohnung war?«

»Was meinen Sie damit?«

Budd Hopkins: »Haben Sie es mehr als einmal gesehen?«

»Nein. Ich wurde nur einmal gestoßen. Ich versuche mich zu erinnern, ob ich es vorher schon einmal gesehen habe. In meiner Kindheit. Warten Sie einen Moment.« [Pause.] »Ich glaube schon. Aber ich weiß nicht mehr, wo. Wissen Sie, ich war als Kind sehr einsam. Ich war immer allein, aber nicht wirklich. Aber ich hatte keine erfundenen Freunde. Ich glaubte nicht daran. Ist er jetzt in diesem Raum? Der Raum leuchtet. Ich hatte keine Angst vor dem kleinen weißen Ding.«

Budd Hopkins: »Am La Guardia Place?«

»Ich dachte, es sei interessant, daß er sich tatsächlich der Babysitterin gezeigt hatte.« [Lacht.] »Ich dachte, das sei boshaft von ihm gewesen.«

Budd Hopkins: »Ist irgend etwas Bedrohliches an ihm?«

»Nein.« (Offensichtlich erinnert sie sich nicht daran, daß sie schrie, als sie durch den Stoß aufgeweckt worden war. Es war ihr einziger Alptraum, an den ich mich erinnern kann.)

Budd Hopkins: »Furchterregend?«
»Nein.«
Budd Hopkins: »Ein schlaues, liebenswertes, kleines –«
»Ach, nicht ganz, nein. Weil er in die Intimsphäre eindringt – er sollte sich da raushalten, sollte sich um seine eigenen Sachen kümmern. Es war, jetzt, wo ich darüber nachdenke – damals habe ich das nicht so empfunden –, aber wenn ich jetzt daran denke, scheint es vertraut. Ich glaube, daß ich ihn seit meiner Kindheit kenne, weil... aber ich erinnere mich an nichts. Aber ich glaube nicht, daß das wahr ist. Ich glaube nicht, daß das wahr ist. Erst jetzt, wenn ich an ihn denke, fühle ich eine Vertrautheit, aber ich glaube wirklich nicht, daß das wahr ist. Nein.«

Dann wurde sie aus der Trance aufgeweckt, nachdem sie unter Hypnose die Bemerkung gemacht hatte, daß sie das Gefühl habe, daß man ihr ihre Erinnerungen ›weggenommen‹ habe. Der Hypnotiseur versicherte ihr, daß dieser Eindruck mit der Zeit verschwinden werde.

Nach der Sitzung war Anne besorgt darüber, daß ihr Gedächtnis an entscheidenden Stellen ausgefallen war. Nach der Hypnose erinnerte sie sich nicht an das Licht, das sie bei geschlossenen Augen gesehen hatte. Als man sie danach fragte, sagte sie, daß sie sich nicht sicher sei. Vielleicht meinte sie das Licht in Dr. Naimans Büro. Sie entschloß sich, es noch einmal mit Hypnose zu versuchen, was eine Woche später auch geschah. Damals wußte Dr. Naiman über die Ergebnisse meiner Sitzungen noch immer nicht Bescheid.

Vor der folgenden Sitzung war Anne gesprächig, und ihr Gedächtnis war ausgezeichnet. Während der Hypnose stellte sich heraus, daß sie sich immer noch kaum an jene Nächte erinnern konnte. Doch nun hatte sie den Eindruck, daß nicht unser Sohn, sondern ich geschrien hatte. Sie hatte auch mein Gesicht gesehen, als ich schrie, und war entsetzt darüber, daß ich durch etwas in solchen Schrecken versetzt werden konnte. Die Gegenwart der schwer faßlichen weiblichen Figur, auf die in der ersten Sitzung Bezug genommen wurde, gewinnt eine deutlichere Form.

Während der Gespräche über ihre erste Sitzung entglitt mir unabsichtlich eine Bemerkung: Ich glaubte, in der Nacht des vierten Oktober geschrien zu haben. Auch wenn sie dadurch vorbelastet sein mochte, ist ihre Erinnerung daran noch so lebhaft, daß es wahrscheinlich ihr eigenes Erlebnis ist.

Da die meiste Zeit der folgenden Sitzungen mit dem vergeblichen Versuch verlorenging, verborgene Erinnerungen wachzurufen, werden hier nur die wichtigsten Teile wiedergegeben. Vor der Sitzung sprachen Anne und Dr. Naiman über ihre Beweggründe für einen erneuten Versuch.

»Ich kann mich nur an die wenigen Dinge bewußt erinnern. Während der ganzen eineinhalb Stunden erinnere ich mich nur an ein oder zwei Dinge, über die man als faßbare Erinnerung sprechen könnte...«

»Vor dem laufenden Tonband halte ich fest: Es ist der einundzwanzigste März 1986, und Anne beantwortet meine Fragen über die letzte Sitzung, die heute vor einer Woche stattgefunden hat. Wie denken Sie über die Hypnose?«

»Nun, ich habe zwei Dinge festgestellt: Das eine ist, daß ich nicht weiß, wie tief ich in Trance bin. Ich empfand es als sehr schwierig, Bilder in mir aufsteigen zu lassen. Zweitens, das Wundervolle an der Hypnose ist, daß die Schranke, die zwischen Gesprächspartnern besteht, aufgehoben ist. Man hat das Gefühl, ganz aufrichtig zu sein. Man wird nicht gezwungen, Dinge zu sagen, die man nicht sagen will. Man kann sich darauf konzentrieren, wie man die Frage beantwortet, und muß nicht darüber nachdenken, wie die andere Person die Antwort aufnehmen wird.«

»Warum sind Sie heute wieder hier?«

»Ich glaube, weil dies genausogut mein wie Whitleys Problem ist – ich glaube, daß ich es noch einmal versuchen sollte, bevor ich mich in Dinge verwickeln lasse... und irgendwie war es merkwürdig, fand ich, daß ich mich an die Dinge nur sehr unklar erinnern kann. Ich habe fast das Gefühl, daß sie meine Erinnerungen unter Beschlag legten. Wenn ich das undeutliche Gefühl habe, daß ich bei geschlossenen Augen Licht sehe, und nicht weiß, ob der weiße Raum der Grund dafür ist oder ob ich mich an das Licht erinnere... es war verschwommen... Ich glaube einfach nicht...«

»Eine Ihrer letzten Bemerkungen war: ›Jetzt kann ich nach Hause gehen und Whitleys Bänder hören.‹«

»Ich habe mich entschlossen, es nicht zu tun. Ich ging nach Hause und sprach mit Whitley darüber, und wir haben beschlossen, es nicht zu tun.«

»Ich verstehe. Damals hatten Sie sich noch nicht entschieden, heute wieder herzukommen.«

»Ich dachte, wenn ich sie mir nicht anhöre, komme ich wieder her. Zu Whitley sagte ich: ›Was glaubst du? Ich denke, ich sollte es noch einmal versuchen, bevor ich mir die Bänder anhöre.‹ Whitley war einverstanden.«

»Aber es war Ihre Idee?«

»O ja, ich bin freiwillig hier. Wenn ich gesagt hätte: ›Nein, das mache ich nicht mit‹, dann wäre ich auch nicht hier.«

»Was für ein Gefühl haben Sie dabei?«

»Es ist interessant.«

Budd Hopkins: »Als Grundregel gilt heute: Machen Sie sich keine Sorgen über Dinge, von denen Sie annehmen, daß ich oder Whitley wollen, daß Sie sie sagen.«

»Oder die ich sagen will.«

»Kümmern Sie sich nicht darum. Versuchen Sie nicht zu entscheiden, ob etwas einen Sinn ergibt oder nicht.«

»Darüber mache ich mir keine Sorgen. Ich mache mir eher Sorgen über meine unterbewußten Beweggründe.«

Budd Hopkins: »Versuchen Sie nicht zu zensieren, auszuwählen, das wollte ich damit sagen.«

Dr. Naiman: »Wir machen Sie nicht verantwortlich für Ihre Beweggründe, im Gegenteil. Lassen Sie Ihrem Unterbewußtsein freien Lauf. Wir wollen Assoziationen. Sie sehen erstaunt drein.«

»Sie meinen, wenn ich mir unbewußt sagen würde: ›Verdammt, alle haben das Licht gesehen, ich will das Licht auch sehen –‹«

»Das ist nicht unbewußt, sondern sehr bewußt! So hat es sich letzte Woche abgespielt.«

»Es ist, als hätte man einen Autounfall gehabt, und jeder wüßte die Nummer des Autos, bloß man selbst nicht. Man kommt sich vor wie ein Trottel.«

(Dann wurde sie in Trance versetzt. Eine Zeitlang dachte sie über einen Traum nach. Er handelte von einem großen, schönen viktorianischen Haus auf einem grünen Hügel. Es stellte sich bald heraus, daß dies kein Symbol für ein UFO war, sondern unser Familienleben darstellen sollte.)

»Können wir den Traum mit dem viktorianischen Haus jetzt lassen?«

»Ja.«

»Wenn es Ihnen recht ist, werde ich während dieser Sitzung Budd die Fragestellung überlassen.«

»Ja.«

(Alle folgenden Fragen wurden von Budd Hopkins gestellt. Es gab weitere Fragen bezüglich des ›kleinen, weißen Dings‹, und es stellte sich heraus, daß es kein Bestandteil ihrer Kindheitserinnerungen war.

Hopkins kam auf die Nacht zurück, als das weiße Ding

in unserer Wohnung aufgetaucht war. Er bat sie, alle ihre Gefühle darüber zu beschreiben.)

»Ich dachte, es war sehr merkwürdig, daß es sich gezeigt hatte. Wenn es bloß Whitley gestoßen hätte, wäre es nur eines jener Dinge gewesen, die Whitley sagt, und ich hätte gedacht: ›Das ist eines seiner Erlebnisse.‹ Nachdem es aber mich und unseren Sohn gestoßen hat, hat es sich entlarvt, und das fand ich sehr sonderbar von ihm. Indem er uns alle gestoßen hat... hat er sich verraten. Wenn er bloß der Babysitterin erschienen wäre, hätten wir das nicht ernst genommen. Wir hätten gedacht, daß sie verrückt geworden ist. Oder daß es ein Einbrecher gewesen ist, und wir hätten uns deswegen Sorgen gemacht. Selbst wenn unser Sohn ihn auch gesehen hätte, hätte ich es nicht geglaubt. Ich hätte gedacht, etwas wurde ihm eingeredet. Aber er ist auch gestoßen worden... Wenn er nicht gestoßen worden wäre, wenn er nur gesagt hätte, daß er einen freundlichen Geist gesehen hat – und genau das hat er gesagt –, dann hätte ich gedacht, daß es ein Traum gewesen sei. Selbst wenn Vater und Kind den gleichen Traum gehabt hätten – manchmal haben sie eine Art telepathischer Verbindung... Ich würde wirklich gerne wissen, warum er sich auf diese Weise verraten hat.«

»Denken Sie sich jetzt ein Gespräch mit dem Geist aus – stellen Sie ihm Fragen, versuchen Sie seine Antworten zu erraten. Was Whitley und Ihr Sohn sagen würden...«

»Ich kann mir nicht vorstellen, mit ihm zu sprechen. Er ist nicht etwas, das spricht. Ich meine – er macht einfach nicht den Eindruck, als würde er sprechen. Sie können nicht sprechen. Ich würde nie daran denken, ihm Fragen zu stellen. Ich glaube nicht, daß er sprechen kann, und selbst wenn er dazu imstande wäre, würde er vielleicht gar nicht wollen.«

»Nur noch eine letzte Frage. Wir wissen, daß er in die Wohnung kam und mehrmals gesehen wurde... Hatten

Sie jemals vorher das Gefühl, daß er anwesend war, irgendeine Ahnung, spürten Sie seine Anwesenheit zu einem anderen Zeitpunkt?«

»Nein. Whitley schon, weil er alles aus dem Augenwinkel heraus wahrnimmt. Deshalb glaube ich, daß er einen Fehler gemacht hat, mich zu stoßen. Denn dadurch wurde er für uns real. Auch als er der Babysitterin erschien. Es sieht ganz so aus, als hätte er einen Fehler gemacht und seine Handlungen nicht genau durchdacht.«

»Was glauben Sie denn, wie seine Pläne waren?«

»Das weiß ich nicht. Mir erschien es ziemlich boshaft zu sein, Leute zu stoßen und davonzurennen.«

»Wir werden jetzt zu einem anderen Thema übergehen. Ich möchte, daß wir noch einmal zum vierten Oktober zurückgehen. Es ist eine eigenartige Nacht. Sie erinnern sich äußerst vage an bestimmte Dinge. Sie beschreiben, daß Sie ihren Sohn schreien hörten. Ich möchte, daß Sie sich Zeit nehmen und Ihren Sohn hören. Genauso wie Sie damals im Bett lagen; Sie hören Geräusche, Sie lauschen auf Geräusche... jedes Wort, Stimmen...«

»Ich weiß nicht, ob er ›Mommy, Mommy‹ oder ›Daddy, Daddy‹ rief. Ich glaube, daß er schrie. Er schien nach mir zu rufen, aber alle sagen, daß er Whitley rief. Er schrie.« [Lange Pause. Wird sichtlich angespannt. Keuchen.] »Ich will es nicht sagen, weil ich das Gefühl habe, daß es mir eingeredet wurde, und ich will es nicht sagen.«

»Machen Sie sich keine Sorgen. Sagen Sie, was Sie empfinden.«

»Nun, Whitley sagte mir, daß er geschrien habe. Er hat es mir gesagt. Jetzt, wenn ich an seine Aussage denke und dann an die Schreie, dann kann ich Whitley schreien hören. Das ist schwer, denn es ist ja nicht Whitley, der schreien soll. Er muß uns doch beschützen. Aber ich kann ihn schreien hören. Ich kann sein Gesicht sehen. Er hat große Angst. Panische Angst. Seine Augen weiten sich und werden ganz weiß. Er hat solche Angst. Ich weiß nicht – ist das wirklich geschehen? Vielleicht bilde ich mir das nur ein.«

»Machen Sie sich keine Gedanken darüber.«

»Wenn er geschrien hätte, wäre das ungewöhnlich. Er ist immer so ruhig. Aber manchmal bekommt er große Angst.«

»Wie Sie seine Stimme, sein Gesicht beschreiben –«

»Ich kann es vor mir sehen. Ich versuche, mich zu erinnern, wann ich es schon einmal gesehen habe. Ich höre die Stimme einer Frau... er hat solche Angst... gleichzeitig denke ich, daß er sich ein bißchen schämen würde, weil er um uns hätte Angst haben müssen, nicht nur um sich selbst. Aber er hatte solche Angst, daß er nur an sich selbst dachte.«

»War er sehr weit von Ihnen entfernt, als er schrie?«

»Nein, ich kann sein Gesicht sehen. Nein, nicht weit weg.«

»War er im Zimmer?«

»Das weiß ich nicht. Ich sehe kein Zimmer vor mir.«

»Können Sie sich an einen anderen Zeitpunkt erinnern, wo er geschrien hat?«

»Ich versuche, mich zu erinnern. Es ist ein paarmal vorgekommen, daß er Angst zu haben schien, aber ich glaube nicht, daß er jemals geschrien hat. Es ist erschreckend, wenn ein Mann schreit, verstehen Sie, weil Männer sonst nicht schreien. Man glaubt nicht, daß ein Mann schreien kann. Ich glaube, die meisten Männer wissen gar nicht, ob sie schreien können.«

»Warum schreit er?«

[Flüstert.] »Ich weiß nicht.« [Lange Stille.] »Es verklingt jetzt ohnehin. Ich habe versucht, an diese Zeit zurückzudenken und mich zu erinnern.«

»Sie sagten, Sie hätten die Stimme einer Frau gehört? Annie?«

»Sie murmelte etwas mit einer beruhigenden Stimme.«

»Murmelte?«

»Ja.«

»Erinnern Sie sich an die Worte?«

»Nein, ich erinnere mich nicht. Vielleicht war es die Stimmlage, die die Worte beruhigend erscheinen ließ. Es klang wie: ›Ist ja gut, hab keine Angst.‹«

»Klang es wie Annies Stimme?«

»Tiefer. Annie hat eine höhere Stimme.« [Lange Pause.] »Ich habe das Gefühl, daß mein Nichtwissen eine Art Schutz für mich ist.«

»Sagen Sie uns, was Sie jetzt empfinden, Anne.«

»Ich möchte am liebsten gar nichts sagen. Ich weiß nicht, warum das so ist. Ansonsten rede ich eine Menge.« [Lange Pause.]

»Ich möchte, daß Sie mir erzählen, was Sie fühlen. Soll ich die Frage anders stellen?«

»Ja, wenn Sie mich fragen, werde ich antworten.«

»Können Sie sagen, was Anne mit dem Ganzen zu tun hat?«

»Ich kenne meine Rolle, sie ist ziemlich anstrengend, aber ich kann nichts dagegen machen. Ich weiß über die Dinge nicht Bescheid, außer Whitley informiert mich. Ich reagiere rein gefühlsmäßig und weiß instinktiv, ob etwas stimmt. Whitley hat dafür keine Ader. Manchmal kann er die einfachsten Dinge nicht fühlen.«

»Haben Sie den Eindruck, daß diese Rolle für Sie ausgesucht worden ist? Haben Sie sie selber ausgesucht?«

»Ich glaube, sie ist unvermeidlich.«

»Weil Sie ein Mensch sind, der nur so und nicht anders reagieren kann?«

»Ja. Ich habe auch den Eindruck, daß die Rolle nicht nur von der eigenen Persönlichkeit abhängt, sondern auch von der Person, mit der man zusammen ist. Man spielt bestimmte Rollen, je nach der Person, mit der man zu tun hat.«

»Ich möchte, daß Sie jetzt über all das ein wenig nachdenken: über ihre Rolle, über die Ihres Sohnes, Whitleys, über das kleine, weiße Ding, über die Schreie von Whitley... denken Sie über diese Eindrücke nach. Was ist wichtig, was weniger wichtig, was bedeutet es?«

»Ein Gefühl, daß Whitley verwundbar ist. Das ist ein ziemlich beängstigendes Gefühl. Ich möchte lieber nichts über die Dinge wissen, die Whitley verwundbar machen.«

»Sonst noch etwas, Anne?«

»Nein.«

Danach wurde sie aus der Trance aufgeweckt.

›Whitley muß gehen. Sie sind gekommen, um Whitley zu holen.‹

Am 17. März 1986 hörte ich die Bänder von Annes erster Hypnosesitzung. Es war der Montag nach der Begegnung, die mir als ›Bestätigung‹ erschienen war. Ich hatte sie mir am vergangenen Freitag nicht angehört, weil sie mir sagte, daß sie sich kaum an etwas erinnert hätte. Selbst bei eingehenden Nachfragen war nicht mehr aus ihr herauszuholen.

Ich fragte sie: »Was meinst du mit ›Whitley muß gehen‹?«

»Nun, das habe ich so gesagt.«

»Siehst du, daß ich weggehe?«

»Nein, aber ich höre es. Manchmal ist da ein Riesenkrach. Ich halte meine Augen geschlossen.«

»Aber du machst dir keine Sorgen?«

»Nein. Am Morgen bist du ja immer da.«

Annes Aussagen machten einen tiefen Eindruck auf mich. Was sie da erzählt hatte, entsprach in keiner Weise den ›Entführungen‹ der Zeitungsberichte, die sie vielleicht unbewußt beeinflussen hätten können. Dies waren ihre eigenen Wahrnehmungen. Es schien, als übte sie eine Funktion aus, auf die sie vorbereitet worden war. Und dann gab es noch die geheimnisvolle weibliche Gestalt. Während meiner eigenen Hypnose erinnerte ich mich, daß diese Gestalt in jener Nacht des 4. Oktober seltsame Laute von sich gegeben hatte. Auch Anne konnte sich daran erinnern. Es bestand jedoch kein Anlaß für Anne, der Gestalt neben meinem Bett Aufmerksamkeit zu widmen oder gar über deren Äußerungen nachzudenken – meine Schreie standen für sie im Vordergrund.

Natürlich war jetzt die Versuchung groß, die ›Besucher‹ für erwiesen zu erklären. Sie hatten mich aus bestimmten Gründen mitgenommen, und Anne war darauf programmiert worden, meine Verbindung mit der Realität wiederherzustellen.

Vollkommene Objektivität schien mir jedoch auch jetzt noch zielführender als die einseitige Neigung zu einer bestimmten Annahme.

Aber wie konnte man objektiv bleiben? Ich war der Sache *ausgeliefert*. Ich war in die Nacht verschwunden. Mir waren Nadeln ins Gehirn gestoßen worden. Meine Frau hatte ein Bild von mir gezeichnet, das mich verletzlich und hilflos zeigte.

Einige Dinge ließen sich bei aller Vorsicht doch recht sicher behaupten. Etwas war mit mir geschehen und vermutlich auch mit meinem Sohn. Ursache und Wesen dessen waren unbekannt. Aber es ließ sich vermuten, daß physische Kräfte daran beteiligt waren, die außerhalb und unabhängig von uns existierten. Das konnte alles mögliche sein, von bisher unerforschter Empfindlichkeit für die Veränderungen der Magnetfelder bis zu außerirdischen Besuchern. Tatsache ist auch, daß meine Frau gewußt hatte, daß etwas vor sich ging, aber ihre Neutralität bewahrte – vielleicht war ihr beigebracht worden, so zu reagieren. Genausogut hätte sie es instinktiv tun können, um ihrem Mann zu helfen. Die Hilfe, die sie mir zukommen ließ, mag eher von ihr selbst stammen als das Ergebnis einer Schulung oder Eingebung durch die Besucher sein. Könnte sie selbst die weibliche Gestalt gewesen sein – oder der Ursprung dafür –, jene Gestalt, die mir am 4. Oktober die Einsichten gewährte und mich in meiner Angst tröstete? Annes Erinnerungen waren im allgemeinen klar, außer wenn sie sich auf die Besucher bezogen. In diesem Fall war sie unfähig, sich zu erinnern. Dies zeigte sich am deutlichsten während ihrer ersten Sitzung, die den 30. Juli, den Tag, an dem sie mit unserem Sohn allein war, zum Gegenstand hatte.

Wir haben unseren Sohn sehr vorsichtig befragt und eine ganze Reihe Informationen bekommen. Ich werde mich in einem gesonderten Kapitel damit beschäftigen. Ich hatte zwei Aufsätze gefunden, die er im Herbst in der Schule geschrieben hatte, und beide könnten Beschreibungen von jenen Ereignissen sein, die mit den Besuchern im Zusammenhang standen – sie könnten aber auch bloß Geschichten eines fantasiebegabten Jungen sein. Doch die Zeichnungen der ›Monster‹, mit denen die Geschichten versehen sind, zeigen die großen schrägen Augen der Besucher.

Da sich beide Geschichten nur mit ihm selbst und seiner Mutter beschäftigen, schlossen wir, daß sie sich möglicherweise auf den 30. Juli beziehen. Da wir drei fast nie voneinander getrennt sind, ließ sich dieses Datum leicht feststellen. Ich nahm zu diesem Zeitpunkt in Philadelphia an einer Radiosendung teil. Die Nacht verbrachte ich im Harley Hotel in New York und kehrte am 31. Juli morgens aufs Land zurück. Bei meiner Rückkehr war alles normal, sowohl meine Frau als auch mein Sohn waren wohlauf.

Wenn es nicht die beiden Aufsätze meines Sohnes gegeben hätte und alle jene merkwürdigen Ereignisse, wären wir niemals auf die Idee gekommen, daß an diesem Tag etwas Besonderes geschehen war. Vor ihrer Hypnose war Anne nicht mitgeteilt worden, daß man sie danach fragen würde. Auch die Aufsätze hatte sie nicht zu Gesicht bekommen.

Sie konnte sich genau an ihren Tagesablauf erinnern, bis zu dem Zeitpunkt, als die Nacht hereinbrach. Sie scheint anzunehmen, daß sie beide zum Essen eingeladen waren. An die Zeit danach erinnert sie sich überhaupt nicht. In beiden Aufsätzen redet unser Sohn über einen Ohnmachtsanfall Annes angesichts der Erscheinung der ›Monster‹.

Als nächstes wurde sie in der Hypnose über die Nacht des 4. Oktober befragt. Weder der Hypnotiseur noch Anne wußten viel über die Ereignisse der Nacht. Die Verwirrung der beiden zu Beginn der Sitzung zeigt dies deutlich.

Ich möchte hier einige wichtige Punkte von Annes Aussagen während der Hypnose rekapitulieren:

Als Dr. Naiman sie erstmals nach ihren Erinnerungen an den 4. Oktober befragte, zeigte sie ganz sichtbare Qualen. Sie verzog das Gesicht und kniff die Augen zu, als schrecke sie vor einem quälenden Anblick oder Geräusch zurück. Als er sie fragte, woran sie dachte, antwortete sie, daß sie es nicht wisse. Bei beharrlichem Nachfragen kamen widersprüchliche Erinnerungen zutage: Um sie herum passierte etwas, woran sie nicht teilnehmen durfte. Zuerst erinnerte sie sich, daß die Nacht unangenehm hell war, später stritt sie dies wieder ab. Da Dr. Naiman über die Bedeutsamkeit des Lichtes nicht unterrichtet war, unternahm er keine besonderen Anstrengungen, um mehr Informationen aus ihr herauszuholen. Er beließ es bei ihrer Aussage und ihrem Widerruf.

Nach der Sitzung fragte man sie, was sie veranlaßt habe, die Nacht als hell zu bezeichnen. »Ich hatte eine vage Erinnerung, daß meine Augen geschlossen waren und das Licht durch meine Lider schien, als wäre der Raum hell gewesen. Aber es war sehr undeutlich.«

Sie wurde gefragt, warum sie so oft über die Unruhe in dieser Nacht gesprochen habe. Sie konnte sich aber nicht erinnern. Sie sagte: »Ich komme mir vor wie eine Bandnudel: Ihr zieht an einem Ende, und die anderen lassen das andere Ende nicht los.«

Zuletzt sagte sie: »Ich sehe eben ein Licht. Ich meine, es ist nicht dunkel.«

Später machte sie Bemerkungen darüber, daß das Haus voll gewesen sei – als sei darin etwas ›anders‹ gewesen, um mit ihren Worten zu sprechen. Wir haben oft Gäste auf dem Land. Versuchte sie anzudeuten, daß jemand anders im Haus war? In dieser Hinsicht war das Protokoll nicht überzeugend genug, um sicherzugehen. Aber während beider Sitzungen sprach sie von der Anwesenheit einer Frau. Sie machte auch eine dunkle Andeutung über ›einen Freund‹ in unserem Schlafzimmer, eine Bemerkung, auf die nicht näher eingegangen wurde.

Als ich sie fragte, wer dieser Freund sei, antwortete sie, daß sie einfach die Gegenwart von jemandem spürte. Warum dann die Bezeichnung *Freund* und nicht einfach Person?

»Es war jemand, den wir kannten. Ein alter Freund.«

»Jacques oder Annie?«

»Nein. Jemand anders.«

»Kannst du ihn beschreiben?«

»Nein. Ich habe es einfach so empfunden.«

Dann stellte sich die Frage nach der Person, die geschrien hatte. Wir machten Experimente im Haus, um herauszufinden, wie deutlich eine Stimme, die aus dem Schlafzimmer unseres Sohnes kam, in unserem Schlafzimmer zu hören ist. Schreie waren deutlich zu hören, lautes Sprechen weniger klar. Aber es wäre unmöglich gewesen, bei lautem Schreien leises, beruhigendes Sprechen zu hören. Wenn das Schreien jedoch viel näher bei Anne gewesen wäre, dann hätte sie die beruhigenden Worte auch gehört – besonders wenn wir beide hätten beruhigt werden sollen.

Dann folgte die erste Anspielung, die meine Überlegung unterstützte, daß ich mein Leben neu überdenken mußte. »Ich glaube, Whitley war die meiste Zeit nicht da. Er war weg. Wissen Sie, er verschwindet nachts manchmal. Er geht arbeiten. Oder er geht einfach so weg.«

Und doch *erinnere* ich mich nicht, weggegangen zu sein. Ich arbeite nie mitten in der Nacht. Wenn ich einmal im Bett liege, dann bleibe ich gewöhnlich dort, außer unser Sohn ruft. Und das passiert nicht öfter als ein- oder zweimal im Jahr.

Annes Rolle bei diesen Vorfällen schien in passiver Unterstützung zu bestehen, obwohl sie sonst alles andere als passiv ist. Sie ist die unabhängigste Person, die ich kenne, eine überzeugte Feministin, politisch und sozial engagiert.

Als die Erlebnisse intensiver wurden, begann sich Anne in ihrer Rolle unwohl zu fühlen. »Etwas geschah, und ich wollte wissen, was.« Ihr Ton wurde drängend, beinahe ärgerlich.

Als man sie fragte, warum sie dann nicht einfach nachgesehen habe, wiederholte sie, daß man ihr das verboten habe. In diesem Zusammenhang kam es auch zu Äußerungen über eine weibliche Autorität: »Es war, wie wenn Mutter sagt: ›Du mußt hierbleiben.‹«

Annes Aussagen weisen darauf hin, daß ich oft entführt werde. Und auch meine Hypnosesitzungen deuten auf mehr als nur zwei Fälle hin. Als Anne hypnotisiert wurde, hatte sie keinerlei Informationen darüber, daß ich mich an mehr als zwei Gelegenheiten mit eigenartigen Vorkommnissen erinnern konnte. Warum hat sie dann ›Freund‹ gesagt, als wäre eine vertraute Person zugegen gewesen, und warum hat sie behauptet, daß ich ›immer‹

gehen würde? Sie sagte ganz offen, daß sie mich nicht für einen ›nüchternen‹ Menschen hielt. Ich bin froh darüber. Denn nach allem, was geschehen ist, wäre es wohl stumpfsinnig gewesen, mich als nüchternen Menschen zu beschreiben. Dr. Naiman fragte sie, ob sie meinte, daß ich in psychiatrische Behandlung gehen sollte. Ihre Antwort war interessant. ›Nein. Ich glaube – ich glaube, er wird mit diesen Problemen fertig.‹

Wie? Ich sehe Erscheinungen, ich behaupte, durch das Zimmer zu fliegen, und meine praktische, realistisch denkende Ehefrau glaubt *nicht,* daß ich zum Psychiater gehen soll? Vielleicht spürt sie, daß dies keinen Sinn gehabt hätte, vielleicht gehörte das auch zu der ihr zugewiesenen Rolle, denn es handelte sich um die Auswirkungen einer wirklichen Erfahrung.

Ich will kurz den Vorfall des ›Fliegens durch das Zimmer‹ rekapitulieren. Im März oder April 1985 lag ich im Bett in unserem Haus auf dem Land und las ein Buch. Ich war verwirrt, weil mir das Zimmer leer erschien. Doch es sah ganz so aus, als wäre jemand da, dessen Anblick ich aber selbst aus den Augenwinkeln heraus nur erhaschen konnte. Als nächstes weiß ich, daß ich aus dem Bett schwebte. Ich erzählte Anne nicht, daß ich ein Gewirr aus Bäumen, dem Haus und dem Mond sah. Es war einfach zu eigenartig, deshalb sagte ich, ich sei durch das Zimmer geschwebt. Flugträume sind nichts Ungewöhnliches, aber sie tauchen nicht in dieser Lebhaftigkeit auf, noch dazu in offenkundig wachem Zustand. Ich habe ihr davon erzählt, weil ich einfach darüber sprechen mußte. Und sie war sofort bereit, die ihr zugedachte Rolle zu spielen. Statt mich zu fragen, ob ich einen Arzt aufsuchen wolle, hat sie nur gelacht und mich weiter so behandelt, als ob ich vollkommen normal wäre. Das hat mir Sicherheit gegeben, und bald darauf hatte ich den Vorfall vergessen.

Annes Erinnerungen wurden konfus, als Budd Hopkins vorschlug, zu ›dieser Nacht‹ zurückzukehren, ohne die Nacht genauer zu bezeichnen.

Sie glaubt, daß sie daraufhin die beiden Nächte durcheinanderbrachte. »Es war wie bei einer Party. Es war sehr viel los.« Wann – am 4. Oktober oder am 26. Dezember? Sie erinnert sich nicht; obwohl sie angibt, daß Jacques und Annie nicht eingeladen waren, könnte es sich gleichwohl auf den 26. Dezember beziehen, als die beiden nicht bei uns waren.

Und wieder gab es den Hinweis auf die Autorität ausstrahlende mysteriöse Frauengestalt: »Es ist, wie wenn die Mutter sagt: ›Du darfst nicht gehen.‹«

Schließlich gab sie zu, daß sie oft den Eindruck hatte, daß Dinge geschähen, die sie nicht wissen durfte. Sie schrieb sich selbst eine ganz klare Rolle zu: »Meine Aufgabe ist, ihm hinterher zu helfen, mit den Dingen zurechtzukommen. Das ist meine Rolle. Ich kann die Dinge nicht abstellen. Er muß sie eben tun.«

Sie wurde dann ganz offen gefragt, ob ich unter Halluzinationen leiden würde. Ihre Antwort war negativ, aber ›sie erscheinen ihm, weil er diesen Verstand hat‹.

Danach berichtete sie von der Wahrnehmung eines ›kleinen, weißen Dings‹, das in unser Apartment im Village kam. Worum es sich dabei gehandelt hat, werden wir vermutlich nie wissen.

Als sie das Band ihrer Hypnosesitzung anhörte, glaubte Anne, daß etwas fehlte, und gleichzeitig fand sie es eigenartig, daß sie sich so wenig an die in Frage stehenden Zeitpunkte erinnerte. Bei genauer Analyse wird jedoch offenkundig, daß sie sich an eine ganze Menge erinnerte.

Da gab es den Hinweis auf ›die Stimme einer Frau‹. Sie gab auch zu, daß es nicht Annie Gottliebs Stimme war, obwohl sie das nicht direkt sagte. »Sie war tiefer. Annie hat eine höhere Stimme.«

Es gibt eine andere Erklärung für Annes Aussagen. Es könnte der Ausdruck ihres Glaubens an einen Mann sein, den sie liebt und den sie vor den Schrecken des Wahnsinns bewahren will. Dies könnte sich in vorsichtigen Bestätigungen ausdrücken, in einer Art verborgener Gemeinschaft und indirekten Teilnehmens – an einer Erfahrung, für die sie keine ausreichende Information besaß, um sie überzeugend bestätigen zu können.

Unser Sohn

Wir haben große Vorsicht walten lassen, um unseren Sohn vor der leisesten Ahnung zu bewahren, er hätte es mit etwas Außergewöhnlichem zu tun. Wir erzählten ihm, daß er ein paar Angstträume gehabt habe. Eigenartigerweise faßte er dies als eine Erfindung der Erwachsenen auf. Seine eigenen Beschreibungen sind ganz freimütig, und er bezeichnet sie nicht als furchterregend.

Obwohl er bereit ist, sie als Träume zu bezeichnen, solange wir es wünschen, scheint es ihm keine Schwierigkeiten zu bereiten, sie als normale Erinnerungen zu behandeln. Dies deckt sich mit meinen eigenen Erfahrungen: Die Inhalte erscheinen real und sind doch so ungewöhnlich, daß sie einem wie ein Traum vorkommen. Ich bat meinen Sohn, irgendeinen dieser Träume zu beschreiben. Er ist noch nie hypnotisiert worden und wird es auch nicht werden, solange er dies nicht selbst entscheiden kann. Unter Hypnose können diese Dinge sehr beunruhigend wirken, gleichgültig, aus welcher Quelle sie stammen. Es ist sicher nicht Aufgabe der Eltern, mit ihrem Kind ein solches Experiment anzustellen.

Hier ist einer der Träume meines Sohnes, in seinen eigenen Worten:

»Ich träumte, daß ich mit Ezra [ein Freund meines Sohnes] in einem Boot saß, und jemand hat uns angegriffen, und wir waren fast am Ertrinken, und plötzlich war ich in der Luft, als ein anderer Traum begann. Ich war in einem Krankenhaus in der Zukunft, wo man mich von einer Krankheit heilen wollte. Ich weiß nicht, was das war. Ich wurde aus meinem Bett geholt und auf eine Bahre auf die Veranda gelegt.«

»Wer hat dich aus dem Bett geholt und auf die Veranda gelegt?«

»Eine Art Doktor.«

»Wie sah er aus?«

»Oh, das war ein kleiner, sehr dicker Mann mit Brille, die so geschwungen war.« [Macht eine Geste, die schräg gestellte Augen andeutet.] »Und er hat immer ein breites, verlogenes Grinsen auf dem Gesicht.« [Lächelt von einem Ohr zum anderen bei geschlossenem Mund.] »Er grinste auch, während er schlief.«

»Woher weißt du, daß er schlief?«

»Na ja, weil – weil er nachts arbeitete und am Tag schlief.«

»Wie sahen seine Augen aus?«

»Er hatte eine richtige Brille auf. Seine Augen waren grünlichblau. Dunkel. Er machte nur zwei Gesichter. Das hier:« [Demonstriert wieder das Lächeln.] »Und ein kleines, wenn er schlief:« [Macht ein O.]

»Mit offenem Mund?«

»Ja.«

»Wenn er den Mund öffnete, dann war er rund?«

»Ja. Faltig. Sehr faltig.«

»Hast du ihn beobachten können, wenn er nicht lächelte?«

»Ja, als er mich operierte.«

»Was für eine Operation war das?«

»So eine Art Test.«

»Was hat er gemacht?«

»Es war eine Krankheit an meinem Arm.«

»Er hat etwas mit deinem Arm gemacht?«

»Nein, warte. Er machte mir die Nase kalt, wie wenn man eine Menge Eiscreme ißt.«

»Hat es weh getan?«

»Nicht wirklich.«

»Du sagst, daß du auf der Veranda untersucht worden bist, was meinst du damit?«

»Sie haben mich auf die Veranda getragen. Man konnte mich nicht in den Operationssaal bringen, wegen all der Instrumente. Es wurde dann bei der Verandabeleuchtung gemacht. Du weißt doch, unser Haus draußen auf dem Land hat eine Verandabeleuchtung.«

»Ja.«

»Das Licht war an. Dann benutzten sie besondere Lichter und untersuchten meine Nase und machten Röntgenaufnahmen und all so was.« (Bei der letzten Bemerkung könnte es sich sehr wohl um eine verschüttete frühkindliche Erinnerung handeln. Er hatte als Baby eine Nasenverletzung und wurde geröntgt, um festzustellen, ob die Nase gebrochen war. Diese Erinnerung scheint sich mit ganz anderen Inhalten vermischt zu haben.)

»Was für Lichter waren das?«

»Einige waren blau. Mit dem blauen Licht konnten sie durch mich hindurchsehen, ohne Röntgenstrahlen.«

»Ja?«

»Und es gab orangefarbenes Licht, mit dem sie nicht meine Knochen, sondern die Innenseite meiner Haut sehen konnten. Statt Röntgenstrahlen hatten sie Lichter. Sie hatten große Lichter. Grüne Lichter.«

»Kannst du dich an einen Traum erinnern, wo ein Monster ins Haus kam und Mami ohnmächtig wurde? Woher kam das?«

»Das ist eine von meinen Geschichten für die Schule.«

»Ja. Warum hast du die erfunden? Weißt du das?«

»Ich weiß nicht. Nicht wirklich. Ich erinnere mich nicht so gut. Ich habe das vor langer Zeit geschrieben. (Im Frühherbst. Jetzt war es März.) Ich mußte eine erfundene

Geschichte schreiben, und mir ist nichts anderes eingefallen. Ich habe lange hin und her überlegt. Und dann habe ich mich plötzlich an den Traum erinnert.«

»Wie war der Traum?«

»Ich war in... ich habe das in dem Aufsatz nicht alles geschrieben. Es war in einem Kornfeld, meine Mami und ich kauten Körner, und Mami erzählte Märchen. Und dann kam plötzlich dieses Große – so groß wie ein Haus – und schwebte über uns. Es war orange und grün und hatte blaue Füße.« (Orange und grün wurde das UFO beschrieben, das in unserer Gegend gesichtet worden ist.)

»War es so was wie ein Tier oder ein Lebewesen?«

»Es war nicht wie irgendwas. Es war einfach ein großes, festes Ding. Es hatte so große Höcker, die waren blau, und seine Füße waren orange.«

»Glaubst du, daß du etwas über dir fliegen gesehen hast, das blau, orange und grün war, und du warst nicht sicher, was es war?«

»Ja, es ist irgendwie geflogen.«

An diesem Punkt merkte ich, daß ich mit meiner letzten Frage einen Fehler gemacht hatte, da ich ihn in eine bestimmte Richtung lenkte. Ich beendete unsere Unterhaltung mit der Versicherung, daß es sich um einen hübschen Traum handelte und daß es interessant sei, darüber zu hören.

Er wandte sich wieder seinen kindlichen Beschäftigungen zu, las *Tin Tin* und malte eine Grußkarte für seine Großmutter.

Ich saß in meinem Stuhl und dachte nach. Besonders der Vorfall in dem Kornfeld beschäftigte mich. Ich werde von einem Traum berichten, den ich kurz zuvor hatte.

Wir drei waren zusammen in England auf dem Land. Wir hatten ein Landhaus gemietet. Innen war das Landhaus identisch mit unserer Blockhütte. Ich war verwirrt, weil Anne und unser Sohn nicht da waren. Es war bereits Abend. Ich saß im Bett, und das Telefon klingelte.

Ich erinnere mich, daß ich zu dem Anrufer sagte: »Nein, es ist alles in Ordnung, sie bleiben bloß über Nacht weg.« Bis zu einem gewissen Grad war ich voller Furcht, aber andererseits schien ich ihr Verschwinden akzeptiert zu haben, indem ich es vor mir rechtfertigte.

Mitten in der Nacht klopfte es an der vorderen Tür. Ich öffnete und sah meinen Sohn inmitten einer Gruppe von Männern und Frauen mit sanften, liebevollen Gesichtern. Mein Sohn war nackt, er hatte nur eine blaue Mütze auf dem Kopf. Er bewegte sich auf merkwürdige Art, so als hätte er keine Kontrolle über seine Muskeln. Seine Augen sahen aus, als wäre er in Trance. Ich nahm ihn in meine Arme, weil sie mir sagten, daß Berührung und Umarmung ihn wieder zu sich bringen würden. Dann sah ich mich nach meiner Frau um. Traurig schüttelten sie ihre Köpfe, aber die Fürsorge und Liebe, die aus ihren Augen strahlten, überzeugten mich, daß sie bald zurückkommen würde.

Dann wurde ich plötzlich an einen anderen Ort gebracht. Mir wurde zu verstehen gegeben, daß man Anne und unseren Sohn hier gefunden habe, sie hatten sich dort versteckt gehalten. Es war ein Kornfeld, genau wie im Traum meines Sohnes.

Zur Schlafenszeit wollte er noch mehr über seine Träume erzählen. Ich habe unsere Unterhaltung nicht auf Band aufgenommen, aber er beschwerte sich über zwei Dinge. Als erstes darüber, daß, wenn er gerade im Einschlafen war, sein ganzer Körper zu zittern beginne und er das Gefühl habe, daß ihm das Haar zu Berge stehe. Und dann frage ihn eine Stimme, wie er sich fühle und was er den Tag über gemacht habe, und stelle ›private Fragen‹, die mein Sohn mit mir nicht besprechen wolle.

Mein Sohn beklagte sich auch über ein Skelett, das ihn ansehe, wenn er sich zu entspannen versuche. Das Gespräch lautete:

»Ein Skelett?«

»Ja. Und es starrt mich immerfort an, es ist direkt vor meinem Gesicht und geht nicht weg.«

»Wie sieht es aus?«

»Ach, es ist... Es ist nicht wie ein Skelett. Es ist eines von den Dünnen, die hinter den Doktoren standen.«

»Was für Dünne?«

»Du weißt doch, die Dünnen, die immer sagen: ›Wir werden dir nicht weh tun.‹ So eines. Es ist kein Skelett, es ist eines von den Dünnen.«

Das Auftreten dieser Gestalten wurde nie mit meinem Sohn besprochen. Auch sonst sprach niemand mit ihm darüber; und doch ist seine Beschreibung von kleinen und größeren Gestalten nicht nur übereinstimmend mit meinen Beobachtungen, sie deckt sich auch mit den Erfahrungen anderer Menschen mit Besuchern.

Mein Sohn hatte am Nachmittag ein antiquarisches Buch mit Haikus gekauft, das den Titel ›A Net of Fiereflies‹ trug. Ich habe ihm nicht erzählt, daß ich die gleiche Ausgabe im Alter von zwanzig Jahren gekauft hatte, als ich bei meiner Großmutter wohnte, und große Freude und Trost darin gefunden hatte. Er wollte, daß wir uns gegenseitig daraus vorlesen. Ich las:

Strahlend öffnen sich
die Pfirsichblüten gegen
den Eishauch der Luft.

Er grinste breit und sagte: »Das sind wirklich eine ganze Menge Bilder für so wenig Worte.« Dann las er:

Weiß durchschwebte die
Dunkelheit des Steinbrunnens
eine Kamelie.

Später sagte er: »Dad, weißt du, wir mögen das Haiku und all die schönen Worte. Aber die Dünnen, die *sind* Haikus. Innen sind sie Haikus.«

Sechs

Ein Gebilde in der Luft

Wissenschaft, Geschichte und Geheimwissen

Kein Bau entstand jemals so leicht wie dieser Tempel oder vielmehr dieser Tempel entstand nach wahrer Tempelart. Nur daß auf jedem Stein – aus welchem Bruche stammen sie? – unbeholfenes Gekritzel sinnloser Kinderhände oder vielmehr Eintragungen barbarischer Gebirgsbewohner zum Ärger oder zur Schändung oder zu völliger Zerstörung mit offenbar großartig scharfen Instrumenten für eine den Tempel überdauernde Ewigkeit eingeritzt waren.

FRANZ KAFKA
Aus: Das vierte Oktavheft

Was geht vor sich?

Worum es bei den Erfahrungen mit UFOs wirklich geht, ist in den letzten vierzig Jahren von Psychologen und Psychiatern, insbesondere von C. G. Jung, untersucht worden. Aber auch Persönlichkeiten des öffentlichen Lebens wandten sich dem Thema zu, ebenso eine Reihe von Wissenschaftlern, die US-Luftwaffe, Geheimdienstorganisationen und nicht zuletzt die breite Öffentlichkeit.

Zu diesem Interesse, das aus jüngerer Zeit datiert, kommen Berichte über fliegende Untertassen, Luftschiffe und kleine Männchen in Silberkleidung hinzu, die mehr als ein Jahrtausend alt sind.

Ich begann meine Studien mit der Annahme, daß es sich entweder um geistige Störungen handelte oder um Besuche von ›einem anderen Planeten‹. Ich selbst hatte aufgrund meiner eigenen Erfahrungen den Eindruck, die Besucher seien erst seit kürzester Zeit bei uns.

Doch angesichts der Fülle des Materials, das ich fand, und seines Alters kann das nicht die ganze Antwort sein.

Es gibt so wenige Fakten über dieses ganze Phänomen, daß man darüber nur Theorien aufstellen kann. Doch auch Theorien können sorgfältig durchdacht und in mancher Hinsicht richtungsweisend sein.

Es gibt folgende Möglichkeiten:

- Die Besucher kommen von einem oder mehreren anderen Planeten.
- Sie sind Erdenbewohner, unterscheiden sich aber so stark von uns, daß wir sie bis heute nicht als reale Wesen wahrnehmen können.
- Sie kommen aus einem anderen Raum-Zeit-Verhältnis, einer anderen Dimension.

– Sie kommen aus dieser Raumdimension, oder einer anderen Zeitdimension. Eine Form der Zeitreise wäre nicht unmöglich, obwohl dies unwahrscheinlich ist und sehr viel Energie fordern würde. Wenn wir zum Beispiel ein menschliches Wesen in ein energetisches Medium verwandelten – in Licht- oder Radiowellen – und einen Rückwandler hunderttausend Lichtjahre von der Erde entfernt aufstellten, dann könnte eine Person hier durch eine Tür treten und dabei das Gefühl haben, sofort auf der anderen Seite herausgekommen zu sein, und dann zurücktreten und sich zweihunderttausend Jahre in der Zukunft wiederfinden. Eine mühsame Art der Zeitmaschine, aber sie würde funktionieren. Wir können nicht davon ausgehen, daß Zeitreisen ausgeschlossen sind.
– Die Besucher kommen aus unserem Inneren. Ich kehre wieder zu dieser Hypothese zurück, weil ich sie so interessant finde und so überzeugend. Ich nehme an, die Vorstellung, daß unsere Götter deswegen Realität werden, weil *wir* sie erschaffen haben, hat für den modernen Intellektuellen einen gewissen ironischen Reiz.
– Sie sind Nebenwirkung eines natürlichen Phänomens. Wir wissen wenig darüber, wie Magnetismus und Niedrigfrequenzen auf den menschlichen Körper wirken. Vielleicht handelt es sich um elektromagnetische Anomalien, die bestimmte Halluzinationen auslösen und in ganz verschiedenen Menschen ähnliche Vorstellungen hervorbringen.
– Die Besucher sind eine Erscheinungsform der menschlichen Rasse. Wir haben eine sehr alte Tradition der Vorstellung eines Lebens nach dem Tod. Vielleicht *haben* wir ein Leben nach dem Tod, aber nicht in der Form, wie die Überlieferung dies annimmt. Vielleicht sind wir Larven, und die ›Besucher‹ sind Menschen in ihrer ausgereiften Form.

Antike Astronomen in Indien glaubten, daß die Siddhas (menschliche Wesen im Zustand der Vollkommenheit) sich zwischen den Wolken und dem Mond bewegten und daß sie in einen leichteren, weniger körperlichen Zustand übergegangen sind.

In unserer Gesellschaft hat der Begriff Verinnerlichung einen schalen Geschmack, seit er von verschiedenen Sekten und Meditationsgruppen mißbraucht worden ist. Verinnerlichung hat mit einem besseren Leben in dieser Welt nichts zu tun. Die Erlösung bedeutet nicht, daß man einen neuen Mercedes bekommt, wenn man buddhistische Gesangstechniken anwendet. Für den Mönch eines Zenklosters, für einen moslemischen Sufi, für einen Katholiken oder einen Zeugen Jehovas bedeutet Verinnerlichung das gleiche: Es ist die Hingabe des eigenen Ichs an Gott. Meister Eckhart sagt, daß wir so klar wie Glas werden müssen, damit Gott durch uns hindurchscheinen kann. Aber das bedeutet das Aufgeben des Ichs, und dies wiederum ist eine Art des Sterbens.

Meine Untersuchungen haben ergeben, daß die Erscheinungen von fliegenden Untertassen und kleinen Gestalten eine lange Überlieferungstradition haben. Falls wir es dabei mit Außerirdischen zu tun haben, waren sie dann wirklich schon ein paar tausend Jahre hier und hatten sich die ganze Zeit im Verborgenen gehalten? Oder sind sie erst vor kurzer Zeit gekommen und benutzen eine bereits vorhandene Mythologie, um sich dahinter zu verstecken? Oder wäre es möglich, daß sie aus der Zukunft kommen und sich dann über unsere ganze Geschichte ausgebreitet haben, wobei sie in der Zeit zurückgegangen sind, um uns zu studieren?

Alle diese Hypothesen sind interessant, aber keine von ihnen ist auch nur ansatzweise beweisbar. Sie zeigen jedoch die Breite der Möglichkeiten für weitere Studien.

Es bleibt jedoch die zentrale Frage bestehen, ob all dies etwas mit der Realität zu tun hat.

In den letzten Monaten habe ich viel Zeit damit verbracht, die Literatur zu dem Thema UFOs durchzusehen. Ich habe mit Wissenschaftlern gesprochen, die dies alles für Unsinn halten, und solchen, die sich nicht sicher sind, was sie davon halten sollen. Ich habe Dutzende von Fallberichten gelesen und Leute getroffen, die Begegnungen mit Besuchern hatten.

Im Lauf meiner Untersuchungen stieß ich immer wieder auf Andeutungen, daß die Regierung der Vereinigten Staaten mehr weiß, als sie zugeben will. Ich entschloß mich, dies auf seinen Wahrheitsgehalt hin zu überprüfen.

Damit war ich in eine Minenfeld geraten. Echte Dokumente, die falsch zu sein schienen. Falsche, die echt wirkten. Eine Masse ›ungenannter Quellen‹. Und durch alles zog sich das dünne Fädchen einer unglaublichen Geschichte.

Es gibt ein paar geringfügige Anhaltspunkte, daß die Regierung der Vereinigten Staaten in den späten vierziger Jahren über Erlebnisse mit Besuchern Kenntnis hatte und Bruchstücke von verunglückten UFOs wie auch die Körper von deren Insassen untersuchen konnte. Diese Annahme stützt sich auf zwei Quellen, die ich überprüfen konnte: Sie haben sich ohne Zweifel als authentisch erwiesen.

Diese beiden Beweisstücke entsprechen der Wahrheit insofern, als es sich nicht um Zeitungsenten handelt. Das erste Dokument ist ein Brief vom 29. November 1983 von Dr. Robert I. Sarbacher an Mr. William Steinman, einen UFO-Forscher, der sich nach Sarbachers Tätigkeit als Regierungsberater in den späten vierziger Jahren erkundigt hatte. Der Brief wurde zur Veröffentlichung angeboten, in voller Länge jedoch nur in den Berichten der *Mutual UFO Network* abgedruckt. Letztere ist eine Gruppe von Leuten, die an der wissenschaftlichen Erforschung des Phänomens interessiert sind. Auch in *Omni* wurde auf den Brief Bezug genommen und daraus zitiert. Da Dr. Sarbacher am 26. Juli 1986, nur ein paar Tage, bevor ich auf seinen Brief stieß gestorben ist, konnte ich kein Interview mit ihm machen. Ich habe aber mit Mr. Barry Greenwood darüber gesprochen, dem Mitautor von *Clear Intent,* der lange mit Sarbacher darüber diskutiert hat. Diese Gespräche bestätigten, daß Dr. Sarbacher nicht mehr wußte, als er in seinem Brief geschrieben hatte. Sie bestätigten auch, daß er die Tatsache gemäß seinen Erinnerungen aufgezeichnet hatte.

Dr. Sarbacher war Berater des Verteidigungsministeriums in der Eisenhower-Ära. Er hat in Harvard und Princeton studiert und ist der Autor von *Hyper and Ultra-High Frequency Engineering, Research Accrediting at Military Establishment* und dem *Encyclopedia Dictionary of Electronics and Engineering.* Das letztgenannte Buch wird als Standardwerk der Wissenschaft angesehen.

Er war Dekan der Graduate School der Universität von Georgia, Konsulent des Oak-Ridge-Instituts für Nuklearforschung in Tennessee, des Verteidigungsministeriums und der Marine. Er war Vorstandsmitglied der General Science Corporation und der Union Life Company.

Im folgenden ein Auszug aus Dr. Sarbachers Brief:

> Bezüglich fliegender Untertassen möchte ich feststellen, daß ich niemanden persönlich kenne, der solche entdeckt hatte, und auch keine Kenntnis von den Daten solcher Entdeckungen habe...
> Das einzige, woran ich mich jetzt noch erinnere, ist, daß bestimmte Materialien, die aus fliegenden Untertassen stammen sollen, sehr leicht und sehr widerstandsfähig waren. Ich bin sicher, daß unsere Laboratorien sie sorgfältig analysiert haben.
> Es gab Berichte, wonach die Instrumente oder die Wesen, die diese Maschinen bedient haben, leicht genug waren, um den riesigen Antriebskräften standzuhal-

ten. Ich erinnere mich, daß ich im Büro mit einigen Leuten gesprochen habe und dabei den Eindruck gewann, daß die ›Fremden‹ etwas von Insekten an sich hatten...

Ich weiß bis heute nicht, warum die hohe Geheimhaltungsstufe angeordnet wurde und warum man die Existenz dieser Maschinen leugnet.

Ich erfuhr erst am 9. August 1986 von Dr. Sarbachers Brief, Monate nach meinem Erlebnis mit den Besuchern. Dr. Sarbachers Erinnerungen und meine Erfahrungen lassen Schlüsse darüber zu, warum die Besucher im Verborgenen blieben und warum sie uns gewaltsam entführen.

Wenn die Besucher tatsächlich insektenartig sind, dann könnten sie die Organisationsstruktur eines Schwarms haben. Meiner Erfahrung nach sind sie sehr klein. Dr. Sarbacher spricht darüber, daß sie leicht wären. Als wären sie uns körperlich keinesfalls gewachsen, nicht einmal in größerer Anzahl. Zudem wäre es möglich, daß sie nur über geringes individuelles Selbstbewußtsein verfügen. Als Gesamtheit wären sie stark, als Individuen äußerst schwach. Wenn ihr Verstand nach der gleichen Struktur gebildet ist, könnte es sein, daß ihre Sprache eine mehr biologische als geistige Funktion hat. Vielleicht gleicht sie derjenigen, die die staatenbildenden Insekten bei uns haben: eine Kombination von Bewegungen, Gerüchen und Geräuschen. Vielleicht ist es auch mehr; eines der größten biologischen Geheimnisse ist die Frage, wie ein Insektenstaat funktioniert und ob er ein kollektives Bewußtsein hat oder nicht.

Auf der Universität von Princeton werden seit einigen Jahren Bienen untersucht, unter anderem auch die Frage, wie schnell ein Schwarm eine Futterquelle findet, wenn man diese an einen anderen Standort bringt. Die Futterquelle wurde jeden Tag um eine bestimmte Entfernung verrückt. Es stellte sich bald heraus, daß die Bienen die Futterstelle bereits an der dafür vorgesehenen Stelle erwarteten, bevor man das Futter auch wirklich dorthin gebracht hatte.

Mein zweiter Beweis dafür, daß die Regierung der Vereinigten Staaten möglicherweise mehr darüber weiß, ist eine Pressemitteilung vom Juli 1947. Damals gab es einen Vorfall auf einer Ranch in der Nähe von Roswell, New Mexico, wie überhaupt dieses Jahr hindurch die Zeitungen von New Mexico ständig über merkwürdige Lichterscheinungen berichteten. Man dachte aber, daß alle diese Phänomene mit dem Start von V2-Raketen in White Sands – einer fand am 12. Juni, der nächste am 3. Juli statt – zusammenhängen könnten.

Am Abend des 2. Juli wurde jedenfalls ein Objekt über Roswell gesichtet, und die Lokalzeitungen berichteten darüber. Das Objekt war hellerleuchtet und flog in nordwestlicher Richtung. Am 8. Juli gab der Truppenstützpunkt eine Meldung heraus, die unter anderem im *San Francisco Chronicle* veröffentlicht wurde. Die Meldung war auf Anordnung des Kommandeurs herausgegeben worden:

> Die vielen Gerüchte über fliegende Untertassen bestätigten sich gestern, als die Geheimdienstabteilung des 509. Bombengeschwaders der 8. Luftflotte in Roswell in den Besitz eines UFOs kam. Dies geschah in Zusammenarbeit mit einem ansässigen Rancher und dem Sheriff von Chaves County.
>
> Der Flugkörper landete in der letzten Woche auf einer Ranch in der Nähe von Roswell. Da der Rancher über kein Telefon verfügt, brachte er das Objekt in Sicherheit, bis er mit dem Sheriff Kontakt aufnehmen konnte. Dieser unterrichtete daraufhin Major Jesse A. Marcel vom Geheimdienst des 509. Bombengeschwaders.

Später wurde ein Bericht herausgegeben, daß es sich um einen abgestürzten Wetterballon gehandelt habe. Vielleicht ist das richtig, obwohl merkwürdig bleibt, daß ein abgestürzter Ballon genügend Spannkraft besitzen sollte, um etwas anderes sein zu können als ein schlaffer Plastiksack und etwas Metallfolie.

Unter dem Titel ›UFO-ERKLÄRUNG ZUSAMMENGEBROCHEN‹ berichtete der *Chronicle*, daß General Roger M. Ramey gesagt habe, bei dem Wrack handle es sich um einen ›Höhenwetterballon‹, der aus einem ›Transportbehälter und einem Ballon‹ bestand. Weiter unten in dem gleichen Artikel wurde gesagt, daß General Ramey ihn als ›sternförmigen Radarreflektor‹ bezeichnet habe. Da General Ramey behauptete, die Wrackteile in seinem Büro liegen zu haben, ist es eigenartig, daß er sich nicht entscheiden konnte, worum es sich handelte. Wetterballons, Transportbehälter und Radarsterne waren dem Personal eines Truppenstützpunkts in den vierziger Jahren wohlbekannt, und ein Offizier dürfte sie wohl kaum verwechseln. Noch weniger hätte sich ein Kommandeur verwirren lassen dürfen, wie Colonel William Blanchard, auf dessen Order der Presseoffizier die erste Meldung herausgegeben hatte, in der behauptet wurde, daß die Wrackteile von einem abgestürzten UFO stammten. Die Teile wurden von den Geheimdienstoffizieren Jesse Marcel und ›Cav‹ Cavett geborgen – weiteren zwei Männern, die wohl kaum einen Wetterballon mit einem Radarreflektor verwechseln würden.

Wahrscheinlich waren die Wrackteile das, was die Offiziere ursprünglich dachten – und was sie natürlich der Presse mitteilten. Sie wußten offensichtlich nichts von General Rameys Geheimhaltungsplänen.

Es erregte Aufsehen, als der wirkliche Entdecker des Flugkörpers, der Rancher W. W. Brazel, laut *Associated Press* gesagt haben soll, daß es ihm ›leid tue, darüber gesprochen zu haben‹, und die Funde als Metallfolie und andere Bruchstücke beschrieb. Drei wichtige Punkte sprechen gegen die Aussage des Ranchers: Erstens wurde er in Isolationshaft gehalten, bevor er die Aussage machte. Zweitens machte er sie laut Angaben seiner Familie unter Zwang – wofür auch seine Isolationshaft spricht. Der dritte Punkt bezieht sich nicht auf die Glaubwürdigkeit des Ranchers, sondern auf die der Offiziere. Keiner der ursprünglich mit dem Fall befaßten Offiziere glaubte, daß man es mit den Überresten eines bekannten Objekts zu tun hatte, sonst hätten sie die Pressemitteilung nicht zugelassen.

Als ich die alten Ausgaben des *Skeptical Inquirer* durchsah, entdeckte ich einen Artikel in der Aprilausgabe des Jahres 1986 mit dem Titel ›Theorie über UFO-Unglück zusammengebrochen‹. Da er sich auf das Ereignis in Roswell bezieht, habe ich ihn genau gelesen. Seine Hauptthese ist, fürchte ich, nicht haltbar. Der Artikel behauptet, daß die ganze Angelegenheit mit einer Geschichte in einem Buch von Frank Scully mit dem Titel *Behind the Flying Saucer* (New York: Henry Holt & Co., 1950) begonnen habe. Ich besorgte mir ein Exemplar dieses Buches und fand heraus, daß keine der eher dubiosen Geschichten darin mit den Ereignissen in Roswell in Beziehung steht. Ich habe auch eine Fotokopie des Artikels aus dem *San Francisco Chronicle*, aus dem ich zitiert habe. Der Artikel trägt das Datum des 9. Juli 1947 und ist somit ein Jahr vor den ›Ereignissen‹, die in dem Buch beschrieben werden, erschienen. Das Buch mit dem früheren Vorfall in Roswell in Verbindung zu bringen entbehrt jeder Grundlage. Darüber hinaus bauscht der Artikel im *Skeptical Inquirer* die Aussagen des Ranchers auf, wie sie von der *Associated Press* zitiert wurden, nimmt aber keinen Bezug darauf, daß er sie nach einer Isolationshaft bei einem Verhör durch Offiziere der Luftwaffe gemacht hat. Wenn nur ein Wetterballon gefunden wurde, warum wurde der Rancher dann verhört? Viel logischer wäre es gewesen, die verantwortlichen Offiziere zu verhören und sie wegen ihrer ›falschen‹ Pressemitteilung streng zu bestrafen. Es bestand kein Grund, einen unschuldigen Bürger, der einen kleinen Fehler gemacht hatte, festzuhalten. Merkwürdigerweise sind aber laut Informationsabteilung der Luftwaffe gegen die Offiziere, die für die Pressemitteilung verantwortlich waren, keine Schritte unternommen worden.

Ist Mr. Brazel verhört worden, damit er seine Geschichte widerruft? Es gibt keine andere logische Erklärung dafür. Unbestreitbar ist jedenfalls die Tatsache, daß eine Gruppe kompetenter Luftwaffenoffiziere eine Pressemeldung herausgab, die Air Force habe ein verunglücktes UFO entdeckt. Erst nach der Veröffentlichung dieser Meldung wurde der Versuch unternommen, die Geschichte abzuändern. Die Pressemitteilung oder die fachliche Kompetenz der damit befaßten Offiziere wurde niemals in Frage gestellt, und es wurde keine interne Untersuchung angeordnet. Statt dessen wurde der einzige Zeuge, der nicht wissen konnte, was er eigentlich gesehen hatte, unter Druck gesetzt und gezwungen, seine Geschichte zu widerrufen. Auch dies dauerte seine Zeit, was vermuten läßt, daß der Mann sich nicht leicht umstimmen ließ, trotz der beängstigenden Situation, in der er sich befand. Der jüngste Versuch des *Skeptical Inquirer*, die Geschichte aufzuklären, war unbefriedigend. Der Autor ist der Überzeugung, daß *alle* UFO-Sichtungen erklärt werden können. Ich habe nicht viele Wissenschaftler getroffen, die willens sind, eine so überzeugte Haltung gegenüber einem so wenig erforschten Phänomen einzunehmen. Und ich frage mich, ob der *Inquirer* hier nicht die Grenze des gesunden Skeptizismus überschritten hat.

Daß der ganze Bereich der UFOs von einem tiefen Geheimnis umhüllt ist, kann nicht bestritten werden. In den siebziger Jahren wurde Senator Barry Goldwater der Zugang zu Geheimdokumenten verwehrt, die im Wright-Patterson-Luftwaffenstützpunkt lagerten. Der Geheimdienst ging bis zum Obersten Gericht, um einige dieser Dokumente zu schützen.

Das Buch *Clear Intent* von Lawrence Fawcett und Barry J. Greenwood enthält authentische Dokumente, die eindeutig außergewöhnliche Erfahrungen gemacht haben. Die Autoren beweisen, daß außergewöhnliche Dinge geschehen sind und daß die Regierung diese Dinge geheimhält.

1966 wurde von der Universität von Colorado eine ›wissenschaftliche Studie über nichtidentifizierte Flugkörper‹ publiziert, der ›Condon Report‹. Als die Studie 1969 veröffentlicht wurde, war sie der Grund, daß ich mein ohnehin gering ausgeprägtes Interesse an dem Thema völlig verlor. Ich las das Vorwort und erkannte, daß der Projektleiter offensichtlich der Ansicht war, daß es auf diesem Gebiet nichts Interessantes zu entdecken gebe. Ich hielt daher fliegende Untertassen für Hirngespinste und vergaß das Ganze.

Vor kurzem las ich den ›Condon Report‹ aufmerksamer und entdeckte, daß der Inhalt im Widerspruch zu dem Vorwort steht. Die Äußerungen am Anfang hatten den Zweck, die Ergebnisse der Studie zu verschleiern. Die Untersuchungen bewiesen, daß ein erheblicher Prozentsatz der UFO-Phänomene nicht erklärt werden konnte. Bei Beginn der Untersuchungen schrieb Robert Low, der damalige Direktor der Universität von Colorado, an seine Vorgesetzten folgende Notiz:

> Unsere Untersuchungen werden nahezu ausschließlich von Leuten durchgeführt, die nicht an das Phänomen glauben, obwohl es ihnen unmöglich ist, dessen Nichtexistenz zu beweisen. Trotzdem werden sie ver-

> suchen, die Untersuchung in diese Richtung zu drängen.
> Der Trick dabei ist, das Projekt der breiten Öffentlichkeit so darzustellen, daß es als objektive Untersuchung erscheint. Die wissenschaftliche Welt merkt aber sehr wohl aufgrund dessen, *wie* die Argumente formuliert sind, daß die Autoren zwar den Eindruck erwecken wollen, objektiv zu sein, aber von vornherein nie an die Existenz einer fliegenden Untertasse geglaubt haben.

Zu Beginn des Projekts sagte Condon auf einer öffentlichen Veranstaltung: »Ich möchte der Regierung empfehlen, diese Angelegenheit fallenzulassen. Ich glaube, daß nichts dahintersteckt. Aber ich darf erst in einem Jahr ein Fazit ziehen.« Allein aufgrund dieser Aussage hätte er als Projektleiter zurücktreten müssen.

Viele Wissenschaftler, die an dieser Studie teilnahmen, waren nicht Condons Meinung, besonders nachdem sie die Unterlagen untersucht hatten. Einer der Wissenschaftler, Dr. David Saunders, veröffentlichte ein Buch über dieses Thema und nannte es *UFOs? Ja!*. Es erschien ein paar Wochen, bevor der ›Condon Report‹ mit seinem negativen Ergebnis aufwartete.

Aufgrund des ›Condon Reports‹ gab die Regierung ihr Interesse an unbekannten Flugobjekten auf. Seitdem schien sich die Zahl der Entführungen von Menschen zu vermehren.

Im ganzen Land haben Wissenschaftler auf die Weigerung der Regierung, das Problem ernst zu nehmen, entsprechend reagiert. Diese ablehnende Haltung hat sich institutionalisiert. Somit hätte sich kein Mensch träumen lassen, daß die Besucher plötzlich beginnen würden, mitten in der Nacht in die Wohnungen ahnungsloser Bürger hineinzuspazieren. Und genau dies scheint zu geschehen. Und die Besucher dringen nicht nur in unsere

Häuser, sondern auch in unser Gehirn ein, und wir wissen nicht, was sie mit uns tun.

Die Zudringlichkeit der Besucher ist von sehr persönlicher Art und äußerst provokant. Wenn wir sie nicht in Schranken halten können – und das erscheint klar zu sein –, müssen wir Menschen untereinander ein Abwehrsystem aufbauen. Der einzige wirklich dauerhafte Schaden, den ich erkennen kann, wird nicht von den Besuchern angerichtet, sondern von der Tatsache, daß Menschen mit ihren Erfahrungen allein bleiben.

Daß öffentliche Institutionen wie Regierung, Wissenschaftler und Mediziner dieses Problem nicht ernst nehmen, verletzt Menschen schwer. Der Mangel an gesellschaftlicher Unterstützung isoliert sie gerade dann, wenn sie am dringendsten Hilfe brauchen würden. Wenn sie falsche Enthüllungsgeschichten lesen oder sehen, wie Menschen mit ähnlicher Erfahrung der Lächerlichkeit in der Presse preisgegeben werden, fühlen sie sich wieder tätlich angegriffen – diesmal von ihrer eigenen Gesellschaft. Dr. Carl Sagan, Professor an der Cornell University, hat oft dargelegt, daß es keinen Beweis für UFOs und Besucher gibt. Genaugenommen gibt es dafür keine physikalischen Beweise. Aber der beträchtliche Umfang, den das Erinnerungsmaterial inzwischen umfaßt, ist auch eine Art Beweis. Daneben gibt es eine Menge sorgfältig geprüfter Fotografien der Flugapparate selbst, die sich nur noch auf einer emotionellen Ebene widerlegen lassen. Natürlich gibt es auch Lügner und gefälschte Fotografien, sogar meisterhafte Fälschungen.

Es scheint, daß es für die Existenz von Besuchern doch mehrere Spuren an Beweismaterial gibt. Ebenso dafür, daß sie mit uns etwas anstellen. Aus ihrem Vorgehen ist ersichtlich, daß sie verborgen bleiben wollen. Vielleicht hilft die Regierung ihnen unwillkürlich dabei, vielleicht wurde sie sogar dazu gebracht? Die Geheimnistuerei der

Besucher, gekoppelt mit der Geheimnistuerei der Regierung, hat zu großen Verwirrungen geführt. Wir wissen nicht, was vor sich geht. Es gibt keinen öffentlich zugänglichen Beweis, daß unsere Erde von Besuchern heimgesucht wird, auch keinen Beweis für die anderen Hypothesen, die ich angeführt habe. Jede derartige Behauptung wäre verfrüht.

Vielleicht blickt der menschliche Geist in den Spiegel, wenn er auf die Besucher trifft... und entdeckt, daß sein Spiegelbild nicht nur real, sondern furchterregend ist.

Es ist etwas da.

Aber was? Und woher kommt es?

Endlich kommen wir zum Kern des Geheimnisses.

Längst vergangene Zukunft

Der erste Versuch, eine fliegende Untertasse zu erklären, stammt nicht von einem Amerikaner. In Japan beobachtete General Yoritsune während eines Manövers, daß am südlichen Himmel mysteriöse Lichter schwebten. Die Erscheinung dauerte die ganze Nacht hindurch. Am Morgen ließ der General das Phänomen von einer Forschergruppe untersuchen. Diese fand heraus, daß ›es nur der Wind gewesen ist, der die Sterne in Schwingungen versetzte‹. Es sei ihnen verziehen, denn der Vorfall fand am 24. September 1235, also vor siebenhunderteinundfünfzig Jahren statt.

In jüngerer Vergangenheit hat der Astronom Dr. Donald Menzel von der Universität Harvard in seinem 1953 erschienenen Buch *Flying Saucers* dargelegt, daß eine UFO-Erscheinung, die Wissenschaftler beobachtet haben, ein ›atmosphärischer Linseneffekt‹ gewesen sei. Nach Aussage von Dr. Bruce Maccabee unterliefen Dr. Menzel entscheidende Fehler, als er seine Theorie mit den Unterlagen der Beobachter verglich, was Dr. Maccabee auch überzeugend darlegt.

Diese UFO-Beobachtung fand am 24. April 1949 um zehn Uhr dreißig statt. Sie wurde von Mr. Charles B. Moore und einer Gruppe von Marineangehörigen gemacht, die mit einem Winkelmeßgerät einen Wetterballon vermaßen. Mr. Moore beobachtete gleichzeitig ein nichtidentifizierbares Flugobjekt und den Ballon. Er hielt sowohl die vertikalen wie die horizontalen Bewegungen in seinen Unterlagen fest. Dabei veränderte sich der Scheitelkreis während der sechzig Sekunden dauernden Beobachtung um 190 Grad und der zentrale Winkel zwischen Beginn und Ende der Erscheinung um 120 Grad. Diese Daten wurden im Special Devices Center der Marine gespeichert.

Ich habe herausgefunden, daß Dr. Menzels Beschreibung in *Flying Saucers* nicht mit diesem Bericht übereinstimmt. Er behauptet, daß das, was die Beobachter gesehen hatten, die Luftspiegelung des Ballons gewesen sei, die zuerst über dem Ballon erschien, dann nach unten wanderte, bis sie seitlich unterhalb des Ballons auftauchte. Doch der Bericht stellte ganz klar fest, daß das Objekt zuerst in so großer Nähe des Ballons erschienen war, daß Mr. Moore es anfänglich mit diesem selbst verwechselte. Der Ballon blieb an derselben Stelle, während sich das Objekt in Richtung Norden bewegte.

Dr. Menzel war sich der Tatsache bewußt, daß sich eine Luftspiegelung nicht in großem Winkelabstand von dem Objekt der Spiegelung befinden kann. Im Anhang zu *Flying Saucers* berechnete Dr. Menzel den größtmöglichen Abstand zwischen Ballon und seiner Spiegelung mit höchstens einem Viertel Grad. Doch diese Zahlen unterscheiden sich von Moores Messungen gewaltig: Um die Luftspiegelungstheorie aufrechtzuerhalten, hätten Moores Vermessungen etwa 100 Grad differenzieren müssen. An keiner Stelle seines Buches erwähnt Dr.

Menzel die tatsächlichen Daten, die Mr. Moore ermittelt hat.

Selbst nach siebenhunderteinundfünfzig Jahren versetzt ›der Wind die Sterne in Schwingungen‹. Derartige Erklärungen für fliegende Untertassen und ähnliche Phänomene gibt es viele. Sie stammen von Leuten, die auf emotionaler oder intellektueller Ebene die Realität dieser Phänomene nicht akzeptieren können. Nicht weil sie schlechte Wissenschaftler sind, ganz und gar nicht. Ein Grund für ihr irrationales Verhalten wird in einem Aufsatz in der *American Association for the Advancement of Science* aus dem Jahr 1969 angedeutet, der von Dr. Robert L. Hall, Professor für Soziologie an der Universität von Illinois, herausgegeben wurde. ›Zu jeder beliebigen Zeit können wir die Gesamtheit der Wissenschaft und ihrer Vertreter als Konstituenten eines starren Glaubenssystems ansehen, das sich gegen widersprüchliche Inhalte heftig wehrt... Der besonders starke Widerstand gegen die Beweise für UFO-Gegner deutet meiner Ansicht nach darauf hin, daß es sich dabei um ein Phänomen von großer Wichtigkeit handelt.‹

Sei dieser Artikel veröffentlicht wurde, entstand eine neue Gruppe der UFO-Gegner: Sie bestehen aus wissenschaftlich gebildeten Menschen mit fundamentalistischem christlichem Glauben. Sie erklären: »Weder von seiten der Wissenschaft noch der Bibel liegt ein einziger Beweis vor, daß sich außerhalb der Erde intelligente Wesen entwickelten oder erschaffen wurden. Gottes Interesse konzentriert sich auf die Erde. Es ist gar nicht notwendig nachzuforschen, denn dort draußen kann es nichts geben.« Die Banalität dieser Haltung ist eher bedauernswert als erschreckend. Doch gibt es seriöse Wissenschaftler wie Dr. John D. Barrow und Frank J. Tipler, die vor kurzem ein brillantes Buch veröffentlichten, *The Anthropic Cosmological Principle*, das ähnlich unlauter argumentiert, wenn auch auf einer wesentlich höheren

Ebene. Die Schwäche der meisten Argumente, die den Menschen in den Mittelpunkt des Universums stellen, liegt in dem auffälligen Mangel an Beispielen, aus denen man solche Folgerungen ziehen kann. Wir haben nur ein Beobachtungsprojekt: diese Erde. Die Wahrheit ist, daß wir über die tatsächlichen Lebensbedingungen im Universum nichts wissen, weil wir noch nichts über die Voraussetzungen außerhalb unseres Sonnensystems wissen. Wir könnten unser Wissen erweitern, wenn wir die UFO-Phänomene und die Entführungen ernst nehmen würden. Vielleicht finden wir Beweise für die Besucher, vielleicht auch nicht. Auf jeden Fall würde uns dann genug Material zur Verfügung stehen, so komplex und vieldimensional, daß allein ihre Erfassung eine Herausforderung für die Natur- und Geisteswissenschaften wäre.

Wenn man auch nur dem Gedanken nahetritt, die Besucher könnten Realität sein, wird man mit einer Flut unglaublicher Geschichten, bizarrer Erzählungen und – möglicherweise – wahrer Begebenheiten konfrontiert.

Es ist eine amerikanische Gewohnheit, davon auszugehen, der Vergangenheit hafte etwas Irrelevantes an. Unsere Beziehung zur Vergangenheit drückt sich in Nostalgie, aber nicht in Geschichtsverständnis aus.

Als die Regierung der Vereinigten Staaten in den späten vierziger Jahren erstmals die fliegenden Untertassen untersuchen ließ, kam niemand auf die Idee, einen Blick in die Vergangenheit zu werfen.

Hier sind zwei Geschichten:

In Merkel, einer kleinen Stadt in Texas, sah angeblich am 26. April 1897 eine Gruppe von Leuten, die auf dem Heimweg von einem Abendgottesdienst waren, ein schwebendes Objekt, das über den Boden schleifte. Sie folgten ihm, bis es gegen die Eisenbahnschienen stieß und sich in einer Schiene verhakte. Es war ein Anker, der an einem Seil hing. Als sie hochblickten, sahen sie ein

›Luftschiff‹ mit erleuchteten Fenstern und einem Vorderlicht, das heller als das Licht einer Lokomotive war. Nach zehn Minuten ließ sich ein Mann an einem Seil herunter. Er war klein und trug einen blauen Seemannsanzug. Als er die Leute sah, kappte er das Seil und segelte davon, der Anker blieb zurück.

Die kleinen Gestalten, die ich zuerst sah, trugen blaue Overalls. Es gibt Kobolde und Zwerge, die durch die Berge des mittelalterlichen Deutschland streiften, die dem Mineral Kobalt den Namen gaben... und der Farbe Kobaltblau. Warum? Auch sie trugen dunkelblaue Gewänder.

Eines Sonntags hörte die Pfarrgemeinde der St. Kinarius-Kirche in Cloera in Irland ein Geräusch auf dem Kirchendach. Die Leute gingen hinaus und sahen einen Anker in der Traufe. Das Ankerseil reichte in den Himmel hinauf, wo ein Schiff in der Luft segelte. Ein Mann ging über Bord und ›tauchte‹ nach dem Anker. Nach einer Auseinandersetzung mit den Gemeindemitgliedern durchschnitt er das Seil, und es gelang ihm, in das Schiff zurückzukehren, das schließlich davonsegelte.

Der Anker wurde in der Kirche aufbewahrt, ist aber in den folgenden Jahrhunderten irgendwann verlorengegangen. Dieses Schiff wurde bereits 1211 gesehen.

Während der Regierungszeit von Pippin, im frühen Mittelalter, wurden die Franzosen von Erscheinungen beunruhigt, die man am Himmel entlangziehen sah und die in ›wundervoll gebauten Luftschiffen‹ in großer Anzahl vorüberflogen. Die Menschen waren angesichts all dieser Pracht und Glückseligkeit verärgert. Sowohl Karl der Große als auch sein Nachfolger Ludwig der Fromme verhängten Strafen über die ›Tyrannen der Luft‹. Als Gegenpropaganda kidnappten die Flieger Menschen, brachten sie in ihre luftige Behausung und zeigten ihnen ihr Reich. Aber als die Leute zurückgeschickt wurden, verbrannte man sie auf dem Scheiterhaufen, ohne auch nur einen Augenblick zu zögern. Vermutlich konnten sie gerade noch ihre Geschichte herausschreien, bevor die Flammen sie verschlangen.

Es ist nicht verwunderlich, daß Marius Dewilde, ein Einwohner von Quaroble, einem französischen Dorf an der belgischen Grenze, so verschlossen war, nachdem er mitten in der Nacht auf zwei dunkle Gestalten getroffen war, die in der Nähe der Eisenbahngleise standen. Es war im September 1954. Laut Jacques Vallées Buch *Passport to Magonia* (Chicago: Regenery, 1969) soll Mr. Dewilde der französichen Luftwaffe kalzinierte Erde gegeben haben, die vom Ort der Begegnung stammte. Diese wurde dann an eine geheimgehaltene Organisation weitergeleitet.

Vielleicht sollten die Hüter dieser Geheimnisse in der ganzen Welt über die gleichbleibende Natur dieser Ereignisse nachdenken. Ich frage mich, ob die Tyrannen der Luft nicht genauso wie die kalzinierte Erde unter die höchste Geheimhaltungsstufe fallen sollten.

Eine ›Entführte‹ gab kalzinierte Erde aus ihrem Hinterhof an Budd Hopkins weiter, der unter keine Geheimhaltungsvorschriften fällt. Die Laboranalyse zeigte, daß die Erde extremer Hitze ausgesetzt war. Erde aus demselben Garten hätte über acht Stunden auf 800 Grad Celsius erhitzt werden müssen, um ein ähnliches Resultat zu erzielen. Zu diesem Zeitpunkt gab es dort keinen Blitzeinschlag.

Es könnte sein, daß sich im Lauf der Zeiten nicht unsere Besucher, sondern unsere Auffassung dieser Besucher gewandelt hat. Vielleicht hatten sie uns gar nicht im Jahre 1946, 1897 oder 1235 besucht. Ich habe von dem Wesen berichtet, das wie Ischtar aussah. Vielleicht ist sie es: Sie sagte, daß sie alt sei.

Worauf ich hinaus will, ist, daß hinter diesen Begebenheiten wesentlich mehr stecken kann, als Wissenschaft Regierung oder gar Religion jeweils für sich beschlagnahmen können. Es scheint, als würden wir die wichtigste archetypische Erfahrung unseres Zeitalters nicht zur Kenntnis nehmen wollen. Ist das der Grund, warum die Besucher körperliche Gestalt annehmen und die Leute nachts aus ihren Betten zerren, damit wir uns endlich diesen Phänomenen zuwenden?

Es kann sich hier um eine Vision handeln, hart an der Grenze der Realität. Sie sind mehr als flackernde Bilder unserer Sinne. Es ist etwas da draußen, das herein möchte.

Es gibt viele Beispiele für die erstaunlich subtile Beziehung zwischen den Besuchern und den Geheimnissen der Seele. Ich will damit nicht sagen, daß ich einer Theorie anhänge, die die Möglichkeit leugnet, die Besucher könnten Wesen von einem anderen Planeten sein. Alles, was ich sagen will, ist, daß wir nicht wissen, was sie sind – nur daß es sie gibt und daß unsere Beziehung zu ihnen höchst eigenartig ist.

Während des großen Stromausfalls im Nordwesten im Jahr 1965 sah der Schauspieler Stuart Whitman vor seinem Fenster im zwölften Stockwerk ein Objekt und hörte ein fremdartiges Pfeifen. Dann vernahm er eine Botschaft, daß die Katastrophe ›eine Warnung für die Welt‹ sei.

Was und wer die Besucher auch immer sind, ihre Aktivitäten beschränken sich nicht auf die bloße Untersuchung der menschlichen Gattung. Sie haben enge Verbindung mit uns, sie tauchen in unseren Träumen auf, sie verweben Realität und Irrealität. Will man sie verstehen, muß man eine neue Art des Sehens entwickeln, das das Visionäre des Mystikers mit der intellektuellen Strenge des Wissenschaftlers verbindet.

In den letzten Jahren haben viele der Entführten berichtet, daß sie sexuelle Erlebnisse mit den Besuchern gehabt haben. Dies ist natürlich furchterregend. Aber man sollte bedenken, daß die Menschen seit jeher mit Feen,

Inkuben, Sukkuben und den Bewohnern der Nacht sexuelle Beziehungen hatten.

Der römische Historiker Sueton behauptete, daß Caesar Augustus das Produkt einer Beziehung zwischen dessen Mutter und einem Inkubus gewesen sei, genauso wie Merlin, der Zauberer, angeblich der Sohn eines Inkubus und einer der Töchter Karls des Großen war.

In einer Abhandlung mit dem Titel *Über kleine Dämonen, Inkuben und Sukkuben* von Pater Ludovicus Maria Sinistari de Ameno, geschrieben im ausgehenden siebzehnten Jahrhundert, sind solche Fälle aufgezeichnet. Eine Frau wurde von einer ›leisen Stimme‹ geweckt, die einen *hohen pfeifenden Ton* hatte. (Mir gefror das Blut, als ich dies zum erstenmal las; es erinnerte mich an das Ding, das mich 1967 in Austin heimsuchte und solch ein Geräusch von sich gab. Ebenso wird im *Malleus Maleficarum*, der berüchtigten Schrift gegen Hexen, gesagt, daß Dämonen mit hoher Stimme sprechen.)

Das schattenhafte Wesen mit der hohen Stimme gestand der Dame seine Liebe. Sie wurde so sanft geküßt, daß sie glaubte, Samt habe ihre Wangen berührt. Dies wiederholte sich Nacht für Nacht. Die Dame bemühte einen Exorzisten, der aber nichts ausrichten konnte. Schließlich erschien der Inkubus in Gestalt eines Knaben mit goldenen Locken. Ihre Ehre war nicht angetastet worden. Er begann, ihr Dinge fortzunehmen, ihr kleine Stöße zu versetzen oder sie anderwärtig zu belästigen. Eines Nachts baute er um ihr Bett eine Steinmauer, die so hoch war, daß sie und ihr Ehemann eine Leiter brauchten, um herauszuklettern. Ich überlasse dem guten Pater den Rest der Erzählung von dem unglücklich verliebten Besucher:

›Am St.-Stephans-Tag hatte der Ehemann der Dame ein paar Freunde zum Abendessen geladen. Zu Ehren seiner Gäste ließ er ein großes Mahl bereiten. Während sie ihre Hände wuschen – hopp! – war mit einem Schlag der Tisch verschwunden und all die Gerichte, die darauf gestanden hatten, mit ihm, all die Schüsseln und Teller und all das irdene Geschirr in der Küche: die Becher, die Flaschen und die Gläser. Man kann sich die Überraschung und das Staunen der Gäste vorstellen.‹

Die Neckereien setzten sich fort. Um sich von dem Inkubus zu befreien, trug die Dame nun eine Mönchskutte. Sie war gerade inmitten einer Menschenmenge auf dem Weg zur Messe, als ihr plötzlich alle Kleider vom Leib gerissen wurden und sie nackt unter all den Leuten stand. Was konnte sie tun? Sie eilte nach Hause. Ihre Qualen gingen weiter, berichtet der Pater schadenfroh, ›jahrelang‹.

Ein berühmter Fall von sexuellen Verwicklungen trug sich im Jahr 1957 in Brasilien zu. Das Opfer Antonio Villas-Boas sah mehrmals eigenartige Lichter auf seinen Feldern. Eines Nachts fuhr er auf seinem Traktor, als dieser plötzlich versagte. Villas-Boas sah ein Objekt vor sich landen. Er wurde entkleidet, mit einem Schwamm gewaschen und in das Fluggerät geführt. Dann legte man ihn nackt auf einen Tisch. Einige Zeit später sah er zu seinem Erstaunen eine nackte Frau, die menschlich erschien. Ihr Haar war blond und in der Mitte gescheitelt. Ihr Gesicht war extrem breit, ihre Augen blau und schräggestellt. Sie hatte ein spitzes Kinn. Ihre Lippen waren dünn, nahezu unsichtbar. Sie war kleiner als er. Sie schlief mit ihm, deutete auf ihren Bauch, dann zum Himmel und verließ ihn. Später brachte man ihn in einen Raum, wo sich männliche Wesen aufhielten, und er versuchte, eine Uhr zu stehlen. Wie in all den Märchen gelang es ihm nicht, den Gegenstand zu erwischen.

Warum? Entweder weil die Besucher es verstehen, die Gegenstände von uns fernzuhalten, oder weil sie irgendwo zwischen Realität und Traum angesiedelt sind und wir im Innersten wissen, daß wir Dinge, die nur in unserer Vorstellung existieren, nicht mit Händen greifen können.

Am 29. Dezember 1980 kam es in Huffman, Texas, zu einem schrecklichen Vorfall. (Merkwürdigerweise geschah am selben Tag und zur selben Stunde in England ebenfalls ein aufsehenerregender Fall ähnlicher Art.) Eine Gruppe von Leuten beobachtete ein diamantförmiges Objekt am Himmel, das strahlend leuchtete. Das Objekt war von Helikoptern umgeben. Einige Leute verspürten große Hitze und waren auch anscheinend Strahlungen ausgesetzt. Sie brachten den Fall vor das Bundesgericht, da sie annahmen, Opfer eines Luftmanövers zu sein. Es wurde viel über den Fall gespottet, der bis heute nicht abgeschlossen ist. In der Zwischenzeit sind die Menschen erkrankt – einem der Opfer wurden beide Brüste amputiert –, doch die Regierung schweigt.

In den vergangenen fünfzig Jahren wurden die seltsamen Erscheinungen ihrer Märchenhaftigkeit entkleidet – die Armeen am Himmel, die Feen, die Inkuben, die Wesen aus der Vergangenheit zeigen sich als das, was sie wirklich sind: ein schwieriger Erfahrungsinhalt voller Geheimnisse, was darauf hindeuten könnte, wir seien etwas anderes als das, wofür wir uns halten, und unser Dasein könnte Gründe haben, über die wir nichts wissen. Das alles zu verstehen und die Fragen zu beantworten ist die größte Herausforderung.

Die Stellung der Wissenschaft hierzu war immer schon problematisch. Der erste UFO-Entlarver war vermutlich Bischof Adelbard von Lyon, der zur Zeit Karls des Großen drei Männer und eine Frau vor einer wütenden Menge rettete. Die halbe Stadt hatte beobachtet, wie sie aus einem Luftschiff gestiegen waren. Sie seien entführt worden, behaupteten sie. Der Bischof rettete ihnen das Leben, indem er sagte, daß die ganze Geschichte sich nicht zugetragen haben könne und daß die Leute nicht das gesehen hätten, was sie annahmen, gesehen zu haben. Die armen Opfer seien auch nicht in irgendeinem Luftschiff gewesen, weil es so etwas nicht gebe. Auf diese Weise hatte der erste Entlarver den ersten Entführten das Leben gerettet.

Seit der Jahrhundertwende sind keine Leute mehr an Seilen aus Feenschiffen heruntergestiegen. Vielleicht hat jene Parallelwelt auch ihre technische Revolution gehabt, oder der menschliche Geist hat sich neue Bilder erschaffen, oder die Toten haben Wunder entdeckt, von denen die Lebenden nur träumen können. Vielleicht leben auch andere Gattungen auf unserer Erde, die Feen, die Gnome, die Vampire, die Zwerge ... ihr Bezug zur Realität ist ein anderer als unserer, sie kennen und lieben uns aber, etwa so, wie wir die wilden Geschöpfe des Waldes lieben. Vielleicht wollen sie uns vor uns selbst retten, vielleicht ist ihr Leben unwiderruflich an unser eigenes gebunden. Wenn wir sterben, versinken dann auch die Götter, die Feen und die Elfen in den Schluchten des Vergessens? Vergeht ihre geheime Welt mit uns, oder wird sie nur schaler und langweiliger?

Wenn die Intelligenz der Besucher nur in kollektiver Form auftaucht wie bei einem Schwarm, dann ist für sie der Mensch mit seinem unabhängigen Willen ein einzigartiges Geschöpf, eine Fundgrube neuer Gedanken und Möglichkeiten.

Jene kollektive Intelligenz würde dann dazu reizen, uns zu isolieren, uns zu beobachten, um sich vor uns schützen zu können. Aber wenn wir lernen, sie besser zu verstehen, könnte es vielleicht zu einer Beziehung kommen. Und für jene Wesen könnte die Möglichkeit einer solchen Beziehung verlockend genug sein, ihren Selbsterhaltungstrieb zu überwinden – insbesondere dann, wenn wir es lernen, ihnen nicht in einer Form entgegenzutreten, die ihnen bedrohlich erscheinen mag.

Alexander Pope sagt in seinem *Versuch vom Menschen:*

So mögen wir, die hier uns Könige fühlen,
Nur fremder Sphären Nebenrollen spielen,
Ein Rad berühren, streifen an ein Ziel;
Vom Ganzen sieht ja unser Aug' nicht viel.

Die geheime Runde

Budd Hopkins hat großes Verständnis für die Probleme der Menschen, die eine Begegnung mit Besuchern erlebt haben. Er hat über hundert solche Fälle behandelt und kennt das Reaktionsmuster. Als er vorschlug, ich sollte mich mit der Gruppe treffen, die sich aus dem Raum von New York zusammengefunden hat, um sich gegenseitig zu helfen, war ich zuerst erleichtert. Dann wurde mir unbehaglich zumute. »Hab keine Angst«, sagte er, »jeder glaubt, daß er zumindest teilweise geträumt hat. So ist es auch am besten. Keiner wird dir einen Rockzipfel von einem Außerirdischen zeigen und dich damit verrückt machen.«

Trotzdem war ich nicht gerade versessen darauf, die anderen ›Entführten‹ zu treffen. Einige Tage zuvor hatte ich ein Gespräch mit einem Mann, der glaubte, von Wesen besucht worden zu sein, die ›wie die schönsten Götter und Göttinnen aussahen, die man sich vorstellen kann‹. Diese hätten ihm erklärt, die Welt würde bald untergehen, und die ›Erwählten‹ würden auf einen Jupitermond gebracht werden. Vielleicht war sein Erlebnis echt, aber er hatte das Furchterregende in Bilder umgeformt, die für ihn akzeptabel waren.

Ich glaubte Leute zu treffen, die nach Publicity hungerten, zur Übertreibung neigten und leicht paranoid waren. Ich glaubte, ihre psychischen Defekte auf den ersten Blick erkennen zu können. Ich hatte mich gründlich getäuscht. Sie wollten nichts von Publicity wissen. Sie wollten anonym bleiben. Es war eine Gruppe ganz durchschnittlicher Menschen. Ich habe keinen Grund anzunehmen, daß sie verrückt sind oder auch nur teilweise gestört. Sie waren verängstigt, das war nicht zu übersehen. Unter diesen Umständen wäre jede andere Reaktion abnormal gewesen.

Die Mitglieder der Gruppe waren zum größten Teil eher nüchterne Menschen und nicht übermäßig fantasiebegabt. Unter ihnen war eine Geschäftsfrau, eine Kosmetikerin, ein Musiker, eine Tänzerin – kurz, ein Querschnitt durch die Bewohner jeder Großstadt. Sie klammerten sich an die Vorstellung, daß es sich um Träume handeln könnte. Sie klammerten sich daran wie an ein Stück Treibholz im Sturm.

Es stellte sich heraus, daß meine Erfahrungen denen der anderen sehr ähnlich waren. Wir haben fast alle die gleichen Wesen gesehen. Einige der Wesen sind klein und behend und tragen graue oder blaue Uniformen. Andere sind größer, graziös und dünn; einige haben Mandelaugen, andere runde Augen. In meiner Kindheit habe ich auch eine sehr eindrucksvolle weiße Gestalt gesehen, mit hellblauen Augen und schneeweißer Haut. Die Erinnerung daran kam – wahrscheinlich durch die intensive Beschäftigung mit diesem Thema – bruchstückhaft wieder zu mir zurück. Zu den weiteren gemeinsamen Beobachtungen gehört der anscheinend allgegenwärtige graue Tisch mit dem festen Unterbau, die Kleinheit der Besucher, ihre großen, schwarzen Augen ohne Pupille und Iris, ferner die Erkenntnis, daß es sichtlich mehrere Typen gibt, die vereint auftauchen. Viele von uns haben auch eine Beziehung zu einem einzelnen Wesen.

Ihre Haut scheint grau zu sein mit anderen Zwischentönen. Wenn sie laut sprechen, dann zuweilen mit hohen, quiekenden Tönen, manchmal mit tiefer Baßstimme. Manchmal gehen starke Gefühle von ihnen aus, ein ander Mal wirken sie gefühllos wie Steine. Ihr Geruch kann verschieden sein, oft ist er beißend. Licht wird sowohl als Betäubungsmittel wie auch als Transportmittel wahrgenommen. ›Ich erhob mich auf einem Lichtstrahl‹ und ›Das Licht traf mich und betäubte mich‹ sind typische Aussagen. Es wird auch von elektromagnetischen Wirkungen berichtet, vor allem von nicht funktionierenden Autos, Fernsehern und Hausbeleuchtungen.

Einige von uns hatten sich in einem kleinen Operationsraum befunden, aber niemand scheint sich erinnern zu können, was dort geschehen ist. Eine der Frauen erzählte, daß sie dort ohne Aufsicht herumgehen durfte.

Interessanterweise wird von einem Geräusch berichtet, das im Gegensatz zu den verschiedenen Stimmen sehr tief klingt. Es gibt vereinzelt Untersuchungen, die darauf hindeuten, daß Niedrigfrequenztöne den Körper beeinflussen und desorientierend wirken können.

Überraschend ist die Übereinstimmung des Symbols, das sich in den meisten Berichten, die ich gelesen oder gehört habe, verbirgt. Das Symbol ist sehr alt und hatte während der gesamten menschlichen Geschichte hohen Stellenwert. Ich interessierte mich zeit meines Lebens dafür – es war schon beinahe eine Art Besessenheit. Auch den anderen Teilnehmern des Gruppengesprächs war sein Vorhandensein bewußt. Es wird in vielen Tonbändern, die ich abhören durfte, erwähnt und taucht in Zeichnungen auf. Bis jetzt allerdings hat es niemand als umfassendes Symbol der Besucher erkannt.

Dieses Symbol ist das Dreieck. In seiner Autobiographie hat Buckminster Fuller das Dreieck als den ›fundamentalen Baustein des Universums‹ bezeichnet.

Im März 1986 wurden mir zwei Dreiecke in den Arm geritzt. ›Dr. X‹, ein Arzt in Arles, der anonym bleiben möchte, hatte nach einer Begegnung mit Besuchern eine Narbe in Form eines Dreiecks um den Nabel.

Das Symbol des Dreiecks tauchte während des Gruppengesprächs immer wieder auf. Als wir in Erwägung zogen, eine Botschaft in den Weltraum zu schicken, haben wir an ein grundlegendes Symbol gedacht – eine Primzahl vielleicht, oder den Wert von π. Doch ein gleichschenkeliges Dreieck wäre sicher das richtige. In dem Gruppengespräch bat ich die Teilnehmer mehrmals um die Beschreibung bestimmter Erlebnisse, aber ohne viel Erfolg. Für die meisten Menschen sind die Einzelheiten der Vorfälle höchst privater Natur. Man kann ihnen keinen Vorwurf daraus machen, wenn man an die Beschuldigungen denkt – von Scharlatanerie bis hin zum Irresein – und an die Hetzkampagnen der Presse.

Der Zweck unserer Zusammenkunft bestand nicht darin, die Einzelheiten der Entführungen zu vergleichen; wir wollten darüber diskutieren, wie man mit diesen Erlebnissen fertig wird; wie man ein normales Leben führen kann, ohne genau zu wissen, was real ist, wie man mit dem Risiko, sich lächerlich zu machen, umgeht und überhaupt, wie man seinen Platz findet in einer Welt, die plötzlich sehr fremd geworden ist. Daß keiner der Teilnehmer seinen Namen veröffentlichen wollte, braucht wohl nicht eigens erwähnt zu werden. Die einzigen richtigen Namen auf der Teilnehmerliste sind mein eigener und der von Budd Hopkins.

Dies ist die geheime Runde:
Mary, Kosmetikerin, 29 Jahre
Jenny, Tänzerin, 22 Jahre
Mark, Museumskurator und Künstler, 55 Jahre
Sally, Geschäftsführerin, 36 Jahre
Joan, Schönheitsspezialistin, 23 Jahre
Sam, Wissenschaftler, 39 Jahre
Fred, Musiker, 34 Jahre
Pat, Hausfrau, 35 Jahre
Amy, Pats Mutter, 56 Jahre
Betty, Beamte, 43 Jahre
Whitley, Schriftsteller, 40 Jahre

Das ist unsere Gesprächsrunde:

Whitley: »Budd, ich möchte dich bitten anzufangen. Auch wenn du dich nicht dazu zählst, so bist du doch einer von uns.«

Budd: »Ich werde Ihnen sagen, was meiner Meinung nach das interessanteste wäre: Statt über die Begegnungen zu erzählen, sollten wir uns lieber darauf konzentrieren, wie ein jeder zu diesen Begegnungen steht.«

Joan: »Manchmal fällt es mir schwer, die alltäglichen Dinge, meine Arbeit beispielsweise, oder was in der Welt so geschieht, ernst zu nehmen, weil ich plötzlich denke, das alles ist so banal im Vergleich mit dem, was dort draußen geschieht. Die Menschen widmen dem, was sie in ihrem Leben tun, so viel Aufmerksamkeit und setzen so viel Druck dahinter, manchmal sage ich mir: ›Es bedeutet nichts.‹ Irgend etwas wird bald geschehen, und was wir tun, bedeutet gar nichts. Und sie versuchen, uns irgend etwas zu sagen, aber niemand hört zu.«

Whitley: »Wie sah Ihr Erlebnis aus?«

Joan: »Ich werde Ihnen etwas erzählen. Mir wurde das Bild einer neuen Stadt gezeigt, die sie bauen. Wir sind dabei, unseren Planeten nach und nach zu töten, und es wird der Zeitpunkt kommen, an dem nichts mehr übrig ist. Ich glaube, daß sie dabei sind, eine neue Welt aufzubauen. Und es gibt Menschen, die dann dabei sind. Und das erschreckt mich, denn ich habe jetzt Schwierigkeiten, mit dem Leben zurechtzukommen, weil ich anfange zu denken: *Darauf kommt es jetzt nicht mehr an.* Es geht zu Ende, das haben sie mir zu verstehen gegeben. Wir sind dabei, uns umzubringen. Und das ist furchtbar.«

Whitley: »Möchte jemand dazu etwas sagen?«

Jenny: »Ich denke, einige von uns verstehen tatsächlich, was vorgeht, und vielleicht sind die Besucher nicht ›sie‹, sondern sie sind wir und wir sind sie, also ist es nicht richtig, wenn ihr sie ›sie‹ nennt und sagt: ›Sie beobachten uns, sie machen dies und das mit uns.‹ Das stimmt nicht. Sie sind wir und wir sind sie, und deshalb...«

Whitley: »Was haben Sie erlebt?«

Jenny: »Ich bin noch nicht ganz sicher, weil ich erst eine Hypnose hatte, aber ich habe mich an etwas erinnert, was ich im Alter von fünf Jahren erlebt hatte, eine sehr erschreckende Begegnung, die ich immer verdrängt habe. Ich hatte Angst, seit ich fünf war. Ich sah Dinge in unserem Haus, ich sah Gestalten, und ich wachte schreiend auf.«

Whitley: »Meinen Sie, keine menschlichen Gestalten?«

Jenny: »Ich weiß es nicht, es waren Schatten. Sie waren klein. Einmal sah ich etwas Grünes an der Wand heruntertropfen. Es sah aus wie ein sehr helles grünes dreieckiges Licht. Ich lief schreiend in das Schlafzimmer meiner Mutter, und sie sagte: ›Geh wieder schlafen. Das war sicher ein Traum.‹ Solche Erlebnisse hatte ich, seit ich fünf Jahre alt war, und ich habe nie über sie nachgedacht, bis vor ungefähr sechs Monaten meine Schwester erwähnt hat, daß sie ein Erlebnis hatte, an dem ich ihrer Erinnerung nach auch beteiligt war – da erinnerte auch ich mich daran, aber ich hatte immer gedacht, es sei ein Traum gewesen.«

Whitley: »Im Februar wurde mir ein dreieckiges Stück aus der Haut an meinem Arm herausgeschnitten.«

Mary: »Ich kann am besten damit leben, wenn ich einfach nicht daran glaube. Ein Teil von mir glaubt nicht daran. Der Teil, der im Alltagsleben steckt.«

Whitley: »Wie viele solcher Begegnungen haben Sie erlebt?«

Mary: »Viele, seit ich fünf Jahre alt war.«

Whitley: »Wie viele? Wie oft?«

Mary: »Sieben. Acht, neun, zehn.«

Whitley: »Hat irgend jemand, den Sie kennen, auch so etwas erlebt?«

Mary: »Meine ganze Familie. Nachbarn, auch einige Freunde. Noch bevor ich sie überhaupt kennenlernte.«

Budd: »Sie haben erzählt, daß es da eine Gestalt gab, einen Mann –«

Mary: »Es gab immer eine zentrale Gestalt.«

Budd: »Und war er freundlich?«

Joan: »War er groß?«

Mary: »Nein, sie waren alle klein. Er war mein Beschützer. Alle, die dabei waren, waren immer sehr... sie verrichteten eine Arbeit, die sie tun mußten, und das war's. Es gab kein... sie waren nicht zornig oder glücklich darüber. Sie taten einfach, was sie tun mußten. Aber dieser eine... wenn ich Angst bekam, hat er mich beruhigt, wenn ich mich schlecht fühlte, half er, daß es mir besser ging.« (Andere hatten eine ähnliche Erfahrung mit einem ›Freund‹ oder einem ›Beschützer‹. Das Geschlecht dieses Freundes ist oft, aber nicht immer das dem eigenen entgegengesetzte.)

Whitley: »Wie sieht er aus?«

Mary: »Er sah eigentlich wie die anderen aus.«

Whitley: »Und das wäre?«

Mary: »Dieselben kleinen Leute, wissen Sie, so etwa ein Meter dreißig, ein Meter fünfzig groß. Die gleiche graue Haut und die großen Köpfe und die großen, verschwimmenden schwarzen Augen.«

Whitley: »In anderen Worten: Sie würden ihn nicht als menschliches Wesen bezeichnen?«

Mary: »Nein. Ich weiß nicht, ob das, was ich erlebt habe, mehr als ein Traum war, aber ich weiß, daß die Gefühle, mit denen ich mich seit Jahren herumquäle, Wirklichkeit sind, diese Angst, die keinen ersichtlichen Grund hat.«

Whitley: »Sind Ihre Kinder darin verwickelt?«

Mary: »Ja.«

Whitley: »Und was sagen Sie dazu?«

Mary: »Das ist das einzige an der ganzen Sache, das

mich wirklich aufregt. Ich möchte alles wissen, was mit meinen Kindern passiert, und ich möchte dabei sein, wenn es passiert. Mir gefällt es nicht, daß jemand an meinen Kindern herummanipuliert und daß ich das nicht weiß. Sie sind so schutzlos, verstehen Sie, es ist einfach nicht fair. Nicht als ob wir nicht selbst auch schutzlos wären, aber wirklich verrückt macht mich nur mein Mutterinstinkt. Ganz verstehe ich es nicht. Ich habe Pat gesagt, daß ich nicht glaube, daß es etwas bringt, wenn ich mich aufrege. Ich habe normalerweise schon genug Probleme zu bewältigen. Ich habe eine Menge Streß, und ich komme mit Streß nicht besonders gut zurecht. Ich schaffe es irgendwie, so wie alle anderen. Daher sehe ich keinen Sinn darin, mir noch mehr Streß aufzuladen und mich über etwas zu ärgern, das ich nicht ändern kann. Also habe ich mir den Ärger erspart... bis auf die Kinder.«

Whitley: »Sie haben sich entschlossen...«

Mary: »Damit zu leben, ja.«

Whitley: »Darauf zu achten, daß es nicht zu real wird?«

Mary: »Ich bin davon überzeugt, daß jeder so etwas erlebt, zumindest alle, die hier sind. Ich weiß nicht, warum es leichter ist, eure Erlebnisse zu akzeptieren als meine eigenen. So, als würde es realer wirken, wenn es jemand anderem passiert.«

Fred: »Ich möchte nur sagen, daß wir mit so vielen unklaren Dingen zu tun haben. Aber wenigstens eines ist klar und wichtig: die Tatsache, daß wir uns treffen. Die Begegnung – ich spreche jetzt für mich, ich weiß nicht, wie traumatisch sie für andere war – war für mich nicht unangenehm und eröffnete mir neue Perspektiven. Aber dank dieser kleinen Gruppe lerne ich – die Liebe – kennen, das ist wichtig. Der Rest ist jedem selbst überlassen.«

Whitley: »Möchten Sie erzählen, was Sie erlebt haben?«

Fred: »Eigentlich nicht.«

Budd: »Leute, die das erste Mal hier sind, sagen: ›Das ist ja wie eine Familie.‹«

Whitley: »Mir geht es genauso. Das ist eigenartig.« (Innerlich beschäftigte mich gerade die Tatsache, daß ich die Frau, die hier Mary genannt wird, sofort erkannte, und ich wußte nicht, warum.)

Mary: »Ich finde es auch eigenartig.«

Pat: »Interessant ist auch, daß ich bei einer Tagung in Massachusetts erlebte, wie drei Menschen, die alle entführt worden waren, plötzlich in der Mitte des Raumes zusammenstanden. Es gab in dem Raum sonst niemanden, der eine Begegnung gehabt hatte...«

Budd: »Darauf würde ich mich nicht verlassen.«

Pat: »So meine ich das nicht. Interessant ist aber, daß sie es wußten. Sie fanden sich sofort. Wir drängten uns zueinander. Als ob wir zusammen sein mußten. Das war eigenartig.«

Betty: »Mir scheint, man kommt an den Punkt, wo man sich von der Situation absondern will, weil man fast den Verstand verliert. Man muß sich so sehen wie ein Außenstehender: das passiert gar nicht mit mir.«

Sally: »Ich glaube, deshalb ist es so schwierig, alles zusammenzureimen. Denn während es geschieht, sagt man sich, das geschieht nicht mir – also wird es von einem Teil meines Verstandes abgelehnt, aber der andere Teil muß es in sich aufnehmen. Mir kam es so vor, als würde mein Verstand in Stücke zerfallen.«

Whitley: »Was haben Sie erlebt? Können Sie etwas davon beschreiben?«

Sally: »Schreckliche Angst. Ich fühlte mich wie ein Tier.«

Whitley: »So fühlte ich mich auch.«

Sally: »Ich klammerte mich an jedes kleine Stück Leben, an jedes bißchen Deckung, suchte, ob ich mich an irgendeiner Ecke verstecken oder ihnen irgendwie entkommen kann. Ich wollte nicht wissen, was mit ihnen los war, was sie tun wollten, was sie mit mir anstellen wollten – ich wollte nur weg. Laßt mich nach Hause. Ich behaupte nicht, mutig zu sein. Ich war nicht mutig. Ich schrie und wurde ohnmächtig. Mir ist die Evolution egal, mir sind eure Raumschiffe egal, mir ist alles egal. Ich will bloß hier raus. Es gab natürlich Zeiten, in denen ich weniger Angst hatte und mich umgesehen habe. Aber wenn sie da waren – nein. Meistens war ich zornig oder verängstigt.«

Fred: »Ich bin immer noch überrascht, daß ich trotz all der Bücher, die ich lese, in dieser Gruppe mehr erfahre als aus allen Büchern bisher.«

Whitley: »Sam, Sie sitzen einfach so da –«

Sam: »Ich hatte mein Erlebnis vor einigen Jahren. Ich glaube, es war nicht viel anders als bei anderen Leuten. Ich finde, es ist leichter, hier zu sitzen und mit anderen Menschen darüber zu reden und den Erlebnissen anderer Leute zuzuhören, als still in der Ecke zu sitzen und darüber nachzudenken, was passiert ist. Für mich ist es sehr schwierig, fast unmöglich, meine Augen zu schließen und meine Begegnung noch einmal durchzuleben.«

Sally: »Es ist zu beängstigend. Alleine ist es einfach zu beängstigend. Ich habe vor kurzem so eine Art Selbsthypnose gemacht...«

Fred: »Mein Gott, Sie haben Mut!«

Sally: »Na ja, ich hab es eben gemacht. Ich ging schlafen. Ich begann, die Entführung noch einmal zu durchleben. Ich ging in meinem Apartmenthaus die Treppen hinauf. Dann überschritt ich einen bestimmten Punkt, und ich sagte: ›Oh nein, das ist zu real.‹ Denn ich habe mich tatsächlich an mehr Details erinnert als in der Hypnose. Ich sagte: ›Oh, nein, daraus kann nichts werden.‹ Dann hörte ich auf.«

Sam: »Wenn ich anfange, darüber nachzudenken, werde ich wütend und denke: *Für wen, verdammt noch mal, halten die sich eigentlich, daß sie mit uns machen können, was sie wollen, als ob wir überhaupt nichts wären.* Und das ärgert mich so, daß ich aufhören muß. Ich möchte über meine Begegnung nicht mehr nachdenken, und ich möchte auch nicht über das nachdenken, was andere erlebt haben, weil mich das ebenfalls ärgert.«

Budd: »Mark, vielleicht haben Sie zu diesem Punkt etwas zu sagen. Sie haben über Ihre Empfindungen viel nachgedacht. Ich würde gern etwas von Ihnen dazu hören.«

Mark: »Ich hatte ein Erlebnis, als ich zehn Jahre alt war, hatte keine Ahnung, was es war, aber seit siebenunddreißig, achtunddreißig Jahren war mir immer bewußt, daß etwas geschehen ist, und ich wußte auch ungefähr, wo. Aber ich konnte es nie erklären. Ich suchte dauernd nach der Gegend, wo es passiert war. Es war eine Gegend, durch die ich oft kam, wo eine Menge Menschen waren, die alle bezeugen konnten, daß dort etwas geschehen ist, was man nicht erklären konnte. Nach der ersten Hypnose kam alles zum Vorschein, ganz real und glaubhaft: Ich war mit jemandem unterwegs, mit dem Fahrrad. Dann gibt es einen Zeitsprung, und wir schieben unsere Räder nach Hause. Ich erinnere mich an eine Geschichte, die ich erzählt habe: daß ich einen Unfall mit dem Rad gehabt hätte, weil ich eine Narbe hatte, aber ich habe selbst nicht daran geglaubt. Und ich hab's die ganzen Jahre hindurch nicht geglaubt.«

Whithley: »Wie viele von Ihnen haben so eine Geschichte, die nie geschehen ist und die man das ganze Leben lang erzählt hat?«

Jenny: »Mein ganzes Leben lang glaubte ich, es war meine Mutter – in meinem Kopf sagte etwas ständig: ›Du lügst, du lügst‹, aber meine Mutter hat das nie gesagt. Mein ganzes Leben lang, seit meinem fünften Lebensjahr.«

Fred: »Auch ich kenne das. Ich weiß, es ist geschehen, aber ich glaube es nicht. Es gibt noch etwas, das ich bei unserer Gruppe so gut finde, wenn ich für eine Sekunde noch einmal darauf zurückkommen darf: Wir schauen uns gegenseitig an, und wir sagen: ›Ich kann ihre Geschichte nicht glauben, ich kann seine Geschichte nicht glauben, ich kann *meine* Geschichte nicht glauben.‹ Und doch ist es ein Trost, zu wissen, daß jeder glaubt, irgend etwas sei geschehen, auch wenn wir nicht verstehen, was geschehen ist.«

Pat: »Wir finden uns damit ab.«

Sally: »Als ich das erste Mal merkte, daß etwas geschehen ist, nicht bloß Produkt meiner Fantasie oder etwas aus meinem Unterbewußtsein, da habe ich Betty Andreassons Geschichte gelesen [*The Andreasson Affair* von Richard E. Fowler]. Sie beschreibt so eine Art kristallene Stiefel, die sie ihr angezogen hätten. Die Stiefel hatten glatte Sohlen, wie eine Plattform, und es gab irgend etwas Elektrisches in dieser glatten Plattform. Und genau so etwas hatte ich an meinen Füßen. Ganz genau so. Und ich sagte mir, es sei unmöglich, daß eine andere Frau genau die gleiche Einbildung hat. Ich sagte: ›Unmöglich‹, und Tränen begannen mir übers Gesicht zu laufen, und ich sagte: ›Das ist es also.‹ Ich war völlig durcheinander. Ich konnte nicht schlafen, ich warf mich hin und her, ich war kaputt. Ich wollte mich verstecken. Es war schrecklich.«

Joan: »Ist es nicht eine Erleichterung, festzustellen, daß es nicht nur Einbildung war?«

Sally: »Nein! Schrecklich!«

Joan: »Für mich war es eine Erleichterung.«

Whitley: »Ich wäre krank geworden, wenn ich geglaubt hätte, es wäre nur Einbildung gewesen. Anfangs schien mir ganz klar, daß ich verrückt werden würde. Ich rechnete damit, einfach überzuschnappen. Die Erkenntnis, daß es nicht meine Einbildung war, als sie auf eine Art und Weise hereinkamen, daß es nicht mehr zu leugnen war...«

Joan: »Haben alle hier eine Begegnung mit fünf Jahren gehabt?« (Allgemeine Zustimmung. Einige sagten, vielleicht mit vier oder noch jünger.)

Whitley (zu Amy): »Wissen Sie, was Sie erlebt haben?«

Amy: »Doch, ich weiß es. Ich möchte was sagen über das, worüber Mary gesprochen hat. Einmal erscheint es real, und beim nächstenmal nicht.«

Mary: »Jedesmal, wenn ich die Bilder von meinem Hinterhof anschaue, ist es real.« (Aus ihrem Hof hatte Budd Hopkins die Probe mit kalzinierter Erde erhalten.)

Amy: »Sally hat Betty Andreassons Buch erwähnt. Ich habe mir einige Seiten angesehen und konnte das Buch nicht lesen. Ich wußte, daß es mich ängstigen würde, und ich weiß nicht, warum. Ich hatte dieses ungute Gefühl von... Ich habe Töchter... und ich bekam Angst.«

Tom (ein Collegelehrer, der sich mit UFOs beschäftigt, aber keine Begegnung hatte): »Irgendwie bin ich neidisch auf jeden hier, denn ihr alle konntet einen Blick in eine andere Welt werfen, vielleicht in eine andere Dimension. Und auf gewisse Weise habt ihr die Zukunft gesehen, wenn ich das einmal so sagen darf. Ihr habt gesehen, was eintreten könnte. Zumindest gibt es Menschen, die daran glauben. Ihr wißt etwas, was nur sehr wenige Menschen wissen.«

Sally: »Die Frage ist: Was für eine Art von Wissen ist das, und was geschieht, wenn wir es nicht wollen? Wenn man es nicht will, dann weigert man sich, es anzunehmen, und wenn man sich weigert, es anzunehmen, hat man es nicht. Diese ganze Geschichte ist so, als ob man in einem Raumschiff etwas erblicken und fragen würde: ›Ist das echt?‹, weil man noch nie so etwas gesehen hat. Wir sind keine guten Zeugen. Ich meine damit, daß wir nur kleine Teilstücke haben. Wenn man uns gestatten würde, so ein Schiff zu durchforschen, wieviel Informationen könnten wir bekommen! Aber ein paar unschuldige Menschen, die entführt wurden, das ist nicht genug. Es ist ein Fragment.«

Whitley: »Ich glaube nicht, daß diese Dinge jemals an die Öffentlichkeit kommen werden. Und wenn doch, so nicht in der Form dieser persönlichen Erfahrungen. Die Menschen werden es akzeptieren – wie etwas, das jeder am Himmel sehen kann.«

Sam: »Auf welcher Glaubensstufe befinden wir uns? Glauben wir alle, daß wir einzelne Begegnungen hatten, die vorbei sind? Oder glaubt ihr, es ist etwas, das kommt und geht? Glaubt ihr, daß sie die ganze Zeit hier unter uns sind?«

Pat: »Wie viele haben ein Gefühl ständiger Überwachung?«

Jenny: »Daß wir die ganze Zeit beobachtet werden?«

Pat: »Ständige Überwachung, ja.«

Joan: »Dieses Gefühl ist bei mir sehr stark.«

Whitley: »Bei mir auch.«

Pat: »Wie viele haben das Gefühl, daß etwas immer wieder von ihnen Besitz nimmt?«

(Geteilte Reaktionen.)

Whitley: »Ich habe die ständige Vorstellung, an einem anderen Ort zu sein. Manchmal ist es wie ein Park, manchmal sehr hell.«

Fred: »Das geht mir auch so. Sehr hell.«

Pat: »Warum haben wir Angst vor der Veränderung?«

Joan: »Es ist das Gefühl, sich nicht unter Kontrolle zu haben.«

Pat: »Ich glaube, sie haben keine individuelle DNS. Ich glaube, sie sind alle ziemlich gleich. Sie interessieren sich für uns, weil wir verschieden sind. Und wir schätzen die Verschiedenheit und unsere individuelle Freiheit. Und wir haben das Gefühl, daß, wenn wir entführt werden, uns diese individuelle Freiheit genommen wird, und das verstehen sie nicht. Sie verstehen nicht unseren Sinn für Freiheit und das Zugeständnis unseres eigenen Willens.«

Sam: »Sie verhielten sich fast wie unter militärischer Disziplin.«

Whitley: »Das war auch mein Eindruck.«

Sam: »Sie hatten Befehle, und sie folgten ihren Befehlen.«

Whitley: »Sind Sie der Ansicht, es sind Roboter?«

Sam: »Daran habe ich auch schon gedacht.«

Mark: »Sind sie fanatisch oder einfach nur diszipliniert?«

Sam: »Diszipliniert.«

Jenny: »Das stimmt, ich erinnere mich daran, daß sie alle auf die gleiche Art gingen.«

Sally: »Gleichzeitige Bewegungen, gleichzeitiges Sprechen?«

(Von gleichartigen Bewegungen wird oft berichtet, z.B. drei Individuen, die im Gleichschritt gehen.)

Joan: »Ich kann mir vorstellen, daß etwas Höhergestelltes durch sie spricht. Sie tun nur ihre Arbeit.«

Jenny: »Man spürt keinerlei Individualität.«

Whitley: »Und doch spüre ich zuzeiten eine unglaublich starke Persönlichkeit. Sie ist die stärkste Persönlichkeit in meinem Leben.«

Jenny: »Das spüre ich auch! Ich spüre eine Persönlichkeit, aber ich weiß nicht, woher sie kommt. Wenn ich versuche, diese Wesen darzustellen, sind sie so eine Art von Ding. Aber dann ist da diese Kraft...«

Pat: »Eine, die ziemlich stark Anteil nimmt.«

Fred: »Es gibt zumindest in meinem Fall einen, den ich identifizieren kann, der diese kraftvolle Persönlichkeit hatte. Er hat die ganze Angelegenheit geleitet. Alles. Die anderen haben nicht einfach Befehle empfangen. Es wurde ihnen kein Befehl zugerufen oder mitgeteilt. Sie haben es einfach – zack, zack – getan. Ich fühlte mich ihnen überlegen, aber es gab immer einen unter ihnen, bei dem man sich wohl und sicher gefühlt hat.«

Jenny: »Als wäre er ein Teil von mir.«

Mary: »Ein kleiner Teil von ihm ist die ganze Zeit über mit mir.«

Sally: »Einer hat versucht, mich zu trösten, aber ich habe es abgelehnt. Ich wollte nichts davon wissen. Ich hatte das Gefühl, daß wenn ich ihn anschaue... es war, wie wenn ein Räuber eine Maske aufhat, und wenn man die Maske herunterreißt, dann wird man umgebracht, weil man ihn erkannt hat. Deshalb wollte ich ihn nicht ansehen. Ich wollte es nicht glauben, und ich wollte nicht ein Teil davon werden. Ich hatte das Gefühl, daß ich, wenn ich mich fernhalte, sicher wäre. Ich werde dich nicht ansehen, ich werde dich nicht identifizieren, ich werde niemandem sagen, wie du aussiehst. Deshalb sagte ich nur: ›Ich werde dich nicht ansehen.‹ Ich dachte, wenn ich ihn identifizieren würde, wäre mein Leben in Gefahr.« (Sally hatte bei ihrem Erlebnis nicht nur Besucher gesehen, sondern auch scheinbar menschliche Wesen, die mit ihnen zu tun hatten. Es waren diese Leute, die sie offensichtlich nicht wiedererkennen wollte.)

Sam: »Ich hatte den Eindruck einer höheren Intelligenz. Einer sehr hohen Intelligenz. Die anderen waren nichts dagegen.«

Sally: »Die anderen wirkten nicht menschlich, so wie dieser eine. Der eine, der zu mir sprach, ist eine Mischung. Er ist eine Kreuzung zwischen ihnen und uns selbst.«

Whitley: »Das Wesen, das zu mir spricht, sieht aus wie ein großer Käfer. Riesige Augen. Sieht überhaupt nicht wie ein Mensch aus.«

Sally: »Ja, solche habe ich auch gesehen.«

Fred: »Nur eine Frage: Fühlt sich jemand ausgenützt?«

Sally: »Ich schon.«

Sam: »Vielleicht ist es harmlos.«

Mary: »Ungefähr ein Jahr lang war ich davon besessen, ein kleines Stück dieser Welt mit mir herumzutragen. Ich ging mit meinen Kindern in den Park und sammelte jeden kleinen Samen und jeden Stein und jeden Zweig, den ich finden konnte. Mein Zimmer sah aus wie ein Naturkunde-Studio. Und plötzlich fehlte die Hälfte.«

Whitley: »Auch ich habe manchmal überlegt, was ich wohl mitnehmen würde.«

Mary: »Das geht mir auch so. Ich denke immer wieder daran, daß dies alles hier eines Tages vorbei sein wird.«

Sam: »Ich auch. Ich möchte genießen, was noch hier ist, weil es nicht mehr lange da sein wird.«

Mary: »Meiner Schwester wurde von den Besuchern der Gedanke eingegeben, daß die Welt im Jahr 2000 völlig anders aussehen wird. Nicht notwendigerweise schlechter, aber für einige wird das Überleben schwierig werden. Die Welt wird vielleicht beständiger sein, vielleicht auch ganz anders als heute.«

Sam: »Künstlicher.«

Mary: »Anders. Das ist sicher. Die Welt wird den Jungen und Starken gehören. Meine Schwester weiß nicht genau, ob damit jung und stark im physischen oder im geistigen Sinn gemeint ist.«

Whitley: »Mir scheint auch, daß eine Änderung schon sehr bald bevorsteht. Der Kreislauf hat sich beschleunigt.« (An dieser Stelle möchte ich eine Zwischenbemerkung einschieben, um zu erklären, warum ich diese Aussage gemacht habe. Ich erhielt Material über die gefährdete Situation der Erdatmosphäre. Einen großen Teil dieses Materials bekam ich im Februar und März 1986; es betraf die zunehmende Gefahr atmosphärischer Verschlechterung. Im März berief ich eine Pressekonferenz in Washington, D. C. ein, um mein Buch *Nature's End* vorzustellen, das ich mit James Kunetka geschrieben hatte. Ich warnte vor den ernsten Konsequenzen, die das Loch in der Ozonschicht über der Antarktis mit sich brachte. Meine Information besagte, daß dieses Loch zu weiteren Löchern über der Arktis und damit zu einer Verdünnung der Ozonschicht über der nördlichen Hemisphäre führen würde. Die Folgen wären Ernteschäden durch zu starkes ultraviolettes Licht, und zwar bereits in den Jahren 1990–1993. Mir war auch mitgeteilt worden, daß die Störung der Atmosphäre zu einer Schwächung im Immunsystem der Tiere führen würde und dadurch zum Wiederaufleben von Krankheiten. Bis jetzt habe ich noch keine wissenschaftliche Bestätigung dafür erhalten. Der Schaden des Immunsystems schien auf Überdosen von ultraviolettem Licht zurückzugehen, aber die Information erschien mir nur visuell, in Form komplizierter Bilder, die ich vielleicht nicht ganz verstanden habe. Diese Information könnte übrigens darauf hinweisen, daß sich die Ozonlöcher an einer Stelle öffnen und dort bleiben, anstatt zu wandern. Weitere Informationen besagten, daß vulkanische Aktivitäten das Ozonproblem verschlimmert hätten und daß sich die größten Löcher während der elf Jahre zwischen 1986 und 1997 verringern würden, aber diese Verbesserung wäre nur temporär.

Nach der Konferenz erzählte ich einem Reporter, daß dies das Thema meines nächsten Buches sein werde. Der Reporter schrieb: »Auf die Bitte nach näherer Information schüttelte er geheimnisvoll seinen Kopf. ›Das werden Sie abwarten müssen.‹« Es war mir ein wenig peinlich, daß ich so geheimnisvoll getan hatte, aber wenn ich den Reportern erzählt hätte, daß Außerirdische damit zu tun hätten, wäre meine Glaubwürdigkeit in Frage gestellt worden. Ich hasse die Vorstellung, Weissagungen zu wiederholen, denn ich kann die Genauigkeit der ›Information‹, die ich anscheinend durch meine Begegnung mit Besuchern erhalten habe, nicht abschätzen. Im letzten Jahr haben sich allerdings die Voraussagen über die Atmosphäre als ziemlich korrekt herausgestellt.)

Sally: »Wie viele fühlen sich ausgenützt?«

Mary: »Ich finde es nicht schlimm.«

Sally: »Ich fühlte mich irgendwie seelisch verletzt. In meinem Leben gab es nichts, was diese Art von Trauma angekündigt hätte. Als man in den Medien meinen Namen benutzte [Sallys wirklicher Name war von einigen Journalisten aufgedeckt worden, sie hatten sie öffentlich lächerlich gemacht], hatte ich das Gefühl, daß ich das alles noch einmal durchmachte. Schrecklich! Ich konnte mein Weinen nicht kontrollieren, konnte dieses schreckliche Gefühl in mir selbst nicht beherrschen. Ich fühlte mich so ohnmächtig! Ich konnte nichts anschauen, das mit UFOs zu tun hatte. Ich dachte, irgend etwas muß mit mir geschehen sein, da das Gefühl so intensiv war. Ich dachte: Es passiert schon wieder. Irgendwie fällt mir schon wieder etwas in den Rücken. Das meine ich mit dem Wort ›benutzt‹.«

Amy: »In dem Buch von Betty Andreasson gibt es etwas, das mir Schrecken einjagt. Etwas, das ich abgetan hatte und das aber wieder zum Vorschein kam. Ich konnte nicht weiterlesen. Sonst wäre es wieder zurückgekommen, und ich will gar nicht wissen, was es ist.«

Sam: »Sieht irgend jemand ab und zu Licht ohne Lichtquelle? Man sieht es auf der Wand oder an der Zimmerdecke. Es kann dreieckig oder rund sein. Manchmal sehe ich ein Dreieck. Drei Dreiecke zusammen an der Zimmerdecke. Hat noch jemand so etwas gesehen?«

Mary: »Mein Sohn hat vor kurzem nachts ein rotes Licht gesehen, das ihn aus seinem Zimmer verjagt hat. Er hat es eine rote Tarantel genannt. Es war ein kleiner roter Lichtball, aus dem etwas herausragte. Das war in derselben Nacht, in der ich eine der wenigen Geschichten erlebte, von denen ich überzeugt bin, daß sie *wirklich* passiert sind.«

Whitley: »Ich habe vor einigen Wochen ein Licht gesehen, das den Flur entlang und in das Schlafzimmer meines Sohnes glitt. Ich lief hinein, aber ich konnte nichts Verdächtiges entdecken.«

Sally: »So etwas habe ich vom Dach herunterkommen gesehen. Dann war die ganze Eingangshalle erleuchtet.

Ganz hell. Ich wollte gerade die Treppe hinaufgehen, drehte mich um und sah meinen Schatten aus dem Licht hervortreten. Dann ging das Licht aus, und ich entschloß mich, hinaufzugehen und nachzusehen.«

Sam: »Hat sich bei irgend jemandem der Fernseher von selbst ein- und ausgeschaltet?«

(Allgemeine Zustimmung. Mein eigenes Fernsehgerät hatte sich einige Abende zuvor über den Hauptschalter abgedreht, so daß es erst neu eingeschaltet werden mußte, bevor wir die Fernbedienung wieder benutzen konnten. Meine Frau, ich selbst und ein befreundeter Wissenschaftler haben beobachtet, daß ich manchmal elektronische Geräte einfach dadurch beeinflussen kann, daß ich meine Hand in ihre Nähe halte. Da die Energien, die solche Instrumente aktivieren, bekannt sind, planen wir die Entwicklung einiger physikalischer Tests, um zu versuchen, diese Energien zu messen. Das Problem dabei ist natürlich, daß es möglicherweise andere Energien gibt, über die wir wenig oder gar nichts wissen und die die elektrischen Geräte beeinflussen könnten.)

Mary: »Bevor diese Sache mit dem Hof passierte, entweder kurz vor oder kurz nach der Geschichte, geschah diese Sache mit den drei Männern in meinem Zimmer, die mir eine Kiste gaben...«

Whitley: »Was war in der Kiste?«

Mary: »Ich weiß es nicht. Sie haben mir nur gesagt, daß ich sie mir ansehen soll und daß ich mich erinnern würde, für was sie gedacht ist und wie sie funktioniert, wenn ich sie einmal wiedersehe. Und ich sollte die Kiste halten und hineinschauen, und das habe ich gemacht. Aber mein Fernseher hat sich die ganze Zeit von selbst ein- und ausgeschaltet. Mitten in der Nacht hat er sich von selbst angeschaltet. Schließlich zogen wir den Stekker heraus.«

Whitley: »Ich betrete den Raum, und schon haben Stereogeräte und ähnliches einen Kurzschluß, das geht so weit, daß manche Leute mich nicht mehr in die Nähe ihrer Anlagen lassen und sauer werden, wenn ich ihre Geräte anfasse, weil sie sagen, daß das deren Lebensdauer verkürzt.«

Jenny: »Seid ihr schon einmal wach geworden, und das blaue Dings macht so?« (Zeigt pulsierende Bewegungen mit ihren Fingern.)

Whitley: »Was für ein blaues Ding?«

Jenny: »Das blaue Licht vom Fernseher.«

Whitley: »Es gibt kein blaues Licht vom Fernseher.«

Jenny: »Was?«

Fred: »Ich habe den Fernseher ausgedreht, habe mich hingesetzt, um zu lesen, und der Fernseher schaltete sich wieder an.«

Sally: »Ich hatte die Vorstellung, daß ich die Bilder in meinem Fernseher stoppen könnte. Daß ich aus meinen Händen Energie hervorbringen würde. Das war nach der Entführung. Ich weiß nicht, woher ich diese Vorstellung hatte.«

Whitley: »Gibt es hier jemanden, der keinen Einfluß auf elektronische Geräte hat?«

Mary: »Ich habe einmal meine Hand auf einen Fernsehschirm gelegt und der Fernseher wurde abgedreht. Und er war schon eine Zeitlang aus, da konnte ich, als ich meine Hand fortnahm, die Umrisse der Hand erkennen.«

Whitley: »Ich glaube, das kann jeder.«

Jenny: »Manchmal wache ich nachts auf, und er ist blau, aber es ist kein Bild zu sehen.«

Sam: »Ein starker Stromstoß, der am Schalter vorbeifließt...«

Mark: »Ich glaube, ich hatte zwei Erlebnisse, eines, als ich zehn Jahre alt war, und eines ungefähr vor vierzehn Jahren, während ich unterrichtete. Dieses Ereignis war sehr eigenartig. Es geschah an einem Ort, von dem ich annahm, daß dort so etwas eigentlich nicht geschehen könnte, ohne daß irgend jemand es merkt. Ich habe es abgetan, als wäre es nur eine Geschichte, die ich mir irgendwie ausgedacht hatte. Aber ich verstehe nicht, warum ich die Geschichte dann doch erzählt habe. Und dann bin ich auch losgegangen und habe versucht, die Stelle zu finden, wo das alles geschehen ist. Ich fuhr eines Nachts mit dem Hund weg, um mit ihm spazierenzugehen – etwas, was ich normalerweise nicht tun würde, den Hund ins Auto setzen und mit ihm irgendwohin *fahren* – und ich kam an diesem Platz vorbei und sah dieses Licht. Ich fuhr mit dem Auto hin. Oder das Auto fuhr mit mir hin. Ich erinnere mich nicht daran, daß ich ausgestiegen wäre, aber ich erinnere mich daran, daß ich irgendwie zu der Stelle hinkam, an der alles stattfand, und ich sehe diese Silhouette und eine Lichtquelle, aus der diese kleinen Wesen herauskommen. Eines der drei kommt irgendwie nahe zu mir, aber niemand sagt etwas, niemand tut etwas. Das nächste, was ich weiß, ist, daß ich wieder im Auto sitze. Es ist völlig unmöglich, daß in jener Gegend so etwas geschieht, ohne daß die Nachbarn es merken. Meine Frage ist: Hat einer von euch schon einmal etwas an Orten erlebt, wo so etwas eigentlich völlig unmöglich ist?«

Sally: »Mein Erlebnis hatte ich in der Bronx. Das ist mitten in New York City, aber dort ist es ziemlich ruhig. Wir glauben, einige Nachbarn hatten es auch gesehen, aber wir wissen nicht, ob diese Leute noch dort leben. Es war auf dem Dach. Es war so, wie Whitley es einmal beschrieben hat, ein schwarzer Schatten, so daß man den Himmel nicht mehr sehen konnte. Und das ist uns damals mitten in der Bronx passiert. Menschen waren da und Autos und Lichter.«

Mark: »Wenn ich darüber nachdenke, weiß ich nicht, ob ich es war, der damals das Auto angehalten hat.«

Budd: »Mark hat erzählt, er sei mit seinem Hund im Park spazierengegangen. Daraus habe ich natürlich geschlossen, er sei einfach zur Haustür hinausgegangen und mit dem Hund unterwegs gewesen. Das heißt, in anderen Worten, daß das ganz in der Nähe war. Er sagte: ›Nein, es war ziemlich weit weg.‹ Also sagte ich: ›Gehst du denn immer weit mit deinem Hund?‹ Er sagte: ›O nein, wir sind mit dem Auto gefahren.‹ Ich sagte: ›Du fährst deinen Hund im Auto spazieren?‹ Er sagte nein. Ich fragte ihn, ob er das schon früher einmal gemacht habe. Er sagte nein. Daraufhin erschien auch ihm das ziemlich merkwürdig: ›Wieso, um alles in der Welt, bin ich mit meinem Hund im Auto unterwegs gewesen?‹«

Mark: »Ich habe Budds Buch nicht fertiggelesen [*Missing Time*]. Hundert Seiten habe ich geschafft, und dann kam es mir zu bekannt vor. Ich wollte den Rest des Buches nicht lesen, weil ich von etwas, was ich gelesen und nicht selbst erlebt hatte, nicht beeinflußt werden wollte. Ich wollte während der Hypnose so unbeeinflußt wie möglich sein.«

Budd: »Einmal war Marks Frau dabei, als er die Stelle beschrieb, an der er mit zehn Jahren war. In der Hypnose stellte sich heraus, daß es eher ein Ding als ein Ort war, und sie sagte erleichtert: ›Sieben Jahre lang habe ich mit ihm nach diesem Ort gesucht. Er hat mich glauben gemacht, daß das ein richtiger Platz sei, ein Tunnel. Gott sei Dank muß ich jetzt nicht mehr danach suchen. Das Geheimnis ist gelöst. Du warst so überzeugt, daß es ein Tunnel war.‹« (Anmerkung: Beide Erlebnisse, die Mark hatte, brachten eine außerordentliche Orientierungslosigkeit mit sich. Das ist durchaus üblich, scheint ihn jedoch stärker als andere verwirrt zu haben.)

Mark: »Vor ungefähr einem Jahr fragte ich meine Mutter, ob sie sich an den Vorfall erinnern könne und an das, was ich gesagt hatte. Sie erinnerte sich daran und wiederholte, was ich ihr erzählt hatte. Als ich sie fragte, wo sich das zugetragen hatte, sagte sie, das sei am Ende der Straße gewesen. Sie ging hinunter und war erleichtert, daß ich noch am Leben war. Dort ist es abschüssig. Es ist ein Hügel. Und es gibt dort einen Tunnel, breit genug für eine vierspurige Straße. Aber als ich mein Erlebnis hatte, kam es mir vor, als sei ich weit, weit weg von zu Hause, auf der anderen Seite der Stadt.«

(Ich fragte die Gruppenmitglieder dann nach ihren Berufen. Die Befragung ergab, daß diese Menschen sich ständig veränderten, die Wohnung wechselten, auf der Flucht waren, davonliefen. Eine von ihnen, Jenny, hatte sich gerade ihren lebenslangen Wunschtraum erfüllt, nach New York zu ziehen und ›in einer großen Stadt voller Lichter und Menschen‹ zu leben. Diese Sehnsucht hatte sie seit ihrem neunten Lebensjahr gehabt.

Auch ich wuchs mit dem Traum auf, in einem kleinen Apartment in einem riesigen Gebäude in New York zu leben, mit der Aussicht auf eine Ziegelmauer.

Ich tat das dann auch, und es hat nichts geholfen. Ich lebe jetzt in einer Wohnung mit großen Fenstern und verbringe viel Zeit in einer recht einsam gelegenen Hütte auf dem Land.

Die meiste Zeit in meinem Leben bin ich vor etwas davongerannt. Jetzt bin ich nicht mehr bereit davonzulaufen.)

Whitley: »Wir haben alle Schwierigkeiten mit unserer Arbeit.«

Joan: »Warum, glauben Sie, ist das so?«

Whitley: »Ich glaube, wir haben alle etwas, das Prüfungsangst genannt wird. Das ist einer der Gründe, warum es uns allen schwerfällt, uns dazu zu zwingen, etwas zu tun. Ich habe zweimal ausgiebige psychologische Tests gemacht, und beide Male kam heraus, daß ich eine tiefe Angst davor hatte, mich zu ›stellen‹. Der Grund dafür ist wohl, daß von vielen von uns verlangt wurde, ziemlich schwierige Dinge zu tun, die sehr beängstigend waren, und ich habe auch das Gefühl, daß wir recht hart verhört worden sind. Wir erinnern uns nur nicht daran.«

Jenny: »Fällt es euch schwer, euch Tests zu unterziehen?«

(Allgemeine Zustimmung.)

Whitley: »Das ist die Prüfungsangst.«

Jenny: »Bei meinem Beruf gehört das Vorsprechen dazu. Und jedesmal, wenn ich zu einem Vorsprechen gehe, glaube ich zu sterben.«

Sam: »Ich bin fürchterlich ängstlich. Bei den Dingen, von denen ich ganz überzeugt bin, zum Beispiel in meinem Wissensbereich, habe ich keine großen Probleme. Sobald es sich nicht um mein Spezialfach handelt, habe ich echte Schwierigkeiten.«

Whitley: »Angst?«

Sam: »Ich weiß nicht, was es ist. Schon so etwas wie Ängstlichkeit. Ich kann es nicht genau bestimmen.«

Sally: »Schon beim einfachsten Test – einem Schreibmaschinentest – drehe ich durch.«

Sam: »Bei Prüfungen...«

Budd: »Es ist doch so: Wenn man sich mal die Situation vorstellt, zwei Welten gesehen zu haben, in der einen Welt zu leben und dann in Abständen in die andere Welt gestoßen zu werden – da muß man sich ja fragen, wo man hingehört. Und wenn einem in dieser anderen Welt die Möglichkeit genommen wird, selbständig zu handeln – man kann sich nicht einmal bewegen, und man hat keine Wahl, niemand fragt einen nach etwas –, dann zweifelt man an seinen eigenen Fähigkeiten. In einem bestimmten Sinn ist man physisch impotent, unfähig etwas zu tun.«

Sam: »Und wenn wir tatsächlich einen Test machen, steigert sich die Angst noch.«

Budd: »Pat hat sich an eine sehr eigenartige Geschichte erinnert – das mit der Nadel, die unter dem Auge steckte – und an einen anderen Fall, wo die Nadel durch die Nase geschoben wurde. Der Neurochirurg sagte, daß das die Gegend des Sehnervs ist, und er meinte: ›Wäre es nicht verrückt, wenn man durch die Augen anderer Leute sehen könnte?‹«

Whitley: »Wie ist es mit – ›Liebe‹? Verlangen? Empfindet irgend jemand so etwas für die Besucher?«

(Es gab allgemeine Zustimmung, außer von Sally, die sich dagegen wehrte.)

Sally: »Es ist interessant, daß ich vor der Hypnose eine Art Liebe, Zuneigung für sie empfunden habe. Und nach der Hypnose war ich zornig. Deshalb kann ich nicht sagen, daß ich Liebe für sie fühle.«

Pat: »Ich empfinde Loyalität.«

Sally: »Ich würde sie am liebsten umbringen.«

Sam: »Ich habe eine Menge verschiedener Gefühle. Warum tun sie das? Das erbittert mich. Ich kenne mich einfach nicht aus. Deshalb sind es gemischte Gefühle. Ich spüre, daß sie Loyalität fordern.«

Whitley: »Ich denke, daß wir Schwestern und Brüder sind, aber nicht wegen der Tatsache, daß wir gemeinsam etwas durchgestanden haben, sondern weil wir es wahrgenommen haben.«

Sally: »Was mich wirklich verletzt hat, ist, daß sie mir nicht mehr Respekt entgegengebracht hatten. Wenn ich ihnen jemals wieder begegne, möchte ich die Situation in der Hand haben. Ich möchte respektiert werden. Und wenn sie das nicht tun, dann will ich sie nie wieder hier haben.«

Amy: »Sie möchten, daß sie Sie in das, was sie tun, einweihen – anstatt Sie zu zwingen, ein Teil davon zu sein.«

Sally: »Genau. Ich will nicht einmal wissen, was sie tun. Wenn sie mir nicht trauen können, warum sollte ich mich dann überhaupt um das kümmern, was sie tun? Diese Wesen sollten uns Menschen respektieren. Sie holen Kinder mitten in der Nacht, sie kümmern sich nicht um die Angst der Eltern... sie verstehen so vieles nicht, und sie machen keinerlei Versuche, etwas zu verstehen. Solange wir ihnen nicht klarmachen können, daß wir Achtung wollen und verdienen, solange sollten wir ihnen meiner Meinung nach keine Achtung entgegenbringen.«

(Mehr als ein Teilnehmer wußte, daß die Besucher mit seinen Kindern etwas vorhatten. Ein Mann, der beobachtet hatte, wie sein Kind mitten in der Nacht geholt wurde, während er völlig wach war, widersprach Sally kategorisch. Er blieb dabei, daß sie ihn respektvoll behandelt hätten, sie ließen ihn wissen, was mit dem Kind geschah, und nicht nur das: Das Kind sei am nächsten Morgen unversehrt gewesen und schien eine neue geistige Dimension bekommen zu haben. An diesem Tag sagte das Kind folgende Sätze: »Die Realität ist der Traum Gottes«, und: »Das Unbewußte ist wie das Universum hinter den Gestirnen. Es ist ein Ort, zu dem wir gehen möchten, um herauszufinden, was dort ist.« Es sagte auch: »Dad, letzte Nacht habe ich geträumt. Es war wie ein Traum, aber es war kein Traum. Ich war im Wald, und ein riesiges Auge hat auf mich heruntergeschaut.«

Der Mann ergänzte, daß er gespürt habe, sie hätten das Kind mitgenommen, weil sie es notwendig brauchten, und daß sie sehr hilfreich und teilnahmsvoll waren, solange das Kind fort war. »Am Morgen wachte ich dann auf, und dem Kind ging es gut. Besser als gut. Das ist die Wirklichkeit.«)

Sam: »Glauben Sie, daß sie vielleicht entsprechend unserer Gefühle reagieren? Wenn man feindselig ist, sind sie es ebenfalls? Wenn man ihnen friedfertig entgegentritt, sind sie freundlicher? Wenn man ihnen nachgibt, geben sie auch nach?«

Whitley: »Ich glaube nicht, daß sie nachgeben würden. Sie können freundlicher sein, das habe ich gesehen.«

Sam: »Kindern gegenüber sind sie niemals feindselig.«

Whitley: »Mein Sohn erinnert sich daran, wie sie mitten in seinem Kopf sagten: ›Wir werden dir nicht weh tun, wir werden dir nicht weh tun.‹«

Sam: »Von Kindern haben sie weniger zu befürchten. Als Erwachsener kennt man Angst, Haß und Gewalt. Sie fürchten die Erwachsenen.«

Whitley: »Ich habe Angst wahrgenommen.«

Sally: »Ich auch.«

Budd: »Menschen sagen häufig, sie hätten ihre Angst vor uns gespürt.«

(Das Gespräch drehte sich dann um das Thema der sexuellen Erfahrung, verschwindender Schwangerschaft und sexueller Zudringlichkeiten, die einige Männer erlebt hatten, einschließlich der Entnahme von Samen mittels einer Art Sonde.)

Sally: »Es gab da einen Südamerikaner, den ich kennengelernt habe – er erwähnte einige Träume, die er gehabt hatte. In diesen Träumen sah er Leute. Er war überzeugt davon, daß diese Wesen halb menschlich waren. Sie hatten große Köpfe, aber die Gesichtszüge waren eher menschlich. Und es waren Kinder da. Ein kleiner Junge, ein kleines Mädchen. Ich erinnere mich, gedacht zu haben: *Nun ja, das war ein Traum.* Aber er hatte viele solche Träume.«

Mary: »Ich denke immer noch, daß irgend etwas Psychologisches hinter dieser mysteriösen Schwangerschaft steckt, die ich hatte. Ich hatte keine Scheinschwangerschaft. Mein Test war positiv, Bluttest, Beckenvermessung, meine Periode hatte aufgehört. Ich war schwanger. Aber ich denke immer noch, daß es eine psychologische Reaktion auf eine Fehlgeburt war. Das bewahrt mich davor, verrückt zu werden vor Sehnsucht nach meinem Kind.«

Budd: »Das ist sehr hart.«

Mary: »Das verrückteste dabei ist, daß ich nicht die einzige bin.«

Ich bin noch nie auf eine Gruppe von anscheinend normalen Menschen gestoßen, die so unter Druck standen.

Sie waren zutiefst verstört durch die Frage, was ihre Erfahrungen wirklich bedeuteten.

Diejenigen, die eine Begegnung hatten, müssen den psychologischen Balanceakt vollbringen, gleichzeitig zu akzeptieren und abzuwehren. Echter Agnostizismus ist ein überaus aktiver geistiger Zustand, eine Art begierige Unwissenheit. Im Skeptizismus liegt eine Form des Wahnsinns, im Glauben eine andere. Man muß zwischen beiden das Gleichgewicht finden.

Die Notwendigkeit des Gleichgewichts ist auch grundlegend für die gesamte Erfahrung. Denn diese Erfahrung hat ihr symbolisches Zentrum in der Zahl drei und dem Dreieck. Die Besucher tauchen oft zu dritt auf. Sie projizieren dreieckige Lichter. Es gibt Beschreibungen von dreieckigen Geräten und Emblemen. Die Leute sehen drei Pyramiden oder drei Dreiecke, wenn die Besucher auftauchen. Manchmal wird ein großes dreieckiges Objekt gesichtet. Mir wurde ein Dreieck in den Arm geritzt, und Dr. X. und sein Sohn haben einen Ausschlag in Form eines Dreiecks bekommen.

Ich habe fünfzehn Jahre in der Gurdjieff-Stiftung gearbeitet, hauptsächlich, weil G. I. Gurdjieff und sein Schüler P. D. Ouspensky die Dreiheit als einen wesentlichen Ausdruck für die Grundstruktur des Lebens erkannt hatten und ich von der Bedeutung dieses Symbols immer schon fasziniert war.

Das Dreieck war das Symbol der alten triadischen Gottheiten und wird auch von den Christen als zentrale Darstellung der Gottheit, der Dreieinigkeit gesehen.

Im dreizehnten Jahrhundert sagte der christliche Mystiker Meister Eckhart von der Heiligen Dreieinigkeit: Gott lachte und gebar den Sohn. Beide lachten und gebaren den Heiligen Geist. Aus dem Lachen der drei ward das Universum geboren. Eine bekannte Theorie geht davon aus, daß die Gravitation aus zwei Kräften besteht, die gegeneinander wirken, aus dem Gleichgewicht entsteht eine dritte Kraft – jene, die wir als Gravitation bezeichnen.

Um ein grundlegendes Verständnis für die Begegnung mit Besuchern zu erreichen – falls das möglich ist –, könnte es sinnvoll sein, die innere Bedeutung der Form des Dreiecks zu untersuchen.

Die Triade

In vielen alten Überlieferungen wird der Mensch als Wesen aus drei Teilen angesehen: Körper, Geist und Seele. Es erscheint denkbar, daß sich die Besucher ebenfalls als eine Gattung sehen, die aus drei Teilen besteht. Ich schließe das aus den drei Formen der Gestalten, die gesehen worden sind. Es erscheint nicht unsinnig, daß eine Gattung, die aus drei Grundgestalten besteht, das Dreieck als ihr Symbol wählt. Darin drückt sich nicht nur die Art der Spezies aus, sondern auch ein fundamentales Strukturgesetz.

Bevor ich dieses Gesetz näher untersuche, möchte ich noch einmal auf Dr. X. und sein scheinbar geheimnisvolles Erlebnis zurückkommen. Diesem Mann, der zum Zeitpunkt des Geschehens ein angesehener Arzt war, widerfuhr folgendes: Er wurde nachts von irgend etwas geweckt und sah aus dem Fenster seines Hauses, von dem man einen wundervollen Blick über das Tal der Loire hat. Über dem Tal hingen zwei leuchtende, scheibenförmige Objekte. Zwischen den Objekten fanden elektrische Entladungen statt. Die Objekte bewegten sich auf das Haus von Dr. X. zu, und er sah, daß sie sich zu einem einzigen Objekt vereinigten. Später entdeckte er einen dreieckigen Ausschlag um seinen Nabel und um den seines Sohnes. Der Ausschlag hielt jahrelang an, und seine Ursache konnte trotz intensiver Untersuchungen nicht geklärt werden. Dieser Fall wurde von M. Aimé Michel aufgezeichnet und untersucht. M. Michel, ein Franzose, war ein prominenter UFO-Forscher jener Zeit. Die Kombination aus dem ausgezeichneten Zeugen, dem merkwürdigen körperlichen Zeichen und der geheimnisvollen Art der Beobachtung brachte M. Michel zu dem Schluß, daß das UFO-Phänomen in seiner Gesamtheit nicht zu lösen war.

Die Idee der Triade ist nicht statisch. Sie ist Ausdruck einer Serie von Folgewirkungen. Die dritte Kraft entsteht, wenn die erste und zweite im Gleichgewicht sind; wenn sich alle drei im Zustand der Harmonie befinden, werden sie zu einem unteilbaren Ganzen.

Der Mensch kann sich zu größerer Vollkommenheit entwickeln; für jeden von uns ist es möglich, unsere ganz persönliche Reise in unser Inneres zu machen, um dort auf die einfache Wahrheit zu stoßen, daß wir alle dieselben Archetypen in uns tragen. In jedem von uns existiert dieses Wissen über das Ich und das Universum.

Wir könnten Teil einer Triade sein, die die Besucher mit einschließt. Sie könnten die aggressive Kraft wie auch die friedfertige Kraft verkörpern. Aber die Triade wird nie erreicht werden, bevor wir uns nicht als die jeweils gegensätzliche Kraft erkennen. Erst dann kann die dritte Kraft entstehen.

Im Taoismus war das Prinzip des Dualismus die fundamentale Kraft des Universums. Yin und Yang, das Negative und das Positive, Sich-Öffnen und Eindringen, Warten und Suchen, das Weibliche und das Männliche. Das ist nicht statistisch zu verstehen. Jeder Mensch durchläuft in seinem Leben abwechselnd Yin- und Yangperioden.

Wenn sich beide Kräfte im Gleichgewicht befinden, entsteht die dritte Kraft. Vielleicht nennen die Franzosen den sexuellen Höhepunkt deswegen den ›kleinen Tod‹, denn er deutet auf das Vergehen der Eltern und den

Wechsel der Generationen hin. Oder vielleicht weil es wie der Tod des Ichs ist, den der Eintritt ins pure Sein beinhaltet, denn in der Klimax wird das Ich von der Ekstase aufgesogen.

Die erste und zweite Kraft sind die Menschen, die im Bett zusammen ringen. Die dritte Kraft ist gleichzeitig ihre stürmische Vereinigung, ihr Schöpfungsakt. Es ist ihre gegenseitige Liebe, die Vereinigung ihrer Körper – und ihr Kind. Geist, Körper und Seele befinden sich dann in einem Zustand dauernder Harmonie, wenn der Suchende alles andere Wollen aufgegeben hat und sich nicht mehr an feste Formen klammert. Dies ist die Verinnerlichung, die der Suchende erreichen will, es ist das Nirwana der Hindus, die Lotosblüte des Zen, das Versinken der Seele in der Ewigkeit des göttlichen Seins.

Die aztekischen Dichter besangen den Schöpfungsakt von Gott und Göttin der Dualität und nannten die dritte Kraft den Gesang der Blume.

Während ich hier auf der Veranda meiner Blockhütte sitze, lausche ich dem Tosen des Baches, der durch die Schneeschmelze angeschwollen ist. Die Blätter schimmern an den Bäumen, und ein Mückenschwarm tanzt in der Sonne. Plötzlich kämpfen zwei Vögel miteinander, ein Schrei, ein paar Federn, dann Stille, die Vögel sind verschwunden. Dies erscheint mir einen Moment lang so geheimnisvoll wie das ganze Universum. In jedem Schöpfungsakt widerspiegelt sich die ganze Welt, wenn die Vögel sich paaren oder wenn eine Frau und ein Mann sich vereinigen.

Ich kann mir schwer vorstellen, daß die Beziehung von zwei intelligenten Wesen nicht voller kreativer Kraft steckt.

Als Anne und ich geheiratet haben, fand ich einen Bibelspruch für uns: ›Zwei sind besser als einer allein... und eine dreifache Schnur reißt nicht so schnell.‹ Dieser Spruch hat uns seitdem immer begleitet. Der dritte

Strang der Schnur ist die Liebe, dann das Kind, dann die lange Spanne der Jahre.

Die Ehe bedarf der Geduld, der Grad der Vereinigung hängt ab von dem Grad des Verständnisses beider Partner füreinander, von der Tiefe ihrer Seelen. Die Ehe bedeutet geben, ohne an den Ertrag zu denken. Wenn jemand sagt: »Ich gebe dies, und deshalb bekomme ich das«, dann hat die Ehe noch nicht einmal begonnen. Wirkliches Teilen besteht in der Erkenntnis der Gleichheit. Am Schluß bleiben die vergehenden Erinnerungen, die kommenden Generationen und auch die Freude, die in den Seelen heranreift.

Bei den Azteken erschufen *Herr und Herrin die Zweiheit* aus ihrer Harmonie eine dritte Kraft:

> *Der Mensch war geboren,*
> *gesandt von unserer Mutter und unserem Vater,*
> *Herr und Herrin der Zweiheit.*

Die aztekischen Philosophen fragten: Was ist die dritte Kraft, was ist das Ziel der Harmonie? Aber sie stellten die Frage nicht in dieser abstrakten Form, sie fragten eher nach der Blume, nach dem Lied. Die Liebe und das Kind machen die Ehe wahr. Und wenn Blume und Lied zusammenkamen, hieß es bei den Azteken:

> *Die Blumen sprießen, sie sind frisch, sie wachsen;*
> *sie öffnen ihre Blüten,*
> *und aus ihrem Innern ertönt der Gesang der Blumen:*
> *du wirfst sie unter die Menschen; du schickst sie.*
> *Du bist der Sänger!*

Die Blume ist der Mann, das Lied die Frau, der Gesang der Blume ist der dritte Strang.

Diese Vereinigung muß sehr sorgfältig vollzogen werden, denn es kann dabei leicht eine Flamme entstehen, die die Blume verbrennt.

Meine Blumen werden immer leben;
meine Lieder niemals enden:
Ich, ein Sänger, singe sie:
Sie werden in alle Winde zerstreut werden.

Vom Meer her tauchte Cortez auf, und der Schatten des Schöpfers als Zerstörer zog über das Land, die Blumen wurden zertreten, das grausame wie schöne Aztekenreich ging für immer unter.

Mein Herz ist bestimmt, unterzugehen.
Wie die hinwelkenden Blumen?
Was kann mein Herz tun?
Nur mehr Blumen, nur mehr Lieder!

Die dunkle Triade war vollendet, die blutbefleckte aztekische Blume von dem aufbrausenden spanischen Gesang zerstört.

Die Menscheit befindet sich in einem Reifeprozeß, während zur gleichen Zeit unser Planet sterben kann. Wir haben einen schwierigen Weg vor uns. Wir müssen der Versuchung widerstehen, auf Hilfe von außen zu warten, die uns retten soll. Wenn wir warten, wird uns nichts erretten. Wir müssen lernen, auf des Messers Schneide zu leben.

Wenn zwei harmonische Kräfte eine dritte Kraft hervorbringen, um in Harmonie zu bleiben, geschieht noch etwas: Die drei zusammen werden zu einem größeren Ganzen. Alle Suche nach höherem Bewußtsein ist eine Suche nach Gleichgewicht. Die Triade ist mehr als die Summe ihrer Teile, sie wird selbst zu einem Ganzen.

Hinter der Sphinx verbirgt sich ein großer Gedanke, einfach und kraftvoll zugleich. Das Rätsel der Sphinx zu verstehen bedeutet, den alten Pfad zu beschreiten, den ›weglosen Pfad‹ der Alten. Einen der eindrucksvollsten Momente bei meiner Suche nach Berichten über die Besucher innerhalb der modernen Literatur verdanke ich der Lektüre des Buches *The Andreasson Affair*. Wenige Werke, die ich gelesen habe, sind reicher an symbolischem Gehalt. Dieses Buch ist tatsächlich bemerkenswert. Das interessanteste war, daß Mrs. Andreasson offensichtlich keine Ahnung hatte, was das alles bedeutete. Aber es hat eine tiefe Bedeutung und steht sicherlich in Zusammenhang mit all dem, was ich hier behandelt habe.

»Ich stehe vor einem großen Vogel«, berichtet Mrs. Andreasson. »Es ist sehr warm ... der Vogel sieht wie ein Adler aus. Er lebt! Er hat einen weißen Kopf, und hinter ihm ist Licht – richtiges weißes Licht ... Das Licht wirkt so hell. Es ist wundervolles, helles Licht ... Das Licht sendet Strahlen aus. Sie werden immer größer. Oh, die Hitze ist so stark!«

Das große Symbol der Verwandlung, das vierte Ungeheuer der Sphinx, ist der Adler. Schon immer wurde er mit Hitze in Zusammenhang gebracht, mit der Energie der Sonne, die gleichzeitig das Licht der Weisheit verströmt und das Ich verbrennt.

Das Rätsel der Sphinx lautet: »Was besitzt die Stärke des Bullen, den Mut des Löwen und die Klugheit des Menschen?« Die Antwort ist: die Sphinx selbst. Diese bekommt daraufhin Flügel wie ein Adler und blickt, sich außerhalb der Zeit befindend, auf das Leben herab.

Die fliegende Sphinx ist eine Triade, die in die vierte Dimension der Realität verwandelt ist: eine Pyramide, im esoterischen Denken das Symbol für das ewige Leben. Die Pyramiden waren neben Grabstätten für ihre Erbauer, die Pharaonen, das Symbol der Unsterblichkeit.

Betty Andreasson hatte keine Ahnung, was ihre Vision bedeutete. Die Entführer fragten sie:

»Verstehst du das?«

»Nein, ich weiß nicht, was das alles bedeuten soll; ich weiß nicht einmal, warum ich hier bin.«

An einem späteren Punkt des Protokolls berichtet Mrs. Andreasson, daß man ihr, wie so vielen von uns, gesagt habe, daß sie ›erwählt‹ sei. Sie war verwirrt, weil sie die Bedeutung der Dinge, die man ihr gezeigt hatte, nicht verstand. Da die Vision so ausdrucksstark war und eine zentrale Stelle in ihrem Bericht einnimmt, erscheint es logisch, daß, wer immer es war, der sie ›erwählte‹ es tat, um diese Vision zu übermitteln.

Mein einsamer Tag in der Blockhütte neigte sich dem Ende zu. Die Dunkelheit breitete sich aus, und ich ging schließlich nach drinnen, um zu Abend zu essen. Ich drehte die Lichter nicht an, sondern ließ die Nacht herein.

Während ich in unserem stillen Wohnzimmer auf der Couch saß, auf der mich die Besucher am 26. Dezember zurückgelassen hatten, dachte ich über die Beziehung zwischen dem Unschuldigen und dem Erhabenen nach, dem Neuen und dem Alten. Wie ist es möglich, daß Mrs. Andreasson – eine amerikanische Hausfrau mittleren Alters, die vermutlich keinerlei Zugang zu den Schriften hatte, die sich mit diesem tiefen Geheimnis befassen – genau auf das Symbol der vollendeten Triade gestoßen ist?

Welches alte Ungeheuer drängt da an die Oberfläche menschlicher Erfahrung – doch nicht jener Adler, der Phönix der Verwandlung, dessen Schatten mich vor Sehnsucht in Schweiß versetzte?

Wir wollen versuchen, uns etwas von unserer festgelegten Begriffswelt zu lösen. Die Hinduweisen haben der Illusion, daß die Formen und Strukturen, Dinge und Vorgänge um uns herum Gegebenheiten der Natur sind und nicht nur Begriffe unseres messenden und kategorisierenden Verstandes, den Namen *Maya* gegeben. P. D. Ouspensky hat es in einer sachlicheren Interpretation einfach als ›Identifikation‹ mit den anscheinend so wichtigen Alltagsereignissen und den materiellen Gütern beschrieben.

Wir wissen nicht einmal, ob die Besucher da sind. Wir wissen nicht, wer wir sind oder warum dies geschieht, wir wissen nicht einmal mit Sicherheit, *was* geschieht. Der wirkliche Kern der Erfahrung liegt nicht in irgendeiner oberflächlichen Erklärung, sondern darin, sich für die Frage, so wie sie sich stellt, mit all ihren Geheimnissen und all ihren Gefahren, die damit verbunden sind, zu öffnen.

Dabei mag es hilfreich sein, sich einem weiteren Geheimnis zuzuwenden: dem Tarot. Jedoch nicht als Mittel für Wahrsagerei. Ich bin der Meinung, daß die Hauptarkanen ein verstecktes Symbol von großer Reinheit und Einfachheit enthüllen, das mehr mit Ordnung als mit Schicksal zu tun hat. Vor ungefähr fünfzehn Jahren begann ich mich für Tarot zu interessieren. Ich beschäftigte mich damals mit den Anfängen des klösterlichen Lebens in Europa, um Material für einen Roman zu sammeln, den ich dann nicht geschrieben habe. Mir wurde klar, daß das Tarot mehr als ein Stoß Karten ist, aus denen man wahrsagen kann; es ist eine Art philosophisches Werk, das die Gedanken in Form von Bildern statt in Worten präsentiert.

Eine interessante Geschichte wird erzählt: Die Bildkarten des Tarot – die Hauptarkanen – können so arrangiert werden, daß sie als Wegweiser für die geistige Entwicklung dienen. Die Karte Nr. 21, die letzte in dieser Anordnung heißt ›die Welt‹. In dieser Karte repräsentiert sich der Geist und die Kraft der Triade, so wie sie auf der Erde existiert: Sie besteht aus den vier Ungeheuern der Sphinx, eines in jeder Ecke der Karte. Sie umringen eine geheimnisvolle und von Kraft erfüllte Gestalt, die inmitten eines Ringes steht.

Die Genitalien der Gestalt sind von einem Tuch verborgen. Sie hat Brüste und auch die Andeutung eines männlichen Geschlechts und soll meiner Ansicht nach darstellen, was alles an Fähigkeiten noch im Menschen liegt. In den Händen hält die Gestalt die Requisiten des Zauberers, vor allem den Zauberstab. Die Gestalt kann die verwandelte Menschheit darstellen, das neugeborene Ungeheuer, Mann oder Frau, halb Mensch und halb Gott. Aus Vereinigung entsteht Verwandlung. Der starke Körper, das mutige Herz und die Intelligenz eines menschlichen Wesens.

Woraufhin arbeitet unser Geist? Sucht er das Wissen, die Technologie, ungeachtet ihres Segens und ihres Fluches, vorwärtszutreiben? Oder nur um des Willens willen? Oder gibt es noch einen dritten Grund?

Der Geist kann viel für Körper und Seele tun. Er kann den Körper auf den Pfad der Gesundheit führen und der Seele Wege zur Einsicht weisen.

Wenn ein Wesen in den Zustand der Harmonie kommt, Körper, Geist und Seele sich ausgesöhnt haben, dann kann es sich über die Alltäglichkeiten erheben und die Verzückung verstehen, die die Vögel im Licht des Morgens singen läßt.

Jeder von uns fühlt einen unbestimmten Drang in sich. Es ist der Flug des Adlers, nach dem wir streben, der Weg des Mönchs ins Nirwana, der Glaube des alten Priesters.

Von dem endlosen Kampf der Dualität gehen wir über in die Harmonie der Triade. In jedem von uns liegt die Möglichkeit, sich zu einem verklärten Wesen zu wandeln.

Wollen die Besucher eine Triade mit uns bilden? Ist das der Zweck all der Bilder, der Dreiecke und Pyramiden? Vielleicht. Aber es kann sich auch um eine weitere Wahrheit handeln. Vielleicht habe ich diese Symbole deswegen mit den Besuchern in Zusammenhang gebracht, weil sie in meinem Leben eine so wichtige Stellung einnehmen. Mit Leib und Seele strebe ich nach Vollkommenheit. Vielleicht ist es unvermeidlich, daß ich aus jedem Geheimnis, dem ich begegne, diesen Schluß ziehe.

Dennoch kann ich nicht glauben, daß Betty Andreasson ganz von selbst auf dieses feurige Schauspiel mit dem aufsteigenden Adler gekommen ist.

Die drei Dimensionen machen unsere Realität aus: Breite, Tiefe und Höhe: sie lassen gleichzeitig Bewegung durch Raum und Zeit zu – die Grundlage jeder Erfahrung.

Jeder Mensch fürchtet sich davor, sich aufzugeben und nur noch zu sein. Das Feuer hinter dem Adler fühlte sich so heiß an, daß es Betty Andreasson angst machte, denn es war das Feuer, das das Ich verbrennt. Es war die Apokalypse der Seele.

Unsere tiefe Angst beruht darauf, daß wir vor dem vollkommen Unbekannten stehen, mit vollem Bewußtsein erkennen, daß dort etwas ist und daß es lebt. Will man auf dem Weg der inneren Suche bleiben, muß man ihm vertrauen, mag es auch noch so gefährlich sein. Wer das Feuer aushalten will, braucht Stärke, er braucht Mut, um hineinzugehen, und Intelligenz, um lebend wieder herauszukommen.

Seit alters her hat die Menschheit eine besondere Affinität zur Triade. Dieses alte Symbol steht in Verbindung mit der dreifachen Göttin; die Dreipfadige war ein Name der römischen Göttin Hekate, deren dreigesichtigem Standbild an Wegkreuzungen Kuchen, Früchte oder Geld dargebracht wurde. Der alte Glaube, daß Segen über denjenigen kommt, der Münzen in einen Brunnen wirft, blieb bis heute bestehen.

Der irische Gott Trefuilngid ist der Patron des Kleeblatts. Er wird auch der ›dreifache Träger des dreifachen Schlüssels‹ genannt. Das Kleeblatt ist auch das Symbol des heiligen Patrick. Bei den alten Arabern hieß das Kleeblatt *shamrakh* und war ein Symbol für die männliche Fruchtbarkeit.

Im griechischen Alphabet ist der vierte Buchstabe Delta, das Symbol der Heiligen Tür. Das Dreieck steht auch in enger Verbindung mit dem Yantra-Kult und spricht bei den Gnostikern des spätrömischen Reiches eine wichtige Rolle. Bei den Babyloniern war Ischtar die Göttin der Dreiheit.

Im christlichen Glauben hat sich der im strengen Sinn eine Gott im Verlauf der Heilsgeschichte auf dreifache Weise offenbart: als ursprungsloser Anfang und uneinholbares Ziel menschlicher Geschichte (Vater), in Gestalt und Werk Jesu von Nazareth (Sohn) und in den Menschen, die in der Nachfolge und aus dem Geist Jesu leben (Heiliger Geist).

Der Weg zu Christus wird durch den Stern von Bethlehem erhellt, auch das Wort Ischtar bedeutet Stern. Babylonische Schriften nennen Ischtar das Licht der Welt, die Öffnerin des Leibes, die Führerin der Armeen, die Gesetzgeberin, die Vergeberin der Sünden. Aus der Legende der Ischtar stammt die Geschichte über den Abstieg in die Unterwelt, die in so viele Mythologien eingegangen ist. Die Lebensspenderin überwindet den Tod, und die Wiedergeburt wird möglich.

Shadrach, Meshach und Abendigo wanderten auf dem Pfad der Verwandlung und wurden von dessen Feuer nicht verschlungen. Sie saßen auf dem Rücken des Adlers, wie die Medizinmänner der Indianer, wie die Schamanen der sibirischen Steppe, wie die Hexen des alten Europa, wenn der Eiskönig durch das Land zog.

Verwandlung: Wenn sich bei den Apachen jemand zum Schamanen berufen fühlte, mußte er in das Reich der Toten eintreten, mußte er sich dem Feuer aussetzen. Der Apache suchte sich eine Klippe und sprang hinab. Wenn er überlebte, wurde er Medizinmann. Wenn er starb, starb er.

Wenn sich Länge und Breite verbinden, entsteht das, was die Pythagoräer als das Eintreten des Geistes in die Realität bezeichneten. ›Erkenne dich selbst‹ war der Spruch der alten griechischen Philosophen, die Ermahnung Apolls und die der Besucher, die Betty Andreasson mitgenommen haben.

Wäre es denkbar, daß wir gerade die uralte Wahrheit entdecken, daß Selbsterkenntnis die Kenntnis des Universums bedeutet? Ein Kind berichtete: »Das Unbewußte ist wie das Universum hinter den Gestirnen. Es ist ein Ort, zu dem wir gehen möchten, um herauszufinden, was dort ist.«

Was ist dort? Existiert in den Tiefen unserer Seele ein Tor, das den Zugang in eine andere Realität eröffnet? Kommen die Besucher von dort?

Ob die Besucher nun wirklich sind oder nicht – das Dreieck als ein immer wieder beobachtetes Symbol weist darauf hin, daß es auf diesem Gebiet eine Menge zu untersuchen gibt. Nicht nur mit den Mitteln der Wissenschaft, ebenso sind Mythologie und Philosophie beizuziehen – sowohl mit der Seele wie mit dem Geist.

Ich habe einmal einen schrecklichen Sturm im Golf von Mexiko erlebt. Die hohen Wellen drohten die kleine Yacht umzuwerfen. Wäre der Maschinenraum überflutet worden, hätten wir kaum eine Überlebenschance gehabt.

Das Boot kämpfte sich langsam einen Wellenberg hinauf. Auf dem Gipfel bot sich mir über den Schaumkappen ein erstaunlicher Anblick: Inmitten eines hellen Sonnenstrahls stand eine große pyramidenförmige Welle. Die Seitenflächen waren so glatt wie Glas, auf der Spitze wirbelte weiße Gischt im Wind. Einen Augenblick lang erschien sie vollkommen, fest und ewig zu sein. Dann sank sie langsam in sich zusammen, ein Opfer der gleichen Kräfte, die sie geschaffen hatten. Als wir nach dem Sturm in den Hafen von Port Aransas zurücktuckerten, meinte der Kapitän: »Da draußen gibt es wirklich merkwürdige Dinge zu sehen.«

Epilog

Wo kann eine solche Reise enden? Schwankend im Wind mit den Sternen oder am dunklen Strand des Glaubens? Für mich muß sie sich in menschlichen Dimensionen bewegen, denn nur in diesem Bereich können wir hoffen, Fortschritte in Richtung eines umfassenderen Verstehens zu machen.

Es reicht nicht aus, die Begegnung mit Besuchern als eine ungewöhnliche Manifestation von bekannten Phänomenen zu beschreiben und dann das Ganze auf sich beruhen zu lassen. Die Wissenschaft hat noch nicht einmal angefangen, diesen Bereich zu untersuchen. Es genügt auch nicht, wenn behauptet wird, daß uns ›höhere‹ Wesen studieren und wir darauf warten sollen, was nun weiterhin geschieht.

Ein auffälliger Umstand bei dem Gruppengespräch war die allgemeine Erwartung einer Katastrophe, eine Möglichkeit, vor der auch ich mich fürchte. Durch die ganze Literatur, die über Entführungen existiert, zieht sich die Vorstellung von der Apokalypse. Darin besteht auch die Botschaft des Fundamentalismus – bis zu einem gewissen Grad auch die Botschaft der Friedensbewegungen und der Umweltbewegungen.

Als sich das neunte Jahrhundert der Jahrtausendwende näherte, wurde die westliche Welt von einer Hysterie ergriffen. Jeden Tag erwartete man den Weltuntergang.

Die Kelten nahmen an, daß zu bestimmten Jahreszeiten der Schleier zwischen der Welt der Menschen und der der Geister dünn werden kann. Vielleicht gab es immer wieder solche Zeiten durch die Jahrhunderte, und der Schleier zwischen Geist und Materie wird gerade wieder einmal dünn. Vielleicht beginnen sich Denken und gegenständliche Welt zu überschneiden, vielleicht lernt gar der Verstand, wie er die Wirklichkeit beeinflussen und sie zu ihrem verborgenen Ziel führen kann.

Die Begegnung mit den Besuchern treibt uns in Extreme. Diejenigen, die ihre Flugapparate gesehen oder deren Besatzung zu Gesicht bekommen haben, sind oftmals überzeugt, daß es sich um Außerirdische handelt. Die Wissenschaft verwirft dies aus dem gleichen Grund, wie die Theologie die Existenz der Feen bestreitet: Diese außergewöhnlichen Erscheinungen erschüttern die Ordnung der festgefügten Glaubenssysteme so nachhaltig, daß sie um jeden Preis zurückgewiesen werden müssen. In der christlichen Theologie des siebzehnten Jahrhunderts ist kein Platz für Märchengestalten, und innerhalb der wissenschaftlichen Theorie gibt es keinen Platz für Besucher.

Aber der Unterschied zwischen Theologie und Wissenschaft besteht darin, daß die Wissenschaft Raum für Neues öffnen kann. 1932 stellte Albert Einstein fest: ›Es gibt nicht den geringsten Anhaltspunkt, daß uns nukleare Energie jemals zur Verfügung stehen wird. Es würde bedeuten, daß man das Atom zertrümmern müßte.‹ Im gleichen Jahrzehnt schrieb er an Präsident Roosevelt einen Brief, der die USA dazu bewegte, mit der Kernspaltung zu beginnen und die Atombombe zu konstruieren.

›In meinem Herzen fühle ich, daß sie da sind‹, sagte ein Skeptiker zu mir, ›aber wenn dies zutrifft und sie so handeln, dann ist es so enttäuschend, daß ich es vorziehe, nicht an ihre Existenz zu glauben.‹

Warum enttäuschend? Warum läßt man die Frage nicht offen? Es ist wahr, die Besucher sind nicht aus Raumschiffen gestiegen und haben uns einen holographischen Atlas ihrer ›Heimatplaneten‹ mitgebracht... und auch nicht die Geheimnisse des intergalaktischen Fliegens enthüllt. Sie sind sehr eigenartig. Aber das könnte auf Gegenseitigkeit beruhen. Auch wir sind für sie sehr eigenartig.

Wenn ich mich an meine Erfahrungen mit den Besuchern erinnere, kann ich nicht sagen, daß ich mich ihnen unterlegen fühlte. Im Gegenteil, sie erschienen mir weniger überlegen als weise zu sein. Aber zugleich waren sie einfacher und weniger individuell ausgeprägt. Sie schienen mich nicht nur zu fürchten, sondern sie hatten Respekt vor mir. Als sie mich fragten, was sie tun könnten, damit ich aufhöre zu schreien, waren sie am Rande der Panik.

Sie sind keine allmächtigen Überwesen. Sie sind zarte, beschränkte Wesen, fern ihrer Heimat – vorausgesetzt, daß diese Welt nicht ihre Heimat ist.

Ich kann in den Geschehnissen eine deutliche Ordnung sehen. In den letzten vierzig Jahren hat sich ihr Kontakt mit uns nicht nur vertieft, sondern weiter ausgebreitet. So zumindest erscheint die Sachlage. Natürlich kann auch unsere Wahrnehmungsfähigkeit zugenommen haben.

Das alles vollzog sich in deutlichen Schritten. Anfangs sahen wir Objekte aus großer Entfernung, dann immer näher, dann sahen wir Besucher, und schließlich erinnerten wir uns an ein Zusammensein mit ihnen. Einigen der Entführten wurde gesagt, daß sie sich ›fünf Jahre lang‹ an nichts erinnern werden oder nicht vor ›1984‹ oder sich erst ›in ein paar Jahren‹ erinnern werden. Wollen die Besucher in einer großen Erinnerungswelle in unserer Welt auftauchen?

Wenn dies zutrifft, warum? Warum landen sie nicht einfach, öffnen die Kapsel und steigen heraus. Vielleicht möchten sie nicht handeln, wie Cortez es getan hat. Es ist leicht, eine ganze Kultur mit einem Schlag zu vernichten. Einer meiner Freunde saß im Kreis von indianischen Medizinmännern, an einem Ort, wo man den Lärm der Autobahn hören konnte – er vernahm die Lehre der alten Gesänge, die Trauer, die an die Stelle des alten Glaubens getreten war. Auch in Papua-Neuginea werden keine neuen Geschichten mehr erfunden. Die Straßen dort sind eine schäbige Vision von irgendeiner Straße in Michigan. Alles geht unter; aus dem Zepter der Könige wird Brennholz, und die alten kulturellen Werte wirken auf die Erben wie Peinlichkeiten.

Wären wir nicht alle zur Bedeutungslosigkeit verurteilt, wenn sich uns ein scheinbar überlegener Besucher offen zeigt?

Wissenschaft, Religion, sogar die Künste könnten durch das Auftauchen einer Kultur erschüttert werden, die bereits über all das Wissen verfügt, das wir erst zu erwerben trachten.

Außer es führt nicht zu blinder Anbetung, sondern zum Verständnis ihrer Wahrheit, ihrer Stärken und ihrer Schwächen.

Vielleicht wurden deshalb zwei Dreiecke in meinen Arm geritzt: um zu zeigen, daß jeder von uns ein kleines vollkommenes Universum ist, eine kleine, aber gültige Ausgabe des Ganzen; daß das Kleine nicht weniger perfekt ist als das Größere, wenn auch weniger ausgereift.

Was erwartet uns nun? Was wird in zehn oder zwanzig Jahren geschehen? Wenn wir zugeben, daß dem Besucher-Phänomen eine Art außerpersönliche Realität zukommt, werden wir das Problem klarer zu fassen bekommen.

Ein Besucher sagte einmal zu einem Entführten: ›An ist aus und aus ist an. Wir bringen die Sprache durcheinander.‹ All diesen Begegnungen haftet eine Art Spieleffekt an. Es ist wie bei den Schelmen aus unserer Märchenliteratur. Von Till Eulenspiegel bis Nasreddin empfinden wir die Verdrehungen als einen Beweis wahren Verstehens. ›Gott lacht und spielt‹, sagt Meister Eckhart.

Dr. David M. Jacobs von der Temple University erzählte eine faszinierende Geschichte von einer Frau in Philadelphia, die einmal eine fliegende Untertasse gegenüber ihrem Haus gesehen hat. Sobald sie sie bemerkte, kam sie näher. Sie sah eine Reihe von neun Fenstern. In einem Fenster stand ein Mann mit einer Zigarre im Mund und starrte heraus. Er stand bewegungslos wie eine Statue. Im nächsten Fenster saß eine Frau in einem geblümten Kleid auf einem Stuhl in einer Art Trance. Dann kamen drei der kleinen grauen Wesen an den anderen Fenstern vorüber, holten die Frau auf dem Stuhl ab und führten sie einen Korridor entlang.

Die Frau, die dies gesehen hat, war keine ›UFO-Gläubige‹ und keine Psychotikerin, sondern eine ganz normale Person. Sie wollte weder Geld noch Ruhm erlangen. Sie erzählte nur, was sie gesehen hatte, ganz unschuldig gegenüber der faszinierenden Mischung aus Absurdität und weitreichenden Folgen ihrer Geschichte. Als ich selbst das Höchstmaß an Absurdität und Intensität erlebte, als man mich den ›Erwählten‹ nannte, erinnerte ich mich, wie sie eine Frau in einem geblümten Kleid mitnahmen, die die gleichen Worte in große Begeisterung versetzt hatten.

Wie kann etwas so Tiefgehendes und Gefährliches wie eine Begegnung mit den Besuchern gleichzeitig so sehr zum Lachen reizen? Mir scheint, daß auch der Verstand lacht und spielt.

Im August 1986 hatte ein Mann ein bemerkenswertes Erlebnis, als er in Richtung Great Neck, Long Island, fuhr. Es war einundzwanzig Uhr dreißig, und der Himmel war bedeckt. Plötzlich sah der Mann ein riesiges Flugzeug auf sich zufliegen; es flog so tief, als wollte es auf der Straße landen. Es hatte vorn zwei helle Lichter, deren Strahlen direkt in seine Augen trafen. An der Spitze des einen Flügels war ein rotes und an der Spitze des anderen ein grünes Licht. Die Schnauze des Flugzeugs war platt, und es hatte keinen horizontalen Stabilisator. Es hatte vier Motoren mit rotierenden Propellern. Als der

Mann unter dem Flugzeug hinwegfuhr, sah er, daß es auf der Unterseite Schrammen hatte, als wenn es den Boden entlanggestreift wäre. Der Mann fuhr langsamer und blickte aus dem Wagenfenster zu dem bizarren Flugkörper hinauf. Er schien nahezu in der Luft zu stehen. Die Propeller machten keine Geräusche.

Bald drauf bog der Mann von der Straße ab, die sich dann hufeisenförmig um einen Hügel windet. Auf dem Hügel sah er eine Art Reklametafel mit vielen kleinen Lämpchen. Es sah aus, als wäre sie an zwei Seiten eines Gebäudes angebracht, da sie in der Mitte abgewinkelt war. Sie leuchtete, aber die Figuren darauf waren nicht zu erkennen. Als er um die Biegung herumgefahren war, sah er die Tafel aus einem anderen Winkel und erkannte, daß kein Gebäude dort stand. Er schloß, daß es ein Flugzeug sein mußte. Plötzlich erhob sich das Gebilde und raste in südwestlicher Richtung davon, bis es in den Wolken verschwunden war.

Was geschah mit diesem Mann? Was hatte er gesehen? Es wäre leicht, das Ganze als Halluzination abzutun. Es wäre leicht, die Geschichte zu entlarven.

Doch es gibt ein Problem. Das Problem ist der Mann selbst und seine außerordentliche Qualifikation. Er ist eine führende Persönlichkeit auf dem Gebiet der Wahrnehmungspsychologie, und er verfügt über ein breites Wissen darüber, wie das Gehirn Dinge erkennt und was Fehlwahrnehmungen sind. Darüber hinaus hat er ein nahezu fotografisches Gedächtnis und so gute Augen, daß er die Jupitermonde mit bloßem Auge erkennen kann. Er ist hochintelligent und seelisch sehr stabil. Im Rahmen seiner Ausbildung brachte er mehrere hundert Stunden Lehranalyse hinter sich.

Jeder Mensch kann halluzinieren oder Fehlwahrnehmungen haben. Doch dieser hochqualifizierte Mann ist sich seiner Wahrnehmungen vollkommen sicher. Interessanterweise haben die anderen Fahrer überhaupt nicht auf die Erscheinung reagiert. Die meisten von ihnen sahen ein Flugzeug und eine Reklametafel.

Wenn die Besucher nicht aus unserem Universum stammen, könnte es notwendig sein, daß wir sie verstehen, *bevor* sie in unserer Realität auftauchen. In unserem Universum könnte ihre Realität von unserem Glauben abhängen, daß wir sie nicht nur wahrnehmen, sondern auch akzeptieren.

Der Gedanke von gleichzeitig nebeneinander existierenden Welten ist weder bewiesen, noch konnte das Gegenteil festgestellt werden. Er hat aber eine lange Geschichte innerhalb der Physik. Wir haben gesehen, daß die Besucher keine Märchengestalten und daß ihre Raumschiffe keine Produkte der Fantasie sind. Jetzt, wo wir wissen, stellt sich die Frage, was wir noch erfahren werden.

Dies ist keine Angelegenheit, die einfach abgetan werden kann. Es ist die menschliche Realität, tief beeindrukkend in ihrer Komplexität. Sie ergibt einen Sinn, einen fremdartigen, aber er ist nicht zu bestreiten. Daher besteht mit Sicherheit ein Denkprozeß, der sie unserem Verstehen erschließen wird. Im Moment existiert dafür noch keine exakte Definition. Es dabei zu belassen, obwohl hier ein solcher Reichtum an Möglichkeiten und Fähigkeiten zu liegen scheint, kommt mir geradezu schändlich vor. Aber besitzt die Wissenschaft überhaupt die Offenheit und die Kraft für ein solch schwer faßbares und vieldimensionales Geheimnis?

Ich meine absolut ja. Selbst ein Bekannter, der die ganze Angelegenheit als ›lächerlich‹ bezeichnet, trägt zum Verständnis bei. Blinde Ablehnung ist genausowenig gerechtfertigt wie blinde Gläubigkeit; beides läßt eine objektive Sehweise nicht zu. Zwischen dem eingebildeten Psychiater oder Physiker und seiner Ablehnung, die Wahrheit zu akzeptieren, und dem aufgeregten ›UFO-Gläubigen‹, der in den Phänomenen einen überdimensionalen Comic voller Weltraumfreunde sieht, besteht kein Unterschied. Beides sind Entstellungen, die wir überwinden müssen und können.

Der Akt der Beobachtung selbst könnte die Besucher als Wirklichkeit erschaffen, voll Bedeutung, Bestimmtheit und einem Bewußtsein ihrer selbst. Vielleicht arbeiten die Besucher in ihrer Welt genauso hart mit unserer Realität.

Ein solcher Akt gegenseitigen Verstehens wäre die Vereinigung... zwei Universen verschmelzen... die Schöpfung ist nicht abgeschlossen, sie geht immer weiter. Wer weiß, vielleicht bringen sachkundige Beobachtung und ehrliche Einsicht die Besucher dazu, an der Oberfläche aufzutauchen.

Etwas ist da, sei es eine Botschaft von den Sternen oder aus den Tiefen unsere Geistes... oder beides. Irgendwo muß es ein Zeichen hinterlassen haben, einen Faden im Schnee, einen Kratzer an der Wand. Und wir können den Faden bestimmt finden, wenn wir rechte Einsicht, Ehrlichkeit und Mut aufbringen – und große Sorgfalt.

Hält man den Faden einmal in der Hand, wird unsere eigene Mythologie uns zeigen, wohin er führt, denn es ist der gleiche Faden, den Ariadne Theseus gegeben hat, bevor er in das Labyrinth des Minotaurus ging – jung, stark und mutig.

Und wir alle werden durch das Labyrinth gehen, was immer uns dort auch erwarten mag.

Anhang I

Eine Stellungnahme von Donald F. Klein

Ich habe Whitley Strieber untersucht und festgestellt, daß er an keiner Psychose leidet. Er halluziniert nicht in einer für eine Psychose typischen Weise. Ich finde auch keine Beweise für Angstzustände, Stimmungsschwankungen oder eine Persönlichkeitsstörung. Er ist ein ausgezeichnetes Hypnosemedium, das den aufrichtigen Versuch unternommen zu haben scheint, das zu beschreiben, was ihm widerfahren ist; seine Untersuchungen führte er mit Sorgfalt durch. Nach einer anfänglichen Streßperiode fand er sich mit seiner Situation ab und lernte bald, damit in psychisch gesunder Form umzugehen. Es scheint mir, daß er sich einem Leben voll hochgradiger Ungewißheit sehr gut anzupassen vermochte.

Dr. Donald F. Klein
Leiter der Forschungsabteilung
New York State Psychiatric Institute

Anhang II

Ergebnisse der Untersuchung mit dem Lügendetektor

Am 31. Oktober 1986 unterzog ich mich bei Ned Laurendi, dem Präsidenten der Society of Professional Investigators und Vizepräsidenten der Empire State Polygraph Society, einem Lügendetektor-Test. Ned Laurendi führt solche Tests seit fünfundzwanzig Jahren durch. Vor dem Test bekam er das geschäftsübliche Honorar ausbezahlt. Bis zu dieser Untersuchung hatte er von mir noch nie etwas gehört.

Mir war bekannt, daß die Ergebnisse des Tests mit dem Lügendetektor umstritten sind, und ich beschloß daher, Mr. Laurendis Können zu prüfen. Ohne ihm davon Mitteilung zu machen, habe ich bei Frage 13 und 16 die Unwahrheit gesagt. Er hat die Antworten korrekt als nicht wahr eingestuft. Dies hat mich davon überzeugt, daß es sich bei Laurendi um einen versierten Spezialisten handelt.

Der Brief, der in den Testergebnissen angesprochen wird, wurde am 17. Oktober 1986 an Mr. Laurendi geschrieben und skizziert einige meiner Erlebnisse.

Ich habe mich dem Test unterzogen, weil ich meine Leser davon überzeugen will, daß ich aufrichtig daran glaube, daß ich die Dinge so wahrgenommen habe, wie ich sie in dem Buch darstelle. Es sind keine Erfindungen, kein einziges Wort ist erdichtet.

Der erfolgreiche Abschluß dieses Tests beweist natürlich nicht, daß meine Erinnerungen an meine Erlebnisse korrekt sind, aber er bestätigt, daß ich alles nach bestem Wissen und Gewissen dargestellt habe.

Die Testergebnisse:

1. Sind Sie als Whitley Strieber bekannt?
   Ja. (Für wahr befunden.)
2. Haben Sie die Absicht, der Wahrheit entsprechende Antworten zu geben?
   Ja. (Für wahr befunden.)
3. War es Ihre Absicht, sich an diesem Halloween-Tag einem Test zu unterziehen? (Anmerkung: Mr. Laurendi hatte den Verdacht, Opfer eines Scherzes zu sein. Verständlich bei dem Datum und der Art meiner Erfahrungen.) [Halloween ist der Abend vor Allerheiligen.]
   Nein. (Für wahr befunden.)
4. Sind Sie Anhänger einer Sekte?
   Nein. (Für wahr befunden.)
5. Glauben Sie, daß Sie diese Dinge am 4. Oktober 1985 erlebt haben, über die Sie in dem Brief vom 17. Oktober 1986 berichten?
   Ja. (Für wahr befunden.)
6. Haben Sie vor 1984 eine Information in betrügerischer Absicht verschwiegen?
   Nein. (Für wahr befunden.)
7. Glauben Sie, daß Ihnen jene Dinge am 26. Dezember 1985 so widerfahren sind, wie Sie sie in dem Brief vom 17. Oktober 1986 darstellen?
   Ja. (Für wahr befunden.)
8. Sie hatten im Alter von acht Jahren eine Halluzination; gab es noch eine weitere vor dem Jahr 1984? (Anmerkung: Ich hatte im Alter von acht Jahren eine Halluzination während einer fieberhaften Erkrankung.)
   Nein. (Für wahr befunden.)

9. Leben Sie in New York?
Ja. (Für wahr befunden.)
10. Glauben Sie, daß Ihnen diese Dinge am 15. März 1986 widerfahren sind, so wie Sie sie in dem Brief vom 17. Oktober 1986 darstellen?
Ja. (Für wahr befunden.)
11. Haben Sie vor 1984 jemals gelogen, um daraus persönliche Vorteile zu ziehen?
Nein. (Für wahr befunden.)
12. Glauben Sie, daß Ihnen die Dinge Ende März 1986 so widerfahren sind, wie Sie sie in dem Brief vom 17. Oktober 1986 darstellen? (Dies bezog sich auf die Einführung der Nadel in meine Nase und auf den Besuch beim Arzt, der die Verletzung untersuchte.)
Ja. (Für wahr befunden.)
13. Haben Sie vor 1984 jemanden, mit dem Sie in geschäftlichen Beziehungen standen, belogen?
Nein. (Als möglicherweise nicht wahr befunden. Das ist eine richtige Antwort, denn ich bin seit zwanzig Jahren im Geschäftsleben tätig, und ich bin mir nicht sicher, ob ich nicht gelegentlich gelogen habe.)
14. Haben Sie Leute belogen, die Sie hinsichtlich der Fakten befragten, die wir besprochen haben?
Nein. (Für wahr befunden.)
15. Sind Sie freier Schriftsteller?
Ja. (Für wahr befunden.)
16. Haben Sie vor 1984 jemals jemanden belogen, der Ihnen vertraut hat?
Nein. (Für unwahr befunden. Er hatte wieder recht damit. Ich habe beispielsweise meine Eltern belogen, als sie mich damals fragten, wer das Haus angezündet habe.)
17. Haben Sie jemals bewußt halluzinogene Drogen zu sich genommen?
Nein. (Für wahr befunden.)
18. Haben Sie jemals verschreibungspflichtige Medika-

mente eingenommen, ohne sie von einem Arzt erhalten zu haben?
Nein. (Für wahr befunden.)

Anmerkung: Einige der Kontrollfragen werden auf ›vor 1984‹ datiert, um sie deutlicher von den Schlüsselfragen zu unterscheiden. Sie bedeuten aber nicht, daß meine Antworten nach 1984 anders gelautet hätten.

Danksagung

Zahlreiche Wissenschaftler hatten mir bei dieser Arbeit Hilfe geleistet. Ich möchte mich bei Donald F. Klein, MD, Leiter der Forschungsabteilung des New York State Psychiatric Institute und Professor für Psychiatrie am College of Psychiatric Institute und Professor für Psychiatrie am College of Physicians and Surgeons der Columbia University, und bei Dr. Robert Naiman bedanken, die an mir und an meiner Frau die hypnotische Behandlung durchführten. Dr. John Gliedman steuerte eine wissenschaftliche Auswertung meiner Erlebnisse sowie seine eigenen unschätzbaren Beiträge bei, Dr. David Webb, bis vor kurzem Mitglied der National Commission of Space und inzwischen Professor für Weltraumforschung am Center for Aerospace Sciences der Universität von North Dakota, und Dr. Brian O'Leary, Astronaut und Planetologe, halfen mir mit ihrem Fachwissen und ihrer gesunden Skepsis, ohne die ich meine Aufgabe niemals hätte beenden können. Dr. Bruce Maccabee, Physiker bei der United States Navy, begutachtete mein Manuskript, aber etwaige Fehler auf physikalischem Gebiet sind meine eigenen. David M. Jacobs, Ph. D., außerordentlicher Professor für Geschichte an der Temple University, war so freundlich, ebenfalls seine Meinung beizusteuern, besonders im Hinblick auf den historischen Hintergrund.

Ganz besonders aber möchte ich Budd Hopkins danken, der sehr viel Zeit und Mühe investiert hat – oft bis an die Grenze der Selbstaufopferung –, um mir und all jenen zu helfen, die an den Rand der Wirklichkeit verschleppt worden sind.

Die Hilfe der Ärzte und Wissenschaftler, die mich beraten haben, bedeutet nicht, daß sie meine Thesen über das, was mir widerfahren ist, unterstützen. Ihr Interesse erwuchs aus dem Wunsch, ein unbekanntes oder mißverstandenes Phänomen zu erforschen. Für die Wissenschaftler bleibt die Natur dieser Phänomene eine ungelöste Frage.

Quellennachweis

Dante Alighieri, DIE GÖTTLICHE KOMÖDIE, DIE HÖLLE: © Winkler Verlag. Übersetzung von Wilhelm G. Hertz.

»As I Walked Out One Evening« aus W. H. Auden, COLLECTED POEMS. Herausgegeben von Edward Mendelson. Copyright © 1940, erneuert 1968. Mit Genehmigung von Random House, Inc.

AZTEC THOUGHT AND CULTURE: A Study of the Ancient Nahuatl Mind by Miguel Leon-Portilla. Aus dem Spanischen übersetzt von Jack Emory Davis. Copyright © 1963 by the University of Oklahoma Press.

LADY FAUSTUS by Diane Ackerman. Copyright © 1983 by Diane Ackerman. Mit Genehmigung der William Morrow & Company, Inc.

A NET OF FIREFLIES by Harold Stewart. Copyright © 1960 the Carles E. Tuttle Co. Mit Genehmigung von Charles E. Tuttle Co., Tokyo, Japan.

Auszug aus Franz Kafka, DAS VIERTE OKTAVHEFT, entnommen dem Band HOCHZEITSVORBEREITUNGEN AUF DEM LANDE. Copyright © S. Fischer Verlag, Frankfurt, April 1976. Copyright 1935 by Schocken Verlag, Berlin; Copyright 1936, 1937 by Heinr. Mercy Sohn, Prag; Copyright 1946, 1947, 1948, 1953, 1954, © 1958 by Schocken Books Inc. Copyright © erneuert 1975 by Schocken Books Inc.

UNHEILIGES FEUER

Und Satan wird befreit werden aus seinem Grabe, und er wird umgehen und großen Schaden tun. Aber sie werden blind sein vor seinen Werken und sich ihrer erfreuen, bis die Wasser des Himmels kommen und ihnen die Augen waschen, und wenn sie sehen, was ihnen geschehen ist, wird große Furcht sein unter ihnen.

Theologium Ioannes, Sechstes Buch

NACHTSPUK

Es war das Gelächter, das sie rennen ließ, mehr als die Dunkelheit, mehr als der gleitende Schatten.

Die Luft strich wie kalte Seide über ihr Gesicht. Sie hörte ihre Füße auf das Pflaster trommeln, spürte, wie der eisige Wind in ihre Lungen drang. Sein schwererer Schritt trieb sie vorwärts; sie wußte, daß er aufholte. Natürlich war sie eine verdammte Närrin gewesen; sie hätte sich ein Taxi bestellen sollen.

Innerlich wütete sie gegen den Mann, der es wagte, ihr diese Angst einzuflößen. Aber sie hatte ein Recht auf die Schönheiten der Nacht. Außerdem würde die Party überlaufen sein – heiß und stickig und intensiv. Melanie hatte sie als das Ende des Clubs angekündigt, als die Letzte Party. Und das war sie auch – Krankheit hatte den Mut der Schlimmen untergraben.

Sie hatte vorgehabt, sehr spät und eiskalt einzutreffen.

Sie bog in die Charles Lane ab, gelangte in die Dunkelheit der Lagerhäuser. Selbst in der eiskalten Luft roch man die Erinnerungen an Fleisch und Gewürze, an Dinge, die auf Gestellen in den alten Gebäuden lagerten, in denen am Tage kräftige Männer ihren Geschäften nachgingen. Jetzt war alles braun und grau und mit stählernen Rolläden verschlossen. Eine Laderampe, krank vor Fäulnis, säumte eine Seite der Straße. An der anderen wurde Müll entlanggeweht, raschelte an einigen Autos vorbei, geparkt oder aufgegeben.

Sie drehte sich um, duckte sich hinter einen verrosteten Chevy Camaro. Hinter ihr war nichts als der Wind. Aber war das wirklich alles – der Umriß eines nackten Fensters, der in einer durchlöcherten Dachrinne lachende Wind? Sie richtete sich auf.

Der Schatten ragte riesig empor, füllte die Straße, und das Gelächter erfüllte sie, ließ ihre Muskeln, ihre Knochen und sogar ihr Blut erbeben. Sie machte kehrt und rannte wie eine verängstigte Katze, umflattert von ihrem teuren und strategisch fatalen weißen Hermelin, dessen leichte Berührung ihre Wangen kitzelte.

Er war da, oh ja. Er. Sie konnte seine erzwungenen Küsse fühlen, sein brutales Eindringen spüren. Ihre Beine wollten sie nicht tragen, ihre Füße fanden keinen Halt auf den frostglatten Pflastersteinen. Sie sprang auf die Laderampe. Gott, wenn sie doch nur eine Waffe hätte. Nur eine kleine Pistole, nichts Großes. Dann würde sie stehenbleiben, würde sich umdrehen, würde sie in diese dunkle Gestalt leeren. Vergewaltigung ist nicht Sex. Vergewaltigung ist Wut über Sex.

Jeder Polizist: Du warst um drei Uhr nachts unterwegs, du mußtest damit gerechnet haben. Nein, ich war aus auf den Mond in den Winterschatten, auf das Mysterium eines einsamen Lichts im Fenster eines Hochhauses. Ich wollte die lange Stimme des Windes genießen. Ich wollte die Kälte auf meinem Gesicht spüren. Ich wollte mich mollig warm fühlen in meinem schönen Mantel, oh Gott, hilf mir, hilf mir jetzt!

Dicht hinter ihr grunzte er, sein schwerer Körper kam näher. So viel zu dem Schatten, dem Hauch des Unbekannten: Dies war ein harter, angestrengt keuchender Mann.

Der Geheimclub war irgendwo in der Nähe. Einerlei, wie die Party verlief, der Eingang blieb unsichtbar.

Wo bist du, Melanie, die ich in meiner Jugend geküßt habe? Wo seid ihr, Freunde, von denen ich mich trennte? Wo...

Ein Licht flackerte hinter ihr: ein Streichholz. Er hat ein Streichholz angezündet. Weshalb? Es war hell genug zum

Sehen. Sie drehte sich um und war wie gebannt von der bösen Blüte.

Sobald sie den langen schwarzen Mantel sah, den breitkrempigen Filzhut, wußte sie, daß dies kein gewöhnlicher Vergewaltiger war. Und es war auch kein gewöhnliches Streichholz. Er stand da, hielt es zwischen den Fingern – eine haßerfüllte, flammende Rose aus weißem Feuer.

Als die Flamme erlosch, hatte sie sich an das Licht gewöhnt und sah ein flackerndes Bild seines Gesichts.

Sie schrie, es war der fassungslose Aufschrei einer zutiefst entsetzten Frau. Die hellen, vorstehenden Augen, der Mund – sie waren sinnlich, monströs begierig.

»Nein«, flehte sie, »nein!«

Das Streichholz machte *paff* und wurde zu einer Fackel, hoch und grell, sie erfüllte die Straße mit dem Widerschein ihrer Flammen. Sie konnte sich nicht rühren, war völlig erstarrt. Er stand da, ernst wie ein Bischof, und hielt seine Fackel hoch.

»Und immer, Frau, ist es dein Schicksal, verbrannt zu werden in der verheerenden Welt.«

Was für eine Stimme war das, wie das Rascheln von Blättern im Wind, mit dem Anklang der klammen Bedrohung durch das Nicht-völlig-Menschliche?

Sie hätte abermals geschrien, aber die Fackel segelte plötzlich auf sie zu, zischte durch die Luft, beschrieb einen grellen weißen Bogen; und er hatte ein Gesicht, er hatte einen Namen, der war Luzifer, und sie hörte ihn sagen *»do wop«*. Seine Stimme war leise und langsam und überaus bedrohlich.

Die Fackel explodierte auf den Pflastersteinen, und sie mußte beiseitespringen. Sie kämpfte gegen den Drang, aufzugeben und ihrem Bedränger mit den Fingernägeln gegenüberzutreten.

Du wirst den Kampf nicht gewinnen; wenn du nicht weiterrennst, wirst du vergewaltigt oder Schlimmeres. Das ist Realität, Maria Julien, das ist absolute Wirklichkeit.

Sie machte kehrt und klapperte davon, hochmodische Schuhe auf der verrotteten Laderampe.

Er war jetzt so nahe, daß sie seinen Atem hören konnte. Ein Blick über die Schulter brachte ihre Nase mit dem wehenden weißen Pelz in Berührung, und sie dachte wütend, daß sie schön sein mußte in der Nacht. Unvorstellbar schön.

Er war eine dunkle Gestalt... mit diesem Gesicht. Ein erkältender Schmerz wie von einem heftigen Schlag durchfuhr sie und ließ sie stolpern. Das hatte sie nicht gesehen, nein, nicht eine Fratze, nicht dieses nasse, speichelnde...

Von Kindheit an hatte sie in Schweiß und Entsetzen von dem fremden Mann geträumt, der sie verfolgte, aber *dieses* Gesicht blieb verschwommen.

Sie wagte nicht, sich noch einmal umzusehen. Es mußte Einbildung gewesen sein.

»Wo ist es, großer Gott, wo ist es?« Das Entsetzen hatte ihr Tränen in die Augen getrieben, die jetzt gefroren und ihren Blick trübten. Sie wischte sie weg, sie konnte sie sich nicht leisten, nicht jetzt.

Sie stöhnte, lauschte den inneren Belehrungen: Es ist nicht meine Schuld, die Vergewaltigung ist nicht die Schuld der Frau!

Wenn dies Vergewaltigung war. Irgend etwas daran – das Feuer, das Gesicht des leibhaftigen Teufels – gehörte tief drinnen zu ihr, zu dem Leben, das sie jetzt führte. Sie konnte ohne weiteres glauben, daß dieses Ding hinter ihr aus dem Loch aufgestiegen war, das nach unten führt.

Aber das war Aberglaube, oder etwa nicht? An den Teufel glauben, heißt, ihn erschaffen. Sie glaubte nicht an ihn, natürlich nicht. Er war Entropie, nicht mehr, das Fallen des Weizens, nicht mehr. Er war nicht hinter ihr.

Noch eine schwarze Metalltür, diesmal ohne Griff. Sie versuchte, sich ein Jahr zurückzuerinnern, als sie zum letzten Mal hiergewesen war. Andy Webb, Laura Walker, jetzt tot, die damals Silberlamé getragen hatte, so still, so fern, so… eingesunken. »Wo ist die verdammte Tür, Melanie?«

Hinter ihr, klapp, klapp, das Tappen von Schuhen auf Holz. »Mach, daß du wegkommst!« schrie sie.

Ihre Priester würden von ihr erwarten, daß sie betete.

Ganz plötzlich schloß sich ihre Hand um einen vertrauten Knauf. Die Tür war dieselbe wie immer, groß und rostig und durch nichts gekennzeichnet. Im allgemeinen ließen sie sie unverschlossen. Clam, Melanies Rausschmeißer, nahm sich jeden vor, der nicht dazugehörte.

Maria glitt hinein, zog die Tür hinter sich zu. Vom Fuß der Treppe kamen blaues Licht und das langsame Trommeln von Musik. Dies war kein Rockclub, dies war kein Jazzclub. Etwas weitaus Esoterischeres ging hier vor sich. Sie ging hinunter, ihre Absätze klickten auf den Steinstufen.

Sie hörte, wie hinter ihr die Tür geöffnet wurde. Also hatte er gesehen, daß sie hineingegangen war. Verdammt. »Hol Clam«, sagte sie, als sie auf Melanie zuging. »Ich werde von einem Spinner verfolgt.«

Clam kam, der ehemalige Sumo-Ringer. Er hatte Muskeln wie harte Butter. Offenbar hatte der Verfolger ihn auch entdeckt, denn als er nachsehen ging, war niemand auf der Treppe.

»Jesus, Gott, ich wäre beinahe umgebracht worden.« Das Feuer flackerte noch immer in ihren Augen. *Do wop?*

Melanie nahm sie in die Arme. Die Welt der Nacht ist nicht groß, es gibt nur wenige Leute, die Orte wie den Geheimclub kennen.

Melanie bot ihr ein paar Tabletten an. »Küchenschaben«, sagte sie.

»Hübscher Name.«

»Ich weiß nicht, was sie bewirken.«

»Ich bin nicht in der Stimmung für ein Abenteuer. Und ich nehme keine Drogen mehr.« Der Anblick dieses Gesichts schwebte im Mittelpunkt ihres Bewußtseins, und sie konnte sich nicht einmal vorstellen, wie es pharmakologisch übersteigert aussehen mochte. »Ich brauche etwas zu trinken. Ich möchte mich hinsetzen.«

»Komm hier herüber, Baby.«

»Hi, Maria«, rief ein Mann in schwarzer Seide. »Wie geht es deinen Priestern?« Seine Stimme klang spöttisch.

»Scher dich zum Teufel, Louie«, erwiderte sie liebenswürdig.

»Ich brauche eine heilige Kommunion. Ich möchte sie in einem meiner Bilder verwenden.«

»Sie wäre fast vergewaltigt worden«, flüsterte Melanie, während sie riesige Kissen zusammentrug. Daraufhin machten Leute Platz für sie, drückten ihr Mitgefühl aus.

Sie sank in die Kissen.

»Eine Beruhigungspille?« fragte Leila Griffiths-Gordon.

»Nein, danke. Nichts. Vielleicht ein Bier. Melanie, hast du irgendwelches Bier?«

Jemand reichte ihr eine Flasche Budweiser, halb voll. Sie trank einen großen Schluck. Sie wollte nicht hier sein, sie war hereingeweht worden wie ein Blatt, das vor dem Wind herfliegt. Sie gehörte nicht mehr an Orte wie diesen. Die Dichte der Erinnerungen hatte sie angezogen, die Einladung mit dem dunklen, unbeschreiblichen Porträt von Melanie und ihren Versen. Früher wäre sie von einer solchen Einladung, einer solchen Party begeistert gewesen.

Dann hörte sie das Gelächter.

»Was ist das?«

»Du meinst das Schlagzeug?«

»Nein. Nichts.«

Sie hatte so viele Gründe, sich selbst zu hassen, so viel Versagen. Aber jetzt war sie ein neuer Mensch; das ziellose, nutzlose Leben, das sie geführt hatte, lag hinter ihr. Sie war zu einsam gewesen, zu reich, zu sehr mit sich selbst beschäftigt. Jetzt schien das alles nur noch aus Stanniol und Rauch zu bestehen. In ihrer neuen Welt wurde sie gebraucht.

Sie beruhigte sich ein wenig. Hier war es warm, hier gab es eine Menge Sympathie, ein Gefühl der Sicherheit.

Sie schauderte, stieß langsam den Atem aus, ließ das Entsetzen durch ihre Nase, ihre Poren entweichen. Sie öffnete ihre Ohren der Musik.

Die Schlagzeuger waren seit zehn am Werk. Jetzt war es drei. Sie betrachtete ihre nackten, arbeitenden Körper. *Drums at the Edge* nannten sie sich. Da waren Leute, die seit Stunden getanzt hatten, völlig versunken. Dies war kein Ort des Amüsements, sondern der Meditation. Maria stand auf und drehte sich, ließ ihr leichtes Kleid um ihren Körper wirbeln. Als sie stehenblieb, kam ein Mann herbei, berührte ihr Gesicht.

»Du bist großartig«, sagte er. Er war schweißgebadet, die Haut seines Gesichts spannte. Sie war zu straff geliftet. Seine Augen funkelten, die Pupillen winzig von Drogen.

»Ich bin ein Engel«, sagte sie. »Laß mich dir helfen.«

»Dann töte mich.«

Früher hätte sie gelacht, aber jetzt versetzte ihr sein Verlangen einen Stich ins Herz; es war durchaus möglich, daß er es ernst meinte.

Melanie trat zwischen sie. »Ich bin so froh, daß du zurückgekommen bist«, sagte sie. Melanie war zweifellos froh; Maria Julien war ein begehrter Gast gewesen an Orten wie diesem.

»Der offizielle letzte Tag ist morgen, aber da kommt niemand mehr«, sagte Melanie. »Das war's dann wohl.« An den Rändern ihrer Augen hingen Tränen. »Schönheit weint.«

»Was wirst du tun?«

»In meine Wohnung gehen und meine Papiere durchsehen. Du kannst dir nicht vorstellen, wieviel Papier sich in zehn Jahren im Clubgeschäft ansammelt.« Sie sah sich um, aus ihren Augen blitzte Wut. »Vorwiegend Steuerkram.«

»Du hast Steuern bezahlt?«

»Wenn ich es getan hätte, gäbe es jetzt keine Probleme.«

Solche Probleme kannte Maria kaum. Sie war reich geboren, ihre Eltern waren beide tot, sie war allein mit ihrem Geld.

Vor kurzem hatte sie sich in mancher Hinsicht geändert. Da war ein Gefühl des Verfliegens gewesen, der verpaßten Gelegenheiten. Sie hatte Tod gesehen, Freunde, die kahl und mager wurden und vierzig Grad Fieber hatten.

Sie hatten die Randbereiche der Liebe erkundet, ohne zu ahnen, daß sie gleichzeitig die Randbereiche des Lebens erkundeten. In diesen dampfendheißen Räumen, umgeben vom Gewimmel der anderen, dachte niemand an die letzten Dinge.

Menschliches Leben ist immer eine ernste Sache. Die Partylampe mochte fröhlich schaukeln, aber sie schaukelt im Wind, und das Stückchen Folie auf dem schmutzigen Fußboden am Morgen erzählt die Wahrheit.

Sie hatte für das Schulorchester Uniformen gekauft, ein Stipendium gestiftet, jeden Sonntag für Blumen in der Kirche gesorgt.

Die Kirche: Sie hatte eine Gemeinde adoptiert, zum Gedenken an ihren Vater. Ein Bild von ihm, wie Wachs: sein scheinbar unerschütterliches Gesicht, seine gestreiften Manschetten, sein Duft nach Kölnischwasser. So leicht war sein Leben gewesen, so sanft. Das einzige, woran er geglaubt hatte, war die Kirche; alles andere hatte dem Schnaps gehört und südamerikanischen Huren.

Seinetwegen hatte sie die Kirche gesucht, als sie nach Sinn suchte. Er hatte der Jungfrau Maria seinen Krebs gebracht, hatte ihr Geld gebracht, Versprechungen und Reue über sein schlechtgelebtes Leben. Er war mit dem Rosenkranz zwischen den Fingern gestorben.

Ihre Gedanken drifteten zu dem exotischen Aussehen der Priesterkleidung, dem Weiß des Chorhemdes, dem Weiß der Ostergewänder.

Sie wollte Franks stämmige Arme um sich spüren.

Jetzt ging ihr das Getrommel auf die Nerven. Sie kämpfte gegen seine hypnotisierende Wirkung. Ein Mann war an einem Herzschlag gestorben, als er hier getanzt hatte. Völlig gesund. Kokain und extreme körperliche Erschöpfung hatten dazu geführt, daß sein Herz nicht mehr mitmachte.

Es war alles Hypnose, und sie konnte sie in ihren Bann schlagen, selbst jetzt. Sie wollte nicht in diesem stickigen kleinen Raum sein. Sie schaute auf die Tür, die dunkle Treppe dahinter. »Melanie, Liebste, laß es mich wissen, wenn du deinen neuen Laden aufgemacht hast.«

»Das ist das Ende.«

»Ja, das ist es. Aber du wirst bald einen neuen Laden haben. Ich gebe dir drei Wochen.«

Melanies Schultern waren herabgesunken, ihr Haar schlaff. »Ich wollte, ich wäre reich«, sagte sie.

»Ich weiß, wie dir zumute ist.«

Da wurden ihre Augen hart. »Nein, das weißt du nicht.«

Maria sah auf die Uhr. Eine Viertelstunde war sie hier gewesen, hatte inmitten einer tanzenden Menge gestanden, eine Flasche mit lauwarmem Bier in der Hand. Sie ging zu Clam. »Geh hinauf und sieh nach, ob er weg ist.«

Er verschwand in der Dunkelheit. Sie sah das schwache Licht, als die Außentür geöffnet wurde. Er blieb fünf Minuten fort. Die Musik dröhnte in ihren Ohren, sie beobachtete ein Paar, das reinweiße Linien aufschnupfte, das Schlagzeug trommelte.

»Weg.«

Sie sah auf, erstaunt. Clam schaute auf sie herab, ließ seine rissigen Zähne sehen.

»Bist du sicher?«

»Niemand da.«

Sie eilte die Treppe hinauf, steckte den Kopf in die klirrende Kälte hinaus. War er überhaupt je dagewesen? Ja, ganz bestimmt.

Vielleicht.

Sie hatte nicht einmal die Hälfte des Weges bis zum Ende der Straße zurückgelegt, als sie das Gelächter hörte. Es war nicht laut, man hätte es sogar für das Keckern einer Eule halten können. Aber es steckte so viel Intelligenz darin, so ein – gräßlicher Verstand.

Sie rannte. Sie schaute nicht hinter sich. Etwas so Grauenhaftes kann man ein- oder zweimal sehen, dann erträgt man es nicht mehr. Erinnerungen an Böses sind selbst böse. Der böse Mann mag einen Nagel in dich stoßen und davonlaufen, und die Wunde wird vielleicht heilen, aber die böse Erinnerung wird für immer in deinem Herzen schwären.

»Wir wollen tanzen«, sagte er. Seine Stimme war ein volles, hartes Flüstern, in der Stille mühelos vernehmbar.

Er hätte sie ohne weiteres packen können, aber er tat es nicht. Nein, sein Vergnügen lag woanders. Zweifellos würde er sie rennen lassen, bis sie stürzte, und dann würde er kommen und sie in die Arme nehmen, und dann würde sie die feuchten Knochen seines Gesichts aus der Nähe sehen.

Sie rannte den leeren Mittelabschnitt der West Street entlang. Wo bist du, New York? Wo sind deine Autos, deine Menschen, deine beleuchteten Hauseingänge?

Wünschte sie sich insgeheim das? Nein, nein, nein!

Er kam hinter ihr her, atmend wie eine Maschine. Sie rannte und stolperte weiter, die verdammten Schuhe behinderten jeden ihrer Schritte.

Er tat einen Griff nach ihr, seine behandschuhten Finger berührten den flatternden, zarten Pelz ihres Mantels. Sie schrie auf, versuchte einen Spurt, schaffte es gerade um eine weitere Ecke herum. Hinter ihr, ganz leise: *»Do wop.«*

Und ganz plötzlich fand sie sich inmitten einer Schar von Männern. Gerüche nach Leder, Whisky, Bier und starkem Tabak. Sie waren aus dem Boondocks gekommen, einer Kneipe für schwule Ledermänner, deren Existenz sie total vergessen hatte. »Helft mir«, keuchte sie und sank in die Arme des ersten Mannes, den sie sah.

Er reagierte sofort. Unter den Nieten, dem Leder, den glitzernden silbernen Totenschädeln steckten manchmal erstaunlich mitfühlende Menschen. Solche Männer sind die Freundlichen der Nacht.

»Okay, Schwester«, sagte er. Als sie in seine Arme sank, sah sie eine tätowierte Spinne auf seinem Handrücken, sah eine silberne Gürtelschnalle in Form eines Totenkopfes.

»Mir gefällt deine Gürtelschnalle«, brachte sie heraus.

»Sie ist okay«, sagte er. Andere umdrängten sie, beschützten sie. »Ist er dein Macker?«

Sie schaute zurück. Er stand außerhalb des Lichtkreises, der diesen wesentlich öffentlicheren Club umgab. »Ich habe keine Ahnung, wer der Scheißkerl ist.«

Dann sprach der Verfolger. Seine Stimme war klar und jung und schrill vor Wahnsinn. »Die Vollkommenheit der Inquisition lag im Charakter ihrer Urteile«, sagte er.

»Himmel«, sagten die Männer. Sie beobachteten ihn, als wäre er ein Panther in einem Zoo. Sich immer direkt außerhalb des Lichtkreises haltend, begann er, sich zurückzuziehen.

Sie hätte für immer in den Armen dieses Mannes ruhen können, von dem silbernen Totenschädel an seiner Taille hochschauen können zu seiner gewaltigen, in Leder gehüllten Brust, in dieses knorrige, harte Gesicht und diese grenzenlosen Augen.

Ihr Verfolger ließ nur Gelächter zurück.

1

Daß Maria ihn in dieses kleine Café abseits ihrer üblichen Lokale bestellt hatte, bereitete John Rafferty Unbehagen. Sie lebte am Rande, und sie war schön. Das machte sie für einen Priester doppelt gefährlich. Er saß in der letzten Nische, starrte auf die Wand. Er war bei seinem zweiten Kaffee; wenn sie kam, würde er einen dritten und einen vierten trinken.

Warum hatte Maria gewollt, daß er hierher kam? Im Café DeRobertis gab es kein gutes Gebäck wie im Westen von Greenwich Village. Nur harten, heißen Espresso und Capuccino und vielleicht ein Stück *pignoli*-Kuchen, wenn man unbedingt eines haben wollte. Normalerweise zog Maria Lokale wie das Café Reggio oder die Patisserie Lanciani vor.

Auch dieser dunkle, abgeschiedene Winkel gefiel ihm nicht. »Gehen Sie ganz nach hinten«, hatte sie gesagt. »Achten Sie nicht auf die Tür. Ich werde Sie überraschen.«

Er war reif für sie, und er wußte es. In seinem Alter müßte er eigentlich einzig Gott ergeben sein, aber er war nicht ergeben. Für ihn war die Priesterschaft ein ständiger Kampf. Obwohl er sein gesamtes Leben in der Kirche verbracht hatte, war ihm heitere Gelassenheit bisher versagt geblieben.

Rings um sich herum roch er Leben, und der Geruch machte ihn benommen vor Bedauern. Um ihn zu verführen, würde schon die leichteste Geste von ihr genügen, und er wußte es. Fast vierzig Jahre Priester, und er war im Begriff, zuzulassen, daß er einer Frau verfiel, und dazu einer, die nur halb so alt war wie er. Aber natürlich – warum nicht? In einem Priestertum so voller Fragen, was bedeutete da schon ein weiteres Gelübde?

Es bedeutete sehr viel. Trotz des Kampfes hatte er nie seine Gelübde gebrochen, kein einziges Mal.

Er steckte seine linke Hand unter den rechten Arm. Er schwitzte. Sie würde es bemerken, erkennen, was es bedeutete – daß er verletzlich war. Sie wollte ihn, und das hätte ihn eigentlich wütend machen müssen. Aber das tat es nicht; im Gegenteil, er fand es rührend. Sie wollte ihn auf eine mädchenhafte, sentimentale Art. Er verstand es, ein wenig. Er verstand ein wenig von Frauen.

Bevor er Maria kennengelernt hatte, hatte er sich immer unzulänglich gefühlt, wenn er Frauen beraten mußte. Sein einziges Verhältnis war ebenso hitzig wie kurz gewesen, die Folge einer einzigen erfolgreichen Verführung, eine verzweifelte Affäre in der letzten Woche des letzten Monats vor seinem Eintritt ins Seminar.

Maria hatte ihn Geheimnisse des Frauentums durch das Medium der Poesie gelehrt. *»Sie schreitet in Schönheit wie die Nacht.« – »Du, Geliebte, die du in all den Gärten bist, die ich je sah...« – »Sag mir nicht hier, des Worts bedarf es nicht, welche Melodie die Zauberin spielt...«*

Sie hatte ihn vieles über Frauen gelehrt!

Father Samuel Dozier, St. Joseph's Seminar, Juni 1956: »Du wirst an einen Punkt kommen, an dem du willens bist, mit jeder beliebigen Frau zu schlafen, das versichere ich dir. Dein Fleisch wird buchstäblich brennen. Dann nimmst du deinen Rosenkranz und betest ihn. Du wendest dich Ihr zu, widmest Ihr deine totale und absolute Hingabe. Sie ist für jeden Priester da. Sie durchschaut uns.«

»Sie sehen aus, als wären Sie auf dem Weg zum elektrischen Stuhl«, sagte Maria. Sie ließ sich ihm gegenüber nieder. Mit ihr kam eine Woge Parfum, dieser bemerkenswerte Duft, der ihr überallhin folgte. Wie immer berauschte er ihn, zog ihn in ihre sanfte Autorität.

»Außerordentlich«, sagte er. Es kam völlig unerwartet heraus. Ihr Gesicht leuchtete wie im Licht der Madonna. Ihre Lippen waren voll und perfekt; sogar für den Übermut in ihren Augen war er dankbar.

»Nennen Sie mich Maria Magdalena.«

»Still!«

Die Mahnung hob ihre Brauen. Sie konnte sehen, daß die Kellnerin kam; er hörte nur das Tappen ihrer Füße auf den Fliesen. »Father«, verkündete sie, als die Frau herankam, »ich liebe Sie.« Dann drehte sie sich um und bestellte einen doppelten Espresso. »Er schmeckt gut hier«, sagte sie. »Wir sollten öfters herkommen.«

»Nein.«

»Keine Diskretion mehr, John. Wir machen es publik.«

Es war seine Berufung, von der sie sprach, und sie wußte es. Er hörte die Drohung in ihrer Stimme. Er widersetzte sich. »Es gibt nichts publik zu machen.«

»Ich möchte es auf den Straßen herausschreien! Ich möchte hören, wie Sie es von der Kanzel verkünden!«

Maria war eine überschwengliche Frau, aber auch eine feinfühlige. Dieser Ausbruch konnte viele Bedeutungen haben. Natürlich wollte sie damit erreichen, daß er entsetzt zurückschreckte, aus dem Gleichgewicht geriet. Dennoch gab sie nach. Sie bedachte ihn mit einem verhangenen Blick. »Ihr Glaube steht Ihnen nicht im Wege.«

»Ich habe keine Glaubenskrise. Es ist eine Krise der Überzeugung.«

»Haarspalterei kann Sie auch nicht retten. Ihre Krise ist körperlicher Art. Sie werden alt, und Sie haben nie eine Frau gehabt. Das ist Ihre Krise.«

»Meine Krise besteht darin, daß ich glaube, daß die Kirche in sehr vielen Dingen völlig falsche Ansichten hat. Und dennoch fühle ich mich innerlich immer noch als Katholik. Das ist meine Krise.«

»Zehntausend Männer haben aus diesem Grund dem

Priestertum den Rücken gekehrt. Die Kirche *hat* völlig falsche Ansichten. Falsche über die Geburtenkontrolle. Teilweise falsche über die Abtreibung. Falsche über den Zölibat der Priester.« Sie ergriff seine Hand. Jetzt würde sie ihn zu ihrem Rettungsring machen. Sie war dem Ertrinken nahe. Sie hob die Bögen ihrer Brauen, ließ ihre langen Wimpern über ihren steten, kühlen Augen flattern. »Ich muß es mit Ihnen tun«, sagte sie.

»Ich kann nicht.«

»Uns nur gegenseitig halten, wenn wir nackt sind. Das ist nicht zuviel verlangt.«

»Viel zuviel.« Wie wundervoll sich das anhörte. In seinem ganzen Leben hatte er noch nie eine Frau nackt gesehen. Aber er konnte es sich vorstellen, konnte es sich gut vorstellen.

»Wir fahren heimlich in mein Landhaus.«

»Ihr Wagen ist nicht in Ordnung. Das Verdeck läßt sich nicht schließen.«

»Dann packen wir uns eben warm ein.«

»Wir haben zwölf Grad minus!«

»Aber wenn das Verdeck wieder funktioniert, dann kommen Sie mit?«

Er würde es nicht ertragen, in ihre Wohnung zu gehen, und erst recht nicht in ihr Landhaus. In beides hatte er noch nie einen Fuß gesetzt. Er sah Maria bei der Messe, saß ihr im Beichtstuhl gegenüber, sprach mit ihr im Pfarrhaus... und traf sich hin und wieder mit ihr in der öffentlichen Umgebung eines Cafés.

Er glaubte an seinen Zölibat. Er sah in ihm nicht ein sinnloses Überbleibsel der neurotischen Kirche des Mittelalters, sondern ein bedeutsames, lebendiges Sakrament. Er hatte seine Männlichkeit preisgegeben, und soweit es ihn anging, galt diese Preisgabe lebenslänglich.

»Ich glaube, Sie sollten mich nicht in Versuchung führen.«

Lächelnd ließ sie ihre Hand vor ihm baumeln. »Küssen Sie sie.«

»Nein.« Er trank einen Schluck von seinem Kaffee.

»Weshalb trauen Sie sich nicht?«

Die Hand war lang und glatt, leuchtete in der trüben Beleuchtung so weiß wie der Tod. Sie bewegte sie näher an seine Lippen heran. Er konnte die winzigen Fältchen in ihrer Haut sehen, die Seife und das Parfum riechen. Ohne zu wissen, daß er es tun würde, neigte er den Kopf. Seine trockenen Lippen berührten sie, berührten die Haut. Sie drehte die Hand um und drückte die Handfläche auf seine Lippen.

Er schmeckte sie endlich, nur dieses kleine bißchen, und spürte ein so außerordentliches Gefühl. Das Herz tat ihm weh, nicht vor Verlangen oder Kummer. Im Gegenteil, es war Dankbarkeit.

Dann wurde die Hand weggezogen, die Finger wischten über seine Lippen, als sie sich lösten. Er schob den Kopf ein wenig vor, versuchte den Kontakt zu verlängern. »Ihre Lippen sind so sinnlich«, sagte sie.

»Das weiß ich. Gott hat sie so geschaffen.«

Sie schloß die Augen, lachte lautlos. Dann schaute sie ihn direkt an. »Weshalb lieben Sie mich, John?«

»Weil Sie ein menschliches Wesen sind – ein ganz wunderbares.«

Sie neigte den Kopf, betrachtete ihn interessiert. Aber da war auch Trauer, tief und beängstigend. Sie sprach leise, fast flüsternd.

»Der weiche Gang geschmeidig starker Schritte,
der sich im allerkleinsten Kreise dreht,
ist wie ein Tanz von Kraft um eine Mitte,
in der betäubt ein großer Wille steht.«

Ihre Stimme hob sich, während sie die Verse sprach. Ihm schoß der Gedanke durch den Kopf, daß sie würde sterben müssen, wenn er auf seinem Zölibat beharren wollte, und er blinzelte.

Sie lachte laut auf. »Sie sehen so überrascht aus!«

»Rilke überrascht mich immer.«

»Der Panther? Er sollte Sie nicht überraschen. *›Nur manchmal schiebt der Vorhang der Pupille sich lautlos auf...‹«* Die Kellnerin brachte ihren doppelten Espresso. »Und jetzt, mein Lieber, werde ich Sie schockieren, mit zwei Stück Zucker. *Sucre.«* Er beobachtete ihre knappen, angemessenen Bewegungen, wie die einer Krankenschwester bei vertrauten Wohltaten. Plötzlich begegneten ihre Augen den seinen. »Ich bin schön«, sagte sie. »Sie können sich nicht vorstellen, wie mein nackter Körper auf Sie wirken würde.«

Instinkt veranlaßte ihn, die Hand auszustrecken. Sie betrachtete sie, auf ihrem Gesicht spielte die Andeutung eines Lächelns. Es war ein so vieldeutiges Gesicht, die Augen standen erstaunlich weit auseinander, die Lippen waren voll, aber zu subtilem Ausdruck fähig. In Marias Gesicht war der Unterschied zwischen einem Lächeln und einem Ausdruck der Trauer nicht groß. Ihre Brauen hoben sich, wenn sie lächelte, senkten sich ein wenig, wenn sie enttäuscht war. Sie konnte erröten, wobei Farbe vom Hals bis zu den Wangen hochschoß. Sie war schlank, aber nicht mager, und ihre Knochen waren kräftig. In ihren Augen lag dieses eigentümliche Schielen, das ein Kennzeichen außerordentlicher Schönheit ist. Jeder Zug, für sich genommen, war lediglich gut. Aber die Harmonie ihres ganzen Gesichts war hinreißend.

Er war gekommen, um die Versuchung anzunehmen, um dieser Frau zu helfen, in ihrer Seele den Ort zu finden, an dem sie seinen Zölibat respektieren würde und damit sein Priestertum und damit die Kirche.

Aber die Versuchung war real, und die Versuchung brannte in ihm. Er war zu vorsichtig gewesen, um hier sein geistliches Gewand zu tragen, aber seit dem Augenblick, in dem sie sich zu ihm gesetzt hatte, sehnte er sich nach einer Soutane, die seine Erregung verbarg.

»Sie inspirieren mich, wissen Sie das?«

»Wozu? Zum Beten des Rosenkranzes? Die Jungfrau Maria ist meine Rivalin.«

»Und dazu eine, die stärker ist.« Aber er sagte nicht, daß er seinen Rosenkranz ganz bewußt auf der Kommode liegengelassen hatte. Ihm wurde klar, daß er gekommen war, um sich verführen zu lassen, und er spürte, wie seine Augen feucht wurden. Wenn er mit ihr ins Bett ging, würde er es in einem Ozean von Tränen tun.

»Es ist so unrecht von mir, daß ich versuche, Sie zu verführen«, sagte sie. »Aber es ist ein so außerordentliches Vergnügen.«

»Das habe ich vermutet.«

»Aber haben Sie es nicht satt, ständig zu philosophieren? Einfach satt? Sich zu lieben ist etwas so Herrliches.«

»Außerhalb der Ehe und durch Gelübde gebunden?«

»Aber wenn Sie es tun, werden Sie wissen, daß Gott es so gewollt hat. Sie können die Göttlichkeit darin spüren.«

Er entspannte sich. Plötzlich hatte sie ihn auf sichereren Boden geführt. Sie hatten auf diese Weise diskutiert, seit sie einander kennengelernt hatten. Der Kampf selbst war hitzig mit sinnlichen Anspielungen. Wenn sie redeten, betrachtete er ihr Gesicht, stellte sich seine Lippen auf den ihren vor, schmeckte die sanfte Linie ihres Halses oder hob mit seinen feuchten Händen ihre nackten Brüste an.

»Sie sind puterrot, John.«

»Ich bin verlegen.«

»Nein, das sind Sie nicht, Sie sind wütend. Ich habe Sie in Rage gebracht!« Sie kniff die Augen zusammen und lachte, warf den Kopf zurück, und er schlug hart gegen die Rückwand der Nische – aber sie lachte nur noch lauter.

Er wartete ab und stellte zu seiner Überraschung fest, daß sie recht hatte. Er hätte es wirklich genossen, ihr einen kräftigen Schlag ins Gesicht zu versetzen. Da war Lachen, da war Liebe, aber er spürte, daß da möglicherweise auch ein Teil von ihr war, der ihn verhöhnte.

Aber weshalb empfand er dann für sie, was er für sie empfand? Vielleicht, weil er jenseits ihrer Liebe und ihres Zorns etwas Gutes spürte, das noch größer war. Jede Priesterschaft ist ein phantastischer Vorstoß in die Selbstüberheblichkeit. Kein Mensch ist gut genug, um alle Gelübde halten zu können, und es ist Hochmut, Gott Versprechungen zu machen, die nicht gehalten werden können.

Also hatten ihre zerstörerischen Impulse ihren Platz; sie konnte ziemlich sicher sein, daß er nicht der Priester war, der zu sein er vorgab. Auf irgendeiner Ebene wußte sie, daß er die Zerstörung verdiente.

Sie reagierte überaus sensibel auf seine Stimmungen, und als sie sich von ihrem Lachanfall erholt hatte, spürte sie sofort, daß er ihr mißtraute. *»Ich kenne viele Dinge, denn ich wandre durch die Nacht. Ich kenne dieses namenlose Grauen, von denen Menschen nicht zu sprechen wagen!«* Sie spielte auf seine Vorliebe für alte Radiosendungen an. Das stammte aus dem Vorspann von *The Whistler*.

»Sie wandern nicht durch die Nacht. Und Sie kennen kein namenloses Grauen.«

»Doch, John, das tue ich.« Ihr Tonfall war so verändert, daß er überrascht blinzelte. »Das tue ich wirklich.«

Er hätte beinahe gelacht, aber ihre Miene hielt ihn davon ab.

»Sie halten mich für unschuldig«, sagte sie. »Ich bin es nicht.«

»Das weiß ich.« Er argwöhnte, daß einiges von dem, was sie gebeichtet hatte, Teil ihres Verführungsplans gewesen war. Er konnte diese Worte nie vergessen. »Ich habe ihn berührt, Father, ich habe ihn entflammt...« Allerdings hatte sie nie gesagt, wer »er« war. Anfangs hatte er ihre Geständnisse für falsch gehalten, aber später war ihm klar geworden, daß sie es nicht waren. Der dunkle Mann, wie John ihn in Gedanken zu nennen pflegte, war durchaus real.

Ein- oder zweimal hatte sie blaue Flecken gehabt. »Wir beten zusammen, spät in der Nacht. Wir tun es, und hinterher beten wir... und manchmal gerät er in Wut.«

Weshalb wollte sie einen Priester korrumpieren? Das war zweifellos ihre Absicht, und es war keine schöne. Trotzdem war sie so liebenswert, einer der besten Menschen, die ihm je begegnet waren. Es war nichts Böses, was sie tat, nicht in ihren Augen.

»Gehen Sie mit mir ins Moon?«

»Wieder dorthin?«

»Es ist ein wundervoller Ort.«

Er hatte fast sein ganzes Leben in New York verbracht. Obwohl die Prohibition vor seiner Zeit gewesen war, glaubte er, daß es selbst damals in der Stadt nicht so viele geheime Nachtlokale gegeben hatte wie heute. »Dort werden Drogen verkauft.«

»Ich finde, es ist ein wirklich großartiges Lokal.«

»Psilocybin in den grünen Bohnen? Nein, danke.«

»Oh, John, Sie armer Mann. Sie können nicht so sterben! Ihre Seele wird auf ewig durch die Welt wandern.«

»Weshalb das?«

»Wenn Sie mit unerfüllter Liebe sterben, wandert Ihre Seele zwischen den Winden.«

»Das ist nicht katholische Doktrin.«

»Nein, das behaupten die Sioux. Aber es stimmt. Man kann spüren, wie all die Priester und Nonnen der Vergangenheit zwischen den Winden wandern. Ich glaube sogar, daß sich deshalb das Wetter ändert.«

Ein schweißfeuchtes Erröten ließ ihn schaudern. Sein Körper quälte ihn. Er konnte sie kaum hören, konnte kaum sprechen. »Ich weiß nie, wann ich Sie ernst nehmen muß«, murmelte er.

Sie trank einen Schluck Espresso. Ihre Augen funkelten.

»Ich glaube, irgendjemand hat mir letzte Nacht einen ziemlich gemeinen Streich gespielt.« Sie hielt inne, dann fuhr sie fort. »Jemand, der wußte, daß ich zum Geheimclub wollte.« Sie hob die Brauen, ihr Gesicht verlangte eine Antwort.

Zuerst begann er zu lachen, doch es steckte zuviel hinter ihrer Frage. »Ich habe mich um halb elf hingelegt«, sagte er.

»Ich bin allein die Charles Lane unten am Fluß entlanggegangen.«

»Wann?«

»Gegen drei.« Sie sagte es, als wäre es die natürlichste Zeit der Welt, um allein durch diese menschenleere Gegend zu wandern.

»Nun, das überrascht mich nicht. Darf ich fragen, was passiert ist?«

Ein Flackern glitt über ihr Gesicht, von irgendeiner Emotion, die er nicht recht zu bestimmen wußte. »Das kann ich nicht genau sagen. Mir war, als würde ich von einem Spinner verfolgt.«

»Was wahrscheinlich der Fall war.«

»Ich habe ihn gesehen. Er sah … seltsam aus.«

»Vermutlich war er es.«

»Ich meine, *wirklich* seltsam.«

»Also erzählen Sie.«

»Es würde sich zu verrückt anhören.«

»Für einen Priester hört sich nichts verrückt an. Da war einmal ein Mann, der mir erzählte, Außerirdische hätten ein Loch in seinen Schädel gebohrt und einen alten Babyschuh in sein Gehirn gestopft. Wenn Sie das übertreffen, dann bekommen Sie etwas von mir.«

»Einen Kuß? Einen ganz langen?«

»Ich liebe Sie«, flüsterte er. In den simpelsten Worten kann süße Pornographie liegen. Sie reagierte mit einem Kräuseln der Nase. Er spürte ein Aufbranden von Loyalität; er betete sie an. »Ich möchte Sie beschützen.«

»Wahrscheinlich war es eine Halluzination. Wie nennt man das, wenn jemand, der seit Jahren kein LSD mehr genommen hat, plötzlich wieder auf dem Trip ist?«

»Flashback.«

»Ja, das war es, geliebtes Wesen. Ein Flashback.«

Er griff ihre Worte auf. »Geliebtes Wesen«, sagte er. »Ich weiß nicht, was ich ohne Sie täte.«

Jetzt erschien auf ihrem Gesicht ein Ausdruck von Güte. Nicht Zärtlichkeit, sondern Güte. Er dachte: Wenn ich nicht mit ihr schlafe, gehe ich zugrunde. Und er hatte Angst. Er wußte, er redete sich selbst hinein.

»Mit Ihnen hat man viel Spaß, John.« Jetzt gab sie sich beiläufig, als wäre er entbehrlich. Sie wußte genau, was sie tat. Der Knoten der Verführung straffte sich ein wenig.

Er erkannte, daß die Situation sich geändert hatte. Jetzt war es nicht mehr so, daß er widerstrebte und sie es versuchte; jetzt ging die Verführung von beiden aus.

Es gab einen Schritt, den er tun konnte; er konnte etwas sagen, das seine Kapitulation bestätigte. Wie viele Worte? Er zählte sie im Kopf. Vier Worte. Er brauchte nur vier Worte zu sagen.

Sie lauteten: »Es gibt praktische Erwägungen.«

Ein langsames Lächeln erschien auf ihrem Gesicht. Ihr Hals rötete sich, dann ihre Wangen. Er war überzeugt, daß sie in diesem Moment das vollkommenste Bild menschlicher Schönheit bot, das er je gesehen hatte.

»Lassen Sie mich Ihre Wange küssen«, sagte er. Sie ließ es zu, und er spürte die Weichheit und dachte, daß körperliche Schönheit wahrhaftig das größte Wunder war.

Wie töricht, sich in eine Frau zu verlieben, die so viele Jahre jünger war! Als sie zehn gewesen war, war er vierzig und versah bereits sein Amt in Mary and Joseph. Sie war noch in abgeschnittenen Jeans die Straße entlanggerannt, als er schon seit fast einem Vierteljahrhundert Priester gewesen war.

Er schloß die Augen, dann schaute er in seine leere Kaffeetasse. »Mein Gelübde bedeutet mir sehr viel.«

»Und das respektiere ich. Wirklich.«

Er versuchte zu beten, aber er war unfähig, sich zu konzentrieren. Ihm war, als wüteten Dämonen in ihm, die selbst die einfachsten Gebete zermalmten.

»Lassen Sie uns jetzt gleich in meine Wohnung gehen«, sagte sie.

»Das ist ein großer Schritt für mich.«

»John, wenn Sie mich lieben, würden Sie das Priesteramt für mich aufgeben?

»Aufgeben?«

»John, Sie lieben mich! Begreifen Sie denn nicht, wie kostbar das ist, wie wenig Zeit Ihnen noch bleibt? Sie sind alt, dem Tode nahe! Es war kein Scherz, als ich sagte, es wäre schlimm, mit unerfüllter Liebe zu sterben. Oh, John, die Kirche hat Ihr ganzes Erwachsenenleben bekommen! Fast alles! Belohnen Sie sich mit dem wenigen, das davon noch übrig ist.«

Als in den Siebzigern der Niedergang der Kirche ernstlich einsetzte, hatte John Rafferty sich geschworen, niemals zu einer Zahl in einer Statistik zu werden. »Als ich meine Gelübde ablegte...«

»Taten Sie es auf Lebenszeit!« Sie legte die Hände über die Ohren. »Das weiß ich, John. Sie haben es mir tausendmal gesagt. Aber ich weiß auch, daß Sie mich lieben und daß es Sie nach mir verlangt und mich nach Ihnen.«

»Einem unansehnlichen alten Mann?«

»Sie sind nicht der schönste Mann, den ich je gesehen habe. Aber, John, Sie haben einen wundervollen Geist, eine gute Seele und einen erfreulichen Sinn für Humor. Solche Dinge sind mir viel wichtiger als häufige Erektionen.« Sie legte die Hand auf die Lippen, kicherte. »Ich wette, bei Ihnen würde ich in weniger als einer Minute kommen«, sagte sie. Er spürte, wie ihm das Blut ins Gesicht schoß. Sie hatten noch niemals zuvor über... funktionelle Dinge gesprochen. »Und was ist mit Ihnen?« fuhr sie fort. »Was meinen Sie, wie lange würde es bei Ihnen dauern beim ersten Mal?« Sie hielt inne, stützte das Kinn auf die Hand. »Wie viele Stöße?«

Das war zuviel. »Ich habe keine Ahnung.«

Sie ließ sich nicht beirren. »Ich würde es wissen, je nach dem Ausmaß der Härte. Ich wette, Sie werden fürchterlich hart.«

Er dachte abermals daran, sich mit Beten zu verteidigen, senkte den Kopf.

»Nein! Nein, Sir! Wagen Sie es nicht, zu beten. Denken Sie nicht einmal daran! In ungefähr einer Minute werde ich aufstehen und Sie bei der Hand nehmen, und dann gehen wir Hand in Hand den ganzen Weg bis zum Waverly Place.«

Er war entsetzt. Das würde Selbstmord sein. »Wir würden einen Skandal erregen!«

»Ja, das würden wir – bei den Christos-Leuten und anderen Spinnern. Die meisten in der Gemeinde glauben, daß wir es bereits tun.«

»Sie halten ihren Pastor in Ehren!«

»Das tun sie wirklich. Sie kommen zu ihm wegen der Sakramente, sie flüstern einander zu, daß er ein Heiliger ist – was ich für wahr halte –, und sie akzeptieren die Tatsache, daß er eine wesentlich jüngere Geliebte namens Maria Julien hat.«

»Das ist nicht...«

»Ach, kommen Sie. Reggio, Lanciani, Figaro – wir treffen uns ständig an öffentlichen Orten. Ich gehe zu Ihren Messen, Sie hören meine Beichten. Ich gehe in Ihr Pfarrhaus, Sie führen mich zum Dinner zu Ennio und Michael's. Machen wir uns doch nichts vor – die ganze Gemeinde weiß es. Und sie hat nichts dagegen, John! Die Italiener erwarten, daß ihre Priester Affären haben. Und die anderen – die Katholiken im Village sind anders. Dies nicht nicht New Rochelle.«

»Abgesehen von den Christos-Leuten.«

»Frank Bayley ist hervorragend darin, sie im Zaum zu halten.«

Das gab den Ausschlag, er war überzeugt. Er konnte ihr Liebhaber werden, ohne seine Pfarrei zu zerstören. Sein Mund war so trocken geworden, daß er vor dem Sprechen ein paarmal schlucken mußte. Er wußte, was es bedeutet, wenn die Lenden in Brand geraten sind. »Ich habe Angst.«

Sie stand auf, nahm seine Hand. »Kommen Sie, Johnny. Sie werden großartig sein.«

Sie gingen durch das kalte, goldene Licht, das alte Licht des Nachmittags, passierten Stuyvesant Place mit seinen Erinnerungen an ein nicht mehr existierendes Dorf, die Häuser der Kaufleute, deren Unternehmungsgeist die Stadt gebaut hatte, und dann die Fassade von Cooper Union, wo John oft hinging, um Musik oder Vorträge zu hören. Sie gingen am Astor Place entlang, wo die große neue Buchhandlung die alte National verdrängt hatte, in der man alle Loeb-Klassiker in brandneuen Ausgaben kaufen konnte.

Sie gingen durch die Achte Straße, vorbei an der Unmenge von Schuhläden und Ledergeschäften, die dort in den letzten Jahren an die Stelle der Buchhandlungen und Cafés des alten Village getreten waren. Dann überquerten sie einen leeren, windgepeitschten Washington Square, und ihm war, als glitte der Kummer der Zeiten im Sonnenlicht herunter und legte sich auf seine Schultern.

Er dachte an das Kreuz, das zentrale Sinnbild seines Lebens: den gemordeten Gott, dem John Rafferty sich angelobt hatte mit Leib und Seele.

»Das erste wird ein langer, langer Kuß sein«, sagte sie. »Ich wette, das haben Sie noch nie getan.«

»Nein, das habe ich nicht.«

Sie erreichten ihr Haus, ein ungefähr fünfzig Jahre altes Apartmenthaus aus roten Ziegelsteinen. Es war elegant, mit weißen Einfassungen und einem marmorgetäfelten Foyer.

Sie zog ihn rasch an dem Portier vorbei; er sah sie mit den Hundeaugen eines Mannes an, der Bescheid weiß.

Die Welt füllte sich mit Details, mit dem Zischen der Fahrstuhltüren, dem Surren eines Ventilators, dem leisen Knarren der Kabel, als er hochfuhr. Er bemerkte den Streifen Staub in der Fuge, in der die Tür lief, er bemerkte die Schönheit des Teppichs, der den Korridor mit tiefblauer Stille füllte.

Vor ihrer Tür hob sie endlich ihr Gesicht und öffnete ein wenig ihren Mund, und ganz plötzlich küßte er sie.

Das Gefühl von Mund auf Mund, die Süße ihres Atems, die Wärme, die Feuchtigkeit und ihre Hand, die seinen Kopf hielt, zwangen ihn sanft zum Weitermachen.

Der Kuß, der Kuß, der Kuß.

2

Sie stand am Fenster ihrer Wohnung und sah zu, wie Father John in seinem schwarzen Mantel und Hut in Richtung Seventh Avenue davonwanderte.

Jetzt plagten sie Schuldgefühle. Sie konnte sich vorstellen, wie ihm zumute war. Ihr Herz litt für ihn und mit ihm. Wie sie diesen Mann respektierte! Welch edle Seele, welches Glück hatte Gott, daß seine Liebe ihm gehörte. »Ich werde dich nie verlassen«, flüsterte sie. »Ich bin die Kerze, die entzündet wurde, um dir beizustehen auf deinem Weg.« Ihr Atem zitterte gegen das kalte Glas. Einen Augenblick später zog sie mit einem Fingernagel eine schmale Linie hindurch.

Sie sah zu, wie er in einer wirbelnden Dampfwolke verschwand, die aus einem Luftschacht entwich. »Kalter, kalter Tag«, sagte sie. Es war fast drei. Sie griff nach dem Telefon, wählte die Nummer des Pfarrhauses. »Father Frank«, sagte sie, als der Kurat sich meldete, »er ist auf dem Heimweg.«

»Intakt?«

Was sollte sie darauf erwidern? Frank hatte gewollt, daß John mit ihm in die Grube gezogen wurde. Außerdem war Frank überaus eifersüchtig. Es würde ihn verrückt machen.

Das würde ein Spaß sein. »Die Kirsche ist entkernt, mein Geliebter.« Oh, wie niederträchtig, was hat dich veranlaßt, ihm das zu sagen? Was für eine Gemeinheit!

»Ich... er... ich meine... hat er wirklich...«

Sie lachte. »Es war etwas ganz Besonderes.«

»Wieso? In welcher Hinsicht?«

»Das ist etwas, das ich weiß und das du herausfinden mußt.«

Oh, du Sklaventreiberin, du Teufelin, du solltest ihn nicht auf diese Weise anstacheln!

»Ich komme zu dir.«

»Ich bin sehr müde, Frank.«

»Du bist wirklich müde? Er hat dich müde gemacht?«

In seiner Stimme schwang echte Wut mit, und sie spürte einen Anflug von Schuldbewußtsein. Sie durfte ihn nicht so quälen. Sie versuchte, ihre Beziehungen zu den Priestern ganz sachlich zu sehen. Aber wenn sie tief in sich hineinschaute, nach Motiven suchte – ja, dann...

Die Kirche zog sie an wegen ihrer Unnahbarkeit und ihrer Mysterien. Die feminin wirkenden Gewänder faszinierten sie. Sie liebte es, die Priester zu beobachten, wenn sie sich in ihren Soutanen und Kaseln bewegten. Das Rascheln des Stoffes, der dumpfe Geruch nach Stärke machte sie neugierig und nährte tiefen, tiefen Zorn.

Es war falsch, davon war sie überzeugt. Die Kirche war eine Falle. Sie fing Menschen ein, entzog sie den Gelüsten und Körpern, die Gott ihnen gegeben hatte, damit sie sich ihrer erfreuten. Der Vogel hat Flügel, weil er zum Fliegen geschaffen ist. Die Genitalien eines Menschen sind der auffallendste Teil des Körpers, was bedeutete, daß Gott wollte, daß der Mensch liebt. Deshalb mußten die größten Liebenden die größten Heiligen sein.

Sie war in die Katakomben hinabgestiegen, hatte die Krypta unter dem Vatikan durchforscht, hatte sich weit abseits der normalen Touristenpfade bewegt. Sie war durch die Straßen von Nazareth gewandert, hatte in Jerusalem die Stationen des Kreuzwegs absolviert, hatte Lourdes und Medjugore besucht und einige der jungen Leute kennengelernt, die dort Visionen gehabt hatten.

Sie war sich nicht sicher, ob sie an die Visionen glaubte, aber an die Frömmigkeit glaubte sie. Ihre Suche hatte sie weit und in tiefe Bereiche geführt. Sie kannte die Geheimnisse der christlichen und moslemischen Welt, war in Rennes-le-Château in Südfrankreich in das Geheime Kloster eingedrungen, hatte den Tod durch Enthaupten riskiert, weil sie das Männerhaus tief im Innern der Sahara betreten hatte.

Sie hatte ihre eigenen Ideen über die Erlösung; sie hatte die Mysterien von Kundalini gekostet und glaubte an die verwandelnde Kraft sexueller Ekstase. Ihre Schönheit lieferte ihr jeden aus, den sie wollte. Sie hatte sexuelle Kontakte mit zahlreichen berühmten geistlichen Führern gehabt. Aber das war alles leicht gewesen. Schwer war es bei den Priestern, besonders bei Father John. Father John glaubte.

Nun, das war recht beeindruckend. Trotzdem glaubte sie nicht, daß er seine spirituelle Reise fortsetzen konnte, wenn seine Sexualität auch weiterhin schlief. Es war ihre Pflicht, sie aufzuwecken. Dieser Gedanke führte ihr ein Bild von sich selbst als gute Fee vor Augen, und sie lachte ihr volles, klirrendes Lachen, das ihn so entzückte.

Draußen auf dem Flur öffnete sich die Fahrstuhltür. Ihr geretteter Priester war auf dem Weg zu ihr. Sogar seine Schritte waren stämmig. Diesen Mann liebte sie voll und ganz, mit Leib und Seele.

Außerdem hatte sie Angst vor Frank Bayley, und das machte es noch aufregender. Ihre Glocke läutete. Sie ging nicht sofort zur Tür. Er haßte es, auf dem Flur warten zu müssen. Er hatte immer Angst, ihre Nachbarn könnten ihn sehen. Sie hatte ihm gesagt, einige von ihnen gingen in Mary and Joseph zur Messe. Das war natürlich eine Lüge, aber was für ein Spaß!

Er klopfte, nicht sehr laut. Er versuchte, höflich zu sein; das hatte sie ihm beigebracht. Sie ging zur Tür, lehnte sich dagegen. Natürlich hörte er sie. Sie sorgte sogar dafür, daß er sie hörte.

»Mach auf, Maria.«

Schließlich öffnete sie die Tür, und der große, bemerkenswert gutaussehende Mann in Jeans und Anorak trat ein. »Danke«, sagte er.

»Du darfst nicht vergessen, wer der Boß ist.«

»Ja, schon gut. Aber ich habe nicht mehr als eine halbe Stunde Zeit.«

Sie lehnte sich an ihn, umarmte seinen harten Körper. Er war nur zwei Jahre älter als sie. Er hätte ihr Ehemann sein können. Sie hatte mit dem Gedanken gespielt, sich von ihm schwängern zu lassen, war aber bisher nicht imstande gewesen, sich selbst als Mutter eines Säuglings zu sehen. Im Augenblick waren John und Frank Kinder genug.

»Du willst eine schnelle Nummer?« fragte sie. Sie hob ihr Gesicht und ließ sich von ihm einen seiner herrlichen, ungeschickten Küsse geben. Sie taten es seit einem Jahr, und er war immer noch ungeschickt, immer noch grob. Sie spürte, wie er an ihr zitterte. Er war so groß und doch so empfindlich. Und im Schlaf schrie er manchmal wütend auf. »Ich will nie eine schnelle Nummer. Ich liebe dich so sehr.«

»Was steht als nächstes auf deinem Stundenplan?«

Er sah sie an. Sie standen noch immer an der Tür. »Warum?«

»Was ist es – Messe? Beichte?«

Er schüttelte den Kopf. »Mein Priestertum wartet draußen vor der Tür.«

Und es war eine Menge Priestertum. Als Hilfsgeistlicher, als Kurat war er beliebt und erfolgreich. Sie legte ihm einen Arm um die Taille und zog ihn ins Wohnzimmer. Was wollte er heute, was gedachte er von seiner geheiligten Prostituierten zu verlangen? »Irgendwelche besonderen Wünsche?« Sie hatte ein geeignetes Instrument unter dem Bett, griffbereit, um es an ihm zu benutzen.

»Bitte, fang nicht damit an.«

Sie hatte nicht vor, ihn davonkommen zu lassen. Das wichtigste für diesen Mann war, daß er seine Schuld erkannte. Er wurde von ihr gepeinigt, verschlungen, verzehrt. Dieser prächtige junge Mann wurde von innen aufgefressen wie von Würmern und Säure. »Willst du, daß ich dich heile, Frankie?«

»So, wie du John geheilt hast?«

Sie bohrte ihre Hand zwischen seine Beine.

»Oh, Gott«, flüsterte er. »Oh, Gott.«

»Denkst du noch daran, Frank, wie du vor dem Altar lagst, zu Füßen deines Onkels...«

»Halt den Mund!«

»Zu Füßen von Bischof Bayley, und dein Leben – dein *Leben*, mein Freund – dem Dienst am Herrn gewidmet hast?«

Er sah sie voller Grausen an.

»Denkst du noch daran, Frank?«

»Was zum Teufel ist in dich gefahren? Davon will ich nichts hören!«

Sie öffnete seinen Reißverschluß, schob ihre Finger hinein. »Wo stehen wir, in moralischer Hinsicht?«

»Nirgendwo! Wenn du es unbedingt wissen mußt, überhaupt nirgendwo!«

Sie packte ihn nackt. »Ich glaube, diese Hölle ist die Entdeckung, die dir Zeit deines Lebens entgangen ist. Wir müssen die Gaben nutzen, die Gott uns gegeben hat.«

Er lehnte seinen Kopf an die Rückenlehne der Couch, gab sich den Freuden ihrer Berührung hin. Es erstaunte sie immer wieder, wie sehr dieser arme Mann es genoß, ihre Hände auf seinem Körper zu fühlen. Jeder muß berührt werden, jeder hat einen Anspruch darauf. Wir halten es für ein Geschenk, aber das ist es nicht. Irgendwo mußte es ein Gesetz geben, in dem es heißt: Berühre deinen Nächsten.

»Oh, Maria.«

»Bist du wütend auf mich?«

»Natürlich nicht!«

»Ich meine, wegen John.«

»Du hast ihm einen Gefallen getan. Genau so, wie du mir einen getan hast. Und gerade wieder tust.« Er lächelte, und die Sanftheit des Mannes kam zum Vorschein. »Ich könnte nie wütend auf dich sein.«

Sie fuhr fort, ihn zu berühren. Aber sanft, ganz sanft. Sie stellte sich vor, daß ihre Berührung die Sanftheit seiner Seele widerspiegelte.

»Oh, hör auf«, sagte er, einen vertrauten Refrain wiederholend. Sie wußte, es bedeutete nicht, daß sie tatsächlich aufhören sollte. Nicht in Wirklichkeit...

Sie lachte ein wenig. »Laß uns ins Schlafzimmer gehen. Ich werde dir eine Lektion erteilen.«

»Eine Lektion in Liebe?«

Sie stand auf, zog ihn hoch.

Sie sah ein wenig Angst in seinen Augen und dachte, daß das gut war. Bis zu einem gewissen Grad hing sein Vergnügen von diesen Momenten der Vorwegnahme ab. Er konnte seiner Liebe nicht vollen Ausdruck geben, wenn da nicht gleichzeitig etwas Schmerz war, der das Schuldgefühl linderte. Der Schmerz war nicht immer körperlicher Art; auch heute würde er es nicht sein. Aber dieses Vorgefühl auszulösen – das war die Kunst, ihn zu befriedigen.

»So, und jetzt komm«, sagte sie scharf. »Es ist Sache des Kuraten, zu vollenden, was der Pastor begonnen hat.«

»Kannst du nicht endlich damit aufhören, mich immer wieder daran zu erinnern, daß ich Priester bin?«

»Nein.« Sie zog den Pullover über den Kopf. Er kam zu ihr, und er war sein zärtliches, sanftes Selbst. Sie entkleidete ihn. »Sieh dich an«, sagte sie. Sie nahm ihn sanft zwischen die Finger, drückte ganz leicht zu. »Auf einer Skala von eins bis zehn würde ich dies als zwölf bezeichnen.« Er seufzte, seine Hände kamen zu ihren Brüsten.

Sie lagen eine Weile da und berührten sich gegenseitig. Seine Augen waren feucht. »Traurig?«

Er nickte. »Verlaß mich nie.«

Sie streichelte ihn sanft, die heiße, samtige Haut, dann zog sie die Haut am Ansatz seines Penis straff, bis er, glänzend und purpurn, steif ins Licht hineinragte. »Männer sind so nackt«, sagte sie, »soviel nackter als wir.«

Da wendete er sich ihr zu, und sie akzeptierte das Feuer seiner Küsse, hungrig und vertraut. Dann war er, ganz plötzlich und geschickt, in sie eingedrungen. Sie wölbte ihren Rücken, entzückt von der Fülle, die sie spürte, und dann die plötzlichen Stöße, gefolgt von seinen Küssen, heftig, lüstern und naß. Wie hingegeben er war! Wie er sie anbetete!

Dann ging es richtig los, er stieß und schauderte und schwitzte, seine Augen waren wild, seine Lippen schlaff, und trotzdem blieb er ein Mann, der schön anzusehen war. Langsam, aber stetig stieg die Hitze in ihrem Inneren, eine Blüte brach auf, ein plötzlicher Frühlingstag, und dann hatte das Vergnügen sie schwach gemacht, und sie sah es vor ihrem inneren Auge, das große, stoßende Ding in ihr, und als sie sich verausgabt hatte und ganz still lag, während er immer noch zustieß, dachte sie, daß er sauer roch, aber süß schmeckte.

Mit jedem seiner Stöße intonierte sie: »Segne mich, Father, denn ich habe gesündigt.«

Im gleichen Moment, in dem er fertig war, rollte er von ihr herunter. »Wie kannst du es wagen!«

»Ich habe ein Recht auf Absolution. Ich will sie jetzt. Auf der Stelle.«

»Das ist unerhört.«

»Du willst mich nicht absolvieren?«

»Maria, wir haben eingehend darüber nachgedacht! Wir haben es ausdiskutiert! Es ist keine Sünde.«

Er machte also Fortschritte. Irgendwo auf dieser Straße würde Frank Bayley seine Freiheit finden.

»Maria!«

Sie küßte seine Brust, seinen Hals, seine Lippen, schob ihre Zunge tief in seinen Mund. Als sie ihn endlich freigab, seufzte er. Er klammerte sich an sie. Mehr als alles andere liebte Frank es, geküßt zu werden. Wenn man spürte, wie er zitterte, sah, wie er es genoß – dann dachte man an all die anderen Priester, die nie dieser Gnade teilhaftig wurden. Es gab eine Phantasie, in der sie riesig war, mit Raum für sie alle, und sie alle kamen zu ihr.

»Mein Engelsname ist Zophiel. Und ich bin überhaupt keine Frau. Meine wirkliche Gestalt ist die eines Mannes. Ich sehe aus wie ein Drillsergeant der Marines.« Sie ließ ihre Hände vor seinem Gesicht baumeln. »Meine Hände sind voller Warzen.«

Er hob die Brauen. »Mit Zophiel kann ich nichts anfangen.«

»Du weißt eben nicht genug über unsere Religion. Es ist schön und gut, die Rituale befolgen zu können. Aber du mußt auch die Mythen kennen.« Sie öffnete die Arme und zog ihn an sich. Sanft, beharrlich drückte sie seinen Kopf herunter, noch weiter herunter, bis er sie dort küßte, und sie lachte ein wenig in ihrer Kehle.

Der Körper ist eine so außerordentliche Sache, so tiefer Empfindungen fähig. Genuß, Schmerz, alles so herrlich. Sie träumte von gelben Blüten, die von der Sonne geküßt wurden und im Wind tanzten. Manchmal hatte sie das Gefühl, das älteste Geschöpf auf Erden zu sein. »Ich bin ein Engel«, sagte sie. »Mein Name ist Zophiel, und ich bin der Sendbote der Hölle.«

Er küßte die Innenseite ihres Schenkels, ließ seine Zunge über die Haut gleiten. »Du bist sanft, Engel.«

»Wenn du mir jetzt in die Augen schautest, würdest du mein Feuer sehen. Mein entsetzliches Feuer.«

Er hob den Kopf. Ihre Augen trafen sich, und sie war verblüfft von dem Entsetzen, dem Schmerz, den sie sah. »Nein, Baby«, sagte sie. »Oh, nein, Baby.«

Aber nichts, was sie tat, konnte ihn trösten, all ihre Sanftheit nicht und all ihre Listen.

Er wendete sich von ihr ab, schlug die Hände vors Gesicht. »Geh weg von mir«, sagte er.

Sie ging in die Küche, jetzt wütend auf ihn, und machte eine Flasche Heineken auf. Ihre Priester, ihre Kinder. Verdammt abergläubische, von Schuldgefühlen geplagte Kinder. Sie trank einen großen Schluck, und dann weinte sie.

Er hatte die Fähigkeit, sich anzuschleichen wie eine Katze. Sie war überrascht, als seine Finger eine ihrer Tränen berührten. »Ich möchte, daß du heute abend mit mir betest.«

Das wieder. Na schön, sie liebte die Kirche, wenn sie dunkel war. Außerdem glaubte sie an das Gebet, wußte, daß es real war. Sie würde mit ihm beten.

»Ich habe um sieben eine CCD-Klasse, und um halb zehn ist eine Budgetkonferenz. Kannst du um Mitternacht kommen? Oder ist dir das zu spät?«

»Natürlich ist mir das nicht zu spät. Ich bin heute morgen erst nach vier heimgekommen.«

»Du bist nicht müde?«

Sie betrachtete ihn. »Vielleicht sollte ich es sein.«

»Du hast gesagt, John hätte dich müde gemacht.«

»Nun, du hast mir meine ganze Energie zurückgegeben.« Sie wollte, daß er glücklich war mit ihr, aber vor allem, daß er sich wohlfühlte. Er lächelte. Es war eine angespannte, vieldeutige Miene, die bewirkte, daß sie sich einsam fühlte und auf unerklärliche Weise wütend. Sie würde ihm heute abend eine Lektion erteilen müssen.

Statt dessen ertappte sie sich dabei, daß sie ihn küßte. »Kümmere dich um deine CCD-Klasse, bring deine Budgetkonferenz hinter dich. Danach gehen wir auf die Reise.«

Er ging, zog sich zurück wie ein Höfling von einer Prinzessin. Manchmal kam sie sich vor wie ein Eindringling, jemand, der sich in die Geheimnisse der Geschichte eingeschlichen hat. Sie hatte diesen Mann in ihrer Gewalt und deshalb auch die gesamte Kirche, die er repräsentierte – zumindest in gewisser Hinsicht.

Er war eifersüchtig auf John, wirklich eifersüchtig. Vielleicht hatte sie ihm deshalb gesagt, was sie ihm gesagt hatte. Obwohl es nicht geschehen war. Sie ging durchs Wohnzimmer, rückte die Blumen in der Vase auf dem Flur zurecht, dann schaltete sie den Fernseher an. CNN langweilte sie. Ein paar Minuten sah sie sich einen alten Film auf AMC an. Lucille Ball schrie irgendeinen Schauspieler an. Sie waren jung und frisch. Sie betrachtete ihre eigenen Hände. Wie ging das Altern vor sich? War es eine Art monströser Krankheit, die jedermann durchmachen mußte?

Sie duschte, zog sich wieder an, rief das Empire Szechuan in der Bleeker Street an und bestellte sich ihr Abendessen. »Zophiel«, sagte sie und lachte leise vor sich hin. Es hörte sich an wie der Name des Windes.

Bei den Hindus gab es eine Geschichte über einen Gott, der in den Körper eines Schweins eindrang und sich selbst vergaß. Und was taten sie daraufhin? Sie schlachteten das Schwein. Was war mit einem Engel? Konnte ein Engel in einen menschlichen Körper eindringen und sich dann vergessen? Was würden die anderen Engel tun – das Schwein schlachten?

Es war bereits dunkel, als ihr Essen kam, gebracht von einem mürrischen Mann, der nach Zigaretten stank. Sie machte sich darüber her, ohne wirklich zu schmecken, was sie aß. Einem plötzlichen Impuls folgend, öffnete sie eine Flasche Clicquot, trank ein paar Schlucke direkt aus dem Hals. Sie stieß auf und stellte die Flasche in den Kühlschrank.

Sie haßte es, Zeit totschlagen zu müssen, sie war fürchterlich darin. Es mußte doch etwas zu tun geben – Anrufe machen, mit ihrem Geld herumspielen, irgendetwas. Sie wollte nicht ausgehen und jemanden aufreißen und die Zeit völlig sinnlos verbringen. Das hatte sie zur Genüge getan, mehr als genug. Die Folgen waren eindeutig: Mit achtundzwanzig hatte sie den Blutdruck eines altgewordenen Trapezkünstlers.

Sie versuchte einem Leben zu entkommen, das schlimmer war als sinnlos. Die Drogen, die durchgemachten Nächte, die endlos wechselnden Sexualpartner – es war ein Zustürmen auf den Tod. Menschen wollten vergessen, und sie wollten es für immer. Darum ging es bei all dem Glitzerkram, der Musik und den Lichtern.

Schließlich warf sie sich auf die Couch und wendete sich ernstlich dem Fernsehen zu. Das Bild war noch nicht einmal erschienen, als sie auch schon eingeschlafen war. Als sie aufwachte, erinnerte sie sich an keine Träume. Da war nur das normale Gefühl, daß sie weggewesen war, und das Erwachen war eine Rückkehr aus fernen Nebeln.

Sie zog ihren Kaschmirmantel über ein Sweatshirt und Jeans, dann griff sie nach der schwarzen Handtasche mit ihrem Monogramm. Sie benutzte den hinteren Fahrstuhl, um den alten Tommy nicht zu wecken, der die Tür hütete und jedesmal, wenn oben auf den Knopf gedrückt wurde, den Hauptfahrstuhl aufschließen mußte. Sie ging durch die von summenden Leuchtstoffröhren erhellte Stille des Kellerflurs und trat auf Waverly Place hinaus. Der Wind schnitt in sie ein, der Wind bauschte den Mantel auf und ließ ihn flattern, und seine Kälte brachte sie zum Schreien und Lachen.

Leichter Verkehr rauschte mit hoher Geschwindigkeit die Sixth Avenue entlang; die Fahrer entschädigten sich für die Stau-Frustrationen des Tages. Sie bog um die Ecke von Washington Place, registrierte die leere, beleuchtete Einsamkeit des McDonald's und den Zeitungsverkäufer, der sich gegen die Kälte auf die Arme schlug. Eine immense Dunkelheit lag an diesem Abend über der Stadt, als hätte irgendein großes Geschöpf seine riesigen kalten Schwingen entfaltet. Sie senkte den Kopf in dem eisigen Wind und wünschte sich, sie wäre so vernünftig gewesen, eine warme Mütze aufzusetzen.

Dann die Greenwich Avenue entlang, vorbei an dem alten

»Elephant and Castle« mit seinen Erinnerungen an Omelettes und kochendheißen Kaffee um vier Uhr morgens. Mit John war sie nie hier gewesen; es war ein Teil ihres alten Lebens gewesen, ihre letzte Ruhestätte. Hier hatte sie einmal auf einem Tisch getanzt, ausgerechnet zu einem schwermütigen Corelli-Trio. In den Tagen der Götter hatte sie getanzt.

Sie sah die alte Kirche vor sich, den massigen Glockenturm, die dicken Säulen, die düsteren, jetzt sämtlich dunklen Fenster. Wie viele Stimmen waren am Tage dort erhoben worden? Wie viele erstaunte Säuglinge hereingebracht und wie viele Tote durch ihre Türen hinausgetragen? »Wie solln sich Lichter heben, ihnen zum Geleit?« dachte sie, einst die Frau eines Dichters, jetzt die Witwe eines Dichters. Reicher Dichter, reiche Witwe.

Mary and Joseph stand da wie eine Art Wächter, eine Schwelle in eine andere Welt, düster, süß, gefährlich und gerissen wie der Tod. Die Kirche war grau und alt, und ihr Dach war lang und dunkel. Hoch oben auf ihrem Turm stand ein schartiges Kreuz, und der Ruf ihrer Glocken klang heiser und rostig.

Sie stieg die Stufen zum Portal hinauf, holte ihren Schlüssel aus der Tasche und drehte ihn im Schloß. Der Duft brennender Kerzen und die Stille veranlaßten sie, auf der Schwelle stehenzubleiben. Alle Lichter waren aus, nur Kerzen würden ihren Weg erhellen.

Es war gespenstisch, die wächsernen Gesichter der großen Statuen von Maria und Joseph in ihren Seitenkapellen, die mächtige Gegenwart des Kreuzes über dem Altar.

Wenn man je eine Stille als angespannt bezeichnen konnte – dies war nicht Stille, es war eine lautlose Stimme. Man konnte nicht hierher kommen, ohne zu spüren, daß an alledem irgend etwas Wirkliches war. Vielleicht war es das ferne Rauschen von zweitausend Jahren des Glaubens, das Weinen der Frommen, das den Eindruck erweckte, als wären die Statuen lebendig und als tanzten die Flammen der Kerzen.

Sie hatte den halben Weg durch das Mittelschiff zurückgelegt, bevor ihr bewußt wurde, daß noch jemand da war, und es war nicht Frank.

»John?«

Keine Antwort. Sie ging weiter, ganz und gar nicht gefaßt auf denjenigen, den sie vorfand: den bösartigen Anführer der Fundamentalisten der Gemeinde, George Nicastro, Diakon der Christos-Bruderschaft.

Als sie an ihm vorbeiging, zischte er wie eine Schlange, und sie erhaschte einen Blick auf den funkelnden Haß in seinen kleinen, dunklen Augen.

Zum Teufel mit ihm! Zum Teufel mit allen Frauenhassern, den Schuldverkündern. Zum Teufel mit ihnen allen.

»Raus mit Ihnen.«

Sie blieb stehen, verblüfft von dem scharfen, haßerfüllten Befehl.

»Ich denke nicht daran.«

»Sie sind eine verdammte Hure.«

Was für ein erstaunlicher Spinner, seht ihn euch an in seinem zu engen Anzug mit dem speckigen Revers und der mit einem Clip befestigten Krawatte. Wenn ihr überhaupt je etwas begegnet war, das auf die Realität Satans hindeutete, dann war es die Christos-Bewegung mit ihren giftigen, frauenhassenden, furchtbesessenen Ritualen und der ganz, ganz strengen Kontrolle ihrer Anhänger.

Satan ist anders als Gott. Gott ist ewig. Satans Geheimnis besteht darin, daß sein Überleben von unserem Glauben abhängt, und deshalb haßt er uns und kann uns nie in Ruhe lassen. Es waren Leute wie Nicastro, die diesem Glauben Nahrung gaben. Wie Krebs ist auch das Böse eine abhängige Lebensform.

Sie setzte ihren Weg durch das Schiff fort, zum Bleiben entschlossen trotz der Augen, die sich in ihren Rücken bohrten, und mit einem Anflug von Ärger, daß Frank nicht da war, um sie vor diesem Irren zu schützen.

»Der Platz der Pharisäerin«, sagte er, als sie in der vorderen Bankreihe niederkniete.

Wo war Frank? War sie zu spät gekommen oder zu früh? Nein, es war zwölf Uhr, genau die richtige Zeit. Hatte er Nicastro gesehen, sich ins Pfarrhaus zurückgezogen? Nein. Dazu war Frank zu mutig. Frank wäre geblieben, um sie zu beschützen. Oder etwa nicht?

»Sie müssen einen Schlüssel haben«, winselte Nicastro.

Noch immer antwortete sie nicht, sie konnte es nicht. Ihr Mund war ganz trocken geworden wegen dem, was sie vor sich sah. Im Schatten neben dem Altar stand das stumme, ausgetrocknete Gespenst, Father Tom Zimmer, stand da und beobachtete.

Er war schon vor Jahren mit Stummheit geschlagen worden. Frank hatte gesagt, er glaubte es nicht, sie hatten sogar darüber gelacht. Das Gegenteil eines Wunders – ein Fluch.

Sie wußte, daß er sie anstarrte; er wollte, daß sie Nicastros Befehl gehorchte. Sie haßten Frauen, sie steckten voller Angst und Schuldgefühlen. Warum fürchteten sich Männer vor Lust? Warum konnten sie nicht einfach genießen, Gebrauch machen von den Gaben Gottes?

Sie kam sich vor wie eine Missionarin aus einer geheilten Welt. Selbst die Drogen, die Parties, die leeren Nächte waren nicht schlimmer als der fürchterliche Zustand, in den diese Männer geraten waren.

An Nicastro würde man nie herankommen; seine Frau war genau wie er, ebenso trocken und gräßlich. Und Tom Zimmer war für immer in den dunklen Höhlen des Priestertums versunken.

»Ich bleibe«, sagte sie.

George Nicastro senkte den Kopf, umgab sich mit seinen Gebeten. Als Maria hochschaute, war Father Tom Zimmer fort, so lautlos verschwunden, wie er gekommen war.

Er tanzte, wirbelte durch die Gänge, er tanzte. *Paff* erloschen ein paar Kerzen, *paff* erloschen noch ein paar.

»Wer ist da?«

Ihre Stimme war laut, war schrill, und er lächelte; wie entzückt er war, daß sie Angst hatte. Wenn ihre Angst sie leitete, würde sie nicht entkommen.

»Eh heh heh heh.«

So, das brachte sie zum Schweigen. Oh, strecke deine Arme aus, recke sie hoch, wirble herum und herum, wirble wie die Flamme, die um den schwarzen Docht tanzt, die Flamme des Feuers.

Sie beichteten vom Scheiterhaufen aus, das taten die Hexen, während das Feuer sie kostete und dort leckte, wo ihre Opfer es getan hatten. Oh, die Flammen und der Scheiterhaufen und die Nacht: das Böse ist nicht böse, das Gute nicht gut.

Tap.

Was war das?

Hör auf zu tanzen.

Sie stand auf, tap, tap, und dann das Poltern des umkippenden Kniestuhls. Ein dumpfes, flatterndes Rascheln: ihr Mantel, der sich um ihren Körper legte. Die Arme, sie hatte genug gehabt. *»Do wop.«*

»Oh, Gott!«

Singe, oh meine Geliebte, singe mir von ewigen Gelübden. Die Flamme in seinem Herzen loderte auf, die Flamme der Wahrheit und der Vergeltung, und in ihrem Licht sah er, wie sie sich den Mittelgang entlangtastete.

Er lauschte ihrem Atem, sah die antike Schönheit ihres Gesichts, den Winkel ihrer Nase und die perfekte Linie ihrer Brauen, und er sah, wie ihre Augen hilflos in der Dunkelheit flackerten. Ihre Hände waren vor ihr ausgestreckt, Fäuste, und sie gab dumpfe, erstickte Laute der Angst von sich mit geweiteten Nüstern.

»Backe, backe Kuchen, Bäckersmann, back mir einen Kuchen, damit ich ihn essen kann.«

Er nahm die große vergoldete Sonne von dem Seitentisch, auf dem sie stand, und bewegte sich schnell durch das Mittelschiff, am Marienaltar mit seiner starrenden Gipsjungfrau vorbei, hielt die Monstranz vor sich und in ihr das geheiligte Fleisch unseres Herrn. Oh Gott, wann wurdest du je als Mordwaffe benutzt?

Oh, so betrüblich, aber: »Im Süden war die Inquisition gegen die Hexerei eine Begleiterscheinung der Pogrome gegen die Juden. Aber im Norden richtete das Heilige Offizium seine Aufmerksamkeit auf diesen alten Glauben und verbrannte den größten Teil seiner Anhänger. Es waren durchweg rückständige Leute, die in den Wäldern lebten und sich mit dem Verkauf von Heilmitteln und Kräutern einen bescheidenen Lebensunterhalt verdienten. Sie wurden in die Städte geschleift und verbrannt, vor Qual schreiend, und ihr medizinisches Geschäft ging über an Barbiere mit verkrusteten Skalpellen und schmutzigen Schröpfbecken.«

»Wer ist da?«

Er kam näher, aber sie sah ihn nicht. Ihre Augen waren weit aufgerissen, sie schlug auf die Luft vor sich ein, sie weinte ein wenig. Sie brachten sie auf Karren zum Scheiterhaufen, denn niemand konnte den Weg zu diesem grauenhaften Tod gehen. Sie hatten es alle gesehen, sie kannten alle die totale Agonie und die totale Demütigung, die Verwandlung von süßem Fleisch in geschundene, verkrustete Kohle. Sie beteten zu ihren Göttern, die Leute aus den Wäldern, und starben als Hexen.

So!

Er machte einen meterhohen Satz vor ihr, mit vorstehenden Augen, das Gesicht verzerrt zum größten, strahlendsten Lächeln, das er hervorbringen konnte.

Ihr Aufschrei war schrill und hoch und laut. Er hob die Monstranz, und sie wich zurück, versuchte, sich mit dem Unterarm zu schützen, stolperte.

»Tun Sie mir nicht weh!«

»Ich muß!«

So verängstigt, um ihr Leben fürchtend: »Nein, nein, nein!«

»Ich habe ein Recht darauf.«

Betäubtes Schweigen, sie mußte die Wahrheit in seiner Stimme gehört haben. Er hatte in der Tat ein Recht darauf. Sie sollte niederknien, ihm ihren Hals darbieten. Aber sie kniete nicht nieder; sie verweigerte ihm sein Recht und wehrte sich, kämpfte gegen seine eiserne Hand, kämpfte gegen den eisernen Druck seiner Finger, die Knochen zermalmen konnten.

Sie kreischte, ihre Stimme wurde klirrend, wurde hoch und schrill. Sie zappelte wie ein Fisch an der Leine, ihre Füße hämmerten auf den Boden, ihre Schultern zitterten, ihr Kopf ruckte.

Sie hatte außergewöhnliche Angst vor dem Tod, diese hier.

Erfreulich.

»Na, schön«, sagte er verbindlich. »Dann werde ich Sie jetzt töten.«

Er hob die Monstranz und ließ sie los. Ein überraschtes Keuchen, dann rannte sie den Gang entlang. Oh ja, sie rannte tatsächlich! Er bewegte sich, die süße Luft auf seinem Gesicht, stürmte durch die Dunkelheit, und als sie erreicht hatte, was sie für einen sicheren Abstand hielt, und stehenblieb, um nach Atem zu ringen, sagte er: »Hallo, hier bin ich.«

Sie wäre abermals gerannt, vor und zurück zwischen den sie umschließenden Mauern, bis sie zusammengebrochen wäre. So stark ist die Lebenskraft der Jungen, so stark die Kraft der Schönheit. Seufzer, so hübsch. Seufzer.

Er schwang die Monstranz. »Oh, nein« – fast ein Flüstern, und das Zusammenkrümmen...

Pock: das Geräusch des eingeschlagenen Schädels. Unverständliches Gestammel: »Obalmah!« Stimme, zerrüttet durch die Zerstörung des Gehirns. Was glaubte sie zu sagen? Dann flog sie zurück, ihre Arme flegelten, und sie landete mit feuchtem Aufprall auf dem Boden.

Hinüber, keine Bewegung, die Seele entwich durch das Loch in der Stirn.

Er wischte den Fuß der Monstranz sauber und stellte sie auf ihren Ehrenplatz zurück. Dann entzündete er liebevoll die Kerzen von neuem, eine nach der anderen.

Als letztes übergoß er sie mit Benzin, schüttete es über ihren reglosen Körper. Dann zündete er noch ein Streichholz an und hielt es hoch. Er konnte die Dünste rings um sich herum riechen, und wenn er das Streichholz fallen ließ, würde sie in Flammen aufgehen. Es war Zeit, daß die Frau, die Kirche und der ganze verdammte Wahnsinn verbrannt wurden. »Sie soll den Flammen übergeben werden. Er wird dem Feuer übergeben. Er soll im Feuer verbrennen. Auf dem Scheiterhaufen. Nehmt ihn und bindet ihn auf den Scheiterhaufen und verbrennt ihn bei lebendigem Leibe.«

Bei totem Leibe...

Dann, in dem geheiligten Moment, bevor das Streichholz aus seinen Fingern fiel, hatte er eine Vision. Er sah, was er tun, welche Verheerungen er anrichten konnte. Wie grandios das war, wie überaus herrlich.

Er blies sein Streichholz aus und stand noch einen weiteren Augenblick da, mit gesenktem Kopf. Er war außer Atem von der Großartigkeit dessen, was er begriffen hatte. Was für eine Rache konnte er hier üben! Präzise kalkuliert, würde sie in der ganzen Welt widerhallen. Oh, geliebte Kirche, wie ich dir wehtun werde!

Wie ich dir wehtun werde, alter Freund.

»Ad altare Dei«, flüsterte er. »Die Kirche brennt.« Dann sagte er: *»In nomine Domini.«* Er faltete seine Schwingen und beugte seinen langen Kopf und ging rasch davon. Hinter sich ließ er die Tote und ihre Gerüche und die lautere Dunkelheit.

3

Um sechs Uhr morgens schlug Father John Rafferty die Augen auf. Er hatte seit Jahren keinen Wecker gebraucht. Sein Leben, sein Priestertum machten ihn sofort wach. Er schob einen bestürzenden, schuldbewußten Traum von Maria in das Dunkel seines Denkens und stand auf.

Er steckte in einer tiefen Krise, aber er war kein ausgebrannter Priester. Für ihn war das Gebet etwas Reales, die Sakramente taten ihr Werk, ein lebendiges und unvorstellbar heiliges Wesen namens Christus fuhr tatsächlich in das Brot ein, wenn ein Priester den Akt der Weihe vollzog.

Kommunion war eine Art Speise, die eine mystische Vereinigung zwischen Mensch und Gott anbot. John weihte die Hostie jeden Tag mindestens einmal und war immer voller Staunen und nahm sie jeden Tag in seinen Körper auf, und jedesmal fühlte er sich wie ein kleiner Junge, der eine ehrfurchtgebietende Hand ergreift.

Er lebte ein Leben voller Wunder; er war immer ehrfürchtig. Doch für ihn bestand ein Unterschied zwischen dem Glauben, den er praktizierte, und der Kirche, der er diente. Er konnte seinen Kardinal nicht ausstehen und mißtraute ihm, und den Papst hielt er für eine Katastrophe von historischen Ausmaßen. Zusammen hatten sie die Kirchen fast völlig geleert, zumindest in der Erzdiözese New York.

Der Kardinal predigte, Gott wäre in erster Linie männlich. John glaubte, daß Gott ein Mysterium war. Der Kardinal benutzte Gott als Mittel, andere zu beherrschen; John versuchte sich der Herrschaft Gottes zu unterwerfen.

Aber er war auch ein Mann der Rituale und Gewohnheiten. Er liebte das Gefühl der Dauerhaftigkeit, das sie mit sich brachten. Deshalb folgte er morgens immer derselben Routine. Er stand auf, ging in seinem alten roten Bademantel und seinen Lammfellpantoffeln nach unten und schaltete die Kaffeemaschine ein. Dann, während der Kaffee sich selbst zubereitete, zog er sich an. Gewöhnlich war es eine Soutane, die er Kragen und Anzug vorzog. Der Gedanke, werktags kein geistliches Gewand zu tragen, war ihm fremd. Nachdem er angezogen war, betete er seinen Rosenkranz, bis das Blubbern der Kaffeemaschine aufhörte.

An diesem Morgen brauchte der Zyklus ungefähr dieselbe Zeit wie immer. Es war sechs Uhr achtundzwanzig.

Er saß am Küchentisch und trank Kaffee aus einem der dicken alten Becher, die zum Haus gehörten. Manchmal ging er zur Ecke und kaufte eine Zeitung, bevor er sich seinen Kaffee einschenkte, aber an diesem Morgen nicht. Wenn es nicht irgendwelche großen Neuigkeiten gab, die Gebete erforderten, oder einen beachtlichen Sieg der Mets, zog er die frühmorgendliche Stille vor. Während er seinen Kaffee trank, lenkte er ganz bewußt seine Gedanken von den tausend Problemen ab, mit denen er sich später beschäftigen würde.

Um sechs Uhr fünfundfünzig spülte er den Becher aus, stand auf und ging zur Küchentür.

Er wanderte auf dem Gehsteig entlang, bog um die Ecke und stieg die Stufen zum Kirchenportal hinauf. Er liebte die elegante, beeindruckende Fassade mit ihren weißen Säulen und den großen, schwarzen Türen. Mary and Joseph war 1845 erbaut worden und damit eine der ältesten katholischen Kirchen in Amerika. Die einzige noch ältere Kirche in Greenwich Village war St. Joseph's, drüben an der Sixth Avenue.

Er schloß die Tür auf, wie er es jeden Morgen um sieben getan hatte, seit an die Stelle dieses faszinierenden Ladens mit Oldie-Schallplatten in der Morton Street ein Fast-Food-

Restaurant getreten war. Vorher hatten sie die Kirche Tag und Nacht offengelassen, aber das Fast-Food-Restaurant hatte eine andere Art von Kundschaft mit sich gebracht. Als es damit angefangen hatte, daß sie in der Kirche Crack-Röhrchen fanden, hatte er widerstrebend die Schlösser einbauen lassen.

Die Leute vom Revier sagten, die nächsten Schritte wären Vandalismus, Diebstahl, Brandstifung. »Das sind keine Menschen, Father.«

Eine Kirche sollte eine Art Freund aus Stein und Mörtel sein, der Zuflucht bot und die Gegenwart Gottes. Kirchen spielten eine wichtige Rolle: Sie waren Orte, in denen täglich Segen gespendet wurde in einer Welt, in der Segen rar war.

Die offenen Türen waren für ihn mehr als nur ein Symbol der offenen Arme des Gottes, an den er so felsenfest glaubte. In manchen Fällen konnten sie eine Notwendigkeit sein. Er erinnerte sich gut an eine dickliche Gestalt, die vor langer Zeit in einer der hinteren Bänke gekauert hatte. Er war gerade ordiniert worden; es war lange, bevor er hier sein Pastorenamt angetreten hatte. Es war früher Morgen gewesen, und durch das Marienfenster drang das erste Tageslicht. Er hatte das dünne Echo eines Schluchzens gehört und war zu der Gestalt gegangen und hatte seine Hand auf die gebückte Schulter gelegt.

Dann hatte der Dichter Dylan Thomas zu ihm aufgeschaut, mit einem Gesicht voll Schweiß und Angst. Er war zurückgewichen wie eine im Brotkasten gefangene Ratte, war zischend zurückgewichen und hinausgeschlurft, und die große Tür war dröhnend hinter ihm zugefallen.

Der Sünden meiner Jugend und meiner Schwächen gedenke nicht; in deiner Freundlichkeit gedenke mein, denn du bist gut, o Herr.

Jetzt holte er den messingnen Medeco-Schlüssel aus der tiefen Tasche seiner Soutane und schloß die Tür auf. Es geschah mit einem kleinen Anflug von Zeremonie.

Er blickte in die dunkle Kirche und in die kleinen roten Augen der Kerzen. Morgenlicht lag über dem Schiff, erhellte den kahlen Altar und den welligen Fußboden aus alter Eiche und ein Bündel aus schwarzem Stoff auf dem Boden. Es war genau sieben Uhr.

Immer noch Morgenkaffee im Mund schmeckend, glaubte John zuerst, daß jemand seinen Mantel liegengelassen hatte. Die Leute lassen alles mögliche in Kirchen liegen; Brieftaschen, Mäntel, alles, was man sich vorstellen kann. Einmal hatte er ein Toupet gefunden, ein andermal ein völlig verängstigtes Kätzchen in einem Karton mit einem Zettel darin: »Leb wohl, Fluffy.« 1972 hatte Father Tom Zimmer einen Säugling gefunden.

Er sah, daß es ein Körper war, und dachte, er hätte einen Obdachlosen entdeckt, der seiner abendlichen Suche entgangen war und in der Kirche kampiert hatte.

Er war sich unklar eines Geruchs nach Benzin bewußt, aber die damit verbundene Gefahr drang nicht in sein Bewußtsein vor, weil er begriffen hatte, daß vor ihm eine tote Frau lag.

Er rannte zu ihr, kniete neben ihr nieder. »Großer Gott«, sagte er. Er griff nach ihren Schultern, versuchte, sie umzudrehen, die Kreuze der Sterbesakramente über ihr zu schlagen. »Ich absolviere dich«, sagte er, und ihn durchfuhr der Kummer darüber, daß dies passiert war, und noch dazu im Hause Gottes.

Schließlich gelang es ihm, ihr Gewicht zu verlagern, und sie rollte herum. Ihre starren Augen sagten ihm, daß sie gelitten hatte, und das furchtbare Loch in ihrer Stirn, daß sie erschlagen worden war.

Die Wunde und die leere Trägheit machten die Leiche mehr gräßlich als erbarmenswürdig, bis er das Gesicht erkannte. Er riß die Hände zurück, als wäre ihr Körper brennend heiß. Seine Finger griffen nach ihrer Stirn, berührten die grauenhaften Striemen, die scharfen Knochenkanten.

Sein Verstand versuchte eine Frage zu formulieren; aber er konnte es nicht. Die Überraschung machte ihn gedankenleer und hielt seine Stimme gefangen, reduzierte sie zu einem zitternden Seufzer, einem Ausdruck des Schmerzes, so intensiv, daß er fast schon ein Aufschrei war.

Er starrte auf sie herab. Da waren diese vollkommenen Lippen, Lippen, die er geküßt hatte, jetzt leicht geöffnet, als hätte sie gerade an einer Blüte gerochen. »Wie solln sich Lichter heben, ihnen zum Geleit?« flüsterte er und betrachtete verwundert den Tod in ihrem Gesicht. Ihre Lieblingszeile, von Hilda Doolittle, ihrer Lieblingsdichterin. »Doch wir wissen, daß es ein Geheimnis gibt, das größer ist als Schönheit, und das ist der Tod.«

Eine Hand lag an ihrer Kehle, hielt den Kragenknopf ihres Mantels mit einer Geste, die so delikat war, daß sie sich auf das Unendliche beziehen mußte. Wie konnte eine solche Schönheit verlorengehen, wie konnte sie sterben?

Er ahnte, dann sah er sie tatsächlich – die große, schwarze Welle von Traurigkeit, die aus seinem tiefsten Innern kam. Ihr Kuß! Ihr Kuß war süß gewesen, der einzige süße Kuß, den er je erlebt hatte! Er krümmte sich zusammen, in den Magen geschlagen von dem Schock. Er spürte, wie er fiel, griff nach der Kante einer Bank.

Ganz ruhig. Ruhig.

Details erregten seine Aufmerksamkeit: die schmale Goldkette, die unter ihrem Mantel hervorkam, die blauen Kontusionen, die in ihre Augenbrauen ausstrahlten, das in ihre vertraute Handtasche eingeprägte »MJ«. Er hörte die kleinen Geräusche, die er von sich gab, war bestürzt von seiner Unfähigkeit, Worte zu finden. Sein Denken versuchte, in bessere Tage zu flüchten, tastete nach einem Leben, das ganz eindeutig und ganz plötzlich geendet hatte.

Weihnachten im Pfarrhaus, Lieder – sie und die Communiellos und Father Frank und der alte Fluffy auf Franks Schoß, und Father Zimmer, der sich all dessen bewußt zu sein schien, und John so verdammt glücklich, so glücklich, dachte er, wie ein menschliches Wesen es überhaupt sein konnte.

Die Schnüre des Schmerzes peitschten in seiner Brust, wurden straffer. Er preßte die Fäuste an die Schläfen und wünschte sich mit aller Kraft, daß dies nicht so wäre.

Dieser Ausdruck in ihren armen Augen!

Er hob den Blick zum Altar, an dem er so viele tausend Messen gelesen hatte, schließlich zur Kanzel, von der aus er den guten Seelen seiner Gemeinde die Prinzipien des Glaubens erklärte.

Dann eilte er aus der Kirche, vergaß, die Knie zu beugen, vergaß, das arme Geschöpf auf dem Boden zu segnen, vergaß alles.

Er stürzte auf die Sixth Avenue hinaus, gerade als Mrs. McReady mit ihrer kleinen Tiffany hereinkommen wollte. Sie waren bei einer Novene, oder etwa nicht? Krebs in der Familie?

»Nein«, sagte er. »Meine Lieben...«

»Father?«

»Nicht jetzt – nein...«

Sie versuchte an ihm vorbeizugehen. »Aber Sie haben doch aufgeschlossen.«

Sie war es, die Krebs hatte, erinnerte er sich, Brust-, Lymphdrüsen- und Knochenkrebs, und sie trug jeden Morgen ihre Ängste und Qualen zur Muttergottes. Jetzt lag zwischen ihr und ihrer Frömmigkeit ein Mord wie eine Barriere aus häßlichem Stacheldraht.

»Unsere Liebe Frau wird nichts dagegen haben – die Kirche muß heute geschlossen bleiben.«

»Aber ich habe etwas dagegen.«

Nicht imstande, etwas zu diskutieren oder zu erklären, rannte er zur Ecke und den Gehsteig entlang zum Pfarrhaus mit seinen düsteren, mit Draht gesicherten Fenstern. Er stürmte in die Diele, unter dem trüben Kronleuchter hindurch, und rannte, zwei Stufen auf einmal nehmend, die Treppe hinauf.

»Frank!« rief er. Gehörte diese schwache, zittrige, alte Stimme wirklich ihm? »Frank!«

Der Kurat erschien am oberen Ende der Treppe in Boxershorts und T-Shirt. Er war ein kräftiger Mann mit breiten, schimmernden Schultern und dunklem, lockigem Haar. Eine sanfte Natur, ein Haufen guter, altmodischer irischer Sentimentalität. »John?« Unbehagen. Sich eines Problems bewußt werdend, gerade besorgt werdend.

Das, was einen für diesen jungen Mann einnahm, war seine Miene, so sanft, so entschlossen. Ja, hatte John gedacht, als er ihn kennenlernte, es ist das Gesicht eines Priesters.

Auch Tom Zimmer, dem sein Mißgeschick noch nicht widerfahren war, hatte er gefallen. »Ein guter Junge«, hatte der alte Priester gesagt. »Er wird es weit bringen.«

»Maria liegt tot in der Kirche«, sagte John, und sein Herz flatterte wie ein Schmetterling.

Als wäre die Mitteilung ein Schuß, fuhr Frank zurück ins Badezimmer. John rannte hinter ihm her, sah, wie er drinnen herumfuhrwerkte, seine Jeans anzog, noch mit Rasierschaum im Gesicht. Einen Augenblick lang trafen sich ihre Blicke, und John war bestürzt über den Schmerz in seinen Augen.

John frage sich, was er mit Tom Zimmer tun sollte. Würde er es zur Kenntnis nehmen? Manchmal schien er voll Energie und Klarheit. Zu anderen Zeiten war er so passiv, daß es aussah, als befände er sich in einem Zustand der Katatonie. Sechzig Jahre lang ein Mann Gottes. Johns Theorie war, daß er zu einem lebenden, atmenden Gebet geworden war. Im letzten Jahr hatte er einmal ein Bein von einem Stuhl abgebrochen. Niemand wußte, weshalb.

Father Zimmer würde nicht vor acht aus seiner Kammer kommen. Sollte er es dann selbst herausfinden.

John ging zum Telefon auf dem Flur, wollte zuerst Captain Malcom vom Sechsten Revier direkt anrufen, hatte aber die Nummer vergessen und wählte statt dessen 911. »Hier ist Father Jonathan Rafferty von der katholischen Kirche Mary and Joseph. Eines unserer Gemeindemitglieder ist in der Kirche ermordet worden.«

Hinter ihm schrie Frank auf, seine rauhe, junge Stimme war schrill vor Schock. Er stürmte heran, halb angezogen, packte John bei der Schulter. »Ermordet?«

John nickte und hörte gleichzeitig der Stimme am Telefon zu. Ihm war, als klebte ein schmutziger Film an ihm, als wäre der Mord an Maria eine Art Verseuchung.

»Adresse?«

Merkwürdig, daß ein New Yorker die nicht kennen sollte. »Mary and Joseph, Ecke Seventh Avenue und Morton Street.«

»Hausnummer?«

»Keine Ahnung, sie steht einfach da!«

Wenn sie nicht das Hauptportal öffneten, betraten und verließen die Priester die Kirche durch eine Tür, die von der unteren Diele direkt in die Sakristei führte. Von hinter dieser Tür kamen schrille Geräuschfetzen. John wußte sofort, daß die McReadys hineingegangen waren. »Das kleine Mädchen sieht es«, sagte er.

»Was?« kam die Stimme aus dem Telefon, jetzt schärfer.

»Ich... die Kirche ist offen – Leute gehen hinein – ich muß abschließen...«

»Tun Sie das, aber bleiben Sie draußen.«

»Warum in aller Welt...«

»Der Täter könnte immer noch drinnen sein.«

Diese Worte trafen Johns tiefstes Inneres. Er sah sich selbst in einer Phantasie seiner Jugend, der Priester in der brennenden Kirche, der auf das Tabernakel zurennt, um die geheiligten Sakramente zu retten. Die Kombination der Warnung mit seiner Phantasie brachte seine Herz zum Hämmern.

Erst jetzt fiel ihm der Benzingestank wieder ein. »Gehen Sie nicht in die Kirche«, wies er Frank an, als sie beide die Stufen hinuntereilten.

»Nein?«

»Sie glauben, der Mörder könnte noch drinnen sein. Und ich habe es gerochen... Da ist Benzin.«

»Benzin?«

»Es stinkt danach. Die Kirche ist voll davon.«

»Wir müssen sie herausholen!«

»Wen?«

»Die McReadys.«

So schnell er konnte, lief John zum Hauptportal. Er eilte die breiten Stufen hinauf, an den Säulen vorbei, blieb an der Tür stehen. »Mrs. McReady!«

Er erhielt keine Antwort. Stille breitete sich aus. Es war einer dieser merkwürdigen Momente des Verstummens, die manchmal in der Stadt eintreten, als hätte irgendein großes Wesen jedes Herz angerührt.

Frank, der sich nicht gescheut hatte, die Sakristeitür zu benutzen, kam heraus, die McReadys in den Armen. Weit davon entfernt, eifersüchtig zu sein auf den Mut des jüngeren Mannes, empfand John warme Anerkennung. Frank war mehr als ein gewöhnlicher Priester. Man sehe ihn sich nur an: Tränen strömen über sein Gesicht, sein ganzer Körper bebt von dem Schmerz, den er empfindet – und trotzdem hilft er den McReadys.

John hatte begriffen, daß dies Frank hart treffen würde, obwohl er Maria Julien nicht so nahe gestanden hatte. Er war überaus sensibel. Er konnte die Aids-Gruppe nicht leiten, und er konnte nur ein gewisses Maß an Arbeit mit den Obdachlosen übernehmen. Aber er war großartig mit den jungen Leuten.

Er war hinreichend tolerant und gutmütig, um als Berater der Christos-Gruppe in der Gemeinde zu fungieren, einer charismatischen Organisation, die so extrem war, daß John sie am liebsten von dem Gelände der Kirche verwiesen hätte. John konnte sie nicht ausstehen und war froh, daß Frank es konnte, weil die Erzdiözese hinter ihr stand und natürlich Rom.

Er schloß die Tür zu den Bänken, dem fernen Altar und Maria, dann wendete er sich an seinen Kuraten, der jetzt in der uralten Pose des Kummers dastand, mit gebeugten Schultern und an die Schläfen gepreßten Fäusten. »Sie ist jetzt bei Gott«, sagte John, »und jenseits allen Leidens.«

Frank sah ihn aus roten, verschwollenen Augen an. »Ich sollte... Sie...«

»Ich habe sie geliebt wie eine Tochter.«

Sie schlossen sich in die Arme.

Die Polizei kam ganz plötzlich, in Gestalt von drei Streifenwagen und einem braunen Detektivfahrzeug mit einem abnehmbaren Blitzlicht auf der Kante des Wagendachs.

Die Männer und Frauen, die aus den Wagen stiegen, hatten mehr Ähnlichkeit mit jungen Technikern als mit Polizeibeamten, und ihre Art, sich an die Arbeit zu machen, verriet Routine. Zuerst spannten sie ein gelbes Band vor die Tür von Mary and Joseph. Dann »kontrollierten« zwei von ihnen die kleine Schar von siebenunddreißig Leuten, die regelmäßig zur Messe erschienen und sich vor dem Portal zusammengeschart hatten. Die übrigen uniformierten Beamten gingen mit gezogenen Waffen hinein.

Gesichter musterten die Priester. Johns Kummer lähmte ihn. Er wollte sich nicht darum kümmern müssen. Er wollte in die Kirche gehen und sein Haupt vor Gott neigen.

Mit einem erstickten Laut, der fast ein Aufschrei war, stürmte Frank plötzlich in die Kirche zurück. Er durchbrach das gelbe Polizeiband, seine Füße hämmerten in das düstere Kirchenschiff.

»Frank!« Der Arme verlor die Beherrschung. »Frank, bleiben Sie stehen!«

John wollte ihm nachrennen, aber eine Hand legte sich

auf seinen Arm. »Wir müssen mit Ihnen reden, Father.« Es war eine Frau in einem blauen Kleid mit kleinen weißen Herzen. Darüber trug sie einen offenen Regenmantel, auf dem Kopf eine Regenhaube aus Plastik.

»Ja?«

Frank kehrte zurück, und John sah, daß er doch nicht die Beherrschung verloren hatte. Sein graues Gesicht war tränenüberströmt, aber in den Händen hielt er einen Kelch mit der Hostie darin. Er duckte sich unter dem Band hindurch, kam die Stufen herunter und blieb vor den Gemeindemitgliedern stehen. »Wir halten die Messe in unserem Wohnzimmer ab«, sagte er mit erstickter Stimme. Dann machte er sich auf den Weg zum Pfarrhaus, gefolgt von einer stolpernden Schar von Leuten.

Natürlich hätte es John Rafferty sein sollen, der die Dinge in die Hand nahm, aber er konnte einfach die Lähmung nicht abschütteln, die ihn in dem Moment befallen hatte, in dem er Maria sah. Wie konnte das erbärmliche Bündel da drinnen Maria sein?

»Ich bin Detective Pearson«, sagte die Frau. »Das ist mein Partner Sam Dowd.« Der Mann war mager, sein Gesicht nur Ecken und Kanten. Seine Augen funkelten. John dachte, daß es ihm gefallen könnte, einen Mann mit einem solchen Gesicht zu kennen. Detective Pearson war schön auf die klassischste irische Art: dunkles Haar, ein ovales Gesicht, ein Teint wie Sahne. Ihre Augen waren ziemlich bestürzend, so hart, daß sie aussahen wie leblose Edelsteine.

Die beiden Detektive stellten ihm Fragen. Wann haben Sie die Tür aufgeschlossen, wo standen Sie, als Sie sie fanden, war das Licht drinnen an oder aus? Ihre Stimmen waren gedämpft von der beeindruckenden Nähe der Kirche.

John antwortete, so gut er konnte, beobachtete, wie die letzten der Frommen in der Tür des Pfarrhauses verschwanden. »Die Gnade und der Friede Gottes und Jesu Christi sei mit euch«, murmelte er ihren Rücken zu. Er beneidete

Frank um das Zelebrieren dieser Messe, die kräftigende Speise dieser Kommunion. Herr, verzeih mir und gib mir Stärke.

»Father?«

»Entschuldigung.«

Detective Pearson streckte die Hand aus und berührte sein Gesicht, eine impertinente, gutherzige Geste. »Sie stand Ihnen nahe?« Als sie ihre Finger zurückzog, waren sie naß von Tränen.

»Eine Gemeinde ist eine Familie.« Pearson musterte ihn fragend. »Ich bin ihr Beichtvater. Ich betrachte mich als ihren Freund.«

»Also wissen Sie über sie Bescheid. Aber können Sie es uns sagen?«

Offensichtlich spielte sie auf das Beichtgeheimnis an. »Sind Sie katholisch?«

»Ausgestiegen. Abgefallen.« Sie warf ihm einen frechen, mädchenhaften Blick zu. »Mit Leib und Seele.«

»Ihre Beichtgeheimnisse würden Ihnen ohnehin nicht weiterhelfen.«

»Aber es gibt welche?«

»Natürlich.« Sie hatte geflüstert: »Ich liebe dich, du reizender alter Mann. Du weißt nicht, was ich bin ... wie es sich anfühlt.« Der stickige Beichtstuhl, die Art, auf die sie die Worte hauchte, so daß er sie fast riechen konnte ...

Die Detektivin notierte etwas auf einen Block. Abgefallen, eine unter Millionen. Im Laufe seines Lebens hatte er gesehen, wie die Kirche dahinschwand, herbstlich. Jetzt war der Garten kahl und kalt. Zwischen ihm und der hübschen Detektivin lag ein Ozean des Versagens – die schwarzen, satanischen Wasser der materiellen Welt.

Warum sagte sie nichts? Warum nicht? Was schrieb sie da? Kein Zweifel, er machte einen verwirrten Eindruck. Er war verwirrt. Ließ sie ihm Zeit, sich zu fassen? Freundlichkeiten, die man ihm seines Alters wegen erwies, machten ihn immer verlegen. Er versuchte zu erklären. »Es ist ein Schock für mich.« Diese Stimme wieder, so dünn und so zerbrechlich – konnte das seine sein? Totes Laub.

»Dies ist ein hartes Viertel, Father.«

»Es ist ein komplexes Viertel. Vielleicht das komplexeste in der Welt.«

»Es ist rauh.«

»Hier gibt es mehr Kirchen als in jedem anderen Teil von New York. Mehr Universitäten, mehr Buchhandlungen.«

»Ja. Sagen Sie, wissen Sie irgendwas von Dingen, in denen sie dringesteckt haben könnte – Kultkram oder dergleichen?«

»Nein«, sagte er mit dumpfer Stimme.

Der magere Mr. Dowd sprach. »Sie war also eine gute Katholikin – ohne Fehl und Tadel?«

Was sollte John darauf antworten? Die Wahrheit sagen. Es schien das einzig Vernünftige zu sein. »Nein, das war sie nicht. Sie ist erst kürzlich zur Kirche zurückgekehrt, nach etwas, was, wie ich glaube, ein ziemlich ausschweifendes Leben war.«

Eine Verkehrswelle donnerte vorbei. Er deutete mit der Hand auf den dunklen Eingang zur Kirche. Sie folgten ihm unter dem Polizeiband hindurch, blieben vor dem Portal stehen. Dowd nahm sich ein Exemplar des Gemeindeanzeigers vom Gestell, überflog es.

»Sie sind der Pastor, der andere Bursche ist Frank Bayley. Wer ist dieser Emeritus, Father Thomas Zimmer?«

»Tom ist im Ruhestand. Er ist über siebzig, aber er joggt jeden Tag und befindet sich bei bester Gesundheit. Sein einziges Problem ist, daß er die Fähigkeit zum Kommunizieren verloren hat. Er kann nicht sprechen. Er kann nicht einmal eine Nachricht schreiben.«

»Ein junger Mann, ein alter Mann und das Opfer eines Schlaganfalls. Das ist alles, was Sie haben – für eine so große Kirche?«

John schnaubte. »Tom ist nicht das Opfer eines Schlaganfalls. Niemand weiß, was ihm fehlt. Aber er kann offensichtlich nicht mehr als Priester fungieren. Doch er hat dieser Gemeinde alles gegeben, was er hatte, und deshalb bleibt er so lange hier, wie wir ihm die Pflege zukommen lassen können, die er braucht. Was Frank angeht, bin ich glücklich, ihn als meinen Kuraten zu haben. Frank Bayley ist vermutlich der beste junge Priester, den zu kennen ich je das Privileg hatte. Ein wirklich großartiger junger Mann.«

»Wenn Sie es sagen.«

Kitty Pearson schaute durch den Gang auf die Leiche, die in einem Kreis aus künstlichem Licht lag, umgeben von Scheinwerfern auf Spinnenbeinen. Ein untersetzter Mann saugte ihre Umgebung mit einem kleinen Staubsauger ab, während andere Staub auf die Bänke pinselten und Marias steife Hände in Plastikbeutel steckten.

»Ungefähr ein Jahr lang war sie die letzte Frau eines Dichters, Kenneth Glenn. Ken gehörte zur Gemeinde. Kennen Sie seine Gedichte?«

Dowd schüttelte den Kopf. »Eine Rose ist eine Rose ist eine Rose: Shakespeare. Das ist alles, was ich an Poesie kenne.«

Kitty Pearson verkündete, daß sie eine Zigarette wollte.

»Nicht hier drinnen«, erwiderte John sanft.

»›Die schwarzen Ziegel der Nacht
die weißrosa Haut
verdammt vom Kerkergesang der Liebe…‹«

»Also hieß sie Glenn?«

»Maria Julien. Ihr Mädchenname. Ich glaube, er hatte fünf Frauen vor seiner Überdosis. Sie hat ihn vor drei Jahren geheiratet, anscheinend nur so zum Spaß.«

Kittys Augen waren fragend. »Weshalb dann heiraten?«

»Sie war reich, sie liebte Abenteuer. Dazu gehörte offenbar auch, die Frau eines Dichters zu sein.«

»Er war süchtig?«

»Ja.«

»Kennen Sie viele Süchtige?«

»Ich habe unser Entziehungsprogramm gegründet, bevor Sie ein Stäubchen im Auge Gottes waren. Dies ist Greenwich Village, junge Frau.«

Dowd lächelte, mit einer Sanftheit, die Father Rafferty viel sagte. »Erzählen Sie uns davon«, forderte der Detektiv ihn auf. John wollte ihn beruhigen, ihm sagen, daß es in Ordnung war, wenn er seine freundlichere Seite zeigte.

Mit leicht verärgertem Gesicht wiederholte Dowd seine Frage, jetzt lauter. »Erzählen Sie uns von den Drogen in der Gemeinde, Father.«

»Früher waren Drogen eine exotische Sünde. Jetzt sind sie alltäglich.« Er spürte die vertraute Hilflosigkeit, den Schmerz der Frustration in seiner Brust. Es drängte ihn, in diese leeren Polizistengesichter zu schlagen, sie aufzuwekken für seine Welt, wie sie war. Er sah in Drogen kein Verbrechen, er sah nur den Notstand.

»Wie können Sie in einer Gegend wie dem Village eine Kirche am Leben erhalten?«

»Machen Sie Witze? Ich halte jeden Sonntag drei brechendvolle Messen ab, und ich könnte zwei mehr ansetzen, wenn ich noch einen Priester hätte. Mary and Joseph ist eine überaus lebendige Kirche.«

Dowd kickte mit voller Absicht einen leeren Amylnitrit-Behälter die Stufen hinunter.

»Sie benutzen nachts den Vorplatz«, sagte John trocken. »Einer der Gründe dafür, daß wir die Türen abschließen.«

»Also los, Father, erzählen Sie uns die ganze Geschichte. Ist diese Dame das Opfer von irgendeiner Art Drogenmord?«

»Bestimmt nicht.«

»Hatte sie irgendwelche Feinde?«

»Die anderen vier Ehefrauen haben sie vermutlich nicht sonderlich geliebt. Außerdem gehörte sie zur Clubszene. Hatte ihr jedenfalls früher angehört. Vielleicht hatte sie dort irgendwelche Feinde, obwohl ich das bezweifle. Maria war... Wie kann ich sie beschreiben?« Es begann wieder wehzutun, sehr weh. Wie konnte er ihnen von ihrer Intelligenz erzählen, ihrem Esprit, ihren Versuchen, ihn zu verführen? »Sie war eine gute junge Frau«, sagte er schließlich. »Meine Vermutung ist, daß sie zum Beten gekommen ist und einem Straßenräuber zum Opfer fiel.«

»Erklären Sie mir eines, Father«, sagte Dowd. »Diese Frau ist eine fünfte Ehefrau. Trotzdem ist sie offenbar eine praktizierende Katholikin. Wie reimt sich das zusammen?«

»Weil er ohne Annullierung geschieden wurde, ist ihre Ehe mit Ken von der Kirche nie anerkannt worden. Sobald sie ihn verlassen und die Absolution für außerehelichen Geschlechtsverkehr erhalten hatte, war alles in Ordnung – das jedenfalls ist meine Ansicht.«

»In Ordnung«, wiederholte Kitty Pearson. »Wie beruhigend.«

Ein magerer Mann, der sich über die Leiche gebeugt hatte, richtete sich auf und kam auf sie zu. Seine Schuhe klickten auf dem Boden. »Fertig«, sagte er, als er sie erreicht hatte.

»Und wie steht's, Doc?« fragte Dowd.

»Kein Sex, kein Raub. Die Handtasche ist noch da, ungeöffnet.«

»Todesursache?«

»Ein einziger Schlag, soweit ich bisher sehen konnte. Schädel zerschlagen. Gehirn verletzt.«

»Waffe?«

»Wir suchen ein Instrument, das ziemlich schwer ist und eine breite, scheibenförmige Basis hat.«

Kitty Pearson wurde ziemlich rot. »Das ist uns eine verdammt große Hilfe.« Sie hatte ein hitziges Temperament, das konnte John sehen. Er wartete, rechnete mit einer Explosion. Aber sie hatte sich unter Kontrolle. »Todeszeit?«

»Vor vier bis acht Stunden.«

Sie dachte einen Moment nach. »Also ist der Mord zwischen Mitternacht und vier Uhr passiert.«

Dowd musterte John. Das Funkeln war aus seinen Augen verschwunden. »Also wann machen Sie zu?«

»Die letzte Messe ist um Viertel vor sechs, danach schließe ich ab.«

»Sie war nicht hier?«

»Nein.«

»Und Sie sind ganz sicher, daß alles abgeschlossen war?«

»Heute morgen war abgeschlossen.«

Kitty räusperte sich, fuhr mit ihren roten Porzellan-Fingernägeln über ihre Wangen, hinterließ schwache Streifen auf der blassen Haut. Plötzlich erkannte John, daß sie nicht nur ein hitziges Temperament hatte. Diese Frau war zutiefst und ständig wütend. Er wünschte sich, sie irgendwie zum Beten überreden zu können. Abgefallene Katholiken bedrückten ihn. »Father, diese Dame hätte ohne einen Schlüssel nicht hier hereinkommen können.«

»Sie hatte einen Schlüssel.«

»Zum Beten?« frage Kitty.

»Ja. Zum Beten.«

»Also geben Sie Schlüssel aus?«

»Ein paar.«

»An wen? Die Heiligen in der Gemeinde?«

»Sie hatte mich darum gebeten. Sie brauchte das Gebet.«

»Weshalb mußte sie beten?«

»Ich weiß es nicht.« Er schämte sich. Aber er war nur zwei Sätze entfernt von dem Eingeständnis, wie nahe sie einander gestanden hatten, und er hatte nicht vor, das einzugestehen.

Sie legten Maria auf eine Bahre. Als sie die Leiche anhoben, bewegten Arme und Beine sich nicht. Ihm schauderte bei dem Gedanken, daß sie sie beim Bestattungsunternehmer brechen würden, wenn die Familie eine Aufbahrung wünschte.

Vermutlich würden sie sie von hier aus begraben und erwarten, daß er den Gottesdienst abhielt. Das würde ihm verdammt schwerfallen.

Für jeden von uns kommt der bleiche Moment.

Dowd saß da, das Knie gegen das Armaturenbrett gestemmt, und studierte den Gemeindeanzeiger. »Großer Betrieb für nur zwei Leute.«

Kitty zündete sich eine weitere Zigarette an. »Ja.« Sie wollte nicht über die Gemeinde oder die Priester reden. Für die Aufklärung dieses Mordes waren sie nebensächlich. Die Tatsache, daß er in der Kirche begangen worden war, war mit ziemlicher Sicherheit ein bedauerlicher Zufall.

Ihr Desinteresse spürend, faltete er den Anzeiger zusammen und steckte ihn in die Tasche. »Ich wußte nicht, daß Sie als Katholikin aufgewachsen sind.«

»Ja. Erste Kommunion, Firmung, die ganze Latte.«

»Ich glaube, ich bin auch in einer Religion aufgewachsen. Ich meine, ich erinnere mich, von Zeit zu Zeit das Innere einer Kirche gesehen zu haben, also müssen wir wohl eine gehabt haben. Eine Gelegenheitsreligion, nehme ich an.«

Kitty wollte nicht über die ausgebrannten Enden des Kindheitsglaubens reden. »Wie gedenken wir dieses Verbrechen aufzuklären, Mr. Dowd?«

»Indem wir uns an die Routine halten, bis irgend etwas zum Vorschein kommt. Sofern Sie keinen besseren Vorschlag haben.«

Jetzt, wo das Thema zur Sprache gebracht war, stellte Kitty fest, daß sie auch nicht über das Verbrechen reden wollte. Sie wollte überhaupt nicht viel reden. Der Anblick der Leiche hatte sie hart getroffen. Dies war eine Frau in ihrem Alter, vielleicht aus einer ähnlichen Mittelschicht wie sie. Die meisten der Todesfälle, mit denen man es in diesem Job zu tun hatte, betrafen die Alten, die Gefährdeten, die Bösen. Ein Mord wie dieser ereignete sich nicht alle Tage, nicht einmal heutzutage, nicht einmal hier. »Haben Sie ihr Gesicht gesehen?«

»Nein. Den Anblick habe ich mir erspart – abgesehen von dem Loch in ihrer Stirn und dem Ausdruck in ihren verdammten Augen.«

Kitty betrachtete den Rauch ihrer Zigarette, der sich langsam in die Höhe kräuselte. »Und der Benzingestank. Der konnte einem nicht entgehen.«

»Nein. Als ob er vorgehabt hätte, sie anzuzünden, und dann gestört wurde.«

»Um die Zeit ist er bestimmt nicht gestört worden.«

»Aber weshalb hat er sie dann nicht angezündet?«

»Solange wir die Antwort auf diese Frage nicht kennen, verstehen wir diesen Fall nicht. Das dürfen wir nicht vergessen.«

Dowd begann in seinen Notizen zu blättern. Er machte sich immer Notizen. Sie hatten eine Menge ungelöster Fälle. Jeder hatte eine Menge ungelöster Fälle. Trotzdem gab er nie auf. Tief im Inneren von Sam Dowd steckte ein empörtes Gerechtigkeitsgefühl. Er konnte ein Verbrechen nicht auf sich beruhen lassen, ganz gleich, mit wieviel offizieller Apathie er es zu tun hatte, mit wie vielen lügenden Zeugen, mit wie vielen Niederlagen.

Sie spürte, daß sein Blick auf ihr ruhte. »Ich habe gewußt, daß Ihnen das an die Nieren gehen würde«, sagte er. »Sobald ich sie gesehen hatte.«

»Sie war so verdammt verängstigt.« Die tönernen Züge waren von Entsetzen verzerrt, die toten Augen starrten, die Lippen zeigten jenen merkwürdigen Ausdruck, der so oft auf den Gesichtern von Mordopfern liegt.

»Ich wollte, Sie würden im Wagen nicht rauchen.«

»Süchtige Persönlichkeit. Liegt in der Familie.«

Er räusperte sich. »Okay, was haben wir? Dies ist ein Verbrechen aus Leidenschaft. Es wurde nichts gestohlen, die Handtasche lag neben der Leiche.«

»Vielleicht kann uns der Pathologe etwas liefern«, sagte Kitty. Aber sie wußte, daß der Pathologe nicht anrufen würde, es sei denn, er hätte einen verblüffenden Fund wie Gift im Gewebe oder etwas anderes völlig Absurdes zu vermelden. Aber damit war nicht zu rechnen. Die Kopfwunde würde die einzige Todesursache sein. »Das wird ein Scheißfall werden, Dowd. Eine Menge Presse, weil es in einer Kirche passiert ist. Keinerlei Verdächtige. Genau so ein Ding wie in dieser verdammten Boutique drüben an der West Fourth im vorigen Jahr. Zufallsverbrechen. Null Beweise, und nichts wird dabei herauskommen. Wir werden verlieren.«

Dowd seufzte. »Sie sind immer so deprimierend. Aber, Lady, Sie und ich, wir haben eine verdammt gute Aufklärungsquote. Wir sind die Besten in der Abteilung, vergessen Sie das nicht.«

»Rivalisieren liegt mir nicht.«

»Nein, vermutlich nicht. Eine Dame von dreiunddreißig, die schon seit drei Jahren ihr goldenes Abzeichen trägt und einer der tollsten Bullen in der Mordkommission ist. Kein Rivalisieren, kein Ehrgeiz. Dient einfach ihre Zeit ab.«

»Na ja, vielleicht nicht ganz.«

Wieder blätterte er in seinen Notizen. »Vielleicht haben die Techniker etwas Nützliches zu bieten.«

»Jemand ist auf sie zugegangen und hat ihr den Schädel eingeschlagen. Punkt. Vermutlich gab es nicht einmal körperlichen Kontakt.«

Dowd sah sie an. »Als ich ein Junge war, habe ich ein Konversationslexikon verkauft, von Tür zu Tür, und dabei etliche Dollar verdient. Wenn ich in der Woche an hundert Türen klingelte, konnte ich drei verkaufen. Ich meine, irgend jemandem gefielen all die Farbfotos, die in dem Ding drin waren. Es ist eine Sache der Routine. Wenn es eine Antwort gibt, werden wir sie finden.«

Er erzählte die Geschichte, wie er mit dem Konversationslexikon hausieren gegangen war, mindestens einmal die Woche. *The Collegiate American Encyclopedia.* »Gewinner ist immer derjenige, der nicht aufgibt.« Sam Dowd.

»Haben Sie noch welche?«

»Was?«

»Exemplare davon. Immer, wenn Sie diese schwachsinnige Geschichte zur Sprache bringen, verkaufen Sie mir ein bißchen mehr. Enthält neun Millionen Worte, behandelt alles von Aal bis Zwiebel. Jetzt erfahre ich, daß eine Menge Farbfotos drin sind. Das gibt den Ausschlag. Ich bin ganz verrückt auf Farbfotos vom Grand-Coulee-Damm und dem Innern von Woodrow Wilsons Sommerhaus. Sie müssen mir eins besorgen, Sam. Ich bin ganz wild darauf.«

Er schüttelte den Kopf. »Es ist kalt hier drin, Lady. Was halten Sie davon, wenn wir ins Revier zurückfahren und einen vorläufigen Bericht machen? Der Chief will bestimmt was haben, womit er die Presse füttern kann.«

Sie schaute zur Kirche hoch. »Ich bin nicht mehr in einem dieser Dinger gewesen, seit ich ungefähr vierzehn war«, sagte sie. »Ich war sehr fromm. Und dann, ganz plötzlich, war ich es nicht mehr.«

»Was ist passiert?«

»Ich hatte einen unglaublich langen und heftigen Streit mit meiner Mutter über eine Glaubensfrage. Wir gerieten uns in die Haare. Wie zwei Katzen! Himmel, haben wir uns gestritten. Um es ihr heimzuzahlen, habe ich nie wieder einen Fuß in eine Kirche gesetzt.«

Sam startete den Wagen, fädelte sich in den Verkehr ein. Kitty lehnte sich zurück, wünschte sich, sie hätte eine Tasse Milchkaffee zu ihrer Zigarette. Der heutige Tag hatte nicht gut angefangen. Würde er noch schlimmer werden? Aber das war im Grunde nicht die Frage, nicht die eigentliche Frage. Die eigentliche Frage war: um wieviel schlimmer?

4

Frank Bayley versank in einer traurigen, geheimen Hölle. Sein Herz war gebrochen, aber er wagte es nicht, einen mehr als professionell bekümmerten Eindruck zu machen. Er hatte mit Maria gesündigt. Er hatte seine Gelübde gebrochen und in den Staub getreten. Und danach hatte er vor den frommen Mitgliedern der Gemeinde und der Christos-Gruppe gestanden und so getan, als wäre nichts gewesen.

Der große Stein, der ihm auf der Seele lag, hatte viel zu tun mit gebrochenen Gelübden und zugleich viel mit der Tatsache, daß seine Geliebte tot war. Sie war tot! Wie war das möglich? Und dazu in der Kirche, mitten in der Kirche!

Er hatte die Frühmesse im Pfarrhaus zelebriert und die Mittagmesse, die Sache des Kuraten war, dann hatte er mit der *Spotlight-on-Faith*-Gruppe gearbeitet, hatte am Abend seine *Confraternity-of-Christian-Doctrine*-Klasse abgehalten – alles wie üblich.

Jetzt war es spät, und er schwitzte und konnte nicht schlafen. Auf den Kummer folgte Angst, Welle um Welle, immer und immer wieder. Sie würden ihre Wohnung auf Fingerabdrücke untersuchen, würden feststellen, daß er dort gewesen war.

Seine Augen öffneten sich. Er brauchte einen Drink. Nein, er brauchte etwas Stärkeres, eine Art Vergessen. Valium. Etwas Stärkeres. Er könnte am Morgen seinen Arzt anrufen, sich ein Rezept geben lassen. »Ich kann nicht schlafen, nicht mit dieser entsetzlichen Tragödie…«

Nach Mitternacht hörte er Gelächter, und es war ein wildes Geräusch. Es kam die Seventh Avenue herabgesegelt, widerhallte von den Gebäuden, drang in sein behagliches kleines Zimmer ein, zerrte ihn zurück aus einem unruhigen Schlaf. Nur menschliche Wesen lachen, und das machte es so beunruhigend.

So häßlich war das Lachen, es beschwor traurige Erinnerungen herauf. Lachen war das Gleitmittel gewesen, das bewirkte, daß er sich bei Maria wohlfühlte. »Nun komm schon, Frank, hab keine Angst. Ich bin schließlich nur eine Frau.« Sie war zwischen die Laken geglitten, ihre Haut auf der bleichen Baumwolle. »Komm zu mir«, hatte sie mit einem Lachen in der Kehle gesagt, »und laß dich von mir ausziehen.«

Sie hatte gesagt: »Ich glaube nicht an den Zölibat. Es ist meine geheime Mission, einen ganzen Menschen aus dir zu machen.«

Sie hatte gesagt: »Du bist so verdammt schön, Frank Bayley.«

Sie hatte gesagt: »Oh, brich mich, brich mich mittendurch, du großer, schöner Mann!«

Oh, brich mich.

Er setzte sich auf, dann trat er ans Fenster. Gelbe Regenschwaden drifteten durch das Licht der Straßenlaternen. Ein Streifenwagen rauschte die Morton Street entlang; gewiß waren seine Insassen unterwegs zu einer Kaffeepause oder zu einem der die ganze Nacht geöffneten Schnellimbisse.

Davon abgesehen, war die Straße leer, was die Sache mit dem Gelächter offenließ. War es wirklich von draußen gekommen, oder hatte jemand im Pfarrhaus gelacht?

Er lauschte, aber er hörte keinerlei Bewegung auf den Fluren. Die alten Priester schliefen den Schlaf der Ewigkeit. Tom murmelte, John schnarchte laut.

Frank überquerte den Flur, trat in Johns Zimmer. Da lag der alte Mann, schnarchte sich ins Vergessen. Frank berührte die Seite seines Kopfes. Das Schnarchen brach ab, setzte wieder ein. Frank rieb seine Wange über die stachligen Stoppeln von Johns Bart.

Als er stöhnte, trat Frank zurück. Armer alter Kerl, er war so ein frommer Priester gewesen. Wie mochte er es empfunden haben, mit Maria? Sie war ein lebendes Wunder gewesen, imstande, Gefühle hervorzurufen, die einen tatsächlich dem Göttlichen nahebrachten. Hatte sie das für John getan?

Sein Geruch hing in der Luft, der unverwechselbare, wächserne Geruch ältlichen Fleisches. Das Bett des alten Mannes war aus Eisen, die Wände leer bis auf das Kreuz und das Bild der Muttergottes. Es war die Zelle eines Seminaristen, kahl, unaussprechlich trist.

Er war zutiefst eins mit seinem Priestertum.

Hatte er Maria als Verführerin betrachtet – als jemanden, der böse war? Wenn ja, was mochte er getan haben, nachdem sie ihn verführt hatte?

Ja, was?

Nein. Nicht dieser Mann. Eines solchen Zorns war John nicht fähig.

Frank blickte herab auf Johns schlafendes Gesicht. Er wünschte sich, er könnte ihrer beider Kummer hinwegtrösten, könnte dem alten Mann seinen Verlust erleichtern, auch wenn er das bei seinem eigenen nicht konnte.

Ganz leicht berührte er die Säcke unter den Augen, dann strich er mit dem Finger über die Falten, die den Mund umgaben. Gute sechzig Jahre Lächeln hatten diese Falten hervorgebracht. Dieses reizende kleine Lächeln! Es tat dem Herzen weh.

Frank hatte eine geheime Mission in dieser Gemeinde, die ihm der Kardinal selbst übertragen hatte. »Eines Tages werden Sie an John Raffertys Stelle treten, mein Sohn. Er ist schon eine Ewigkeit dort, und er klammert sich daran mit seiner ganzen Kraft. Aber wir brauchen eine Veränderung.«

Er würde es mit Liebe tun, wenn er konnte, aber auch ohne sie, wenn es sein mußte. Armer alter Kerl, er konnte einfach nicht nein sagen. Schwule, Abtreiber, alles mögliche Gesindel – in John Raffertys Kirche wimmelte es von Exkommunizierten, denen er die Sakramente spendete, ohne mit der Wimper zu zucken.

Der alte Mann drehte den Kopf, lächelte leicht im Schlaf. Man sehe ihn nur an! Er hatte heute die Qualen der Verdammten erlitten, und trotzdem war dieses kleine Lächeln nicht verschwunden.

Für einen Mann, der das Seminar in den strengen Zeiten vor dem Zweiten Vatikanischen Konzil absolviert hatte, war er eine seltsame Mischung aus ärgerlichem Traditionalismus und gefährlicher Ketzerei. Er wollte die lateinische Messe wiederhaben, aber er wollte auch weibliche Priester. Er gab zu, daß Abtreibung falsch war, glaubte aber, daß die Menschen eine Wahl haben sollten. Und was die Geburtenkontrolle anging – seine Ansicht war, daß die Überbevölkerung eine derartige Gefahr darstellte, daß Empfängnisverhütung das kleinere von zwei Übeln war.

Das waren fraglos vertretbare Positionen, aber es waren keine katholischen Positionen. Johns Vorstellung von der Kirche war ganz und gar seine eigene. Mary and Joseph hätte ebensogut der Ort einer eigenen Religion sein können.

Frank beugte sich tief über die schlafende Gestalt, berührte die Seite seines Halses. Durch die papierdünne Haut hindurch konnte er die Vibrationen des Schnarchens fühlen.

Schließlich zog er sich zurück und fragte sich, was ihn überhaupt in dieses Zimmer geführt hatte. War es Freundlichkeit, das Verlangen, den alten Mann mit einer Berührung zu trösten? War es Wut oder sogar Haß? Was empfand er gegenüber dem Pastor, dessen Nachfolger er werden wollte?

John würde nie aufhören, zum Teufel mit dem Pensionsalter und der Zwölf-Jahres-Regel. Er würde entweder mit den Füßen voran hinausgetragen werden, oder er mußte entfernt werden. Irgendwann würde die Erzdiözese handeln müssen, ohne Rücksicht auf Verluste. Er war zu individualistisch, zu eigensinnig. Schließlich war die Priesterschaft die Armee des Kardinals und kein Debattierclub. Männer, die nicht gehorchten, machten nichts als Ärger.

Nach fast einem Vierteljahrhundert des Niedergangs war die Kirche in Amerika wieder im Aufbruch. Ganz still, hinter den Kulissen, wuchsen die Gemeinden von neuem. Zusätzliche Messen wurden abgehalten, weniger Priester schieden aus, die Zahl der Seminaristen nahm zu.

Die verwirrende Flut des theologischen Liberalismus ging zurück. Die Menschen brauchten Gewißheit, sie brauchten Autorität.

John würde dem natürlich nicht beipflichten. Er würde sagen, sie kämen zurück, weil sie Gott liebten und ohne ihn nicht leben konnten: »Die Leute dulden den Kardinal und seine Gewißheiten. Sie mögen sie nicht, und sie glauben nicht an sie.«

Frank war die neue, stärkere, überzeugtere Kirche. John war die Kirche in den Sechzigern, versunken in Fragen und Dispute.

Frank stockte der Atem. Er hatte sich tatsächlich als Teil der Kirche empfunden. Aber das war er nicht. Seine Kirche war Maria Julien, und sein Gott war tot. Solange Maria am Leben gewesen war, war er imstande gewesen, so zu tun als ob, ihr Spiel zu spielen. Aber jetzt war es aus mit den Spielen, er mußte den Dingen ins Gesicht sehen, und er schwitzte.

Jemand hatte ihr den Schädel eingeschlagen.

Frank stand auf der Schwelle und rang die Hände. Sie waren kräftig, wie sein ganzer Körper. In der High School hatte er Football gespielt, und er genoß seine Erinnerungen, wie er durch die Linie gestürmt war und die anderen beiseitegestoßen hatte, als wären sie Spielzeug.

Maria hätte ihm geholfen. Er erinnerte sich voll Sehnsucht, wie sie die Arme um ihn gelegt hatte, und auch an das Gefühl der Sicherheit, das sie ihm vermittelt hatte; alles war unter Kontrolle. »Schlaf jetzt«, pflegte sie zu sagen. »Ich beschütze dich vor allem.«

John hatte eine gute Freundin eingebüßt, aber Frank hatte den Anker seiner Seele verloren.

Er überquerte den Flur, ging ins Badezimmer, um sich etwas Wasser ins Gesicht zu spritzen.

Er umklammerte den Rand des Waschbeckens, seine Augen schlossen und öffenten sich. Schwer atmend trat er zurück. Er wollte kämpfen, aber es war niemand da. Wen konnte er schlagen? Wie konnte er sich und sein Leben wiederherstellen?

Sünder, bereue. Laß Jesus dich heilen. *Ihn verlangt nach deinen Sünden;* so wurde es gelehrt. Und weshalb empfand er nicht so?

Ihn verlangte danach, Maria anzurufen, mit ihr zu reden, ihr zuzuhören, sich von ihr beruhigen zu lassen. »Du kannst dein Verhältnis mit mir jederzeit beichten. Geh in eine Kirche, in der man dich nicht kennt. Es ist wirklich kein Problem, Frank.«

Er kam zu dem Schluß, daß er einen Drink brauchen konnte. Als er hinunterging, schlug die alte Uhr. Ein Blick auf ihr Zifferblatt, im Widerschein der Straßenlaternen schwach erkennbar, sagte ihm, daß es halb drei war.

Er ging ins Wohnzimmer, öffnete die Hausbar. Da war noch etwas von dem guten Brandy, den Zimmer trank. Das würde jetzt genau das Richtige sein.

Als er die Flasche herausholte, stellte er fest, daß seine Hände zitterten wie Laub. Er begriff, weshalb sie das taten: er war völlig verängstigt. Allein der Gedanke, daß hier ein Mord begangen worden war, reichte aus, das ganze Haus bedrohlich und leicht unwirklich erscheinen zu lassen, wie eine Art schattenhafter Bühnendekoration.

Als er den Brandy in einen der Kristallschwenker goß, die er von zuhause mitgebracht hatte, fiel ihm auf, daß seine Füße in Laufschuhen steckten anstatt in seinen Pantoffeln.

Laufschuhe, Pyjama, Brandy mitten in der Nacht – es war weit mit ihm gekommen.

Regen prasselte gegen den oberen Teil der hohen Fenster. Frank ging zu den Vorhängen, öffnete sie einen Spaltbreit. Türme aus Regen marschierten die Straße entlang. Der Wetterbericht hatte verkündet, es würde Frost geben und der Regen zu Schnee werden.

Maria steht in ihrem von Kerzen beleuchteten Schlafzimmer, mit offenen Armen und nach oben gerichteten Handflächen, in der Haltung der Madonna: »John mag in meinem Herzen Gott suchen«, sagte sie. »Aber du bist jung, Frank.«

Mitten in seinen Gedanken, im dunklen Wohnzimmer des Pfarrhauses stehend, spürte Frank Bayley plötzlich, daß jemand ihn vom oberen Ende der Treppe aus beobachtete. Er sah die Gestalt, die sich vor dem Flurfenster abzeichnete. »Father?« Es kam keine Antwort. Er begriff, wer es war, und spürte plötzlich die Kälte der Nacht. »Father Zimmer?«

Der andere Priester schaute stumm herunter. Frank trat vor, öffnete den Mund, um zu sprechen.

Sie gehen noch spät in die Kirche, Father Tom. Das tun Sie oft. Sie haben uns dort gesehen, mich und Maria.

Haben Sie?

NACHTSPUK

Er bewegte sich die West Street entlang, in der Gegend, in der früher der alte Hellfire Club gewesen war. Die dunklen Lagerhäuser verrieten nichts von dem, was in ihnen vorging. Jetzt war der regengepeitschte Hudson in Sicht und, am Ufer entlangtapernd, ein schäbiges altes Wrack in durchweichtem Wollmantel und mit einem Tuch um den Kopf anstelle eines Hutes.

Der Anblick der verdreckten Gestalt trieb ihm eine glühendheiße Nadel aus Haß tief ins Gehirn. Er näherte sich ihr, lächelnd.

Eine zittrige Stimme rief: »Ist da jemand?« Konnte der alte Idiot nicht einmal sehen?

Sie umkreisten einander. Innerlich lachte er. »Wir sind doch keine Hunde«, sagte er. Er streckte die Hand aus und berührte den Mann, der keuchend zurücktaumelte.

»Nicht schlagen! Ich ergeb mich! Ich ergeb mich!«

»Mund halten«, sagte er. Es war eine so sanfte Stimme, so freundlich.

»Ich ergeb mich! Ich ergeb mich!« Der alte Mann tastete herum, taumelte.

Er sah, daß sein Opfer blind war. Sehr gut, dann würde es leicht sein. Er räusperte sich. »Die Methode, nach der die Inquisition arbeitete, war bemerkenswert wegen ihrer Einfachheit und Effektivität. Eine Anklage setzte Schuld voraus. Leugnen war Geständnis. Wenn man dem Tribunal erklärte: ›Ich habe es nicht getan‹, dann wurde man gefoltert, bis man seine Geschichte widerrief oder starb. Wenn man seine Schuld eingestand, wurde man den Flammen übergeben.«

»Was reden Sie da, Mann? Sind Sie Lehrer?«

»Tanz mit mir.«

»Oh, Gott.«

»Ja, der auch. Wie wär's, wenn wir den Strotzer tanzen würden? Kennst du den Strotzer?« Es war ein alter Tanz, ein sehr, sehr alter Tanz, heutzutage kannte ihn niemand mehr, keiner von ihnen.

Er nahm den alten Mann in die Arme und tanzte den Strotzer mit ihm, und es war, als umarmten die Sterne sie beide. Der alte Scheißer stank nach saurer Haut und Tabak, und er fing an zu weinen.

Was für ein Jammer, daß er so ein schlechter Tänzer war! Vielleicht war es Angst. Er brauchte etwas Ermutigung. Sie ermutigten die Büßer auf dem Weg zum Scheiterhaufen. »Qualen sind nichts, wovor man sich fürchten muß, mein Freund.«

Der alte Mann versuchte zurückzuweichen, drehte den Kopf von einer Seite zur anderen. Seine Arme schlangen sich um die Taille des Mannes, und er konnte nicht entkommen. Er flüsterte, während sie tanzten, gesetzte Worte aus seiner frühesten Jugend:

»Und zwei große schwarze Dinge standen ihm zur Seite da, zerrten ihn schier durch die Decke, eh er wußt, wie ihm geschah!
Deshalb hüt dich vor den Dingen, die dich fangen und verschlingen ...«

Der alte Mann sagte: »Herr im Himmel.« Es klang beeindruckt.

Die alte Momma Mooney, die sich um ihn gekümmert hatte, pflegte dieses Gedicht zu rezitieren, und er hatte gelernt, daß es die schwarzen Dinge wirklich gab und wo sie lebten. Sie lebten in einem Loch mitten in seiner Brust.

Er zog seinen blinden Tanzpartner näher an sich heran.

Es kam ein Stöhnen. Er grub in die Nieren. Das Stöhnen wurde zu einem keuchenden Aufschrei. Nun, das mußte wehgetan haben. Das mußte eindeutig inquisitorisch gewesen sein!

Die Frage! Stell ihm die Frage!

»Sag mir, glaubst du an die Gemeinschaft der Heiligen?«

Ein gequälter Aufschrei.

Dann hatte er das Seil um den Körper geschlungen und umwickelte ihn einmal, zweimal, schnürte ihn an einen Laternenpfahl, und dann das Benzin, gurgelnd wie das rastlose Gurgeln aller Flüsse der Welt. Dann...

Er stand ganz still. Goldene Fäden des Vergnügens wischten über seine Haut, ließen ihn erbeben. Er zog den Hut ins Gesicht, um seine Augen vor dem Inferno zu schützen.

Drüben auf der West Street verlangsamte ein Wagen seine Fahrt. Weiße Gesichter betrachteten das Spektakel des *auto da fé.*

Das Feuer seufzte und prasselte im Wind, in den Flammen loderten die Geheimnisse der Geschichte.

»Die Kirche hat Menschenopfer nie offiziell gutgeheißen, aber sie waren seit jeher ein Teil der Religion. Die öffentliche Vernichtung von Menschenleben stand in der Geschichte immer im Zusammenhang mit Glauben und Frömmigkeit.

Um was ging es der Inquisition in Wirklichkeit? Diese Frage läßt sich nur indirekt beantworten. Als die weltlichen Behörden in den letzten Palast der Inquisition eindrangen, fand man, in die Wände eingemauert, die Überreste von Mönchen. Das war in Lissabon im Jahre 1823.«

Wie hörte sich ein *auto da fé* an mit – sagen wir – fünfzig Ketzern, die alle gleichzeitig auf dem Scheiterhaufen verbrannten? Und was war mit dem Gestank?

»Der unbewußte Sinn der Inquisition war nicht, Ketzerei oder Heidentum auszurotten. Er lag vielmehr darin, die Körper der Unschuldigen den hungrigen Göttern zu opfern, denen die Religion in Wirklichkeit dient und die auf ewig in den dunklen Herzen der Menschen leben.«

Er stürmte die Bethune Street hinauf, vorbei an dem schweigenden Gebäude der Künstlergemeinschaft von Westbeth, durch die Geister hindurch, die durch die Nacht schwärmen. Ein Taxi fuhr vorbei, und drinnen sah er bemalte Gesichter. Ihr Make-up war zu grell, ihre Kleidung zu durchsichtig, ihr Strahlen stach ihm ins Herz. Luzifer, du bist schön.

Ein Jammer, daß sie in einem Taxi saßen, vielleicht hätte eine von ihnen auch gern getanzt.

Er bewunderte die extreme Aufmachung der jungen Mädchen, die kühnen Bleistiftabsätze, die Lederröcke, die mit Silikon gefüllten hüpfenden Brüste. Er hätte gern das Regenwasser gesehen, das über ihre haarlosen Arme rann, ihr intensives Parfum gerochen.

Im Traumlicht hatte er Geheimnisse gelernt. Zum Beispiel: es ist besser, der Jäger zu sein als der Gejagte. Die Eule ist der Ratte überlegen, der Tiger dem Menschen.

Jetzt ging er wie ein Gott, er kannte alle Nachtlokale. Aber er mied die glitzernden Prominentenkneipen, die Rockclubs, die Teenager-Treffs, deren pulsierende Jugend bewirkte, daß er sich vorkam wie eine Mumie. Ihn interessierte die wahre Nacht, die geheime Nacht, und er bevorzugte die versteckten Treffpunkte der Verwundeten, die Orte, die gebrochene Menschen aufsuchten.

Gegen Morgen landeten die Menschen der Nacht in bestimmten Cafés und Restaurants. Er betrat ein vertrautes Lokal an der Ecke Eighth Avenue und Dreizehnte Straße und ging zur Theke. Ein paar Leute saßen vor ihren Kaffeetassen, einige nahmen ein kleines Frühstück zu sich.

An einem Tisch saß eine Gruppe von Außenseitern, junge Leute aus Jersey, die Eier und Speck in sich hineinschaufelten, bevor sie zu ihren Jobs als Steueranwälte oder Autoverkäufer zurückkehrten.

Alle hatten die Drogen und den Alkohol und den Sex der Nacht hinter sich, alle waren jetzt irgendwie gelöst und schläfrig. Das Lokal spiegelte die besondere Sanftheit böser Menschen, die müde geworden sind. Aus der Jukebox kam eine rauchige Blues-Ballade; es war perfekt. Nachtschwärmer hatten einen sicheren Instinkt für Atmosphäre.

Die Kellnerin schenkte Kaffee ein. Sie war hochgewachsen, vielleicht vierzig, mit vollen Lippen und Augen, die jeden mit unschuldiger Anerkennung musterten.

Das Tanzen des alten Strotzers hatte beruhigend gewirkt. Die Zeit des Tagmannes rückte heran. Okay, das war in Ordnung. Damit würde er fertigwerden.

Die Dämmerung war nicht mehr fern, und der Tagmann träumte seine Träume. Bald war es an der Zeit, wieder herabzusteigen.

Die Kellnerin kam heran. »Was soll's sein?« Sie hatte keine Angst vor ihm, war nicht entsetzt von seinem Gesicht. Nein, der Tagmann in ihm war zu weit fortgeschritten – wenn er auch noch nicht völlig die Oberhand gewonnen hatte, noch nicht. Er musterte sie von oben bis unten. »Leck mich.«

»Sie machen wohl Witze.«

»Durchaus nicht. Ich komme unter die Theke, und Sie können ans Werk gehen.«

Die schwarze Fläche der Theke spiegelte ihre Gesichter.

Sie schob ihm eine Speisekarte zu. »Sie können Kaffee oder Tee haben, Freund.« Ihre Augen trafen sich. Er war amüsiert, als sie versuchte, unergründlich auszusehen. Nach einem Moment wendete sie sich ab.

»Haben Sie Kirschkuchen?«

»Kirsch, Apfel, Zitrone.«

»Geben Sie mir Kirschkuchen und Kaffee.«

Sie goß Kaffee in den dicken weißen Standardbecher und schnitt den Kuchen ab. »Wollen Sie ihn heiß?« fragte sie über die Schulter.

»Natürlich.«

Sie stellte ihn in die Mikrowelle. Er nahm ein Streichholzheftchen vom Tresen, zündete ein Hölzchen an, ließ es bis auf seine Fingerspitzen herunterbrennen. Interessant.

Sie setzte ihm den Kuchen vor, dann beugte sie sich zu ihm hinunter. Er sah plötzlich, wie ihre Haut unter der dikken Schicht von Make-up dahinwelkte und daß ihre Augen wässrig waren vor Erschöpfung. »Wenn Sie mich wollen, Mister – ich bin zu haben. Wenn es nur Quatsch war, nehme ich es Ihnen nicht übel. Ich weiß, wie ich aussehe. Fünfzehn Jahre auf der Straße. Ich bin völlig kaputt.«

»Ich auch.«

»Nein. Sie haben sich nicht für Geld verkauft. Ich war ein Blumenkind. Die Woodstock-Generation! Dieses hübsche kleine Mädchen auf den Fotos, mit einem Blumenkranz im Haar. So ein Mädchen war ich auch einmal. Aber das ist lange her.«

In ihrem Gesicht sah er die Schönheit aller Zeiten. Sie war Mona Lisa, sie war Venus, sie war die schöne Helena. Er haßte sie so sehr, daß ihm war, als müßte er daran ersticken.

Er zündete ein weiteres Streichholz an.

»He«, kam eine Stimme, »haben Sie Füße, oder sollen wir den Leichenbeschauer rufen?«

Sie eilte davon, um eine Bestellung von Steaks und Eiern entgegenzunehmen. Er trank seinen Kaffee. Die Musik hörte auf, die Atmosphäre wurde ruhiger, nachdenklicher.

An dem Tisch mit den Außenseitern hatte es Veränderungen gegeben. Die beiden gutgekleideten jungen Männer waren aufgestanden und tanzten miteinander, die Hände auf dem Hintern des anderen. Die Frauen ignorierten sie, unterhielten sich angeregt über den Resten ihres Rühreis. Zwei Männer, zwei Frauen, sauber und adrett. Sie waren Country Club-Leute. Schlurf, schlurf, die Country Club-Männer tanzten in der Stille, immer rundherum.

Er trank seinen Kaffee aus, spürte das Gewicht des anbrechenden Tages und zahlte. Die Kellnerin gab ihm mit unbewegter Tüchtigkeit das Wechselgeld heraus. Zu schade, daß er ihr nicht auf der Straße begegnet war. Im Hinausgehen riß er ein weiteres Streichholz aus dem Heftchen und zündete es an. Wirklich verdammt schade.

5

John hörte immer wieder, wie Maria seinen Namen aussprach; er sah sie auf der Straße, während er die Vorbereitungen für ihre Beisetzung traf. Mrs. Communiello, die einen Ehemann, zwei Brüder und ihre Eltern betrauert hatte, hätte Johns Leiden nicht gleichgültiger gegenüberstehen können. Ihre Augen waren unergründlich und sauer, ihre Oberlippe mit einem Bart bestäubt. Einst war sie voller Lachen gewesen, aber das war lange her. Das Leben hatte ihr Licht ausgelöscht. »Die Toten, die bedeuten überhaupt nichts. Man hört nie wieder von ihnen, es sei denn, man ist verrückt.« Bettys Weisheit.

Manchmal ertappte man sie dabei, daß sie weinte, und dann wütete sie und überschüttete einen mit italienischen Flüchen. Wenn sie Blumen arrangierte, sang sie. Sie hatte einen kleinen Hund namens Ippi, den sie liebte.

John gedachte seinen Schmerz zu hegen, aber nicht zuzulassen, daß er ihn überwältigte. Statt dessen beschäftigte er sich mit den anstehenden Vorbereitungen für die Beisetzung. Bring den nächsten Tag hinter dich, die nächste Stunde, die nächste Minute.

Außerdem war da ein unseliges kleines Geheimnis, mit dem er sich beschäftigen mußte. In einer Hinsicht war das gut; es half ihm, seine Gedanken von der dunklen, tauben Leere abzulenken, die ihn verschlingen wollte.

Maria hatte von Brüdern und Schwestern gesprochen, von einer alten Mutter, sie hatte Familiengeschichten erzählt, war widerstrebend zu gelegentlichen Weihnachts- oder Thanksgiving-Treffen gefahren, hatte die Mutter in einem Altersheim in Pennsylvania besucht, hatte Geburtstagskarten verschickt und bekommen, alles, was dazugehörte.

Aber nichts von alledem entsprach der Wahrheit. Er bekam heraus, daß sie überhaupt keine Angehörigen hatte. Am Nachmittag nach ihrem Tod hatte die Polizei versucht, sie zu finden, aber sie hatte weder Schwestern noch Brüder. Ihre Eltern waren tot.

»Das kann nicht stimmen«, hatte John zu den Detektiven gesagt. »Sie hatte Angehörige. Sie hat ständig von ihnen gesprochen.«

»Sie hatte keine Angehörigen«, hatte Kitty Pearson erwidert, »es sei denn, wir rechnen Sie dazu. Und was Freunde angeht – die stellen sich nicht gerade in einer Reihe auf, um sich zählen zu lassen.«

Sie hatte eine förmliche Chronik ihrer weitverzweigten Verwandtschaft geliefert. Sie hatte sich besorgt über ihre Gleichgültigkeit gegenüber der Kirche geäußert. Einmal hatte sie sogar eine Novene absolviert, als ihre jüngste Schwester eine Abtreibung erwog.

Er hatte sie beraten, mit ihr gelitten, mit ihr Anteil genommen an ihren Angehörigen. Wenn sie dem Altersheim einen Besuch abstattete, hatte er zum heiligen Antonius von Padua gebetet für eine gute Fahrt und zur Heiligen Jungfrau für Kraft und Weisheit.

Als er erfuhr, daß sie ihn belogen hatte, war er zutiefst verwirrt. Seltsamerweise ertappte er sich immer wieder bei der Annahme, daß ihre gesamte Familie auf einmal ums Leben gekommen war.

Wenn sie diese angeblichen Reisen nach Pennsylvania unternommen hatte – wohin war sie da in Wirklichkeit gefahren?

Bis jetzt hatte John noch nie wahren Schmerz erlitten. Als seine Mutter mit siebzig starb, hatte er im Herzen eine Art einsamer Sanftmut empfunden, weil sie so gut gewesen war. Sie war mit einem fast komischen Ausdruck der Überraschung im Gesicht gestorben, einem Ausdruck, der ihn glauben ließ, daß es wundervoll war, den Himmel zu sehen. Sein großer alter Löwe von einem Vater hatte an Krebs gelitten, und das war sehr schlimm gewesen, aber der Glaube war so stark und so simpel. Gegen Ende seiner letzten Stunde hatte er gesagt: »Also gut!« Dann war er ganz still gewesen, hatte kaum geatmet. Seine Augen gingen auf, er sagte: »Herr?«, dann starb er.

Das Schlimmste an Marias Tod war für John, daß er weiterhin seine Pflichten erfüllen mußte, als wäre er kein Mann, den es hart getroffen hatte. Er konnte nicht sagen: »Meine Geliebte ist ermordet worden«, aber genau das war es, was er empfand.

Er hatte gehofft, daß Frank ihm eine Stütze sein würde, aber der Mord hatte bewirkt, daß sich dieser fröhliche, offenherzige Mann in sich selbst zurückgezogen hatte. Er wanderte herum wie ein Gespenst, erschreckte John mehr als einmal durch sein plötzliches, stummes Auftauchen. »Spielen Sie nicht den alten Zimmer«, hatte John ihn gebeten. Frank hatte nicht einmal gelacht.

Am Morgen nach dem Mord rief die Kanzlei an, aber die Fragen von Monsignore Hanratty betrafen nur die Sicherheitsvorkehrungen. Zumindest wußte man dort nicht, wovon jetzt die gesamte Nachbarschaft redete, nämlich wie nahe John der ermordeten Frau gestanden hatte. Jedermann wußte es. Schließlich hatten sie jahrelang in vielen Cafés des Viertels zum Inventar gehört.

Die *Post* brachte eine große Schlagzeile: »BLUTIGE KIRCHE«. Mehr als der Artikel in der *Times* löste ihre unheimliche Story in der Gemeinde eine Sensation aus. Glücklicherweise wurde das Verhältnis zwischen John Rafferty und Maria Julien darin nicht erwähnt. Er seufzte, empfand ebensoviel Bitterkeit über den Sensationsjournalismus wie Erleichterung über die Tatsache, daß sie nicht die ganze

Geschichte aufgedeckt hatten. Laß ihnen Zeit, dachte er betrübt.

Heute mußte John den Trauergottesdienst durchstehen. Der Rosenkranz war schon schlimm genug gewesen, DiMarcos kleine Kapelle ein dummer Fehler. Aber woher hätte er wissen sollen, daß die ganze Gemeinde erscheinen würde? Er hatte sich für die kleine Kapelle entschieden angesichts der Tatsache, daß sie keine Angehörigen hatte. Die Leute waren gekommen, um nicht nur Maria zu betrauern, sondern auch ihren Priester und vor allem ihre arme Gemeinde. Sie waren gekommen, um einander an ihrem Schmerz teilhaben zu lassen, und er hatte in ihren Augen soviel Glauben und Mitgefühl gesehen, daß er sich von seinem Gewissen gedrängt fühlte, den Skandal seines Verhältnisses zu Maria öffentlich einzugestehen.

Er rasierte sich, bürstete sein Haar und schlüpfte in seine Soutane. Dann ging er hinunter in den Duft von Kaffee und Speck. In dem Moment, in dem er auftauchte, nahm Betty den Deckel von einem Teller und setzte ihm sein Frühstück vor. Er starrte auf Speck und Eier und Toast.

»Danke, Betty.«

»Essen Sie.«

Das mußte ihre Art sein, seinen Schmerz anzuerkennen, indem sie ihm eine besonders reichhaltige Mahlzeit vorsetzte.

Frank sah von seinem eigenen Teller auf. Seine Augen waren rot, sein Gesicht grau. »Sie haben lange geschlafen«, sagte er. »Es ist schon nach sieben.«

»Sie sehen aus, als hätten Sie überhaupt nicht geschlafen.«

»Nachtgedanken. Aber machen wir uns lieber Ihretwegen Sorgen. Ich bin es nicht, der einen Angehörigen verloren hat.«

Obwohl bestimmt gut gemeint, bewirkte Franks Mitgefühl, daß er sich noch elender fühlte. Freundlichkeit kann furchtbar isolierend sein. Tom Zimmer aß wie eine Maschine. Früher war er ein ungeheuer kräftiger Mann gewesen, jetzt war er nur noch Draht und Knochen.

Wenn er Bettys Kochkünste zu schätzen wußte, so ließ er es sich nicht anmerken. Er verzehrte sein Frühstück wie jeden Morgen im Lauf der letzten fünfzig Jahre. Vielleicht war Tom stumm, weil er ein Heiliger war. Aber so, wie er auf seine Eier einhieb, dachte John, konnte der Grund seines Verstummens auch Wut sein. Ein Mann muß lieben, John, sonst entgeht ihm das Leben.

Hatte Maria die Wahrheit in dieses Pfarrhaus gebracht – und war sie deshalb umgebracht worden? War sie ein Dämon oder eine Heroine?

John seufzte und wünschte sich nicht zum erstenmal, diesen Zombie, der mit ihnen die Wohnung teilte, in ein Heim verfrachten zu können. Aber das war grausam. Dies war Toms Zuhause. »Ich muß die Kirche aufschließen«, sagte John.

»Das habe ich genau um sieben getan.«

»Sie müssen essen, Father.« Betty hing über ihm wie ein großer, bedrohlicher Vogel. Sie war dick, aber nicht schwammig, fünfzig, eine massige Frau, die stummer, heftiger Wutanfälle fähig war. John hatte gesehen, wie sie einen Kerzenhalter in zwei Teile zerbrach. Er hatte gesehen, wie sie ihren zerbrechlichen kleinen Hund mit der Liebe einer Mutter und dem Feingefühl eines Chirurgen streichelte.

Manchmal starrte Betty in den Kamin und murmelte etwas, von dem John glaubte, daß es ebensogut Flüche wie Liebesworte sein konnten.

Er aß tüchtig, weil er aus Erfahrung wußte, was es für Betty bedeutete, wenn er das Essen stehenließ.

»Ah! Seht nur!« Plötzlich wurde er von massigen Armen umschlungen, sein Gesicht wurde in das Kissen eines Busens gedrückt. »Der Father, er weint!« Es war keine freundliche Geste. Er hatte das Gefühl, daß sie ihn auslachte. Sie wollte ihn nicht freigeben; er mußte sich losreißen.

Er stand auf. »Ich muß in die Kirche.«

»Ich habe aufgeschlossen. Ich halte die Messe ab.«

John durchfuhr eine absurd übertriebene Welle der Dankbarkeit. »Danke!« Normalerweise verzichtete er nie auf seine Messen, aber diesmal war er dankbar.

»Ich muß los«, sagte Frank im Aufstehen.

John sah ihm nach. In dem Moment, in dem Stille herrschte, hörte er sein Denken ein Wort flüstern, »Mord«, sanft und süß. Er schüttelte den Kopf, er wollte nicht daran denken. Aber Mord – in dem Wort steckte eine Klinge.

Hätte er sie nur mit den Sterbesakramenten versehen können, dann würde er wissen, daß sie im Himmel war. Oh, daß sie doch das Angesicht Gottes erblicken konnte!

Wenn ich sterbe, gib, daß sie auf mich wartet.

Er zerteilte ein Ei, beobachtete, wie das Dotter auslief. Er hatte Arbeit vor sich. Es war, als müßte er ihr Leben sezieren, obwohl er nichts anderes wollte als vergessen. Aber jemand mußte ihre Wohnung ausräumen, mußte die Überreste eines Lebens zusammenpacken und von der Müllabfuhr abholen lassen. Er fand, daß er gehen und einen Blick in die Wohnung werfen sollte.

»Sind Sie satt?«

»Ja.«

»Gut. Ich habe auch keine Eier mehr.«

Und was ist mit meinen Gefühlen? Sollte da nicht mehr sein als nur das? Er wollte Mitgefühl, nicht eine lieblose, nicht ernstgemeinte Umarmung.

Er kehrte in sein Zimmer zurück, legte die Soutane ab und zog Straßenkleidung an. Priesterkragen oder nicht? Heutzutage war das immer zu überlegen. Früher war der Kragen eine Quelle des Stolzes und ein spezieller Schutz gewesen.

Mehr als einmal hatte er, wenn er den Kragen getragen hatte, auf der Straße die eindringlichen Worte gehört: »Father, ich brauche einen Priester.« Er legte ihn an.

Bevor er das Pfarrhaus verließ, zog er seinen langen schwarzen Regenmantel über und setzte seinen traurigen alten Filzhut auf. Er mußte den Hut unbedingt reinigen und nachpressen lassen, wenn er eine Reinigung fand, die dazu imstande war. Maria hatte behauptet, jemanden zu kennen, aber sie hatte den Hut nie mitgenommen.

Er hatte eine Arbeit zu erledigen, und er sollte sie nicht auf die lange Bank schieben, zumal wenn die Pflicht so schmerzlich war wie diese.

Er konnte nicht zulassen, daß irgendeine Putzkolonne kam und ihr Leben in einen Müllcontainer warf. Sie hatte Besseres verdient als das.

Er überquerte die Sixth Avenue, ging am Waverly Place entlang, strebte auf das vornehme alte Gebäude zu, in dem Maria gewohnt hatte. Jetzt herrschte reges Leben auf der Straße, der Zeitungsverkäufer an der Ecke von Washington Place bot die *Post* und die *Times* feil, wütender Verkehr verstopfte die Avenue, Leute betraten und verließen das McDonald's an der Ecke.

Er liebte das alles, betrachtete jedes Teilchen davon als Zeichen der unendlichen Gnade des Herrn. Die über die Straße flatternde Zeitung, die kleinen Mädchen in ihren Uniformen auf dem Weg zur Our-Lady-of-Grace-Schule, die Jungen in blauen Mänteln hinter ihnen, die mit ihren Schalen klappernden Bettler, den vom Wind vorbeigetragenen Duft nach Kaffee und bratendem Speck, ein Müllauto, das sich mit den Abfällen des gestrigen Tages vollstopfte, und über allem das gütige und hoffnungsvolle Licht der Sonne.

An einem solchen Tag, umgeben von all diesem prallen Leben, konnte er nicht gänzlich grau und von Kummer erfüllt sein, also hob er den Kopf, schritt munterer aus und flüsterte den Namen des Herrn.

Dann hatte er das Gebäude erreicht. Er blieb an der Schwelle stehen, ging hinein. Er stellte sich dem Pförtner vor, nicht dem, den er schon einmal gesehen hatte. »Ich bin

Father John Rafferty. Ich bin gekommen, um mich um Miss Juliens Sachen zu kümmern.«

Der Pförtner nickte. »Es ist ein Jammer!« Seine Augen waren leer. Alle hatten Maria geliebt.

»Ein ganz großer Jammer.«

Er gab John einen Schlüssel. »Sie war die schönste Frau, die ich je gesehen habe. Eine Schönheit wie sie – wer bringt so jemanden um?«

»Das fragt man sich.«

»Ein Tier, würde ich sagen.«

»Nein, Tiere morden nicht. Außer Ratten.«

»Dann war es eine Ratte. Eine Kanalratte!«

John fuhr mit dem elegant vertäfelten Fahrstuhl in den sechsten Stock. Wie gut er sich an den flüsternden Teppich erinnerte, an das Geräusch seiner Schritte. Und dort, dort an dieser Tür – der Schrein.

Sie stand da, glühend, ihr Gesicht war wieder erhoben, und er schmeckte den Geschmack des Kusses, Tränen strömten herab, und er war blind und mußte stehenbleiben und sie abschütteln.

Er war von Kummer überwältigt, als er den Schlüssel ins Schloß der eierschalenweißen Tür steckte. Er ging hinein, bewegte sich mit der übertriebenen Behutsamkeit eines Mannes in einem Museum, dann zog er die Tür hinter sich zu. Er stand in einer kleinen, konventionellen Diele. Rechts ein herunterklappbarer Tisch, darüber ein farbstarkes abstraktes Gemälde, das erste Qualität zu sein schien. Ein kleiner, sehr kostbarer Orientteppich bedeckte den Boden. Außerdem war da ein Duft, ein vertrauter. Links fand sich die Erklärung: ein hoher, offener Krug, gefüllt mit einem superben, selbsthergestellten Potpourri, dessen Duft genau dem von Marias Parfum entsprach. Eine sorgfältig abgestimmte, elegante Note – so schmerzlich, so ganz Maria.

Dieser Duft! Patschuli, Ingwer, Zitrone – das war die Essenz der Frau, die er gekannt hatte. Dieser Duft und die

Bücher in diesem Wohnzimmer – das war seine Maria. Er bewegte sich zwischen ihnen wie ein Gespenst. Da war der vertraute, vielbenutzte Richard Hugo, und hier der Ginsberg, aus dem sie beide so oft vorgelesen hatten, hier der Ossip Mandelstam und diese fabelhafte Carolyn Forche, *Gathering the Tribes*. John griff danach, erinnerte sich. Erst vor ein paar Tagen hatte sie sich über den kleinen Tisch bei Lanciani gebeugt... Die Nachmittagssonne war auf ihr Gesicht gefallen, und sie hatte geblinzelt. »Erinnerung geht weit in die Tiefe«, hatte sie in diesem kleinen, von Gebäckduft erfüllten Raum geflüstert. Dann hatte sie gelesen:

»Sie ist eine gute Frau, wandelnd
im Körper eines verkrüppelten Strauchs...«

Wie seltsam, daß Worte manchmal imstande sind, den Fluß des Ewigen einzufangen!

Das Zimmer, das Maria gewesen war, war so still.

Wie konnte ein Mensch nur einen anderen umbringen, wo Leben doch so reich ist an Sinn und ein so starker Ausdruck der Allgegenwart Gottes? Wie hatte jemand das tun können? Ihr Schädel war eingeschlagen gewesen. Es mußte ein ungeheuerlicher Mut dazu gehören, einen anderen Menschen zu vernichten – oder eine ungeheure innerliche Taubheit.

Er wollte es nicht, aber wie er da in ihrer Wohnung stand, ließ er seinem Haß auf den Mörder freien Lauf. »Gott«, sagte er. »Ich möchte, daß du ihn niederschmetterst in den tiefsten Abgrund der Hölle.« Seine Stimme war dick und trokken, und er empfand plötzlich den bitteren, machtlosen Zorn der Kindheit, die Wut eines kleinen Jungen, der zu etwas gezwungen wurde, das er verabscheute.

Er zog einen Band aus dem Regal: *Juliette* vom Marquis de Sade.

Sein Unbehagen vertiefte sich. Nachdem sie sich Projekten hingegeben hatten wie dem, das Gebet zu einer Kunstform zu machen, war sie in diese stilvolle Wohnung zurückgekehrt, um de Sade zu lesen. Novenen, Meditationen, Experimente mit ständigem Gebet – und Perversion.

Er stand auf. Er hoffte, daß ihr Interesse rein intellektueller Natur gewesen war. Redete sich ein, daß er keinen Anlaß hatte, lüsterne Absichten vorauszusetzen, stellte das Buch wieder ins Regal. Dann holte er tief Luft, zwang sich ganz bewußt zur Ruhe. Immer noch wollte er sie rufen, ihren Namen aussprechen. Das Gefühl, etwas versäumt zu haben, war sehr stark. Er sehnte sich nach einer Ehe, die er nicht gelebt hatte.

Sein Herz war krank vor Kummer, aber er setzte seine Erkundung fort. Sich zwischen den Artefakten ihres Lebens aufzuhalten war in gewisser Hinsicht eine Erleichterung. Er konnte es nicht ertragen, zu bleiben; er wollte nie wieder gehen.

Ihr Schlafzimmer war entzückend feminin. Wie oft hatte er sich gefragt, wie es sein würde, neben ihr aufzuwachen. Und dies wäre das Bett gewesen, dieses Himmelbett mit der Überdecke aus Spitze.

Auf ihrem Schreibtisch sah er ein paar Rechnungen – Telefon, Bloomingdale's, Garagenmiete. Sie hatte ein prachtvolles Mercedes-Cabrio von 1960. In all den Jahren ihrer Bekanntschaft hatte er nie gefragt, womit sie sich ihren Lebensunterhalt verdiente. Jetzt, als er ihre Papiere durchsah, fragte er.

Alles auf dem Schreibtisch war ganz normal, bis zu der Benachrichtigung vom History Book Club, daß sie bestellen müßte, sofern sie nicht per Post eine Biographie von Stonewall Jackson erhalten wollte.

Er öffnete die Doppeltür des Schrankes. All die vertrauten Kleidungsstücke waren da, und bei ihrem Anblick schluchzte er laut auf. Er klammerte sich an die Tür, mit geschlossenen Augen.

Dann sah er Leder. Er zog ein Kleidungsstück heraus. Es war ein merkwürdiges Ding, ein lederner Umhang mit Kapuze. Er erinnerte sich an die Frage der Detektivin, ob sie etwas mit irgendwelchen Kulten zu tun gehabt hätte, und zwängte das seltsame Kleidungsstück wieder in den Schrank.

»Sie hat ihre Wohnung in Ordnung gehalten.« Er fuhr herum, erschreckt von der Stimme. Da stand Detective Pearson. Sie lächelte, kam näher. »Es überrascht mich nicht, daß Sie hier sind, Father. Wir haben schon herausgefunden, wie Sie zueinander standen.«

»Sie sind mir gefolgt?«

»Nicht direkt. Mrs. Communiello wußte nicht, wo Sie hingegangen waren, also habe ich geraten. Gut geraten.« Sie zündete sich eine Zigarette an, inhalierte tief. »Hübsches Schlafzimmer«, sagte sie.

»Ja.«

»Haben Sie es zusammen eingerichtet?« In ihrer Stimme lag eine Anspielung, und das machte ihn wütend. Weshalb war sie hergekommen, weshalb hatte sie ihm nachspioniert? Wie konnte sie das wagen! Sie blies Rauch in das Zimmer. »Das Testament ist gefunden worden. Es lag in ihrem Schließfach bei der Chemical Bank an der West Fourth. Sie sollten sehr erfreut sein.«

»Erfreut?«

»Versuchen Sie nicht zu schauspielern. Darin sind Sie nicht sonderlich gut.«

»Schauspielern? Was meinen Sie damit?«

»Sie hat Ihnen zweihundertfünfundfünfzigtausend Dollar hinterlassen, dazu eine Lebensversicherung über dreißigtausend Dollar und das gesamte Inventar dieser Wohnung.«

Er fand die Bettkante und setzte sich.

»Father, Sie sollten mir alles sagen, was Ihnen durch den Kopf geht.« Sie zog unter dem Bett einen breiten, mit goldenen Nieten besetzten Gürtel hervor. John hatte solche Gürtel in dem Schaufenstern von Sexshops gesehen. Sie lächelte dünn.

»Sie wollten dieses Zeug beiseiteschaffen, stimmt's?« Sie ließ den Gürtel gegen ihren Oberschenkel klatschen. »Kann ich Ihnen nicht übelnehmen. Aber wir waren zuerst hier.« John hörte sie wie aus weiter Ferne. Liebesnest. Perverser Sex.

Sein erster Impuls war, Marias guten Namen zu verteidigen, doch dann begriff er die Bedrohung seines eigenen Priestertums.

Die ganze Nachbarschaft wußte, daß er oft mit Maria zusammengewesen war. Jetzt völlig hilflos, ohne auch nur den Schatten einer Erwiderung, sah er Kitty Pearson an. Er fühlte sich angerührt von der Schönheit in ihrem Gesicht, zusammen mit dem Zorn und dem Abscheu und der tiefen Verletztheit, die er gesehen hatte, als seine Augen zum erstenmal auf sie fielen. »Meine einzige Unklugheit war, daß ich ihr Freund war. Ich habe mir nicht das Geringste vorzuwerfen.«

»Hören Sie, Father. Ich habe einen Job zu erledigen, und manchmal ist es kein angenehmer Job. Sie scheinen ein netter Mann zu sein. Und nach dem, was ich auf der Straße über Sie höre, sind Sie ein guter Priester. Ein verdammt guter Priester. Aber das Opfer ist in Ihrer Kirche gestorben, zu einer Zeit, als sie verschlossen war. Sie hat Ihnen alles hinterlassen. Sie standen in irgendeiner Art von Verhältnis zu ihr.« Sie hob den Gürtel, ließ ihn etwas härter gegen ihren Oberschenkel klatschen. »Vielleicht war es ein sehr sensibles, ungewöhnliches Verhältnis.«

Das war schlimmer als reine Bloßstellung, viel schlimmer. »Sie glauben, ich hätte Maria ermordet?«

»Ich wollte, es wäre so einfach. Offiziell gehören Sie zu den Verdächtigen, aber das ist nichts, worüber Sie sich aufregen müßten.« Sie verstummte, warf den Gürtel aufs Bett.

In ihrer Geste lag Abtun, im Aufblitzen ihrer Augen Verachtung.

»Ich habe nichts getan, habe nicht mit ihr geschlafen, und schon gar nicht – dieses andere Zeug. Ich bin noch nie weiter gewesen als bis zur Tür dieser Wohnung. Indem ich sie liebte, ihr Freund war, habe ich einen entsetzlichen Fehler begangen. Aber ich mußte es tun, um ihres Seelenheils willen. Dies mag schlimm aussehen, aber ich habe nichts Schlechtes getan.«

Sie starrte ihn an, ein ernstes, anklagendes Kind.

Er versuchte, sich zu verteidigen. »Ich bin gekommen, um zu sehen, was von ihr noch da ist. Schließlich muß ich mich darum kümmern.«

Sie nickte. Ihre Augen verrieten Zorn und dahinter Enttäuschung.

»Bitte, glauben Sie mir, hier geht es um mein Überleben. Mein Priestertum ist meine Seele. Wenn Sie mein Priestertum vernichten, vernichten Sie mich.«

Mit auf die Brust gesenktem Kinn bedachte sie ihn mit einem harten Blick. »Ich finde, Sie sollten sich schämen.«

»Oh, nein.« Aber seine Kehle war trocken, seine Stimme nur ein Flüstern. Ihm war fürchterlich übel. De Sade, Leder, ein nietenbesetzter Gürtel – das war so häßlich, so schmutzig, so unglaublich traurig. Maria war irgendwie pervers gewesen – vielleicht sogar eine Hure mit einer Spezialität.

Er erinnerte sich an ihr liebliches Gesicht. Er wollte nicht, daß diese Polizistin sah, wie er weinte, und deshalb verließ er die Wohnung, schlich sich hinaus wie, das wußte er, ein schuldiger Mann.

Sie stand da und sah zu, wie er ging, nachdenklich rauchend.

Er fuhr im Fahrstuhl nach unten, zusammen mit einer jungen Frau ganz anderer Art, ruhig und selbstbewußt, sogar elegant, mit anmutig gewelltem Haar. Er ertappte sie dabei, wie sie seinen Kragen betrachtete, und lächelte ein wenig.

Sie kam ihm bekannt vor, aber schließlich kam ihm fast die Hälfte der ständigen Bewohner des West Village bekannt vor.

Draußen lag leichter Rauchgeruch in der Luft, das Überbleibsel irgendeines Brandes. Hatte er in der Nacht nicht Sirenen gehört? Wie klein ist die Flamme, winzig in der Dunkelheit, die den Flieder des Lebens in Erinnerung verwandelt!

Er steckte die Hände in die Manteltaschen, lehnte sich in den Wind und machte sich auf den Heimweg.

6

Am gleichen Morgen, dem Morgen von Marias Beisetzung, hielt Frank die Frühmesse ab. Er mußte sich in diese Pflicht hineinschleppen; John war dazu außerstande. Er war kein Schauspieler, und die seinem Amt angemessene tragische Miene, die er aufgesetzt hatte, konnte kaum die wahre Tiefe seines Schmerzes verbergen.

Die Qual, die es ihm bereitete, diese Messe abzuhalten, wurde noch größer, als ihm klarwurde, daß Tom Zimmer an ihr teilzunehmen gedachte. Normalerweise waren Toms Gewohnheiten außerordentlich regelmäßig. Er nahm sonntags an der Acht-Uhr-Messe teil. Bei den Gottesdiensten an den Wochentagen tauchte er nie auf. Und bis heute hatte er auch noch nie unmittelbar vor dem Altar gesessen.

Eine innere Spannung spiegelte sich in seinen Wangen, zog die Haut so straff, daß es fast so aussah, als bestünde sie aus dünnem Leder. John hatte einmal gesagt, dieser Mann wäre eine Art Heiliger. Frank vertrat eine andere und – davon war er überzeugt – richtigere Ansicht. Tom Zimmer war geistesgestört. Seine Augen waren bösartig, nicht mystisch. In ihnen lag Hunger.

Frank fuhr mit dem Gottesdienst fort, versuchte, ihn nicht anzusehen. Er hob die Hostie. »Dies ist das Lamm Gottes, das auf sich nimmt die Sünden der Welt. Selig sind, die zu seinem Mahl gerufen sind.«

Nun war es getan, das Brot mit dem lebendigen Christus erfüllt. Aber man sehe sich Zimmer an! Er lächelte. Weshalb zum Teufel tat er das? Und weshalb so sardonisch? Wußte er über Frank und Maria Bescheid? Verrückte waren manchmal unglaublich scharfsinnig. Bei seiner Art, herumzuschleichen wie ein Dieb, hätte er Frank ohne weiteres zu Marias Haus folgen können. Der Rest wäre eine Reihe von zutreffenden Vermutungen gewesen.

Frank bemühte sich, seine Konzentration zurückzugewinnen. Dies war der entscheidende Moment, die Magie. »Herr, ich bin es nicht wert, dich zu empfangen, aber sprich nur das Wort, und ich bin geheilt.«

Und was ist mit dir, Tom? Bist du geheilt? Oder hast du dich mitten in der Nacht in diese Kirche geschlichen und Maria hier vorgefunden…?

Tom Zimmers Seele schien Aufmerksamkeit zu heischen. Einen Moment lang blieb Frank nichts anderes übrig, als seinen Blick zu erwidern. Tom war ein gräßlicher, ziemlich bizarrer Anblick, mit seiner straffen Haut, seinen rasiermesserscharfen Knochen und seinen winzigen, altersgetrübten Augen.

Frank hatte einmal gesehen, wie er einen Falter bei seinen flatternden Flügeln gefangen hatte. Seine Hand war vorgeschossen, und plötzlich war das Geschöpf nicht mehr dagewesen. Es hatte ein leises Knirschen gegeben, als er es zerdrückte, eine schnelle Bewegung des Handgelenks, als er es in das prasselnde Kaminfeuer warf.

Frank befreite sich aus Toms bannendem Blick. Seine Augen suchten Trost, fanden ihn schnell in den Gesichtern seiner eigenen Leute, der Christos, die in der zweiten und dritten Bankreihe saßen. Dort war Liebe, Liebe und Freundlichkeit und … es waren die Gesichter wachsamer Hunde.

Frank kehrte zu seiner Arbeit zurück, konzentrierte sich abermals auf seine Messe. »Möge der Leib Christi mir das ewige Leben bringen. Möge das Blut Christi mir das ewige Leben bringen.«

Er ging mit seinem Kelch um den Altar herum und begann, die Kommunion zu spenden. »Der Leib Christi«, sagte er zu George Nicastro. »Amen«, erwiderte dieser und eilte zurück in seine Bank. Dann zu einem Mann um die Fünfzig, »Der Leib Christi«, ein weiteres gemurmeltes »Amen«. Sie traten vor wie Lichtblitze, mit ausgestreckter Hand.

Die letzten Kommunikanten kehrten in ihre Bänke zurück, die letzten Gebete wurden gesprochen.

»Die Messe ist zu Ende, gehet hin in Frieden.«

Dann war er wieder in der Sakristei und legte die Meßgewänder ab. Joe Carlotto eilte, nachdem er seine Pflichten als Meßdiener erfüllt hatte, in seine Anwaltskanzlei. Er war eines der gemäßigteren Mitglieder von Christos, und sein Einfluß war nicht zu unterschätzen. Er hielt Hitzköpfe wie George Nicastro im Zaum.

Frank betrachtete sein Gesicht im Spiegel über dem kleinen Waschbecken. Er war erschrocken, wie sehr er sich seit dem Mord verändert hatte. Vorher war Jugend in seinem Gesicht gewesen. Jetzt war da etwas anderes – etwas Verbrauchtes und so Trauriges, daß er es mit der Angst zu tun bekam. Er wendete sich ab.

Die Teilnahme an diesem Trauergottesdienst würde ihm sehr, sehr schwer fallen. Er würde ankämpfen müssen gegen den Jammer, den der Anblick ihres Sarges mit sich bringen würde.

Er ging durch die Sakristeitür ins Pfarrhaus, in der Hoffnung, vor dem Gottesdienst ein wenig allein sein zu können. Betty Communiello würde jetzt die oberen Zimmer saubermachen. Die Küche würde leer sein. Und dort würde vermutlich noch warmer Kaffee stehen.

Doch als er durch die Schwingtür trat, wünschte er sich, er wäre statt dessen in ein Café gegangen. Am Küchentisch, einen dampfenden Becher mit Mrs. Communiellos verbissen gehortetem Kaffee vor sich, saß Detective Dowd.

»Er hat mich über Father John ausgefragt«, sagte Mrs. Communiello. Ihre Stimme war leise, eine anklagende Litanei. »Ich habe ihm gesagt, hier wimmelt es von Verrückten. Ein Priester hier hat sich 1968 umgebracht. Hat sich an den

Sparren aufgehängt, genau über der Stelle, an der es die Lady erwischt hat.« Ihr Blick wanderte von Frank zu dem Detektiv und wieder zu Frank. »Father John – er hat mit ihr geschlafen, sagt dieser Mann.« Sie lachte. »Ob ich mir das vorstellen kann? Ich kann mir alles vorstellen!« Und sie lachte noch lauter.

Frank gefiel diese Wendung ganz und gar nicht. Ihm war ein wenig übel. »Worauf wollen Sie hinaus, Detective?«

»Wir haben auf den Straßen gehört, daß Father Rafferty der verstorbenen Lady sehr nahe gestanden hat. Die Leute, denen die Cafés gehören, haben sie dort ständig zusammen gesehen.«

Frank erkannte sofort die Ironie der Situation. »Sie glauben doch nicht etwa, er hätte – etwas Unrechtes getan?« Heuchler.

Der Detektiv zuckte die Achseln. »Wenn Sie mich fragen – der Mann würde nicht einmal eine Schabe umbringen, die von seinem Teller frißt. Aber wir hören diese Geschichten, daß sie zusammen in diesem oder jenem Café gewesen sind. Also gibt es da ein Verhältnis, das wir nicht verstehen. Und sie hat ihm eine Menge Geld hinterlassen. Ist das ein Motiv? In der Regel. Aber auch in diesem Fall, wenn man bedenkt, daß er Priester ist? Wir wissen es noch nicht.«

Das war eine unglaublich delikate, komplexe Situation. Frank begriff sofort, daß schon der geringste Anhauch eines Skandals aufgrund dieser schrecklichen und allgemein bekannten Affäre die Kanzlei veranlassen würde, ihren lange aufgeschobenen Schritt gegen John zu unternehmen – und er, Frank Bayley, würde das Pastorat bekommen.

Er durfte nicht zulassen, daß er in den Skandal hineingezogen wurde. Seine Übelkeit zerfiel in kalte, beängstigende Messer in seinem Inneren.

Der Detektiv, der sich eine weitere Tasse Kaffee eingeschenkt hatte, war mit Umrühren fertig. »Es ist durchaus möglich, daß Father John ein kleines bißchen herumgespielt hat. Sie war eine schöne Frau. Ein Prachtweib! Ich beneide ihn, falls er etwas mit ihr gehabt hat.«

»Das halte ich für äußerst unwahrscheinlich.« Er verstummte, weil er fürchtete, daß sein Schmerz seine Stimme erbeben ließ. Er erinnerte sich an ihre Worte am Telefon. »Die Kirsche ist entkernt, mein Freund.« Er konnte nicht zulassen, daß die dumpfen und fürchterlichen Gefühle, die diese Worte in ihm ausgelöst hatten, wieder aufwallten.

Betty schnaubte. »Unwahrscheinlich«, wiederholte sie, und ihre Stimme triefte vor Hohn. Sie hatte zu lange für Priester gearbeitet. Frank beschloß hier und jetzt, sie in Pension zu schicken, wenn er je das Pastorat übernehmen sollte. Aber im Augenblick hatte er das Gefühl, unbedingt etwas sagen zu müssen, das ihre offenkundige Verachtung für ihren Arbeitgeber neutralisierte. »John Rafferty geht in seinem Priesteramt auf, Lieutenant.«

»Ich bin Sergeant, Father. Die Lady ist der Lieutenant.«

»Entschuldigung.«

»Wir wollen herausfinden, wer die Tote umgebracht hat, aber nicht unbedingt, wer ein Verhältnis mit ihr hatte, verstehen Sie? Es sei denn, da besteht ein Zusammenhang – was oft der Fall ist.«

»Ja, natürlich.«

»Also geht ihr Priester eurer Arbeit nach und betet weiter.« Er leerte seinen Becher mit drei großen Schlucken. »Und wir sehen zu, was sich ergibt.«

Frank war sich bewußt, daß der Detektiv versuchte, sich eine Meinung über ihn zu bilden. »Ich muß meine Morgengebete sprechen. Und dann haben wir den Trauergottesdienst.«

»Seit wann arbeiten Sie schon hier?«

»Ich wurde der Gemeinde im September 1986 zugewiesen.« Wie gerissen der Mann war! Ganz plötzlich wurde Frank verhört.

»Rafferty?«

»Der ist hier seit dem Zweiten Kreuzzug.«

»Tut mir leid, ich kenne den katholischen Kalender nicht.«

»Er kam in den Sechzigern. Er ist also seit fünfundzwanzig oder dreißig Jahren hier. Viel länger, als er eigentlich sollte.«

»Sie meinten die Kreuzzüge – vor Hunderten von Jahren? Das sollte ein Witz sein, stimmt's?«

Franks Denken schien sich um sich selbst zu drehen. Er sah Maria, wie sie vor dem Schlafengehen ihr Haar bürstete, und er hörte das Knistern in ihren schwarzen Locken. Er mußte unwillkürlich einen Laut von sich gegeben haben, denn der Detektiv warf ihm einen mißtrauischen, berechnenden Blick zu. »Glauben Sie, wir müßten jemanden verdächtigen, den Sie beim Namen nennen können?«

»Das Verbrechen wurde von einem Außenseiter begangen.«

»Die Kirche war abgeschlossen...«

»Viele Leute haben einen Schlüssel. Dieser Bau ist an die hundertfünfzig Jahre alt!«

»Aber es ist ein Medeco-Schloß. Das ist keine hundertfünfzig Jahre alt. Wir haben die Seriennummer überprüft. Es ist vier Jahre alt.«

»Sehr beeindruckend. Aber ich kann dazu nur sagen: kein Priester hat etwas damit zu tun. Haben Sie das gehört? *Kein Priester*!« Klang seine Stimme so zittrig, wie er sich fühlte? Wirklich kein Priester? Nicht einmal Father Tom?

So, jetzt war der Gedanke an der Oberfläche. Tom Zimmer konnte in jener Nacht durchaus in der Kirche gewesen sein, und Frank hatte das Gefühl, daß er voller Gewalttätigkeit steckte.

Priester brechen ihr Zölibatsgelübde nicht – aber es kommt vor. Sie begehen keine Verbrechen – aber es kommt vor. Sie begehen nie, nie einen Mord – aber es kommt vor.

Dowd zuckte die Achseln. »Irgendetwas ist in dieser Kirche passiert, bei dem eine Frau ums Leben kam. Und sie war mit einem der Priester befreundet. Eng befreundet.«

»Ich will davon nichts hören! Ich will davon einfach nichts hören!«

Dowd zuckte abermals die Achseln, mit offener Unverschämtheit. Frank hätte ihn am liebsten zusammengeschlagen. Der Detektiv fuhr fort: »Es gibt eine Menge Priester, die sehr unglückliche Männer sind. Einer stellt fest, daß er an zweihundert Riesen kommen kann, indem er einfach eine Puppe kaltmacht...«

»Das ist pure Vermutung. Phantasie.«

Dowd seufzte lang und tief. »Ich kann dazu nur sagen, Father, die Kirche war fest verschlossen. Wir haben kein einziges offenes Fenster gefunden, keine offene Tür.« Er zog die Unterlippe ein, ließ die oberen Zähne sehen. »Wenn es kein Priester war, dann eben ein anderer Insider. Das können Sie mir glauben.«

Er ging ohne ein weiteres Wort. Er verließ das Haus durch die Hintertür, die er leise hinter sich zuzog. Frank sah ihm nach, wie er in der schmalen Gasse verschwand. Betty begann mit ihrer Kaffeekanne zu klappern. »Polizisten trinken dieses Zeug, als wäre es Wasser. Mistkerle!«

Das Zuschlagen der Vordertür verkündete Johns Rückkehr. Seine Miene sagte Frank, daß auch er Sorgen hatte.

»Ich muß die Kanzlei anrufen«, sagte er. »Ich glaube, ich habe da ein Problem.«

»Detective Dowd ist gerade gegangen.«

»Frank, ich stecke in Schwierigkeiten. Sie glauben, ich wäre ihr Geliebter gewesen. Und sie hat mir eine Menge Geld hinterlassen.«

Betty hörte auf zu arbeiten, verharrte reglos, gebückt, als betete sie zum Küchenfenster. Auf ihrem Gesicht lag ein Lächeln. Frank konnte es sehen.

»Das hat Mr. Dowd mir soeben mitgeteilt«, sagte er. Ein neues Elend hatte sich aufgetan. Die Polizei würde mit den

Pförtnern reden, mit den Nachbarn. Es war möglich, daß sie feststellte, daß Frank Maria besucht hatte.

Aber natürlich war es auch möglich, daß sie es nicht herausbekam. Er war verdammt vorsichtig gewesen. Mit seinem Schlüssel war er unbemerkt am Pförtner vorbeigekommen. Aber sie hatte es, nur so zum Spaß, ein- oder zweimal darauf angelegt, daß er im Foyer gesehen wurde. Würde sich das als verhängnisvoll erweisen?

»PRIESTER IN DREIECKSVERHÄLTNIS MIT ERMORDETER ERBIN.«

Das würde noch die höflichste der Schlagzeilen sein.

Aber Mord... einen schweren Gegenstand nehmen und damit auf ihr Gesicht einschlagen? Nein.

Die Tür klappte abermals, die Diakone und Meßdiener trafen ein. Der Trauergottesdienst sollte in wenigen Minuten beginnen; es blieb kaum genug Zeit zum Umkleiden.

»Ich war in ihrer Wohnung«, sagte John. »Detective Pearson ist mir offenbar dorthin gefolgt.«

»Die Verstorbene wird hereingebracht«, sagte einer der Diakone. Das hieß nur, daß sie beide spät dran waren. Ohne ein weiteres Wort machte sich John auf den Weg in die Sakristei. Frank folgte seinem Pastor.

Sie kleideten sich schweigend an, auf Johns Wunsch in Weiß. Frank zog das Chorhemd über. Ein paar Jahre zuvor hatten sie neue Chorhemden bekommen, die Achseltuch und Gürtel unnötig machten. Er küßte seine Stola und legte sie sich um den Hals, dann warf er mit einer gewandten Kopfbewegung die Kasel über und ließ sie hinter sich herunterflattern.

John mühte sich noch immer mit dem Knoten seines Gürtels ab, während die Diakone ihre Dalmatiken anlegten und sich anschickten, den Kirchenraum zu betreten.

Schließlich waren alle fertig und reihten sich für den Einzug auf. John hüstelte nervös. »Gehen wir«, sagte er in rauhem Flüsterton. Glockengeläut war Ermessenssache in dieser Kirche, aber bei Johns Messen gefordert. Das war der Traditionalist in ihm, der Teil, den Frank ehrlich respektierte. Als er eintrat, zog er am Seil, und das Läuten brachte jedermann im Kirchenschiff mit einem großen Aufbranden von Geräuschen auf die Beine.

Wie er befürchtet hatte, schnitt der Anblick des Sarges eine frische Wunde in Franks Herz. Doch alles, was er von sich gab, war ein einziger, erstickter Laut.

John war stehengeblieben. Er starrte auf den Altar. Frank folgte seinem Blick und war gleichfalls verblüfft von dem, was er sah. Nicht nur der Altar, sondern auch seine ganze Umgebung war mit Blumen bedeckt. Nicht einmal bei der Beerdigung von Don Frederico Manzini hatte es so viele Blumen gegeben. Auf dem Sarg, einem schlichten, grauen, von John ausgesuchten Kasten, lag ein duftendes Gebinde aus Gardenien, Rosen und anderen Blüten. Die Frauen von der Altar Society hatten das Budget für den Rest des Jahres ausgegeben. Ihr Tun hatte einen eigentümlichen Sinn: sie liebten ihren Pastor und wußten, wieviel Maria ihm bedeutet hatte. Sie gaben ihren Gefühlen Ausdruck – ohne jede Anspielung auf die moralischen Implikationen.

Als er sich dem Altar näherte, senkte John das Kinn in der für ihn typischen Pose der Mißbilligung. Er glaubte nicht an Blumen für die Toten; schließlich versuchte er, Woche um Woche Hunderte von Obdachlosen zu speisen.

Frank war fast fassungslos, und er war dankbar für die Blumen. Jetzt begriff er, welche Rolle Blumen bei Beerdigungen spielten: die Eleganz ihres Todes spendet Trost.

Oh, Maria, wohin bist du gegangen? Wie kann ich jetzt weitermachen, jetzt, da ich dich gekostet habe?

Wie hypnotisiert betrachtete Frank den Sarg mit Augen, die nach irgendeinem Zeichen hungerten. Die Frau ist das wesensmäßig Andere, das Symbol all dessen, was der Mann im Dunkeln verbirgt – seine Weichheit, seine Tränen, seine Verletzlichkeit. Das fröhliche Lachen, die ungeheure Kraft, die bemerkenswerten Bedürfnisse, die verführerische Stimme: »Du kannst mich küssen, Frank. Ich werde Gott sagen, daß es diesmal nicht zählt.«

Die Totenmesse wurde in all ihrer Feierlichkeit, in all ihrer Schicklichkeit zelebriert. Frank blickte hinauf zu der spitz zulaufenden Decke, zu den gewaltigen Eichenbalken, die sie trugen. Die Balken waren so alt, daß sie buchstäblich unersetzlich waren. Auf dem gesamten amerikanischen Kontinent gab es heute keine Eiche mehr, die groß genug war, um solche Balken zu liefern. Außerdem waren sie auf sehr alte Art bemalt und sahen aus, als liefen Ranken um sie herum. Die Malerei war inzwischen verblichen, was nur zu ihrer Schönheit beitrug, die verschlungenen grünen Ranken mit ihren kleinen rosa Rosen, zum Gedenken an den ersten Rosenkranz, der aus den gesegneten Händen der Muttergottes stammte und aus Rosenknospen bestanden hatte. So war der Glaube entstanden, daß das Ave Maria in der anderen Welt den Duft einer Rose hat, und er selbst war überzeugt, daß das Vaterunser nach Maiglöckchen duften mußte.

Was für ein bemerkenswerter Ort dies war, mit so eleganten und anmutigen Linien, so raren Materialien. Hier vermischte sich ein Gefühl des Friedens mit der Trauer über den Verlust. Es sollte auch heute noch so große Eichen geben. Es sollte noch Handwerker geben, die imstande waren, das großartige marmorne Taufbecken zu reparieren und die an ihren Ranken verblichenen Rosen nachzumalen.

Und die prachtvollen Buntglasfenster, vor mehr als hundertfünfzig Jahren aus Deutschland importiert, in einem Fenster das Drama der Verkündigung, in einem anderen die Glorie der Heimsuchung. Die Fenster lebten, in ihnen wandelte die Jungfrau auf ewig mit leichten Füßen auf rosigem Tau, mit dem bärtigen alten Ehemann, der hinter ihr herschritt, und mit ihrem Kind an der Brust.

Maria auf ihrem Altar, Joseph auf seinem; in M. and J. waren vermutlich mehr Katholiken verheiratet worden als in jeder anderen New Yorker Kirche, St. Patrick nicht ausgenommen. Sie war sehr beliebt, und John erteilte anderen Priestern routinemäßig die Genehmigung, hier zu amtieren.

Wie grausam ein Gedenkgottesdienst sein kann, wie langsam ihm alles vorkam, als er sich darauf vorbereitete, das vertraute Ritual zu vollziehen.

Die Chorknaben hatten wieder einmal das Weihrauchfaß überladen, und bei jeder Verehrung des Altars entströmte ihm eine erstickende Wolke. Als er selbst noch Chorknabe gewesen war, hatten sie Schwefel in den Weihrauch gemischt und den Abendmahlswein des armen Father O'Dell mit Whiskey vertauscht. Sie waren Racker gewesen, richtiggehende Teufel.

Das Evangelium wurde verlesen, aber Frank hörte kein Wort. Erst als John mit seiner Predigt begann, erwachte er aus seinem Schmerz. Im Hintergrund der Kirche standen Fernsehkameras, und als er die Kanzel bestieg, hoben sich ihre Scheinwerfer und ließen ihn bedeutender erscheinen. Er sah stolz und stark und gut aus da oben, seine Hände umklammerten das Geländer.

Was empfand er jetzt? Wie konnte er die Kraft hierfür finden? Die Monsignores Quindlan und Hanratty saßen unmittelbar unter ihm. Auch die Detektive waren da, beobachteten ihn auf ihre unangenehme Art, mit rastlosen Augen. Hanrattys kahler Schädel war rot, die Adern pulsierten. Quindlan trug seinen üblichen leutseligen Ausdruck zur Schau. Offenbar reichte nicht einmal die Beisetzung einer ermordeten Frau aus, ihn zu ändern. Vielleicht überhaupt nichts.

Dann sprach John. »Sie war eine Freundin – der Kirche, der Gemeinde und von mir. Ich habe heute morgen erfahren, daß sie mir eine beträchtliche Summe Geldes hinterlassen hat. Es wird den Wohlfahrtseinrichtungen der Kirche und unseren vielen Gemeindeprogrammen zugutekommen.

Als ich sie hier in dieser Kirche tot vorfand, war mein erster Impuls, die Person zu hassen, die uns dieses kostbare und geliebte Leben geraubt hat. Wie viele von Ihnen wissen, stand Maria mir sehr nahe. Ich schäme mich dessen nicht, und ich mache kein Geheimnis daraus. Ich war ihr Beichtvater, sie mein Beichtkind. Wenn ich an sie denke – meinem Herzen so teuer...« Er hielt inne. Sein Schmerz war nicht zu übersehen. »Wenn ich daran denke, wie das Leben ohne sie sein wird...« Wieder hielt er inne. Es hörte sich zu sehr an, als spräche er von seiner Frau. Viel zu sehr.

Die Pause wuchs, und Frank begann zu hoffen, daß nicht noch mehr kommen würde.

Ein innerer Kampf tobte in dem geschwächten Mann auf der Kanzel. Schließlich hob er den Blick. Der Kampf war gewonnen; er fuhr fort. »Ich werde dich vermissen, Maria Clarissa Julien. Wir alle werden dich vermissen. Und jetzt müssen wir, als Christen und als Katholiken, uns dem Thema der Vergebung zuwenden. Allerdemütigst und vor Gott sagen wir demjenigen, der unsere Schwester Maria ermordet hat, Dank für diese einzigartige Chance zur Vergebung. Im Namen unseres Herrn Jesus Christus...« Wieder verstummte er. Die Tränen, die ihm über die Wangen strömten, besagten, daß er diesmal nicht fortfahren konnte.

Frank zwang sein Gesicht zu absolut hölzerner Leere. Es war eine Katastrophe. Gott allein wußte, was die Fernsehleute damit anfangen würden. Armer John, arme Kirche, arme Priesterschaft!

John kehrte zum Altar zurück und fuhr mit seiner Messe fort. Für Frank schienen die Kirche, die Gemeinde, der Sarg in weite Ferne zu schweben. Und man sehe sich jetzt Quindlan an, die Berechnung in diesen freundlichen Augen! Dies war der Fehler, der John sein Pastorat kosten würde.

Zu seiner eigenen Bestürzung entdeckte Frank, daß in ihm ein Verräter wohnte, und der Verräter war froh.

Nein. Er mußte dieses Gefühl sofort beichten.

Die Glocken läuteten abermals, und John erhob die Hostie. Bei der Kommunion kamen auch Dowd und Pearson nach vorn, um des Sakraments teilhaftig zu werden.

Auch die beiden Monsignores kamen nach vorn. Sie hatten ihre Position in dieser Sache eindeutig klargemacht, indem sie die Messe nicht mitzelebrierten.

Als die Kommunion beendet war, näherte sich John mit seinen Diakonen dem Sarg und vollführte die letzten Abschiedsriten. Zuerst salbte er ihn mit dem immer noch spuckenden Weihrauchfaß, dann ließ er sich vom Ersten Diakon das Aspergill reichen und besprengte den Katafalk auf ganzer Länge mit Weihwasser.

»Herr, gib ihr die ewige Ruhe«, sagte John. Dann wich er von der traditionellen Abschiedslitanei ab. Seine Stimme tönte tief und aufrichtig, ihr Timbre füllte die Kirche. »Und nun wollen wir ihrer gedenken mit dem Gedicht, das sie am meisten liebte.« Er schloß die Augen.

»Wie solln sich Lichter heben, ihnen zum Geleit?«, sagte er, und seine Stimme war rauh vor Schmerz.

»In Knabenaugen, nicht aus Knabenhänden,
solln sie den heilgen Glanz des Abschieds spenden,
und blasse Mädchenbraue sei ihr Totenkleid,
die Blume sei geduldig Sanftmut, stiller Seelen Drang,
langsame Dämmerung, des Abends Abgesang.«

Er stand da, sein Kopf zitterte ein wenig, der Widerhall seiner Worte bebte in der Luft. »Es wird keine Prozession geben und keinen Grabritus«, sagte er, »sie wird uns hier verlassen. Ich will keine bösen Worte über sie hören, denn ich habe sie geliebt.« Daraufhin hustete Quindlan laut. Die Scheinwerfer der Fernsehleute ließen die Blumen auf dem Sarg aufschimmern.

Johns Stimme senkte sich zu einem heiseren Flüstern. »Ich habe sie geliebt. Alle sollen es hören! Es ist wahr. Und mein Herz ist von Kummer erfüllt. Oh ja – der Priester ist schwach.«

Er machte kehrt und eilte hinaus, überließ es Frank und den Diakonen und den Meßdienern, ihm zu folgen. Frank sah, wie der schmale Rücken entschwand, die Gewänder flogen. Er war so schockiert, daß er mehrere Sekunden brauchte, bis er ihm folgen konnte.

Manchmal gelangt ein großer Mann am falschen Ort zur Blüte, und auf die falsche Art. Es war ihm zuwider, einen Mann zu bedauern, den er so sehr respektierte. »Der Priester ist schwach!« Das hatte er tatsächlich gesagt. Er hatte es vor laufenden Fernsehkameras gesagt.

Natürlich stimmte es. Aber warum mußte er es aussprechen? John würde argumentieren, daß Priester auch Menschen seien, weshalb sollten sie mit unmöglichen Maßstäben gemessen werden?

Der Priester ist schwach.

ERMITTLUNGEN

Kitty Pearson betrachtete das Single-Dasein als Hobby, für das sie keine Zeit hatte. Wenn es spät war, und sie war allein, ertappte sie sich manchmal bei dem Wunsch, geliebt zu werden. Aber in der Regel nicht. Gewöhnlich dachte sie an ihre Fälle, wenn sie allein war. Jetzt war sie müde und fühlte sich ein bißchen mies, weil sie die ganze Nacht aufgewesen war und über Maria Julien nachgedacht hatte. Sie hatte zuviel geraucht, und das war ungesund, und sie hatte so viel Kaffee getrunken, daß sie jetzt völlig überdreht war. Ungeachtet all der Zigaretten hatte sie außerdem einen großen Becher gefrorenen Elan-Schokoladenjoghurt verspeist und mindestens zwanzig Graham-Kracker.

Während sie durch das trostlose Reviergebäude mit seinen gekachelten Wänden und seinem Linoleumfußboden streifte, zog sie den Bauch ein, ein unwillkürlicher Versuch, zu verbergen, daß sie zuviel gegessen hatte.

Dowd wanderte im Bereitschaftsraum herum, und seine neuen Schuhe knarrten wie alte Fensterläden. War ihm bewußt, wie oft er sich neue Schuhe kaufte, wenn sie mit einem wichtigen Fall nicht vorankamen?

Als er sie ansah, bemerkte sie, daß auch er übernächtigt war. »Am Pier an der Zwölften Straße wurde ein Toter gefunden.«

»Ermordet?«

»Von Hand erwürgt. Aber dann an einen Laternenpfahl gefesselt und mit Benzin übergossen und in Brand gesteckt.«

»Trotzdem nicht dieselbe Handschrift.«

»Nicht ganz.« Er ließ sich auf einen Stuhl fallen, schaute

zur Decke. »Ein Blinder. Name unbekannt. Alter nicht feststellbar, aber vorgeschritten. Wirbel zermalmt wie Papier. Und verbrannt. Aber kein Ruß in der Lunge. Zumindest war er tot, bevor er angezündet wurde, dem Herrn sei Dank.«

»Armer alter Kerl.«

»Ich hasse es, wenn so etwas in unserem Revier passiert. Das wird eine Menge Ärger geben.«

»Er muß von einem Gorilla erwürgt worden sein.«

»Gorillas erwürgen niemanden. Außerdem laufen in Manhattan keine frei herum.«

Sie sah ihn an. »Vielleicht nicht.« Sie war bereit, die Sache mit dem erwürgten Stadtstreicher fallenzulassen. Kriminelle Aktivität ist weitgehend Gewohnheitssache, und es wäre sehr ungewöhnlich, wenn derselbe Mörder sich zwei verschiedener Mordmethoden bedient hätte. Außerdem sind Serientäter außer in Filmen äußerst selten.

Nur daß da ein verbranntes Opfer war – und da war die mit Benzin übergossene Leiche von Maria Julien.

Dowd knüllte die Fotokopie zusammen, die er gelesen hatte, und warf sie über die Schulter. »Also«, sagte er, »müssen wir wieder bei Null anfangen.«

»Ich habe die ganze Nacht über Priester nachgedacht, Sam. Priester und Geld und abartigen Sex. Wollen Sie wissen, zu welchem Schluß ich gekommen bin? Rafferty ist zu bedauern, und sein Verhalten ist widerwärtig. Aber dieser Mann hat niemanden ermordet.«

»Ganz meine Meinung. Und Father Sprachlos und Bayley auch nicht. Keine Motive.«

Sie nahm sich eine Zigarette, zündete sie an, redete darum herum. »Mir ist in der letzten Nacht klargeworden, daß Priester mir irgendwie keine Ruhe lassen. Ich erinnere mich an die Priester von Mount Carmel. Father Palmer und Father Moore. Sie waren heilige Männer. Aber diese Männer – sie laufen gleichfalls mit ihrem Priesterkragen herum, aber sie reagieren auf den Ruf des nietenbesetzten Ledergürtels.« Sie tat einen langen Zug und dachte dabei, daß es bestimmt der Teufel gewesen war, der die Tabakpflanze eingeführt hatte. So gut, so riskant.

»Nur Rafferty. Bayley scheint mir in Ordnung zu sein.«

Kitty konnte nicht anders, sie mußte lachen. »Da haben wir's – wir reden über die Priester, weil wir sonst nichts haben.«

»Ein paar Dinge haben wir.«

»Eine tote Frau in der Mitte eines großen, leeren Raums.«

»Eines verschlossenen Raums. Das ist ein Krimi mit einer Leiche in einem verschlossenen Raum.«

»Krimis. Ich kann diesen Mist nicht ausstehen.«

Sam bedachte sie mit einem seiner traurigen Hundeblicke. Sie konnte auch diese Blicke nicht ausstehen. Ebensowenig wie die Schuhe. »Captain Malcom hat vorhin hereingeschaut.«

»Okay.«

»Der Chief will um drei eine Pressekonferenz zu dem Fall abhalten.«

Als er sah, wie sich ihre Brauen hoben, warf Sam ihr die *Post* in den Schoß. »BLUTIGE KIRCHE.« Die Story war vier Zeilen lang. »Sie hätten eine fünfte Zeile hinzufügen können«, bemerkte sie. »Die Polizei geht davon aus, daß dieser Fall nie gelöst werden wird...«

»Ich habe angeordnet, daß der Blinde kriminaltechnisch untersucht wird. Eine Art Sortieren der Asche.«

»Zeitverschwendung.«

»Man darf nichts unversucht lassen. Vergessen Sie nicht – der Chief ist interessiert«.

Das war das Schlimmste, was einem Detektiv widerfahren konnte. Ein Fall im Rampenlicht ohne irgendwelche Anhaltspunkte. »Hat die Befragung der Nachbarn irgend etwas ergeben?«

»Eine Frau glaubt gesehen zu haben, daß in einer Nacht in der letzten Woche die Kirchentür offenstand.«

»Aber nicht in der richtigen Nacht?«

»Natürlich nicht.«

»Okay, gut, das bringt uns wirklich weiter. Was sonst noch?«

»In der Kirche spukt es. Ein Hellseher möchte die Nacht auf der Chorempore verbringen. Dort wimmelt es von bösartigen Wesen.«

»Also teilen wir das Captain Malcom mit. Wir sagen: ›Teilen Sie dem Chief für seine Pressekonferenz folgendes mit: Es gibt keine offizielle Stellungnahme. Die Polizei steht vor einem Rätsel.‹ Und wir verhören das gesamte Personal in dem Haus, in dem Maria gewohnt hat. Wer ist bei ihr ein- und ausgegangen? Sie sollen Namen nennen, wenn sie können.«

»Ich erinnere Sie nur ungern...«

»Ich weiß verdammt gut, daß sie schon verhört worden sind, Sam. Aber wir tun es noch einmal, und diesmal auf die harte Tour. Wir machen sie fertig.«

»Wie es sich gehört.«

»Das ist mir scheißegal.« Sie sah auf die Uhr, drückte ihre Zigarette aus. »Erste Station, die Hintertür von 158 Waverly. Die Leute von der Mitternacht-bis-acht-Uhr-Schicht machen gerade Schluß. Zeit, ihnen zu sagen, daß wir ihre Arbeitserlaubnis widerrufen können.«

»Die Arbeitserlaubnis?«

»Sie treffen den Nagel auf den Kopf.«

7

Die Erinnerung an den Mord an Maria klebte wie fettiger Rauch an der anmutigen alten Kirche und allen Leuten, die mit ihr zu tun hatten.

Franks Tage bestanden aus öffentlichem Lächeln und heimlichen Tränen und dieser grauenhaften Leere in seiner Brust.

Im Augenblick war er dabei, angestrengt zu joggen, um die Frustration loszuwerden, die Johns Anblick in den Sechs-Uhr-Nachrichten von Channel Five hervorgerufen hatte. Sein schmerzgepeinigtes Gesicht hatte den ganzen Bildschirm ausgefüllt: »Der Priester ist schwach!« Den Mistkerlen in den Medien machte es Spaß, der Kirche eins auswischen zu können.

In einer Viertelstunde hatte er seine Christos-Gruppe, der einzige Lichtblick an einem Tag, zu dem eine Diskussion mit dem Finanzkomitee gehört hatte, eine Vorstandssitzung der Knights of Columbus, die milde Zurückweisung einer Gruppe, die sich Lesbische Irische Katholiken nannte und die Kirche für frauenorientierte Rituale benutzen wollte.

Und dann hatte er die Aids-Gruppe übernommen. Diese Pflicht haßte er mehr als alles andere. Ihre Qualen waren fast mehr, als er ertragen konnte, und normalerweise kümmerte John sich um sie. »Der Herr durchschaut uns«, hatte Frank gesagt und dabei in diese ernsten, kranken Gesichter geschaut. Die Männer der Gruppe hatten sich bei den Händen gehalten.

»Wir sind schlimmer dran als die verdammten Märtyrer«, hatte Jerome White, der Gruppensekretär, erwidert. Danach war ihm eine Träne nach der anderen über die Wangen gerollt; er hatte gerade erfahren, daß sein Kaposisarkom nicht mehr unter Kontrolle zu halten war. »In den ersten fünfundzwanzig Jahren meines Lebens bin ich durch die Hölle gegangen. Ich habe versucht, mich mit der Tatsache abzufinden, daß ich schwul bin.« Die Tränen hatten ihn verstummen lassen – und das Nachdenken darüber, was sein Mut ihm eingetragen hatte.

»Kommt, Leute«, hatte Frank gesagt, »wir machen einen Kreis.« Du klammerst dich an sie und hörst zu, wie der Wind ihr Leben auseinanderfetzt. Er hatte ihnen eine Geschichte erzählt. »Als ich ein Kind war, sind wir nach Rom gereist. Der Petersdom! Dort habe ich eine Statue von einem der Päpste gesehen – sie ist berühmt, aber ich habe vergessen, welche es war; er sitzt auf einem Thron mit der Welt zwischen seinen Beinen, und unter seinen Füßen ist eine Schlange, und sie windet sich, aber sie kann uns nicht vernichten. Sie kann es nicht, weil wir hier sind, in der Kirche – wir *sind* die Kirche – und wir werden den Tod überwinden.«

»Oh nein, Father. Ich nicht. Ich nicht!«

»Ihre Seele wird weiterleben, Jerry!«

Leiden wie die ihren waren ein Teil dessen, was gute Priester so verzweifelt macht: Gott, höre mich an! Meine Leute haben fürchterliche Probleme! Oh Gott, sie müssen so entsetzlich leiden! Hör mich an! Hör mich an!

Er lief immer schneller, ließ das reibungslose Funktionieren seiner Muskeln für Entspannung sorgen, konzentrierte sich auf die starke und stetige Anstrengung. Vielleicht bestand seine eigene Alternative darin, diese ganze Maria-Geschichte seinem geistlichen Berater vorzutragen, wenn sie sich turnusmäßig das nächstemal trafen. Er konnte jedes einzelne Detail beichten, sich mit dem Herrn wieder ins reine bringen.

Als er in die West Fourth Street einbog, wurde er langsamer. Er zog sich das eiskalte Handtuch vom Hals, wischte sich das Gesicht ab, auf dem der Schweiß eintrocknete, dann stieg er die Stufen zu dem hübschen Sandsteinhaus der Nicastros hinauf. Zu dumm, daß John nicht zuließ, daß die Christos sich in der Kirche versammelten. Zu extrem, sagte er. Aber das war nicht die Ansicht des Kardinals, und schon gar nicht die Ansicht von Rom. Father John hätte gut daran getan, ein bißchen Diözesenpolitik zu betreiben, dann stünde er nicht auf so schwankendem Boden.

Nun, eines stand fest, die nächste Stunde würde das Beste an Franks Tag sein. Die Christos-Leute waren wirklich wunderbar. Sie versuchten, nach Art der Frühchristen zu leben, in zutiefst frommen, gemeinschaftlichen Gruppen.

Er ließ sich selbst ein. Er hatte seit langem einen eigenen Schlüssel. Dieses Haus war für ihn fast eine zweite Kirche. Er hielt hier dreimal wöchentlich die Messe ab, hinzu kamen regelmäßige Zusammenkünfte verschiedener Art. Und am Tisch von George und Maureen war immer ein Stuhl für ihn frei, einerlei, was es zu essen gab.

Es war etwas Elastisches in Franks Schritt, als er das Wohnzimmer betrat.

Er wurde mit halbherzigem »Hi, Father« begrüßt. Als er seinen Rucksack in der Ecke deponiert und sein Christos-*Rituale* herausgeholt hatte, ließ er den Blick über die zwanzig Gesichter schweifen.

Sie lächelten nicht.

Blei umschloß sein Herz; sie wollten über John und seine vom Fernsehen verbreitete Demütigung reden. Also würde die gute Stunde eine weitere schlimme werden. Wenn dieser Tag je zu Ende ging, würde er es mit einem großen Drink und tiefem, tiefem Schlaf tun.

George sprach als erster, und wie üblich kam er sofort zur Sache. »Frank, wir sind fürchterlich aufgebracht wegen Father John.«

Das überraschte Frank nicht, aber er hatte gehofft, daß

etwas anderes ihnen mehr zu schaffen machen würde. »Und was ist mit dem Mord? Was ist mit dem Wohlergehen der Kirche?«

»Ich glaube, ich kann den Mord aufklären«, sagte George. »Jetzt geht es in erster Linie um Father John.«

Frank versuchte, seine Verblüffung zu verbergen. Den Mord an Maria Julien aufklären? Ihn aufklären? »Haben Sie das der Polizei gesagt?«

George blinzelte, schaute weg. »Ich tue, was ich tun muß. Und jetzt lassen Sie uns über Father Rafferty sprechen. Uns geht es in erster Linie um seine Ketzereien und seine Skandale.«

Frank spürte ein inneres Stöhnen. Er wollte daheim sein, im Dunkeln, im Bett. »Ja«, sagte er, als er sich niederließ, »das ist eine unglückliche Geschichte.« Er dachte an sein kleines Zimmer mit seiner alten Eichenkommode und seiner eisernen Bettstelle. Es war klein, aber es war privat, und er hatte es zu einem Heim gemacht mit hübschen gelben Vorhängen und einer Vase auf der Kommode, in die er gelegentlich ein paar Blumen steckte. Aber er war nicht dort. Er war hier, und die Wut in Georges Augen erschreckte ihn. »Er hat die Integrität des Priestertums angetastet.«

»Was er getan oder nicht getan hat...«

»Hier geht es nicht in erster Linie um das Ausmaß der Sünde. Er hat eine Medien-Inquisition ausgelöst.«

Jenny Conrad ging zum Fernseher hinüber, drückte auf Knöpfe. Sie hatten eine Aufzeichnung von Ernie Conners auf Channel Five gemacht: »Der allseits beliebte Greenwich-Village-Pastor John Rafferty hat heute eine sehr spezielle Freundin begraben.« Hohn in der sonoren Stimme des Moderators, eine boshafte kleine Verzerrung seiner hübschen Lippen. Dann erschien John in dem gleißenden Licht: »Ich habe sie geliebt. Es ist wahr.« Zurück zum Nachrichtenpult: »Father Rafferty ist seit den sechziger Jahren Pastor an Mary and Joseph. Da es normal ist, daß Pastoren alle zwölf

Jahre das Amt wechseln, haben wir Monsignore Robert Quindlan, den Personaldirektor der Erzdiözese, gefragt, weshalb es Father Rafferty gestattet wurde, seine Gemeinde so lange zu behalten.« Quindlans großes, rundes Gesicht, so klebrig wie eine Kugel Eiskrem: »Father Rafferty war eine Village-Institution.« Zurück zu John, in dessen Augen Tränen glitzerten: »Oh ja, der Priester ist schwach!«

»Also gut«, sagte Frank. »Ich habe es gesehen.« Ihm war übel.

»Er ist so reizend und simpel«, höhnte George. Geistesabwesend griff er nach einem Buch. »Wie eine von diesen bösen kleinen Mäusen.« Er warf die Beatrix-Potter-Geschichte seiner Tochter beiseite.

Maureen Nicastro sprach mit ihrer leisen, intensiven Stimme: »Was wir von Ihnen möchten, ist, daß Sie eine Delegation von uns in die Kanzlei führen. Wir möchten dem Kardinal eine Petition übergeben, in der wir um Father Raffertys Ablösung bitten.«

Frank wußte, daß das Blut aus seinem Gesicht wich, er spürte den Schwindel, der immer Momente extremer Anspannung begleitete. »Ich...«

»Sie können es tun, Father«, sagte Maureen. Sie streckte ihm ein Blatt Papier hin. Er ergriff es mit tauben Fingern. »Hier stehen siebzig Namen. Alles angesehene Mitglieder der Gemeinde.«

»Überaus angesehene«, setzte ihr Mann hinzu.

Joe Bowers meldete sich zu Wort: »Wegen des Mordes ist ein kleiner Skandal aufgebauscht worden. Und wenn sie bei einem Streit mit einem Liebhaber umgebracht wurde...«

»Einen Moment, Joe. Das geht entschieden zu weit.«

»Falls *er* es war, der sie umgebracht hat...«

»Hören Sie auf!« Ein grauenhafter Schmerz schien seinen Kopf zu spalten. »Hören Sie auf«, wiederholte er, jetzt leiser.

»*Falls er es war!* Dann wird es ein Riesenskandal sein.«

Frank fehlten die Worte.

George Nicastro war weiß geworden, er schwitzte. »Sie war eine Hure, sie hat verdient, was sie bekommen hat.«

Es gab Gekicher. Maureen Nicastro wurde knallrot. »Aber George!«

»Das dürfte wohl ein bißchen übertrieben sein…«

Aus dem Gekicher wurde lautes Gelächter. »Wählt George zum Papst!« rief jemand.

»Sie war eine Hure, und es ist gut, daß sie tot ist.«

Frank mochte sie alle und hatte allergrößte Hochachtung vor ihrer Frömmigkeit. Aber ihre Intensität jagte ihm regelrecht Angst ein. Er war ein kräftiger Mann, aber nicht innerlich zäh, nicht wie diese Leute.

Beim Footballspielen hatte er seine Gegenspieler zu anonymen Uniformen reduziert, sonst wäre er nicht imstande gewesen, sie so hart zu treffen, wie es zum Gewinnen erforderlich war.

Konflikte wie dieser brachten seinen Kopf zum Hämmern, seinen Magen zur Rebellion. Er hatte die moralische Pflicht, seinen Pastor zu verteidigen. Das war es, was Mutter Kirche jetzt brauchte, und das war es, was er ihr geben würde. »Es ist völlig normal und moralisch für einen Priester, Freundinnen zu haben. Auch Frauen brauchen Priester, und zwar nicht nur in der Kirche. Sie brauchen den Rat und die Freundschaft ihrer Priester.« Er sah Maureen an, dann Jenny und Linda Evans. »Jeder Mensch braucht seinen Priester, jeder Mensch hat das Recht auf privaten Kontakt mit ihm.«

Linda sprach. »Darum geht es hier nicht, Father.«

»Wir haben Nachforschungen angestellt«, sagte George ungerührt.

Ihre Augen bohrten sich in ihn. Wenn sie in der Wohnung gewesen waren, dann konnte er selbst es sein, der hier vor Gericht stand.

»Der Pförtner hat gesehen, wie sie am Nachmittag vor ihrem Tod mit einem älteren Mann nach Hause gekommen ist.«

Frank hätte fast vor Erleichterung gekeucht. Sie hatten John mit der barmherzigen Schwester ertappt.

»Sie sind zusammen nach oben gefahren. Der Mann, den der Pförtner beschrieb, war Father John.«

Frank räusperte sich. »Das klingt schwerwiegend.« Der Geschmack der Heuchelei in seinem Mund glich einem dicken, widerwärtigen Öl, sein Schuldbewußtsein einer bebenden Klinge.

Sie beobachteten ihn, auf ihren Gesichtern mischten sich Verletztheit und Argwohn. »Der Priesterkragen ist heilig«, sagte Joe mit stiller Überzeugung. »Er darf nicht geschändet werden.«

»Hat er das getan?«

George bedachte ihn mit einem harten Blick. Dies war ein Mann, der sich im nächsten Moment gegen einen stellen konnte. »Father, wir wissen es zu würdigen, daß Sie Ihren Pastor in Schutz nehmen. Das müssen Sie. Aber dieser Mann war in ihrer Wohnung. Also bitte, Father Frank.« Hinter den Worten lag etwas, das Hohn sehr nahe kam. Frank begriff, daß er Bescheid wußte. Er verbarg lediglich sein Wissen vor den anderen.

Er wußte es!

Maureen sprach. »Jeder Priester, der fällt, reißt ein Stück vom Leib Christi mit sich.«

In Franks Kopf tobte ein Schmiedehammer, sein Magen hatte sich umgedreht. »Jeder Priester, der fällt«, wiederholte er leise.

»Die Hand Satans«, sagte Jenny.

Frank sah sie aus qualverschleierten Augen an. »Nicht das, bringen Sie das nicht ins Spiel.«

Jenny kam zu ihm. Sie stand am Rand des Alters, aber ihre Augen waren jung und groß und warm. »Satan verbirgt sich, Father.«

»Und was bedeutet das?«

Joe Carlotto lehnte sich auf seinem Platz in der Mitte der

breiten Couch vor. »Er verbirgt sich, Father. Er scheint nicht zu existieren. Aber er existiert. Wir reden hier von den Taten Satans.«

»Das sehe ich nicht so.«

Maureen kicherte, und das Geräusch hörte sich an wie ein Mißgeschick für feines Glas. »Weil er sich vor Ihnen verbirgt, Father.«

Frank schluckte hart. Wenn eine Flasche dagewesen wäre, hätte er sie am Hals ergriffen und getrunken, bis er umfiel. Er erholte sich so weit, daß ihm ein logischer Grund einfiel, der ihn davor bewahren konnte, mit ihrer Petition in der Hand an die Tür des Kardinals zu klopfen.

Er erinnerte sich an das Aufklatschen des Gürtels, das Aufflackern von Schmerz, das Lachen, das Anschwellen seines Glieds, seine erbärmlichen, verschrobenen Gelüste, die seiner spotteten. Er hätte sich am liebsten aus dem Haus dieses frommen Mannes hinausgeschlichen. »Denkt daran«, sagte er. »Herr, ich bin deiner nicht würdig. Denkt daran. Wer den ersten Stein wirft...«

Einige dieser Leute hatten das gesamte Neue Testament auswendig gelernt. »Wer unter euch ohne Sünde ist, der werfe den ersten Stein.«

»Genau.«

George ergriff wieder das Wort. »Das bedeutet nicht, daß die Schuldigen ungestraft bleiben dürfen, Father. Es bedeutet, daß die Sündigen sich zu ihren Sünden bekennen sollen.« Immer der Rechtsanwalt.

»Wenn wir dem Kardinal eine derartige Petition übergeben, dann deutet das darauf hin, daß wir etwas wissen, was die Presse und die Öffentlichkeit nicht weiß. Die Zeitungen werden sich überschlagen. Wir würden alles nur noch schlimmer machen.«

Das stoppte sie, weil es stimmte, und er dankte dem Himmel, daß er genügend Verstand gehabt hatte, es zu sagen. Woher kamen diese Kopfschmerzen? Es waren die schlimmsten, die er je gehabt hatte. Er wollte schreien, sich einen Nagel in den Schädel schlagen, irgend etwas tun, um sie zu mildern.

George schien ihn anzustarren. Er setzte sich anders hin, erinnerte sich an das Gefühl, in die Falle geraten zu sein, wenn er als Kind etwas ausgefressen hatte. Sie würden ihn auf einen harten Stuhl setzen und ihn verhören, bis er sich krümmte. Er würde auf einem harten Stuhl sitzen, sich krümmen und winden, dem über seinem Kopf kreisenden Ventilator lauschen, zusehen, wie Momma fertig bügelte, bevor sie kam, um ihm wehzutun.

Er schaffte es, den Blick durch den Raum schweifen zu lassen, sich zu erinnern, daß er sie alle liebte. Liebe gibt Halt. »Wir müssen den Dingen noch etwas länger ihren Lauf lassen.« Seine Stimme war kräftiger, sein Kopf tat weniger weh. »Wenn das Schlimmste passiert ist – wenn dies, Gott behüte, kein zufälliger Mord war…«

»Sie glauben, ich habe recht?«

»Nein! Nein, das tue ich nicht. Ganz und gar nicht. Es gibt eine Menge anderer Möglichkeiten. Aber es war nicht Father John. Er ist gramgebeugt. Kein Mann könnte derartige Gefühle vortäuschen.« Er wollte gerecht sein gegenüber jemandem, der ihn mit Güte behandeln würde.

»Die Stimme der Weisheit«, verkündete Maureen. »Father, Sie sind so barmherzig, daß ich manchmal direkt verblüfft bin.« Sie schaute sich im Zimmer um. »Father Frank hat recht. Die Petition wird nicht offen übergeben.«

»Aber wir müssen etwas unternehmen«, sagte George. »Diese Gemeinschaft kann nicht stumm bleiben.«

»Dem stimme ich zu«, verkündete Frank. Dann bekam er es mit der Angst zu tun. Er hätte überhaupt nichts sagen sollen.

»Briefe«, sagte Jenny. »Wie bei der Dignity-Kampagne.«

»Das hat nicht funktioniert«, fuhr George auf.

Sie hatten eine Briefkampagne dagegen organisiert, daß

die Homosexual-Dignity-Gruppe Mary and Joseph weiterhin benutzte, auch nachdem der Kardinal ihnen das Betreten der Kirche verboten hatte. »Es hat funktioniert«, sagte Frank. »Die Kanzlei hat ihn deswegen angerufen.«

»Dignity trifft sich immer noch in Ami Hall«, sagte George. »Und wir dürfen es nicht.« Seine Stimme war scharf. Diese Leute haßten John. *Haßten* ihn.

George hielt einen Kugelschreiber in der Hand. Er hatte die Spitze so heftig in seine Handfläche gerammt, daß Frank den Eindruck hatte, sie müßte bluten.

»George...« Frank gestikulierte, seine angespannte Miene verriet Sorge und Verwirrung.

George lächelte ihn an. Einen Moment lang stieß er sogar noch härter zu. Dann zog er den Kugelschreiber von seiner Hand weg.

»Auch Jesus hat diesen Schmerz empfunden«, sagte Maureen.

»Deshalb tue ich es, Father. Um zu empfinden, was Er empfunden hat.«

»Ich meine, wir sollten Briefe schreiben. Wir können dreißig Briefe von Christos-Leuten bekommen.«

»Einige von unseren entfernteren Freunden werden auch schreiben.«

»Unsere letzte Briefkampagne ist gescheitert.«

»George, sie ist nicht gescheitert. Sie hat John in eine erheblich schwierigere Lage versetzt. Wenn Sie ihn loswerden wollen...«

»Und sehen, wie Sie zum Pastor ernannt werden, Father.«

»Lassen wir das dahingestellt. Auf jeden Fall werden Ihre Briefe gelesen.« Er versuchte, ihnen einen wissenden Blick zuzuwerfen. »Und sie werden ihre ganz spezielle Wirkung tun.« Ein paar Briefe würden wesentlich weniger Probleme aufwerfen als eine formelle Petition.

Die Versammlung nahm ihren Fortgang. Sie wollten ihr eigenes Spotlight-on-Faith-Programm. Gut. Sie wollten mehr Christos-Beichtzusammenkünfte. Sie wollten den Segen in Latein. Alles gut.

»Wann können wir die Kirche benutzen – offiziell?«

In ungefähr einem Drittel der Gemeinden der Erzdiözese gab es Christos-Gruppen. Nur einer Gruppe wurde die Benutzung der Kirche verwehrt.

»Das Verbot besteht immer noch.«

»Der und seine Huren und seine Ketzereien! Wir haben ein Recht darauf, wir sind von Rom anerkannt!«

»Darüber haben wir immer und immer wieder gesprochen, George. Ich kann seine Ansichten nicht ändern, und die Kanzlei wird einem Priester in Sachen der Gemeindepolitik keine Vorschriften machen.«

»Das haben wir akzeptiert, Father, bis jetzt. Aber jetzt liegt auf der Hand, weshalb er uns nicht haben will. Er ist ein Sünder, der sich mit Leib und Seele dem Satan verschrieben hat! Und deshalb will er von uns nichts wissen. Das werden wir nicht mehr lange hinnehmen. Wir werden unseren Platz einnehmen.«

Auch diese Worte gefielen Frank nicht. Sie schickten sich an, offen zu rebellieren. Er wagte es nicht, auf die Uhr zu sehen, weil er fürchtete, den Eindruck zu erwecken, als interessierten ihn ihre Probleme nicht, aber er vermutete, daß es bald neun war. Er hoffte, daß sie das Treffen pünktlich beenden würden.

»Frank, wenn er uns nicht offiziell einläßt, dann kommen wir einfach von selbst. Wir wollen die Kirche für einige unserer Rituale!«

Frank begriff, daß er dem nicht widerstehen konnte. In diesen Leuten hatte sich seit langem Dampf aufgestaut. Sie hatten erkannt, daß John verletzlich war. Sie würden sich ohne Rücksicht auf Verluste gegen ihn stellen.

Und es war wohlverdient. Er hatte kein Recht, eine von Rom anerkannte Gruppe auszuschließen. »Sie passen nicht in die Gemeinde«, hatte John gesagt. »Wir sind anders hier im Village.« Womit er meinte, vorurteilsloser, toleranter, gütiger als die Christos-Leute.

Nun, damit hatte er zweifellos recht.

»Ich finde, wir sollten die Beichte von uns aus in die Kirche verlegen. Es einfach tun!« Joe war immer dafür, zu handeln.

Beifälliges Gemurmel. »Dürfen wir, Father?« Maureens Augen waren hoffnungsvoll.

Frank nickte. Er konnte es ihnen nicht verwehren. Er würde es eben mit John ausfechten müssen. »Die nächste Beichte«, sagte er. Die Spannung lockerte sich spürbar. Sie waren ein bißchen sauer auf Frank. Sie wußten, daß er in seiner Position gezwungen war, seinen Pastor zu unterstützen. »Wenn er Ihnen sagt, Father, daß Sie seine Schuhe putzen sollen, dann holen Sie Ihre Bürste«, hatte George gesagt.

Gruppenbeichte gab es nur bei den Christos-Leuten. Sie bewirkte eine sehr tiefe Bindung zwischen ihnen. Zu erleben, wie sie einander gegenseitig an ihrem privaten Leben teilhaben ließen, war zutiefst anrührend. Sie war eine der größten Stärken der Bewegung, und Frank hieß sie uneingeschränkt gut.

Stille trat ein, und Frank nahm die Gelegenheit wahr, auf die Uhr zu sehen. Es waren nur noch zehn Minuten durchzustehen. »Laßt uns beten«, sagte er. Sie ließen sich alle auf die Knie nieder. Er führte sie durch das Nizäische Glaubensbekenntnis, dann durch das Christos-Gebet. Seine Stimme bebte, er war von Inbrunst erfüllt, bat Gott um Erlösung.

Aber es würde keine Erlösung geben, es sei denn, er sagte die Wahrheit. Er hob die Augen, schaute über die kleine Ansammlung von fromm gesenkten Köpfen hinweg. »Mit meiner Hand segne ich sie, mit meiner Stimme segne ich sie. Ich rufe Gottes Liebe auf sie herab, ich bringe Christus in ihre Leiber.«

Ich bin ein Lügner und ein Betrüger und ein Heuchler.

Das Treffen endete. Er lehnte Kaffee und Pfannkuchen

ab, behauptete, er wäre müde. »Ich muß eine doppelte Last tragen«, sagte er. »Father John ist zu sehr von Kummer verzehrt, um arbeiten zu können.«

Daraufhin halfen sie ihm in den Mantel, geleiteten ihn hinaus und schickten ihn mit ihrer Liebe und ihren Gebeten auf seinen Weg. Er wanderte durch die kalten Straßen, sehnte sich nach den sommerlichen Menschenmengen, begegnete ein paar Leuten, spürte, wie der eisige Wind an seinem Kragen zerrte.

Er war nicht wie John ein Mann, dem die Geschichte dieser Gegend in Fleisch und Blut übergegangen war; aber in seinen fünf Jahren bei M. and J. hatte er über jede Familie und jedes Haus in all den Straßen der Umgebung einiges erfahren. Dies war das McCafferty-Haus, er war Theaterregisseur, sie Ärztin. Sie hatten das Haus 1971 gekauft; jetzt war es ein Vermögen wert. Sie hatten drei Kinder, erschienen ziemlich regelmäßig in M. and J. Zwei Türen weiter hatten Mary und Richard Ames gewohnt. Eine Scheidung, jetzt gehörte das Haus drei Schwulen gemeinsam. Einer von ihnen, Eddie Stevens, kam jeden zweiten Sonntag, pünktlich wie ein Uhrwerk.

Er ging an den Häusern vorbei, den traurigen und den glücklichen, den gleichmütigen Häusern mit ihren gleichmütigen Fenstern. Er wußte um die Geheimnisse des Lebens in diesen Häusern, so alltäglich, daß sie sich als Mysterium offenbarten. Das Leben drängt sich drinnen zusammen, während sich vor der Tür der gesamte Kosmos dreht.

Er ging an dem Kartenladen an der Ecke vorbei, mit seinem flackernden Neonlicht und dem Hallmark-Zeichen im Schaufenster und seinen Reihen von reizenden Karten und rührenden Karten und schockierenden Karten und der kleinen Annabelle Garrity, die in diesem Jahr schon die dritte war, die versuchte, diesen Laden zum Laufen zu bringen.

Dann war da das Pfarrhaus, das ihm irgendwie kraftvoller, solider vorkam als die anderen Häuser. Vielleicht war es das graue Gestein oder die breite, einladende Treppe oder die höheren Fenster. Aber es war zugleich düster, und es war zu gut gesichert, um einladend zu wirken.

Er ging die Treppe hinauf, schloß dieTür auf und machte sie hinter sich wieder zu. Wie ein Mann auf der Flucht lehnte er sich gegen die Tür, schloß die Augen, holte tief Luft.

Es war wundervoll ruhig hier, himmlisch ruhig. Er schaltete kein Licht ein, als er sich durch das Haus bewegte. Ihn verlangte nach Dunkelheit.

Dann war er im Wohnzimmer, stand vor der alten Anrichte, holte Flasche und Glas heraus. Er füllte es zur Hälfte mit Cutty und ließ sich in den besten Sessel fallen, den das Wohnzimmer zu bieten hatte. Schade, daß im Kamin kein Feuer brannte. Er würde Lupe beauftragen, eines anzuzünden.

Endlich überkam ihn Ruhe. Sein Kummer schien aus seinen Poren zu sickern und sich um ihn herum auszubreiten wie ein Gas. Er dachte an Maria, wie sie jetzt war, in der Stille und Dunkelheit des Grabes. Er würde nie dorthin gehen. Er gedachte ihrer Seele, die irgendwo funkelte. Konnte sie ihn sehen, ihn hören? Wagte er es, jetzt zu ihr zu beten, um Stärke und Verzeihung zu bitten?

Seine Gedanken kehrten zu dem Christos-Treffen zurück, zu George Nicastros makellosem Glauben. Er sah Georges Augen, erfüllt von dieser spröden Intensität – ein Mann, den zu lieben schwer war. Seine Inbrunst machte ihn häßlich, und man fürchtete sein aufrührerisches Herz.

Wenn sie es wüßten, wie sie mich dann verachten würden...

Von oben kamen die Geräusche eines schnarchenden alten Priesters und eines anderen, der herumwanderte. Er lauschte. Er würde hier unten warten, bis sie beide schliefen. Er konnte kein einziges freundliches Wort mehr sprechen, hatte kein einziges beruhigendes Lächeln mehr anzubieten.

Tränen kamen, und er gestattete sich den Luxus, sie über seine Wangen rinnen zu lassen.

Hin und her wanderte der Mann da oben. Vor langer Zeit war sein Onkel so herumgewandert, Bischof Edward Francis Bayley mit der dunklen, schwingenden Soutane und den hungrigen Augen.

Ein Leben kann anhand seiner Verluste bestimmt werden, aber das ist nicht unbedingt erforderlich. Es gibt auch Gewinne. »Du bist kein Priester, solange du nicht deine Gelübde erneut abgelegt hast.« Nein, das stimmte nicht. In Wirklichkeit war es viel schlimmer. Er war ein Priester, aber ein besudelter Priester, ein gebrochener Priester.

»Maria, du hast mich gebrochen.«

– Nein, ich habe mich selbst gebrochen.

Ein einsamer Mann, in die Mitternacht hineinweinend, auf dem tiefsten Grund der Verzweiflung angelangt – das war Marias Vermächtnis an die Welt.

Arme Welt.

NACHTSPUK

Es war an der Zeit, den Druck zu verstärken, sie vorzubereiten auf das Gebrochenwerden auf dem öffentlichen Rad. Es war Zeit, den Geruch des Feuers zu riechen und dem Fall der Worte zu lauschen; sie würden, nach diesem, daran denken, die Gemeinde aufzulösen.

Das würde ihre Häßlichkeit nur berühmter machen.

Ein langes, langsames Aufbranden von Dunkelheit staute sich tief in seinem Inneren auf, wie ein Sturm, der sich unmittelbar hinter dem Horizont zusammenbraut.

Kühle Luft... nackte Haut... Da war diese Zeit, er war acht, es ist Hochsommer, und er liegt auf dem Dach wie üblich und betrachtet die Sterne. Sie sind unten auf der Veranda, und er kann Mutters Zigarette und Vaters Zigarre riechen.

Ihre Stimmen kann er nicht so richtig hören, nur die Besorgtheit in ihrem Tonfall.

Momma weint, und er begreift, wer es ist, von dem sie reden. Der Nachtwind wird stärker, und das Rauschen der Blätter übertönt alles.

Als sie von der Messe heimgekommen waren, hatten sie das Kaninchen gefunden. Und weshalb auch nicht – du hattest es ja nicht versteckt. Jetzt wird es eine Menge Ärger geben, aber als du es getan hattest, hatte es Spaß gemacht, es war hübsch anzusehen, du hattest das Gefühl, erfüllt zu sein von Erregung und Frieden.

Am nächsten Morgen rufen sie dich ins Wohnzimmer. Dad trägt einen dunklen Anzug, Mom ein nüchternes Kleid. Es ist, als hätten sie sich dem Anlaß entsprechend angezogen, und du wirst nervös.

Es ist hier auf dem Fußboden, in einer Papiertüte. Du kannst das verbrannte Haar riechen.

Momma: »Wir wissen, daß du es nicht tun wolltest.«

Du: »Oh, Momma, es tut mir leid. Es tut mir leid!«

Dad kommt zu dir, nimmt dich ins Meer seiner Arme. »Satan, verlaß mein Kind!«

Du gehst zur Beichte, du gehst zur Messe, du wirst Altardiener, du widmest deine Kindheit dem Herrn.

Aber es verläßt dich nicht. Das kann es nicht, es ist ein Teil von dir. Statt dessen verbirgt es sich tief in deinem Inneren, und es wird zum Grundmuster deines Lebens.

Manchmal denkst du an das Kaninchen deiner Schwester, und es macht Spaß. Du denkst an die blauen Flammen, in die es eingehüllt war, und daran, wie es gezappelt hat, als es brannte.

In deinen Träumen wanderst du durch die Nacht... und einmal kommt ein Mädchen, das du liebst, mit häßlichen blauen Flecken in die Schule.

Sie hatte gekreischt, als sie ihn sah. »Ich hasse dich! Ich hasse dich! Ich hasse dich!« Oh, ja...

In Wirklichkeit war das einzige, das ihn veranlaßte, das zu tun, was er tat, eine ganz leichte Eigenart seiner Persönlichkeit. Nichts, das jemandem irgendwie auffallen würde. Heutzutage wurden Leute wie er Soziopathen genannt. Er lebte in einer Welt, die von ihrer eigenen Gewalttätigkeit rasch impotent gemacht wurde. Ein Soziopath. Was hieß das schon?

Er stand stramm, die Arme an den Seiten, mit geballten Fäusten. Sein Flüstern war so scharf wie eine elektrische Entladung. »Schon die Anklage setzt Schuld voraus. Und Sie haben eingebracht, äh... ach ja, hier haben wir es... Reskript Nummer Vierundsiebzig, Fall Zweitausenddreihunderteinundachtzig... ah, Sie haben eingebracht – ein Bestreiten der Schuld! Sehr gut! Schuldig im Sinne der Anklage, das Bestreiten ist der Beweis.

Sie werden hiermit durch dieses Inquisitionsgericht dazu verurteilt, dem weltlichen Arm ausgeliefert zu werden, der Sie zur Hinrichtungsstätte bringen und dort den Flammen übergeben wird.«

Er flatterte wie ein Blatt den Gehsteig entlang. Die Nacht war klar und hart. Um diese späte Stunde drangen ein paar Sterne durch das, was von den Lichtern der Stadt noch übrig war. Er mochte die niederträchtigen Juwelenaugen der Sterne. Tagsüber heuchelst du, dann schläfst du, und dann kommt die Zeit, da die Sterne dich willkommen heißen.

Als er die Kirche erreichte, lag sie völlig im Dunkeln; er schloß die Tür auf und trat ein. Wie eine Spinne, die ihr Netz spinnt, ließ er die Tür einen Spaltbreit offen. Fe fi fo fum.

Er warf seine lose Straßenkleidung ab und stand in seiner straffen Unterwäsche da. Wenn er sich bewegte, knarrte das Leder. Er zog den Bauch ein, so weit er konnte, und schnallte den Gürtel enger.

Der Boden war kalt unter seinen Füßen, die Luft strich sanft über seine Haut. Als er sich der Mitte des Kirchenschiffs näherte, bildete sich auf seinen Schenkeln eine Gänsehaut.

Er inhalierte das köstlich widerwärtige Aroma der Kirche, füllte seine Lungen mit den Gerüchen nach verbrauchten Kerzen und Staub und einem Anflug von Weihrauch nach diesem lustigen Trauergottesdienst.

Auf der Straße draußen war es still. Der Wind dröhnte leise in der Chorempore. Die Dunkelheit hatte den vertrauten alten Altar in ein Nest aus düster schimmernden Schatten verwandelt. Das Kreuz darüber warf eine erbärmliche Form über die ersten zehn Bankreihen.

Er blickte an der strengen Linie dieser Bänke entlang, auf denen während der Messe die Leute saßen. Es würde Spaß machen, ihre Köpfe platzen zu lassen wie Luftballons. Er sah einen großen roten Pfeil, der auf diese Kirche zeigte, aus ihr ein Phantasiegebilde machen wollte. Von dieser kleinen Verschanzung aus konnte er ein großes Zerstörungswerk in Gang setzen. In sechs Monaten würde die ganze Welt Bescheid wissen über Priester, die liebten und mordeten.

Er streckte sich, genoß das Gefühl der Kirchenluft auf seiner Haut. An einer Seite der Kirche war der Josephsaltar, ihm gegenüber der Marienaltar. Kirchen hatten etwas so Geheimnisvolles, waren so erfüllt von Visionen. In Kirchen hatte man das Gefühl, daß einen jemand anschaute.

Er ging zuerst zum Josephsaltar.

Die Statue starrte ihn an. Sie war lebendig, natürlich – nach Mitternacht waren alle Statuen lebendig. Er blickte hoch in das unbewegte, bärtige Gesicht. Frage: Sagst du es dem alten St. Joe vorher, oder tust du es einfach?

Er stieg zu der Statue hinauf. Sie stand auf einem marmornen Piedestal, gerade so hoch, daß man ihr bequem die Füsse küssen konnte, die glattpoliert waren von den Lippen der Frommen.

»Willst du tanzen?« fragte er. »Ich weiß, daß du auch ein Mann bist. Aber zum Teufel, ich glaube, kahlköpfige Juden sind schlau! Also los, tanz den Strotzer mit mir!«

St. Joseph rührte sich nicht. Aber das tat er schließlich nie. »Ein Jammer«, sagte er. »Denkst wohl gerade wieder über die fünf Schmerzensmysterien nach, wie? Das kann ich verstehen. Kein Mann, dessen Sohn an der Säule gegeißelt wurde, ist zum Tanzen aufgelegt.« Er zielte, er spuckte. Triff einen der Kußzehen, zumindest, bis der Hausmeister mit einem Kleenex vorbeikommt.

Er vollführte eine Pirouette. »Oh, Maria«, rief er, wirbelte herum, hob die Hand, streckte den Zeigefinger aus, als wäre ihm etwas eingefallen. »Oh, Ma-ri-a!« Wie ein Gespenst schwebte er über das Geländer, das Josephs kleines Heiligtum vom Rest der Kirche trennte. Ihm direkt gegenüber stand eine gut zwei Meter große Statue der Jungfrau Maria in einem blauen Gipsgewand.

Er näherte sich ihrem Altar bis auf vier Meter, bis ihn ihre schiere Majestät zwang, sich auf den Boden zu werfen. Dort lag er, spürte, wie seine Erektion sich gegen das harte, alte Eichenholz preßte. Eine volle Minute lag er da, ohne sich zu bewegen, und starrte die Dielen an.

»Entschuldigung, Baby«, erklärte er einem Astloch. »Habe wohl gerade einen Anfall von Anbeteritis. Aber ich glaube, ich kann immer noch irgendwie weiterkriechen.« Als sein Gesicht über den Fußboden rutschte, öffnete sich sein Mund. Er hinterließ eine Schleimspur wie eine Schnecke.

Schließlich kam ein Kniestuhl in Sicht. Er hatte den Marienaltar erreicht. Er hob sich auf die Knie, holte tief Luft und intonierte mit klarer und verblüffend reiner Stimme das Ave Maria. Die Worte widerhallten in der von Kummer erfüllten Luft, erfüllten ihn mit Erinnerungen an die Zeit, in der sein Herz vor Frömmigkeit geleuchtet hatte.

Ave Maria, gratia plena, Dominus tecum, benedicta tu in mulieribus.

Seine Hände waren zu einer Gebetsfaust geballt, der Gesang quoll aus seiner Kehle. Seine Stimme ließ den gesamten Kirchenraum erbeben, und jeder, der es hörte, würde glauben, ein Engel wäre herabgestiegen... bis sich das schöne alte Latein in Gelächter auflöste.

Er kniete starr in der Stille, die dann folgte, mit Schweiß auf der Haut.

Draußen schwoll eine Sirene an, eine Hupe heulte auf. Ein Feuerwehrfahrzeug, zweifellos unterwegs zu irgendeiner Brandstiftung. Wie die Ratten waren auch die Leute der frühen Morgenstunden am Werk. Er stellte sich die müden Männer vor mit ihren Benzinflaschen und ihren Stoffetzen, wie sie durch die Kellergeschosse der Stadt schlichen, um Versicherungsdollars kassieren zu können.

»Beschütze sie, heiliger Sixtus.« War das der richtige Heilige? Oder war es der heilige Christophorus? Nein, der war gestrichen worden. Jetzt war er einfach Mister Christophorus. Oder vielmehr etliche Mister Christophorus, seit sich herausgestellt hatte, daß sein Mythos auf drei oder vier verschiedene Leute zurückging.

Wie können sie es wagen, sich an den heiligen Christophorus heranzumachen! Was ist mit den Statuenmachern, wie sollen sie mit dem Verlust fertigwerden? Schließlich konnte man nicht einfach einen Hebel umlegen und von einer Christophorus-Presse Plastik-Jesuse ausspucken lassen.

Geschmeidig und langsam glitt er über das Marmorgeländer, das den Marienaltar vom Rest der Kirche trennte. Ein paar Kerzen flackerten im Behälter. Er blies sie aus; der Teufel hole die alten Frauen und ihre absurden, sinnlosen Kerzen.

Bis auf das Ewige Licht in der Nähe des fernen Altars war die Kirche völlig dunkel. »Auf die Dunkelheit«, flüsterte er, »und auf mich...«

Die Schatten brachten Endlosigkeit. Die Kirche hatte kein Dach, und der Himmel hatte keine Sterne. Dieser Ort stand in direkter Verbindung mit dem Unendlichen.

Er kletterte auf das Piedestal der Statue, fuhr mit der Zunge über die glatten Gipsfüße, ergriff den rauhen Leib der Schlange, auf die sie traten. »Tanz mit mir, Henry«, flüsterte er, als er sich immer höher an der Statue emporzog. Sie war mit Staub bedeckt, und er mußte niesen; das Geräusch widerhallte um ihn herum. Dann betete er: »Liebe Jungfrau, bring mir heute nacht ein schönes, fettes Kaninchen.« Tatsache: das Katholische Wörterbuch definiert ein Kaninchen als ein Lebewesen, das Gott dargebracht wird. Lies »geopfert«.

Er beleckte wütend ihr Gesicht, hielt von Zeit zu Zeit inne, um mehr Speichel zu sammeln. Er hatte das Gefühl, als sammelten sich die Sterne in seinem Kopf.

Bald genug hörte er irgendeine dämliche Person hereinkommen. »Ich danke dir«, flüsterte er und kletterte an der Statue herunter.

Mit einem Zischen flammte weit hinten, in der Nähe der Tür, ein Streichholz auf. Ein altes Gesicht schwankte in seinem Licht, irgendjemand aus der Gemeinde, angezogen von der offenen Tür und der Chance, noch ein paar weitere nutzlose Beweise seiner Bußfertigkeit zu liefern. Je älter sie wurden, desto hektischer wurden ihre Versuche, Buße zu tun.

Er sprang von der Statue weg, duckte sich tief. Er jagte vorwärts, mit ausgestreckten Armen, ein Spinnenschatten. Bevor er die Hälfte des Schiffs hinter sich gebracht hatte, hörte er den Atem, flach und unbefriedigend. Emphysem oder Lungenkrebs, fortgeschritten.

Er flog wie ein Habicht, mit der Gewandtheit eines Kondors, eines Greifvogels, eines Aasfressers.

Als er sie berührte, keuchte sie auf. Ihre Traumhaut war trocken, sie war eine knochige alte Frau mit Massen von schlaffer Haut auf ihren flegelnden Armen. Anstatt zu schreien, gab sie eine Art Pfeifen von sich. Er packte ihre Hände hinter ihrem Rücken, und zusammen schwebten sie durch den Mittelgang zum Allerheiligsten. Vor dem Altar zwang er sie, sich zu bücken, nahm ihr Haar in die Faust und pumpte ihren Kopf auf und nieder.

Er würde vielleicht nicht viel sagen, aber er war ein Mann, der wollte, daß jedes Wort zählte. Beschränke dich darauf, nur das zu sagen, was wichtig ist. Er räusperte sich. »Hippity, hoppity, fröhliche Ostern! Sprich deine Litanei, Hunca-Munca – nein, sie ist eine Maus. Jesus liebt mich, Jesus haßt mich, Jesus weiß es nicht genau!«

Ihre Schreie waren gurgelnd und brüchig.

Eigentlich sollte man bei einer Exekution nicht laut lachen, oder? Mal überlegen – wäre das eine läßliche oder eine Todsünde?

Bei der Folter war Lachen natürlich gut. Aber nicht, während man tötete. Da war man irgendwie ernst, irgendwie unerbittlich und ein kleines bißchen herablassend.

Er kam zur Kanzel, schleppte sie mit sich. Die Kanzel war sein Lieblingsort in der Kirche. Hier mußten die verdammten Priester laut reden und durften keinen Scheiß von sich geben.

Er warf sie über die Front der Kanzel, raffte den Kragen ihres Mantels in seiner Faust zusammen. Sonnenuntergang und Abendstern...

Sie zitterte und versuchte, hinter sich zu greifen. Als das mißlang, kamen ihre Hände hoch und begannen, an seinen Fingern zu arbeiten. Sie zerrten, sie glitten ab, dann flatterten sie wie wildgewordene Motten.

»Do wopwopwop!«

So leise wie ein Abendlied glitt ihre Seele davon. »Wie schön du bist«, sagte er. Dann kicherte er ein wenig, ließ den leblosen Haufen fallen und sprang hinterher.

Er landete leicht, jetzt erfüllt von der speziellen Kraft, die aus dem Opfern kommt. Er war erregt von der schönsten, der seltensten aller Drogen.

Er war immer für hartes Töten, aber er konnte es nie hart genug tun. Sein Traum war, jemand auf dem Scheiterhaufen ins Jenseits zu befördern. Die Funken, die Schreie, der Zauber!

Er sah im Aufleuchten des Fensters im Querschiff die ersten Anzeichen der Morgendämmerung.

Zeit, deine Flügel zusammenzufalten, bevor die Sonne aufgeht, mein lieber Junge, und diese Schweinerei hier zu beseitigen! Schließlich kannst du das alte Kaninchen nicht hier liegenlassen. Noch eine wie Maria, und sie machen den Laden dicht. Das durfte nicht sein, jedenfalls noch nicht.

Rollse auf, rollse auf, markierse mit nem Strich, schiebse in'n Ofen für mein Baby und mich? Nein, keine Zeit mehr zum Einäschern. Musse inne Tonne kippen.

Ein Jammer! Feuer befreit die Seele.

Schnell verließ er die Kirche, und schnell entledigte er sich seiner Last, deponierte sie ein paar Häuser weiter in einen Müllcontainer. Ein kleines Ritual: drei Kerzen, eine auf die Stirn, eine auf den Bauch, eine auf die Zehen.

Das Anreißen des Streichholzes war ein prächtiges Geräusch, und die Flammen waren so schön.

Er ließ sie so zurück, mit den im Winterwind tropfenden Kerzen und einer Haut, so warm und süß wie die eines uralten Säuglings.

Dann kehrte er heim, der Jäger, heim vom Bluthügel, *do wop wop wop.*

»Hunca-Munca, weiß der Himmel. Kannst du überhaupt nichts auf die Reihe bringen, Mann? Hunca-Munca war eine dämliche Maus, kein Kaninchen!«

Während er redete, lauschte er verblüfft seiner eigenen Stimme. Einer uralten Stimme.

Als er fertig war, begann das Village stöhnend zu erwachen. Fischgeschäfte wurden mit Ware beliefert. Müllfahrzeuge dröhnten Bleecker, Christopher und West entlang.

Alles war in bester Ordnung, als er daheim ankam. Er fiel ins Bett wie ein Stein, und der Schlaf, der kam, war tief und schwarz wie altes, fauliges Wasser.

Er würde weiter an der Kirche herumpicken, immer und immer wieder, bis ihre stinkenden Eingeweide offen dalagen. Dann würde er sie hinausschleudern ins Angesicht der Welt.

8

Für John war es fast ein Ding der Unmöglichkeit, sich auf die Frühmesse zu konzentrieren, während er wußte, daß Monsignore Quindlan im Wohnzimmer auf ihn wartete. Dies war die erste Frühmesse, die er seit dem Mord zelebrierte, und er war begierig gewesen, seine Routine tun zu lassen, was sie konnte, um das Loch in seinem Leben zu füllen. Dann hatte Bobby beschlossen, ihm einen Besuch abzustatten. Er versuchte immer wieder, erfreuliche Gründe dafür zu finden, weshalb der Personaldirektor der Erzdiözese hier war, aber es gab keine.

Er wußte, daß er in Schwierigkeiten steckte wegen seines Auftritts im Fernsehen, und daß es ernst war.

Was es ihm noch schwerer machte, seine Aufmerksamkeit auf das zu richten, was anlag, war der Umstand, daß ihm während der Wandlung ein Geruch auffiel.

»Bevor er dem Tode übergeben wurde…« begann er. Was dann? Er zögerte, tastete nach den nächsten Worten. Er zwang sein Denken fort von allen Ablenkungen, zwang sich, mit dem eucharistischen Gebet fortzufahren. Als er die Kommunion austeilte, roch er den Geruch immer deutlicher. Schließlich erkannte er ihn: Urin. Irgendein dreckiges Schwein hatte in seine Kirche gepißt.

Nach der Messe ging er in die Sakristei und entledigte sich seiner Gewänder, dann kehrte er in die Kirche zurück. Er brauchte nicht lange, um dem Geruch auf die Spur zu kommen. Er fand eine Pfütze unterhalb der Kanzel. An den Rändern war sie bereits eingetrocknet; es mußte in der Nacht passiert sein.

Er suchte die Bänke ab, bewegte sich Reihe um Reihe das Mittelschiff hinunter, glaubte, er würde einen schlafenden Penner finden. Aber der einzige Anwesende war Jerome White, der Sekretär der Aids-Gruppe. Er betete leise und hingebungsvoll am Josephsaltar.

John beendete seine Durchsuchung der Kirche, schaute sogar in die Beichtstühle und stieg zur Chorempore hinauf, die staubig war, weil sie nicht mehr benutzt wurde. Heutzutage stand der Chor gewöhnlich mit dem Gitarristen in der Nähe des Altars; die Orgel funktionierte schon seit mindestens zehn Jahren nicht mehr.

Er wollte gehen, doch dann beschloß er, zusammen mit Jerome ein Gebet zu sprechen. Er kniete neben dem mageren, zitternden Mann nieder. In letzter Zeit hatte Jerome fast immer leichtes Fieber. Bestimmt war ihm kalt in seiner dünnen Jacke. John nahm sich vor, dafür zu sorgen, daß die Aids-Gruppe warme Winterkleidung bekam. Diese Männer waren zumeist erfolgreiche Akademiker gewesen. Aber die Krankheit hatte dem ein Ende gemacht. Einem Rechtsanwalt mit Aids fällt es schwer, Mandanten zu bekommen, ein Arzt mit Aids kann seine Patienten nicht behalten.

John legte den Arm um den Mann. »Diese alte Höhle ist kalt, Jerome.«

»Ich hätte meinen Mantel anziehen sollen.«

»Sie haben einen?«

»Natürlich.«

»Nun, wenn Sie einen Freund haben, der einen braucht, wir haben ungefähr fünf unten in der Kleiderkammer, für Notfälle. Wenn ihr euch selbst bedienen wollt – die Schlüssel sind im Schlüsselschrank in meinem Büro.«

Jerome nickte, dann hob er den Blick. In diesem Augenblick sahen sie beide etwas auf dem Fuß der Statue. John schaute genauer hin. Er war verwirrt. Zuerst dachte er, es müßte Taubenkot sein, aber das war eindeutig unmöglich.

»Entschuldigen Sie mich«, sagte er. Er ging in die Nische

und begriff sofort, daß jemand seinen Rotz auf den Fuß der Statue gespuckt hatte.

Irgendjemand hatte sich absichtlich an seiner Kirche vergangen. Er holte sein Taschentuch heraus und säuberte die Statue. Einige der alten Leute küßten den Fuß; er würde Lupe bitten, ihn mit Lysol zu säubern, wenn er ihn auf den Urin aufmerksam machte.

Er überlegte, ob er die Detektive informieren sollte. Hier lag etwas von Wahnsinn in der Luft, genau wie der Benzingestank, der den Mord an Maria umgeben hatte. Natürlich würde er sie informieren. Dies konnte wichtiges Beweismaterial sein, sofern es irgendwie mit dem Mord zusammenhing.

Er zermarterte sich das Gehirn, versuchte sich auszurechnen, wer imstande war, unentdeckt hier hereinzukommen. Die Knights of Columbus hatten einen Schlüssel. Die Altar Society hatte einen. Betty und Lupe hatten einen Schlüssel, ebenso die beiden anderen Priester. Und Maria natürlich. Immer Maria.

Er mußte sich eine andere Frage stellen, reinen Gewissens: Konnte es einer der anderen Priester gewesen sein?

Nein. Frank war ein großer, sanfter Bär, sanft und sensibel. Und Tom war es auch nicht gewesen. John hatte seine frühen Jahre bei M. and J. verbracht, als Tom noch aktiv zum Arbeitsteam gehörte. Er war ein frommer Mann, ein wenig aufreibend, aber immer willens, seine Pflichten zu erfüllen. Und er liebte den Herrn. Selbst jetzt kam Tom noch her, um zu beten – zu jeder Tages- und Nachtzeit.

Nachdem er sich umgezogen hatte, kehrte er ins Pfarrhaus zurück und steckte den Kopf zur Wohnzimmertür herein. »Ich komme gleich zu Ihnen, Bob.« Der Personaldirektor, der, noch im Mantel, auf der Kante eines Stuhls saß, neigte nur, ohne zu lächeln, seinen großen Kopf. John ging ans Telefon im Büro und rief die Detektive an. Dowd, der offenbar dieser schwierigen jungen Frau unterstellt war, nahm den Anruf entgegen. »Hier ist Father John Rafferty. In der Kirche hat es einigen Vandalismus gegeben.«

»Ja?«

»Jemand hat vor die Kanzel uriniert und auf unsere Statue des heiligen Joseph gespuckt.«

»Sie wollen das anzeigen?«

»Nun, in diesem Sinne ist es nicht sonderlich wichtig. Aber ich dachte – schließlich untersuchen Sie einen Mord in der Kirche…« Er wußte nicht, was er sonst noch sagen sollte. Das Schweigen am anderen Ende der Leitung wurde rasch aufreibend.

Schließlich ergriff der Detektiv wieder das Wort. »Ist etwas berührt worden?«

»Ich habe die Statue mit meinem Taschentuch abgewischt.«

»Lassen Sie den Rest. Wir kommen herüber und werfen einen Blick darauf.«

Er legte auf in dem Gefühl, das Richtige getan zu haben. Es dauerte keine fünf Minuten, bis der Wagen der Detektive abermals vor dem Pfarrhaus hielt. Quindlan wurde ungeduldig, stand an der Schwelle des Wohnzimmers. John fiel auf, daß sein maßgeschneiderter Mantel immer noch zugeknöpft war.

»Sie sehen aus wie ein sprungbereiter Tiger«, sagte John.

Quindlan lächelte nicht. »Ich habe nicht viel Zeit.«

»Dann werden Sie entzückt sein, wenn Sie hören, daß ich jetzt die Polizei in die Kirche begleiten muß.«

Der Direktor brachte ein knappes Nicken zustande, dann griff er nach seiner *Times* und ließ sie absichtlich verärgert rascheln.

Die beiden Detektive kamen die Vordertreppe herauf. Dowd stampfte, um sich gegen die Kälte zu wehren. John führte sie in die Kirche, wo Jerome nach wie vor betete, und zeigte ihnen die Pfütze unterhalb der Kanzel. Als Kitty Pearson eine kleine Taschenlampe auf ihre Basis richtete, wurde etwas sichtbar, das John übersehen hatte. Auf das Holz war so hart eingeschlagen worden, daß sich Splitter daraus gelöst hatten.

Kitty richtete ihre Lampe auf den Boden, wo Holzpartikel lagen; einige davon schwammen in dem Urin.

»Wer immer hier hingepinkelt hat, hat außerdem wie ein Verrückter gegen die Kanzel getreten.«

John konnte sich nicht vorstellen, wie jemand so weit oben hatte hintreten können, und sagte es.

»Muß über dem Rand gehangen haben«, bemerkte Dowd. »Anders geht es nicht.« Er hockte sich nieder, füllte Flüssigkeit in ein Röhrchen, stöpselte es zu und stand auf. »Wir sehen uns noch einmal um.«

John wußte nicht, ob er bleiben oder gehen sollte. Der Gedanke an Quindlans grimmige Stimmung gab den Ausschlag. Er würde bleiben, solange es irgend ging.

Kitty bewegte sich zwischen den Bänken. Ihr Gesicht war ein verschwommener weißer Fleck in der düsteren Kirche. Er sollte wirklich mehr Lichter einschalten, aber es war so teuer. Das Finanzkomitee hatte festgestellt, daß es siebzig Dollar kostete, wenn die Kirche vierundzwanzig Stunden lang beleuchtet wurde. Beängstigend.

Sie sagte etwas, aber er hatte es nicht gehört. »Wie bitte?«

»Sie können gehen. Wir brauchen Sie nicht mehr.«

Also konnte er das Gespräch mit Quindlan nicht länger aufschieben. Zu schade.

Die Kanzlei war mit John Rafferty nicht einverstanden. Das Problem war simpel genug; er stimmte in verschiedenen wichtigen Fragen nicht mit dem Kardinal überein, und das zeichnete sich in seiner Führung der Gemeindegeschäfte ab. Im Dunkel der Nacht kam ihm manchmal der Gedanke, daß das einzige, was ihm sein Pastorat erhielt, der Priestermangel war. Aber bei Tage sahen die Dinge anders aus. Der Kardinal war ein Praktiker, und er wußte, daß John mit Mary and Joseph Erfolg hatte.

Während er wartete, hatte Robert Quindlan sich eine Zigarre angezündet. Das Aroma hatte sich wie Erinnerungen in der stillen Luft ausgebreitet. Johns Vater hatte Zigarren geraucht, und dieser Duft hatte während seiner gesamten Kindheit in ihrem Haus gehangen.

Er und Bob gehörten derselben Generation an; im St.-Josephs-Seminar waren sie ein Jahr auseinander gewesen. Zu jener Zeit verließ man das Seminar erfüllt von unschuldiger Gewißheit. Der Absolvent war im Besitz der Wahrheit Gottes, und die Autorität seines Stellvertreters auf Erden verpflichtete die Gläubigen, ihm getreulich zu folgen.

Damals hatte das Pfarrhaus sechs Priester beherbergt, und sie waren alle vollauf beschäftigt. Von Diakonen war nicht die Rede. Auf der Liste standen dreißig Meßdiener, und es gab massenhaft Jungen, die nur darauf warteten, die Stelle eines anderen einzunehmen, der seine Responsorien nicht kannte oder zu spät zur Messe kam.

Bobby Quindlan war ein heiterer Seminarist mit roten, pockennarbigen Wangen und einem Anklang des irischen Tonfalls seiner Mutter gewesen. Sie hatte sich angehört und ausgesehen wie die alte Mutter McCree, und es gab Gerüchte, daß Quindlan ins Seminar eingetreten war, um ihrer rasiermesserscharfen Zunge zu entkommen. Außerdem gab es Gerüchte, daß er ihr einmal zu Weihnachten eine Pfeife geschenkt hatte, ohne sich der Tatsache bewußt zu sein, daß dies für einen amerikanischen Jungen ein etwas eigenartiges Geschenk an seine Mutter war. Es gibt Teile von Queens, die für immer irisch bleiben.

Was Quindlan vorzüglich konnte, war folgen. Wohin sein Kardinal ihn führte, dorthin begab er sich auch, die Taschen voller Zigarren, den Hals aus dem Kragen hervorquellend. Abtreibung? Ausgeschlossen. Geburtenkontrolle? Denk an das Elfte Gebot: »Du sollst nicht verwenden Pessare, Kondome, Antibabypillen oder irgend etwas dieser Art, was vielleicht in Zukunft noch erfunden wird. Und auch keinen verdammten Schaum!« Und was die Homosexuellen anging – nun, auf *ihre* Gebete hatte Gott eindeutig reagiert, oder etwa nicht?

»Sie rauchen doch nicht, John, oder?« fragte Quindlan, mit seiner Zigarre beschäftigt.

»Nur wenn ich erfolgreich in Versuchung geführt werde.«

»Lobenswert.« Er paffte angestrengt, brachte sie zum Glühen. »Und wem oder was gelten Ihre Leidenschaften?«

»Ich bringe sie …«

Er hob die Hand, redete um die Zigarre herum, die jetzt sein Gesicht dominierte. »Das war eine rhetorische Frage. Wir alle bringen alles dar. Maria ist eine schlimme Sache, John. Diese Fernsehsendung war … wow. Überaus unangenehm.«

»Das weiß ich, Bobby.«

»Eine wirklich schlimme Sache. Ich habe sogar die Formulierung ›eine Entwürdigung des Priestertums‹ gehört, aber ich persönlich würde nicht so weit gehen.«

»Danke.«

»Was ich Ihnen sagen muß, ist dies. Ich glaube, Sie müssen aufgeben. Der Kardinal wünscht einen Wechsel an M. and J.«

Es war, als hätte ihm eine riesige Faust einen heftigen Schlag auf die Brust versetzt. Er hatte gewußt, daß es eines Tages so weit kommen würde, aber er hatte immer gehofft, daß dieser Tag in der Zukunft bleiben würde.

Sein Kopf wurde leer, sein Herz begann zu hämmern, ihm war schwindlig. Die Worte, die er herausbrachte, waren die allertiefste Wahrheit. »Das ist mein Tod.«

»Wie bitte?«

»Ich habe gesagt – ich weiß nicht, was ich gesagt habe.«

Bob warf ihm einen langen Blick zu. »Sie sind ohnehin schon viel zu lange hier gewesen. Ich hätte gedacht, Sie würden eine Veränderung begrüßen.«

»Oh?« Er wollte einfach nicht glauben, daß sie ihm tatsächlich seine Gemeinde wegnehmen wollten. Der Kardinal hatte natürlich ein Recht dazu, aber so etwas tat man heutzutage einfach nicht. Er griff nach jeder Stütze, die er finden konnte. »Es wird eine Sitzung des Personalausschusses geben müssen, Bob.«

»Nicht unbedingt. Wenn wir eine Rücktrittserklärung haben, kann alles seinen normalen Weg gehen.«

»Sagen Sie mir, daß das nicht wahr ist.«

»Der Kardinal schätzt Sie als Priester. Aber er glaubt, es wäre für M. and J. das beste.«

Er dachte an seine Obdachlosen, seine Schwulen, seine kirchlich Unerwünschten und fragte sich: An wen sollen sie sich jetzt wenden? Statt dessen stellte er eine andere Frage: »Wer soll die Gemeinde übernehmen?«

»Wir werden Ihren Kuraten ernennen.«

»Er ist – er ist dazu noch nicht imstande.« Also, John Rafferty, war das barmherzig? Du versuchst hier, einem anderen Mann die Kehle durchzuschneiden.

»Da sind wir anderer Ansicht.«

»Wir sind beide eingehend von der Polizei verhört worden. Sie hat sich geradezu auf uns gestürzt.«

»Das weiß ich. Er hat mit mir telefoniert, und soweit ich weiß, auch mit dem Kardinal.«

Nun, das war merkwürdig. Wie konnte ein bescheidener Kurat wie Frank direkten Zugang zu einem Kirchenfürsten haben? »Ich wußte nicht, daß er eine private Leitung zum Kardinal hat.«

»Die hat er. Wissen Sie, der Kardinal und sein Onkel, Bischof Bayley, kennen sich schon eine Ewigkeit. Sie sind seit ihrer Seminarzeit befreundet.«

Das war eine echte Überraschung. Weshalb hatte Frank nie erwähnt, daß er Zugang zum Kardinal hatte? Er hatte die Tatsache, daß er Bischof Bayleys Neffe war, immer heruntergespielt. »Ein alter Mann in einem alten Haus in einem alten Teil von Chicago« – auf die Art hatte er seinen Onkel beschrieben. John war unbehaglich zumute bei dieser Eröffnung über seinen Kuraten.

Quindlan fuhr fort: »Sie und ich, wir sind zwei Priester, die versuchen, aus einer üblen Sache herauszukommen und dabei gleichzeitig die Würde der Kirche zu wahren. Zwei *Freunde*, könnte ich hinzufügen, aber ich bin nicht sicher, ob Sie es so empfinden.«

»Sie brauchen sich nicht zu verteidigen, Bobby, nur weil Sie eine unangenehme Pflicht erfüllen müssen. Ich liebe immer noch den Jungen, der seiner Mutter zu Weihnachten eine Kaywoodie-Pfeife geschenkt hat.«

Bob kicherte. »Sie hat sich gefreut wie ein Schneekönig. Wissen Sie, John, der Grund, weshalb der Kardinal Sie solange hier gelassen hat, geduldet hat, daß Sie die Dinge auf Ihre Art tun, ist der, daß Sie hierher passen. Sie leisten verdammt gute Arbeit. Aber Sie werden alt, und auch Frank ist ein guter Mann. Sie haben den Jungen praktisch großgezogen. Sie sollten sich freuen, daß er die Gemeinde übernimmt.«

»Sagen Sie mir nicht, wann ich glücklich sein sollte. Daß mir die Kehle durchgeschnitten wird, ist kein Grund zur Freude.«

»Dann geben Sie wenigstens zu, daß Frank eine Chance verdient. Er ist dynamisch, und diese Gemeinde ist einzigartig. Ich will nicht irgendjemanden aus der Horde hier einsetzen. Vermutlich ist ›Horde‹ heutzutage nicht ganz das richtige Wort, aber wir könnten jemanden finden.«

John wollte Franks Eignung für den Job nicht in Frage stellen, außer aus Gründen der Unerfahrenheit. Mehr zu sagen wäre eine Gemeinheit. Und auf jeden Fall würde Quindlan darin eine List sehen. Deshalb ging er die Sache vorsichtiger an. »Ich muß Ihnen sagen, daß ich die Richtigkeit dieser Entscheidung bezweifle. Ich halte sie für übereilt.«

Bob bückte sich und holte einen Ordner aus seinem Aktenkoffer. John konnte darin Briefköpfe der New Yorker Polizei sehen. Die Kanzlei wurde offenbar über sämtliche Details der Ermittlungen informiert. Und wenn sie es wirklich wollte, konnte sie vermutlich auch das Kommando übernehmen.

»John, Sie können mir keinen Vorwurf daraus machen, daß ich sensibel bin. Die Sorte von Schlagzeilen, mit denen wir jeden Tag rechnen müssen – Priester in Sexnöten –, die schaden einer Menge von guten Leuten und guter Arbeit.« Er verstummte. John sah die Düsterkeit in seiner Miene, die große Traurigkeit. Der Mann hatte seine Fehler, aber er liebte die Kirche. Er schwenkte den Bericht. »Wenn das herauskommt, dann sind wir dran. Was ist da vorgegangen? Hier ist die Rede von ›sadomasochistischen Utensilien‹.«

»Dafür muß es irgendeine Erklärung geben. Mit solchen Dingen hatte sie nichts zu tun.«

»Das hoffe ich.« Quindlan bedachte ihn mit einem stechenden Blick. »Sie müssen von Ihrem Amt zurücktreten. Ein Monat der Kontemplation an irgendeinem Ort, weit genug weg von hier. Danach ein neues Amt in der Katholischen Wohlfahrtsbehörde, wo ein Mann wie Sie dringend gebraucht wird.«

»Ich bin Pastor!«

»Eine Versetzung ist seit langem fällig. Sie haben eines der besten Wohlfahrtsprogramme in der Erzdiözese, vielleicht das allerbeste. Wir haben nur noch halb so viele freiwillige Mitarbeiter als vor zwanzig Jahren. Sie könnten imstande sein, das zu ändern, John, mit Ihrer Energie, Ihrer Einsatzbereitschaft und Ihrer außergewöhnlichen Motivation.«

»Ich bin kein Verwaltungsmann! Ich bin Pastor! Ich zelebriere die Messe, ich erteile die mit diesen Händen gesegnete Kommunion! Das ist die Definition von John Rafferty.«

Bob sog an seiner Zigarre, schloß die Augen. »Es ist eine große Gemeinde. Wir haben Beschwerden erhalten.«

»Von den Christos-Leuten, ich weiß. Für die bin ich ein

Ketzer. Und unsere Obdachlosen verschandeln die Gegend. Meine Schwulen sind eine Beleidigung des Herrn. Die Aids-Kranken sollten getrennte, aber gleichwertige Weihwasserbecken haben. Ich kenne die ganze, widerwärtige Litanei. Wenn Sie auch nur eine Unze von Fairneß in sich haben, dann lassen Sie mir meine Gemeinde. Lassen Sie mich hier sterben.« Plötzlich empfand er entsetzliche Bitterkeit. »Allzulange wird es nicht mehr dauern.«

»Sind Sie krank?« fragte Quindlan, und auf seinem Gesicht lag echte Besorgnis.

»Nein, das bin ich nicht. Vielleicht werde ich hundert Jahre alt.«

»Frank sagte mir, Sie würden nicht dagegen ankämpfen.«

Ihm schoß der Gedanke durch den Kopf, daß er vielleicht imstande war, ihnen Angst einzujagen. »Ich werde es tun, und wenn er seine Mitmenschen beurteilen könnte, dann hätte er das gewußt. Bedenken Sie, daß dies in der Gemeinde einen gewaltigen Staub aufwirbeln würde. Ich möchte nicht mein eigenes Loblied singen, aber ich bin in dieser Gegend keineswegs verhaßt.«

Bob griff wieder nach seinem Aktenkoffer und holte ein weiteres Memorandum heraus. »Seit Ihrem Auftritt vor den Fernsehkameras haben wir Dutzende von Briefen erhalten, und in den meisten wird um Ihre Absetzung gebeten. Sie sollten Sie lesen. Die Leute lieben Sie, aber sie lieben auch M. and J. Sie reißen den Bau auseinander.«

»Es gibt immer ein paar Leute, die unzufrieden sind.«

»Mehr als nur ein paar. Die Kirche der Sechziger gibt es nicht mehr, John. M. and J. ist ein Überbleibsel aus der Vergangenheit.«

»Und ich nehme an, Frank soll sie in die neokonservative Gegenwart bringen. Eine großartige Aufgabe für einen sehr starken jungen Mann.«

Quindlan hakte nach. »Also sind Sie mit ihm einverstanden.«

»Frank ist ein großartiger Mann. Aber er ist nicht der Pastor der Gemeinde von Mary and Joseph, noch nicht.«

Bob beugte sich vor, legte die Hand auf Johns Knie. »Ich denke, er wird es bald sein.« Er mußte die Geste in Filmen gesehen haben.

John wich zurück. »Sie befehlen mir, aufzugeben? Entlassen mich? Ich möchte, daß Sie es sagen. Es amtlich machen.«

Bob betrachtete seine Hände. Das schmerzte ihn, John sah es. »John«, sagte der Direktor, »wenn wir gezwungen sind, Sie zu entlassen, muß eine Sitzung des Personalausschusses stattfinden. Wenn Sie aus gesundheitlichen Gründen zurücktreten, können wir Sie beschützen.«

»Wovor? Vor der Presse? Entschuldigen Sie meine Impertinenz, aber Sie können ja nicht einmal den Kardinal vor der Presse beschützen.«

»Ich rede vom Gesetz, John! Falls es dazu kommen sollte, daß gegen Sie ein Haftbefehl erlassen wird.«

»Also, das ist wirklich das Albernste, was ich je gehört habe!«

»Ich will Ihnen nichts vormachen, mein Freund. Sie sind der Tat dringend verdächtig.«

»Dafür gibt es keinerlei Beweise. Es kann keine geben!«

»Eine heimliche Liebesaffäre, ein Testament, das alles Ihnen hinterläßt. Natürlich ist die Polizei argwöhnisch.«

»Aber das ist lächerlich! Ich – ich könnte niemanden umbringen.«

Bob legte seine große Rechte auf Johns geballte Faust. »Das weiß ich, alter Freund, glauben Sie mir, ich weiß das. Und der Kardinal weiß es auch. Aber die Polizei weiß es nicht. Wenn es zu einer Anklage kommen sollte, wäre das eine Tragödie für die Kirche, ob Sie nun verurteilt werden oder nicht.«

Er hatte die Wahrheit gesagt, und es gab kein Entkommen. Er sah nicht einmal eine Möglichkeit, auf Zeit zu spielen. »Damit wollen Sie sagen, wenn ich in aller Stille zurücktrete, wird die New Yorker Polizei ihre Hunde zurückpfeifen.«

»Wir würden es versuchen, John. Wir können nichts versprechen. Aber wir haben ein gewisses Maß an Einfluß, wie Ihnen klar sein dürfte.«

»Ich bin es also, der vernichtet wird, weil er sich nicht das Geringste hat zuschulden kommen lassen.«

Quindlan stand auf, steckte die Zigarre in den Mund. »Dem entnehme ich, daß Sie sich weigern, zurückzutreten.«

»Kategorisch.«

»Dann werden wir Sie zu gegebener Zeit über den Termin der Anhörung informieren, auf die Sie Anspruch haben.«

9

Frank stand vor den Mitgliedern der Christos-Gemeinde, angetan mit seiner Soutane, einem weißen Chorrock darüber und einer violetten Stola um den Hals. Er verstieß damit gegen Johns ausdrückliche Anweisungen: den Christos-Leuten war es nicht gestattet, ihre Rituale auf kirchlichem Boden abzuhalten.

Aber es war an der Zeit, ein wenig Autorität geltend zu machen. Dazu hatte er Monsignore Quindlans ausdrückliche Genehmigung.

Er war überrascht, als er spürte, daß seine Gewandung ihn ein wenig verlegen machte. Weshalb? Sie war ein so selbstverständlicher Teil seiner Garderobe, daß er kaum über sie nachdachte.

Maria war da, hochgewachsen in ihrem Kapuzenumhang.

»Bete mich an, mein kleiner Priester.«

– Nein! Ich will daran nicht denken! Ich kann es nicht!

Er räusperte sich, reckte die Schultern. »Laßt uns alle bedenken, daß wir uns in der Gegenwart Gottes befinden. Brüder und Schwestern, wir versammeln uns in der Gegenwart Gottes, um seine Verzeihung zu erflehen für unsere Unzulänglichkeiten und Irrtümer.«

Frank ließ den Blick über seine kleine Gemeinde schweifen. Sie waren seine Leute, und er liebte sie innig. Da waren die Bowers mit ihren drei Kindern, die Conrads, Jack und Martie Glenn, die Nicastros, die Kellys, die Evans, Jenny Poole.

Auf dem Gesicht von Pat Kelly lag ein abwesender, verzückter Ausdruck. Seine Frau Tricia schaute so intensiv nach unten, als wollte sie die Risse im Fußboden zählen.

Hinter dem Strahlen der Gesichter sah Frank dunklere, vielschichtigere Emotionen. Sie fürchteten sich natürlich. Das war bei diesem Ritus immer der Fall. Öffentliche Beichte ist eine ungeheure persönliche Herausforderung.

In der Wohnung war es intimer gewesen, in gewisser Hinsicht weiter entfernt von der Gegenwart Gottes. Aber hier – bis zu diesem Moment war ihm nicht bewußt gewesen, wie sehr die Tatsache, daß sie sich in der Kirche befanden, die Dinge änderte.

Als er sprach, erfüllte seine Stimme das Schiff. »Laßt uns nun ein paar Augenblicke nachdenken, uns unsere Verstöße und Unzulänglichkeiten ins Gedächtnis rufen und die auswählen, die wir am meisten bereuen.«

Er verstummte, wartete. Nach einem langen Augenblick stand Linda Evans auf. »Ich beichte, daß ich den Namen des Allmächtigen Gottes mißbraucht habe. Ich beichte, daß ich ständig von der Sünde des Neides erfüllt bin, daß ich eine eifersüchtige Frau bin, daß ich seit der letzten Beichte einen Mann begehrt habe, der nicht mein Ehemann ist.« Sie setzte sich, dann kniete sie nieder und senkte den Kopf.

»Ich beichte, daß ich bei einem Vertrag betrogen habe, auch weiterhin betrüge und nicht weiß, wie ich mit dem Betrügen aufhören soll.« Das war Pat Kelly. Nicastro warf ihm einen irritierten Blick zu. Kürzlich waren sie Partner im Warentermingeschäft geworden. George war ein reicher Mann, und ein extrem moralischer. Pat war es weniger, in beiderlei Hinsicht. Frank hoffte, daß es nicht zu Problemen zwischen den beiden kommen würde.

Die Beichten gingen weiter. Randy Miller, der vierzehn war, beichtete mit knallrotem Gesicht, daß er masturbiert hatte. Deborah Kennard, die vierzig war, tat dasselbe.

Dann kam aus der Düsternis im Hintergrund der Kirche eine zittrige Stimme: »Ich beichte die Sünde gerechtfertigten Zorns! Ich beichte die Sünde des Verlangens nach Gerechtigkeit! Ich beichte den Gedanken, daß all diese Geständnisse überaus oberflächlich sind. Father, ich bitte um Absolution!«

Frank war nicht sonderlich überrascht, als John Rafferty in der heller beleuchteten Umgebung des Altars auftauchte. Sein Gesicht war schweißgebadet, sein Blick leicht verschwommen.

Sehr überrascht war er freilich, als er sah, daß John getrunken hatte. Er war zwar nicht regelrecht betrunken, aber viel fehlte daran nicht. »Father...«

»Sie sind zu mir gekommen als Dieb, Frank. Als *Dieb*!«

»Nein, Father, das bin ich nicht.«

John musterte die Versammlung. »Mein Gott, das ist Christos. Was geht hier vor, eine Art heidnisches Ritual? Christos! Ich habe gehört, ihr opfert Schweine!«

Alle sogen gleichzeitig den Atem ein. Georges Augen wurden hart. Seine Frau schlug die Hände vors Gesicht. Andere wurden unruhig, murmelten.

Frank eilte vom Altar herunter, versuchte, den armen alten Kerl irgendwie zurückzuhalten. Aber John versetzte ihm unvermutet einen harten Stoß. Verblüfft taumelte Frank zurück, fiel. Ein Luftstrom fuhr aus ihm heraus, dann konnte er weiteratmen und gewann sein Gleichgewicht gerade noch rechtzeitig zurück, um zu verhindern, daß er der Länge nach hinschlug. John war kein gewalttätiger Mann. Er mußte entsetzlich leiden.

Nicastro und Kelly stürmten aus ihren Bänken herbei, wollten John bei den Armen packen. »Eine Schande«, murmelte Nicastro. Dann Kelly: »Er ist besoffen.«

»Ich bin nicht besoffen«, sagte John. »Sie verwechseln Traurigkeit mit Trunkenheit.«

Nicastro versuchte, seine Hand auf Johns Schulter zu legen. »Wagen Sie es nicht, mich anzufassen, Sie Schleimer!«

»Sie sind betrunken! Verschwinden Sie!«

»Das bin ich nicht, und ich denke nicht daran.«

Frank, der seine Fassung zurückgewann, intervenierte. »Das gesegnete Sakrament ist im Tabernakel, John.«

»Ich werde Jesus nicht beleidigen. Jesus gehörte zu den Menschen.« Er breitete die Arme weit aus. »Strafe mich, oh Herr, wenn ich dich etwa kränkte.« Dann ließ er die Hände sinken, senkte den Kopf, der wartende Sünder. Schließlich hob sich eine Braue. »Seht ihr? Er will mich nicht strafen.«

»John, das sind nicht Sie. Das ist der Alkohol.« Frank sprach im sanftesten, beruhigendsten Ton, zu dem er imstande war.

John bewegte sich auf die Kanzel zu. Hoffentlich wollte er nicht hinaufsteigen. Er durfte nicht versuchen, eine Predigt zu halten, nicht vor diesen Leuten und nicht in seinem gegenwärtigen Zustand. »John, lassen Sie uns ins Pfarrhaus zurückkehren.« Frank sprach ein stummes, inbrünstiges Gebet für ihn.

»Ich möchte mit euch über eure Sünden reden. ›Ich habe den Namen des Herrn mißbraucht. Ich habe masturbiert. Ich habe meine Frau betrogen. Ich habe meinen Geschäftspartner hintergangen.‹ Verschont den Herrn damit! Diese Sünden sind trivial. Ist euch nicht klar, daß eine Sünde ein wirkliches Ereignis im Leben einer Seele ist? Wenn ihr sündigt, dann ätzt ihr etwas Häßliches in eure unsterbliche Seele ein. Ihr schmälert euch selbst.«

Wie beredsam er war, sogar angetrunken. »John!«

Er ignorierte Frank, schaute über die kleine Versammlung hinweg. Trotz allem war seine Persönlichkeit beherrschend. »Ihr seid hier, um zu beichten? Ihr habt eure Sünden mitgebracht? ›Ich habe masturbiert.‹ Das ist keine Sünde, worin soll da die Sünde liegen?«

»John, um der Liebe Gottes willen!«

»Offenheit, junger Mann! Heutzutage trösten wir uns damit, daß Satan nicht mehr ist als ein Symbol. Ha! Mein Glaube sagt mir etwas anderes. Wenn ihr schon einen derartigen

Ritus haben müßt, dann tut es wenigstens richtig. Wirkliche Sünden!«

Jenny sprach deutlich und voller Stolz. »Unsere Sünden sind wirklich, Father Rafferty. Und Ihre auch.«

»Wenn ihr wissen wollt, was Sünde ist, dann müßt ihr auch wissen, was Satan ist. Also, was ist er? George – Sie sind der Anführer dieser Gruppe –, wissen Sie, was Satan ist?«

»Ein böser Geist.«

»Ein finster dreinblickender Geist mit Hörnern *à la* vierzehntes Jahrhundert? Oder ist er die Wut in ein paar aufgebrachten, mißbrauchten Kindern, die darauf aus sind, die Welt zu morden? Nun reden Sie schon, starren Sie mich nicht bloß an! Was ist er, was zur Hölle ist Satan?« Er funkelte sie an. Ihre blassen Gesichter waren erstarrt, es war wie ein Raum voller Holzfiguren. »Sie meinen, Sie wissen es nicht?« Er schwieg einen Moment, und seine Augen waren erfüllt von Feuer und Liebe. »Satan ist der Unsichtbare. Die Wahrheit ist, daß wir nie unsere Sünden sehen, nicht die wahren, diejenigen, die andere verwunden, und zwar schwer verwunden. Diese Sünden bleiben im Finstern, und ebenso ihr Urheber. Das ist der Grund dafür, daß er der Meister der Finsternis genannt wird.«

Sie wichen vor ihm zurück. Vielleicht, dachte Frank, war es nur gut, wenn er sich in dieser instabilen Verfassung bloßstellte. Vielleicht war es nur gut, wenn er nicht einmal zur Katholischen Wohlfahrtsbehörde versetzt würde. Frank war überzeugt, daß die Kanzlei jetzt allen Grund hatte, den armen Kerl zu pensionieren, und vielleicht würde das – in Anbetracht der Umstände – das beste für ihn sein.

John war auf eine Bank gesunken. Wenigstens hatte er nicht mehr vor, die Kanzel zu besteigen. »Sie«, sagte er zu Frank. »Ich habe Ihnen vertraut.« Er senkte den Kopf und schwieg. Aber dann setzte die Stimme wieder ein, ein beängstigendes, düsteres Murmeln. »Wohl dem, des Hilfe der Gott Jakobs ist, des Hoffnung auf den Herrn, seinen Gott, stehet, der Himmel, Erde, Meer und alles, was drinnen ist, gemacht hat; der Glauben hält ewiglich; der Recht schaffet denen, so Gewalt leiden; der die Hungrigen speiset. Der Herr löset die Gefangenen. Der Herr machet die Blinden sehend. Der Herr richtet auf, die niedergeschlagen sind. Der Herr liebet die Gerechtigkeit. Der Herr behütet die Fremdlinge und erhält Waisen und Witwen.« Er sah wieder Frank an. »Kennen Sie das, junger Mann?«

Frank schüttelte den Kopf.

»Das, mein Junge, ist aus der Liturgie für Pastoren, Psalm 146. Kennen Sie die Liturgie für Pastoren? Nein? Das dachte ich mir. Sie sollten sie lesen, jedes Wort in Ihr Gedächtnis und Ihr Blut aufnehmen! Dieser wundervolle Ort, diese Gemeinde, soll Ihnen überlassen werden. Sie brillanter Dieb!«

Jetzt reichte es Frank. »Nein, Father, ich bin kein Dieb. Ich liebe Sie, das wissen Sie. Ich hätte mich gefreut, wenn Sie hätten bleiben können. Aber Ihre öffentlichen Indiskretionen haben der Kirche geschadet. Und deshalb haben Sie Ihre Gemeinde verloren.«

»Schweigen Sie, Sohn. Ich bin nicht gut darin, solche Dinge zu sagen, und ich kann es nur einmal.«

»Father«, mahnte er, »denken Sie an die Frommen.«

»Schauen Sie mich an, Frank.«

»John, ich bitte Sie...«

»Schauen Sie mich an!«

Unwillkürlich wandte Frank den Blick ab – und schämte sich sofort seines Tuns.

Wie zu erwarten, wurde John wütend. »Sie können mir nicht in die Augen sehen!« Seine Stimme wurde schrill. Die Leute waren ängstlich, verschämt und betreten. Man sehe sich die arme Maureen Nicastro an, ihre Hände waren ineinander verkrampft, ihr Kopf gesenkt.

Er mochte die Frommen einschüchtern, aber Frank würde sich nicht einschüchtern lassen. »Sie sind es, der diese Kirche den Schwulen, den Abtreibern geöffnet hat...«

Wie er gehofft hatte, machten seine entschiedenen Worte den anderen Mut. Martie Glenn sprach, ihre Stimme glich einer im Wind knallenden Fahne. »Sie haben Dr. Peter Morris die Kommunion erteilt. Ich habe es gesehen.«

»Peter gehört dieser Gemeinde schon länger an als ich selbst.«

»Er ist in der Familienplanung aktiv. Er hat Abtreibungen vorgenommen.«

Zum ersten Mal sah Frank Haß in Johns Augen. »Das ist meine Sache«, knurrte der Pastor.

Martie, Gott segne sie, wurde richtig wütend. Frank hielt den Atem an. »Dieser Doktor ist exkommuniziert. Und Jerome White, der Theaterproduzent? Er gibt zu, daß er homosexuell ist. Er betreibt Sodomie und beichtet es nicht einmal.«

»Woher zum Teufel wissen Sie, was er beichtet?«

Ihre Stimme hob sich um eine Oktave. »Da haben wir's! Sie haben den Namen des Herrn mißbraucht. Sie sind nicht würdig, ein Priester zu sein, geschweige denn ein Pastor.«

»Soweit ich weiß, ist der Teufel nicht der Herr. Es ist keine Sünde, seinen Namen zu mißbrauchen. Und was Jerome angeht, so bin ich stolz darauf, sein Pastor und sein Beichtvater zu sein. Er stirbt an Aids. Würden Sie einem Sterbenden die Sakramente verweigern?«

Frank ergriff das Wort, versuchte, wieder die Oberhand zu gewinnen. »Wenn er exkommuniziert ist – ja.« John verstummte. Sie kannten beide das Kanonische Recht, das in diesem Fall kristallklar war. Frank nutzte seinen Vorteil aus. »Father, ich möchte, daß Sie ins Pfarrhaus zurückkehren, damit wir mit unserem Gottesdienst fortfahren können.«

»Dies ist ein Ritus der Rekonziliation?«

»Ja.«

»Mit öffentlicher Beichte?«

»Ja.«

»Kein genehmigter Ritus. Ihr begeht alle eine Todsünde.«

Frank räusperte sich. »Der Heilige Vater hat Christos die Genehmigung erteilt, auf diese Weise zu beichten, solange der Ritus auf Eingeweihte beschränkt bleibt.«

John überraschte ihn, indem er abrupt aufstand. »Da ich weder ein Eingeweihter bin noch ein interessierter Teilnehmer und hierfür nicht die geringste Sympathie empfinde, war mir diese kleine liturgische Spitzfindigkeit unbekannt. Was für ein Spaß. Eine Art gegenseitiges Betatzen in Form einer Gruppenbeichte, wie?«

»Sie können uns ruhig verachten«, sagte Pat Kelly. »Wir sind trotzdem die Zukunft der Kirche.«

»Die Zukunft der Kirche liegt auf den Straßen. Sie tragen die falsche Uniform.« Wie alle Männer trug Pat einen dunklen Anzug.

»Die Sechziger waren schon vor zwanzig Jahren zu Ende«, erwiderte Pat mit bewundernswerter Überzeugtheit. »Oder ist Ihnen das nicht aufgefallen?«

»Wir speisen in dieser Gemeinde jede Woche fünfzehnhundert obdachlose Männer und Frauen! *Sie* sind die Kirche! Wer weiß, vielleicht werden wir eines Tages auch Jesus selbst speisen. Denn das kann ich Ihnen versichern – wenn Er wiederkehrt, dann wird Er unter ihnen sein.«

Das brachte George auf. »Er wird in der Glorie kommen!«

»Was meinen Sie damit? In einer vergoldeten Karosse? Die Glorie dieser Welt ist der demütige Mensch.«

»Wir wollen fortfahren«, sagte Frank leise. »Gibt es noch weitere Sünden zu beichten?«

Es gab keine.

John begann wieder zu sprechen, gerade als Frank glaubte, es wäre vorbei. »Meine schlimmste Sünde dürfte gewesen sein, daß ich einem kleinen Jungen gesagt habe, er sollte seiner Mutter gehorchen. Diese Sünde habe ich in diesem Beichtstuhl da drüben begangen.« Er deutete auf die dunklen Holzkabinen an der Nordwand. »Ich wußte, daß seine Mutter trank, sie hatte es mir gesagt. Ich wußte, daß sie das

Kind schlug. Strafe nannte sie es. Anstatt zu verlangen, daß sie sich in psychiatrische Behandlung begab, glaubte ich arroganterweise, die Beichte wäre alles, was sie brauchte. Jetzt ist die Mutter seit langem tot, und der Sohn ist eine gefolterte Seele, getrennt von seiner Frau und der Tochter, die er beinahe totgeschlagen hat. Die Frau hat Krebs, und wenn es zum Schlimmsten kommt, dann erhält dieser brutale Kerl das Sorgerecht für die Tochter. Und das alles nur, weil ein törichter Priester geglaubt hat, die Beichte könnte ein Ersatz sein für die Couch des Psychiaters.« Mit seiner Gefaßtheit war es vorbei. Seine Augen schlossen sich, Tränen brachen hervor, seine Worte versanken in Schluchzen.

Frank betrachtete seine Leute. »Gehet hin in Frieden«, sagte er. Seine Stimme war kaum mehr als ein Flüstern. Dann legte er den Arm um seinen Freund und führte ihn in die private Atmosphäre des Pfarrhauses, das ihr Zuhause war.

ERMITTLUNGEN

Der junge Pathologe stand am Kopf des Sektionstisches und diktierte seinen Befund in ein Mikrofon. Seine Augen waren fast so glasig wie die seiner Patienten. Es war fast achtundvierzig Stunden her, seit die Tote in einem Müllcontainer im Village gefunden worden war, und der Geruch der chemischen Konservierungsmittel war stark. Sie war gründlich obduziert worden, und jetzt lagen ihre inneren Organe in Plastikbeuteln in ihrer Brusthöhle. Sie hätte eigentlich wesentlich kälter sein sollen, aber je mehr man kühlt, desto teurer wird es.

Versuche, die Tote zu identifizieren, waren gescheitert. Es gab nicht einmal Wäschereizeichen in der schäbigen Kleidung. Verwandte hatten sich nicht gemeldet.

Pearson und Dowd waren anwesend, weil die Frau von einem Killer erdrosselt worden war, der so kräftig war, daß er ihr den Hals brechen konnte; weil man sie in der Nähe von Mary and Joseph gefunden hatte; und weil Feuer dergestalt im Spiele war, daß die Leiche mit Kerzen dekoriert worden war. Sie waren anwesend, weil sie zwei sehr gewissenhafte, sehr nervöse Detektive waren.

»Dies ist die Leiche einer schätzungsweise siebzigjährigen, unidentifizierten weiblichen Person, deren Tod durch Ersticken infolge Erwürgen erfolgte. Sie ist weiß, undeformiert, keine sichtbaren Narben, Blutgruppe Null plus. Die inneren Organe weisen keinerlei Anzeichen für Krankheitsvorgänge auf, abgesehen von einer fortgeschrittenen, aber nicht tödlichen Arteriosklerose und den für ältere Leute typischen arthritischen Knochenveränderungen. Die Leber ist vergrößert, aber nicht erheblich. Die hämorrhagischen Befunde bestätigen den Tod durch Ersticken, und Quetschungen am Hals entsprechen Verletzungen, die durch den heftigen und starken Fingerabdruck herbeigeführt wurden. Deshalb bin ich der Ansicht, daß diese Frau das Opfer eines durch Erwürgen von Hand begangenen Mordes ist.«

Der junge Pathologe schob das Mikrofon beiseite, zog die Gummidecke über die unbekannte Tote und verließ den Raum. Kitty zündete sich eine Zigarette an, um den Formaldehydgestank loszuwerden. »Verschwinden wir von hier«, sagte sie.

Sam zögerte. Er wartete darauf, daß sie bemerkte, was er für offensichtlich hielt. Sie tat es nicht, was ungewöhnlich und, dachte er, ein deutlicher Beweis dafür war, wie beängstigend dieser Fall allmählich wurde. »Äh – vielleicht sollten wir ihre Schuhe mitnehmen«, sagte er.

Sie begriff immer noch nicht. »Worauf zum Teufel wollen Sie hinaus, Mr. Dowd?«

»Nun, ich denke an die Spuren an der Kanzel – wenn sie dort erwürgt wurde...«

»Verraten Sie nie jemandem, daß Sie schlau sind. Sie würden es nicht glauben, bis sie es mit eigenen Augen gesehen haben.« Sie wies einen der Wärter an, die Schuhe auszuziehen, in einen Beutel zu stecken und eine Quittung auszustellen.

»Hatte der alte Mann an der Pier irgendwelche Schuhe?« fragte Kitty. »Ich meine, unverbrannt?«

»Falls diese nicht zu den Spuren passen sollten?«

»Falls es Spuren von mehr als nur einem Paar Schuhe gibt. Vielleicht gehört das zu seiner Methode. Er erledigt sie in der Kirche, dann schafft er sie hinaus und verbrennt die Leichen.«

Sie fuhren zusammen zur Kirche.

»Ich frage mich, warum zum Teufel es gerade jetzt passiert?«

»Der Kerl langweilt sich, Sam. Vielleicht hat er sich auch ein anderes Hobby zugelegt. Früher spielte er Bridge, jetzt bringt er Leute um.«

»Es ist, als hätte er irgendeinen plötzlichen Anstoß erhalten. Irgend etwas ist passiert in seinem Leben, das zum Auslöser wurde.«

»Es sei denn, er hat sie sehr sorgfältig und bedacht ausgewählt. Normalerweise bringt er sie um und verbrennt sie so gründlich, daß nie jemand identifiziert werden konnte. Er tut es schon seit Jahren. Jetzt ist er alt und schwach geworden. Er fängt an, Fehler zu machen.«

»Father Sprachlos?«

»Er und Rafferty sind beide alt.«

Es gab keinerlei Hinweise auf ähnliche Verbrechen irgendwo im Land. Morde durch Erschlagen und Erwürgen gab es massenhaft – sogar in Kirchen –, aber das Feuer dabei war einmalig.

Zwanzig nach fünf trafen sie bei der Kirche ein, mit den Schuhen in der Hand. Im vorderen Teil saßen Leute, also stiegen sie auf die Chorempore hinauf. »Nicht zuhören«, flüsterte sie. »Sie könnten sich mit Katholizismus anstecken.«

Die Priester hatten eine Art gedämpfter Auseinandersetzung vor etwa fünfzig Leuten. Diese Leute saßen starr da, in säuberlichen Reihen, ohne sich zu rühren, ohne zu husten. Von ihrer Ruhe ging eine obskure Bösartigkeit aus. Kitty dachte an die Geschichte der Kirche mit ihren Inquisitoren und ihren Dogmen und den langen, harten Jahren ihrer Macht.

Die Priester diskutierten. Father John wirkte erregt, Father Frank versöhnlich.

»Ich bin sicher, sie diskutieren über theologische Fragen«, flüsterte Sam Dowd. »Ich habe mir sagen lassen, daß Katholiken dazu neigen, sich wegen theologischer Fragen in die Haare zu kriegen.«

Sie beschloß, das zu ignorieren. »Hören Sie ihnen zu, vielleicht erfahren Sie dann etwas. Ich glaube, man hat Rafferty geschaßt, und der junge Mann hat seinen Job bekommen. Kein Wunder, daß er verrückt spielt.« Sie sehnte sich nach einer Zigarette, hielt es aber für richtiger, sich keine anzuzünden, bevor die Eingeborenen die Gegend verlassen hatten.

Sobald sämtliche Katholiken verschwunden waren, steckte sie sich eine Carlton in den Mund und zündete sie an. Sie verbrannte ein Viertel der Zigarette mit dem ersten Zug, danach fühlte sie sich etwas besser.

Sie stiegen hinunter und gingen durch das stille Schiff; ihre Schritte widerhallten in dem großen Raum. Die Buntglas-Heiligen starrten auf sie herab von ihren Fenstern, durch die ein trübblaues Licht auf die Bankreihen fiel. Dies war nicht ein Ort des Todes, nicht im eigentlichen Sinne, doch die beiden Polizisten rückten instinktiv näher zusammen. Jetzt, da die Frommen gegangen waren, lag nichts Elektrisierendes mehr in der Luft. Anstelle von Frieden ging von der Kirche nur Schweigen aus, und es war ein düsteres Schweigen, ein beobachtendes Schweigen.

Mit der Effektivität des erfahrenen Teams, das sie waren, gingen Sam und Kitty daran, die Schuhe mit den Spuren an der Kanzel zu vergleichen.

Kitty war die erste, die sprach. »Es stimmt.«

»Ich habe es gewußt.«

»Das ist ein böser Bube, der das getan hat.«

»Ein sehr böser.«

»Und alles, was wir von ihm wissen, ist, daß er kräftige Hände hat und Feuer liebt.«

»Große Hände.«

Die beiden Detektive verweilten nicht in der Kirche. Sie waren stumm, sie bewegten sich schnell. »Ein Verrückter kann ungeheuer kräftig sein, wenn er in der richtigen Stimmung ist. Also suchen wir nach großen Händen, aber nicht unbedingt nach kräftigen.«

»Akzeptiert und beherzigt.«

Sie stiegen in den Wagen. Dowd fuhr. Er bog in die Sixth Avenue ab. »Wir sollten den Priestern noch einen Besuch abstatten.«

»Meiner Meinung nach macht diese irre Geschichte sie weniger verdächtig. Ein Verbrechen aus Leidenschaft könnte ich verstehen. Priester haben Leidenschaften. Aber dies – das paßt einfach nicht.«

»Sie glauben nicht, daß einer von ihnen verrückt sein könnte?«

»Unwahrscheinlich.«

»Meiner Meinung nach könnte Father Sprachlos für die Anstalt reif sein.«

»Aber er ist nicht gewalttätig.«

»Also, *falls* diese Taten von einem verrückten Priester begangen wurden – und ich gebe offen zu, daß es hypothetisch ist–, dann haben wir es mit einem sehr, sehr gerissenen Mann zu tun. Überaus gerissen. Wir können davon ausgehen, daß ihm überhaupt nichts anzumerken ist. Nicht das Geringste.«

»Das ist richtig, das muß ich zugeben. Vielleicht sollten wir die Priester ein bißchen unter Druck setzen und sehen, was passiert.«

»Was sollte das bringen?«

»Wenn einer von ihnen verrückt ist, dann macht er vielleicht ein Feuerchen an oder so etwas.«

»Und wir wären glücklich.«

Dann verstummten sie, beide tief in Gedanken versunken. Sie teilten ein unausgesprochenes Gefühl der Dringlichkeit. Weil sie diesen Fall nicht lösen konnten, starben Leute.

Sie hatten es mit einem sehr bösen Buben zu tun, einem wahrhaftig sehr bösen Buben.

10

Kitty Pearson tat einen langen Zug an ihrer Zigarette. John bemerkte, wie Franks Hände zitterten, als er ihr Kaffee einschenkte.

»Ich bin froh, daß Sie nicht anderweitig beschäftigt sind«, sagte sie munter.

»Um elf Uhr abends werden sogar Priester in Ruhe gelassen«, erwiderte John, »unter normalen Umständen.«

Wie sie es gewünscht hatte, waren alle drei Priester anwesend; sie saßen an dem großen Küchentisch. Kitty sah aus, als wäre sie mit sich zufrieden. Der undurchschaubare Mr. Dowd stand neben dem Kühlschrank an der Wand. Frank trank mechanisch Kaffee, Tom Zimmer schaute von Gesicht zu Gesicht, John wirkte besorgt.

»Wir haben heute nachmittag hinten gesessen«, sagte sie. »Während Ihrer – Episode. Bemerkenswert.«

»Sie waren nicht hinten in der Kirche«, sagte Frank.

»Auf der Chorempore, Father. Nach oben schaut nie jemand. Es war eine hübsche Show. Wirklich rührend. Um was ging es dabei?«

»Es war privat«, erwiderte Frank. Außenseiter hatten kein Recht, hinter Christos herzuspionieren. Er unterdrückte seinen Zorn über ihr Eindringen, wendete sich dem gegenwärtigen Problem zu. »Dürfen wir erfahren, weshalb Sie uns aufgesucht haben?« fragte er. »Doch bestimmt nicht wegen des Kaffees.«

»Aber sicher doch«, erwiderte Dowd. »Ihr Kaffee schmeckt uns.«

Tom lächelte, machte ein gurrendes Geräusch in der Kehle.

»Singt er?« fragte Kitty.

Toms Lächeln wurde breiter. Er war so dünn, sein Gesicht war so strahlend, daß er ziemlich grauslich aussah.

»Singen?« sagte Frank. »Er kann nicht einmal Botschaften schreiben.«

»Ist es eine Krankheit?«

John ergriff das Wort. Er hatte Tom schon gekannt, bevor Frank geboren wurde. Also mußte er Toms Zustand erklären. »Es ist keine körperliche Krankheit. Er hat einfach aufgehört zu sprechen.« Er betrachtete seinen alten Freund. »In der Kirche gibt es eine Tradition des Schweigens. Ich selbst bin überzeugt, daß Tom die ganze Zeit betet, für uns alle.« Toms Gesicht, das wieder seinen üblichen unbeteiligten Ausdruck angenommen hatte, ließ nicht erkennen, ob das zutraf oder nicht. John wollte ihnen sagen, was er in Tom Zimmers Augen sah, die Güte und die Liebe und die Hingabe. Aber sie würden es nicht verstehen, sie würden den Mann nie bei der Messe erleben, sie hatten ihm nie ihre Sünden gebeichtet, das Sakrament aus seiner Hand entgegengenommen, gehört, wie er in der Nacht weinte, wie er mit Betty Communiello Tango getanzt hatte in den alten Zeiten, als dies noch ein glücklicher Ort war. »Er war sehr lebendig. Er liebt das Leben.«

Ganz plötzlich bewegte sich Dowd. Er schoß auf John zu wie eine angreifende Schlange, mit ausgestreckten Händen und bissig verzerrten Lippen. John fuhr zurück, hätte beinahe seine Tasse umgestoßen.

Dann hatte Dowd ihn beim Handgelenk. »Eine Schabe«, zischte der Detektiv, »sie kriecht auf Ihrem Ärmel.«

John riß seinen Arm zurück, wischte heftig darauf herum. Da war nichts gewesen. Er hatte Augen, er konnte sehen.

Die Detektive jagten ihm Angst ein. Er spürte, wie sein Herz schneller klopfte, sein Atem sich beschleunigte. Was hatten sie vor? Weshalb diese gräßliche Atmosphäre der Bedrohung? »Können wir Ihnen irgendwie helfen?« fragte er. Wie lahm sich das anhörte, wie schuldbewußt!

Kitty holte eine Schachtel Streichhölzer aus ihrer Handtasche, steckte sich eine Zigarette in den Mund. Sie zündete ein Streichholz an, hielt es brennend vor sich. Ihr Blick wanderte von einem Gesicht zum anderen. John war wie hypnotisiert von der Flamme, beobachtete sie, lauschte ihrem Zischen.

Dann stellte er fest, daß sie ihn ansah. Sie zündete ihre Zigarette an. »Wir wollten Ihnen mitteilen, daß es in Ihrer Kirche mindestens noch einen weiteren Mord gegeben hat.«

Die Kaffeekanne knallte auf den Fußboden. Frank bückte sich, versuchte mit flatternden Händen, irgendwie wieder Ordnung zu schaffen.

Kitty lachte. »Ich würde Ihnen helfen«, sagte sie, »aber ich habe in einer Küche keinen Handschlag mehr getan, seit ich ungefähr zwölf war.«

John griff sich ein Küchentuch und kam Frank zu Hilfe. Als sie das Gröbste aufgewischt hatten, fuhr Kitty fort: »Gestern morgen wurde eine Tote eingeliefert, eine Frau, die erwürgt und dann in der Bethune Street in einen Müllcontainer gelegt worden war.«

»Es stand in der Zeitung«, sagte Frank.

»Sie war von Kerzen umgeben, und sie war erwürgt worden wie ein anderes Opfer, ein Stadtstreicher, der auf einem der alten Piers umgebracht wurde.«

Das hatte John im Fernsehen gesehen. Grauenhaft. Während er zuhörte, wendeten sich seine Gedanken seiner armen, geliebten Kirche zu, ihrer Anmut und ihrer Schönheit. Sie war ältlich vielleicht, ihr Gesicht mußte ein bißchen geliftet werden. Aber sie war schön, wenn man nur wußte, wo man hinschauen mußte. Oh ja, und sie spendete Liebe!

Irgend etwas tief in Franks Eingeweiden zog sich übelkeiterregend zusammen. Das Zimmer war stickig und überheizt. Er konzentrierte sich auf das Aufwischen des restlichen Kaffees.

Tom schaute mit der Munterkeit eines Vogels von einem Gesicht zum anderen.

John hatte das Gefühl, es nicht mehr ertragen zu können, keine Sekunde länger, überhaupt nicht mehr. Sie waren hergekommen, mitten in der Nacht, mit dieser Nachricht, um sie zu ängstigen und einzuschüchtern. Sie wollten sehen, wer zusammenbrach, wer es nicht ertragen konnte.

Sie glaubten, daß der Mörder sich hier in diesem Raum befand. Stimmte das oder stimmte es nicht? Es stimmte nicht, sagte ihm sein Verstand, es konnte nicht stimmen! Er musterte seine Kollegen, wünschte, daß sich die Wahrheit auf ihrer Stirn abzeichnete, daß der Herr selbst irgendein Zeichen gab.

Es gab kein Zeichen. Franks Stirn war schweißnaß, während er den Rest des Kaffees aufwischte. Tom war trocken und alt und vermutlich weniger anwesend, als er zu sein schien.

In diesem Moment gab tief drinnen in John etwas nach. Die Situation, der Schmerz, das Entsetzen – alles kam in einer einzigen, lodernden Flamme zusammen. Schmerz verschlang ihn, Angst setzte ihn in Brand. Er wollte sterben, ein Küchenmesser nehmen und es sich in seine eigenen Eingeweide stoßen, endlich der Agonie seines Lebens ein Ende machen.

Kitty tat einen langen Zug an ihrer Zigarette, blies etwas Rauch in Johns Richtung. Sie schien von seinem Zustand nicht im geringsten Notiz zu nehmen. »Wir haben die Schuhe der unbekannten Toten mit den Spuren an Ihrer Kanzel verglichen. Ergebnis: Die Unbekannte wurde von jemandem erwürgt, der auf der Kanzel stand und sie über die Vorderkante herunterhängen ließ. Als sie starb, hämmerte sie mit den Füßen dagegen und pinkelte. Erstickungspanik.«

Mit übertriebener Sorgfalt zog Frank einen Stuhl zurück

und setzte sich. Er wünschte sich, er hätte nicht die verdammte Kaffeekanne umgestoßen. Das sah so – nervös aus. Der Dampf, der aus Kitty Pearsons Tasse aufstieg, und ihr geräuschvolles Schlürfen bewirkten, daß ihm überaus unbehaglich zumute war. Ihm war, als würde jede ihrer harmlosen Gesten irgendeinen grauenhaften Schluß beschleunigen.

»Jesus, steh mir bei«, flüsterte John. Eine fürchterliche Trägheit schien von ihm Besitz ergriffen zu haben. Wie Frank hatte er das Gefühl, von den Detektiven hypnotisiert worden zu sein. Ihm war, als hätte er lange Zeit durchgehalten und könnte es jetzt nicht mehr. Er war im Begriff, loszulassen, und er würde abstürzen, und da unten war es dunkel, und das einzige Licht kam vom Anzünden von Streichhölzern.

»Wir wollten uns im Pfarrhaus umsehen«, sagte Dowd. »Offensichtlich besteht die Möglichkeit, daß derjenige, der diese Verbrechen begeht, von hier aus nachts in die Kirche eindringt.«

John war bestürzt. Frank sah so erschrocken aus wie ein kleiner Junge, der bei irgendeinem kindlichen Vergehen ertappt worden ist. John vergaß ihre Auseinandersetzungen und seinen eigenen bitteren Zorn und legte seinem Freund die Hand auf die Schulter.

»Niemand beschuldigt Sie«, sagte Kitty.

»Das wissen wir.«

»Sie sehen aus, als fühlten Sie sich beschuldigt. Frank auch.«

»Nein, ich... Diese Erdrosselung... Meine Hände...« Er drehte sie im harten Küchenlicht immer wieder von einer Seite zur anderen.

»Gibt es eine Tür, die von hier aus in die Kirche führt?«

»Ja«, sagte Frank geistesabwesend.

Sie schob ihren Stuhl zurück. »Die müssen wir uns ansehen.« John konnte nicht aufhören, seine Hände zu betrachten. Er hatte oft an das Wunder gedacht, das die Hände eines Priesters bewirken, und an die unendliche Güte Gottes, der dieses Wunder geschaffen hat.

Jetzt waren seine Hände Klauen, er stellte sich vor, wie sie sich um einen unschuldigen Hals legten... Nein.

Es war einfach nicht möglich. Er würde niemals, niemals eine Gewalttat vollbringen. Er hatte sterbende Kinder gehalten mit diesen Händen, hatte Hilfe geleistet, Leiden gelindert, Trost gespendet. »Ich habe nie jemanden ermordet!« Er schaute entsetzt von einem Gesicht zum anderen. »War ich das? Habe ich etwas gesagt?«

Kitty stützte das Kinn auf die Handfläche und beobachtete lediglich. Dowd glich einer gespannten Pistole.

»Wir wollten uns das Haus ansehen«, sagte Kitty. »Es ist nicht sonderlich gut gesichert, und Sie müssen vermutlich dafür sorgen, daß nachts niemand aus der Kirche hier eindringen kann.«

John befahl sich, aufzustehen, sich zu bewegen. Aber er stand nicht auf, bewegte sich nicht. Statt dessen sackte er auf seinem Stuhl zusammen. Er wollte es nicht, er hatte seit Tagen dagegen angekämpft, aber jetzt konnte er es nicht mehr, es gab keine Möglichkeit, der Schmerz, der Horror, all das Häßliche – er weinte wie ein Kind. Er bedeckte sein Gesicht, versuchte, die Scham zu verbergen, er schüttelte den Kopf, schüttelte die demütigenden Tränen ab.

Kitty legte ihm eine Hand auf die Schulter. »Ich kenne das«, sagte sie. Nur das. Und er sah, daß es stimmte. Sie kannte es, sie kannte es nur zu gut.

Er ließ den Kopf hängen, seine Schultern bebten unter den Konvulsionen des Kummers.

Frank kam ihm zu Hilfe. »Ich zeige Ihnen den Weg«, erklärte er den Detektiven.

Er geleitete sie zu der Tür, die in die Sakristei führte.

Sie untersuchte sie. Dicke Eiche. Sie öffnete sie. Ein ganz schwaches Licht in der Düsternis – die eine Kerze, die in einer katholischen Kirche immer brennt. Sie konnte die dumpfe, schwere Luft der Kirche riechen, konnte den Tod riechen.

Sie machte die Tür schnell wieder zu. »Schließen Sie sie ab.« Sie schob den Riegel vor, dann rüttelte sie an der Tür.

»Sie haben es mit einem Monster zu tun, Father. Einfach ausgedrückt.« Sie schüttelte eine weitere Zigarette heraus und zündete sie an.

Frank hungerte danach, mit der Sprache herauszurücken, ihr die Frage zu stellen, die in seinem Kopf heulte wie die Stimme eines Sturms: »Glauben Sie, daß es einer von uns war?«

Dowd antwortete: »Wir wissen nicht, wer das Verbrechen begangen hat.«

Sie kehrten in die Küche zurück. John saß zusammengesunken vor einer Tasse Kaffee. Tom Zimmer war verschwunden.

»Wo ist Father Tom?« fragte Dowd. »Hat er sich in einen Kürbis verwandelt?«

»Nein, nachts verwandelt er sich immer in einen gläsernen Pantoffel«, fuhr Frank auf.

Dowd hätte lachen können. Aber nicht jetzt. »Wenn Sie wissen wollen, was wir glauben – wir glauben, daß hier etwas ganz Übles vor sich geht. Wir wissen nicht, ob es gerade angefangen hat oder ob es erst jetzt an die Oberfläche gekommen ist. Aber es ist verdammt übel.«

John war einfach zu mitgenommen, um reden zu können. Er starrte sie an, hörte ihnen zu, als wären sie Schauspieler. Sie waren Detektive, die es mit einem besonders gemeinen Verbrechen zu tun hatten. Aber John sah die Dinge anders. Seine Vorstellungen über das Böse waren sorgfältig durchdacht, und ein wirklicher Teufel hatte damit ganz eindeutig nichts zu tun.

Aber er glaubte durchaus an die Existenz des Bösen. Niemand konnte auch nur eine Woche lang Priester sein, ohne zu erkennen, daß es das Böse gibt und daß es riesig ist und stark und durch die Welt gleitet wie eine Illusion.

Er konnte sich vorstellen, wie diese unheimlichen Verbrechen von der Presse aufgebauscht wurden, wie sie wie ein großer, bedrohlicher Schatten über der gesamten Kirche hingen und Tausende dazu brachten, nicht mehr zur Messe zu kommen, in aller Stille ihre Zuwendungen zu vergessen, in aller Stille die Gewohnheit des Betens aufzugeben. »Ich hoffe, es war kein Priester!«

»Sie hoffen immer, daß der Täter unschuldig ist. Sie wünschen sich ein Happy-End. Aber das gibt es nur in den allerseltensten Fällen.«

»Was wäre, wenn ich sagte, der Mörder befindet sich in diesem Pfarrhaus, Father Frank? Wie würden Sie darauf reagieren?«

Frank musterte Kitty Pearson. »Soll das eine Art Testfrage sein?«

»Natürlich! Ich will wissen, wer zum Teufel das tut! Was glauben Sie wohl, was für ein Gefühl das ist – jeden Tag, den dieser Kerl frei herumläuft, spielen wir mit dem Leben eines Menschen. Dieser Stadtstreicher, jetzt diese alte Frau – sie sind gestorben, weil ich und mein Partner und all die anderen Cops immer noch an dieser Sache arbeiten. Wir waren nicht schlau genug, wir waren nicht schnell genug – und deshalb sind sie tot. Also ist das hier ein Verhör, wenn Sie das bitte zur Kenntnis nehmen wollen! Wir haben es mit einem Monster zu tun! Ist es einer von Ihnen? Wir wollen es wissen!«

John konnte sich das nicht mehr anhören. In der Stimme dieser Frau lag die Schärfe von gehärtetem Stahl. Zu hören, wie diese Sätze wie Kugeln aus diesem hübschen, sanften Mund kamen, zu spüren, wie der Kummer über ihn wegspülte, das Gefühl von Marias Gegenwart, ausgelöst von Kittys dunklem Haar und ihrer sahneblassen Haut – er konnte es einfach nicht mehr ertragen. »Darf ich schlafen gehen?«

»Müde?« fragte Dowd, und sein Ton besagte, daß auch das kleinste Detail zählte.

»Er ist erschüttert. Seht ihn euch doch an! Und ich mache ihm keinen Vorwurf daraus. Weshalb könnt ihr nicht ein bißchen nachsichtiger sein? Er liebt seine Kirche. Er hat Mary and Joseph sein Leben gewidmet. Und jetzt wird sie zu einer Attraktion für Leichenschänder und Unholde.«

»Unholde«, sagte Kitty. »Unholde...«

»Was soll das schon wieder bedeuten?«

»Nichts. Es ist nur ein interessantes Wort. Unhold. Etwas, das Leben verschlingt. Etwas, das in der Nacht zu Hause ist.«

Sie hielten John nicht zurück, als er das Zimmer verließ, und er war so dankbar, daß er sie hätte küssen können. Er versuchte, nicht zu rennen. Alles mußte einen ruhigen, gelassenen Eindruck machen, als hätte er sich wieder unter Kontrolle.

Er betrat sein Zimmer, machte die Tür zu. Endlich allein! Er ertappte sich bei der Frage, wo sie wohnen mochte. Weshalb sollte ihn das interessieren? Vielleicht, um sich irgendwie ein besseres Bild von ihr machen zu können. Hatte sie nicht etwas von Brooklyn erwähnt? Vielleicht. Er warf seine Kleider ab, fiel aufs Bett.

Kitty Pearson. Ledig. Brooklyn.

Er griff nach seinem Brevier und schlug das Abendgebet auf. Rote Lettern starrten ihn an. »Vertrauensvolles Gebet in widriger Lage.« *Vater, deinen Händen empfehle ich meine Seele an.* »Bei dir, oh Herr, suche ich Zuflucht. Laß mich deiner nie unwürdig werden. Großer Gott, sei meine Zuflucht und meine Stärke.«

Er legte sich zurück, das Brevier noch in der Hand. Eine Welle des Zitterns überkam ihn. Vor seinem inneren Auge erschien das Bild von etwas, das aus dem Schmutz hervorgekrochen kam, einer alten Falltür, die geöffnet wurde. Eine Kreatur trieb sich herum, trieb sich in der Kirche herum, schlich durch die Flure des Pfarrhauses.

»Aus der Tiefe rufe ich, Herr, zu dir. Herr, höre meine Stimme, laß deine Ohren merken auf die Stimme meines Flehens! So du willst, Herr, Sünden zurechnen, Herr, wer wird bestehen?« Das Brevier entglitt seinem Griff, er spürte das Gewicht großer Hände auf seinen Schultern, seine Brust bebte. Die dunklen Worte des Psalms pulsierten mit dem Klopfen seines Herzens. »Meine Seele wartet auf den Herrn von einer Morgenwache bis zur andern.«

NACHTSPUK

Der beruhigendste Ort, den George Nicastro kannte, war Mary and Joseph in der samtigen Mitte der Nacht. Heute war er gegen elf gekommen und den größten Teil der Nacht geblieben. Er hatte ein wenig geschlafen, verstohlene, von unruhigen Träumen durchzogene Augenblicke des Halbschlafs, aber die meiste Zeit hatte er gebetet.

Hinter diesen Türen schwiegen die Stimmen, die ihn bedrängten. Andernorts hörte er Beleidigungen in seinem Kopf: »Du bist ein Schwein, du bist ein Lügner.« Da waren Schreie, das Heulen der Verdammten. Er hatte nie Frieden, nicht einmal in seinen Träumen.

Dies war das Gegenmittel. Als er ein kleiner Junge gewesen war, hatte sein Vater ihn in eben diese Kirche mitgenommen, hatte ihn in einer der hinteren Bänke niederknien und beten lassen. Jeden Tag hatten sie eine Stunde gemeinsam gebetet.

Die alten Gebete gingen ihm durch den Kopf, vermischten sich mit Gedanken und Schlaf und Erinnerungen.

Heute nacht war er allein, aber das war nicht immer der Fall. Manchmal kam Father Tom herein und betete stumm in der Nähe des Altars. Gelegentlich kniete Father Frank neben ihm wie einst sein Daddy. Seiner Meinung nach war Kameradschaft im Beten die tiefste, herrlichste Freundschaft, die menschliche Wesen erfahren konnten.

Hin und wieder traf er hier auch andere Gemeindemitglieder, und das war gut. Die Nachricht, daß George Nicastro manchmal die ganze Nacht betete, ging von Mund zu Mund... und Christos wuchs.

Er kniete in einer der hinteren Bänke und genoß die Dunkelheit. Vor dem Marienaltar flackerten ein paar Kerzen, und der Schein des Ewigen Lichts war stetig und klar. Er sah die riesigen Schatten der Statuen der Jungfrau und Josephs. Wie hatte ihr Leben in Wirklichkeit ausgesehen? Er war im Heiligen Land gewesen, hatte in den Bussen gesessen, die durch Bethlehem und Nazareth rasten, hatte den Kreuzweg in Jerusalem nachvollzogen.

Diese Gedanken führten ihn dazu, das Kreuz zu betrachten, das den Altarraum beherrschte. Er schaute hinauf zu dem schattenhaften Gesicht, dem bemitleidenswerten Antlitz des ermordeten Gottes. Für ihn war das Kreuz immer das Symbol eines ungeheuren Zorns gewesen.

Er begann das Vaterunser zu flüstern, ließ die Worte sinnlich seinem Mund entschlüpfen: »... der du bist im Himmel, geheiligt...«

Er hielt inne, weil er sich plötzlich eines seltsamen Effekts bewußt wurde. Es war, als flüsterte jemand im genauen Einklang mit seinen Worten. Aber es war niemand da. Wenn einer der Priester durch die Sakristei kam, dann schlug die Tür zum Pfarrhaus zu, und das Echo widerhallte in der Kirche. Jedes Gemeindemitglied mit einem Schlüssel hätte das Portal aufschließen müssen. Das machte sogar noch mehr Lärm.

»... dein Reich komme, dein Wille geschehe...«

Der Effekt war so überzeugend, daß er sich umschaute. Die Bankreihen waren leer; in den Schatten über den Beichtstühlen konnte er nicht hineinschauen, ebensowenig zu der Tür, die in die Krypta führte.

Er betete sehr schnell. »Vaterunserderdubist...« Dann entspannte er sich. Die andere Stimme hatte perfekt Schritt gehalten, es mußte also ein Echo sein. Er hatte es noch nie zuvor bemerkt, was merkwürdig war, wenn man bedachte, wieviel Zeit er hier verbrachte, aber in seinem Denken gab es nicht den geringsten Zweifel daran, daß es sich um ein natürliches Phänomen handelte.

Er senkte den Kopf und schloß die Augen und betete so leise, daß das Echo ausblieb.

Als er die Augen öffnete, fiel ihm sofort auf, daß sich etwas verändert hatte. Anfangs war er sich nicht sicher, was es war. Dann erkannte er, daß die Kerzen vor dem Marienaltar erloschen waren.

Ein Luftzug vielleicht? Eine zufällige Brise? Das mußte es wohl gewesen sein; er verdrängte es aus seinem Denken und fuhr mit dem Beten fort. Er wollte dem Herrn nahe sein, sehr nahe. Nur in der Festung der Liebe des Herrn würde er Schutz finden vor den Stimmen in seinem Kopf. »Du dreckiger Rotzkerl, du glaubst keinen Scheißdreck!«

»Vater unser, der du bist im Himmel...«

Da war es wieder – flüsternd. Aber er hatte stumm gebetet. Ja, das hatte er – oder etwa nicht?

Er hielt die Hände vor die Lippen. In Gedanken betete er: »... geheiligt sei dein Name, dein Reich komme...«

Es mußte der Wind sein. Natürlich, der Wind konnte im Glockenturm dröhnen, der Wind konnte durch Risse in den alten Buntglasfenstern heulen. Jetzt spielte der Wind ihm einen Streich, versuchte ihn glauben zu machen, daß die Stimmen irgendwo in der Kirche waren.

Ihm fiel auf, daß auch die Kerzen vor dem Josephsaltar ausgegangen waren. Alles, was von ihnen noch übrig war, war ein rötliches Glühen, wie das Auge einer in schwachem Licht gefangenen Ratte.

Die Dunkelheit war im Grunde beruhigend. Sie war der eindeutige Beweis dafür, daß der Wind die Ursache war. Aber trotzdem – vielleicht sollte er es für diese Nacht genug sein lassen.

Er wußte seit langem, daß seine Stimmen nichts mit seinem Verstand zu tun hatten. Er brauchte keinen Psychiater, er war ordentlich aufgezogen worden, und niemand in seiner Familie war je verrückt gewesen. Die Stimmen stammten nicht aus einem Lehrbuch der Psychologie.

Er betete gut, und dafür haßten sie ihn. Wenn Gott die Gebete eines Menschen hörte, so tat es auch der Teufel. Er schickte seine Dämonen. Das tat er. »Du dreckiger Sohn einer schwanzlutschenden Hure!«

»Ehre sei dem Vater und dem Sohn und dem Heiligen Geist!«

So, das hatte er laut gesagt, und es hatte kein Flüstern und kein Echo gegeben. Der Widerhall seiner Stimme verklang. Von der Straße her wurden wieder schwache Geräusche hörbar, gedämpft zu der späten Stunde. In diesem Augenblick erfüllte der gewaltige, flackernde Widerschein von Flammen die Kirche. George sprang auf, schrie – dann sah er, daß das Ewige Licht loderte; es war zu einer weißen, zornigen Glut geworden.

Er konnte es kaum ertragen, zu ihm hinzuschauen, aber er tat es trotzdem, voller Angst und Ehrfurcht, mit hämmerndem Herzen und gegen das Gleißen zusammengekniffenen Augen.

Dann war es verschwunden, die Flamme wieder nur ein trüber, orangefarbener Punkt.

George war wie vom Donner gerührt. Er sank wieder auf die Knie, erfüllt von fassungslosem Entzücken.

Es war ein Zeichen gewesen. Der Herr hatte ihm ein Zeichen gegeben. Er war auserwählt, er wurde geliebt, seine Arbeit für die Christos-Gemeinde wurde zur Kenntnis genommen und gewürdigt.

Er verließ seine Bank, ging nach vorn. Ohne die Kerzen war es so dunkel, daß er sich seinen Weg ertasten mußte. Irgendwie mußte er auf den Ruf des Herrn reagieren. Er würde zum Altar gehen, sich vor ihm niederwerfen.

Dann roch er etwas Neues, etwas überaus Merkwürdiges. War das ... Was? Ein Erdölderivat ... Kerosin oder Holzkohle-Anzünder oder ... etwas Stärkeres. Benzin.

Er atmete tief ein. Ja, das war es, ganz eindeutig.

Der Gedanke schoß ihm durch den Kopf, daß das Aufflammen des Ewigen Lichts vielleicht doch kein Zeichen gewesen war. Er bekam es mit der Angst zu tun. Er war allein, und hier war schon ein Mord begangen worden.

Dann hörte er ein neues Geräusch, ganz deutlich und ganz falsch. Er hörte ein Flüstern wie von Seide oder vom Rascheln einer Soutane. Es kam von irgendwo aus dem Dunkeln, die Richtung konnte er nicht einmal ahnen.

Er drehte sich um, alle Gedanken an den Herrn waren verflogen in der Gewißheit, daß auf das Ewige Licht Benzin gegossen worden war. Hinter ihm war nichts als dichte Dunkelheit. Er drehte sich abermals um; er konnte den Altar kaum erkennen. Er war ein dichterer, dunklerer Schatten, mehr nicht.

Das raschelnde, flüsternde Geräusch glitt durch das Seitenschiff, bewegte sich mit einer Schnelligkeit, die ihm unnatürlich vorkam. Weshalb hörte er keine Geräusche der Anstrengung?

Für einen Augenblick erhaschte er einen Blick auf eine Gestalt, die sich mit der Schnelligkeit einer Schlange bewegte, die völlig lautlos über einen alten Fußboden raste, der berüchtigt war für sein Knarren.

Er mußte hier heraus, und zwar unverzüglich. Er machte kehrt, tastete sich von Bankreihe zu Bankreihe, eilte durch das Schiff in den Hintergrund der Kirche.

Er suchte in seinen Taschen nach seinem Schlüsselbund – und dann spürte er, daß jemand in seiner Nähe war. Er sah keine Menschenseele – er sah nicht einmal die nur knapp einen Meter entfernte Tür. Aber die Atmosphäre wurde schwer und geladen, und ihm war zumute, wie einer Maus unter dem Blick einer Katze zumute sein muß.

Angst schnürte ihm die Kehle zu. Er schaute auf, suchte nach den Augen, dem Gesicht. Wer war das? Er wünschte sich, daß es einer der Priester wäre – ja, deshalb die Schwärze natürlich. Hochgewachsen und stumm. »Father Tom?«

Er streckte die Hand aus, versuchte, eine Art von Kontakt

herzustellen. Die Gestalt rührte sich nicht. Wo war das Gesicht, weshalb konnte er das Gesicht nicht sehen? »Father John?«

Schweigen. Vielleicht war es doch nicht einer der Priester. Also gut, er würde einfach verschwinden. Er hatte seinen Schlüssel, er brauchte nur vor die Tür zu treten. Den Schlüssel vor sich haltend, tat er den Schritt.

Aber die Luft war leer, und anstelle der Tür war da etwas anderes. Einen Augenblick lang war George total verwirrt. Er schwenkte den Schlüssel, dann schwenkte er seine Arme, suchte den Kontakt mit der soliden Oberfläche, die eigentlich da sein sollte.

Ihm wurde übel, als er begriff, daß er überhaupt nicht zum Hintergrund der Kirche gegangen war. Er war in die falsche Richtung gegangen. Er war nicht an der Tür; die Masse vor ihm war der Altar.

Jetzt hatte er so entsetzliche Angst, daß er fast an seiner eigenen Zunge erstickt wäre. Dann sprach jemand, und die Stimme war so würdevoll, so von ruhiger Autorität erfüllt, daß George völlig fassungslos war, besessen von der allerdringlichsten Frage. »Sie gingen in Zweierreihen«, sagte die Stimme, »mit Kerzen in den Händen und angetan mit dem *sanbenito.*« Dann flüsterte die Stimme ganz leise und spöttisch: *»Do wop wop wop.«*

George hob die Hände nach den Tränen, die aus seinen Augen strömten. Ihm war entsetzlich übel, er hatte das Gefühl, sich übergeben zu müssen. Er war außerstande, sich zu bewegen, außerstande zu denken, ein kleiner Junge, nackt mitten in der Dunkelheit.

Dann spürte er etwas Kaltes an der Innenseite seines Oberschenkels und griff hin. Entsetzt stellte er fest, daß er mit Benzin übergossen worden war. Er war tropfnaß davon!

Er hatte nichts gespürt, nichts gehört. Wie hatte das geschehen können? Er versuchte zu entkommen, drehte der Masse des Altars den Rücken zu, dann lief er, dann rannte er, das Tappen seiner eigenen Füße steigerte sich zu einem Donnern. Das Schiff kam ihm länger und länger vor, die Tür immer weiter entfernt. Er würde nie dorthin gelangen, nie, und er wußte, daß hinter ihm Bewegung war – schnell, effektiv, das verstohlene Huschen der Ratte.

Hinter sich hörte er ein Geräusch: *ssst*! Es kam wieder, dann flammte ein Licht auf. Instinkt veranlaßte ihn, sich umzudrehen – und er sah vor sich das unglaublichste Ding, das ihm je begegnet war. Das Gesicht war unbeschreiblich gräßlich, voller Tücke, mit offenem Mund, funkelnden Augen, winzigen Pupillen, geblähten Nüstern.

Er erhaschte nur einen Blick darauf, dann wuchs auf seiner eigenen Brust eine Rose aus Feuer. Den Bruchteil einer Sekunde schaute er an sich herunter, entsetzt über das, was passierte, dann schnitten scharfe blaue Klingen der Agonie in sein ungeschütztes Gesicht. Er riß den Kopf zurück, seine Haut zerspritzte wie Fett in einer überhitzten Bratpfanne.

Er taumelte, fiel, lag einen Moment lang völlig still da. Die jähe Heftigkeit der Attacke hatte sein Inneres in die früheste Kindheit zurückgestoßen. Sein kleines, stummes Selbst wartete darauf, erlöst zu werden. Der Strauch aus Feuer wuchs aus seiner Brust. »Und die Flammen verzehrten sie und schmolzen sie, und so wurden sie nach viel Geschrei dem Tode übergeben.«

Die Erlösung kam nicht, und das innere Kind begann die Schmerzen des Feuers zu empfinden. Er sah es nicht als Flammen, sondern als wütende Horde von Ratten, die sich in seine Brust fraßen. Er konnte ihre glänzenden Rücken sehen, das Reißen ihrer Zähne spüren, hören, wie seine Haut aufplatzte und seine Knochen brachen.

Dann war da ein anderes lautes Geräusch, ein Zischen, das die Kirche erfüllte, die Dachsparren, die mit seinem Tod flackerten, der furchtbare Schatten des Kreuzes. Da sah er das Innere der Flammen selbst, ohne die Hände wahrzunehmen, die Benzin über seinen Körper gossen; er bemerkte nicht, daß er auf einer großen, feuerfesten Decke lag, und das Tanzen sah er auch nicht.

Wie er tanzte! Immer rund herum, im Licht der Flammen, er tanzte im Rhythmus des Flackerns, nur zur Musik der schrillen Vogelschreie des Sterbenden, und herrlich war sie, diese alte Musik: die wahren Laute der Opferung.

George Nicastros Hände kamen hoch zu seiner Brust, die Fäuste verwandelten sich in schwarze, geschmolzene Kugeln. Als nächstes hoben sich seine Beine, seine Muskeln schmolzen, die Sehnen schrumpften, und das grauenhafte Wissen verließ die Augen wie Licht, das sich in den Nachthimmel erhebt, die von der Sonne festgenagelte Lerche.

Er tanzte hoch, segelte von einem Ende der Kirche zum anderen, übersprang zehn Bankreihen auf einmal, bewegte sich wie ein Schemen von schwarzer Soutane und feuchter, glänzender Haut. Er lachte und sang: »Rollse auf, rollse auf, markierse mit nem Strich, schiebse in'n Ofen für mein Baby und mich!« Er sprang so hoch, daß er die Sparren berührte, in denen George seinen Tod gesehen hatte, und das Kreuz, von dem ein banaler Jesus herabstarrte.

Aber er würde ihn zerbrechen, letzten Endes würde er den Kern dieses Dinges zerbrechen. Dann würden die bösen Seelen der Historie zurückkehren in die Welt und die Lebenden mit den Qualen ersticken, die sie mit sich brachten.

Von einer kleinen Kirche aus würde eine ganze Welt dazu gebracht werden, zu schaudern und zu zittern.

Die Erde würde ihm in die Hände fallen, denn er war riesig und konnte sie zwischen seinen Handflächen halten. Wenn sie aus den Sternen herabstürzte, würde er sie auffangen. In seinem feurigen Bauch war genügend Platz für die ganze Welt.

Nach einer Stunde war das Feuer erloschen, und die Knochen lagen in einer Kruste aus fettiger Asche und geschmolzenen Knöpfen. Er faltete alles säuberlich zusammen und trug es nach unten für eine noch gründlichere Einäscherung.

So endete die Nacht. Die Erde wendete ihr Gesicht der Sonne zu. Die Sechs-Uhr-Glocke ließ ihren tiefen Ruf erschallen: Alles ist gut, die Nacht ist vorbei.

Die Nacht ist vorbei.

ERMITTLUNGEN

»Miss Pearson, hier ist John Rafferty.« Seine Stimme war zittrig, verschliffen. Eine Zivilperson hätte ihn für betrunken halten können; Kitty wußte, wie sich Entsetzen anhörte. »Bitte, kommen Sie«, sagte er. »Beeilen Sie sich!«

»Wenn es ein polizeilicher Notfall ist, wählen Sie 911.«

»Nein, eigentlich nicht. Aber kommen Sie. Schnell!«

Ihre Schicht war fast beendet; sie und Dowd hatten die ganze Nacht hindurch die Kirche im Auge behalten. Es war zwar keine Überwachung angeordnet worden, aber sie wollten trotzdem ein Gefühl dafür gewinnen, wie es nachts in dieser Gegend aussah. Es war eine ruhige Nacht gewesen.

»Es ist was passiert«, sagte sie. »Wir müssen hin.«

Sie brauchten nicht lange vom Sechsten Revier zur Kirche. Unterwegs hörten sie das Läuten der Sieben-Uhr-Glokke. Sie dachte: Sie ruft uns.

Als Dowd den Wagen an den Bordstein lenkte, kam Father John die Eingangstreppe herunter, mit im Wind flatternder Soutane. Es war ein sonniger, eiskalter Morgen, und als er sich dem Wagen näherte, schirmte er seine Augen ab. »Kommen Sie mit hinein«, sagte er, »schnell!«

Sie folgten ihm in die Kirche.

Kitty wäre fast ohnmächtig geworden. Sie hatte nie etwas gerochen, das auch nur annähernd so gräßlich gewesen war. Es war, als hätte jemand beschlossen, einen Truthahn mitsamt seinen Federn zu braten, und ihn dann verbrennen lassen. Sam hustete, senkte den Kopf. Father John eilte durch den Mittelgang. »Hier«, sagte er, »sehen Sie sich das an!«

Er stand in der Nähe des Altars, hinter dem Rauchschleier in der Luft nur schattenhaft zu erkennen. Kitty versuchte, ihm zu folgen, dann blieb sie stehen. Es stank nach verbranntem Haar, versengtem Fleisch – es war zu widerwärtig. Sie würgte, versuchte, den öligen Geschmack in ihrem Mund loszuwerden, sank auf die Knie.

Sam kniete sich neben sie. »Hey«, sagte er.

»Ich bin okay. Nur total überrascht.« Sie zwang sich zum Aufstehen. »Wie werden Sie damit fertig?«

»Ich arbeite mit einer Raucherin zusammen.«

»Witzig.«

Sie gingen zusammen durch den Gang, näherten sich dem Priester. Er wirkte relativ unbetroffen. Als sie nahe herangekommen waren, sahen sie, weshalb: Er hatte zu dem alten Leichenbestatter-Trick gegriffen und sich Ben-Gay unter die Nase getupft.

»Jemand hat etwas verbrannt«, sagte er.

»Was Sie nicht sagen«, keuchte Kitty.

»Fleisch verbrannt«, sagte er. Sein Gesicht war grau, auf seiner Haut standen Schweißtropfen. Trotz seiner scheinbaren Gefaßtheit erkannten beide, daß dieser Mann dicht vor einem klinischen Schock stand. »Sehen Sie nach oben«, setzte er hinzu.

Sie folgten dem Blick des Priesters. Die Dachsparren waren schwarz verrußt. Hier hatte es ein großes Feuer gegeben, das irgendwie nicht den Fußboden verbrannt hatte. Sie kniete nieder, fühlte. »Noch warm«, stellte sie fest.

»Er hat auch Schaden gelitten«, sagte Father Rafferty. »Sie können sehen, wo er beinahe in Brand geraten wäre.«

»Jemand hat hier drinnen ein Feuer angezündet?« Sie hätte nicht verblüffter sein können. Sie hatten draußen in ihrem Wagen gesessen und Kaffee getrunken, als das passierte. Sie beschloß, ihm nichts von der Überwachung zu sagen.

»Sie haben etwas gebraten«, setzte Father John hinzu,

»und es verbrennen lassen. Ich weiß, wie ein verbrannter Braten riecht.«

»Sie haben das hier entdeckt?«

»Als ich die Kirche aufschloß.«

Ihr war das Benzin wieder eingefallen, mit dem Maria Juliens Leiche übergossen worden war. »Was ist mit den anderen Priestern?«

»Wie meinen Sie das?«

Sam griff ihren Gedankengang auf. »Father Frank und Father Tom«, sagte er schnell, »wo sind sie?«

»Beim Anziehen vermutlich.«

Sam bewegte sich als erster. Er rannte durch den Altarraum in die Sakristei. Kitty war nicht weit hinter ihm. Sie erreichten die ins Pfarrhaus führende Tür fast gleichzeitig – und hätten fast Father Tom umgerannt, der gerade die Kirche betreten wollte.

Er taumelte zurück..Hinter Zimmer stand Father Frank, als wartete er darauf, seinerseits durch die Tür zu gehen.

»Ist alles in Ordnung«, fragte Kitty, »mit Ihnen beiden?«

»Mir geht es gut«, sagte Frank. »Was Father Tom angeht... Was ist das für ein Gestank?«

»Die Kirche. Sie ist voller Rauch.«

Franks Stimme hob sich. »Ein Feuer?«

»Nein, jemand hat etwas verbrannt. Auf einer feuerfesten Decke vermutlich.«

Tom Zimmers Augen weiteten sich zuerst, dann wurden sie so klein und schwarz wie verschrumpelte Oliven. Frank drängte sich an ihnen vorbei. Tom zögerte, dann verschwand er wieder im Pfarrhaus.

»Lassen Sie die Gerichtsmediziner kommen«, sagte Kitty. »Wir müssen so viel wie möglich über diesen Rauch herausbekommen.«

»Sie glauben...«

»Dies ist das beängstigendste, widerwärtigste Verbrechen, das mir je untergekommen ist.«

Sie gingen zu ihrem Wagen hinaus und gaben die Anforderung durch.

»Die Frage ist«, sagte Kitty, »welcher von ihnen unser Wahnsinniger ist.«

»Sie sind plötzlich sicher, daß es einer der Priester war?«

»Niemand ist gekommen oder gegangen. Niemand.«

»Nach zehn vor zwölf. Vorher waren wir nicht hier.«

»Der Fußboden ist noch warm. Es muß passiert sein, während wir hier waren.«

»Ich frage mich, wen er verbrannt haben könnte?«

»Das werden wir herausfinden. Vielleicht nicht gleich, aber wir werden es herausfinden.«

»Und Sie glauben wirklich, daß wir es mit einem der Priester zu tun haben?«

»Father Zimmer. Haben Sie den Ausdruck auf seinem Gesicht gesehen, gerade eben? Er war… Ich weiß nicht, wie ich es beschreiben soll.«

»Milde ausgedrückt könnte man sagen, daß er nicht sonderlich viel Mitgefühl zeigte.«

»Er war nicht einmal erschrocken.«

»Er ist ein gebrechlicher alter Mann. Sie sind alle gebrechliche alte Männer.«

»Frank nicht.«

»Er ist der einzige, der mir menschlich vorkommt«, erwiderte Sam. »Die anderen beiden – Gott beschütze mich in einer dunklen Gasse.«

»Father John ist ein reizender Mensch. Und er ist allseits beliebt. Die Leute halten ihn für einen Heiligen.«

»Er hatte eine Freundin mit einer Peitsche unter dem Bett!«

»Vielleicht ist das nicht die ganze Geschichte. Vielleicht ist er so unschuldig, wie er behauptet.« Kitty wußte nicht, was sie denken sollte, und sie wagte es nicht, sich in Spekulationen zu verlieren. Sie war jetzt wütend, sie wußte, daß in der letzten Nacht ein weiterer Mensch auf gräßliche Art gestorben war; sie wußte es so sicher, wie sie wußte, daß sie Detektivin war, und sie war fast außer sich.

In der Kirche wurden Stimmen laut. »Das sind die Gerichtsmediziner. Ich gehe wieder hinein.« Sie marschierte in die Kirche, und dort bot sich ihr ein verblüffender Anblick: Father John und Father Frank lagen nebeneinander ausgestreckt vor dem Altar. »Großer Gott!« Sie dachte, der Rauch hätte sie betäubt. »Fathers!«

Sie rührten sich nicht. Aber sie befanden sich nicht in Gefahr. Sie beteten, beteten von ganzem Herzen und ganzer Seele zu ihrem Gott um die Errettung der Gemeinde, die sie liebten, und der großartigen Religion, der sie dienten.

Sie wußten, was hier auf dem Spiel stand. An die Verbrechen, die bereits in dieser Kirche begangen worden waren, würde man sich erinnern wie an die von Blackbeard, Jack the Ripper und John Wayne Gacey.

Aber dies waren schlimmere Verbrechen, auf eine sehr spezielle Art. Normalerweise attackieren Kriminelle mit ihren Taten nicht eine Institution. Es sind Wahnsinn oder Habgier oder eine gebrochene Seele, die zu einem Verbrechen führen.

Diese Verbrechen waren ein brutaler, unverhohlener Angriff auf die Kirche selbst, ein Versuch, den Katholizismus zu verwunden. Die Verwundung würde nicht tödlich sein, aber doch schwerwiegend.

Es ist ein Priester, dachte sie. Ein Priester, der die Kirche haßt.

Sie schaute herab auf die beiden vor dem Altar liegenden Männer. Sie lauschte dem Geklapper der Techniker, die gerade eine Leiter anstellten, um an die Rußablagerungen an den Sparren zu gelangen.

»Fathers?«

»Nicht jetzt«, sagte Father Frank.

Seine Stimme war so zutiefst sanft, daß sie nicht glauben konnte, daß er ein Verbrecher sein könnte. Und was Father

John anging – er wirkte ungefähr so gefährlich wie eine Maus.

»Scheiße«, sagte sie zu Sam, während sie den Technikern zuschauten und dem priesterlichen Gebet zu ihren Füßen zuhörten. »Was ist, wenn hier irgend etwas in den Mauern steckt?«

11

John schleppte sich in sein Büro hinauf. Es hatte keine Frühmesse stattgefunden, nicht bei dem Gestank, der an allem haftete.

Er war am Ende seiner Kräfte; er wäre am liebsten wieder ins Bett gegangen. Aber seine Zelle war kein einladender Ort. Er hatte sie nicht ausgeschmückt, nicht wie Frank. Franks Zimmer mit seinen farbigen Vorhängen und seiner hübschen Bettdecke betrat man gern. Er hatte sich mit der grauen Decke des Seminaristen und einer eisernen Bettstelle begnügt. Der einzige Schmuck war ein großes Kruzifix, das er nachts ansehen konnte, voller Staunen.

Obwohl ihm so elend zumute war, rief er Lupe an und bat ihn, herüberzukommen und die Kirche zu lüften. So bald wie möglich mußten wieder Gottesdienste abgehalten werden. M. and J. mußte überleben.

Er ließ sich auf seinen Bürostuhl sinken, und dann wünschte er sich, er hätte im Badezimmer Station gemacht und sich ein paar Aspirin geholt. Ihm tat alles weh, nicht nur sein Kopf. Was er an Schlaf bekommen hatte, war zum Arbeiten offenbar nicht tief genug gewesen. Und der Rauch hatte seinen Teil beigetragen. Es war das Widerwärtigste, das er je gerochen hatte. Er rieb sich die Wangen und stellte fest, daß bei der Berührung seines Bartes seine linke Hand wehtat, mehr als nur ein bißchen. Sie tat ziemlich weh. Er betrachtete sie. An der Handkante war eine Brandwunde, keine schlimme, aber ganz eindeutig eine Brandwunde.

War es der Kaffee gewesen heute morgen? Möglich, aber

er hatte es nicht bemerkt. Was war mit gestern abend? Er konnte sich nicht erinnern, sich verbrannt zu haben.

Tina Signorelli, die Gemeindesekretärin, erinnerte ihn sanft an die Besucherin, die unten auf ihn wartete.

Er ging hinunter, überlegte, was er sagen, wie er es fertigbringen sollte, für die arme kleine Joanie McReady und ihre entsetzlichen Probleme tröstliche Worte zu finden.

Sie hatte im Wohnzimmer am Fenster gestanden. In dem Augenblick, in dem er eintrat, stürzte sie sich praktisch auf ihn. »Father, ich will Sie nicht lange aufhalten. Aber ich muß einfach mit Ihnen reden. Ich habe gerade etwas Furchtbares erfahren.«

»Oh, meine Liebe, das tut mir so leid.« Er setzte sich ihr gegenüber. Er hatte sie getauft, miterlebt, wie aus dem unschuldigen Kind ein blühendes Mädchen wurde und dann diese Frau, eine erschöpfte, ergrauende Fünfunddreißigjährige. Als Kind war sie ein stilles, kleines Geschöpf gewesen. Damals gab es in Mary and Joseph noch eine Schule. Er hätte sie nie geschlossen, aber seine Nonnen waren gegangen. Wer war nur auf die Idee gekommen, daß die Eröffnung eines Zentrums zur Behandlung Drogenkranker in Harlem wichtiger war als die Unterrichtung junger Katholiken? Das Zentrum war seit langem wieder geschlossen, und er wußte nicht, was aus den Teresianerinnen geworden war.

»Father, Dr. Gentile...«

»Ich dachte, Pete Morris wäre Ihr Arzt.«

»Er ist mein Internist. Dr. Gentile ist mein Onkologe am Sloane-Kettering-Krankenhaus. Er hat mir gestern gesagt, daß ich wahrscheinlich eine weitere Metastase in der rechten Lunge habe, und daß meine Bauchspeicheldrüse befallen ist.«

»Oh, Joanie, es tut mir so leid.«

»Das habe ich schon oft genug gehört, und es hilft mir nicht. Mein Problem ist, ich leide viel, viel mehr, als Jesus je leiden mußte, und ich kann nicht behaupten, daß ich das Privileg einer direkten Beziehung zu Gott genieße.«

»Natürlich tun Sie das.«

»Father, hinter all dem Gerede der Ärzte steht die Tatsache, daß ich sterbe, und mein kleines Mädchen ist ihm ausgeliefert.«

»Ihre Familie kann helfen.«

»Meine Mutter ist senil. Wenn ich sterbe, muß sie in ein Heim. Alles, was Tiffy hat, ist ihr Vater.«

»Joanie, darüber haben wir schon öfter gesprochen.«

»Aber jetzt ist es sicher! Ich werde sterben, und er bekommt mein Kind!« Sie richtete sich mühsam auf, zog die mageren Wangen ein. »Er wird sie nicht zur Adoption freigeben. Er weigert sich!«

»Aber er ist ihr Vater.«

»Sie wissen, weshalb unsere Ehe annulliert wurde! Er ist Alkoholiker, und er hat es nicht unter Kontrolle. Sie wissen, was er uns angetan hat, wie er auf uns eingeschlagen hat! Ich mußte sie mit meinem Körper schützen, sonst hätte er mein Baby totgeprügelt!«

Was konnte er sagen, um dieser armen Frau zu helfen? Sie hatte völlig recht: Christus hatte nicht so gelitten wie sie, zumindest nicht körperlich. Er fühlte sich mitschuldig an der Verfassung des Vaters. Er hätte dafür sorgen müssen, daß Brian und seine Mutter in psychiatrische Behandlung kamen, als der Junge zehn Jahre alt war. Das hatte er nicht getan, obwohl er damals eindeutig die Möglichkeit dazu gehabt hätte.

»Joanie, ich verspreche Ihnen, daß ich Tiffany der Katholischen Waisenfürsorge übergeben werde, auch wenn er das Sorgerecht erhält.«

»Oh nein, Father! Lassen Sie nicht zu, daß er sie bekommt! Um der Liebe Gottes willen! Das ist schlimmer als der Krebs! Bitte, Father!« Sie streckte die Hände aus, flehend.

Was konnte er tun? Den Fall vors Familiengericht bringen? Er konnte sie nur dann der Katholischen Waisenfürsorge übergeben, wenn das Gericht auf Unfähigkeit oder Vernachlässigung erkannte. Sie würde zu guten katholischen Pflegeeltern kommen, aber nur, wenn das Gericht dazu gebracht werden konnte, dem Vater das Sorgerecht zu entziehen. Und es gab zahllose Präzedenzfälle zugunsten der leiblichen Eltern.

Das Leiden dieser Frau, die langsam und unter Qualen starb und dabei wußte, daß sie ihre Tochter in entsetzlicher Gefahr zurückließ, war fast unausdenkbar. Was sollte er ihr sagen? Nichts würde sie trösten. Sollte er zu mehr Gebeten raten? Sie war ohnehin schon jeden Morgen in der Kirche.

»Father, Sie dürfen nicht einfach dasitzen und mich anstarren! Ich bin kein Tier im Zoo!«

»Das weiß ich, Joanie.«

Sie sank vor ihm auf die Knie. »Bitte, versprechen Sie mir, daß Sie ihr helfen werden. Sie *persönlich*, Father. Finden Sie jemanden, der sie adoptiert. Finden Sie eine gute Familie für sie. Ich weiß, daß Sie das können!«

Er erinnerte sich an Joanie als Kind, wie sie gesittet durch die Kirche gegangen war, mit gefalteten Händen und niedergeschlagenen Augen und einem kleinen Hut auf dem Kopf. Tiffy war größer als sie, voller Übermut, ein freierer Geist, als ihre Mutter es gewesen war.

Er sprach ein Gebet, fast wortlos: Gnade, bitte... »Stehen Sie auf, Joanie. Hören Sie auf, es nur als Ihr Problem zu sehen. Es ist unser Problem, okay? Wir werden es gemeinsam lösen.«

Er war bestürzt, als ihm bewußt wurde, daß er log. Wenn Joanie starb, war er längst nicht mehr hier. Es würde Frank Bayleys Problem sein.

Sie setzte sich wieder auf ihren Stuhl, lehnte sich vor. »Es tut mir leid, Father.« Sie ergriff seine Hände. Ihre Haut war kalt und verblüffend trocken, ihr Griff war herzzerreißend. »Sie müssen es mir versprechen.«

Er konnte ihr nicht die Wahrheit sagen, er hatte nicht die Kraft dazu. Vielleicht gelang es ihm irgendwie, eine Möglichkeit zu finden, daß er hier weitermachen konnte. Vielleicht war es doch noch nicht vorbei. »Natürlich verspreche ich es Ihnen.«

»Nein! Ich will mehr als nur das! Sagen Sie, ›ich verspreche, daß ich für Tiffy McReady Adoptiveltern finden und sie von ihrem Vater fernhalten werde.‹ Father, sagen Sie es!«

»Ich verspreche, daß ich für Tiffy Adoptiveltern finden werde. Und daß ich tun werde, was ich kann, um sie vor ihrem Vater zu schützen.«

»Was werden Sie tun? Sagen Sie es mir ganz genau.«

»Ich werde nicht zulassen, daß ihr Vater sie mißhandelt. Ich werde mit ihm sprechen. Ich werde ihn zu Hause aufsuchen, und wenn ich Beweise für Probleme sehe, werde ich das dem Familiengericht mitteilen und eine Sozialfürsorgerin für sie besorgen.«

Sie schrie auf. »Father, das ist nicht das, was ich will!« Dann erlitt sie einen heftigen Hustenanfall, und ihr Gesicht wurde kreidebleich. »Tut mir leid. Das ist... Entschuldigen Sie... Oh, mein Gott, das tut so weh! Oh, mein Gott!« Mit zitternden Händen holte sie ein Glas mit leuchtendgelben Tabletten aus ihrer Handtasche, steckte drei davon in den Mund. »Die Tatsache, daß es nur schlimmer werden kann, macht es noch unerträglicher. Oh, mein Gott!« Sie fing an, unkontrollierbar zu zittern, erlitt eine Art Krampfanfall.

Er ging zu ihr, legte die Arme um sie. Starb sie jetzt, hier? »Tina, rufen Sie St. Vincent's an! Tina!« Natürlich hatte sie sich gerade diesen Moment ausgesucht, um hinauszugehen. »Tina!«

Dann war Frank da; er bewegte sich wie ein riesiger, buckliger Primat und nahm Joanie in die Arme. Er trug sie zur Couch und legte sie darauf. Überall auf dem Fußboden lagen gelbe Tabletten herum. »Was ist das?« fragte er sie.

»Dilaudid.«

»Die bekommt man doch nicht auf Rezept, oder?«

»Das Zeug, das mir verschrieben wird, ist keinen Pfifferling wert. Ich kaufe mir meine Erleichterung im Washington Square Park.«

Sanft streichelte Frank ihre Stirn. »Das ist in Ordnung, solange Sie nicht zu viele davon nehmen. Haben Sie zu viele genommen?«

»Es ist nicht das Dilaudid, es ist die Krankheit! Lassen Sie nur, es wird bald wieder besser.«

»Natürlich wird es das. Und jetzt machen Sie einfach die Augen zu und ruhen Sie sich aus. Bei uns sind Sie sicher.«

»Tiffy kommt um halb drei aus der Schule. Sie braucht mich, sie wird...«

»Die Schwestern werden sich um Ihre Kleine kümmern«, sagte er. Sein Blick begegnete dem von John, telegraphierte eine Frage: Weshalb ist sie in diesem Zustand?

»Joanie hat gerade erfahren, daß sie bald sterben wird«, erklärte John.

Ein lauter, heulender Aufschrei brach aus ihr hervor, und John Rafferty sah menschlichen Schmerz nackt und unverhüllt. Vor Johns geistigem Auge erschien das Bild einer heißen, steinigen Anhöhe und eines gekrümmten, nackten kleinen Mannes, der an einem Kreuz aus Baumstämmen sein Leben aushauchte, mit Blut und Speichel auf den Lippen und Kot an den zuckenden Beinen.

Frank warf ihm einen langen, fragenden Blick zu. Sie wußten beide, was im Herzen des anderen vorging. »Wir können sie nicht heilen, Frank.«

Er nickte. Seine Augen waren feucht. »Sie ist eingeschlafen. Einfach eingeschlafen.«

»Diese Tabletten sind schwere Brocken.«

»Sie braucht schwere Brocken, John.«

Ihre Atmung war leise und regelmäßig, aber auf ihrem Gesicht lag ein Ausdruck, als hätte sie gerade einen Krieg hinter sich. John legte die Hand auf ihre feuchtkalte Stirn.

»Wir sollten sie schlafen lassen«, flüsterte Frank. »Ich bezweifle, daß sie viel guten Schlaf bekommt.« Dann bückte er sich und sammelte Joanies Tabletten in das kleine Glas, schraubte den Deckel zu und steckte es in ihre Handtasche.

John blickte auf sie herab und dachte, daß sie noch eine Weile länger kämpfen und leiden würde, und dann würde Frank sie begraben. Er kannte die Szene: der Dreihundert-Dollar-Sarg von DiMarco's, grau oder schwarz, die kurze Messe in der leeren Kirche, dann die lange, erstickende Fahrt zum Friedhof und die Beisetzung.

Er nahm sich vor, den Ehemann anzurufen, zu versuchen, ob er ihn dazu bringen konnte, die Tochter zur Adoption freizugeben. Das würde die beste Lösung sein: eine gute katholische Familie, die sie lieben und ihr helfen würde, zu vergessen.

Dann fiel es ihm wieder ein. »Die Tochter wird Ihr Problem sein, Frank.«

»Ja. Ein großes Problem.«

»Vielleicht können Sie den Vater überreden, daß er auf sie verzichtet. Ich bin sicher, daß die Adoptionsbehörde eine wundervolle Familie hat, die nur auf sie wartet.«

»Ich werde die Urteile nachlesen, die gegen Kindesmißhandler ergangen sind. Vielleicht kann ich dem Vater so zusetzen, daß er das Richtige tut.«

»Genau um diese Sache ging es bei meiner Beichte. Brian McReady war das Kind, das mißhandelt wurde, nur weil ich zu arrogant war, dafür zu sorgen, daß die Mutter in psychiatrische Behandlung kam. Es ist meine Schuld, Frank.«

»Die Sünde des Stolzes ist eine subtile Sache, John.«

»Was soll das heißen?«

»Die Probleme der McReadys sind größer, als Sie es sind. Es ist reiner Egoismus, die Alleinschuld an der Katastrophe auf sich nehmen zu wollen.«

»Wissen Sie, Sie würden tatsächlich einen guten Pastor abgeben. In dieser Antwort steckt eine Menge Diplomatie.«

»Dann rufen Sie Quindlan an, sagen Sie es ihm. Ersparen Sie sich den Auftritt vor dem Ausschuß.«

Plötzlich flackerte in John abermals das Feuer der Auflehnung auf. Er dachte an Christos. Ein Christos-Priester war einfach zu konservativ für M. and J. Er würde die größten Verheerungen anrichten. Er schlug seinem Kuraten auf die Schulter. »Eines Tages werden Sie Pastor sein«, sagte er. »Aber jetzt noch nicht.«

Tina kam herein und erinnerte ihn an eine Taufe. Er befürchtete, daß die Kirche nicht präsentabel sein würde, aber alles ging gut.

Danach rief er die Dachdeckerfirma an, erledigte einigen Papierkram wegen der Reparatur des Heizkessels, und dann ging es auf Mittag zu.

Frank steckte den Kopf zur Tür herein. »Ich übernehme die Zwölf-Uhr-Messe«, sagte er.

»So? Hat es daran irgendwelche Zweifel gegeben?« Es war die Messe des Kuraten. Frank hielt sie jeden Tag ab.

»Ich bin der Pastor«, sagte Frank sanft. »Die Kuratenmesse sollten Sie übernehmen.« Seine Stimme war angespannt, die Sanftheit erzwungen.

»Ich denke nicht daran! Ich bin hier der Pastor, bis der Personalausschuß seine Entscheidung getroffen hat.«

»Monsignore Quindlan hat mir etwas anderes mitgeteilt.«

»Er ist nicht berechtigt, Ihnen irgend etwas mitzuteilen, junger Mann. Der komplette Ausschuß hat zu entscheiden, wenn ich mich weigere, zurückzutreten. Und ich weigere mich!«

»Wie arrogant Sie sind.«

»Arrogant! Sie...« Father Rafferty war ausnahmsweise einmal sprachlos.

»Ich meine, ›arrogant‹ ist das richtige Wort. Sie widersetzen sich dem Wunsch des Kardinals. Und des Heiligen Stuhls, der dabei auch ein Wörtchen mitzureden hat.«

»Ah, jetzt sind Sie also auch noch Liebkind des Papstes. Und Sie reden von Arroganz!«

»Christos hat ein sehr spezielles Verhältnis zum Papst, und das gleiche gilt für die Christos-Priester. Seine Heiligkeit betrachtet sich als unser Schirmherr innerhalb der Kirche. Und ich bin in dieser Hinsicht nicht im mindesten arrogant. Wir tun lediglich unser Bestes…«

»Und stehlen einem guten Mann seine Gemeinde!«

»Wir sind Freunde, John. *Gute Freunde.* In dieser Gemeinde sind Sie kompromittiert, und das wissen Sie. Aber in der Wohlfahrtsbehörde könnten Sie gute Arbeit leisten. Denken Sie darüber nach! Mit ihrer Tatkraft und Ihrer administrativen Erfahrung könnten Sie Wunder wirken. Und letzten Endes werden die Veränderungen einer größeren Zahl von Menschen zugute kommen, und das ist es, worum es in der Kirche geht.«

»Eines muß man Ihnen lassen, Frank. Sie wollen eine Gemeinde. Ich nehme an, ich sollte mich freuen, daß Sie nicht ausgebrannt sind wie die Hälfte der anderen Priester in der Erzdiözese.« Er mußte ein wenig lachen, als er Frank mit einigen seiner aggressiveren und unverblümteren Kollegen verglich. »Sie tun so, als wären Sie der reizendste Mensch auf dieser Seite des Himmels. Aber Sie sind ziemlich raffiniert, mein Freund.«

Ganz bewußt drehte Frank John den Rücken zu und schaute aus dem Fenster. »Sie sind nicht mein geistlicher Berater«, sagte er schließlich. Wieviel Bitterkeit in einem gedämpften Tonfall liegen kann!

Auf der Straße schimpfte ein ungefähr vierzehnjähriges Mädchen einen kleinen Jungen in einer Sprache aus, die sich anhörte wie Griechisch. Die Sonne strahlte vom Himmel und verschwand zwischendurch immer wieder hinter schnell dahinziehenden Wolken.

Langsam kehrte Franks Blick zu seiner Umgebung zurück und richtete sich schließlich auf John selbst. John konnte den Zorn, die Wut darin sehen. Das verblüffte ihn. Franks Wut stand in keinem Verhältnis zur Situation und paßte überhaupt nicht zu seinem Charakter. Frank mochte ein gerissener Taktierer sein, aber diese Art von Zorn war nicht Teil seines Wesens.

In der Tat nicht – sein breites Lächeln kehrte unverzüglich zurück. Aber es war ein falsches Lächeln; das erkannte John jetzt zum ersten Mal.

»John, ich liebe Sie, und ich möchte Ihnen nicht wehtun.«

John sah ihn nur an.

12

Es war fast drei Uhr morgens, und Frank schlief nicht, weil er sich vor dem Schlafen fürchtete. Er machte sich große Sorgen wegen der Gemeinde. In der Mittagsmesse waren sechs Leute gewesen; normalerweise waren es dreißig. Der nächste Sonntag würde eine Katastrophe werden.

Wenn der Killer nicht gefaßt wurde, und zwar bald, würde M. and J. aufhören, eine Gemeinde zu sein, und zu einer Touristenattraktion werden. Er konnte sich kaum vorstellen, was morgen in den Zeitungen stehen würde, wenn sie über die neueste Scheußlichkeit berichteten.

Zuerst war da Marias Tod gewesen – ein mehr oder weniger konventioneller Mord, wenn man von dem Benzin absah. Dann der alte Obdachlose an der Pier, erwürgt und verbrannt. Dann die Frau in der Kirche, gleichfalls erwürgt und anschließend in einem Müllcontainer abgelegt und mit Kerzen umgeben.

Jetzt war jemand in der Kirche verbrannt worden.

Frank sah die subtile Eskalation. Hier handelte es sich nicht nur um Morde, hier sollte eine Gemeinde zerstört und die Kirche selbst verwundet werden. Und auf irgendeine seltsame Art ging es um Feuer.

Er beschloß, die kritischen Stunden vor Tagesanbruch in der Kirche zu verbringen, und zwar so lange, bis der Verbrecher gefaßt worden war.

An diesem Morgen hatte er neben John auf den Altarstufen gelegen und nur einen Gedanken gehabt: Möge Gott sie erretten, möge Gott M. and J. erretten. Die Worte waren ihm immer und immer wieder durch den Kopf gegangen, während die Techniker miteinander murmelten und Ruß von den Dachsparren schabten.

Am Nachmittag, gegen zwei, hatte man ihnen mitgeteilt, daß der Ruß menschliches Fett enthielt. John hatte den Anruf entgegengenommen, dann war er in die Toilette im Erdgeschoß gegangen und hatte sich übergeben. Frank war sich schmierig vorgekommen und hatte geduscht.

Schon beim Gedanken daran spürte er den Drang, abermals zu duschen. Er ging ins Badezimmer, zog seinen Pyjama aus und drehte den Hahn auf. Das Rauschen des Wassers war ein angenehmes Geräusch. Hier war die Abgeschiedenheit noch besser als im eigenen Zimmer.

Er stand da, ließ das Wasser auf sich herabprasseln, versuchte, irgendwie Vergessen zu finden. Er atmete tief ein, mit geschlossenen Augen.

Dann hörte er ein Geräusch. Er lauschte – hatte da ein Schrei das Rauschen des Wassers übertönt? Und diese anderen Geräusche, das war Klopfen. Lautes, hartes Klopfen!

Er drehte den Hahn zu.

Stille.

»Hallo?«

Kein Laut. Einbildung. Er kehrte unter die Dusche zurück, versuchte, das Wasser zu genießen, sich zu reinigen. Er dachte an den verbrannten Mann, den namenlosen verbrannten Mann, und begann sich zu waschen, bedeckte seinen ganzen Körper mit einer dicken Schicht Seifenschaum. Mit geschlossenen Augen tastete er nach seinem Shampoo, wusch sich die Haare. Dieser Qualm – würde er nie aufhören, ihn zu riechen?

Als er gerade mit Seife und Shampoo bedeckt war, hörte er einen weiteren Schrei. Diesmal war er laut und langgezogen. Er sprang aus der Dusche und eilte zur Badezimmertür, wischte sich die Seife aus den Augen und riß die Tür auf.

Das Haus war dunkel und still. Er verfluchte den betrunkenen Idioten, der auf der Straße geschrien haben mußte.

Er verfluchte sich selbst, weil er so nervös war. Dann sagte er sich, daß er sich unbedingt beruhigen mußte. Fluchen war nicht sonderlich priesterlich. Sprich ein Gebet.

Er schloß die Badezimmertür mit dem Ave Maria auf den Lippen.

Als er wieder unter die Dusche trat, war das Wasser eiskalt. Er unterdrückte einen eigenen Schrei, keuchte. Der Teufel hole diesen alten Boiler. Der Teufel hole dieses alte Pfarrhaus! Und vor allem diesen knickrigen alten Pastor, der ein dreißig Jahre altes Gerät nicht erneuern lassen wollte!

Er hüpfte, er zuckte, zwang sich, die Seife abzuspülen. Eine schöne Dusche – in diesem Augenblick wäre es ein leichtes gewesen, ihn zu überzeugen, daß die Hölle kalt war.

Er sprang aus der Kabine, verspürte die Art von blindem, maßlosem Zorn, den er an sich selbst am meisten verabscheute. Er war stolz auf sein sanftes Wesen. Als Junge hatte er einige seiner Freunde ziemlich schwer zusammengeschlagen, wenn er in diesem Zustand gewesen war. Er konnte ihn nicht unterdrücken; die einzige Möglichkeit, mit ihm fertigzuwerden, waren Gebete.

Das war es, was er jetzt brauchte – Gebete. Er hatte einen guten Grund, in die Kirche zu gehen, einen Grund, der noch zwingender war als der Drang, sie zu beschützen. Er mußte dieses Gefühl aus sich herausbeten.

Er lehnte sich an die Badezimmerwand. In seiner Phantasie sah er den Eindringling, einen Schatten, der sich mit der Steifbeinigkeit eines Insekts bewegte.

Dann hörte er Schritte, ganz reale, ganz leise. Sie kamen den Flur entlang. Er lauschte, rubbelte sich so gewaltsam trocken, daß es fast schmerzte. Dann wickelte er sich das Handtuch um die Hüften. Er dachte, daß vielleicht einer der anderen Priester darauf wartete, die Toilette benutzen zu können. John hätte etwas gesagt.

»Tom, wenn Sie das sind, rattern Sie mit dem Türknauf.«

Nichts.

Na schön.

»Wenn da jemand ist, soll er etwas sagen.«

Kein Geräusch außer dem Tropfen des Wassers aus dem Brausekopf. Frank schaute zur Tür. Er schaute an seinem eigenen Körper herunter, zog das Handtuch fester.

Totale Stille.

Verdammt nochmal!

Er legte die Hand auf den Türknauf, überlegte es sich dann aber anders und schaltete zuerst das Licht aus. Es dauerte ein paar Sekunden, bis seine Augen sich an die Dunkelheit gewöhnt hatten. Jetzt war er wütend, wegen der Geräusche, wegen der Stille, wegen der ganzen verdammten Situation. Er mochte es nicht, wenn ihm Angst eingejagt wurde. Wenn er Angst hatte, wurde er verdammt wütend.

Wieder griff er nach dem Türknauf. Mit einer einzigen schnellen Bewegung drehte er ihn und zog an der Tür. Der Flur war schwarz und still. Er tastete blitzschnell nach dem Schalter, fand ihn und überflutete den Flur mit Licht.

Leer.

Scheiße, verdammte Scheiße! Er haßte diese Scheißbude! Als er das Licht im Badezimmer wieder einschaltete, bekamen seine feuchten Finger einen Schlag. Fluchend zog er die Hand zurück. Er hämmerte auf den Schalter, bekam einen weiteren Schlag.

Dann drosch er auf Wände ein, tanzte herum, trat um sich – und ganz plötzlich löste sich die Tür der Duschkabine in eine Flut von Glassplittern auf.

Scheiße!

Er bückte sich, warf sein Handtuch über die Scherben, fing an, sie aufzusammeln. Er hatte sie gerade mit dem Handtuch zusammengerafft, als er ein Paar Füße an der Schwelle bemerkte.

Er schaute auf.

Da stand Tom Zimmer in Bademantel und Pantoffeln.

»Ich hatte einen Scheißunfall!« knurrte Frank. Früher hätte er sich auf den Kerl gestürzt, ihm einen Schlag versetzt, den er nie vergessen würde. Jesus, steh mir bei, sagte er innerlich, genau, wie man es ihm im Seminar beigebracht hatte.

Die Wut verblaßte.

»Ich hatte einen kleinen Unfall«, sagte er. Jetzt stand John hinter Tom.

»Haben Sie sich verletzt, Frank?«

»Nein. Ich hörte unser Hausgespenst auf dem Flur und ich... bekam es mit der Angst zu tun. Ich bin ausgerutscht...«

»Gehen Sie wieder zu Bett. Ich mache hier Ordnung.«

»Danke, John, aber das sollte ich lieber selbst tun.« Er machte sich ans Werk, benutzte zwei Stoffhandtücher und ein paar papierne von der Rolle unter dem Waschbecken. Die beiden älteren Priester kehrten in ihre Schlafzimmer zurück.

Wieder in seinem eigenen Zimmer, zog Frank seinen Trainingsanzug und Laufschuhe an. Er ging zu Johns offener Tür. Der Priester lag mit dem Gesicht zur Wand. Er schien zu schlafen; vielleicht versuchte er auch gerade, wieder einzuschlafen.

Als sich Frank den Flur entlang und die Treppe hinunterhastete, veranlaßte ihn jedes Knarren, einen Moment stehenzubleiben. Er glich einer schleichenden Ratte. Das Bild bedrückte ihn.

Tom Zimmer schlief keineswegs. Er öffnete die Augen, als er Frank auf der Treppe hörte. Er lag still, mit zusammengerolltem Körper. Sein erster Gedanke war, sofort aus dem Bett zu springen, aber seine natürliche Neigung zur Vorsicht bewog ihn zum Zögern.

Er wartete, lauschte. Weshalb war Frank aufgewesen? Was ging da vor?

Sie hatten gesagt, der Mörder schlüge in den frühen Morgenstunden zu.

Frank hatte daran gedacht, die Kirche durch die Tür im Innern des Hauses zu betreten, aber er fürchtete sich vor ihrem Quietschen. Er öffnete die Haustür und glitt hinaus. Er würde außen herumgehen, das war leiser. Der Wind wehte aus Norden, brachte lange Wolkenschwaden mit, die im Lichtschein der Stadt bräunlich leuchteten. Er stieg die Treppe hinunter, bewegte sich vom Pfarrhaus fort, ging die Straße entlang auf das Kirchenportal zu.

Einen Augenblick lang war sich Tom nicht sicher, ob er das Zufallen der Haustür gehört hatte, das Geräusch war so leise gewesen. Aber die Totenstille, die darauf folgte, sagte ihm, daß sich im Haus niemand bewegte. Frank war tatsächlich hinausgegangen.

Tom wußte eine Menge Dinge; einem Stummen gegenüber lassen Leute ihre Masken fallen.

Dieser außerordentliche, segensreiche Zustand war eine Gabe Gottes. Am Nachmittag des 8. Februar 1983 war er gerade dabeigewesen, einen Valentinsgruß an seine Schwester zu schreiben, als er plötzlich spürte, daß sein Körper von Licht erfüllt war. Man kann nicht in sich hineinsehen, aber er konnte es fühlen, und als er die Augen schloß, befand er sich nicht mehr im Dunkeln.

Das Licht war geblieben. Es war sein Freund geworden. Niemand sonst wußte, daß es da war, niemand außer ihm. Es fühlte sich so herrlich an, daß er nicht sprechen konnte. Er konnte einfach nicht an die Worte herangelangen. Das Licht war sein Freund, ein heiliges Licht. Und dabei war es geblieben, seit jenem Tag. Jetzt betete er zu dem Licht in sich: Oh, Herr, hilf diesem Jungen.

Er warf seine Decke zurück, zog eine Cordhose über seinen Schlafanzug und schob die Füße in sein einziges Paar

Mokassins. Er zog einen dicken Wollpullover über und eilte, zwei Stufen auf einmal nehmend, die Treppe hinunter.

Als er das Pfarrhaus verließ, sah er einen Schatten um die Ecke zur Seventh Avenue biegen. Tom folgte ihm in dem harten, eisigen Wind.

Frank kämpfte gegen den steten Druck des Windes an. Ganz kurz schoß ihm die Frage durch den Kopf, ob die Polizei die Kirche beobachtete. Er stellte fest, daß es ihm gleichgültig war. Er hatte in der Kirche Arbeit zu erledigen, und das gedachte er auch zu tun. Er bewegte sich auf den unebenen Gehsteigplatten vorwärts, an der dunklen Masse der Kirche entlang.

Als er um die Ecke in die Seventh Avenue bog, traf ihn der Wind mit voller Gewalt. Das Wetter änderte sich wieder. Aus dem Norden kamen tiefhängende Eiswolken. Morgen würden sie die Sonne verbannen, die Stadt tiefer in den Winter hineintreiben.

Er ging die Treppe zum Portal hinauf, dann schloß er die Kirche auf und ging hinein.

Eine solche Kälte war nichts für Toms alte Knochen. Er würde den Ausflug ins Freie teuer bezahlen müssen. Er zog die Schultern ein, zitterte fast unkontrollierbar. Ihm wurde klar, daß Frank durchs Hauptportal in die Kirche ging. Weshalb tat er das, um vier Uhr morgens?

Das Licht in ihm wußte es. Das Licht in ihm grämte sich. Beschütze die Kirche, sagte das Licht. Rette sie!

Gott hatte Tom Zimmer verstummen lassen, damit er Dinge sehen konnte, über die menschliche Wesen nicht reden sollten. Er konnte Dämonen sehen; und die Engel, die sie mit Flammenschwertern niederstreckten.

Satan hatte in Frank Bayley einen Unterschlupf gefunden. Tom konnte die Dunkelheit sehen. Wenn Tom für den armen Priester betete, dann schaute er in die verborgene

Welt der Seele, wo der Dämon Frank mit seinen langen Armen liebkoste.

Als Junge hatte Frank das Gefühl des Windes auf seiner nackten Haut genossen – des Sommerwindes.

Er und ein anderer Junge hatten draußen im Hintergarten geschlafen. Der Wind hatte aufgefrischt, und Frank war von seinem Seufzen aufgewacht. Der Wind hatte den Duft von Blumen herbeigetragen und mit ihm bleiche Gedanken.

Als ob er sich vor einer Schar faszinierter Mädchen auszöge, hatte er seinen Pyjama auf den Boden fallen lassen. Er hatte nackt dagestanden, und seine Haut war weiß gewesen im Schein des Halbmondes.

Dann war er durch die schlafende Nachbarschaft geschlichen, hatte die Terrasse der Pellys überquert und eine Weile auf einem ihrer Stühle am Pool gesessen. Er hatte seinen ganzen Mut zusammengenommen und war durch die Gasse zu einem bestimmten Haus gegangen. Die Cutler-Zwillinge waren die hübschesten Mädchen in der St. Agnes School. Er stand vor ihrem offenen Fenster und blickte auf die schattenhafte Gestalt von Jennifer Cutler. Sie lag lang ausgestreckt da, in einem Sommernachthemd, ihre langen weißen Arme hingen seitlich am Bett herunter. Er war zwölf, er war nackt, es war der reinste Zauber.

Dann hatte ihr Hund gebellt, und im Schlafzimmer ihrer Eltern war Licht angegangen. Auf seiner Flucht zurück zu seinem Lagerplatz war er erfüllt gewesen von der köstlichsten Angst.

Kevin, halb wach, hatte ihn gefragt, was los wäre. »Mir ist kalt«, hatte er gesagt, und Kevin hatte sich an ihn gekuschelt und ihn in die Arme genommen. Er hatte keine Erregung gespürt, als die Arme seines Freundes seine Nacktheit liebkosten. Aber später hatte er Angst gehabt, und die Angst war jahrelang geblieben.

Um nicht gesehen zu werden, hielt Tom sich dicht an der Mauer. Frank bewegte sich langsam und geduckt.

Tom begann zu beten: O Herr, erlöse diesen guten jungen Mann von der Prüfung, die ihm bevorsteht. Nimm mich als deine üble Behausung, Satan. Fahre in mich.

Frank schloß die Tür auf und betrat die Kirche. Was war, wenn er hier auf den Mörder stieß? Nun, vielleicht wäre das das Beste. Er war über sich selbst bestürzt – diese Sache war so weit gegangen, daß er tatsächlich bereit war, zu sterben.

Es lag noch immer eine eindeutige Schärfe in der Luft hier drinnen, der widerliche Gestank von verbranntem Haar. Vor dem Marien- und dem Josephsaltar brannten keine Kerzen, und das Ewige Licht flackerte.

Er ging zu der Stelle, an der Maria gestorben war, und sank auf die Knie. »Ich bin ein schuldiger Mensch«, sagte er leise. »Herr, gib mir Kraft.«

Tom, der jetzt hinter Frank stand, hörte jedes Wort. Ich höre dich schreien, Satan, in der Pein deines Sturzes. Die Kraft Gottes in Tom war so groß, daß er manchmal die Engel zur Verteidigung des Guten herbeirufen konnte. Er konnte die wehrhaften Engel Gottes herbeirufen, ja, die wehrhaften Engel mit ihren Flammenschwertern und ihren Schreien.

Frank hatte sich niedergehockt, die Hände vor die Brust geschlagen, und spürte zum ersten Mal das Feuer, das in ihm gebrannt hatte. »Ich bin ein schuldiger Mensch«, sagte er, »schuldig, schuldig, schuldig!« Seine Stimme widerhallte in der Kirche. In ihr konnte er seine Jugend hören und seine Pein und eine Traurigkeit, so öde wie der Mond.

Was war es, was er in sich fühlte? Die Bewegung einer Schlange, spirituelle Übelkeit. Es war ein Augenblick atemberaubender Einsamkeit. »Ich werde beichten! Ich werde die Kraft dazu finden, und ich werde es tun!«

Eine Stimme schien zu seiner Stimme ein Echo zu liefern, flüsternd, während er sprach. Er sprang auf, schaute schnell hinter sich.

Einen Moment lang befürchtete Tom, er wäre gesehen worden. Aber dann sah er die Augen, und ihm wurde klar, daß Frank überhaupt nichts bemerken würde. Tom kannte dieses Gefühl, kannte es gut. Gott war weise: dieser junge Mann war als Schlachtfeld erwählt worden, nicht weil er schwach, sondern weil er stark war. Es war nicht das Böse, das Satan in Franks Herz gezogen hatte, sondern ein winziger Makel seiner Güte.

Weshalb sollte sich Satan die Mühe machen, die Schwachen zu vernichten? Ihre Seelen schleppten sich ohnehin in langen, kalten Reihen hinter ihm her.

Frank taumelte, als stünde er am Rand einer Klippe. Am unteren Ende des Abgrunds war etwas so Gräßliches, daß er kaum glauben konnte, daß es ein Alptraum war, und erst recht nicht, daß es wirklich war.

Satan hat einen Leib, Satan hat Gedanken und Form und Substanz! Nein, seine Form ist Schuld, seine Substanz Verzweiflung, sein Leib das Geröll der Vernichtung.

»Verlaß mich! *Verlaß mich*!«

Tom hörte das und wußte, daß sein Instinkt, hierher zu kommen, richtig gewesen war. Dieser Junge hatte so viel verloren, so entsetzlich gelitten. Herr, bitte gib ihm ein bißchen Hilfe.

Aber sein Instinkt sagte ihm, daß Gott das nicht tun würde. Nein, das war eine Sache unter Menschen. Nur einer konnte Frank helfen: ein Mann des Glaubens.

Tom war ein solcher Mann.

Als die seltsamen Geräusche um ihn herum verstummten, gewann Frank seine Fassung zurück. Irgendjemand auf der

Straße hatte zufällig gleichzeitig mit ihm gesprochen, und die Laute waren hereingedrungen.

Aber dieses Gefühl, dieser schwarze Schlund, der sich in ihm aufgetan hatte! Das war völlig real. Hier war es, wo die Angst vor dem Beichten lag. Hier war es, wo die Schrecken der Nacht tobten. Genau an dieser Stelle war Maria gestorben. Genau hier war sie in die Schlinge des Mysteriums geraten. Sie hatte gelitten, man konnte es in ihren Augen sehen, an der Art, wie ihre Brauen zusammengezogen waren, ihr Gesicht in übernatürlichem Entsetzen erstarrt. Oh ja, sie hatte gelitten.

Und ich habe eine Erektion!

Oh nein, Herr, laß es nicht so sein, laß mich nicht solche üblen, perversen, entsetzlichen Gefühle haben. Herr, rette mich, bitte, rette mich! Du bist die Auferstehung.

Er sank wieder auf die Knie, begann auf den Altar zuzukriechen.

Bitte, bitte, ich fühle es in mir, ich muß gereinigt werden, es hat Arme wie ein Oktopus, der meine Seele erwürgt. Oh, Herr der Vergebung...

Tom sah, wie er auf den Altar zurutschte, hörte sein verzweifeltes, undeutliches Murmeln, spürte die furchtbare Präsenz, bemerkte, daß das Ewige Licht flackerte und tropfte, als Frank ihm näherkam.

Als Frank den Altar erreicht hatte, öffnete er das Tabernakel, steckte die Hand hinein.

Tom handelte.

Eine Hand legte sich auf Franks Schulter, schlug ihm die Hostie aus den Fingern. »Oh!«

Er fuhr herum. Und da stand der alte Tom Zimmer, ausgerechnet er. Er stand da wie ein großer Schatten, das Gesicht teilweise von einem schwarzen Hut verdeckt. »Tom?«

Die Finger gruben sich in seine Schulter. Es steckte außerordentliche Kraft in ihnen, sie waren wie Stacheln. Frank stöhnte, wich zurück.

Urplötzlich ergriff Tom die Hostie, aß sie mit einem herausfordernden Ausdruck auf seinem Gesicht; dann machte er kehrt und marschierte durch den Mittelgang davon. Seine Schritte widerhallten in der Stille.

Er kehrte in sein Zimmer zurück, legte sich ins Bett. Er würde Frank nicht gegenübertreten, noch nicht. Aber die Botschaft war klar, und die Botschaft war angekommen. Ich kenne dich, Franklin, und ich werde gegen dich kämpfen, wenn du vorhast, die Hostie in deinen besudelten Rachen zu stecken. Ich kenne dich, Frank Bayley, ich kenne dich gut!

Frank war verzweifelt. Aber Tom hatte richtig gehandelt. Man legt die Hostie nicht in ein Gefäß, das so unrein ist, wie er es war. Und hier war er und weihte sie, nahm die Kommunion, heuchelte eine Reinheit, die er weder spürte noch besaß.

»Du hattest recht, alter Mann. Ganz und gar recht.«

Alles, was er jetzt brauchte, war die Kraft zum Beichten. Gott helfe ihm, die Kraft!

Das Böse in ihm regte sich abermals, dann schien es nachzulassen. Seine Übelkeit verflog. Er schaute an sich, an seinem eigenen Körper herunter. Es ist wirklich, und es steckt in dir. Wirklich!

Unsinn. Satan war eine Vorstellung, kein tatsächlich existierendes Wesen. Satan steckte nicht in Frank Bayley oder sonst jemandem. Etwas anderes war in ihm – ein Zustand der Seele, der zerstörerische Impulse auslöste. Mangels eines besseren Wortes würde er es Dunkelheit nennen.

Also gut. Satan war nur eine Vorstellung, die Dunkelheit dagegen nicht. Die Dunkelheit war wirklich, und die Dunkelheit war hier, im Zentrum seiner Seele.

Kitty und Sam hatten die Kirche beobachtet, unterstützt von zwei weiteren Polizeiteams. Sie hatten gesehen, wie Father Frank hineinging und Tom Zimmer ihm folgte. Keiner der beiden war wieder herausgekommen, und jetzt war es fast sechs Uhr.

Sam war für direktes Vorgehen. »Ich finde, wir sollten sie zur Rede stellen. Den Druck aufrechterhalten.«

»Alles fällt dem zu, der warten kann.«

»Das ist Philosophie, Kitty. Sie glauben nicht an Philosophie.«

»Ich glaube, daß wir in diesem Fall verdammt vorsichtig sein müssen. Was ist, wenn wir einen Fehler machen, indem wir uns auf die Priester konzentrieren?«

»Es ist kein Fehler. Lassen Sie sich das von Ihrem Partner gesagt sein.«

Sie sah Sam Dowd an. »Was wir hier haben, ist eine Alptraumsituation der allerschlimmsten Sorte. Ein Irrer, der fast keine Spuren hinterläßt. Die meisten Irren sind ausgesprochen schlampig.« Sie betrachtete die Kirche, trank einen Schluck von ihrem Kaffee. Der Wagen war überheizt, der Kaffee kalt. »Sieht aus wie ein Gefängnis. Aber drinnen ist sie hübsch.«

Dowd trommelte mit den Fingern auf dem Lenkrad.

»Ich kann die Bude nicht ausstehen. Schon beim Gedanken daran bekomme ich eine Gänsehaut.«

»Sie sind gute Männer, Sam.«

»Zurück zu Mutter Kirche, Lady? Ist es das?«

»Es ist nicht ausgeschlossen.«

»Ich wollte, es gäbe eine Operation, bei der man den ganzen sentimentalen Unsinn aus dem Gehirn der Menschen herausholen könnte. Sie können nicht klar denken, solange dieses Zeug darin vor sich hinrottet.«

»Einmal katholisch, immer katholisch.«

»In diesem Pfarrhaus könnte ein total übergeschnappter Irrer leben! Oder sogar zwei, nach dem, was wir heute nacht hier gesehen haben!«

»Father Tom und Father Frank machen gemeinsame Sache. Das wäre wirklich eine hübsche Story.« Sie versuchte sich vorzustellen, wie Frank Bayley oder Tom Zimmer jemanden mit bloßen Händen erwürgten. Sie gab es auf. »Ich wollte, es wäre auch nur auf die allergeringste Weise vorstellbar. Aber das ist es nicht.«

Dowd beobachtete, wie ein Verkehrspolizist einem vorschriftswidrig geparkten Brotlieferanten einen Strafzettel verpaßte. Eine Taube landete auf der warmen Haube ihres Wagens, plusterte die Flügel auf. »Ich möchte kein Vogel sein, der in dieser Kälte den ganzen Winter draußen sein und Zigarettenstummel fressen muß.«

Kitty öffnete das Fenster und warf einen hinaus. »Hier, Taube.« Sie dachte eine Weile nach. »Zu dumm, daß wir nicht wissen, was da drin vorgegangen ist.«

»Father Sprachlos weiß es. Vielleicht sollten wir ihn fragen.«

»Wenn Bilder sprechen könnten.«

»Es heißt: ›Wenn Wände sprechen könnten‹.«

»Danke. Ich bin immer dankbar für Ihre Korrekturen.«

»Das freut mich.«

»Und mich freut, daß Sie es freut.« Sie wollte die Priester in Schutz nehmen. Sie steckte sich eine neue Zigarette in den Mund. »Ich meine, wir können davon ausgehen, daß sie durch die Innentür ins Pfarrhaus zurückgekehrt sind. Vermutlich bewachen sie die Kirche, vergewissern sich, daß in den kritischen Stunden niemand drin ist.«

Sam stieß einen langen Seufzer aus. »Ich gebe zu, die Theorie, daß die Verbrechen gemeinschaftlich begangen worden sein könnten, ist lausig.« Er schaute hinaus ins erste Licht der Morgendämmerung – das angesichts der Wolken wohl auch das letzte sein würde. »Nun, vielleicht bekommen wir eine Chance. Wir haben allmählich eine verdient.«

»Wir bekommen keine Chancen, Sam, wir sind Polizisten.«

Niemand kam zur Kirche, nicht einmal, als die Glocken zur Sieben-Uhr-Messe läuteten. Sie blieb stumm, verschlossen und düster.

13

John kniete in der Kirche, die er liebte, und wartete stumm auf die Stunde, zu der er fortgehen und vor dem Personalausschuß darum kämpfen mußte, daß er sie nicht verlor. Es war zwei Uhr nachmittags, die Türen waren geschlossen, und sein Herz war leer und ohne Gebet.

Die Morde in der Kirche, sein Zorn, seine Schuld – das alles lastete auf ihm. Er fühlte sich außerstande, seine Probleme zu lösen.

Am Vormittag war er Frank aus dem Wege gegangen, hatte das gemeinsame Frühstück gemieden, hatte bei geschlossener Tür in seinem Büro gesessen. Er war Franks wegen überaus aufgebracht und verwirrt. Der Mann war ein Verräter. Man konnte sich einfach nicht ausmalen, was er sonst noch alles angestellt hatte. Diese Gemeinde war ihm nicht übergeben worden, er hatte sie einfach an sich gerissen.

John hatte keine sonderlich gute Meinung von sich, weil er seinem Kuraten Mißerfolg wünschte, aber er konnte nicht anders. Wenn man ihn noch eine Woche zuvor gefragt hätte, ob er zu Haß überhaupt fähig wäre, hätte er nein gesagt. So kommt die Sünde des Stolzes zu Fall.

Ungeachtet seiner Anstrengungen, die Leere zu überwinden, die Maria hinterlassen hatte, kehrte sie jetzt zurück. Mit einiger Bestürzung wurde ihm bewußt, daß er sich in der Bank niedergekniet hatte, in der sie gestorben war. »Maria, wenn du hier bist, lege deine Hand auf meine Schulter.« War es nicht albern, so etwas überhaupt zu denken? Dennoch – die alte Kirche war durchaus ein Ort, an dem Geister umgehen mochten.

Er lehnte sich gegen das harte Gestühl und griff beiläufig nach einem der neuen Gemeindeanzeiger. Er leitete eine gute Gemeinde, vorzüglich organisiert und sehr aktiv.

Als hinter ihm jemand hustete, wäre er fast an einem Schlaganfall gestorben. »Großer Gott, Tom, wo kommen Sie denn her?«

Toms Lippen öffneten sich zu einem schwachen, trockenen Laut. In seiner Kehle arbeitete es. Er sah ganz so aus, als versuchte er zu sprechen.

»Tom?«

In seinen Augen lag Verzweiflung, seine Augen waren ein erschreckender Anblick.

»Haben Sie Angst, Tom?« Die Augen wurden feucht. »Die haben wir alle, alter Freund. Alle miteinander.«

Der Mann war ein lebendiger, glühender Vulkan. Aber John konnte ihm nicht helfen, nicht jetzt, nicht in diesem Zustand. Schließlich hatte der Doktor ihn gründlich untersucht, er war bei Spezialisten gewesen. Diagnose: Die Werke Gottes sind unergründlich.

So sehr es ihn auch danach verlangte, bei Tom zu bleiben, ihn ein wenig zu trösten, konnte er doch nicht länger warten. Aber als er aufstand, ergriff Tom sein Handgelenk.

»Wenn Sie etwas zu sagen haben, dann sagen Sie es. Versuchen Sie es!«

Tom bebte. Sein Mund öffnete sich, Tränen quollen hervor, auf seiner Stirn standen Schweißtropfen. Dann ließ er John los, sackte wieder auf der Bank zusammen, saß mit gesenktem Kopf da. Die Tränen tropften in seinen Schoß.

»Hier – hier ist mein Notizblock.« Er legte den kleinen, spiralgehefteten Block auf Toms Knie. Dann versuchte er, den Stift in die Hand des alten Mannes zu manövrieren. »Los, Tom! Sie können es!«

Der Stift fiel klappernd auf den hölzernen Banksitz.

John hob ihn auf. »Tut mir leid, Tom. Gott sei mit Ihnen!« So gern er geblieben wäre, er konnte es nicht. Er durfte nicht zu spät zur Ausschußsitzung kommen; es war durchaus damit zu rechnen, daß sie die Gelegenheit nutzen würden, abzustimmen, ohne ihn vorher angehört zu haben, und dann wäre alles vorbei, bevor er überhaupt eingetroffen war.

Anstatt durch das Pfarrhaus zu gehen und dort möglicherweise auf seine Mitarbeiter zu stoßen, die ihm Glück wünschen wollten, beschloß er, direkt auf die Straße zu verschwinden. Er schloß das Hauptportal auf und trat hinaus in dröhnenden Verkehr und hellen Sonnenschein. Er knöpfte seinen Mantel zu und rückte seinen alten Filzhut zurecht. Er zog seine schwarzen Handschuhe an und ging die Treppe zur Seventh Avenue hinunter. Dies war nicht sein letzter Pflichtgang als Pastor. Ausgeschlossen. Irgendwie würde er gewinnen. Gott war auf seiner Seite, er mußte es sein.

Wenn ihm Leute begegneten, die er kannte, nickte und lächelte er; für die älteren Frauen, die so etwas zu würdigen wußten, berührte er die Krempe seines Hutes. Er überquerte die Seventh Avenue, ließ M. and J. hinter sich zurück. Vielleicht geschieht ein Wunder, sagte er sich. Dann wußte er es mit mystischer Gewißheit: es *würde* ein Wunder geschehen.

Als der Zug der Linie F ratternd in den Bahnhof West Fourth Street einfuhr, war er anderer Ansicht. Sein Mund war trocken, er bewegte sich mit der Bedächtigkeit eines Invaliden.

An diesem Morgen hatte sich Mrs. Communiello zu Tom ins Land der Stummen begeben. Er hätte sie schon längst entlassen müssen, aber wie hätte er das fertigbringen sollen: fast dreißig Jahre im Amt, und sie tat immer ihre Arbeit.

Tina hatte zu ihm gesagt: »Ich habe für Sie einen Rosenkranz gebetet, Father.« Trish hatte ihm auf ihre ernsthafte Art alles Gute gewünscht. Sogar der alte Lupe war mit den Händen voller Glühbirnen für die Chorempore angekommen und hatte ihm zugerufen: »Die, die so etwas tun, sind geistig zurückgeblieben!«

Frank hatte den Vormittag mit Maureen Nicastro und den Kellys im Wohnzimmer verbracht. Von dem, was gesprochen wurde, hatte John genug gehört, um zu wissen, daß sie, um Franks Übernahme der Gemeinde vorzubereiten, bereits die Sonntagsliturgie revidierten. So zuversichtlich waren sie. Weshalb George Nicastro nicht dabei war, wußte er nicht. Vielleicht war er auf einer Mission in Rom, nach dem zu urteilen, wie sie redeten.

Ein Mann kam in den U-Bahnwagen, der *Street News* verkaufte. Er stand in der Mitte des Wagens und erklärte, die Zeitung sei eine spezielle Publikation der Leute auf der Straße. Dann teilte er das Datum des Tages und die Uhrzeit mit und lieferte eine kurze Wettervorhersage. Es schmerzte, den armen Kerl mit seiner Zeitung und seinen nutzlosen Informationen und diesem erwartungsvollen Lächeln im Gesicht ansehen zu müssen.

Die Türen glitten an der Haltestelle Second Avenue auf, und John schob sich mit der Menge hinaus, durch den Fahrplan der U-Bahn an seiner Absicht gehindert, ein Exemplar der *Street News* zu kaufen.

Der graue Himmel ließ Manhattan wie ausgewaschen aussehen. Leute eilten vorbei, mit gesenkten Köpfen und übers Gesicht gezogenen Schals. Gestern hatte die Suppenküche der Gemeinde siebenundachtzig warme Mahlzeiten ausgegeben, die Kleiderkammer hatte alles verschenkt, was vorrätig war – jeden Schal, jedes Paar Handschuhe, jeden Mantel. Eigentlich hätten sie heute abend Ami Hall als Notunterkunft öffnen müssen, aber sie hatten einfach nicht die Mittel dafür. Man brauchte mehr als nur Betten, man brauchte auch Wachpersonal. Obdachlose waren nicht unbedingt auch anständige Leute.

Als er die Straße überquerte, trat er in ein Loch, und sein linker Schuh füllte sich mit gefrierendem Schneematsch. Mit einem nassen Fuß betrat er das Kanzleigebäude.

Sie ließen ihn in einem Vorzimmer warten wie einen kleinen Jungen, der zum Schulleiter beordert wurde. Er saß da, wobei sein Kragen sich in seinen Hals fraß, und tastete an den Perlen seines Rosenkranzes entlang. Er erinnerte sich an nervöse Seminartage.

»Father?«

»Oh, Pete. Hi.«

Pete Garrison lächelte dünn. In St. Joseph's waren sie in einer Klasse gewesen. Damals war Pete ein großer, humorvoller Rotschopf gewesen. Jetzt war er haarlos und sah aus, als wäre jemand mit einer Luftpumpe über ihn hergefallen.

Monsignore Robert Quindlan saß in dem öden Konferenzraum am Kopfende des langen Tisches. Dies konnte unmöglich der einzige Raum in 1011 Third Avenue sein, in dem Konferenzen stattfanden. Mit seinen grauen Wänden und seinem Kunststofftisch sah er aus, als wäre er von der städtischen Gefängnisbehörde eingerichtet worden. John wurde der Platz Bob gegenüber zugewiesen. Das Kopfende des Tisches, der Ehrenplatz. Es gab Gemurmel, als er sich niederließ, aber niemand lächelte.

Vor jedem Anwesenden lag eine Fotokopie des berüchtigten »BLUTIGE KIRCHE«-Artikels der *Post*. Toby Johnson hatte bereits etwas draufgekritzelt, passenderweise ein Kreuz und ein halbwegs anmutiges Maiglöckchen. Ein Fernseher war da auf einem Tisch auf Rollen und unter ihm ein antiquierter, riesiger Videorecorder. Sie hatten doch nicht etwa vor, ihm die Tortur zuzumuten, seinen Augenblick der Berühmtheit noch einmal durchleben zu müssen?

Sie hatten es vor, und sie taten es. Im gleißenden Licht der Fernsehscheinwerfer sah er aus wie ein säuerlicher alter Vampir. Sein Bemühen, sich von seinem Schmerz nicht überwältigen zu lassen, hatte ihn schrill gemacht. Seine Stimme war angespannt wie Draht: »Der Priester ist schwach!« Es schmerzte, das noch einmal hören zu müssen.

Er wünschte sich, Maria wäre jetzt bei ihm. Die Liebe

eines Priesters sollte ausschließlich Gott und der Kirche gehören.

Maria wäre eine treffliche Fürsprecherin gewesen. Christos mochte fünfzig Briefe schreiben; Maria hätte für hundert gesorgt. Sie hätte gewonnen. Hinterher hätte einer aus den Augen des anderen getrunken, über den kleinen Abstand hinweg, den sie in stummer Übereinstimmung zwischen sich einhielten.

John wurde in die Sitzung zurückgeholt durch ein seltsames goldenes Licht, das in den Konferenzraum einzudringen schien. Vielleicht war es nur ein von dem Büroturm auf der anderen Straßenseite reflektierter Sonnenstrahl. Aber für ihn schien es eine spirituelle Bedeutung zu haben. Ganz kurz hatte er das Gefühl, daß irgend jemand – oder irgend etwas – Großes die Herzen der Anwesenden erforschte. Dann berührte, ganz real, eine Hand seine Schulter.

»Also, John, wenn Sie irgend etwas zu sagen haben...« Bob Quindlan sah ihn an.

»Soll ich das so verstehen, daß ich nur zum formellen Öffnen der Pulsadern hier bin?«

»Oh, hey, einen Moment«, sagte Toby. »Wissen Sie, worüber wir gesprochen haben, bevor Sie hereinkamen? Wir haben versucht, uns vorzustellen, wie wir Sie dazu bringen könnten, zur Wohlfahrtsbehörde überzuwechseln und dort eine wichtige Aufgabe zu übernehmen, für die Sie hervorragend geeignet sind. Wir wollen Ihnen nicht die Pulsadern öffnen, Mann. Wir möchten Sie motivieren.«

Father Richard Joseph ergriff das Wort. Er war unvorstellbar alt. Wahrscheinlich stammte er noch aus der Zeit vor Spellman, wenn das überhaupt möglich war. Früher hatte er eine große Gemeinde in Westchester geleitet. »Unter dieser Sache leiden wir alle, John. Denken Sie nicht an den Pastor, denken Sie an das Pastorat. Alles, was wir von Ihnen verlangen, ist, daß Sie sich aus der vordersten Linie zurückziehen. Ich weiß, wie schwer es einem Soldaten fällt, einen

Schreibtischjob zu übernehmen, aber manchmal muß es eben sein.«

»Ich finde nicht, daß ich gehen sollte. Ich will es nicht. Und es ist die falsche Zeit für einen Wechsel in meiner Gemeinde.«

Bobby griff über den Tisch, konnte seine Hand aber nicht berühren. »Sie sind seit tausend Jahren dort unten gewesen, John. Ich hatte gedacht, Sie würden eine Veränderung begrüßen.«

»Sie müssen zurücktreten, John. Im Interesse Ihrer Leute. Von der Kirche im allgemeinen ganz zu schweigen.«

»Die Kurie hat sich eingeschaltet«, sagte Bobby. »Rom hat Nachforschungen angestellt, und Rom hat reagiert.« Er holte ein Fax aus seinem Aktenkoffer, der neben ihm auf dem Fußboden stand. »›Wir bedauern das Mißgeschick, das diesen würdigen Priester befallen hat, und wünschen, daß er seine beträchtliche Energie der Arbeit widmet, die Kardinal O'Connor ihm zuweist. Bitte teilen Sie ihm mit, daß in den Gebeten des Kollegiums seiner gedacht werden wird.‹« Er sah John an. »Das kommt aus dem päpstlichen Sekretariat, abgezeichnet von Kardinal Tomasini.«

»Ihr bringt es tatsächlich fertig, daß ein Mann sich vorkommt wie ein Undankbarer. Soll ich auch noch dankbar dafür sein, daß ich vor die Tür gesetzt werde? Ich habe es versucht, aber diese Art von Dankbarkeit vermag ich einfach nicht aufzubringen. Tut mir leid.«

Bob Quindlan schüttelte den Kopf. »Ich kann Ihnen nicht folgen, John. Lassen Sie es mich anders versuchen. Wir brauchen Priester, wir wissen nicht, wo wir sie hernehmen sollen. Und ein Priester wie Sie – Sie sind Ihr Gewicht in Gold wert. Das Doppelte Ihres Gewichts. Um offen zu sein, mir gefällt es gar nicht, daß Sie uns verlassen werden.«

»Dann werfen Sie mich nicht aus meiner Gemeinde hinaus.«

»John, die Medien verspeisen uns bei lebendigem Leibe!

Ganz zu schweigen – ich sage es nur höchst ungern –, ganz zu schweigen von der Polizei. Ich weiß, es ist völlig absurd, aber Tatsache ist nun einmal, daß Sie ein Motiv und die Gelegenheit hatten, und in solchen Dingen kann die Polizei ziemlich unvernünftig sein.«

»Damit sind Sie mir schon einmal gekommen, Bob. Aber ich sehe immer noch nicht ein, wieso mein Wechsel zur Wohlfahrtsbehörde für die Polizei auch nur das Geringste ändern könnte.«

»Damit sind Sie aus den vorderen Linien heraus.«

»Damit Sie nicht Gefahr laufen, im Fernsehen mit ansehen zu müssen, wie ein Pastor wegen Mordes an seiner Geliebten verhaftet wird. So absurd und völlig aus der Luft gegriffen das auch sein würde.«

Als Bobby jetzt seinen Kopf senkte, hatte er ein dreifaches Kinn. »Für mich muß das Wohlergehen der Kirche an oberster Stelle stehen, immer. In den Augen der Öffentlichkeit ist Anklage gleichbedeutend mit Verurteilung. Selbst wenn Sie unschuldig sind – woran ich nicht zweifle –, der Schaden wäre angerichtet.«

John konnte nicht bestreiten, daß Bob recht hatte. Wenn es zum Schlimmsten kam, würden Dinge wie seine Verhaftung und sein Erscheinen vor Gericht wesentlich weniger Schaden anrichten, wenn er kein öffentliches Amt mehr bekleidete.

Joe DiMarco ergriff das Wort. »Es tut mir leid, John, ich liebe Sie, und wir sind nicht hier zusammengekommen, um jemanden zu vernichten. Wenn Sie nicht von sich aus zurücktreten wollen, müssen wir formell abstimmen.«

Es gab keine Wahlurne. Bob Quindlan fragte lediglich, ob irgendein Mitglied des Ausschusses gegen die Entscheidung des Personaldirektors wäre.

Er hatte keinen einzigen Fürsprecher. Einige dieser Männer kannte er seit dreißig Jahren, hatte Golf mit ihnen gespielt, sie bemitleidet, hatte einigen von ihnen sogar geistlichen Trost gespendet. Jetzt waren sie gegen ihn vereint, und das Bittere daran war, daß sie ihn zu der Einsicht gezwungen hatten, wie sinnvoll ihre Position war.

»Na schön«, sagte er. Er hoffte, daß er sich von der Kanzel aus besser anhörte. »Ich werde gehen. Ich werde nicht noch mehr Wirbel machen, als ich ohnehin schon gemacht habe. Aber nur unter einer Bedingung. Ich möchte einen weiteren Monat in der Gemeinde. Danach gehe ich, wohin ich geschickt werde.«

Bob nickte, dann schob er seinen Stuhl zurück. Er trat an einen Nebentisch, griff zu einem Telefon. Obwohl er leise sprach, war offensichtlich, daß er die Sache mit jemandem klärte. Er wendete sich wieder John zu. »Tut mir leid, aber wir wollen, daß es unverzüglich geschieht.«

»War das der Kardinal?« fragte er, als Bob den Hörer wieder aufgelegt hatte.

»Kaum. Der Kardinal befindet sich gerade in einer Konferenz mit dem Vorsitzenden des Stadtrats von Manhattan und erörtert mit ihm andere Angelegenheiten. Das war Frank Bayley.«

»Er ist ein prächtiger junger Mann, aber er wird in der Gemeinde ein heilloses Durcheinander anrichten.«

»John, in meinen Büchern habe ich einundsechzig offene Stellen für Priester, darunter vier Pastorate. Ich schätze mich glücklich, diesen jungen Mann zu haben. Ihn *verlangt* nach Ihrer Gemeinde. In der, nebenbei bemerkt, vieles im argen liegt.«

John stand auf. Er war innerlich wütend über diese direkte Attacke, dann packte er seine Wut und holte sie hervor. »Ich werde aus dem Amt entlassen wegen einer imaginären Unbesonnenheit, nicht wegen Inkompetenz«, sagte er mit einer Sanftheit, die er nicht empfand. »In meiner Gemeinde liegt nichts im argen – im Gegenteil, sie ist ein Triumph.« Mit übertriebener Sorgfalt schob er seinen Stuhl zurück. »Ich bin nicht wütend auf Sie«, brachte er krächzend hervor. »Ich bin... Es ist einfach die Situation! Tut mir leid.«

Sorgfältig den Kopf hochhaltend und die Tränen aus den Augen schüttelnd, machte er kehrt und verließ den Konferenzraum. Die Tür machte er leise hinter sich zu.

Das war's, er war erledigt. Sein erster Impuls war, es Maria zu erzählen, was ihn daran erinnerte, daß er in dieser Welt völlig allein war. Er hatte nur seinen Gott, und im Augenblick konnte Gott ebensogut im Koma liegen bei all der Teilnahme, die er für John Rafferty aufbrachte. Er ging den langen Flur entlang, stand in dem langsamen, stickigen Fahrstuhl, ging hinaus auf die Straße.

Er war nicht mehr Pastor von Mary and Joseph. Frank hatte gewonnen. Was wurde aus seinen Schwulen, seinen Obdachlosen, seinen Mitarbeitern? Was wurde aus Joanie McReady – sie würde alle Qualen der Hölle erleiden, wenn sie entdeckte, daß Father John nicht mehr da war. Sie verließ sich auf ihn. Er wurde gebraucht, begriffen sie das denn nicht?

Er hatte die Fifth Avenue erreicht und ging gerade an Saks vorbei, als er plötzlich zu dem Schluß gelangte, daß er etwas brauchte, was ihn aufmunterte. Er ging hinein. John war seit mindestens einem Vierteljahrhundert nicht mehr in einem Kaufhaus gewesen, und die Fülle der angebotenen Waren verblüffte ihn.

Kein Wunder, daß es in der Welt so viel Materialismus gab. Man brauchte sich nur all dieses Material anzuschauen!

Er ging in die Herrenabteilung, betrachtete die eleganten Anzüge, die Krawatten mit ihren bunten, vielfach verschlungenen Mustern.

Dann sah er Hüte. Er nahm seinen alten schwarzen Filzhut ab. Er war nur noch ein erbärmliches Gespenst seiner selbst, seit er im März unter einen Bus der Linie 6 geflogen war.

»Haben Sie so einen wie meinen?« fragte er einen Verkäufer im Nadelstreifenanzug.

Der junge Mann lächelte. »Darf ich mal sehen?«

John gab ihm den Hut.

»Haben Sie den aus einem Altkleiderladen?«

»Ich habe ihn neu gekauft – bei Wormser's, glaube ich.«

»Wormser's! Die haben doch schon – Gott, Mister – schon vor Jahren dichtgemacht.«

»Der Hut ist vielleicht ein bißchen alt.«

»Zwanzig Jahre, vielleicht sogar dreißig. Wie wär's mit diesem Christie? Er ist etwas eleganter als Ihrer, und ich finde, er wirkt Wunder für Ihr Gesicht.«

Seine Worte machten für John so wenig Sinn, als hätte der junge Mann in Urdu gesprochen. Er setzte John den Homburg auf den Kopf. Im Spiegel hatte er den Eindruck, daß er eine gewisse Ähnlichkeit mit Leonid Breschnew hatte.

»Er steht Ihnen wirklich großartig«, schwärmte der junge Mann.

»Nichts steht mir großartig, junger Mann. Aber ich denke, er wird den Regen von meiner Kahlstelle abhalten.« Er kaufte den Hut.

Als er auf die Straße zurückkehrte, war das dünne Licht gänzlich verschwunden. Ein Heer von Leuten strebte auf die Grand Central Station zu, und ihre Schuhe hämmerten auf den Beton und das frische Eis.

Mit dem neuen Homburg fest auf dem Kopf machte er sich auf den Weg durch die hereinbrechende Dunkelheit.

14

Das Geräusch drang so unauffällig in Kitty Pearsons Bewußtsein, daß sie erst begriff, daß sie wach war, als es sich wiederholte. Sie lauschte abermals. Cobble Hill war eine gute Gegend, aber mit Einbrechern mußte man trotzdem rechnen.

Das Geräusch war ein leiser, stetiger Rhythmus: platsch, platsch, platsch. Es hielt ungefähr fünfzehn Sekunden an, dann brach es ab. Wenn Sommer gewesen wäre, hätte sie es vielleicht für das Schaben von Blättern an einem Fliegengitter gehalten. Aber die Äste waren kahl. Außerdem war ein süßlicher Geruch im Zimmer, ganz schwach.

Ihre Uhr zeigte auf zwanzig nach drei. Eine blöde Zeit, um wach zu sein, wenn man die Schicht von acht bis vier hatte. Sie drehte sich um, zog die Steppdecke hoch, schloß die Augen. Aber ihr Verstand begann langsam zu arbeiten und beschäftigte sich mit Dingen, die eigentlich bis Tagesanbruch hätten warten sollen.

Eine Situation, in der ein Irrer frei herumlief und in der sie nichts tun konnte, als darauf zu warten, daß sich etwas ereignete, gefiel ihr überhaupt nicht. Sogar Captain Malcom fing schon an, ihr Zettel auf den Schreibtisch zu legen: »Wo bleiben Ergebnisse in dem Kirchenfall, Pearson?«

Sie warf sich herum, fühlte Kälte an ihrem Rücken, zog die Decke zurecht. Die Kirche, die Priester, das Pfarrhaus; sie stellte sich vor, wie es nachts im Innern der Kirche war, dunkel und beängstigend. Sie konnte sich die Statuen vorstellen und die Kerzen und die Stille.

In Verbindung mit dem Glauben gibt es eine besondere

Art von Kapitulation. Sie konnte sich erinnern, wie fromm sie als Kind gewesen war, wie sie und Janie O'Krent, Phyllie Gordon und Sally – wie? – in ihren braunkarierten Uniformen in den muffigen Bänken von Xaviers gekniet hatten. Kerzen und Weihrauch und das Rauschen der Ventilatoren an der Decke... das Singen von *Tantum Ergo* und *O Salutaris Hostia* an den Freitagnachmittagen. Fischtag. Und die Frömmigkeit! Die knospende Brust der Liebe, die Novenen, die Maialtäre, *Our Little Messenger*, voll von Gedichten über die Jahreszeiten und Geschichten über die Märtyrer, und das große Plakat mit den beiden Kindern am Rande einer Klippe, die von ihrem Schutzengel behütet wurden.

Beichte: »Segnen Sie mich, Father, denn ich habe gesündigt, ich habe seit einer Woche nicht mehr gebeichtet. Ich habe häßliche Worte zu meiner Katze gesagt, Father...«

So viel ist verlorengegangen. »Oh, Jesus«, murmelte sie. Sie warf die Decke beiseite und setzte sich auf. Es gab drei Möglichkeiten. Sie konnte den Fernseher einschalten und zusehen. Sie konnte in die Küche gehen und Kekse in sich hineinstopfen und ein ungutes Gefühl dabei haben. Sie konnte hier sitzenbleiben und rauchen und grübeln. »Verdammter Mist!«

Der koreanische Morgenrock, den Sam Dowd ihr nach irgendeinem vergessenen Streit als Friedensangebot geschenkt hatte, hing über der Rückenlehne eines Stuhls. Sie schlüpfte hinein und nahm sich vor, dem verdammten Hauswirt wieder einmal zu sagen, daß die Heizung nach Mitternacht unter aller Kanone war. Vor Kälte zitternd ging sie in die Küche.

Es war nichts Spezielles, das sie zum Küchenfenster zog. Vielleicht hatte sie das Gefühl, daß die Dunkelheit draußen dichter war, als sie eigentlich sein sollte. Sie ging zum Ausguß, beugte sich darüber und nahe an die Scheibe heran, drückte ihr Gesicht dagegen. Sie schirmte den Kopf mit den Händen ab, um Reflexionen auszuschalten.

Einen Augenblick lang sah sie nichts; dann war da eine flüchtige Bewegung, und eine Mondsichel erschien, als hätte jemand eine schwarze Karte weggezogen. Zusammen mit der Bewegung kam ein schwaches Knarren.

Als ihr klar wurde, daß jemand zu ihr hereingeschaut hatte – daß sie einen Augenblick lang einen Herumtreiber vor sich gehabt hatte –, sprang sie zurück. Eine andere Frau hätte vielleicht geschrien, aber Kitty Pearson war über solche Dinge seit langem hinaus. Sie war eine tüchtige Polizistin, die ihre Ausbildung ernst genommen hatte. Sie bewegte sich mit sorgfältig gewollter Lässigkeit und kehrte in ihr Schlafzimmer zurück. In dem Augenblick, in dem sie außer Sichtweite des Küchenfensters war, warf sie den Morgenrock ab und zog einen Mantel über, dann steckte sie die Füße in ein Paar Weejuns. Mit ihrem kurzläufigen .38er in der Rechten und einer starken Taschenlampe in der Linken trat sie hinaus auf den Flur.

Diese verdammten Süchtigen waren zu dämlich, um zu wissen, wann sie aufhören mußten. Höchstwahrscheinlich war der Blödmann immer noch da draußen, mit seinem Kittmesser, oder was er sonst bei sich hatte, um die Fensterverriegelung aufzubrechen. Arschloch. Er hatte nicht gesehen, daß der Rahmen mit neuen Schrauben gesichert war. Das Aufbrechen der Verriegelung würde ihm nicht das mindeste nützen.

Dieses platschende Geräusch war von seinem Messer in der Spalte zwischen dem oberen und dem unteren Flügel verursacht worden. Platsch, platsch, platsch. So ein Idiot.

Als sie sich den Flur entlang bewegte, empfand sie so etwas wie stilles Vergnügen, wie ein professioneller Spieler, der auf einen Blackjack-Tisch zusteuert. Bei einer Sache wie dieser wußte man nie, was einem bevorstand. Vielleicht würde sie einen Gesuchten erwischen, einen großen Ganoven. Natürlich konnte es sich ebensogut um einen Zwölfjährigen bei seinem ersten Bruch handeln. Aber ein guter Spieler wartet ab, welche Karten er bekommt.

Sie war vorsichtig und klug. Dies war ihr Job, sie wußte genau, wie sie ihn zu erledigen hatte. Sie schaltete kein Licht ein, und sie ging nicht auf die Terrasse, sondern hinunter ins Erdgeschoß. Sie sollte Mr. Florenz im Souterrain warnen, aber der würde vermutlich einen epileptischen Anfall bekommen und alles verderben, also beschloß sie, ihm seinen Schönheitsschlaf zu lassen. Wenn Schüsse fielen, würde ihn das schon alarmieren.

Sie benutzte den Ärmel ihres Mantels, um das Geräusch zu dämpfen, und schob den Riegel an der Tür zu dem zurück, was als Garten bezeichnet wurde, in Wirklichkeit aber nur ein öder kleiner Hinterhof war, in dem fast nichts wuchs, außer einem ungepflegten, uralten Apfelbaum.

Die Luft draußen war eisig. Sie betrat die Treppe, die in den Hinterhof hinaufführte. Es empfahl sich, langsam zu gehen, hier lagen massenhaft Blätter herum, und die Stille war total. Das leiseste Knistern würde zu hören sein.

Die Tür hatte beim Öffnen ein leise saugendes Geräusch von sich gegeben, und sie beschloß, sie offenstehen zu lassen. Wenn der Täter sich hineinschlich, würde sie ihn auf alle Fälle erwischen.

Was war, wenn er bewaffnet war? Sollte er doch. Wenn sie eine Waffe sah, würde sie ihn auspusten, und scheiß auf die Warnung. Nach sechs Jahren bei der Polizei wurde es allmählich Zeit, daß sie sich eine Kerbe zulegte. Sie machte einen langen Schritt nach oben, über drei Steinstufen hinweg. Jetzt stand sie direkt unter der Terrasse. Die Holztreppe befand sich zu ihrer Rechten. Vor sich hatte sie einen ungehinderten Blick auf den Apfelbaum. Sie wartete, ziemlich sicher, daß sie unsichtbar war in dem tiefen Schatten, den die Terrasse über ihren Kopf warf.

Sie wollte schnell machen, aber sie ließ sich Zeit. Sollte er den ersten Schritt tun. Wenn er im Hinterhof war, würde sie ihn sehen, wenn er zu verschwinden versuchte. Wenn er noch auf der Terrasse war, hatte sie ihn.

Als sie sich in den Hof hinausbewegte, stellte sie überrascht fest, daß die Terrasse leer war. Sie stieg hinauf, sah sich um. Nichts – außer zwei verrosteten Eisenstühlen, die wahrscheinlich schon seit dem Zweiten Weltkrieg hier herumstanden.

Der Kerl war ihr entwischt. Nun, machte nichts, hier draußen war es so kalt, daß einem die Titten abfroren, und sie war nur froh, wieder hineingehen zu können.

Sie kehrte in ihr Schlafzimmer zurück, griff nach einer Zigarette und zündete sie an. Platsch, platsch, platsch.

Herr im Himmel, was war dieser Kerl doch für ein ausgemachtes Arschloch! Sie schob die Füße wieder in die Schuhe, zog ihren Mantel an, packte Pistole und Taschenlampe. Jetzt brauchte sie sich nicht mehr leise zu verhalten, dieser Kerl war offensichtlich total ausgeflippt, sonst wäre er nicht drei Minuten nach seiner Flucht zurückgekehrt.

Sie stürmte nach unten und hinaus in den Hof, schaltete die Taschenlampe ein und richtete sie auf die Terrasse. »Keine Bewegung, Mann!« Einen Moment lang bewegte die schwarzgekleidete Gestalt am Fenster sich tatsächlich nicht. »Ich habe eine Waffe, Arschloch.« Dann drehte sie ganz langsam den Kopf, als versuchte sie, über die Schulter zu schauen. »Wenn Sie sich auch nur noch ein kleines bißchen mehr bewegen, dann schieße ich Ihnen die Eier weg.« Sie stieg die Treppe vom Hof auf die Terrasse hinauf.

Er war ein großer Kerl, und er war von Kopf bis Fuß in Schwarz gekleidet. Sehr beängstigend. »Okay, Mann, Beine breit«, sagte sie. Ein Mann, ganz in Schwarz gekleidet, mit schwarzen Handschuhen und einer Skimaske – das war höchstwahrscheinlich ein Profi.

Das nächste, was sie wußte, war, daß sie in der Luft war und sehr schnell rückwärts flog. Da war kein Geräusch, sie hatte nicht einmal gesehen, daß sich der Mann bewegte. Aber er hatte sie erwischt, ganz offensichtlich, und ihr einen so heftigen Schlag versetzt, daß sie das Gleichgewicht verloren hatte und gegen das Geländer der Terrasse geprallt war.

Die Taschenlampe flog in die eine Richtung, die Pistole in die andere. Sie nahm wahr, wie die Waffe über die Terrasse klapperte, dann hörte sie deutlich den Aufprall auf dem Boden darunter. Ihr einziger Gedanke war, hinunterzukommen und ihre Waffe zurückzuholen, bevor dieser Irre sie erreichte. Ihr Rücken tat weh, aber sie zog sich hoch und flankte über das Geländer, wobei ihr der Mantel um die Beine peitschte.

Sie landete auf allen Vieren, dann hechtete sie in die Richtung, in der sie die Waffe fallen gehört hatte. Wo zum Teufel war sie – er wird springen – er kommt herunter!

Sie spürte kaltes Metall, sie hatte sie! »Keine Bewegung! Polizei!«

Nichts. Sie rechnete damit, daß er sich auf sie stürzen würde, aber er war nicht da. Einen Augenblick lang war sie völlig verblüfft, dann registrierte sie eine Bewegung im oberen Bereich ihres Sehfeldes.

Anfangs ergab der schwarze Schatten, der an der Seitenwand des Hauses emporstieg, überhaupt keinen Sinn. Dann begriff sie, erstaunt und bestürzt zugleich, daß es der Einbrecher war. Er glitt an der Wand hoch wie eine große schwarze Spinne. »Jesus!« Der Ausruf kam völlig unwillkürlich, aus ihr herausgerissen von der Tatsache, daß sie etwas Unmögliches sah.

Sie hob die Waffe, dann überlegte sie es sich anders. Man konnte nicht im Dunkeln ein bewegliches Ziel in fünfzehn Meter Entfernung treffen, nicht mit einer kurzläufigen .38er. Sie war nur dann eine gute Waffe, wenn man im Bereich ihrer Möglichkeiten blieb.

Ohne jedes Geräusch erreichte er das Dach und schwang sich über die Kante. »Großer Gott.« Einmal sah sie noch seinen Kopf auftauchen, dann war er verschwunden. Es gab elf Häuser in der einen Richtung, sechs in der anderen, alle durch gemeinsame Mauern miteinander verbunden. Er konnte in beide Richtungen laufen, auf einer Feuertreppe zur Straße hinuntersteigen oder durch eines der Häuser, wenn sich diese Möglichkeit anbot. Ihn zu verfolgen, hatte nicht den geringsten Sinn; außerdem war es hier draußen so kalt wie in einer langen Nacht in Alaska.

Was sie tun mußte, war, sofort ans Telefon gehen und die Streife informieren. Sie war auf dem Rückweg ins Haus, als ihr wieder der süßliche Geruch auffiel, und diesmal wußte sie, was es war, und wäre vor Schreck fast in Ohnmacht gefallen. Ihre Hände zitterten so sehr, daß sie sie kaum ausstrecken konnte, um die Mauer zu befühlen, von der der Geruch ausging.

Sie war naß, großer Gott, sie war naß.

Sie stürmte auf die Terrasse hinauf und war starr vor Entsetzen über das, was sie fand.

Ein Zwanzig-Liter-Kanister Benzin war auf der Terrasse ausgeleert, an die Rückfront des Hauses gespritzt worden. Das war die Ursache des platschenden Geräuschs gewesen – Benzin, das aus dem Kanister ausgegossen wurde. Dann sah sie, daß in die untere Hälfte ihres Schlafzimmerfensters ein sauberes rundes Loch geschnitten war, zweifellos, während sie nach ihm gesucht hatte.

Jetzt hämmerte ihr Herz. Er war es, er war hier, er versuchte, *sie* zu verbrennen. Wie hatte er die verdammte Wohnung gefunden? Polizisten stehen nicht im Telefonbuch und geben auch niemandem ihre Adresse.

Sie rannte hinein, hämmerte an Mr. Florenz' Tür. »Mike, schnell. Sie müssen raus!«

»Wer...«

»Ich bin's, Kitty, da ist Benzin an der ganzen Rückfront des Hauses, machen Sie, daß Sie rauskommen!«

Klick, klick. Die Tür einen Spaltbreit offen. Mr. Florenz' seltsam jungenhaftes Gesicht blickt heraus, sein Kahlkopf schimmert in der Flurbeleuchtung. »Kitty?«

»Jemand hat gerade Benzin auf der Terrasse ausgegossen. Sie versuchen das Haus in Brand zu stecken.«

»Aber Mrs. Selby würde doch nicht...«

»Nein, hier geht es nicht um Versicherungsbetrug. Das hat mit mir zu tun.«

»Oh!«

Sie rannte die Treppe zu ihrer eigenen Wohnung hinauf und wählte 911, sagte ihnen, daß sie dienstfrei war, teilte ihnen mit, was sie wissen mußten.

Die Feuerwehr traf ein, inmitten großer Aufregung in der Nachbarschaft und vielen aus allen möglichen Häusern des Blocks heruntergerufenen Fragen. Gleich darauf erschien ein Streifenwagen mit dem unvermeidlichen Supertrottel. Die Nieten aus der Anfängerklasse landeten in gottverlassenen Revieren wie diesem, und diejenigen, die die Nachtschicht hatten, waren gewöhnlich die Allertrottligsten.

»Was für ein Problem haben Sie denn, Miss?« fragte er, als die Feuerwehrleute in ihre Wohnung eindrangen.

»Ich bin keine Miss, sondern Detective-Lieutenant«, knurrte sie. Es verlangte sie nach einer Zigarette. Aber in Anbetracht der Dämpfe wäre das ganz bestimmt ein großer Fehler. »Das Problem ist, daß irgendein Arschloch gerade versucht hat, mich zu verbrennen.«

ERMITTLUNGEN

Es waren sieben Männer anwesend und eine Frau. Kitty war es gewohnt. Sie schaute von Gesicht zu Gesicht, entschlossen, mit klarer, stetiger Stimme zu sprechen, der Stimme eines Profis. Sie würde sich nicht anmerken lassen, daß sie zu Tode erschrocken war. Auf keinen Fall durften Detektiv Hal Hawkins oder Captain Malcom oder Captain Brill ihr Entsetzen hören. Vor Sam konnte sie es nicht verheimlichen. Sam wußte genau, wie ihr zumute war.

»Wir haben es hier mit einem sehr üblen Typ zu tun, und er weiß, wo wir wohnen«, sagte sie.

»Wo Sie wohnen«, murmelte Sam.

Captain Malcom: »Besteht eine Möglichkeit, daß wir es mit einem anderen Täter zu tun haben? Einem ganz anderen Fall?«

»Nicht die geringste«, sagte Kitty. »Das Benzin ist die Unterschrift.«

»Okay, unser Mann weiß also, wer wir sind und wo wir sind, aber gegenwärtig können wir ihm keinen Gegenbesuch abstatten.« Malcom hob die Brauen. »Irgendwelche Verdächtigen?«

»Er ist groß, er trägt eine gewöhnliche schwarze Wolljacke, und er kann ohne Hilfe an Hauswänden hochklettern.«

»Wie meinen Sie das?«

»Ich habe gesehen, wie er an einer glatten Hauswand hochgegangen ist, ohne auch nur einen Angelhaken, um sich Halt zu verschaffen.«

Sam sagte: »Die Spurensicherung hat Fasern von der

Kleidung des Verdächtigen aus Fugen im Mauerwerk herausgeholt. Genau, wie sie gesagt hat, der Kerl ist die Wand hochgegangen. Es gibt keinerlei Hinweise darauf, daß er Haken, Seile oder irgend etwas in der Art benutzt hat. Er ist mit bloßen Händen an der verdammten Wand hochgeklettert.«

Captain Brill sagte: »Als erstes quartieren wir Sie um, Kitty. Sie suchen sich einen sicheren Ort, vielleicht bei irgendwelchen Verwandten. Machen Sie, daß Sie von dort wegkommen. Gehen Sie nicht einmal in die Wohnung zurück, um ihren Strumpfhalter zu holen.«

»Captain Brill hat Sinn für Humor, Sam. Notieren Sie das. Was das Umziehen betrifft, das ist bereits erledigt.« Sie konsultierte ihr Notizbuch, schlug Seiten um. »Verdächtige: sehr wenige. Wir haben die drei Priester verhört, fanden, was Father John Rafferty angeht, ein ziemlich schwaches Motiv für eines der Verbrechen, aber keinerlei Beweise, die ihn damit in Zusammenhang bringen. Und keiner der Priester sieht aus wie ein Massenmörder. Der Hausmeister ist ein ältlicher Mann lateinamerikanischer Abstammung mit einer schweren Arthritis. Wir haben uns alle anderen Leute angesehen, die einen Schlüssel haben, und sind auf eine Kollektion von ältlichen Damen und Herren gestoßen, teils mit, teils ohne Zähne.«

Schweigen breitete sich aus. Dowd brach es. »Die Mordwaffe im Fall Julien haben wir noch nicht gefunden. Die anderen beiden wurden mit bloßen Händen erwürgt. Halswirbel zermalmt. Und dann ist da noch der unbekannte Tote, von dem wir nichts haben als abgeschabten Ruß.«

»Verdammte Scheiße.«

»Wir haben die Kirche überwacht. Abgesehen vom normalen Kommen und Gehen – nichts. Gestern nacht gegen drei Uhr sind zwei der Priester hineingegangen.«

»Das ist nicht verdächtig?«

»Einer allein...«

»Ich verstehe, worauf Sie hinauswollen.«

»Einer der Priester hatte eine Lederfreundin. Ich habe in der Wohnung der Julien Lederutensilien gefunden«, setzte Kitty hinzu. »Und ihn sogar dabei erwischt, wie er versuchte, sie beiseitezuschaffen.«

Malcom kicherte. »Das ist hübsch. Das gefällt mir.«

»Der älteste der Priester ist stumm. Kann nicht sprechen, kann nicht schreiben.«

»Verrückt?«

Kitty nickte. »Und außerdem mindestens fünfundsiebzig. Der Kerl auf meiner Terrasse war kräftig und schnell. Der kräftige, junge Priester ist in Ordnung. Father Frank. Er ist der gute Junge in dieser Sache.«

Malcom ließ den Blick von einem Gesicht zum anderen wandern. »Also ist Scheiße alles, was wir haben. Habe ich recht?«

Kitty nickte. »So ist es.«

»Ich finde, wir sollten das Pfarrhaus durchsuchen. Zusehen, ob wir passende Fasern finden.«

»Und was ist, wenn wir sie finden? Diese Fasern sind nichts Besonderes. Wenn einer von diesen Männern eine Jacke zum Beispiel von The Gap oder Sears oder Penney's besitzt, dann finden wir auch passende Fasern.«

»Das stimmt, Captain.«

Malcom schüttelte den Kopf. »Mist. Vielleicht bekommen wir von irgendjemandem eine Erlaubnis. Von der Kanzlei. Die sind ziemlich aufgebracht wegen dieser Sache. Wenn ich ein paar Leute anrufe, dann dürfen wir vielleicht hinein.«

Kitty dachte darüber nach. »Hört sich an, als wäre es trotzdem eine illegale Durchsuchung.«

»Das Haus gehört nicht den Priestern, sondern der Kirche«, entgegnete Malcom.

»Mit anderen Worten, sie ist der Hauswirt.«

»Nicht direkt. Die Priester sind keine Mieter. Sie wohnen

dort mit stillschweigender Duldung des Besitzers. Ich glaube, eine Durchsuchung wäre in Ordnung, auch ohne Durchsuchungsbefehl.«

»Und wenn wir passende Fasern finden, was dann?«

Malcom sah sie an, als wäre sie schwachsinnig. Dann blinzelte er.

Kitty ließ sich nicht einschüchtern. »Was, Captain? Eine Verhaftung vornehmen?«

Der Captain funkelte sie an. »Wenn ich die Erlaubnis des Kardinals bekomme, dann will ich Proben von jeder Jacke und jedem Mantel im Haus. Und niemand darf etwas davon erfahren.« Kitty wurde klar, daß auch er Angst hatte, was die Sache noch viel schlimmer machte. »Wenn wir irgendwo verstecktes Benzin finden, nehmen wir Fingerabdrücke und verhaften den Mann, der den Kanister angefaßt hat.«

Dowd sah ihn von der Seite her an. »Und was dann?«

»Sie bringen ihn zu mir, und ich nehme mir das Schwein vor!«

»Einen Priester?«

»Kommen Sie mir nicht damit, Sam. Dieser Scheißkerl ist kein Priester, ob er nun den Kragen trägt oder nicht.«

Hawkins meldete sich zu Wort. »Habe ich richtig verstanden? Wir gehen hinein, suchen nach Fasern, suchen nach Benzin. Wir nehmen Fingerabdrücke von Benzinkanistern.«

»Genau.«

»Und womit vergleichen wir die Abdrücke? Priester sind in keiner Fingerabdruckkartei.«

Kitty wollte nicht, daß die Aktion im Sande verlief. »Wir erkundigen uns bei der Kanzlei. Vielleicht haben sie dort eine Abdruckkartei.«

Sam lächelte. »Ganz bestimmt. Und Fahndungsfotos.« Es gab allgemeines Gelächter.

»Ich will diesen Kerl kriegen«, sagte Kitty. Sie konnte das Kreischen in ihrer Stimme hören. Alle im Zimmer sahen sie an, musterten sie mit unverhohlener Neugier.

Es dauerte einen Moment, bis sie den Grund dafür begriff. Zwei dicke Tränen rollten über ihre Wangen. So verstört war sie.

»Blöde Allergie«, murmelte sie und ging zu ihrem Schrank, um sich das Gesicht abzuwischen.

15

Für Frank Bayley sollte es eine weitere schlaflose Nacht werden. Er lag da und starrte an die Decke, unglücklich und ängstlich. Diesmal hatten ihn Schritte vor seiner Tür geweckt. Hatte er sie sich eingebildet? Höchstwahrscheinlich. Wenn nicht, war es einfach jemand, der ins Badezimmer ging.

Diese grauenhaften Tage hatten ihm das Gefühl gegeben, als wäre in ihm irgendetwas zusammengebrochen. Er war ständig müde. Das bißchen Schlaf, das er bekam, schien nichts zu nützen. Da waren Alpträume und schwarze Flekken. Lange schwarze Flecken, und in der Mitte der schwarzen Flecken waren Aufschreie.

So sehr es ihm auch widerstrebte, er würde aufstehen und auf dem Flur nachsehen. Wie konnte jemand, der mit Mary and Joseph in Verbindung stand, dermaßen böse sein?

Er hörte die Bewegung abermals. Sein Herz begann in seiner Brust zu rasseln. Vorsichtig, damit die Federn nicht quietschten, stieg er aus dem Bett.

Frank ging zu seiner Tür, lauschte. Nichts. Er wünschte bei Gott, daß er ein Telefon in seinem Zimmer hätte, dann würde er noch in dieser Minute die Polizei anrufen. »Wer ist da?« fragte er. Seine Stimme war heiser.

Die Antwort war Schweigen.

Tom wartete. Er hatte den ganzen Tag und bis in die Nacht hinein gebetet, hatte sich gereinigt, war ins Herz des Lichts eingetreten.

Ich wurde für diesen Augenblick geschaffen, o Herr, jetzt

erkenne ich es. All diese Jahre, all diese Herrlichkeit, und nun erkenne ich es, ich erkenne deinen Plan, o Herr, ich unterwerfe mich deinem Willen.

Er schloß die Augen. Das Licht in ihm war jetzt hell, ganz hell, heller als die Sonne.

Jetzt muß ich dir gegenübertreten, o Schlange. Er spürte das Licht in sich, spürte, wie es sich ausbreiten, die ganze Welt erfüllen wollte.

Der Augenblick rückte heran. Er ergriff den Türknauf.

Frank hörte Geräusche, spürte, wie sich der Türknauf bewegte. O Herr, steh mir bei. Ich will nicht auf diese Weise sterben. »John!« rief er. Und dachte dann: Was ist, wenn John der Mörder ist?

Er spürte einen festen Griff am Knauf. Ungeheuer kraftvolle Finger drehten ihn, und das Schloß knarrte. Er konnte hören, wie sich sein Stahl bog und ruckte, als die Falle zurückgezwungen wurde.

Jetzt. Tom schaltete das Licht ein, hielt das Kreuz vor sich und schrie die Worte heraus, die ins Innerste seiner Seele eingraviert waren. »Ich verfluche dich, alte Schlange!«

Frank richtete sich auf, warf mit einem Kopfrucken eine Strähne braunen Haars aus seinen Augen und sagte mit schriller, quiekender Stimme: »Father Zimmer!«

»Beim Richter über die Lebenden und die Toten...«

»Sie – Sie reden!«

Toms Stimme war trocken, sie war fast überhaupt nicht da. »Beim Richter über die Lebenden und die Toten, bei unserem Schöpfer und dem Schöpfer der Welt...«

»Wie bitte? Das habe ich nicht verstanden.«

Er versuchte, deutlicher zu sprechen, etwas Volumen zu gewinnen. »Bei unserem Schöpfer, bei Ihm, der die Macht hat, dich in die Hölle zu schicken...« Die Worte hörten sich an wie Nebel, der auf nasse Blätter fällt.

»Ich höre Sie nicht, Father.«

Er räusperte sich. Er war zu schwach, er hatte zu lange gewartet! Aber das Volumen seiner Stimme sollte keine Rolle spielen. Vielleicht war sein Glaube so schwach wie seine Stimmbänder. Mit einem stummen Gebet im Herzen versuchte er es abermals. »Weiche sofort mit Furcht und mit deinen gräßlichen Heerscharen. Weiche von diesem getreuen Diener Gottes, Franklin Patrick Bayley, der Zuflucht gesucht hat im Schoß der Kirche.«

Frank hatte eine Hand ans Ohr gelegt. »Ich kann einfach nicht...«

Tom stieß ihm das Kreuz entgegen, das Kreuz der Liebe, das Symbol der größten Macht im Universum. »Fort mit dir! Anathema!«

Ganz sanft nahm Frank das Kreuz aus dem gelockerten Griff des alten Mannes. »Sie haben den falschen Teufel erwischt, Tom.« Er versuchte zu lachen, aber es funktionierte nicht, nicht mit all der Schuld und der Heuchelei und der Sünde, die in ihm schwärten. In einer Hinsicht hatte Tom recht: er hatte Franks Sünde gerochen.

Er führte Tom in sein eigenes Zimmer, und Tom ging mit.

Wenn es nur so einfach wäre – ein Exorzismus. Ja, mein Freund, da ist ein Dämon in mir, aber es ist nicht der Dämon des Mordens...

Frank hängte Toms Kreuz an die Wand neben sein Bild vom Heiligen Herzen Jesu. »Ihre Palmsonntags-Wedel«, sagte er und hob sie vom Fußboden auf. »Sie müssen heruntergefallen sein, als Sie Ihr Kreuz abnahmen.« Er hängte sie gleichfalls wieder auf.

Als er die kräftige Hand an seinem Handgelenk spürte, konnte Tom nicht widerstehen, obwohl er es wollte. Es war schrecklich, er konnte sich nicht widersetzen. Er kämpfte innerlich, aber sein Körper kam mit wie ein folgsames Schaf.

Durch die Hand des Mannes strömte eine Elektrizität, die ihn gegen seinen Willen beherrschte. Tom wollte kämpfen! Er wollte gegen den Dämon kämpfen!

Alles, was er zustande brachte, war ein erstickter, verängstigter Laut durch die Nase.

Frank zog Tom an sich und schloß ihn in die Arme. »Armer alter Mann«, flüsterte er, »Sie brauchen ein wenig Schlaf.« Er hob Tom hoch und begann, ihn zu seinem Bett zu tragen.

Sein zischender Atem roch nach dem Cheddarkäse eines Tiefkühlessens. »Hey«, sagte Frank gutmütig, »Sie haben heute abend meine Lean-Cuisine-Mahlzeit aus Makkaroni mit Käse gegessen.«

Als Frank ihm das Kreuz abgenommen hatte, war Tom in Panik geraten. Es funktionierte nicht, überhaupt nicht, nicht im geringsten! Aber weshalb war er dann stumm gemacht worden, außer um vorbereitet zu sein auf diese große Konfrontation? Es war seine Aufgabe, Frank zu exorzieren, aber es funktionierte nicht! Es funktionierte nicht!

Er hörte sein eigenes erbärmliches Keuchen, nicht einmal Schreie, als er von diesem großen, kraftvollen und völlig unerschütterten Mann getragen wurde.

Einen sich wehrenden Menschen zu tragen, ist ein aufschlußreicher Akt. Man spürt die Wärme seiner Haut, riecht seinen Schweiß, schmeckt seine Tränen. »Kommen Sie, alter Mann, Sie haben den Falschen erwischt.« Er legte ihn aufs Bett. »Sehen Sie zu, daß Sie ein bißchen Schlaf bekommen, dann werden Sie sich morgen früh wesentlich besser fühlen.«

Tom erschlaffte, schwache Finger griffen nach Franks Aufschlägen, Tränen strömten aus seinen Augen.

In den Jahren seiner Stummheit hatte Tom gehofft und gebetet, daß dahinter irgendeine Absicht steckte. Aber sie war bedeutungslos, nur ein weiteres bißchen zufälligen Leidens in der Welt. Das Licht in ihm war nicht das Licht Gottes. Er war nur ein neurotischer alter Mann. Frank brauchte keinen Exorzismus. Es war alles eine Phantasie gewesen.

Er weinte in Franks Armen, bitter und lange. »Ganz ruhig«, sagte Frank, »ganz ruhig, alles wird bald vorbei sein...«

Was sollte er tun, wie dem bekümmerten, armen alten Priester helfen? Was glaubte Tom? Daß Frank der Mörder war? Oder war dies lediglich ein Versuch gewesen, die Dämonen der Lust zu exorzieren? »Tom, wenn Sie etwas über diese Verbrechen wissen, müssen Sie es der Polizei sagen.«

Er wollte den alten Mann schütteln, hielt sich mit großer Anstrengung zurück. Die Augen waren groß und naß.

»Tom, bitte, ich weiß, Sie können sprechen! Sie haben eben erst gesprochen.«

Toms Blick verschwamm, dann rollten die Augen zurück in den Kopf.

Tom schlief, einfach so. Was war in ihn gefahren, was hatte ihn veranlaßt, so zu handeln? Was wußte er?

Frank beobachtete ihn, bis er sicher war, daß er schlief, dann schlüpfte er leise aus dem Zimmer.

16

Als John die vertrauten Glocken von Mary and Joseph zu Mittag läuten hörte, schaute er auf die Uhr. Der Vormittag war so schnell vorübergegangen, daß er geglaubt hatte, das Läutwerk wäre nicht in Ordnung.

Jetzt, da er von seinen Pflichten entbunden war, hatte er drei Stunden damit verbracht, nicht viel mehr zu tun als Frank Bayley in seiner Glorie zu beobachten. Frank eilte herum, überaus geschäftig und frohgemut. Er war am Telefon, dann stürmte er hinunter zu einem weiteren Treffen mit dem neugebildeten Lenkungsausschuß – alles Christos-Leute, natürlich.

John starrte auf die Wand, als Tina einen Anruf in sein Büro durchstellte.

»John?« Es war Bob Quindlan.

»Ich bin noch hier, wenn es das ist, weshalb Sie anrufen. Ich weiß nicht, wo ich hinsoll.«

»Ich habe eine gute Nachricht«, sagte Bob umgänglich. »Sie sind für eine Freizeit auf Kosten der Erzdiözese gebucht.«

»Sie sind ein Narr, ihm das Amt zu übertragen. Er ist zu jung. Außerdem schläft er nachts nicht. Ich höre ihn.«

»Er steht unter Streß, genau wie ein anderer, den ich bei Namen nennen könnte. Ich würde mir Sorgen machen, wenn es anders wäre.«

»Er wird zusammenbrechen.«

»Er hat mich heute vormittag zweimal angerufen. Er scheint mir in bester Verfassung zu sein, zumal angesichts der Probleme, die Sie dort unten haben.«

»Nun, vielleicht ist er in ziemlich guter Verfassung. Hoffentlich. Ich muß zugeben, ich bin es nicht.«

»Nehmen Sie die Freizeit. Danach reden wir weiter. Ich wollte, ich könnte Sie alle drei auf Urlaub schicken.«

»Aber ich bin der glückliche Gewinner.«

»Sie nehmen den Zug nach Albany, steigen in Rhinecliff aus. Wenn Sie um zwölf abfahren, sind Sie um vier im Holy Name Center.«

»Zweiundzwanzig Jahre kann man nicht an einem Nachmittag zusammenpacken.«

»Aber eine Tasche kann man packen. Die schwere Packerei kann Ihre Haushälterin übernehmen. Ich bin sicher, daß es Frank nichts ausmachen wird, Ihnen ihre Sachen nachzuschicken, sobald Sie ein dauerhaftes Quartier bezogen haben.«

»Was ist das Holy Name Center? Ich habe noch nie davon gehört.«

»Ein Erholungsheim, das von Leuten wie Bischof Tucker und Woodward Ames und anderen großen Leuchten aufgesucht wird. Wir haben für Sie ein Zehn-Tage-Spezial-Arrangement gebucht. Danach wohnen Sie im Hospiz, bis wir für Sie eine angemessene Unterkunft näher bei der Katholischen Wohlfahrtsbehörde gefunden haben.«

»Also soll ich in diesem Pensionärscenter eingesperrt werden, damit Sie sicher sein können, daß ich nach jedem trostlosen Job greife, den Sie mir dann anbieten.«

Bob kicherte. »Nichts dergleichen.«

John gehörte nicht zu den Leuten, die den Hörer auf die Gabel knallen. Statt dessen legte er ihn ganz behutsam auf. Dann saß er da und starrte die kahle Wand an. Zwanzig Jahre lang hatte er vorgehabt, ein Bild an diese Wand zu hängen. Er zog seine Schreibtischschublade auf. Büroklammern, Kugelschreiber, eine unbeschriftete Computerdiskette, ein Lineal, sein Terminkalender. Er holte den Kalender heraus.

Die Eintragungen waren teils in Tinas säuberlicher Handschrift, teils in seinem eigenen Gekritzel. Heute war der 26. Februar. Zwei Tage bis Aschermittwoch, erstaunlich. Die Fastenzeit stand dicht bevor. Für heute abend war ein Prä-Kana-Treffen vorgesehen, vier Paare. Um sechs fand eine Sitzung des Finanzausschusses statt. Beichte um fünf. Um zwei wollte der Dachdecker kommen. Frank Bayley würde alle Hände voll zu tun haben. Bestimmt würde man ihm binnen weniger Wochen einen intelligenten jungen Kuraten beschaffen. Ein gewöhnlicher Pastor konnte jahrelang warten.

Er blätterte um. 27., 28. Februar, 1. März – eine endlose Liste von Aufgaben und Verpflichtungen. Je weiter er in dem Kalender blätterte, desto weniger Eintragungen enthielt er in seiner eigenen Schrift. Dann sah er »1. März. Maria Geburtstag. Essen? Fastenzeit???« Er fragte sich, wie man in der Zeit der Buße einen Geburtstag feierte. Indem man einen mit Asche bestreuten Kuchen aß? Ein härenes Hemd schenkte?

Er klappte den Terminkalender zu und ließ ihn in den Papierkorb fallen. Warum auch nicht? Er würde keine Termine mehr wahrzunehmen haben. Das Gefühl der Endgültigkeit wuchs in ihm. Er saß zum letzten Mal hier, dachte zum letzten Mal daran, einen Druck für diese Wand zu kaufen, betrachtete zum letzten Mal seinen Terminkalender.

Dann klopfte jemand an seine Tür, ganz leise. Wie merkwürdig – niemand in diesem Pfarrhaus klopfte leise an. Sie hämmerten an die Tür oder – was üblicher war – kamen einfach herein.

Tom stand an der Schwelle. Seine Augen waren hohl, er war um tausend Jahre gealtert. »Ja, Tom. Kommen Sie herein.«

»Fff...»

Er versuchte zu sprechen. »Los, Tom, Sie können es!«

»Nnn!«

»Frank, er spricht!«

Er kam hereingestürmt.

»Ich glaube, er will etwas sagen! Hören Sie!«

Aber Tom war wieder verstummt. Er starrte Frank an. Adern pulsierten in seinem Hals.

»Ich sollte Ihnen besser sagen, daß wir letzte Nacht ein wenig aneinandergeraten sind. Ich glaube, Tom ist – alt ist vermutlich der höflichste Ausdruck. Stimmt's, Tom?«

»Was ist passiert? Was für eine Auseinandersetzung könnten Sie und Tom gehabt haben?«

Zuerst sprach niemand. Aber das Schweigen mußte gebrochen werden, und Frank tat es schließlich. »Keine Auseinandersetzung. Eine Art Konfrontation. Um es unumwunden auszudrücken – er hat versucht, mich zu exorzieren.«

John sah Tom an. »Tom?« Die Augen quollen ihm praktisch aus dem Kopf. Sein Gesicht war qualverzerrt. »Tom, können Sie uns sagen, warum?«

»Uuh – gglll...«

John richtete den Blick wieder auf Frank. »Und Sie haben keine Ahnung?«

Er schüttelte den Kopf. »Als Sie riefen, dachte ich, er hätte es Ihnen vielleicht gesagt.«

»Grunzlaute.«

»Man konnte die Worte des Exorzismus hören. Ungefähr. Aber ich habe keine Ahnung, was er damit erreichen wollte.«

John wollte sagen: Vielleicht weiß er, daß Sie ein Heuchler und ein Dieb sind – aber er tat es nicht.

Tom gurgelte immer noch, versuchte zu sprechen, aber es kam nur ein jämmerliches, dumpfes Kollern heraus; dann sackte der alte Mann in sich zusammen und ließ den Kopf hängen.

John drückte ihm einen Kugelschreiber in die Hand. Er fiel zu Boden. Er wollte ihn schlagen, ihn zwingen. Sein Anblick brach einem das Herz. »Mmmmmss«, sagte er, »msss...«

»Mss – miss? Soll das ›vermissen‹ heißen?«

Er nickte heftig.

Er wird mich vermissen. Wie rührend. »Ich bleibe in der Gegend«, sagte John. »Noch ist nicht aller Tage Abend. Vielleicht bin ich sogar eines Tages wieder im Amt.«

Tom legte beide Hände auf Johns Schultern, dann umarmte er ihn. Die Gefühle, die er damit zum Ausdruck brachte, waren durch ihre Wortlosigkeit nur umso intensiver. Mehr als zwanzig Jahre hatten sie unter dem gleichen Dach gelebt.

Nach einem langen, erfüllten Moment drehte Tom sich abrupt um, als könnte er es nicht mehr ertragen. Mit hängenden Schultern schlurfte er den Flur entlang.

Frank sah ihm nach. »Er hat einen beträchtlichen Teil des Exorzismus gesprochen.«

»Gibt es etwas, das Sie mir sagen müßten, Frank?«

»Worauf wollen Sie hinaus?«

»Nun, er hat etwas gesehen, das ihm nicht gefällt.«

Frank schüttelte den Kopf. »Er ist senil«, sagte er. »Ich habe nichts getan, was sein Verhalten rechtfertigen würde.«

John nickte. »So wird es wohl sein.«

Frank machte kehrt und verließ das Zimmer. Wie es den ganzen Vormittag über der Fall gewesen war, war John abermals von tiefer und unbehaglicher Stille umgeben. Wenn er sich in seinem Büro aufhielt, arbeitete er gewöhnlich mit Hochdruck. Er hatte in seinem Leben eine Menge Leere mit dichtgedrängten Terminen und der Teilnahme an Versammlungen ausgefüllt.

Wohin willst du gehen, alter Mann? Die Freizeit annehmen, ins Hospiz ziehen ... und hoffen, daß man dich nicht einfach dortläßt?

Der Kardinal hatte so getan, als akzeptierte er ihn, aber der Kardinal vertrat ziemlich entschieden die Ansicht, daß Priester der Parteilinie zu folgen hatten. John glaubte im Grunde nicht, daß Geburtenkontrolle eine Sünde war, und machte kein Aufhebens deswegen. Das war dem Kardinal bestimmt nicht entgangen. Er hielt Abtreibung für eine Tragödie, aber nicht unbedingt für eine Sünde und schon gar nicht für ein Verbrechen, und das hatte er von der Kanzel verkündet. Die Liste der Beanstandungen war vermutlich ziemlich lang.

Sie würden ihn lebendig begraben.

Er mochte sechzig sein, aber er fühlte sich wie vierzig. Der Gedanke an ein Seniorenheim war unausstehlich. Aber ebenso unausstehlich war der Gedanke, außerhalb des Klerus zu leben. Er mußte Priester bleiben. Das war es, was er war, mit Leib und Seele.

Er sah sich um. Gab es hier drinnen irgend etwas zu pakken? Abgesehen von der Schreibtischgarnitur, die er zu seiner Ordination bekommen hatte, gab es nichts, das er wirklich als sein Eigentum betrachtete. Nun, vielleicht der lederne Löscher, der in den letzten zwanzig Jahren auf seinem Schreibtisch gestanden hatte. Das Ding hatte irgendwie seine Gegenwart absorbiert, also gehörte es vielleicht ihm. Aber der Rest – Bleistifte, Büroklammern, Kalender, Notizbücher, die Akten in den Regalen –, das alles gehörte der Gemeinde.

Er trat hinaus auf den Flur, hatte vor, in sein Zimmer zu gehen und sich bereit zu machen. Im ganzen Pfarrhaus herrschte Totenstille. Die Tür zu Franks Büro war geschlossen; Tom war vermutlich in die Kirche hinuntergegangen, um zu beten, was er oft tat, wenn sie leer war.

John schaute sich um; er hungerte nach Details, an die er sich klammern, die er in Erinnerung behalten konnte.

Sein Blick fiel auf etwas, das er, seit er hierhergekommen war, an jedem Tag seines Lebens gesehen hatte. Er schaute fast staunend empor zu dem Bild der Madonna von Guadelupe, das an der Wand hing. Das alte Bild hing vermutlich schon seit hundert Jahren dort. Lebwohl, heilige Frau.

Also, wo sollte er hin, wenn nicht in das Heim? In ein Hotel? Er hatte kaum fünfzig Dollar in der Tasche, weitere hundert auf seinem Konto bei der Citibank. Vielleicht sollte er in ein Hotelzimmer gehen und sich ein Steak und eine Flasche Black Bush bestellen, den einzigen Whiskey, der diesen Namen verdiente. Dann würde er das Steak essen und bis Tagesanbruch trinken.

Er betrachtete das Gesicht auf dem nachgedunkelten alten Bild. Bedeutete es ihm wirklich etwas?

Oh ja, das tat es. Soviel wußte er.

Frank steckte den Kopf aus seinem Büro. »Ich habe das Knarren der Dielen gehört.« Er lachte ein wenig. »Die Moral ist vermutlich, wenn man schon schleichen will, dann sollte man es ganz leise tun.«

John ging in sein Schlafzimmer und machte die Tür hinter sich zu. Dann tat er etwas, was er höchst selten tat. Er zog die unterste Schublade seiner Kommode auf, griff hinter seine Pullover und holte die uralte Flasche Whiskey heraus, die er dort aufbewahrte. Für ihn war es ein rituelles Getränk, und es war sein Vater gewesen, der ihm die Flasche in die Hand gedrückt hatte, »für die schlimmen Momente«. Das war an die dreißig Jahre her. Es hatte nicht sehr viele schlimme Momente gegeben.

Er zog den Korken heraus und setzte die Flasche an. Der alte Whiskey war ein Wunder: gnädiges Feuer. Er mochte für schlimme Zeiten gedacht sein, aber er erinnerte auch an viele gute. Sein Dad, seine Großmutter, das herzliche Leben der Raffertys.

Sie pflegten in der Bibliothek des großen Hauses in Morristown zusammenzusitzen, Black Bush zu trinken und sich über die Angelegenheiten des Tages zu unterhalten, über die Kontroversen um Kardinal Spellman und die Erzdiözese. Immer die Erzdiözese. Sie waren große Katholiken, die Raffertys. Wenn Spelly sich einen Abend freinehmen wollte, kam es vor, daß er in diesem Haus auftauchte und seine Zeit damit verbrachte, mit seinem Vater Billard zu spielen. Er war klein, voller Pfeffer und Gutmütigkeit. Im Gegensatz zu anderen Kardinälen, die John beim Namen nennen konnte, war von Spellman eine beeindruckende Majestät ausgegangen. Was er segnete, war gesegnet, was er verdammte, war verdammt.

Aber Spelly war zu Staub geworden und Terry Cooke auch. Dies war einst die Stadt Gottes gewesen, und man sehe sie sich jetzt an – Verbrechen allerorten, die Kirchen waren Gerippe. An die Stelle des Kardinals war der Pate getreten. Das Powerhouse war nicht mehr ein Kirchenbau an der Madison Avenue. Das heutige Powerhouse war ein geselliger Club in East Harlem.

Der Black Bush flüsterte, der Black Bush sang. Weshalb nicht einfach das Handtuch werfen? Du könntest den Rest deines Lebens auf Reisen verbringen. Du könntest die Runde machen durch die Bordelle der Welt, verlorene Zeit wieder aufholen.

Er verkorkte die Flasche, schaute hinunter auf seine Hand. Weshalb trinken Priester? Eine kurze Frage mit vielen langen Antworten.

Er deponierte die Flasche wieder an ihrem Platz, warf sich aufs Bett, verschränkte die Hände hinter dem Kopf. Aber er hielt sich nicht lange dort auf. Hinausschieben hatte keinen Sinn. Die Zeit war gekommen, und jetzt war sie da. Die Zeit zum Aufbruch.

Er warf eine Soutane, einen Priesterkragen, drei Garnituren Unterwäsche, ein paar Hemden und Socken, einen Anzug und seine Zahnbürste in seinen alten schwarzen Koffer. Die Lücken füllte er aus mit seiner kostbaren *Imitatio Christi* und seinem vielgelesenen *Christ sein* von Hans Küng.

Er durchblätterte die Seiten des Küng. Die nachchristliche Welt – leer und desorientiert – verwirrte ihn. Er war überzeugt, daß es unmöglich war, sich ohne Religion selbst zu entdecken, und daß zu aller wirklich durchlebten menschlichen Erfahrung die Rückkehr zu Gott gehörte. Ohne die Reise hin zum Göttlichen, die die Religion beinhaltete, begannen die Menschen rohe Bedürfnisse zu glorifizieren. Die Sehnsucht nach Wiederauferstehung im mystischen Leib Christi degenerierte zu Hunger nach einem Mr. Taco.

Er schloß den Koffer. Man sehe sich das an. Er war bereit zu gehen. Er betete, weinte, flehte nicht. Abgesehen von der Traurigkeit in seinem Inneren war er reuelos.

Nun ja, fast. Es war nur, daß er sich hier so wohl gefühlt hatte! Wie oft hatte er in einem anderen Bett geschlafen? Diese Freizeit damals, '72 oder '73 ... der Urlaub in Florida '81. Das war's. Richtig, als seine Mutter gestorben war, hatte er eine Nacht zuhause verbracht. In den zweiundzwanzig Jahren seines Pastorats hatte er vielleicht insgesamt zehn Nächte außerhalb geschlafen.

Und jetzt würde er seinen Koffer nehmen und auf die Straße hinausgehen, und das war's dann. Er brachte es einfach nicht fertig, aber er mußte es tun. Er mußte, sie zwangen ihn dazu. *Zwangen* ihn.

Er beschloß, Frank zu bitten, daß er ihn noch eine Weile länger bleiben ließ. Ein, zwei Wochen, was würde das schon ausmachen? Auch Jesus hatte gebeten.

Frank saß an seinem Schreibtisch, und zuerst wirkte er völlig normal. Dann schoß John der Gedanke durch den Kopf – der verblüffende Gedanke –, daß er tot war. Aber nein, die Reglosigkeit, das graue, wächserne Gesicht waren nicht Anzeichen des *rigor mortis*. Er atmete, mit leicht geöffnetem Mund. »Frank?«

Wenn nur Quindlan dies sehen könnte! Tief in seiner Kehle machte er kleine Geräusche, als fände dort irgendein innerer Dialog statt. Es hatte etwas von einem falschen Gebet an sich, von aus schlechtem Material gesponnener Frömmigkeit.

Er beugte sich über ihn. Die Augen waren offen, die Haut straff wie Stahl. »Frank?«

»Mach, daß du wegkommst, du verdammter Scheißkerl!«

Die Häßlichkeit der Worte ließ John innerlich zusammenschrumpfen. Er war fassungslos; dergleichen hatte er noch nie von einem anderen Priester gehört.

Der Mann musterte ihn mit Augen, die bösartigen Stecknadeln glichen. »Sie haben Ihre Anweisungen«, sagte er. In den Worten lag peitschender Hohn, so hölzern sie auch waren.

John wich zurück. Zum ersten Mal hatte er Angst. Bis jetzt hatte er immer geglaubt, Frank wäre verstört um der Verbrechen willen, die in der Kirche begangen worden waren. Aber dies ging tiefer. Wesentlich tiefer. Es hatte ganz offensichtlich keinen Sinn, diesen Mann um irgend etwas zu bitten.

So, mit einem Aufflackern von Dramatik, endet der Film. Der alte Mann geht auf den leeren Gehsteig hinaus, mit dem Koffer in der Hand. Die Leinwand wird schwarz. Die Lichter gehen an, Leute stehen auf, lecken Popcorn-Salz von ihren Fingern, wischen sich Hülsen vom Schoß.

Aber was wird aus dem alten Mann? Die Straße endet, die Nacht bricht herein, ihm wird kalt.

Er nahm seinen Koffer und stieg die Treppe hinunter. In der Diele blieb er noch einmal stehen. Zum letzten Mal als Bewohner dieses Hauses schaute er die schöne Flucht der Treppe hinauf – zu diesem Fremden da drinnen.

Er trat durch die Haustür, zog sie hinter sich zu.

Und was nun? Die Treppe hinuntergehen, zur Ecke gehen. Es ist schwierig, auf einer Nebenstraße von Greenwich Village ein Taxi zu bekommen, dazu muß man auf eine der Avenues. Hinter ihm war gedämpftes Gelächter.

Vielleicht kam es aus einem der anderen Gebäude, aber er glaubte es nicht. Er war überzeugt, daß Frank ihm nachsah und lachte.

Der Nachmittag war noch nicht weit fortgeschritten, aber im Februar geht sogar von den Mittagsstunden eine fahle, erschöpfte Atmosphäre aus. Aber es war nicht so kalt, wie es Anfang der Woche gewesen war, und er ging erhobenen Hauptes.

Der Mond stand voll am Tageshimmel, und man hatte ihm immer erzählt, das bedeutete Tod. Zwei Möwen kreisten hoch oben, suchten die traurige, glitzernde Stadt unter sich nach Müll ab. Ein Mädchen kam ihm entgegen in einem roten Lackledermantel mit Kunstpelzkragen. Es war vielleicht zwölf Jahre alt. Sein Gesicht nötigte zu Hoffnung, wie die Gesichter aller Kinder. Ihn überkam der beängstigende Gedanke, daß er vielleicht nie wieder jemanden taufen würde.

Er ging an dem kleinen Mädchen vorbei, erreichte die Ecke, hob wieder die Augen zu dem Licht. Was machte es schon, wenn die Leute ihn sahen, was war einzuwenden gegen einen alten Mann, der zum Himmel emporschaute? Er sah die Oberkanten der Gebäude, die die Avenue säumten, ihre Türme, ihre Ozeane von geheimnisvollen Fenstern, den Himmel und die Möwen. Es mochte eine Ernährung vom Müll wert sein, so frei zu leben.

Dann senkte er den Blick und wendete sich wieder dem schlendernden Leben der Avenue zu. Sein erster Eindruck vom Wetter war falsch gewesen. Es war immer noch eisig, unerbittlich kalt.

Es lag einfach nicht in seinem Wesen, blind zu gehorchen, zumal wenn er überzeugt war, daß die Befehle falsch waren. Vielleicht war das ein Versagen, aber die Priesterschaft war keine Armee.

Er ging nicht zur Grand Central Station, machte sich nicht auf den Weg in das Seniorenheim. Ganz im Gegenteil, er ging genau dahin, wo er, wie er genau wußte, nicht hingehen sollte; aber es war der einzige Ort, wohin er wirklich gehen wollte.

Er ging geradewegs zu Marias Wohnung. Wenn er je seinen Anteil an Glück bekommen wollte, dann mußte er dort anfangen, zwischen den Schatten, die von seiner wahrsten und tiefsten Liebe noch übrig waren.

17

Frank zitterte am ganzen Leibe, als er John nachschaute. Er war bestürzt über sich selbst. Wie hatte er so zu einem älteren Priester reden können – oder zu überhaupt jemandem? Wie konnte er nur – und besonders zu diesem guten Mann?

Als er sah, wie sich John mit seinem Koffer in der Hand die Straße entlangmühte, empfand er bleiernen Kummer. Er konnte nicht länger warten, er mußte die Wahrheit über Maria Julien und seine Rolle in ihrem Leben eingestehen.

Jeder katholische Priester hat seinen geistlichen Berater. Dabei kann es sich um einen anderen Priester der Diözese handeln, aber im Idealfall gehört er einem Orden an und hat damit mehr oder weniger Abstand von Politik und Gesellschaft der Diözese.

Frank legte die Hand auf den Telefonhörer, spürte das kalte Plastik des Instruments, hob ihn ans Ohr.

Er wählte die Nummer des Kapitelhauses des Martinistenordens, in dem Father Richard Hidalgo lebte. Er war ein beliebter Berater und ein guter dazu, und Frank war froh, seine Stimme zu hören.

»Ich dachte schon, Sie wären ins weltliche Lager übergegangen«, scherzte Father Hidalgo.

»Father, ich bin verzweifelt.«

»Sind wir das nicht alle? Verzweifelt genug, um morgen früh um neun zu mir zu kommen?«

»Father, jetzt gleich.«

»Ich kann ein paar Sachen verschieben, Father. Wissen Sie noch die Subway-Station? Neunundfünfzigste Straße, und ich glaube, Sie müssen von der West Fourth aus die Linie A nehmen. Die Linie D fährt jetzt eine andere Strecke.«

Frank nahm den Zug. Wie sich herausstellte, war es die Linie D, und der Umweg kostete ihn in der Tat einige Zeit. Ein alter Mann kam herein, der *Street News* verkaufte und eine kurze Wettervorhersage lieferte. Er schob sich nahe an Frank heran, mit hoffnungsvollen alten Augen. »*Street News*, Father?»

Worte brachen aus ihm heraus. »Suchen Sie sich einen Job!«

Der alte Mann blinzelte. »Meine Aussichten sind nicht sonderlich gut«, knurrte er. »Fünfundsiebzig Jahre und ständig auf Tabletten angewiesen.«

Seinen Kragen befingernd, wich Frank auf seinem Sitz zurück. Er hatte seine wahren Gefühle ausgesprochen, aber das hätte er nicht tun dürfen, nicht auf diese Weise! Er hätte die Zeitung kaufen, ein gutes Beispiel geben, dem Priesterkragen ein bißchen Ansehen verschaffen sollen. Leute beäugten ihn, und ihre Blicke waren nicht erfreulich.

Okay, na schön, er mußte eben gegen diese Sache angehen. Er konnte immer noch die Säure der Wut spüren, die aus ihm herausgebrochen war, als John in seinem Büro auftauchte. Armer Kerl, all die Jahre, die in Rauch aufgingen. Das Bild dieses alten Mannes, der seinen ramponierten Koffer die Straße entlangschleppte, würde ihn bis zum Tag seines Todes verfolgen.

Ich habe gesündigt, und deshalb mußt du leiden! Ich bin dir einiges schuldig, John Rafferty, bei Gott, das bin ich.

Verwirrt stellte er fest, daß er lachte. Er konnte nicht anders, die Laute kamen einfach aus ihm heraus. Der alte Zeitungsverkäufer drehte sich zu ihm um, mit zusammengekniffenen Augen, suchte nach dem Witz.

Er preßte den Mund zusammen, versuchte, gleichmütig zu erscheinen. Die Frau neben ihm stand auf und setzte sich woanders hin.

Ich habe gelacht! Aber welcher Teil von mir? Und weshalb? Ja, was war so komisch...

Brüllendes Gelächter strömte aus ihm heraus, erfüllte den ratternden U-Bahnwagen, veranlaßte sämtliche Köpfe, sich zu ihm umzudrehen. Nervös befingerte er seinen Kragen, versuchte, ihn vor den Augen der Menge zu verbergen.

– Ich habe einen klassischen Nervenzusammenbruch.

– Ich brauche Hilfe.

– Father Richard, bitte seien Sie für mich da.

Das Innere des Martinistenhauses, das von außen dunkel und abweisend wirkte, ließ sich am besten als gemütlich beschreiben. Früher einmal war hier eine Schule gewesen, die zu der riesigen alten Kirche gehört hatte. Aber die Schule war verschwunden, und die Leute, die zur Kirche gehörten, waren auch verschwunden, hatten sich in Luft aufgelöst. Jetzt hatten die Martinisten nur noch ihr Zentrum, ihre Erinnerungen und ihre Krypta.

Aber diejenigen, die dem Orden treu geblieben waren, waren gute Männer. Sehr gute sogar. Frank läutete und wurde von Father O'Dell eingelassen, der sich an ihn erinnerte und ihn mit einem riesigen Lächeln begrüßte. Er war ein Mann des alten Glaubens, völlig sicher auf seinem Weg. Nur mit Mühe konnte Frank den Impuls unterdrücken, sich in seine Arme zu stürzen. Er hätte den zarten alten Priester umgeworfen.

Er lief, zwei Stufen auf einmal nehmend, die Treppe hinauf, und da, auf dem obersten Absatz, stand der Mann, auf dessen Rat er sich in den letzten zehn Jahren verlassen hatte, der ihn sanft und hartnäckig auf den Weg zu Gott führte.

Er hatte diesen Mann betrogen, ihn angelogen, seinen Rat mißachtet, seinen Glauben besudelt. Als er auf ihn zuging, wurde ihm das gefährlichste Resultat einer schweren Sünde bewußt: die Tendenz, den Sünder in einem Gefängnis des Selbsthasses zu isolieren. Man bemüht sich, der Welt ein hübsches Gesicht zu zeigen, und muß deshalb die Dunkelheit verbergen.

Solche Dinge ließen sich nicht leicht vor Father Hidalgo verbergen, der eine Menge spektakulärer Sünden und schwerer persönlicher Krisen gesehen hatte. »Frank – macht es Ihnen etwas aus, wenn ich unumwunden sage, daß Sie erbärmlich aussehen?«

»Ich weiß es.« Father Richards Büro war unverändert, die Bücher in Glasschränken, der uralte Schreibtisch mit seinem Pfeifengestell und seinem riesigen, lederbezogenen Aschenbecher, die Lampe mit dem grünen Schirm. Frank empfand die ganze schäbige Düsterkeit als überaus wohltuend.

Father Richard selbst war einer der Männer, denen die Verheerungen der Jahre erspart geblieben waren. Anstatt grau und runzlig zu werden, war er ätherisch geworden, als wollte er sich in ein Gespenst verwandeln, ohne tatsächlich zu sterben. »Es ist achtzehn Monate her, Frank.«

»So lange? Das ist mir gar nicht bewußt geworden.«

»Als Sie das letzte Mal hier waren, haben wir über eine Fastenobservanz gesprochen, die Sie einhalten wollten.« Er erzeugte ein kleines Geräusch in der Kehle, als belustigte die Erinnerung ihn irgendwie. »Meinen Notizen zufolge hatten Sie vor, vierzig Tage lang das Jesusgebet zu halten.« Er zündete seine Pfeife an. »Ein wahrhaft lobenswertes Vorhaben.«

»Father, ich stecke in entsetzlichen Schwierigkeiten.«

»Was vermutlich der Grund dafür ist, daß Sie aussehen wie ein Drogentoter.«

»Ich...« Plötzlich stand sie vor ihm, bereit, offenbart zu werden: seine Sünde, seine furchtbare Übeltat. Die nächsten paar Worte würden sein Pastorat beenden, sein Priestertum hoffnungslos kompromittieren. Was würde Bischof Bayley denken? Sein geliebter Onkel, der Mann, den er auf dieser Erde am meisten bewunderte, und der beste katholische Geistliche, der ihm je begegnet war, würde davon zu Boden geschmettert werden.

Du hast mir eine Berufung gegeben, und ich habe darauf gespuckt. Ich habe auf meine Gelübde gespuckt, auf meine eigenen geweihten Hände gespuckt, und jetzt bin ich hier und will um Vergebung bitten.

– Dir kann nicht vergeben werden, sagte die Stille.

Der alte Priester lächelte, seine Augen forschten im Gesicht des jüngeren Mannes.

– Dir kann nicht vergeben werden, sagte der Wind, der gleichgültig ans Fenster klopfte.

»Father, ich …«

»Eine Frau, Frank?«

Oh, es wäre so einfach, zustimmend zu nicken. Einfach zustimmend zu nicken!

Father Richard blinzelte. »Ein anderer Priester?« Seine Stimme senkte sich. »Ein Junge?«

»In meiner Kirche hat es Morde gegeben.« Nein, Mann, sag es ihm. *Sag es ihm*! »Und ich bin verstört. Sie konnten nicht aufgeklärt werden.«

»Ah, aber sie werden aufgeklärt werden. Die Polizei ist gut darin, wenn sie sich dahinterklemmt.«

»Mag sein. Aber es hat einen Skandal gegeben …«

»Ich habe den armen Father John im Fernsehen gesehen. Was haben sie mit ihm gemacht? Ihn entlassen?«

»Und mich als Pastor eingesetzt!«

»Wir ernten, was wir säen – entschuldigen Sie das Klischee, aber in diesem Fall trifft es zu. Father John hatte Umgang mit dieser Frau …«

»Er ist ein guter Mann.«

»Natürlich ist er das.« Father Richard zündete die Pfeife wieder an. »Aber Sie sind auch ein guter Mann. Die Kirche ist darauf angewiesen, ihre jüngeren Männer zu ermutigen.« Er lächelte. »John wird schon zurechtkommen. Wenn sich der Skandal gelegt und er alles gebeichtet hat, wird er irgendwo wieder auftauchen, reuig und bereit, von vorn anzufangen.« Er betrachtete eine Zeitlang seine Hände; vielleicht erinnerte er sich an ähnliche Fälle aus der Vergangenheit. »Es sei denn, er verläßt uns.«

»Das darf nicht passieren, Father!«

»Es kann sein, und wenn das der Fall ist, dürfen Sie sich deshalb keine Vorwürfe machen. Ihr Weg ist klar, junger Mann. Kehren Sie in Ihre Kirche zurück und machen Sie sich an die Arbeit. Stürzen Sie sich hinein. Sie werden alle möglichen Skelette in den Schränken vorfinden. Alte Pastoren hinterlassen immer faszinierende Probleme, die gelöst werden müssen. Die Hauptsache ist, daß Sie sich in die Arbeit stürzen. Das ist das Allheilmittel für einen gläubigen Mann. Ich gehe davon aus, daß Sie in dieser Hinsicht keine Probleme haben.«

Eine lebhafte Erinnerung an Marias lange, weiche Schenkel durchbrach die fromme Erwiderung, die diese Feststellung verlangte. Sie pflegte ihn zu beugen wie eine entzückte Katze ... so unglaublich herrlich, so überaus perfekt ...

Die tiefere Sünde bestand in der Erkenntnis, daß ihre Weiblichkeit die Quelle seiner eigenen Missetaten war. An der Frau ist nichts Böses; das Böse kommt aus dem Denken, daß es so wäre.

»Nicht die geringsten«, erwiderte er schließlich. »Mein Glaube ist völlig intakt.«

Father Richard saß einen Moment nachdenklich da. Dann lächelte er, und die Pfeife veränderte ihren Winkel. »Das Problem der alten Männer ist der Tod, das Problem der jungen das Leben. Und das Gebet ist für uns alle da.«

»Ja, Father.« Der Moment dehnte sich. Frank konnte die Wahrheit sagen, es war immer noch Zeit dazu.

Father Richard schlug ein gemeinsames Gebet vor.

Frank senkte den Kopf, ein Urbild der Frömmigkeit. Der Moment ging vorüber. Er hatte sich eingebildet, Father Richard würde hellsichtiger sein, fordernder. Er war gekommen, um seine Sünde aus sich herauszerren zu lassen. Statt dessen hatte er nur die Seligkeit eines Lächelns bekommen. Es reichte nicht – obwohl es natürlich wesentlich mehr war, als er verdiente.

Ihm war, als wirbelte er in der leeren Luft herum, nahe daran, tatsächlich abzustürzen, und da war überhaupt nichts zwischen ihm und der Tiefe, der Tiefe unter ihm.

Der Abgrund.

Tom hatte im Bett gelegen und Radio gehört, als er ihn holte. Er legte ihn auf den Kellerfußboden, kniete auf seiner Brust, dann griff er über ihn hinweg zur schwarzen Eisentür des Müllverbrennungsofens. Als er sie öffnete, gab sie ein trockenes, knarrendes Geräusch von sich.

Was zum Teufel weißt du, alter Mann? Was *weißt* du?

Was zum Teufel wolltest du diesen verdammten Priestern erzählen?

Tom beobachtete ihn mit ausdruckslosen Augen. Er hatte ihn aus dem Bett geholt, ihm sein Gesicht gezeigt, und das hatte die Dinge einfach gemacht. Tom war fast von Sinnen vor Angst. Seine Augen waren offen, aber sein Körper war wie Plastik. Angst kann ein nützliches Werkzeug sein.

Es war fast zehn Uhr, und er fragte sich, ob er jetzt eine Verbrennung riskieren konnte. Der Qualm war dicht, und was den fürchterlichen Gestank anging, waren sie bereits sensibilisiert.

Tom winselte, als er ihm Hände und Füße fesselte. »Jetzt redest du nicht, stimmt's?«

Tom schüttelte heftig den Kopf.

»Wir glauben, Gott zu verstehen, aber dann stellt sich heraus, daß wir auf dem Holzweg sind, stimmt's?«

Jetzt nickte Tom.

»Du weißt, wer ich bin … oder richtiger, wer es ist, den ich – sollen wir sagen – bewohne?«

Er schüttelte den Kopf.

»Aber du *könntest* es wissen, und du *könntest* wieder anfangen zu sprechen. Deshalb sind wir hier.«

Er schüttelte den Kopf noch heftiger. Er hatte begriffen, wo sie waren, er sah den Verbrennungsofen.

»Ich kann dich entweder ersticken lassen und dich dann verbrennen, oder dich einfach verbrennen.«

Er streichelte den trockenen alten Hals. Tom speichelte. Dann kam ein tropfendes Geräusch. Der Schließmuskel des alten Mannes hatte versagt. Eine häufige Angstreaktion. »Gewöhnlich haben sie den Verurteilten einen Einlauf gemacht, bevor sie erdrosselt wurden. Aber ich glaube nicht, daß sie es auch getan haben, bevor sie sie verbrannten. Weshalb auch?«

Die Inquisition glaubte an ganz, ganz straffe Fesseln. Also verdrehte er die beiden Enden des Seils um Toms Handgelenke, bis seine Hände dicke, purpurne Klauen waren. Tom machte ein keuchendes Geräusch, dann stöhnte er, dann stieß er einen lauten Schrei aus.

Dies war der Augenblick der Inquisition, eine der tiefsten Freuden seines Lebens.

Er faßte seinen Entschluß.

Er packte Tom bei den Schultern, dann schob er ihn in den Schlund. Der alte Mann schrie und krächzte und wand sich wie ein Fisch in einer Reuse. Seine Füße strampelten, als die Ofentür geschlossen wurde.

Jetzt konnte er entweder das Feuer anzünden oder aber warten und es später tun, nachdem das Gas Tom umgebracht hatte.

Das Würgen setzte ein. Er sang ein kleines Lied, um die Seele auf ihrer Reise zu geleiten:

Ich bau meiner Liebsten einen Turm
wohl an der kristallklaren Quelle
und des Berges Blumen häuf ich auf
an des Turmes fester Schwelle.

Er ging zu dem Regal, in dem Lupe seine Streichhölzer aufbewahrte, nahm die Schachtel und kehrte zu dem Verbrennungsofen zurück. Von drinnen kam das stetige Trommeln von Füßen und heftiges Würgen. Es stank scharf nach Erbrochenem.

Er zündete ein Streichholz an, und wie hübsch es aufflammte. Und oh, das verzehrende Gewisper des Feuers. Er hielt das Streichholz an die Feuertür. Der Brenner sprang an, mit leisem, entschlossenem Dröhnen.

Das Donnern von Füßen und Armen, die auf beschränktem Raum um sich schlugen, die würgenden Schreie eines Mannes in Todesqualen – und dann die Stille.

Die Seele entweicht so lieblich.

Von oben kam Toms Radio, das immer noch lief: »Remember me, Oh my darlin', remember me...«

Er schaute in den Feuerraum, beobachtete die Schatten zwischen den dunkel orangeroten Flammen. Aus dem Radio kam Gesang, und von weiter entfernt das Gemurmel der Stadt in ihrem Fluß.

Als er ins Feuer starrte und das Geflacker an den Wänden betrachtete, begann Angst wie Rauch durch ihn hindurchzuwogen. Sein Instinkt sagte ihm, daß die Polizisten in der Nähe waren. Er wußte, wie es lief. Sie brauchten vermutlich nur einen kriminaltechnischen Beweis, um ihn mit irgendeinem Aspekt seiner Verbrechen in Verbindung zu bringen.

Diese verdammte Polizistin war ihm durch die Lappen gegangen, um Haaresbreite!

Die Flammen waren jetzt klar, blaue Stacheln in einem schwarzen Knochenkäfig. Er drehte die weißen Kontrollknöpfe, und das Feuer erstarb mit einem letzten Puffen.

Als er die Treppe hinaufstieg, besserte sich seine Verfassung, und als er die Diele erreicht hatte, war er schon wesentlich fröhlicher.

Jetzt würde er hinaufgehen und seine benzingetränkten

Kleidungsstücke und seinen Kanister holen und was er sonst noch gebraucht hatte, und alles gut verstecken. Er wußte genau, wo.

Er ging ins Badezimmer, schaltete aber das Licht nicht ein. Der Grund dafür war der Spiegel. Man schaut nicht hinein. Man weint nicht.

Er trank einen Schluck Wasser aus dem Hahn, dann öffnete er den Wäschekorb. Es war alles da, genau, wie er es zurückgelassen hatte.

Und weshalb auch nicht? Er war eben viel intelligenter als diese absurden kleinen Insekten, die ihn verfolgten.

Sie hatten nichts als das bescheidene, trübe Licht ihres Verstandes. Er verfügte über die ganze Nacht und konnte die Fackeln Luzifers gegen seine Feinde schleudern.

Er würde siegen. Natürlich.

18

John saß am Küchenfenster und winkte der Katze auf der anderen Seite des Luftschachts mit den Fingern; doch dann erschien eine ältere Frau, warf ihm einen Blick zu und zog die Jalousien herunter. Einen Moment war er verletzt, dann begriff er. Er hatte Anstoß erregt; er war ein Eindringling. Im Menschengewimmel einer Großstadt muß man sein Privatleben wahren. Er hatte die Frau bestohlen, hatte ihr Haustier zu seinem eigenen Vergnügen ausgenutzt. Er war verlegen und trat vom Fenster zurück.

Er war gegen halb zwei angekommen, hungrig auf seinen Lunch. Mrs. Communiello hatte ihm gewöhnlich ein paar Sandwiches zurechtgemacht; er war es nicht gewohnt, sich seine Mahlzeiten selbst zu beschaffen.

Er hatte den Kühlschrank geöffnet und in das helle Licht gestarrt, den ranzigen Geruch verdorbener Milch gerochen. Es hatte ein paar Augenblicke gedauert, bis er begriffen hatte, daß er in eine Schatzkammer aus exotischen Vorräten schaute. Da waren Dosen mit teurem Kaviar, Flaschen mit Smith's Lagerbier aus England, eine Selektion von etwas, das noch vor kurzem exquisiter Käse gewesen sein mußte. Er erkannte einen Camembert, einige gute Cheddars, etwas Gruyère, Ziegenkäse mit sonnengetrockneten Tomaten in einer zugedeckten Schüssel. Und eine Menge Schimmel.

Ein Salat aus weißen Bohnen in einem Plastikbehälter war in wesentlich besserem Zustand gewesen. Außerdem waren da eine Flasche *vinho verde* und ein französischer Weißwein, von dem er annahm, daß er recht gut war.

Und so hatte sich ihm ein weiteres von Maria Juliens Geheimnissen offenbart. Sie hatte eine fiktive Familie, da war dieser merkwürdige Lederumhang in ihrem Kleiderschrank, und nun schien sie insgeheim eine Feinschmeckerin gewesen zu sein.

Was würde als nächstes zum Vorschein kommen – eine Kollektion von impressionistischen Gemälden, zusammen mit dem Nietengürtel unter dem Bett versteckt?

Alle diese Geheimnisse bewirkten, daß er Barrieren um seinen Kummer errichtete; was bohrende Pein gewesen war, wurde jetzt zu einer Art von dumpfem Schmerz in seiner Brust. Immerhin hatte er ihr so viel bedeutet, daß sie ihm ihr Geld hinterlassen hatte, und das war sehr rücksichtsvoll, aber er hatte in seinem Leben genügend Gaben in Empfang genommen, um zu wissen, daß Geldgeschenke oft als Barriere dienen sollten.

Er hatte ihre Wohnung erkundet, wobei er sich vorgekommen war wie ein Einbrecher oder eine Art Flüchtling. Wenn er jetzt, da die Wohnung dunkel war und die Welt still, zurückdachte, dann hatten diese ersten paar Stunden ihm ein ganz eigentümliches Gefühl vermittelt: entsetzlichen Schmerz, aber auch eine Süße, die er vielleicht nie wieder vergessen würde.

Er öffnete eine Flasche Bier, leerte sie mit ein paar Schlucken. Ihn verlangte nach einer Art Betäubung. Sich sinnlos zu betrinken, war eine Möglichkeit.

Aber das Bier, die Stille und die leicht überheizte Wohnung hatten zusammengewirkt und ihn schläfrig gemacht. Er war ins Schlafzimmer gegangen, hatte das Bett betrachtet und sich gefragt, ob er es benutzen sollte. Schließlich hatte er sich dafür entschieden, sich auf die Tagesdecke zu legen, ohne zwischen die Laken zu kriechen. Aber ihm war schon bald kalt geworden. Er hatte den Schrank geöffnet, auf der Suche nach etwas Wärmerem als nur der dünnen Decke.

Unvermeidlicherweise hatte der Lederumhang sein Interesse erweckt. Er hatte ihn herausgezogen. Mit trotzigem

Schwung hatte er ihn umgeworfen, die Kapuze hochgeschlagen. Eingehüllt in den Ledergeruch von Marias Geheimnissen hatte er sich wieder aufs Bett gelegt. Was hatte ihr Körper empfunden, wenn er in dieses Ding eingehüllt war? Was hatte sie getan? »Es ist möglich, in die Hölle zu fahren!« hatte er geschrien. »Verdammt nochmal, Maria, es ist *möglich*!«

Er hatte sich umgedreht, das Gesicht in den Kissen vergraben. Irgendwo in dem Staub und dem kitzligen Federgeruch konnte er den noch haftenden Duft ihres Haares wahrnehmen. Daraufhin drehte er sich wieder um, er konnte ihn nicht ertragen, legte sich auf den Rücken. Der Lederumhang breitete sich um ihn aus. Er hatte die Beine gespreizt, seine Genitalien umfaßt, empfand den sanften Genuß seiner eigenen Berührung. Seine üblichen Verteidigungsmechanismen traten in Kraft; bevor mehr geschehen konnte, war er eingeschlafen.

Es war ein schwerer Nachmittagsschlaf gewesen, voll von dunklen, unerinnerten Träumen. Er war froh, als er endlich wieder aufgewacht war. Er wanderte zum Bücherschrank, versuchte, sie irgendwie wieder heraufzubeschwören, indem er sich an ihre Lieblingsbücher erinnerte.

Er sah einen vertrauten Band und griff danach: *Notes on Thought and Vision* von Hilda Doolittle. Sie hatten es immer und immer wieder gelesen, es war eine Bibel ihrer Beziehung. »Christus war die Traube, die an den sonnenhellen Wänden des Berggartens zu Nazareth hing. Er war die weiße Hyazinthe von Sparta und die Narzisse der Inseln. Er war das Tritonshorn und der Purpurfisch, zurückgelassen von den Gezeiten des Sees. Er war der Leib der Natur, des Weins, des Dionysos, er war die Seele der Natur.«

Er umfaßte das kleine blaue Buch mit beiden Händen. Wie der Verlust Marias auf ihm lastete! Ihm war, als hätte er seine einzige Chance verloren, das Leben wirklich zu leben. Wenn er nur bei ihr gelegen hätte, nur ein einziges Mal. Er hätte es gebeichtet, alles wäre ihm vergeben worden.

Und er hätte es gewußt! Er hätte es *gewußt*!

Auf dem Tisch stand eine Flasche Kognak neben einer Vase mit verwelkten Blumen. Er griff nach der Flasche und trank einen großen Schluck.

Dann knickte er zusammen, kämpfte mit zusammengepreßten Lippen gegen Übelkeit an, zwang sich, es unten zu behalten.

»Herr, sprich zu mir. Sag etwas! Gib mir ein Zeichen! Etwas ganz Simples – das Grollen von Donner, der Ruf eines Vogels in der Nacht...«

Jetzt verhöhnte ihn der unsterbliche Gedanke von Meister Eckhart: »Wir sollten danach streben, nicht zu Gott beten zu müssen, nach seiner Gnade und göttlichen Güte zu verlangen, sondern sie ohne Fordern hinnehmen.«

Er schaltete mehr Licht ein und kehrte in die Küche zurück, holte sich einen Löffel und aß etwas von dem Kaviar.

O schau, schau in den Spiegel,
O schau deines Leidens Pflicht;
das Leben bleibt ein Segen,
aber segnen kannst du nicht.

War nicht kürzlich ein Band mit Audens geheimen deutschen Gedichten herausgekommen? Den mußte er sich besorgen, ja, er würde morgen früh zu Three Lives hinübergehen, dann würde er bei einer Tasse Kaffee hier sitzen oder ins Peacock Café an der Greenwich gehen und Espresso trinken und es genießen.

Das würde am späteren Vormittag sein, wenn die harte New Yorker Sonne enthüllt, was anderes Licht verbirgt. Er aß Kaviar und trank ein Glas Leitungswasser nach dem anderen. Vielleicht bekomme ich von dem Salz einen Schlaganfall, dachte er. Was für ein Tod für den Heiligen der Seventh Avenue – zu sterben, während er sich mit Beluga vollstopfte.

Er holte den Weißwein aus dem Kühlschrank, entkorkte ihn und trank. Die Kälte erfüllte seine Eingeweide. An der Fensterscheibe war Reif. Er trank noch einen großen Schluck Wein.

Er hätte nie hierher kommen sollen; er war nicht stark genug, um dies zu ertragen, bei weitem nicht stark genug.

Sie hatte ein geheimes Leben gehabt, von dem er völlig ausgeschlossen gewesen war. Deshalb hatte sie ihn nicht geliebt, sie konnte ihn nicht geliebt haben, wenn sie ihm ihr Leben nicht anvertraut hatte. »Wir sind verheiratet in unseren Seelen...«

Er stürmte ins Schlafzimmer und griff nach dem großen Lederumhang und drückte ihn ans Gesicht, inhalierte tief seinen scharfen Geruch. »Ich hätte es getan, wenn du es gewollt hättest«, sagte er. »Natürlich, es ist nichts dabei«, sagte er. Ein mattes Lächeln erschien auf seinem Gesicht, als er zum Spiegel blickte und seine eigene schmale Gestalt sah.

Er warf sich den Umhang um. Da, das war es, was er wog, das war es, wie er sich anfühlte. Ihn verlangte danach, ihn zu besitzen, ihn zu zwingen, seine Erinnerungen preiszugeben.

Er drückte ihn fest an sich. »Deine Geheimnisse«, flüsterte er, »deine herrlichen Geheimnisse.«

Oh, geliebte Frau, wo bist du jetzt? Sie war ohne Absolution gestorben, und in ihrer Beichte war nie die Rede gewesen von schwarzen Mänteln und Ledergürteln. Sie war eine so gesunde Frau gewesen! Sie hatte sogar gesund ausgesehen mit dieser perfekten, blühenden Haut.

Wo bist du jetzt, Maria? Eine Sünde gleicht einer Entstellung, sie ist etwas, das wir verbergen möchten. Er war immer der Ansicht von C. S. Lewis gewesen, daß die Hölle ausgesprochen winzig sein mußte, weil die Seelen in ihr völlig in sich gekehrt und deshalb verschwindend klein sind. Natürlich bildet Satan sich ein, er wäre riesig und überragte die Welt. Diese Illusion ist seine einzige Schwäche, und gewöhnlich reicht sie nicht aus, um seine Pläne zu vereiteln.

Die Grube und das Feuer und die Verzweiflung würden wahrscheinlich in die hohle Hand eines Mannes passen, sämtliche Sünden aller Zeiten.

Er wußte, was er zu tun hatte. Er hätte es schon vor Tagen tun müssen. Er mußte für sie beten, mußte Gott anflehen ihrer Seele wegen, mußte sie zurückrufen aus den Tiefen der Gefallenen.

Jetzt, da ihm klargeworden war, was geschehen mußte, durfte er keine Sekunde mehr verschwenden. Er zog die Kapuze über und trat auf den Flur hinaus. Das Leder war schwer, aber es fühlte sich gut an, das Gewicht zu tragen, das sie getragen hatte.

Der dunkelblaue Teppich knisterte unter seinen Füßen, der Fahrstuhl klickte und flüsterte, als er hinunterfuhr, der Pförtner blickte erstaunt und mit hochgezogenen Brauen auf, als er eine solche Erscheinung aus seinem Gebäude kommen sah. Der Teufel hole den Pförtner; das war jetzt seine Wohnung, er hatte sie geerbt.

Und da war er nun, ein mitternächtlicher Irrer, der in einem Lederumhang die Straße entlangging. Aber er war ihr Symbol, und er trug ihn mit Stolz. Sollte doch die ganze Welt von dem verdammten Ding erfahren. Es tat ihm nur leid, daß es nicht zehn Uhr am Sonntagmorgen war. Vielleicht hätte er sogar die Messe damit abgehalten.

Er überquerte die Seventh Avenue in Richtung Village Cigars. Ein Mann, der die Christopher Street herunterkam, widmete ihm einen Moment lang flüchtige Aufmerksamkeit. Aber als er ein ältliches Gesicht unter der Kapuze sah, verflog sein Interesse wie winterliches Zwielicht.

O steh nur, steh am Fenster,
wenn Tränen brennend schmerzen;
und lieb deinen falschen Nachbarn
mit deinem falschen Herzen.

Einsam im bleichen Licht der Straßenlaternen stand M. and J. da, mit Fenstern, schwärzer als schwarz.

Er stieg die vertrauten Stufen zum vertrauten Portal hinauf, berührte den vertrauten Türgriff. Der Messingknauf drehte sich, die Tür war nicht einmal verschlossen. Merkwürdig, aber wenn schon. Er würde hineingehen und beten, bis er so ausgetrocknet war, daß er nicht mehr konnte.

»Ich komme«, hauchte er. »Ich komme.«

Er stieß die Tür auf, trat auf die alten Dielen, schaute in das stille Schiff.

Er trat in die Dunkelheit.

NACHTSPUK

Um elf Uhr läuteten die Glocken, dröhnten hinaus in die hektischen Nachtstraßen. Die Stadt pulsierte in ihrem Uhrfederrhythmus, niemand achtete auf das Läuten.

Er flüsterte. »Oooohhh, es ist dunkel! So dunkel hier drinnen, Johnnikins.« Ganz leise. »Aber ich habe Nachtaugen, ich hab meine Möhren gegessen!« So-o-o leise. »Guck-guck, Johnnikins, du kniest dort drüben...«

DU VERDAMMTER LOVER BOY!

Er kam sich vor wie ein Erdbeben, das Bersten des Himmels, das Stürzen der Sterne. Er kam aus seinem Versteck hinter der Gipsjungfrau hervor und begann, die Kirche zu durchqueren. Er hüpfte und klatschte in die Hände, machte es zu einem Tanz. »Rollse auf, rollse auf, markierse mit nem Strich, schiebse in'n Ofen für mein Baby und mich!«

Johns Andacht war zerschmettert. Er hob den Kopf, sah sich mit tränenerfüllten Augen hektisch um. Eine singende Stimme – ein Kind. Aber wo? Seine Augen hatten sich längst an die Dunkelheit gewöhnt, außerdem war die Kirche keineswegs stockfinster. Ihre Buntglasfenster leuchteten schwachgelb vom Licht der Straßenlaternen. Er sah keine Menschenseele, die Kirche war leer.

Töten kann dem Liebesakt gleichen; Soldaten wissen es. Der warme Abzug in seiner Wiege aus Fingerhaut, der hervorbrechende Seufzer deiner Geschosse ... die ferne, taumelnde Gestalt, und du weißt, was er fühlt – einen elektrischen Schlag, wenn dein Stahl in seine Muskeln klatscht.

Deine Morde kehren heim wie Soldaten auf dem Rückmarsch aus ihren geschmolzenen Welten.

Aus seinem aufgewühlten Inneren kam die Stimme eines Fremden, so überraschend, so süß wie eine Glocke in einer Schneenacht. Der Wind wehte sanft, die Wiege schaukelte ... Oh, lieber Alptraum, wie reizend kannst du sein.

Gefangene hatte man oft so mit Ketten belastet, daß sie nicht einmal eine Hand heben konnten, um sich vor den Ratten zu schützen. Von denjenigen, die unter dieser Tortur starben, hieß es, sie wären vom Bösen befreit worden.

Es ist normal für ihn, in bösen Menschen zu leben. Sie sind seine Behausung. Aber wenn er in den Guten Fuß faßt, dann widerhallen die Himmel vor Kummer.

Do wopwopwop!

Da war es wieder – eine Art gemurmeltes Kindergeschwätz. John erstarrte. Ganz offensichtlich konnte die Kirche ein gefährlicher Ort sein – aber doch gewiß nicht zu dieser frühen Stunde.

Der Mörder kam erst nach Mitternacht, und aus dem eindeutigen Grund, weil vorher die Straßen viel zu belebt waren.

Er glitt durch das Schiff, flog schnell und lautlos auf sein Opfer zu. Er würde die Überreste in den Keller bringen, sie verbrennen. Der Ofen würde Überstunden machen müssen. Aber er ging ein ziemliches Risiko ein, wenn er es so kurz vor Mitternacht tat. Polizeibeamtin Pearson würde früher oder später den Rauch bemerken.

Todsicher.

Er mußte schnell arbeiten, die Exekution vornehmen, den Ofen saubermachen, eine Ladung Knochen verstecken ... oh je!

Tut mir ja sooo leid!

Wenn er nur jemanden sehen könnte, dann wüßte er, daß dies kein Trick der Akustik war, Leute draußen auf der Straße. Er ließ den Blick über die leeren Bankreihen schweifen, versuchte die Geräusche einer bestimmten Richtung zuzuordnen.

Aber sie schienen direkt aus der Luft herauszuschmelzen.

Wende dich dem Gebet zu, Mann. Darin liegt deine Stärke. Vertraue auf Gott, ihm hast du dein Leben gewidmet. »Vater unser, der du bist im Himmel…« Die Worte glitten leicht von seinen Lippen, in diese murmelnde Stille geflüstert. Also hatte er noch seinen Glauben.

Gut, ausgezeichnet, falt die Hände, senk den Kopf, er betet wieder. Jetzt konnte er John riechen, so nahe war er.

Was für ein Spaß.

Erst als das neue Geräusch abbrach, erkannte John, daß es dagewesen war, unter dem Gemurmel. Er dachte darüber nach … und da war es wieder. Ein zischendes Geräusch. Ungefähr so, als glitte jemand auf Strümpfen über den Boden.

Ausgesprochen unheimlich.

Und vermutlich nicht mehr als ein Heizkörper, aus dem Dampf entwich.

Er war jetzt nicht mehr auf sein Sehvermögen angewiesen, es behinderte ihn sogar. Also schloß er die Augen und verließ sich statt dessen auf eine andere Sicht, bestehend aus Erinnerung und Wissen und tausend Eindrücken, zu subtil, um identifizierbar zu sein. Er bewegte sich mit unendlicher Sorgfalt auf den Ledergeruch zu, der den alten Furz umgab. Er setzte einen Fuß weit vor dem anderen auf den Boden, dann streckte er sich, bis der andere auf gleicher Höhe war.

Sie legten ihn in die Kiste und steckten ihm einen hölzernen Keil zwischen die Beine, dann hämmerten sie auf den

Keil ein, bis die Knochen barsten und das Mark herausrann auf den Boden. Wie heilig, wie römisch, wie katholisch. Er mußte auf einem Karren zum Scheiterhaufen gebracht werden, denn laufen konnte er nicht mehr.

Do wop wop wop, ich komme, ob du nun bereit bist oder nicht!

Da war ganz eindeutig etwas, das sich auf ihn zubewegte. Eine Ratte, eine Katze?

Nein, es schien größer zu sein als eine Katze.

Als das Geräusch abbrach, schaute er nervös in die Dunkelheit, wo es gewesen war. Waren die Schatten dort dichter? Ja, entschied er. Das war's, er hatte genug, er zog den Umhang um seine Schultern und erhob sich aus der Bank.

Seine Muskeln wurden zu eisernen Federn. Er roch den muffigen, staubigen Geruch, der typisch war für das Entsetzen der Alten. Erstaunlich, wie alte Leute am Leben hingen. Seine einzigen passiven Opfer waren jung gewesen.

Johnnikins kam in das Schiff. Er hatte begriffen, was passierte, und er versuchte zu entkommen.

Zu spät, mein Lieber, *do wop*.

John eilte auf die Tür zu, als er sah, daß sich ein Schatten dagegen drückte. Er blieb stehen, verblüfft und entsetzt. Wie konnte sich jemand so schnell bewegen?

Er würde zur Sakristei laufen. Aber nein – Frank hatte bestimmt die Tür von der Pfarrhausseite aus verschlossen. Selbst er würde nicht so töricht sein, das zu vergessen. Aber es gab noch eine weitere Tür, hinter dem Altarraum, die hinunterführte in die Krypta.

Von der Krypta aus konnte er in den Keller des Pfarrhauses gelangen. Ob Frank auch die Tür am oberen Ende der Kellertreppe abgeschlossen hatte?

John würde es herausfinden.

Er war ein wenig überrascht, als John kehrtmachte und in die Kirche zurückkehrte. Aber die Überraschung beruhte nicht auf der Befürchtung, daß er entkommen könnte. Er war mehr als bereit zu einer kleinen Jagd. Er brauchte nichts zu tun, als ihm noch mehr Angst einzuflößen. Wirkliches Entsetzen beraubt einen Menschen all seiner Vernunft und Reaktionsfähigkeit. »Wir wolln den Strotzer tanzen!«

Mein Gott, was war das? Eine Stimme wie fallendes Laub, wie reißendes Wasser, aber auch wie der Schrei eines Kindes. Was zum Teufel war das? John konnte nicht anders, er fing an zu rennen, er stürmte blindlings auf den Altar zu, vergaß, wo er war, stolperte gegen die Stufen, die zum Sanktuar hinaufführten.

Da hockte etwas auf dem Altar. Er konnte die Gestalt deutlich sehen vor dem bleichen Marmor des Tabernakels, *seines* Tabernakels. Er blickte hoch zu dieser Person, mit tränenerfüllten Augen. Der Atem rasselte in seiner Brust. Der Kopf des Mannes war lang, sein Gesicht war... Oh, nein. Bestimmt spielten Johns Augen ihm einen Streich, die Dunkelheit bewirkte, daß er sich Dinge einbildete. Aber dieses Gesicht, dieses Gesicht – speichelnd, glotzäugig, kaum noch menschlich –, es war das Gesicht eines Monsters.

Die Morgensonne brachte Mutters Kanarienvogel zum Singen. Er war so glücklich. Oh, so glücklich! So, so, so glücklich!

Es war ein langsamer und schwieriger Prozeß, einem lebenden Vogel die Federn auszureißen. Zuviel Schmerzen, und er starb, zuwenig, und es machte keinen Spaß mehr. Er liebte es, Spaß zu haben, im Sonnenschein, am goldenen Morgen. »Tweedle, tweedle, tweedle-dee«, sagte er. Und, Junge, Junge, John versuchte, seinen Arsch in Sicherheit zu bringen! Er flog regelrecht den ganzen Weg durch das Kirchenschiff zurück. »Woll'n den Strotzer tanzen«, rief er ihm nach. Er stand auf dem Altar, hoch aufgerichtet und nackt und steif wie Stahl.

»Hilfe! Hilfe!« Johns Brust brannte wie Feuer, die Worte kamen schwach und trocken heraus. Es war wie ein Alptraum, man will schreien, aber es geht nicht. Jeder Muskel in seinem Körper zitterte, ihm war schwindlig, er spürte, wie der Boden unter seinen Füßen wankte. Noch nie hatte er etwas so Grauenhaftes gesehen, noch nie so etwas wie diese Stimme gehört.

Es war beim Altar, es versperrte den Eingang – wo sollte er hin? Es gab keinen Ort. Wenn er nur zu den Schaltern käme, dann könnte er Licht machen, aber die Schalter waren in dem Schrank unter der Treppe zur Chorempore. Um dorthin zu kommen, würde er den ganzen Weg zurück und durchs Vestibül laufen müssen.

Er tauchte in der nächsten Bankreihe unter, warf sich zu Boden, klappte die Kniestütze hoch und begann, auf dem Fußboden entlangzukriechen. Er versuchte, leise zu sein, aber es nützte nichts. Er kroch unter der Bank hindurch in die Reihe dahinter. Dann wartete er.

Es war faszinierend, das war eine echte Jagd! Er tanzte durch das Mittelschiff und sang: »Meine Augen haben die Glorie der Wiederkunft des Herrn gesehen!«

Du hast eine wundervolle Stimme, mein Junge, pflegten sie zu sagen. Sie sagten es im Sommer, sie sagten es im Herbst, sie sagten es, wenn das Rotkehlchen den Wurm herauszog. Sie saßen in den großen weißen Adirondacks-Sesseln, ihre kühlen Gläser mit Drinks in den Händen, und er stand da und sang für sie. Er stand steif, legte die Arme an die Seiten, wendete von der Mitte des Hauptschiffes aus das Gesicht dem Altar zu, und dann sang er aus der tiefsten Tiefe seines Wesens, und der Gesang schwoll an, und der Gesang war grandios.

Die Nacht lag ich im Schlummer kaum,
da kam zu mir ein schöner Traum.
Zu Jerusalem vor dem Tempel ich stand,
hörte Kinder singen mit hellem Klang,
mir schien es wie Engelstimmen und
wie himmlischer Harfen Gesang…

Nein, das war Mist, die Worte waren falsch. Engelsstimmen, himmlische Harfen, so ein Quatsch! Lieber das Lied von den Sixpence singen, Taschen voller Korn, denn er war erst fünf, und wenn man fünf ist, Mommy, ist es schwer, Daddy, sich an den Schatten des Kreuzes zu erinnern. »Jerusalem, Jerusalem, Taschen voller Korn!«

Er würde gehen, eh heh heh heh.

Daddy hat mich mit dem Kopf nach unten gehalten und mich geschüttelt, als ich meinen Kommunionsanzug naßgemacht hatte. »Also traten alle ein, die eintreten wollten, dann *schließe ich die Türen und zermalme all die Menschen*!«

John hatte noch nie etwas dergleichen gehört, diesen kraftvollen, herrlichen Tenor, der »Jerusalem« sang, sich veränderte, zur Stimme eines Jungen wurde, rein und neu, zur Stimme eines Kindes, dann zur Stimme eines Säuglings. Nun gurrte der Säugling und murmelte und schmatzte und war auf der Suche nach ihm. John war nicht in der richtigen Verfassung für diese Art von Anstrengung, er kämpfte immer noch gegen sein eigenes Herz und seine Lungen an, focht im Schweiße seiner Angst.

Aber er flüchtete weiter. Wer immer das sein mochte, er war sehr nahe.

Oh, da läuft er, *do wop*! Er hat Kampfgeist, dieser leckere kleine Brocken! Er wird es bekommen, und zwar langsam, *do wop*, Zeit für die Frage, tanz den Strotzer, *do wopwopwop*!

Einen Moment, ist er das nicht, auf dem Weg zurück zur Sakristei? Ja, lieber durch das Seitenschiff, er hat ganz entschieden Kampfgeist, dieser kleine Honigkuchen.

Er flog, schnell wie eine Eule.

John war hinter den Altar gelangt, er duckte sich tief, er kroch auf die Tür zur Krypta zu. Er mußte hinein, sonst würde er nicht lebend davonkommen, und er wollte am Leben bleiben. Es war nicht mehr eine Sache des Denkens, das Denken besorgten sein Blut und seine Muskeln und seine Knochen. Er wollte am Leben bleiben, er wollte nicht zulassen, daß ihm das passierte, daß er in einem Müllcontainer endete.

Oh, Gott, er ist auf der anderen Seite des Altars, er atmet, man kann es hören, du mußt dich bewegen, die Hände tun weh, schlepp dich weiter, sieh zu, daß du zu dieser Tür kommst, du kannst ihn sehen, da ist er.

Atmen, atmen. »*Do wop*«, murmelte er wieder. Was zum Teufel ist das, eine Redensart in der Sprache der Hölle? Nein, er kommt nicht einmal aus der Hölle, es ist ein Außerirdischer, schlimmer als die Hölle, etwas von jenseits der Schwärze des Raums, und es ist hier, und es hat es auf mich abgesehen, es sieht aus wie ein Monster. Gott helfe uns allen!

Jetzt brauchte er nichts mehr zu tun, als auf den Altar zu springen, die Monstranz in seine große, breite Hand zu nehmen, und dann peng! Okay, Zuckerpflaume, Zeit zum Sterben.

Rollse auf, rollse auf, markierse mit nem Strich
Schiebse in'n Ofen für mein Baby und mich!

Er stolzierte auf dem Altar herum, schwenkte beim Tanzen die Monstranz. Jetzt würde er gern eine gute Zigarre rauchen, eine hübsch teure wie die, die der Bischof rauchte, eine von diesen Dunhills oder – aber Bischof, sind die nicht illegal? – eine Corona de Corona aus Havanna, Kuba.

Die liebste doch, schiebse in'n Ofen
für mein Baby und mich!

Gott Gott Gott, er berührte die Tür, seine Hand lag auf dem guten, kühlen Knauf, er drehte sich, dann Kryptaluft, und er war drinnen! Oh, ja!

Jemand stöhnte.

Er ist auch hier drin, er ist direkt neben mir!

Nein, nein, es war John selbst. *Er* hatte gestöhnt. Oh, das war eine Erleichterung. Er hatte gestöhnt, und weshalb auch nicht? Er wollte schreien, aber das durfte er nicht. »Gib keinen Ton von dir, du alter Narr«, flüsterte er. Oh, ja, das war besser. Er richtete sich auf, schwenkte die Hand über dem Kopf, suchte nach der Kette mit dem Zugschalter, mit dem er Licht anmachen konnte.

Er fand die Kette, zerrte daran. Nichts geschah.

»Es ist still. Ja, zu still. Was meinste? Ich meine, das Hühnchen ist aus dem Käfig geflogen, das ist es, was ich meine, Blödmann!«

Also, wie konnte er das tun? John kennt seine Kirche, er ist sehr gut, es ist eine prächtige Jagd!

Also, wie konnte er, wo würde er...? Muß die Krypta sein. Und das war wunderbar! Das war ein gefundenes Fressen, ja, mach, daß du runterkommst in diese Krypta, und dann machste den Sarg auf und stopfst diesen winselnden Lederkerl zu den Knochen hinein!

Wird gemacht!

Ohne jede Vorwarnung schlug etwas sehr Hartes in Johns Gesicht. Er schwenkte die Hände hektisch um sich, ein jämmerlicher Verteidigungsversuch. Es dauerte ein paar Sekunden, bis er begriffen hatte, daß er gegen eine Wand gerannt war.

Er stand reglos da. Einen Moment Stille, dann das Knarren einer Tür. Dann, vom oberen Ende der Treppe: »*Fe fi fo fum*!«

Völlig verängstigt tastete er sich weiter, erreichte eine der alten Grüfte, seine Finger schleppten über den Marmor. Vorsichtig kroch er dahinter, duckte sich.

Ah, dieser Ledergeruch – der Geruch nach alter Haut und der Gestapo. »Wo bist du, Johnnie? Ich fürchte mich im Dunkeln!« Oh, ja, mein Lieber, du bist ein Goldstück, du bist ein Prachtjunge, du willst einfach nicht erwischt werden!

Genug war genug. Er hob die Monstranz. Er würde zuschlagen.

John sah, wie sie sich in der Tintenschwärze bewegte, ein flackerndes Leuchten, das Licht einer kalten, fernen Sonne. Sie schwebte, eine goldene Scheibe, kam langsam auf ihn zu, glitt durch die Dunkelheit, kam näher, noch näher.

Ganz plötzlich wußte John Bescheid: Maria war mit der Monstranz erschlagen worden, dem Behältnis des Heiligen Sakraments, dem Urgefäß der Verehrung Gottes.

John sah die Monstranz durch die Dunkelheit gleiten, hörte das Bersten ihrer Stirn, sah die Monstranz zurückgleiten.

Er hob sie hoch, und als er das tat, sah er ein Glimmen auf ihrer goldenen Oberfläche. Er hielt sie mit voll ausgestrecktem Arm, zögernd, staunend. Dieses Glimmen hätte nicht erscheinen sollen. Die Krypta war so dunkel wie das Innere einer Höhle, er hatte die Sicherung selbst herausgedreht. Also, wo kam das Licht her? Er drehte sich um, schaute die Treppe hinauf. Ah ja.

Oder nein, es waren Autoscheinwerfer, die auf die Fenster trafen, weil jemand in die Morton Street einbog. Bestimmt.

Okay, gut. Bring es hinter dich. »So, und nun ganz still, Mr. Kopf, hier kommt Mr. Monstranz, und er ist wütend!«

Selbst Angst hat eine Grenze, und als sich die Monstranz über ihm hob, überschritt John diese Grenze. Er duckte sich, verkroch sich in das Leder. Er schloß die Augen. Jedes Detail des Augenblicks bot sich dar wie eine winzige, komplizierte Blüte. Zuerst das Rauschen von Leder, als er die Arme gegen den kommenden Schlag hob. Dann das lange, tiefe Atemholen. Dann das Kribbeln auf seiner Stirn, als hätte die Basis der Monstranz ihr Ziel mit einem Kreidestrich markiert.

Was zum Teufel ist das? Das ist das Licht einer gottverdammten Taschenlampe, das die Treppe herunterkommt, das ist es, was es ist.

Verschwinde. Schnell!

19

John hatte nur einen Gedanken: Leben. Die Schritte kamen näher. Leben.

»Okay, Mann, kommen Sie raus da!«

Leben.

Ein Fuß stieß seinen Rücken an. »Los, Bewegung!«

Leben.

Hände packten seinen Lederumhang, zerrten. Sein Instinkt sträubte sich, und er wurde aus dem Umhang herausgeschleudert in gleißend helles Licht und die funkelnden Läufe von Pistolen.

»Keine Bewegung, Mann, Sie sind... Großer Gott, Father!«

Er taumelte vorwärts, sah erst jetzt die glattrasierten jungen Gesichter und die Uniformen. Er sank vor den jungen Männern zusammen, griff nach der Brust, dem Gürtel des ihm am nächsten stehenden Polizisten, um Halt zu finden. Dann war er einfach so dankbar, daß er weinte, regelrecht heulte, und der kräftige junge Mann hob ihn hoch.

»Hol einen Stuhl, Tom, es ist einer der Priester!«

Ein anderer Polizist kam mit einem Faltstuhl von irgendwoher, und John sank darauf. »Herr«, murmelte er. »Oh, Herr, steh mir bei!«

Detective Dowd bewegte sich schnell durch die Krypta; sein Gesicht war hart und angespannt, seine kleinen Augen funkelten im Schein der Taschenlampen. »Habt ihr ihn?«

Nein, Sir.«

Dowd blieb stehen, sprach in das Walkie-Talkie, das er bei sich hatte. »Alles abriegeln. Täter bisher nicht gefunden. *Ich wiederhole: Alles abriegeln*!«

Als er an dem Detektiv vorbeischaute, sah John, daß die Monstranz auf der Gruft des alten Father Thomas Geary stand. In ihr konnte er eine Hostie sehen.

Das Priestertum gewann wieder die Oberhand. Er stand auf, eilte hinüber zu dem kostbaren Objekt, wollte es ergreifen.

»Fassen Sie das verdammte Ding nicht an«, befahl Dowd. »*Er* hat es hier heruntergebracht.«

»Er wollte mich damit erschlagen.«

»Wahrscheinlich auch die Mordwaffe im Fall Julien. Unsere Techniker haben jeden Kelch und jeden Kerzenhalter im Gebäude nach Spuren abgesucht. Alle waren sauber. Auch das war sauber.« Er seufzte. »Aber Metall läßt sich leicht abwischen.«

Der Detektiv holte einen weiteren Faltstuhl und setzte sich John gegenüber. »Kann ich Ihnen ein paar Fragen stellen?«

»Ich...«

Dowd schloß die Augen, als hätte er Schmerzen. »Sagen Sie nicht nein.«

»Bitte, fragen Sie.«

»Beschreibung der Person, die Sie gesehen haben?«

»Sehr schmales Gesicht. Große, vorstehende Augen. Lange Nase, schmale Lippen. Das häßlichste Gesicht, das ich je gesehen habe.«

»Bekannt?»

Er schüttelte den Kopf. Wie würden sie das je verstehen können? »Völlig unbekannt.«

»Mist!«

»Wie sind Sie... Ich glaubte schon, ich müßte hier sterben.«

»Die Kirche wird Tag und Nacht beobachtet. Wir sahen Sie hineingehen. Sie hätten nicht diesen Phantom-der-Oper-Umhang tragen sollen! Wir waren sicher, daß Sie der Typ waren. Sie haben Glück gehabt, daß Sie nicht erschossen wurden.« In seine Augen trat ein verletzter Ausdruck, aber sein Ton war herablassend. »Eine sentimentale Anwandlung wegen Ihrer Lederfreundin?«

Bevor John etwas erwidern konnte, kam eine andere Stimme, leise und unendlich sanft, und Frank erschien zusammen mit einem weiteren uniformierten Polizeibeamten auf der Treppe. »Das Heilige Sakrament«, sagte er und bewegte sich auf die Monstranz zu.

»Nicht anfassen!«

Frank konzentrierte sich dermaßen auf den Zustand der Hostie, daß er die Monstranz ergriffen hatte, bevor ihm bewußt wurde, was Dowd gesagt hatte.

»Verdammter Mist, das ist die Mordwaffe!«

»Das ist der Leib des Herrn«, sagte Frank. »Ich muß ihn in meine Obhut nehmen.«

Dowd schüttelte den Kopf. »Metall wie dieses liefert gute Abdrücke, aber sie sind verdammt empfindlich. Sie haben uns einen schönen Strich durch die Rechnung gemacht, Father Bayley!«

Jetzt endlich begreifend, ließ Frank die Monstranz los, als hätte sie ihm einen Schlag versetzt. »Oh, Entschuldigung. Es tut mir leid!«

»Nehmen Sie Ihr Heiliges Sakrament und essen Sie es oder bringen Sie es zu Bett oder was Sie sonst damit zu tun pflegen. Wenn wir ganz viel Glück haben, finden wir noch einen verirrten Abdruck, der nicht von Ihnen stammt.« Er lachte, ein Geräusch wie ein überdrehter Motor.

»Oh, John.« Frank trat zu ihm, mit Tränen in den Augen. Er umarmte ihn. John wurde übel vom Geruch des Rasierwassers. Er wich zurück, schob die breiten Schultern von sich. Frank gab ihn frei. »Tut mir leid, John!« Er wirkte verletzt.

Er konnte den Ton nicht vergessen, den der jüngere Mann am Mittag ihm gegenüber angeschlagen hatte. Er hatte die Dinge von Grund auf geändert. In ihm hatte ein bestürzendes Echo der Wahrheit gelegen. John war überzeugt, daß Frank in diesen wenigen Sekunden seine wahren Gefühle offenbart hatte.

Frank öffnete die Lünette, holte die Hostie heraus und brach sie in der Mitte durch. Er musterte John, und seine Augen waren arglos wie die eines Kindes. »Der Leib Christi«, sagte er. John nahm die ihm dargebotene Hälfte und steckte sie in den Mund.

Sie nahmen ihre Kommunion gemeinsam.

Herr, sagte John in seinem Herzen. Herr, Herr, Herr.

Franks Stimme war sahnig. »Er ist entsetzlich mitgenommen, Mr. Dowd. Wir müssen ihn nach oben bringen, zusehen, daß er etwas Kaffee bekommt.«

»Ihnen ist doch wohl klar, daß der Täter immer noch hier drinnen ist.«

Frank wurde grau. »Soll das ein Witz sein?«

»Er ist hier, er muß hier sein. Wir haben sämtliche Ausgänge abgeriegelt.«

»Auch die Schule?«

Dowd nickte. »Den ganzen Bau. Gerade jetzt machen sich die Leute bereit zu einer eingehenden Durchsuchung sämtlicher Räumlichkeiten.«

»Ist es gefährlich, wenn wir hierbleiben?«

»Sicher ist es jedenfalls nicht.«

»Dann sollten wir vielleicht...«

»Einen Ausflug in die Küche zum Kaffeetrinken werden Sie vermutlich überleben. Ich komme mit.«

Mit den unsicheren Schritten eines Fremden folgte John ihnen nach oben und in seine eigene, vertraute Küche. Er setzte sich an den Tisch und zählte die roten Quadrate der Plastiktischdecke, bis Frank die Kaffeemaschine eingeschaltet hatte. Dann beobachtete er ihn.

»Ich muß Sie beide ein paar Dinge fragen«, sagte Dowd.

»Nur zu.« Frank war energisch, tatkräftig, gefaßt. Er trug seinen blauen Bademantel und ein Paar Pantoffeln, die John noch nie an ihm gesehen hatte. Vielleicht war er ausgegangen und hatte ein bißchen eingekauft, zur Feier seines Sieges.

Dowd wendete sich an John. »Erstens, weshalb trugen Sie diesen Umhang?«

Er war zu mitgenommen, um etwas anderes zu sagen als die Wahrheit. »Ich weiß es nicht. Ich fand ihn bei Maria ... vielleicht hoffte ich, etwas zu verstehen. Ihn zu tragen kam mir irgendwie sinnvoll vor.«

»Sie sollten eigentlich für zehn Tage ins Holy Name Center fahren.«

»Ich will nicht für zehn Tage ins Holy Name Center! Also ging ich zu dem einzigen anderen Ort, wo ich hinkonnte.«

Frank ergriff das Wort. »Sie waren in Marias Wohnung?«

»Ich werde dort wohnen. Sie gehört jetzt mir.»

Dowd warf ihm einen Seitenblick zu. »Das Testament ist noch nicht bestätigt. Die Wohnung gehört nicht Ihnen.«

»Was wollen Sie tun – mich wegen Einbruchs und unbefugten Eindringens verhaften?«

»Mir ist es egal, wohin Sie gegangen sind. Das geht mich nichts an. Ich muß nur wissen, was hier passiert ist, sonst nichts. Also, Sie legen sich den Umhang um, Sie kommen hierher in die Kirche. Was wollten Sie hier, um elf Uhr abends?«

»Ich wollte beten. Ich wollte meine Abendgebete sprechen – für die Menschen, die hier gestorben sind.«

Frank zog den Stecker der Kaffeemaschine und goß Kaffee in die Becher. John stellte fest, daß er ihn dringend nötig hatte.

»Also, Sie kommen aus sentimentalen Gründen in die Kirche. Obwohl es Nacht ist und offensichtlich überaus unklug. Was dann?«

»Ich habe eine Weile gebetet. Wie lange, weiß ich nicht. Dann wurde mir klar, daß außer mir noch jemand in der Kirche war. Ich hörte Atmen.« Er erzählte die ganze Geschichte seines Erlebnisses.

»Was ist mit Ihnen, Father Frank?«

»Ich habe mir Abendessen gemacht, ein bißchen ferngesehen, dann bin ich nach oben gegangen. Ich las in meinem Brevier, als der Beamte anklopfte.«

»Bis zu diesem Zeitpunkt haben Sie nichts gehört?«

»Ich hatte die Tür zur Kirche abgeschlossen. Sogar den Zugang durch den Keller.«

»Sehr vernünftig. Leider müssen wir davon ausgehen, daß unser Mann Schlüssel zu allen Türen hat und über alle Tunnel und dergleichen Bescheid weiß. Wo ist übrigens Father Sprachlos? Gewöhnlich pflegt er doch in solchen Fällen aufzutauchen und auszusehen, als wollten ihm die Augen aus dem Kopf fallen.«

»Er ist nicht im Pfarrhaus«, sagte Frank.

Das überraschte John. »Nein?«

»Ich nehme an, er ist bei den Georgianischen Brüdern in der Sullivan Street.«

»Er kennt Bruder Harold schon seit vielen Jahren«, sagte John. »Wenn er irgendwohin gegangen ist, dann dorthin.«

»Sie haben gesehen, wie er ging? Einer von Ihnen?«

»Nein«, sagte Frank. »Gesehen habe ich es nicht. Ich habe nur angenommen…«

»Sie kennen vermutlich George Nicastro?«

»Natürlich«, erwiderte Frank.

»Seine Frau hat ihn heute mittag als vermißt gemeldet.«

John beobachtete, wie sein Priesterkollege langsam weiß wurde. Seine eigene Kehle fühlte sich an, als zöge sie sich zusammen. Er hätte würgen können.

Der Detektiv fuhr fort. »Er ist vor zwei Nächten hierher gekommen. Und nicht nach Hause zurückgekehrt.«

Das traf Frank da, wo es wehtat. »Der Rauch – nein!«

»Mehr wissen wir nicht.«

»Oh, Jesus, steh uns bei! Steh uns bei in dieser schweren Zeit!«

Johns Impuls war, den jüngeren Mann in die Arme zu

schließen. Eine derartige Verzweiflung in der Stimme eines Menschen hatte er nur selten gehört.

»Wir beobachten die Kirche rund um die Uhr«, sagte Dowd. »Aber wir haben nicht gesehen, daß Nicastro in der Nacht seines Verschwindens die Kirche betreten hat. Vielleicht hatte er Familienprobleme.«

»Er war ein vorbildlicher Katholik.«

»Auch Katholiken laufen von zuhause fort, das weiß ich aus Erfahrung.«

Der an der Schwelle stehende Polizist in Zivil, ein untersetzter Mann, der eine Daunenjacke und Cordhosen trug, scharrte mit einem Fuß über den Boden. »Ich möchte wissen, ob es außer den Türen noch eine andere Möglichkeit gibt, hier hereinzukommen.«

John antwortete. »Es gibt eine eiserne Luke hinten in dem alten Kohlenkeller, die mit der Schule in Verbindung steht. Sie wurde gebaut, damit man die Kohle hindurchbefördern und größere Mengen auf einmal anliefern lassen konnte. Wenn man diesen Durchgang kennt, kann man vom Pfarrhaus in die Schule gelangen.«

»Aber nicht in die Kirche?«

»Nein.«

»Verdammt«, sagte der Polizist in Zivil mit stiller Intensität.

»Fluchen Sie nicht in der Kirche, Hal. Oh, ich habe Ihnen Hal Hawkins noch nicht vorgestellt. Hal, das sind die Priester.«

Der Mann in der Daunenjacke lächelte. »Ich würde Ihnen empfehlen, von hier zu verschwinden, bis wir diesen Kerl gefaßt haben.«

»Das paßt mir gar nicht«, sagte Frank.

»Aber hier können Sie nicht bleiben, Frank.«

»Nein.« Er bedachte John mit einem steten Blick. »Ich könnte mit Ihnen gehen.«

John dachte an das, was er in der Kirche gesehen hatte,

und kam zu dem Schluß, daß er gern Gesellschaft haben würde – selbst die von Frank. »Sie können mitkommen.«

Dowd trank den Rest seines Kaffees. Er schien im Begriff, etwas zu sagen, doch dann entschied er sich dagegen. Er knöpfte seine Lederjacke zu.

»Möchten Sie noch Kaffee?«

»Nein, danke.« John spürte, wie ihn eine Welle von Übelkeit überkam. Der Kaffee war stark gewesen, und sein Magen war übersäuert. Er hustete heftig, würgte gegen sein Aufstoßen an. Ein Teil von ihm wollte allein sein, sich in Marias Bett zusammenrollen und diese dunkle Zeit vergessen, sein Gesicht in der Erinnerung an ihren Duft vergraben.

Dowd beobachtete ihn. »Brauchen Sie Hilfe?«

John wollte ihre Besorgtheit nicht. In Wirklichkeit wollte er nur zum Ausdruck bringen, was er in der Kirche erlebt hatte. »Er hat ein Kinderlied gesungen«, sagte er. »Seine Stimme – sie war ganz merkwürdig. Und unterschiedlich. Erst hörte sie sich an wie die eines Säuglings, dann wie die eines Jungen – und dann fing er plötzlich an, diese alte Hymne zu singen, vielleicht kennen Sie sie, ›Jerusalem‹.« John erinnerte sich an die widerhallende Perfektion der Stimme. »›Jerusalem, Jerusalem‹ ... er sang wunderbar.«

Frank kam zu ihm, bückte sich, umfaßte seine Hände. »Mein Freund«, sagte er. John war verblüfft, als er sah, wie tief bewegt er war.

Dann kam ein lautes Knarren und Trampeln, und mindestens sechs uniformierte Polizisten stapften auf dem Flur vorbei. Einer von ihnen steckte den Kopf zur Tür herein. »Alles klar bis hierher«, sagte er.

Frank sah ihnen nach, wie sie sich auf den Weg zu den oberen Geschossen des Pfarrhauses machten. »Ich will nicht hier sein, wenn sie ihn finden.«

Das brachte John auf die Beine. »Ich auch nicht!« Der Gedanke, der Mann, den er in der Kirche gesehen hatte, könnte irgendwo in der Nähe sein, hätte ihn beinahe zu panischer Flucht verleitet.

»Sie sollten lieber von hier verschwinden«, sagte Dowd.

»Und wenn Sie einen Mantel haben, dann sollten Sie dieses Ding abnehmen und ihn anziehen«, setzte Hawkins hinzu. »Dieses Ding ist nicht gerade die ideale Bekleidung in einem Revier, in dem nach einem Irren gefahndet wird.«

»Sie glauben also, er hätte das Grundstück verlassen?«

»Ich meine, wir haben ihn bisher noch nicht gefunden, und das Revier ist in Alarmbereitschaft. Tun Sie sich selbst einen Gefallen und verzichten Sie auf das verrückte Ding.«

John wartete in der Diele, während Frank seine Sachen für die Nacht zusammenpackte. Sie verließen das Haus gemeinsam. John trug einen alten Regenmantel und schauderte unter dem scharfen Wind.

»Ich kann nur sagen, daß es mir leid tut«, sagte Frank, sobald sie allein waren. »Zu meiner Entschuldigung kann ich nur sagen, daß ich unter Druck stand.«

»Schon gut. Ich weiß, daß Sie hitzköpfig sind.«

»Ich war heute bei Richard Hidalgo.«

Sie überquerten die Seventh Avenue. Marias Haus am Waverly Place kam in Sicht. John hatte seit fünf Jahren nicht mehr mit Franks geistlichem Berater gesprochen. »Wie geht es ihm? Er muß auf die Hundert zugehen.«

»Er sieht immer noch aus wie fünfundfünfzig.«

»Er hat ausgesehen wie fünfundfünfzig, seit er zwanzig war.«

Frank kicherte, schlug John auf die Schulter. John spürte einen Widerhall der alten Kameradschaft.

Zwei oder drei Minuten später betraten sie die Wohnung und waren sofort umgeben von warmer Luft und einer eigentümlich düsteren Atmosphäre.

»Sie haben kein einziges Licht angelassen.«

»Ich habe nicht daran gedacht. Ich wollte so schnell wie möglich in die Kirche.«

Frank betätigte einen Schalter, und das Wohnzimmer füllte sich mit weichem Licht. »Ich hätte nicht im Dunkeln hineingehen können. Ich weiß nicht, wie Sie das fertiggebracht haben.«

»Ich dachte, es bestünde keine Gefahr, weil es noch früh war. Was ein Irrtum war, wie sich herausgestellt hat.« John entledigte sich seines Mantels, dann ließ er sich auf die Couch sinken. Er rieb sich das Gesicht. Er war völlig erschöpft. Als er die Augen schloß, hatte er das Gefühl, daß das Zimmer sich um ihn drehte. Wieder sah er das Monster auf dem Altar hocken. Sein Mund wurde trocken, seine Hände begannen zu zittern. Wie konnte jemand so aussehen?

Eine Minute verging, drei Minuten, fünf. Immer noch saß er da. Er verbrachte die Zeit damit, seine Gedanken durch die Jahre schweifen zu lassen, dann nickte er ein.

»Hey.«

Er blinzelte, erstaunt, Frank vor sich stehen zu sehen.

»Sollten Sie nicht lieber zu Bett gehen?«

»Er hat getanzt, Frank. Er schien... ungeheuer schnell zu sein, wenn er sich bewegte. Ich glaubte, er würde mich umbringen. Ich glaubte, mein Leben wäre zu Ende.«

Frank ging zu einer eingebauten Bar und holte eine große Flasche Black Bush heraus. »Ein steifer Drink, und dann ins Bett. Was halten Sie davon?«

John nahm den Drink von seinem ehemaligen Kuraten entgegen, nippte daran.

»Moment. Ich glaube, das wäre angebrachter.« Frank kippte den Inhalt seines Glases hinunter, goß sich einen weiteren Drink ein. »Eine Sünde mit Black Bush, ich weiß, aber in Anbetracht der Umstände...« Er leerte sein zweites Glas mit einem Schluck.

Auch John nahm seine Medizin. Der Alkohol wärmte ihn, und er begann sich etwas besser zu fühlen. »Bett«, sagte er, »endlich! Ist die Tür abgeschlossen?«

Frank nickte, aber John überzeugte sich trotzdem selbst.

Einen Moment später hatte er die Schlafzimmertür geschlossen und sich auf das Bett geworfen. Er rechnete damit, daß er sofort einschlafen würde, aber es gelang ihm nicht. Es gibt eine Art seelischer Erschöpfung, die Schlafen unmöglich macht. Anstelle der ersehnten Bewußtlosigkeit drängten sich ihm Erinnerungen an die Kirche auf. Wieder sah er die Monstranz funkeln, roch den feuchten Boden der Krypta, in der er Zuflucht gesucht hatte.

Wenig später öffnete er die Augen. Da das Zimmer auf eine schmale Gasse hinausging, war es ziemlich dunkel. Er tastete nach der Lampe, fand sie nicht.

Den Schatten auf dem Fußboden sah er, als er sich aufsetzte. Er hatte ungefähr die Größe eines großen Hundes, und er schien sich auf das Bett zuzubewegen. Einen Augenblick lang war er buchstäblich gebannt davon. Er blinzelte, konnte nicht recht glauben, daß er wirklich war.

Er tastete abermals auf dem Nachttisch herum, jetzt sehr nervös. Endlich trafen seine Finger auf die Lampe. Er suchte weiter, fand den Schalter, drückte darauf. Licht.

Da war nichts, natürlich. Er stieß den Atem aus, sank wieder zurück und starrte an die Decke. Am Morgen würde er Dr. Morris anrufen. Eine derartige Anspannung konnte er nicht verkraften. Und er würde ins Holy Name fahren. Winzige Zimmer, massenhaft Leute, eine wohlversteckte Anlage; jetzt hörte sich das alles wundervoll an.

Er dachte daran, zu lesen, griff statt dessen aber nach seinem Rosenkranz und betete eine Dekade. Dann schaltete er das Licht aus, wickelte sich in die Tagesdecke ein und drehte sich um.

Eine Minute verging, dann zwei. Endlich begann John einzunicken.

Wieder wurde er gestört, diesmal von einem einzigen, scharfen Einatmen, ziemlich nahe bei seinem Bett. Bestimmt wieder falscher Alarm. Aber das einfachste war vielleicht, bei eingeschaltetem Licht zu schlafen.

Als er die Augen öffnete, sah er dieses entsetzliche, wächserne Gesicht, das starre Grinsen, die glitzernden, unvollkommenen Zähne.

O Alptraum.

Der Kopf ruckte zurück, und die Augen musterten ihn, dunkle Stecknadeln in bleicher Sahne.

Ein unwillkürlicher Schrei brach aus ihm heraus; eine Hand unterdrückte ihn. Er schlug um sich, aber er war kein Kämpfer. Binnen einer Sekunde war er gepackt, von hinten festgehalten, sein Mund fest verschlossen.

Dann drang der sanfteste, süßeste Tenor in sein Ohr. »Oh Jesus, birg und schütze mich…«

Er erstarrte, sein Verstand versuchte, sich über das Ausmaß klarzuwerden, in dem sein Alptraum zu einer Realität geworden war.

»Oh, Johnnie, oh, Johnnie, wie konntest du lieben!«

Dann roch er Kölnischwasser und wußte, daß es Franks Kölnischwasser war.

»Wolln wir den Strotzer tanzen?« fragte Frank. Sein Ton war umgänglich, man konnte das Lächeln darin hören.

John war völlig fassungslos. Frank? Dieses grauenhafte Gesicht – das war Frank?

Großer Gott, natürlich! Es war Frank in extremer Qual, in extremem Entsetzen, Frank in mystischer Pein.

John trat, er biß, er warf sich herum wie ein gestrandeter Fisch, aber aus dem stahlharten Griff des Mannes gab es kein Entkommen. Das war unglaublich, das war grauenhaft. Frank, Frank…

»Back mir einen Kuchen, Johnnikins, so schnell du kannst!«

Allmächtiger, großer Gott.

»Kein Problem, ich back ihn mir selbst. Ich weiß, wo sie die Streichhölzer aufbewahrt.« Er zerrte von hinten an John. »Ich habe diese Wohnung eingerichtet, Lämmchen, Hunca-Munca und ich. Oh ja…«

John wand sich, ruckte, wehrte sich, bis seine Muskeln nahe daran zu sein schienen, sich von den Knochen loszureißen.

»Du hast sie gefickt, du Bastard! Du hast mein Baby gefickt!«

»Was?«

»Maria! Du hast sie gefickt!« Der Schmerz in der Stimme, der unverhüllte Schmerz! John hatte noch nie etwas auch nur entfernt Ähnliches gehört.

»Ich habe es nicht getan!« John hatte nicht den Mut dazu gehabt.

»Du bist ein Lügner!« Seine Kraft war ungeheuerlich. John kam sich in seinem Griff vor wie ein Blatt. »›Die Heilige Inquisition verfolgte auch wichtige politische Ziele. Die politischen Ziele waren sogar der Hauptgrund dafür, daß sie von den Staaten toleriert wurde, in denen sie Fuß gefaßt hatte.‹ *Do wop*.«

Hinter ihm begann Frank, seinen Arm hochzuzerren, ihn höher und höher zu zerren. Stechende Schmerzwellen fegten durch seine Schulter, seine Brust, seinen ganzen Oberkörper. Er war kaum noch auf den Beinen, nur seine Zehen berührten noch den Fußboden, er war überzeugt, er würde vor Schmerzen ohnmächtig werden, wenn das nicht aufhörte.

Falsetto, spanischer Akzent: »Oh, oh, ihr Herren, bindet mich los, und ich werde sagen, was ihr wollt, nur bindet mich los, und ich will es sagen, oh, bitte, ihr Herren, bindet mich los, und ich will alles sagen, was ihr von mir hören wollt!«

Dann wurde er vollständig vom Boden hochgehoben, ein paar Zentimeter über den Fußboden, und ihm war, als träten seine Zehen in die schwarze Ewigkeit. Unvorstellbare Schmerzen pulsierten durch seine Schulter, seine Brust und seinen Hals. Sein anderer Arm schlug ohnmächtig gegen Franks kräftigen Torso.

»Etwas zu sagen?«

Die Hand über seinem Mund lockerte sich. John versuchte, um Hilfe zu schreien, aber alles, was herauskam, war ein unartikuliertes Brüllen.

Die Hand klappte zurück, und der Schmerz wurde noch viel schlimmer.

»Sag mir«, sagte Frank, »glaubst du an die Gemeinschaft der Heiligen?«

Johns Schreie waren eine erstickte Musik.

»Also, Johnnie – sie hat dich Johnnie genannt, du Bastard –, wenn du nicht willst, daß ich dir den Arm abreiße, und das willst du doch sicher nicht, dann laß das Schreien und hör zu!«

John wollte es lassen, aber er schaffte es nicht.

»Du hörst jetzt zu!«

Er kämpfte mit sich, hielt den Atem an.

»Schon besser. Und jetzt werde ich ein bißchen lockerlassen, und du wirst nicht schreien, du wirst reden. Verstanden? Nicke!«

John nickte. Er nickte und nickte, diese Qual mußte aufhören, sie war zu groß, sie war das Schlimmste, das er je erlebt hatte, sie mußte aufhören!

Endlich bekam er sich unter Kontrolle. Er hing da, still und stumm, schmerzgepeinigt.

»Okay, keinen Mucks. Ehrlich, wenn du schreist, hörst du dich an wie ein mißgelaunter Kanarienvogel.«

Er konnte es nicht ertragen, er würde wieder anfangen, die Schmerzen waren so fürchterlich, es war, als spaltete jemand die Knochen in seinem Körper. Verzweifelt versuchte er, verständliche Laute hervorzubringen. »Stuu – uu . . .« Ein Bein vollführte einen langsamen Tritt, dann das andere. Er kämpfte gegen den Schrei, der kommen wollte, unterdrückte ihn schließlich, indem er sich erschlaffen ließ.

»Das ist schon viel besser! Siehst du, was wir leisten können, wenn wir uns Mühe geben?« Das war er, in einem Haufen auf dem Boden. Sein linker Arm funktionierte nicht, er war ein Fetzen, der von seiner Schulter herabhing, er explodierte immer noch vor Schmerzen. Aber nicht lange. Er wurde kalt und begann taub zu werden. Er versuchte, ihn zu bewegen. Ein Gespensterarm kam hoch, aber die Ruine an seiner Seite rührte sich nicht.

»Engelficker sind Ketzer. Es ist Ketzerei, was du getan hast.«

»Ich habe doch gesagt, zwischen uns ist nie etwas gewesen. Nie!«

»Ihr Name war Zophiel, und sie war ein Engel, und du hast sie gefickt, du *Bastard*!«

John hatte ihn nicht ansehen wollen, aber dann veranlaßte ihn ein Geräusch zum Aufblicken. Frank riß die Seiten des kostbaren Hilda Doolittle-Buches in Streifen. »Das werden wir verbrennen«, sagte er, »weil es ein Symbol deiner Sünde ist.« Die Stimme war gespenstisch, mit vertrautem Charme. Er trat vor John, verschränkte die Arme, schaute auf ihn herab. Das Lächeln war sanft, liebenswürdig. »Und dann verbrennen wir dich.«

20

Du wehrst dich, du kämpfst, du haßt dich selbst, bis du es satt hast. Deine bemerkenswerten Akte, so lauter und so beeindruckend, sind kein *Tun*, sie sind ein Freimachen.

Du läßt zu, daß die Kindheitserinnerung, die »nein-nein« sagt, in deinem seidenweichen Inneren versinkt, immer tiefer und tiefer, bis sie dir einfach entgleitet. Das Gewissen verschwindet, in deinem Kopf tritt Stille ein, du beginnst, die Vögel wieder zu hören.

Im Augenblick ist dir so wohl zumute, daß du dich am liebsten gehenlassen und tanzen würdest.

»Ein Jammer, daß wir nicht den Strotzer tanzen können, Johnnikins.« Du spürst deine Stimme in deinem Mund, eine hölzerne Nahrung.

Man sehe sich dieses lange Gesicht an, er könnte ein großer, alter Hund sein.

John war an einem Küchenstuhl festgebunden, gefesselt und geknebelt.

Du betrachtest deine Hände, Menschenhände, so überaus geschickt. Einst waren es weiche Hände, bleich, als sie erstmals Schmerz verursachten, erstmals Vergnügen bereiteten.

Alle Priester sind verrückt!

Außer ihm, *diesem stinkenden Mistkerl*!

Du bist ruhig, nur ein kleines bißchen herablassend.

»Okay, wir könnten eigentlich anfangen.« Er zerrte den Stuhl zurück in die Küche. »Es gibt Arbeit«, murmelte er. »Arbeit, die Spaß macht.« Er holte eine Metallschüssel aus dem Schrank, in dem Maria ihre Backutensilien aufbewahrte, und legte die Streifen des Doolittle-Buchs hinein. Dann stellte er die Schüssel auf den Küchentisch. Auf den Boden der Schüssel goß er zwei Zentimeter Benzin. Gut.

Hinter dem Knebel gab John einen knurrenden, gurgelnden Laut von sich, dann schüttelte er den Kopf. Es war ein interessanter Vorgang. Frank vermutete, daß er heulte.

Er schaute John in die Augen, räusperte sich und sprach. »Bei unserer heutigen Lektion geht es ums Braten. Die verläßlichsten Quellen sind der Ansicht, daß die Inquisition zwischen dreißig- und vierzigtausend hilflose Menschen auf dem Scheiterhaufen verbrannt hat. Aber die Schätzungen variieren von den offiziellen Angaben, denen zufolge es ein paar hundert waren, bis hin zu denen der feministischen Hexen, die von fünf Millionen sprechen.«

Er zündete ein Streichholz an, hielt es über die Schüssel mit den benzingetränkten Papierfetzen. John kaute.

Er brachte das Streichholz immer näher heran. Johns Augen folgten ihm. »Ich vermute, daß jeder, der zum Scheiterhaufen verdammt ist, der Faszination des Feuers verfällt. Und was meinst du, Father Johnnie? ›Am Anfang war das Wort, und das Wort war bei Gott, und Gott war das Wort.‹ Nein, glaub mir, das ist nur Propaganda. Am Anfang war das Feuer!«

Whoomp!

John warf den Kopf zurück.

»So, jetzt haben wir's…«

Frank sah zu, wie das Buch brannte. »Es ist Johns Lieblingsbuch«, hatte sie gesagt. Und er hatte es tatsächlich aus dem Schrank geholt. Er mußte es durchgeblättert, sich erinnert haben.

»Ich habe sie oft gevögelt, Johnny. Ich weiß, das reißt dir das Herz aus dem Leibe. Aber die Wahrheit ist, wir sind immer zu ihrem Haus in Ulster County gefahren. Hast du von diesem Haus gewußt? Mein Gott, wir haben manchmal tagelang zusammen im Bett gelegen.« Er lachte, erinnerte sich. »Die angebliche Familie war meine Idee. Ich fand sie ziemlich gut. Wenn wir ein Wochenende damit verbringen wollten, uns um den Verstand zu vögeln, dann wurde ich von Bischof Bayley nach Chicago gerufen, und ihre Mutter wurde krank.«

Der Abscheu in Johns Augen machte Frank wütend. Er zeigte mit dem Finger auf ihn. »Ich werde dich verbrennen!«

Zu Franks Entzücken ruckte er wild an seinen Fesseln.

»Oh, Johnny, oh, Johnny, wie konntest du lieben! Es ist nur so, daß sie dich liebte, aber mit mir ist sie ins Bett gegangen, und ich bin ja so-o-o eifersüchtig.« Er kicherte, wie der Bischof immer zu kichern pflegte. Es war ein reizendes kleines Kichern, eh heh heh heh. »Leute wie ich kommen angeblich immer aus funktionsgestörten Familien. Der Ausdruck ist dir natürlich bekannt. Bei ihrem Versuch, mich zu verstehen, hat Maria...« Es war zu komisch, er mußte aufhören zu reden. Sie hatte dort gekniet und gebetet, als er es tat. *Bonk*. Ihr Blick verschwamm, und aus ihrem Gebet wurde Geplapper. Flapper-plapper. Er sollte nicht lachen. Flipper-flapper-plapper. Er schnaubte durch die Nase. »Maria wußte Bescheid«, quiekte er. Dann warf er den Kopf zurück und lachte, bis ihm die Tränen kamen. »Sie hat es gewußt!« Er lachte wieder. »Sie wußte, wer sich hier drin verbirgt!«

John wurde ganz still.

»Maria hat meiner Familie die Schuld gegeben. Aber ich bin geliebt worden. Sehr, sehr geliebt worden. Glückliches Heim.« O die Geheimnisse des glücklichen Heims, des sehr glücklichen Heims. »Meine Mutter und mein Vater waren so ein reizendes Paar.«

Hör dir an, wie du vor dich hinschwatzt. Du spielst mit John, und das ist gar nicht nett. Zeit, ihn in Brand zu setzen. Er holte ein weiteres Streichholz aus der Schachtel.

Ich bin nicht schuldig! Nicht, nicht, nicht!

Das Streichholz zwischen seinen Fingern, die rote Hitze, die weiße Spitze.

Reibung destabilisiert Phosphor, oh ja, das tut sie.

Ein Dämon ist zwischen deinen Fingern, zwischen den Welten, er lebt drunten in den Spalten deiner ungeheuer großen Seele. Du bist eine Welt aus Wüsten und Türmen, und deine Canyons glühen rot im Licht des Dämons.

Brennen tut weh, es tut so weh!

Etwas ist in mich gefahren, und es ist schlecht.

Also okay. Das ist cool. Ich bin gut. Es ist alles unter dem weichen Ozean aus Seide, der mich verbirgt.

Satan ist so unvorstellbar riesig, daß er jedes einzelne kleine Ungemach in den zwanzig Milliarden Galaxien austreibt und aus allen, die waren und sein werden, und er verbirgt sich so gut, daß …

»Es ist seltsam, Johnnie, jetzt komme ich mir nicht verrückt vor. Wenn ich ganz allein in der Kirche bin und es ist dunkel, dann komme ich mir sehr verrückt vor. Wie das ist? Es ist ein Spaß! Ein grandioser Spaß. Ich versichere dir, da ist etwas in dem, was ich tue – ein unglaubliches Geheimnis. Ganz herrlich! Du kannst dir nicht vorstellen, wie es ist, völlig frei zu sein, Dinge zu tun, die sonst niemand zu tun wagt. Es ist wundervoll!« Er erinnerte sich an das Strampeln von Füßen, das erstickende Pfeifen aus zerquetschten Luftröhren, das Zischen des Verbrennungsofens. »Es ist ein Testen der Grenzen menschlicher Erfahrung.« Er richtete sich auf, sah die Anklage in Johns Augen. »Mir gefallen deine Augen nicht«, sagte er. »Mach sie zu.«

Er tat es nicht. Frechheit.

Er zündete das Streichholz an, schwenkte es auf Johns Gesicht zu. Sofort schlossen sich die Augen. Er brachte das Streichholz noch näher heran. Die Nüstern weiteten sich. »›Zum Scheiterhaufen kommend mit heiterer Miene und willigem Geist, legte er eiligst seine Gewänder ab und stand aufrecht da in seinem Hemd.‹ Kennst du das? Sag mir, John, weißt du überhaupt etwas von der Kirchengeschichte? Hast du den Mut, mit einem Lächeln im Gesicht den Scheiterhaufen zu besteigen? Mit einem Lächeln!« Er ergriff seinen Benzinkanister und füllte die Schüssel wieder auf, die inzwischen ausgebrannt war. »Riechst du es, Johnnie? ›Jetzt, da das Feuer entzündet wurde, streckte er die rechte Hand aus und stieß sie in die Flammen und hielt sie dort geraume Zeit, bevor das Feuer einen anderen Teil seines Körpers erreicht hatte; jedermann sah, wie seine Hand hellauf brannte, und er rief mit lauter Stimme: ›Diese Hand hat Unrecht getan.‹ Kennst du diese Passage?« Das Streichholz ging aus. Er hielt das Benzin dicht vor Johns Gesicht. Die Augen wollten sich öffnen. »Halt sie geschlossen!« Er zündete ein weiteres Streichholz an.

»Ich habe die gesamte Geschichte der Inquisition auswendig gelernt. Ich fand, ich mußte es tun, weil sie die zentrale Realität der Kirche ist.«

Von hinter dem Knebel kam eine Explosion von etwas, das Frank für klerikale Dialektik hielt.

»Wir haben verbrannt, was gut war, unterdrückt, was schön war, und jetzt leben wir in der Glut der Kohlen. Dies ist die klerikale Dämmerung, Johnnikins, und ich bin hier, um dazu beizutragen, daß die Sonne untergeht.«

Er zündete ein weiteres Streichholz an, ließ es in Johns Schoß fallen. Die Augen gingen ruckartig auf, als er spürte, wie sich die Flamme in seinen Oberschenkel fraß. Von hinter dem Knebel kam ein Geräusch wie ein überdrehter Elektromotor. Sein Gesicht war röter als die Flammen.

Dann warf er den Kopf zurück und fing an, laut zu schreien, aber der Knebel dämpfte das Geräusch. Der Geruch brennender Haut erfüllte den Raum, wie ein angekohlter Thanksgiving-Truthahn. Frank packte sein Bein, erstickte die Flammen.

»Beruhige dich. Du bist doch bestimmt nicht so ein Feigling! Bischof Cranmer hat vom Scheiterhaufen aus eine Predigt gehalten. Er hat seelenruhig eine Predigt gehalten! Und sie war besser als die meisten von unseren Predigten, mein Freund.«

Frank ging zum Ausguß, füllte ein Glas mit Wasser und goß es über das qualmende Loch in Johns Hose. »Wir lieben uns, hast du das gewußt? Deshalb stecken wir zusammen in dieser Sache. Guter Mann, schlechter Mann. Darin besteht eine berühmte Anziehung.« Er zündete ein weiteres Streichholz an.

Als John das Aufsteigen dieser Flammenperle sah, rollten seine Augen zurück in seinen Kopf.

Frank kniete neben Johns Stuhl, streichelte seinen Kopf und intonierte leise in Latein »›*Aeterne rerum conditor noctem diemque regis*–‹ Kennst du das, Johnnikins? Nun sitz nicht einfach so da.« Er brachte das Streichholz nahe an Johns schwitzendes Gesicht heran. »Du mußt respondieren.«

Johns Brauen zogen sich zusammen. Dachte er über die Frage nach oder versuchte er lediglich, erbarmungswürdig auszusehen? »Es ist eine Lobeshymne, geschrieben vom heiligen Ambrosius vor dem Ende des Römischen Reiches. Ist das nicht erstaunlich, das wir so etwas über all die langen Jahre hinweg bewahrt haben? ›*Hoc excitatus lucifer solvit polum caligine*‹ – ›Durch ihn erwacht der Morgenstern‹, John. Luzifer. Der Stern des Neubeginns. Glaubst du etwa, die Schöpfung wäre simpel, Gott wäre das einzige Licht der Welt? Es gibt noch ein anderes Licht, John. Deshalb werde ich der Sohn des Morgens genannt.«

Er war so sehr versucht, das Benzin einfach über dieses Hemd zu gießen und ein Streichholz darauf fallen zu lassen und zu verschwinden. Aber das wäre nicht in Ordnung. Moralisch falsch, im Detail wie im Ganzen. Er hieb mit der ganzen Kraft, die in ihm steckte, auf Johns verletzten Oberschenkel.

Die Laute hinter dem Knebel waren heftig.

Frank wartete, bis wieder Ruhe eingekehrt war. »Du willst doch nicht etwa, daß ich mir auch das andere Bein vornehme, oder? Gebratene Keule?«

Verbrenn den Priester, verbrenn den Priester. Sie riefen, sie sangen, sie machten einen Bossa nova daraus, einen Walzer. Verbrenn den Priester. »Oh, Johnny«, sagte er, »wie konntest du lieben.« Sieh ihn an!

21

Während John Rafferty an seinem Stuhl festgebunden war, fand er ein paar geheime Dinge über das Leiden heraus: wie der Körper selbst verzweifelt und dies der Grund dafür ist, weshalb man bebt, wenn man Qualen erleidet, wie Feuer zuerst so nagt, daß man vor Schmerzen den Verstand verliert, und wie es sich später kalt anfühlt, und das ist noch grauenhafter, weil man weiß, daß man verschlungen wird.

Außerdem fand er heraus, wie es ist, wenn ein Mensch eine Mission entdeckt, die er unter allen Umständen vollbringen muß – und dann zu sterben beginnt.

Frank war wieder ein Junge, er flog auf den Schwingen der Jugend, das helle Blut des Kindes rann durch seine Adern. Aber da war auch dunkles, altes Blut, und er konnte sein Gewicht spüren und in jeder seiner Zellen einen Eingang in die Leere. Er war fleischgewordener Haß, er nannte sich selbst Satan.

Seine Aufgabe war eine ganz außerordentliche; er durfte nicht versagen. Von diesem einen kleinen Ereignis aus würde Father Frank Bayley in den Mythos eingehen, und ungefähr hundert Jahre lang würde man über ihn flüstern.

Sie tanzten miteinander, einen dunklen Tanz, jenseits der Grenzen von Zuneigung und Haß; John spürte, daß ein Potential zur Veränderung darin steckte. Als Frank Wasser auf sein Bein goß, hoffte er sogar auf etwas Transzendentes.

»Siehst du, Johnnie-boy, nur eine kleine Verbrennung

dritten Grades im Zentrum der Wunde. Die Schmerzen sind zum größten Teil nur zweiten Grades, Johnnie.« Er liebkoste sein Gesicht mit einem feuchten Küchentuch, dann trocknete er den verletzten Oberschenkel ab, reinigte ihn mit den knappen Gesten eines erfahrenen Krankenpflegers.

Er umarmte John, richtete sich auf. John beobachtete ihn ganz konzentriert. Jedes Detail von Franks Gesicht, die Neigung des Kiefers, die beweglichen Lippen, die jetzt von einer geschäftigen Zunge angefeuchtet wurden, die flinken, feuchten Augen, sogar der Schweiß auf seiner Stirn – alles faszinierte ihn und stieß ihn zugleich ab. Es war schon erstaunlich, wie der Geist das Aussehen eines Menschen verändern konnte. Aber die Muskeln, die Art, auf die sie gehalten wurden – das konnte man verstehen, beinahe.

»Oh, Johnnie«, sagte Frank und hörte sich dabei an wie ein Mädchen mit Liebeskummer. »Das ist...« Er zögerte, als überdächte er seine nächsten Worte mit ungewohnter Behutsamkeit. Er neigte den Kopf zur Seite. »Nur ein Vorgeschmack, mein Lieber.« Damit verschwand er.

Frank stand mit hochgeschlagenem Mantelkragen auf der Gasse, er beobachtete Marias Fenster und wartete auf das Aufflackern von Flammen, das ihm sagen würde, daß sein Werk getan war.

Um sich selbst die Minuten zu verschaffen, die er zum Entkommen brauchte, hatte er eine simple Zeitbombe gebaut. Er hatte ein Blatt Papier über die Öffnung seines Benzinkanisters gelegt und Marias Bügeleisen, hoch eingestellt, draufgesetzt. Die Hitze des Bügeleisens würde das Papier in Brand setzen, und dann würde das Benzin explodieren. Der Mechanismus stand auf der Rückenlehne der Couch, und es war reichlich Benzin vorhanden für ein hübsches, prasselndes Feuer.

»Nur etwas Geduld, mein Lieber...«

John beobachtete das Bügeleisen – seine Form faszinierte, die stumpfe Ästhetik des braunen Griffes bedrückte, das kleine rote Licht an der Vorderkante bewirkte, daß sich ihm der Magen umdrehte. Er ruckte, er verdrehte sich, er schob ihm sein Kinn entgegen. Aber die Bombe befand sich am entgegengesetzten Ende des Wohnzimmers – zu weit weg, als daß er sie erreichen konnte.

Er konnte sehen, wie die Hitze in der bleichen Luft flimmerte.

Er versuchte zu schreien, aber der Knebel steckte tief in seiner Kehle, und das Geräusch trug nicht. Der Schmerz seines verletzten Beins rammte in seinen Solarplexus.

Er beobachtete das Bügeleisen.

Mit der Zunge drückte er gegen den Knebel an. Er versuchte, mit dem Stuhl zu hüpfen, hörte aber wieder damit auf, weil er fürchtete, bei einem Sturz ohnmächtig zu werden.

Das Geräusch des ausbrechenden Brandes war so leise wie der Seufzer eines Kindes. Die Flammen schlugen hoch, dann konzentrierten sie sich in dem Kanister, in dem sie begonnen hatten. Während John voller Entsetzen zuschaute, verbeulte sich das Plastik des Kanisters, das Bügeleisen geriet in Bewegung und kippte um, und plötzlich ergoß sich eine Flut von brennendem Benzin über die Rückseite der Couch.

In dem dunklen Fenster sah Frank einen Wurm aus Gelb. Er kroch an der Scheibe entlang, grell in der fragilen Morgendämmerung. Gott, wenn er John doch sehen könnte, tatsächlich sehen, wie er da wartete, beobachtete – seine fieberhaften Gebete hören, seine Verzweiflung schmecken…

John beobachtete, wie eine Flamme aus dem Glühen hervorschlug und einen hüpfenden Tanz entlang der Rückseite der Couch begann. Dann gesellten sich weitere Flammen zu ihr, bis die ganze Oberkante der Couch brannte und die Wand dahinter Blasen warf, schwarz wurde, aufplatzte.

Der Rauch drang durch die Küchentür, rollte an der Dekke entlang, wie das Meer auf den Strand rollt, und lange Streifen von Plastikasche regneten aus ihm herab.

Die Flammen wurden zu einem roten Glühen im Wohnzimmer, verhüllt von dickem Rauch. Der Geruch war fürchterlich, wie der unvergeßliche Gestank in den Kleidern einer verbrannten alten Frau, der John einst die Sterbesakramente erteilt hatte.

Dann kam ihm eine Idee, eine *wundervolle* Idee! Die Tür war zehn Meter entfernt, an der anderen Seite des Wohnzimmers. Aber das Küchenfenster – vielleicht drei Meter!

Er hüpfte, er mühte sich ab, er versuchte, mit dem Stuhl zu rucken. In seinem Entsetzen hatte er vergessen, wie gefährlich das war, daß er stürzen und ohnmächtig werden konnte.

Er dachte nur daran, daß er zum Fenster gelangen konnte, die Scheibe einschlagen, dafür sorgen, daß Leute aufmerksam wurden. Der Stuhl schwankte, torkelte, bewegte sich ungefähr zwei Zentimeter.

Der Rauch senkte sich tiefer. Der Stuhl schwankte.

Ganz plötzlich weinte Frank wie ein dreijähriges Kind, und dafür gab es absolut keinen Grund. Weshalb weinen? Du bist glücklich, du bist in Sicherheit.

Wie die Dinge lagen, war es an der Zeit, eine Tasse Kaffee zu trinken und sich bereit zu machen für den kommenden Tag.

Er hatte eine Gemeinde zu leiten.

John krümmte sich zusammen, dann warf er sich mit aller ihm noch verbliebenen Kraft in die Höhe und nach hinten. Die Stuhlbeine glitten unter ihm weg, und er schlug so heftig auf den Fußboden, daß ihm die Luft ausging. Er lag da, würgend und keuchend, kämpfte gegen die Schmerzen an.

Die Idee, zum Fenster zu gelangen, verließ seinen Kopf. Er würde niemals bis dorthin gelangen. Er würde überhaupt nirgendwohin gelangen. Er würde hier bleiben müssen.

Die Luft unten in Fußbodennähe war eine Spur sauberer. Jetzt hatte er es nur mit den heißen kleinen Meteoren von der brennenden Couch zu tun. Als er wieder atmen konnte, drehte er den Kopf zur Schwelle.

In der Rückwand der Couch erschienen rotglühende Federn. Die ganze Wand dahinter stand in Flammen. John erkannte, daß er alles getan hatte, was er tun konnte. Er mußte seinen Frieden mit Gott machen, seine Zeit war gekommen.

Seine armen Nachbarn!

An der der Luft ausgesetzten Seite seines Körpers setzte ein furchtbares Nagen ein. Ein herabgefallener Funke hatte sein Jackett in Brand gesetzt. Er rollte sich herum, erstickte das Feuer. Aber noch einmal konnte er sich nicht herumrollen, das machte der Stuhl, an den er gefesselt war, unmöglich. Weiter konnte er sich nicht von dem Feuer entfernen.

Er schrie und schrie und kaute auf dem Knebel, schrie und hieb seinen Kopf gegen die Vorderseite des Herdes, er hämmerte mit den Füßen auf den Boden, tat alles, was in seinen Kräften stand, um Lärm zu machen, und wußte, daß es nicht viel war.

Der Rauch senkte sich immer tiefer herab. Er hatte die Schwelle völlig verdunkelt, das Küchenlicht war nur noch ein trüber Fleck. Große, weiche Rauchschwaden kamen herab, und als sie ihn berührten, waren sie warm. Er dachte daran zu beten, doch dann entdeckte er, daß er es vorzog, zu schweigen. Als sich der Rauch um seinen Kopf herabsenkte, löste ein einziger kurzer Atemzug einen heftigen Hustenanfall aus. Seine Auswirkung war bestürzend – ein Gefühl wie Messer in seinen Lungen. Er wand und drehte sich, versuchte, eine letzte Nische mit guter Luft zu finden.

Sein nächster Atemzug würde tief sein, und es würde Rauch sein. Er machte sich darauf gefaßt, wünschte sich, Zugang zu den Sakramenten zu haben. Er hätte viel gegeben für eine letzte Hostie, für die Segnungen der Sterbesakramente. Sein Gebet bestand darin, daß er sich die Heilige Jungfrau vorstellte, wie sie in seinen Gedanken immer gewesen war, eine junge, reine Frau mit einem überaus sanften Lächeln. Wenn ich sterbe, komme ich zu dir. Ich komme!

Sie war vor ihm, strahlend in dem Feuer.

Es mußte doch noch irgendetwas geben, das er tun konnte. Er hatte schließlich Nachbarn, er mußte seinen Nachbarn helfen! Er verdrehte die Hände, er hämmerte mit dem Kopf, er schrie wieder mit dem dicken Knebel, und ganz plötzlich war seine linke Hand an seiner eigenen Kehle.

Die Hand bewegte den Knebel, zerrte ihn herunter. »Feuer«, schrie er, »Feuer, Feuer, Feuer!« Er hob den Kopf, und die Hitze stürzte sich auf ihn wie wütende Hornissen. Er warf sich wieder auf den Fußboden. Dann schob er seinen immer noch an den Stuhl gefesselten Körper vorwärts. Er mußte in den Flur gelangen, mußte die anderen warnen, alles andere war einerlei. Erst als er die Tür erreicht hatte, wurde ihm bewußt, daß er den Stuhl loswerden konnte, indem er einfach die Schnur aufknotete. Doch als er an den Knoten herumtastete, begann er wieder zu würgen. Er fürchtete, daß ihm das Entkommen in allerletzter Minute mißlingen könnte.

Das Heulen der Sirenen war anfangs so schwach, daß es kaum in Franks Bewußtsein vordrang. Dann hörte er, wie es näher kam. Himmel, die waren schnell gekommen! Ein weiterer Blick zum Fenster hinauf zeigte ihm helle Flammen. War John inzwischen tot?

Frank verließ die Gasse, eilte zur Ecke der Seventh Avenue. Zwei weitere Feuerwehrautos kamen.

War John inzwischen tot?

Er mußte bleiben, es herausfinden. Schnell – such dir ein Versteck. Er wollte zusammenschrumpfen oder fliegen – frei, hoch in die Lüfte...

Dann sah er hinter einem hohen Zaun die winterkahlen Sträucher der Jefferson Market Gardens auf der anderen Straßenseite. Genau das Richtige.

Schnell wie ein Leopard kletterte er an dem dreieinhalb Meter hohen Maschendrahtzaun hoch, der die Gardens umgab. Er breitete die Arme aus und sprang. Der Boden kam ihm entgegen, er rollte sich gewandt ab, raschelte durch das tote Laub. Als er sich aufrichtete und sich von den Blättern befreite, sah er den braunen Plymouth, der ihm verriet, daß auch die Polizisten da waren.

Ja, natürlich – die Meldung über ein Feuer in Maria Juliens Wohnung mußte bewirken, daß sie angerannt kamen.

Er wich zurück in die Schatten, als ein Rettungswagen und ein weiteres Löschfahrzeug erschienen. Immer mit der Ruhe, Leute, kommt nicht so verdammt früh dort an!

John konnte sich nicht erinnern, wie er aus der Wohnung herausgekommen war, auch später nicht. Und er konnte sich auch nicht daran erinnern, daß er die Flure entlanggerannt war und an Türen gehämmert hatte.

Er war herumgetaumelt, völlig desorientiert, als ihm plötzlich ein harter Gegenstand übers Gesicht gestülpt wurde.

»Ganz ruhig«, sagte eine Stimme, die sich anhörte, als käme sie aus einer Gruft. »Atmen! Los, Mann, atmen!«

Die Luft roch nach Gummi, aber er sog sie dennoch begierig ein. Er konnte kaum etwas sehen, aber er wußte, daß es eine Sauerstoffmaske war, und ein Mann in einem schwarz-gelben Mantel zerrte ihn zum Fenster am Ende des Flurs.

Überall waren Leute, in Bademänteln, in Nachtzeug, mit Hunden, Katzen, Kindern auf den Armen, eine Frau schleppte eine Topfpflanze und fluchte gotteslästerlich. Sie kamen wie Schatten durch den Rauch, einer nach dem anderen, und er wurde getragen; die Luft, die er atmete, erinnerte ihn an den Meeresstrand. John versuchte zu sprechen. »Ah, ah!«

»Alles in Ordnung«, sagte der Feuerwehrmann. Er bückte sich und hob ihn auf. »Ich nehme Sie jetzt über die Schulter und bringe Sie hinunter. Machen Sie einfach die Augen zu und fangen Sie um Gottes willen nicht an zu strampeln. Wir gehen zum Fenster hinaus und über eine Leiter zur Straße hinunter. Bewegen Sie sich nicht!«

Der Feuerwehrmann trug ihn zu dem Fenster, das bereits offenstand. John folgte seinen Anweisungen, so gut er konnte. Jetzt kam frische Luft, kalt und wundervoll frisch. Er schob die Sauerstoffmaske beiseite und atmete tief ein. Ein kurzer Blick zeigte ihm helle Lichter und Gestalten, die sich tief unten auf der Straße bewegten. Er hörte das schwere Atmen des Feuerwehrmannes, das Geräusch seiner Stiefel auf den Aluminiumsprossen der Leiter. Er hörte die geschäftigen Laute der Tauben auf den Simsen. Wie leise sie sich anhörten unter dem Rauschen von Wasser, dem Dröhnen von Motoren, dem gefährlichen Prasseln der Flammen. Dann setzte der Mann John ab, legte ihn sanft auf eine Tragbahre. Eine weitere Sauerstoffmaske wurde ihm aufs Gesicht gepreßt, dann beugte sich ein Schwarzer mit einem großen Bart über ihn.

Und dann wurde ihm schwarz vor Augen.

Genau acht Minuten, nachdem er das Gebäude verlassen hatte, sah Frank, wie sie ihn auf die Trage legten.

Das Gesicht – das Gesicht –, es war nicht zugedeckt. Franks Augen traten vor, er zischte, er hätte Säure gespuckt, wenn er dazu imstande gewesen wäre. Der Mistkerl war noch am Leben. Backe, backe Kuchen – fangt mich, wenn ihr könnt.

Jetzt hängten sie ihn an so einen verdammten Tropf! Und da kamen Kitty Pearson und diese Vogelscheuche Dowd und stürzten sich wie Bussarde auf den alten Dreckhaufen.

Das Drama des Feuers spielte sich selbst zu Ende, die Leute in ihren Bademänteln begannen, ins Haus zurückzukehren, im Osten breitete sich die Morgendämmerung aus, der Himmel war wächsern golden hinter den schwarzen, geheimnisvollen Silhouetten der Gebäude.

Er kletterte abermals über den Zaun, eilte am Riviera Café vorbei und die Seventh Avenue entlang. Ganz plötzlich wagte er es nicht mehr, sein eigenes verdammtes Pfarrhaus durch die Vordertür zu betreten! Als er näher kam, konnte er einen Blick auf die Fassade von Mary and Joseph werfen. Heiliger Ort, *reiner* Ort. Er würgte, beugte sich vornüber, würgte noch einmal, dann gab es sich, und er eilte weiter.

»Atmen! Atmen! Atmen!«

Die Stimme war so weit weg, sie schien so wenig zu bedeuten.

»Künstliche Beatmung!«

Jemand schlug ihn. Er versuchte, etwas zu sagen, konnte es nicht. Weshalb schlugen sie ihn? Es war warm hier, es war angenehm.

»Schwellung der Luftröhre!«

»Bringt ihn in Gang!«

»Es wird schon wieder«, sagte jemand, und John fand das gut.

Leute sangen, aber weshalb? Leute sangen nicht, wenn es brannte. »Er wehrt sich«, sagte jemand. Wie weit weg war er? Hörte sich an wie hundert Meilen. »Ganz ruhig, ich will Sie nicht fesseln!«

Niemals, niemals, niemals!

»Himmel, ist der kräftig.«

»Er ist verängstigt, Mann. Okay, Pop, es wird schon wieder. Entspannen Sie sich.« Eine Hand begann, über Johns Stirn zu streichen. »Sie atmen«, sagte er.

»Kann er reden? Was ist passiert, Father?«

Wer war das nun schon wieder? Ein großer Mann, ganz zusammengefaltet in dem Krankenwagen.

»Krankenwagen...« War das seine Stimme, dieses Quieken?

»Stimmt, Sie sind in einem Krankenwagen. Unterwegs zum St. Vincent's Hospital.«

Kitty funkelte ihn an. »Was ist passiert, John? Wo ist Frank?«

Armer Frank, so ein Jammer.

»Alter Mann, genau wie mein Dad.« Die Hand, die ihm über die Stirn strich, fühlte sich gut an, und er schloß die Augen.

»Scheiße!« schrie sie, aber das war in einer anderen Welt, weit weg, und hatte nichts mit ihm zu tun.

»Tief in deiner Wunde, Herr, versteck dich und... versteck dich...« Seine Stimme lief wie ein Motor, seine Blicke schossen hierhin und dorthin, hielten Ausschau nach dem flinken Auge eines Polizisten, der Pistole, dem Schlagstock.

Blut, Blut, Blut, ganze Meere von Blut, reiß sie nieder, bring die Häuser zum Einsturz.

Sein Turm brach zusammen, die Ziegelsteine beschrieben stumme Bögen durch die winterliche Morgendämmerung.

Er kannte alle Gänge und Türen, alle Ecken und Winkel und Löcher.

Hinunter wie Alice in den Kaninchenbau, hinunter, wo träumend meine Geliebte liegt.

So viel ist verlorengegangen; die Welt besteht nur noch aus Grüften.

Er ging durch den Hintereingang in die Schule, bewegte sich schnell wie eine zurückweichende Schlange. Hier gab es Löcher und Stille, Spalten, in denen er sich verstecken konnte...

Die aufgegebene Schule von Mary and Joseph reichte nicht ganz bis ans Ende der Morton Street. Dort stand ein weiteres Gebäude, drei Wohnungen über einem Laden. Jahrelang war es ein kleines Lebensmittelgeschäft gewesen, in dem italienische Spezialitäten verkauft wurden. Erst vor kurzem war daraus eine Glaskunst-Boutique mit dem widerlichen Namen Chrystalis geworden.

Wenn man die Treppe hinunterging, die von der Straße in den Keller führte, gelangte man zu einer feuersicheren Tür, die seit einer Ewigkeit nicht mehr benutzt worden war. Die Ladenfront gehörte der Gemeinde, und in der Schachtel, die auf Johns Schreibtisch stand, war ein Schlüssel gewesen.

Der Keller, in dem früher das Lebensmittelgeschäft Dosen gelagert hatte, war kürzlich ausgeräumt worden. Chrystalis hatte vor, hier unten mehr Ausstellungsfläche zu schaffen. Frank bewegte sich zuversichtlich durch den Staub, unter der niedrigen, abgesackten Decke hindurch, einen Gang entlang, der in sehr ferner Vergangenheit zu einem Kartoffelkeller geführt hatte. Der Putz blätterte ab, der Boden war rissig.

Er ging bis zum hinteren Ende des Kartoffelkellers. Dort gab es eine Öffnung in der Wand. Wie ein Gefangener bohrte er die Finger durch das Gitter. »Jim O'Shea wurde ausgesetzt«, sang er, während er es lockerte, »auf einer indischen Insel.«

Er hörte mit dem murmelnden Gesang auf, hob das Gitter heraus. Er hatte gewußt, daß es funktionieren würde, er hatte es schon früher getan. Er war sehr, sehr vorsichtig gewesen.

Auf dem Gitter stand »Stuyvesant Gas Illumination Company«. Dahinter lagen alte, eiserne Gasrohre, die im Licht von Franks Stablampe sichtbar wurden. Er kroch hindurch.

»Und magst du mich, wie ich dich mag, woher wir beide

kamen, dann sag ich dir an diesem Tag, ich geb dir meinen Namen...«

Das Lied trug ihn voran. Als Junge hatte er es oft für Bischof Bayley gesungen, der immer gelacht und in die Hände geklatscht hatte. Wie er das alte Schwein haßte, ihn haßte, *haßte*!

Als John aufwachte, war ihm, als wären Stunden vergangen, aber sie waren immer noch dabei, sein Bein zu verbinden. Er begriff, daß er im Hospital war. Er erkannte sogar die Notaufnahme von St. Vincent's. »Er ist wach, Officer.«

Kitty Pearsons Gesicht erschien. »John?« Dowd stand direkt neben ihr.

»Es tut mir leid. Es tut mir so leid.«

Sie beugte sich über ihn, ergriff seine Hand.

Er dachte wieder an die Nachbarn. »Ist jemand verletzt worden, ist das Haus abgebrannt?«

»Wo ist Frank? Er war doch nicht in der Wohnung, oder?« Der Feuerwehr zufolge war keine Leiche gefunden worden.

»Frank – nein!« Schwarz, schwarz, schwarz...

»Der Mann steht unter Schock«, sagte der Arzt.

Bald erreichte Frank ein weiteres Gitter, legte seine Hände auf die Stäbe und zog daran, fing es auf, bevor es auf das Linoleum polterte. Er kam in einer Ecke der alten Schulküche heraus. Hier standen riesige, archaische Großküchenherde mit massigen Abzugshauben, und da waren Ausgüsse, in denen Generationen von Nonnen das Geschirr für Generationen junger Katholiken gespült hatten.

Er stemmte die Hände auf die Hüften, er tanzte, und mein ist der Tanz des Todes, ein eleganter Tanz.

»Und liebst du mich, aus eins mach zwei, aus zwei mach eins, so lieb ich dich!«

Die Küche war, wie der Rest der Schule, in einem herzzerreißenden Zustand der Betriebsbereitschaft zurückgelassen worden. Man brauchte nur hereinzukommen, die alten Herde einzuschalten, die vergilbten Katechismen aus ihren Kästen zu holen und zu intonieren: »Was ist die Gemeinschaft der Heiligen?«

»Und magst du mich, wie ich dich mag, woher wir beide kamen...«

John sah etwas Großartiges. Ihm gefiel das Licht, man brauchte nur hineinzuschauen, das herrliche Licht, so hell, so weiß...

»Father?«

Wer war das schon wieder? Wer wollte reden, wenn man nichts anderes zu tun hatte als schauen und schauen...?

»Wir brauchen Sie, Father!«

»Laßt es langsam angehen. Der Mann ist völlig erschöpft. Er braucht Ruhe. Los, verschwindet von hier.«

Das Licht ging aus. Wie hatte das passieren können? Wenn das Licht der Welt so einfach abgeschaltet werden konnte, dann war vielleicht...

Ihm wurde bewußt, daß er auf eine Deckenlampe geschaut hatte, und plötzlich war er hellwach. »Hey!«

Die Tür flog auf, und sie waren da, und er sprudelte seine Geschichte heraus. »Faßt ihn«, schloß er, »um der Liebe Gottes willen, faßt ihn.«

Er wollte jemanden in Stücke fetzen, ein nasses Herz mit seinen eigenen Händen herausreißen. Wie zum Teufel war das möglich, wie hatte der alte Bastard es geschafft, dem Feuer lebendig zu entkommen?

Das ist die Verdammnis!

Es kann einfach nicht sein, nein. Ich bin so brillant, ich bin so vorsichtig, weshalb habe ich ihn gefoltert! Einfach ein Messer ins Herz, ein Küchenmesser. Weshalb bin ich dieses Risiko eingegangen?

»Lauf, lauf, so schnell du kannst, mich erwischst du nicht, ich bin der Kuchenmann!«

– Nicht weinen, kleiner Junge, nur weil du in der Scheiße sitzt.

Ich habe für diese Gemeinde gearbeitet! Ich habe ein Recht darauf!

Backe, backe Kuchen.

Ganz, ganz vorsichtig stieß er die Tür auf.

Im Pfarrhaus war es still. Gut. Er mußte sich verstecken, und er brauchte Essen. Wollte auch seinen Rasierapparat holen.

Ich esse, ich rasiere mich, ich habe ein Bett, und ich habe Anhänger. Ich habe Leute, die vor mir niederknien, und ich gebe ihnen die falsche Kommunion.

»Willie Fitzgibbons verkaufte viel Leinen, war den ganzen Tag auf den Beinen…«

»Hi, Father Frank!«

Trish Moltash stand an der Schwelle zur Küche.

Sanft, melodischer Ton, ernsthaftes Lächeln. »Morgen, Trish.«

»Ich bin früh gekommen, weil ich die alten Gemeindeanzeiger wieder auslegen wollte. Die Leute scheinen sie zu mögen.« Sie lachte ein wenig.

Sie umbringen?

Ja. Sie würde es aller Welt erzählen.

Nein. Soll sie sie doch irreführen. »Wenn irgendwelche Anrufe für mich kommen, ich bin nicht da«, sagte er.

»Ja, Father. Geht in Ordnung.«

»Alle Anrufe. Denken Sie daran. Ich bin außer Haus, und Sie haben keine Ahnung, wann ich zurückkomme.«

»Gehen Sie wirklich irgendwohin?«

Er nickte. »Weit weg«, sagte er. »Ganz weit weg.«

22

Johns Bein pochte, sein schmerzender Arm behinderte jeden Versuch, es sich im Bett bequem zu machen. Drei Nächte daheim hatten nichts dazu beigetragen, die Schmerzen zu lindern. Im Krankenhaus hatte er unter Drogen gestanden, einen schwarzen, verunstalteten Schlaf gehabt und sich beim Aufwachen miserabel gefühlt. Jetzt waren die Drogen fortgefallen bis auf die Schmerztabletten, die Pete ihm gegeben hatte. Aber sie machten ihn benommen und geschwätzig; deshalb war er zu Aspirin zurückgekehrt.

Doch schlimmer als die körperliche Pein war der Sturm in seinem Kopf. Dieser prächtige junge Priester! Wenn in einem guten Mann ein so unsägliches Grauen stecken konnte, dann hatte sich für John Rafferty im Wesen nicht nur der Kirche, sondern auch Gottes und der Welt etwas grundlegend verändert. In den Werken des Gottes, dem er diente, hatte er Ordnung wahrgenommen und den Schatten eines gütigen Wesens. Selbst die Erschütterungen des irdischen Lebens hatten ihn bisher in seiner Überzeugung bestätigt, die Stadt Gottes müsse nach einem friedlichen und grandiosen Plan erbaut worden sein.

Er bewegte sich, stöhnte und warf seine dünne Decke ab. Er setzte sich im Bett auf. Im Zimmer hing ein schwacher Geruch nach Zigarettenrauch, und ihn verlangte nach einer Zigarette. Seine Zunge berührte seine Lippen, als er sich ihre Wärme vorstellte, die innere Beruhigung, die der erste Zug bringen würde.

In Gedanken noch bei diesem simplen Verlangen, richtete er sich plötzlich steif auf, weil er einen durchdringenderen

Rauch gerochen hatte. Langsam und vorsichtig stand er auf, ging zur Tür, öffnete sie einen Spaltbreit. Kitty hatte den Stuhl aus Franks Büro auf den Flur herausgeholt und sich darauf zurückgelehnt. Sie wähnte sich unbeobachtet und ließ die Beine baumeln wie ein kleines Mädchen. Sie hatte gerade ein Streichholz angezündet und hielt es an eine Zigarette.

Ein brennendes Streichholz.

Vor seinem inneren Auge erschien ein Bild: das Gesicht des Dämons. Ihm war, als stürzte er immer weiter rückwärts, in die dunklen Tiefen des Mittelalters, wo man solche Gesichter als Wasserspeier an den Traufen der großen Kathedralen versteckte.

Was hatten sie gewußt?

Es war so gemein und niederträchtig gewesen. Das Gesicht eines bösartigen Lüstlings. Es war ein Gesicht, das einen Teil von einem beschmutzte, nur weil man es gesehen hatte. Aber die Augen – die Augen funkelten vor Leben. Es hatte ihm Spaß gemacht!

Was war Besessenheit? Bedeutete es, daß Frank eine Art Schau war, die der Dämon abzog... oder hatte der Dämon den Menschen verdrängt?

Nein, jetzt, da er darüber nachdachte, wurde John klar, daß es ein wesentlich komplexerer Zustand war. Die Funktion des Dämons bestand darin, die monströsen Potentiale des Menschen zu steigern und alles Gute in ihm zu lähmen.

Kitty Pearson hustete. Sie hatte sich auf dem Stuhl weit zurückgelehnt und schaute zur Decke empor.

Der wirkliche Frank wußte womöglich gar nicht, daß er besessen war.

Er konnte es nicht gewußt haben. In der Rückschau konnte der Mann, der mit ihm gebetet hatte, auf den Altarstufen hingestreckt, und der, der nur ein paar Stunden zuvor diese arme Kreatur in der Kirche verbrannt hatte, nicht einunddieselbe Person gewesen sein.

Gott helfe ihm, helfe ihm, wiederzugewinnen, was immer er an wesenhafter Menschlichkeit verloren hat.

Kitty hob mit ihrer freien Hand ihre Brüste an, dann kippte sie nach vorn. Ihre Füße tappten auf den Boden.

John machte seine Tür zu, er wollte nicht länger in ihre Privatsphäre eindringen. Er warf einen Blick auf sein Bett. Was sollte er tun? Er hatte morgen einen langen Tag vor sich, und er brauchte Schlaf. Vielleicht sollte er nach unten gehen und sich einen Drink holen, einen guten Brandy. Im Schrank im Eßzimmer stand eine Flasche.

Aber dann würde sie ihn in Schlafanzug und Bademantel sehen. Das gefiel ihm nicht. Er seufzte, dann streckte er sich wieder auf dem Bett aus.

Ihm war, als wäre es nur ein Augenblick später, daß er wieder in der Kirche war, sich langsam durchs Mittelschiff bewegte. Es ist kein Traum, sagte eine Stimme hinter ihm. Anfangs kam ihm das alles vor wie die normalste Sache der Welt.

Doch dann nicht mehr. Der Schock traf ihn wie ein Schlag, als er die hochgewachsene, ungeheuer würdevolle Gestalt vor dem Altar stehen sah. Er stand im Schatten, aber John wußte genau, wer es war.

Wie bemerkenswert! Die ganze Zeit hatte er tatsächlich existiert. Er war eine Form, eine Gestalt. In seinem Gesicht spiegelte sich die ganze Geschichte der Menschheit, man konnte sie sehen in dem herabgezogenen Mund, im verschlagenen und grauenhaften Blick seiner Augen.

John erinnerte sich an den buchstäblichen Anhauch des Bösen, den er gespürt hatte, und die seltsame Traurigkeit. Es war ein göttlicher Kummer, kein menschlicher, die Traurigkeit von jemandem, für den sich die Ewigkeit als Falle erwiesen hat.

Der Gegensatz zwischen der Gestalt und Frank hätte nicht größer sein können. Er war immer ein so unvoreingenommener junger Mann gewesen. Seine stämmigen Arme, das offene Gesicht – an ihm war nichts Würdevolles. Dieser Mann war so hochgewachsen, so ernst, so ehrfurchtgebietend, daß John unwillkürlich den Kopf neigte.

Ein Windhauch kam vom Altar herab und mit ihm ein Gestank wie von toten Ratten. Dann kam ein Funkeln, ein Zischen, eine aufbrechende, flammende Blüte, die ihn blendete.

Vor Verwirrung keuchend wachte er auf. Einem Reflex gehorchend, setzte er sich auf, und Schmerzen rasten durch sein Bein, erschütterten seinen Arm.

Es war doch nur ein Traum gewesen.

Aber nicht ganz, nicht ganz…

Seine Augen weiteten sich, er starrte in die dunklen Ekken des Zimmers. War dieser dichte Schatten…? Nein. Nein, es war nur das Heizungsrohr. Natürlich.

War es nicht Satan, der durch die Nacht rauschte, auf der Suche nach einem Einstieg in eine weitere Seele?

»Frank?«

Keine Antwort, natürlich. Die Tür war schwarz, der Giebel darüber kantig. Das unheimliche Entsetzen des Traums kehrte zurück. Dieser Gestank? War er hier drinnen gewesen, hatte sich über Johns Gesicht gebeugt?

Er mußte Kitty rufen, es ihr sagen. Nein, tu das nicht, du alter Narr. Es war nur ein Traum. Du hast einen schweren Schock erlitten, da können solche Reaktionen nicht ausbleiben.

Plötzlich hatte er es sehr eilig, seine Nachttischlampe einzuschalten. Er konnte sich vorstellen, daß Frank im Schrank lauerte, Betty Communiellos Fleischbeil in der hoch über den Kopf erhobenen Hand.

Wie würde es sich anfühlen, wenn einem mit einem solchen Ding der Schädel gespalten wurde? Ein grauenhafter Schmerz, ein Aufblitzen, das eigenartige Herauströpfeln der Seele.

Die Schranktür sah aus, als ob von drinnen ein Gewicht

dagegendrückte. Natürlich kam sie ihm so vor; er war verängstigt. Sein Herz ratterte wie ein alter Ford. Er spürte ein Brennen in seinem rechten Auge: Schweiß hatte sich mit den Tränen vermischt.

Es gab nur zwei Möglichkeiten: entweder sie rufen oder mit der Angst allein fertig werden. Er näherte sich dem Schrank. Frank war nicht darin, es war unmöglich. Das Ding war nicht tief genug, es bot kaum genügend Platz für seine Sachen.

Er legte die Hand auf den Griff. Er war warm. Aber natürlich war das ganze Zimmer warm. Er zog.

Dann kam eine schnelle Bewegung, er fuhr zurück, seine Arme flegelten, er war nahe daran, aufzuschreien – und sein brandneuer Homburg fiel ihm mit einem trockenen Geräusch vor die Füße.

So etwas! Er hob ihn auf, bog die Krempe zurecht. Wer hatte ihn hier hineingelegt? Bestimmt Betty Communiello, zweifellos in der Annahme, daß er nicht vorhatte, einen so schönen Hut tatsächlich zu tragen.

Korrekt bekleidet oder nicht, er würde nach unten gehen, den verdammten Hut wieder dahin bringen, wo er hingehörte, und sich einen hübschen steifen Drink eingießen. Er würde in seinem Wohnzimmer sitzen, Musik hören und Brandy trinken, bis er wieder schläfrig geworden war. Vielleicht würde er ein Gebet sprechen. Ein schönes, tröstliches Gebet.

Satan war um so vieles stärker als ein schönes, tröstliches Gebet! Aber wenn er kam, kam dann nicht auch der Herr? »Herr, weshalb?«

Er bemühte sich nicht, leise zu sein, als er seine Tür öffnete. Zweifellos würde sie ihn begleiten, mit der geladenen Waffe in der Hand. Um so besser. Sollte sie doch einen Priester in einem abgetragenen Wollpyjama sehen. Was machte es schon? Sie war dabeigewesen, als man seine Wunden verband; wahrscheinlich hatte sie ihn sogar nackt gesehen.

Mit dem Hut in der Hand trat er auf den Flur hinaus. Sie saß in sich zusammengesunken auf dem Stuhl; der Kopf war zur Seite gefallen, ihre Kehle bleich im trüben Flurlicht. Ein langes Ausatmen ließ ihn denken... Aber nein, sie schlief nur.

Er sollte sie wecken.

Nein, sollte sie nur weiterschlafen. Er würde in zwei Minuten zurück sein. Sie brauchte es nicht einmal zu bemerken. Was sie befürchtete, war schließlich, daß Frank an den Wänden hochklettern könnte, und nicht, daß er irgendwo im Gebäude lauerte.

Er schlich an ihr vorbei, wollte sich auf den Weg nach unten machen und blieb dann stehen. Das Treppenhaus war eine offene Grube. Er stand da und schaute hinunter, hörte, wie das Ticken der großen Uhr in der Stille widerhallte.

Oh, alter Mann, du hast ja solche Angst. »Was ist der Tod, daß er mich so bedrückt?« Alter Mann – was ist dir in deinem Leben, in deiner Kirche widerfahren? Alles ist zerstört und häßlich geworden. Und das war von Anfang an die Absicht des Dämons gewesen.

Er dachte wieder an Frank, Frank mit Joanie McReady, Frank bei der Messe, Frank im Gebet, Frank lachend am Eßtisch, Frank, der mit einer jüngeren, glücklicheren Betty Communiello tanzte und sie dazu brachte, laut herauszulachen, Frank beichtend, taufend, die Kommunion spendend.

An die Stelle der Angst trat Entschlossenheit. Schritt um Schritt zwang er sich, in sein Wohnzimmer hinunterzugehen. Er wohnte hier, dies war sein Heim, und hier würde er allem widerstehen. Er streckte den Arm aus, betätigte einen Schalter und überflutete die ganze Diele mit Licht. Es war niemand da, natürlich. Überhaupt niemand im ganzen Pfarrhaus außer ihm und Kitty. So eine prächtige junge Frau. Er spürte, wie Gott nach ihrer Liebe hungerte. Wie hart mußte es sein für Gott, jeder Seele so nahe zu sein und dennoch in so furchtbarem Detail die Flut der Gleichgültigkeit zu spüren, die die Welt verschlingt.

Warum ein Priester sein? Jemand mußte Gott helfen. Jemand mußte ein paar Seelen den Weg zu Gott weisen, seine Liebe der Mühe wert machen. Wir sind nicht allein, wir wissen nicht, wie es ist, wenn man allein ist. Aber was ist mit Gott, dem Außenseiter?

John hatte vor, das Werk Gottes zu tun, und zwar hier in diesem Pfarrhaus und in dieser Kirche. Er riß die Tür des Dielenschranks auf und legte den Homburg auf das Bord, auf das er gehörte. Sehr gut. Sein Herz flatterte nicht mehr, er hatte sich wieder unter Kontrolle. Er betrat das Eßzimmer, und es war, als träte er unter Gespenster.

Sie waren alle um ihn, die Männer der Kirche, die an diesem Tisch gesessen hatten, seine Freunde. Er dachte an Tom Zimmer, als sie noch jung gewesen waren, und an all die Späße und das Lachen. Die Lichter brannten hell, der Tisch war reich gedeckt... und der junge Frank Bayley errötete bis über beide Ohren bei einigen der Witze, die gemacht wurden. Dies war der schlimmste Raum, um all des Frohsinns willen, den seine Wände aufgesogen hatten.

John erinnerte sich an ein paar Toasts aus genau dieser Flasche Hennessy. Sie war mindestens ein Jahr alt; in diesem Pfarrhaus wurde nicht viel getrunken. Er goß sich den, wie sich herausstellte, letzten Drink ein, den sie enthielt, dann trug er die Flasche in die Küche, spülte sie aus und warf sie in den Recyclingbehälter.

Als er an seinem Drink nippte, hörte er aus der Küche das Zischen eines aufflammenden Streichholzes. Er konnte sich nicht bewegen, nicht atmen, keinen Laut von sich geben. Irgend etwas in ihm verriegelte sich; er hörte das Rascheln einer Soutane, das leisere Prasseln des brennenden Streichholzes.

Er wartete auf das *whoomp* des aufflammenden Benzins, die ruhige, sachliche Stimme.

Er wartete.

Da war nichts außer dem Flattern seines Atems und dem Ticken der Uhr.

Ein gedemütigter Mann eilte die Treppe hinauf, an seiner schlafenden Beschützerin vorbei und in die Dunkelheit seines Zimmers. Zu diesem Zeitpunkt konnte er nicht wissen, ob das, was er gerade gehört hatte, real gewesen war oder nicht. Konnte Frank tatsächlich im Pfarrhaus sein?

John sah in flackerndem Umriß die Andeutung eines Plans. Er entsann sich seines Traums und wußte plötzlich, wer den Plan erdacht hatte und was es war, das er tun mußte.

Er legte sich wieder aufs Bett. Ich werde nicht schlafen, dachte er, nie wieder. Er hatte eine Menge Arbeit vor sich. Zumindest mußte er die Grundlagen des Exorzismus lernen, auch wenn es ihm widerstrebte, es mit einem Ritual zu versuchen, von dem er im Grunde seines Wesens nicht überzeugt war.

Aber er hatte den Dämon gesehen. Er hatte ihn gesehen.

Wie konnte man einem solchen Ding gegenüber mit ein paar Gebeten etwas ausrichten?

Es war nicht so, daß er an das Ritual nicht glaubte. Die Wahrheit war, daß er an sich selbst nicht glaubte.

»Segne mich, Father, denn ich habe gesündigt...«

Absolution mußte nicht nur erteilt, sondern auch akzeptiert werden. Das wahre Geheimnis der Beichte besteht darin, daß ein Mensch schon sehr stark sein muß, wenn er sich von seinen Sünden befreien will. Wir fürchten uns vor unseren Sünden. Und weil das so ist, ist Satans Argument, daß wir uns verdammen, wenn wir sie offenbaren, so überzeugend.

Er konnte sich einfach nicht vorstellen, daß er selbst das alte Ritual vollzog. Und hatte Tom Zimmer es nicht bereits versucht und war dabei gescheitert?

Tom Zimmer, der jetzt ebenso als vermißt gemeldet war wie George Nicastro.

Von draußen kam eine Bewegung, das Knarren eines Stuhls, ein Schnauben. Gut, daß sie aufwachte.

Er driftete dem Rand entgegen, an dem Traum und Wirklichkeit ineinander übergehen. Frank … weshalb Frank? Die konventionellen Erklärungen reichten nicht aus. Eine versehrte Kindheit war nicht der einzige Bestandteil des Bösen; jeder trägt ein beschädigtes Kind in sich, aber deshalb werden wir nicht alle zu Mördern.

Johns Denken tastete sich tiefer in die Frage hinein.

Wie lange war Frank schon so? Er schien sich in seinem Zustand wohlgefühlt zu haben. Die schlimmste Obszönität war seine Gelassenheit. Das Böse kam nicht in dem Augenblick, in dem das Streichholz angezündet wurde, sondern vorher, wenn seine Hand es ungerührt aus der Tasche zog.

»Weshalb, Frank?«

War das nicht Gelächter, Gelächter in den Mauern?

23

Nach sechs miserablen Stunden, die sie dösend auf einem Stuhl verbracht hatte, verlangte Kitty nach einer Zigarette; aber ihr war immer noch nicht wohl bei dem Gedanken, sich in der Kirche eine anzuzünden, jedenfalls nicht während der Messe. Wenn der Körper in wachem Zustand alle zehn bis fünfzehn Minuten eine Zigarette erwartet, dann ist eine fünfundvierzig Minuten dauernde Messe nicht leicht zu verkraften.

»Laßt uns das Mysterium des Glaubens verkünden«, sagte John. Seine dünne Stimme erlangte ein hochdramatisches Timbre. Seine Wirkung war erstaunlich: dieser Mann glaubte. »Im Sterben hast du unseren Tod besiegt, mit der Auferstehung hast du uns unser Leben zurückgegeben. Herr Jesus, komm zu uns in deiner Glorie.«

Verdammt, er machte sie wütend. Das bedeutete, daß sie innerlich beteiligt war, ohne es zu wollen. Um die Wahrheit zu sagen, ihr tat sogar Frank leid, und er war… nun, Gott allein wußte, was zum Teufel er war.

John sah erbärmlich aus. Erschöpft, von Schmerzen geplagt, verängstigt. Man sehe sich nur an, wie er sich mit dem Kelch abmühte, versuchte, seinen gezerrten Arm zu benutzen.

Seine Gewänder schimmerten, der Altar ertrank unter Blumen, sein kahler Scheitel glühte vor Anstrengung. Die Kirche war brechend voll. Die Berichterstattung der Medien hatte eine Menge Außenseiter angelockt, was sie noch nervöser machte.

Er kam zum Kommunionsritus, und wenig später stand er

mit zwei Diakonen vor dem Altar und spendete der Menge die Eucharistie. Fast alle wollten das Sakrament empfangen, und die lange Zeit, die das in Anspruch nahm, verstärkte ihr Unbehagen.

Wieder trat ihr das Bild dieser an der Mauer hochkletternden schwarzen Gestalt vor Augen. Am Vortag hatte sie sich die Zeit genommen, zu ihrer Wohnung hinauszufahren und die Mauer Zoll für Zoll zu untersuchen.

Ganz plötzlich wurde ihr bewußt, daß sie auf dem Weg zur Kommunion war. Sie war einfach zusammen mit den anderen Leuten in ihrer Bankreihe aufgestanden. Es war irgendwie automatisch geschehen.

Nein, das war es nicht.

Ihre Hostie war ein großer Krumen Pita-Brot. Sie hätte die geheimnisvollen kleinen Oblaten ihrer Kindheit vorgezogen. Es war wesentlich schwerer, sich vorzustellen, Christus könne in Pita-Brot aus einem libanesischen Feinkostgeschäft gegenwärtig sein, als in einer dieser reinweißen Oblaten.

Wieder in ihre Bank zurückgekehrt, versuchte sie, ein Gebet zu sprechen. »Heil dir... Brot unserer Väter... geh in uns ein...« Sie griff sich eine kleine Broschüre aus einem der Kästen an der Rückseite der Bankreihe vor ihr und las. »Meine Seele dürstet nach dem lebendigen Gott. Wie der Hirsch schreiet nach frischem Wasser, so schreiet meine Seele, Gott, zu dir.«

Da war er wieder, der Hirsch, immer noch da seit der Zeit, als sie acht Jahre alt gewesen war.

Sie beobachtete, wie sich John zu seinem Altar zurückmühte. Es war ein schmerzlicher Anblick. Dieser Mann hätte mehr gebraucht als nur eine Nacht im Krankenhaus und einen Verband an seinem Bein. Er brauchte Ruhe, psychiatrische Hilfe und Beistand. Und vor allem mußte er von hier fort.

Warum zum Teufel bist du zurückgekehrt, du dummer Kerl?

Jetzt kam ihr Gebet, ihr wahres Gebet, direkt aus dem Zentrum ihrer Seele, aus einer solchen Tiefe, daß sie wahrscheinlich nicht einmal wußte, daß sie es sprach. Wo ist er, Gott? Wir müssen diesen Mann finden. Ich meine, es ist deine Kirche, in der er seine Untaten begeht. Verstehst du mich? Dein Priester, er kann nicht mehr. Hilf mir, Gott, hilf mir!

Frank war wie vom Erdboden verschwunden. Erstaunlich. Sie hob den Blick, schaute hinauf zu den Dachsparren. Letzte Nacht hatte sie geträumt, daß da irgendwelche Dinge waren, die aus den Fenstern des Glockenturms hinausspähten.

»Geht, die Messe ist beendet«, sagte John. Die Reaktion der Gemeinde war ein allgemeines Geraschel, und die geübten Stimmen erhoben sich zur korrekten Erwiderung: »Dem Herrn sei Dank.«

Er drehte sich um und begab sich durch die Tür in die Sakristei. Kitty folgte ihm sofort. Sie sah stumm zu, wie seine Diakone ihn entkleideten, lauschte gequält den kleinen Lauten, die er von sich gab, als er seinen verletzten Arm hob.

Inzwischen mochte sie den alten Mann sehr gern. Aber selbst wenn das nicht der Fall gewesen wäre – sie haßte es, Leute leiden zu sehen.

Sie verlangte jetzt verzweifelt nach einer Zigarette, aber sie wußte nicht, ob Rauchen in einer Sakristei schicklicher war als in der Kirche selbst. Außerdem war nirgends ein Aschenbecher zu sehen. Der Gedanke, den Kelch zu benutzen, schoß ihr durch den Kopf. Du hast einen üblen Sinn für Humor, Frau.

»Father, wir müssen miteinander reden.«

»Also reden wir.«

Sie warf einen Blick auf die Diakone. »Woanders«, sagte sie.

Sie folgte ihm durch die Tür ins Pfarrhaus. »Was macht das Bein?« fragte sie, als er sich mühsam in den Sessel im Wohnzimmer manövrierte.

»Ich bete zum heiligen Judas um schnellere Heilung, aber bislang scheint er mit anderen Fällen vollauf beschäftigt zu sein.«

»Father, es ist Wahnsinn, daß Sie hierher zurückgekommen sind.«

Seine Antwort bestand darin, daß er dasaß und sie anblinzelte. Wie konnte ein intelligenter Mann so blöd aussehen?

»Father, Sie müssen von hier fort. Sie dürfen nicht über Nacht hierbleiben.«

»Nein.«

»Es gibt tausend Orte, wo Sie hingehen könnten! Jedes Ihrer Gemeindemitglieder würde Sie sofort aufnehmen. Außerdem gibt es andere Pfarrhäuser, andere Orte, an denen ein Priester unterkommen kann.« Sie griff nach ihren Zigaretten, bot ihm eine an. Er schüttelte den Kopf.

»Dies ist der Ort, an den ich gehöre. Und ich habe eine Menge durchgemacht, um hierher zurückkehren zu können.«

»Ich würde lieber in einem Tigerkäfig schlafen als hierbleiben.«

»So schlimm ist es?«

»Ist Ihnen klar, daß wir keinen einzigen vernünftigen Hinweis haben – und das trotz der großen Publicity?«

»Ich weiß. Die Publicity ist äußerst unerfreulich.«

»Im Gegenteil, die Medien leisten verdammt gute Arbeit. Bei dem Interesse, das dieser Fall erregt, ist es einfach nicht zu fassen, daß niemand ihn bisher zu Gesicht bekommen hat. Niemand!« Eine kleine Stimme in ihr sagte: Was hast du denn erwartet? Der Mann kann an nackten Wänden hochklettern. Und Gott allein weiß, was er sonst noch alles kann.

Johns leichtes Lächeln blieb unverändert. »Ich nehme an, wir werden von ihm hören.«

»Sagen Sie mir wenigstens, weshalb Sie unbedingt hierbleiben wollen. Nennen Sie mir einen guten Grund.«

»Wenn ich hierbleibe, ganz offen den Geschäften der Gemeinde nachgehe, dann wird er auftauchen. Früher oder später.«

»Ich habe es gewußt! Verdammt nochmal, Sie bieten sich als Köder an. Das ist Wahnsinn, Father!«.

»Wenn er entkommt, wird er zu einer Legende, einem Mythos. Er hat der Kirche schon genug geschadet. Es muß etwas passieren, das den Leuten erlaubt, ihn zu vergessen.«

»Der Teufel soll Sie holen, John!«

»Wo haben Sie Ihr Englisch gelernt, Lady?«

»In der Gosse, und versuchen Sie nicht, mich vom Thema abzubringen. Wenn Sie nicht von selbst hier verschwinden, dann setze ich ein Enteignungsverfahren in Gang.«

»Mit welcher Begründung?«

»In diesem Bau treibt ein verdammter Dämon sein Unwesen!«

»Hören Sie...«

»Nein! Wir wissen beide, daß er...«

»Das Wort, das wir benutzen, lautet ›übernatürlich‹. Über dem Natürlichen, aber unter dem Supranatürlichen.«

»Man muß ihn nur mit Thorazin vollstopfen, dann ist er nicht mehr übernatürlich.«

»Vermutlich nicht. Aber noch haben wir ihn nicht, also können wir das nicht tun. Wenn ich von hier fortgehen würde, müßte ich wegbleiben, bis Sie ihn gefaßt haben. Ich will Sie nicht kränken, aber das könnte sehr lange dauern.«

Endlich, eine Öffnung! Sie stieß nach. »Geben Sie uns zwei Wochen. Nur zwei Wochen. Wenn wir ihn bis dahin nicht haben, können Sie zurückkommen.«

Er sah sie im vollen Bewußtsein seiner Würde an. »Unmöglich. Die Gemeinde ist in Aufruhr. Ich werde hier gebraucht.«

»Ich dachte, man hätte Sie vor die Tür gesetzt.«

»Nach den Hieben, die die Kanzlei von der Presse einstecken mußte, haben sie es rückgängig gemacht.« Das kleine Lächeln wurde eine Spur breiter.

»Wischen Sie sich dieses Lächeln aus dem Gesicht! Das ist so ziemlich das Ärgerlichste, was ich bei einem Menschen je gesehen habe. Wenn Sie eine Frau hätten, dann würde sie es – ich weiß nicht, was – aus ihnen herausprügeln!«

Da lachte er, und das Lachen war freundlich.

Sie beschloß, es von einer anderen Seite her zu versuchen. »Okay, aber wenn Sie hierbleiben, dann müssen Sie damit rechnen, daß es hier von Polizisten wimmelt. Wir werden auf dem Dach sein, im Keller, sogar unter ihrem Bett, Father! Wir werden fünf Mann in der Toilette haben, während Sie draufsitzen.«

»Und deshalb werden Sie Frank nicht in die Hände bekommen. Ich sage Ihnen, wenn ich nicht hier bin, um ihn zurückzulocken, dann verschwindet er. In die nächste Kirche.«

»Früher oder später erwischen wir sie alle. Alle!« Das sagte sie, um ihn zu beruhigen, aber sie wußte nur zu gut, daß es keineswegs der Wahrheit entsprach. Sein Gesicht verriet ihr, daß er sich der Lüge bewußt war. »Verdammt nochmal, Father John, ich mache mir Sorgen um Sie! Wissen Sie das nicht?«

»Ich bin ein alter Mann. Ich habe mehr als meinen gerechten Anteil am Leben gehabt. Wenn meine letzte Tat darin besteht, Frank unschädlich zu machen ... nun, ich kann mir einen sinnloseren Tod vorstellen.«

»Sie arroganter Bastard!«

Sein Lächeln konnte auch vernichtend sein. Einen Augenblick lang fehlten ihr die Worte. Es war ein Fehler gewesen, zu glauben, daß sie es noch mit einem harmlosen Mann zu tun hatte. In seiner neuen Tiefe lag etwas, das ihr noch nie zuvor begegnet war, und es flößte ihr Ehrfurcht ein. Sie mußte nachgeben, sie hatte keine andere Wahl. »Also soll dieser Bau eine Falle sein, und Sie sind der Köder.«

Er sagte nichts.

»Das Problem ist nur, wenn Sie hier allein sind und niemand da ist, der Ihnen hilft ...«

»Ich werde nicht allein sein.« Er betrachtete sie mit stetem Blick. »Wenn Satan real ist – Gott ist es auch.«

»Wie stellen Sie sich das vor? Sie führen einfach Ihr normales Leben weiter, und *wir* warten?«

»Ich glaube nicht, daß es lange dauern wird.« Jetzt lag ein Licht in seinen Augen. Er wußte, daß er gewonnen hatte. »Angesichts der Tatsache, daß er immer noch hier ist.«

»Das kann ich Ihnen nicht abkaufen.«

»Es ist wahr.«

»Nein, er ist unterwegs nach Kalifornien. Oder Kanada. Oder sonstwohin.«

John schüttelte den Kopf.

»Haben Sie Beweise dafür?«

»Ich weiß, was er tun wird. Was er tun *muß*. Er ist hier, er muß hier sein.«

»Wir haben den ganzen verdammten Bau durchsucht.«

»Wir wollen es noch einmal tun. Wenn Sie eine Waffe haben.«

Sie hob ihre Handtasche, die ihren .38er enthielt. Dann warf sie einen Blick auf sein Bein. »Wenn Sie können.«

Ein bestürzender Ausdruck erschien in seinen Augen, und sie begriff, daß das kleine Lächeln nichts war als gespielte Tapferkeit. Er hatte starke Schmerzen und außerdem entsetzliche Angst.

Sie zog ihn aus seinem Sessel hoch. Sie gingen zu einem Bücherregal, hinter dem sich eine Tür zur Schule befand. Sie schob das Regal beiseite.

»Bitte, passen Sie auf, daß Sie nicht den Fußboden zerkratzen.«

»Keine Sorge. Ich bin immer vorsichtig.« Sie betraten das Büro des Schulleiters. John tastete sich zur gegenüberliegenden Wand und schaltete das Licht ein. Eine kleine Birne warf einen kläglichen Lichtschein. Sie wußte bereits, daß sie die meisten Glühlampen herausgeschraubt und durch ein paar ganz schwache ersetzt hatten, die gerade so viel Licht lieferten, wie für eine aufgegebene Schule nötig war. Es war ein stiller Ort voller Schatten.

»An dem Tag, an dem ich die Schule schloß, hatten wir noch mehr als vierhundert Kinder. Meine Nonnen haben sich aus dem Staub gemacht, und ich hätte im Laufe eines einzigen Sommers zwölf weltliche Lehrerinnen einstellen müssen. Das war nicht zu machen.« Er seufzte, öffnete einen Kasten an der Wand. »Das ist der Sicherungskasten.«

»Ich weiß. Und drei Viertel der Glühlampen sind verschwunden.«

»Licht kostet Geld.«

»Ich möchte, daß Sie jede Lampe, die noch da ist, einschalten und brennen lassen.«

»Übrigens – weiß Ihr Boß, daß Sie bei einem Priester kampieren?«

Sie hatte nicht einmal angedeutet, daß sie vorhatte, eine weitere Nacht in seiner Nähe zu verbringen. »Nein«, fauchte sie.

Er lachte ein wenig.

»Wir fangen unten an«, sagte sie, »und arbeiten uns dann nach oben vor.«

Wohin man auch kam, gab es Hinweise auf Kinder, die vergilbenden Malereien in den Klassenzimmern, die kleinen Pulte, sogar die Kreidestücke, die noch auf den Ablagen der Wandtafeln lagen. Dies war kein toter Ort, sondern vielmehr einer, der unter einem Bann zu stehen schien.

Irgendwer hoffte, diese Schule wieder in Betrieb nehmen zu können; deshalb war alles so gelassen worden, wie es gewesen war. Sie betrachtete Johns gebeugten Rücken, während er sich langsam voranbewegte.

Am hinteren Ende der Cafeteria befand sich eine kleine schwarze Tür. Sie führte, wie sie wußte, zu einem alten Schacht voller Gasrohre, das hatte sie auf dem Plan gesehen. Aber er hatte keinen Ausgang. Nur um Bestätigung zu finden, öffnete sie die Tür und ließ das Licht ihrer Stablampe in die Dunkelheit fallen, dann schloß sie sie wieder. »Aus der Zeit, als es hier noch Gasbeleuchtung gab.«

»Die Schule hat nie Gasbeleuchtung gehabt. Sie wurde 1923 gebaut.«

»Dann waren sie für etwas, das vorher hier stand. Aber der Schacht ist ohnehin eine Sackgasse. Von ihm aus kommt man nirgendwohin.«

Sie wendeten sich ab, ohne das leise Atmen zwischen den Röhren zu hören.

Dann gingen sie in den ersten Stock hinauf; sie bewegten sich jetzt schneller, schauten in jedes Klassenzimmer. Im zweiten Stock sah es nicht anders aus. »Ich komme nur ungern hierher«, sagte John. »Das ist mein Fehlschlag.«

»Die Hälfte aller katholischen Schulen in New York ist geschlossen.«

»Die Hälfte ist in Betrieb.«

»Machen Sie sich keine Vorwürfe. Sie haben es mit etwas zu tun, das wesentlich größer ist als nur eine Gemeinde und eine Schule.«

Sie erreichten den dritten Stock, in dem die Nonnen gewohnt hatten, als er sie mit einer Geste zum Stehenbleiben aufforderte.

Dann hörte sie es auch, ein schwaches Gelächter. Sie lauschten, aber es wiederholte sich nicht. »Ich glaube, das kam von draußen«, sagte sie.

»Ich hoffe es. Denn wenn nicht, dann lebt er in den Mauern wie eine Ratte.«

»Sagen Sie nicht so etwas. Es ist zu unheimlich.«

»So ein Lachen habe ich schon ein- oder zweimal gehört.«

Sie hatte noch nie dergleichen gehört und wollte es auch nicht wieder hören. Sie schüttelte den Kopf, als wollte sie den Nachhall des Geräusches loswerden.

Dann entdeckte sie eine kleine Luke in der Wand. »Ich weiß nicht, ob schon jemand da hineingeschaut hat.«

Sie befanden sich im Eßzimmer der Nonnen.

»Das ist der Speisenaufzug. Auf diese Weise brauchten sie das Essen nicht den ganzen Weg von der Küche heraufzutragen.« John machte die Tür auf. Dahinter befand sich ein Seil, das hinabführte in die Dunkelheit.

Sie griff hinein, faßte es an. Als Versteck für einen Menschen reichte der Platz nicht aus. Sie richtete ihre Stablampe auf eine ungefähr einen Meter höher angebrachte Holzdekke. Der Zugmechanismus war mit rostigen Schrauben befestigt. Dann schaute sie nach unten und sah etwas am Ende des Seils. »Das ist interessant«, sagte sie.

»Was?«

Sie gab ihm ihre Lampe. »Ich glaube, auf dem Aufzug liegt ein Müllsack.«

»Wenn das stimmt, dann kann er noch nicht lange da liegen. Ich habe hier im Haus keine Müllsäcke geduldet, bis Mrs. Communiello mir deswegen im vorigen Jahr mit Kündigung gedroht hat.« Er zog mit seinem unverletzten Arm an dem Seil. Der Mechanismus war eingerostet, und sie mußten beide anfassen, um den Aufzug heraufzuziehen.

»Schwer, was immer es auch sein mag«, bemerkte sie. Ungefähr einen Meter unterhalb der Öffnung kam alles zum Stillstand. Sie richtete das Licht nach unten. Der Müllsack war über den Rand der Plattform gerutscht und klemmte an der Wand.

»Lassen Sie ihn ein Stückchen herunter«, sagte John.

Aber er bewegte sich nicht. »Was zum Teufel mag das sein?« Sie beugte sich vor, griff nach unten.

»Vorsichtig, der Flaschenzug ist nicht sonderlich stabil.«

»Wenn ich ihm einen Ruck geben kann, löst er sich vielleicht.« Sie merkte zu spät, daß der Rahmen um die Öffnung herum verrottet war. Bevor sie reagieren konnte, taumelte sie unter einer Wolke von Holzmehl nach vorn. »Scheiße!«

Sie spürte, wie eine Hand ihr Kleid packte. Er unterdrückte ein Schmerzensstöhnen, als er ihren Sturz verhinderte.

»Vorsichtig, Father!«

»Alles in Ordnung. Versuchen wir's noch einmal. Ich glaube, er ist locker.«

Nachdem sie sich wieder gefaßt hatte, ergriff sie das Seil und zog mit aller Kraft. Sie war völlig unvorbereitet auf die Leichtigkeit, mit der der Aufzug jetzt, wo das Hindernis beseitigt war, nach oben kam. Er schoß hoch und an ihnen vorüber und prallte gegen die Decke des Schachtes.

Der Plastiksack zerplatzte wie eine faule Frucht, und schwarze Objekte regneten um sie herunter und landeten mit lautem Poltern auf dem Boden.

Einen Augenblick herrschte Stille, dann sah John, und alles, was er tun konnte, war schreien, er hatte sich nicht unter Kontrolle, er konnte nicht aufhören. Einen Augenblick lang war Kitty verwirrt, dann sah sie den geschwärzten, kieferlosen Menschenschädel, der an der Kante des Aufzugs lag. Und ein zweiter lag in ihrem Schoß, mit geborstener Hirnschale.

Sie war fassungslos, zum ersten Mal in ihrem Job.

Sie war keine Detektivin mehr, keine Polizistin, nur noch ein menschliches Wesen, empört, angewidert, von Entsetzen gepackt.

Dann sah sie etwas Weißes aufblitzen, spürte, wie sie das Gleichgewicht verlor und gegen den Eßtisch zurücktaumelte. »Tut mir leid«, sagte John. »Entschuldigen Sie!«

»Sie haben mich geschlagen!«

»Tut mir leid. Sie waren...«

»Das ist aus dem Kino, verdammt nochmal. Leute schlagen, damit sie wieder zur Vernunft kommen.«

»Sind die ... alt?« Er deutete auf die Knochen.

Ihr war eiskalt, sie zog die Schultern ein, faltete die Arme um sich. »Woher soll ich das wissen? Wir müssen unsere Leute herbeordern, und zwar sofort.« Er versuchte, sie in die Arme zu nehmen, dann trat er zurück, ohnmächtig, ohne jede Erfahrung, was engen körperlichen Kontakt betraf.

»Kommen Sie«, setzte sie hinzu, »wir müssen zurück ins Pfarrhaus und telefonieren.«

Und wieder kamen sie, die Streifenwagen, die kriminaltechnischen Experten, die Pathologen. John machte Kaffee, und sie nahm einen großen Becher und kehrte damit zum Schauplatz des Verbrechens zurück. Diesmal waren weitere Polizisten draußen, um die Horden von Presseleuten zurückzuhalten, die sich zu benehmen anfingen wie ein außer Kontrolle geratender Mob. Fotografen mußten von Feuerleitern und Dachtraufen heruntergeholt werden, so wild waren sie darauf, Aufnahmen von Skeletten für ihre Frühausgaben zu machen.

»Einer der Fotografen hat fünfhundert Dollar für jeden geboten, der ihn hereinläßt«, sagte Dowd zu Kitty, als sie die Treppe hinaufeilten. »Für den Fall, daß Sie schließlich doch noch bestechlich werden wollen.«

Sie schüttelte den Kopf. Er klopfte ihr auf die Schulter. »Hey. Sie sehen aus, als hätten Sie mit einem Vampir zu Abend gegessen.«

»Es ist so grauenhaft, es ist... Himmel! Das geht zu weit, das ist mehr, als ich verkraften kann!«

»Da ist ein Bischof Bayley in der Stadt. Er hat beim Revier angerufen, will mit uns reden. Und mit St. Johnnie auch.«

»*Bischof* Bayley – wer ist das, der Vater?«

»Werden Sie nicht zynisch auf Ihre alten Tage. Er ist der liebende Onkel. Die Mutter liegt mit Herzproblemen in Chicago im Krankenhaus. Daddy ist völlig außer Gefecht. Hatte vor ein paar Jahren einen Schlaganfall.«

»Wahrscheinlich, weil er sich Sorgen um seinen Sohn gemacht hat.«

»Das bezweifle ich. In solchen Fällen ist der Täter immer eine Überraschung.«

»Eltern spüren solche Dinge.«

John kehrte aus dem Pfarrhaus zurück. Er schleppte eine große Kaffeekanne aus Aluminium, die er auf dem Eßtisch absetzte. Blitzlichter flammten auf; Polizeifotografen waren bei der Arbeit. »Ich hole noch ein paar Becher«, sagte John und verschwand wieder.

»Himmel, ich würde das Zeug nicht trinken«, bemerkte einer der Techniker, als er gegangen war.

»Das sind eindeutig Brandopfer«, sagte die Pathologin. »Und ich wette, Father Johns Kaffee ist gut.«

»Wahrscheinlich ist Eisenhut drin«, entgegnete ein Uniformierter.

»Der ist für Werwölfe«, sagte sein Partner. »Das hier hat ein Teufel getan.«

Die Pathologin, eine winzige Frau mit einer riesigen Tasche, die sich über den Knochenhaufen gebeugt hatte, richtete sich auf. »Zwei Tote. Vermutlich beides Männer. Und noch nicht lange tot, vermute ich.«

»Sind Sie sicher, daß es zwei sind? Nicht mehr?

»Sicher bin ich mir über gar nichts. Aber es sieht aus wie zwei.«

»Ich habe so das Gefühl, als hätten wir gerade Tom Zimmer und George Nicastro gefunden«, sagte Sam.

»Sie müssen ihm auf die Schliche gekommen sein.«

»Stellen Sie keine Vermutungen über seine Motive an.«

»Wo hat er sie verbrannt?« fragte die Pathologin Kitty.

»In der Schulküche stehen Herde. Und im Pfarrhaus gibt es einen Müllverbrennungsofen.«

»Machen wir uns an die Arbeit«, sagte Dowd.

Sie war dankbar, weil dies zugleich hieß, daß sie von den Skeletten fortkam. Sie hatte noch nie eines gesehen, hatte nicht geahnt, welche Wirkung sie auf sie haben würden. Dieser Fall fraß den sorgfältig konstruierten Abstand hinweg, den sie zwischen sich selbst und ihren Kunden zu halten gelernt hatte.

Sie führte Dowd in die Küche. »Hier endet der Speisenaufzug.« Er hob den Riegel an der Holztür mit einem Bleistift. In dem Schacht war nichts zu sehen außer dem Seil und herabrieselndem Staub, weil oben jemand an der Plattform arbeitete.

Sie wendeten sich den Herden zu, die groß und alt waren, vier davon in zwei Gruppen. Ihre Türen bestanden aus schwarzem Eisen mit den eingeprägten Worten »Royal Rose«. Kitty wickelte sich ein Taschentuch um die Hand, nahm all ihren Mut zusammen und wollte die erste Tür öffnen.

»Nein. Das mache ich.« Dowd öffnete sie, schaute hinein. »Sauber.«

Die anderen drei ebenfalls. Dann sah sie den Grund dafür: Der Gashauptanschluß war zugedreht und versiegelt. Die Gaswerke versiegelten jede Leitung, die noch Gas enthielt, aber nicht mehr benutzt wurde. Wenn jemand diese Herde in Gang gesetzt hätte, hätte er das Siegel erbrechen müssen.

»Dann bleibt nur der Verbrennungsofen«, sagte Kitty. Sie kehrten ins Pfarrhaus zurück, wo Father John in der Küche herumhantierte. »Wir wollen uns den Verbrennungsofen ansehen. Der funktioniert doch noch, oder?«

»Oh, ja. Wir benutzen ihn ständig. Wir haben eine Genehmigung.«

»Wie oft?«

»Lupe verbrennt alle paar Tage unseren Müll. Wir wissen, daß das die Umwelt verschmutzt, aber es ist wesentlich billiger, als ihn abfahren zu lassen. Die Stadt fährt den Müll von wohltätigen Organisationen nicht kostenlos ab.«

Sie führte Dowd die enge Kellertreppe hinunter; die Stufen knarrten unter ihren Füßen. Der Raum stank nach Müll und nasser Asche. Außerdem lag ein leichter Brandgeruch in der Luft. Sie wußte sofort, daß sie am richtigen Ort waren.

Als sie am unteren Ende der Treppe angekommen waren, erschien Father John oben an der Tür. »Bleiben Sie, wo Sie sind«, sagte Kitty. Er kam trotzdem herunter.

»Der Verbrennungsofen ist sehr alt. Und gefährlich.« Seine Augen sagten, daß er Angst um sie hatte.

Dowd hob die Eisenstange, mit der die Doppeltür verschlossen war, dann zog er sie auf. Er richtete seine Taschenlampe in den schwarzen Feuerraum. »Das ist merkwürdig.«

»Was?«

»Jemand hat das Innere Ihres Verbrennungsofens saubergemacht.«

»Wer sollte auf die Idee kommen?«

Dowd schnaubte. »Sie haben Ihrem Hausmeister nie gesagt, daß er es tun soll?«

»Nie in all den Jahren, die ich schon hier bin. Der Gedanke ist mir nie gekommen.«

»Nein. Aber Father Frankie ist er gekommen, der hier drin Leute verbrannt und dann die Asche beseitigt hat. Fast.«

»Entschuldigen Sie, aber nennen Sie ihn nicht ›Father‹. Der Unhold, der hier seine Opfer verbrannt hat, ist kein Priester. Es ist nicht einmal ein menschliches Wesen.«

»Das glauben Sie, Father.«

»Ich habe sein Gesicht gesehen!«

In der nächsten halben Stunde ging Kitty ihren beruflichen Pflichten nach, verfaßte ihren Bericht, schickte schließlich Dowd weg. Allmählich verschwanden die Polizisten, das Leben, die Geräusche.

Endlich war alles still. John lag in dem großen Sessel im Wohnzimmer.

»Für heute nacht haben sie Schluß gemacht«, sagte Kitty. »Und Sie gehen zu Bett.«

Er öffnete die Augen. »Ich könnte noch Kaffee machen.«

»Sie gehen jetzt nach oben und sehen zu, daß Sie ein bißchen Schlaf bekommen!«

Er schlurfte davon. Ihr eigenes Bein tat weh, nur vom Zusehen, wie er sich die Treppe hinaufschleppte.

Sie war überzeugt, daß nur jemand, der Franks Fähigkeiten mit eigenen Augen gesehen hatte, imstande sein würde, sich wirkungsvoll gegen ihn zur Wehr zu setzen. Man konnte den Leuten erzählen, daß er an Wänden hochklettern konnte. Natürlich konnte man es ihnen erzählen.

Aber man konnte auf dergleichen nicht gefaßt sein, wenn man es nicht gesehen hatte.

Und vielleicht nicht einmal dann.

24

Plötzlich war es hell, und sie wußte, daß sie stundenlang geschlafen hatte. Sie sprang von dem Bürostuhl auf, den sie sich für ihre Nachtwache geholt hatte. John schlief tief und fest; Gott sei Dank war ihm nichts passiert, während sie ihre Pflichten vernachlässigt hatte. Sie ließ den angehaltenen Atem entweichen. Er lag mit gespreizten Beinen und von der Schulter abgestreckten Armen da. Mikey, der Dreijährige ihres Bruders, schlief auch so.

Er tat einen tiefen Atemzug und drehte den Kopf zur Wand. Sie trat ans Schlafzimmerfenster. Am Bordstein sah sie einen Streifenwagen, in dem zwei Uniformierte saßen. Sie hielten Kaffeebecher in den Händen und unterhielten sich.

Um Frank aufzuwecken, genügte das Krabbeln einer Schabe, die raschelnde Bewegung einer Ratte.

Der Frank, der seine Augen aufschlug, war nicht derjenige, der sie geschlossen hatte, der hierher gekommen war, der entsetzliche Verbrechen begangen hatte.

Er wachte auf, streckte zuerst das eine Bein und dann das andere, dann setzte er sich auf – und bekam einen Schlag gegen die Stirn, der ihn wieder umwarf.

Einen Augenblick lang war er völlig verwirrt – weshalb in aller Welt war er hier?

Dann schauderte er, Erinnerungsfetzen trieben in ihm an die Oberfläche. »Oh... nein. Nein. Nein!«

– Maria zappelt wie ein Fisch. Ihre Zunge zuckt in ihrem Mund.

Sie ist verängstigt, fassungslos.

Aber sie weiß, daß sie sterben muß! Sie weiß es. Und sie ist eine Hure, sie hat mit diesem Drecksack John gevögelt.

Nein, das bin nicht ich, der so denkt. Das bin nicht ich!

Maria rennt, sie rennt auf die Tür zu, auf die Straße.

»Nein!«

Die Monstranz gleitet auf ihre Stirn zu. Frank, sagt sie, ich habe gewartet und gewartet – großer Gott!

Sie stirbt.

Tom Zimmer, das weiße Feuer.

Spiele ich backe, backe Kuchen?

Was zum Teufel ist der Strotzer?

Und *do wop?*

Er warf den Kopf zurück und kreischte in die lastende Stille des Kriechgangs.

Dann brach er ab, schlug die Hände über den Mund.

– Sie wissen, was du tust.

– Sie suchen nach dir.

Du bist ein ganz böser Junge.

Also sei nicht so verdammt blöde. Sei mucksmäuschenstill.

John keuchte, als er die schwarze Gestalt vor seinem Fenster wahrnahm. Sie bewegte sich, und plötzlich war Kitty Pearson da und schaute mit einem etwas gequälten, unsicheren Lächeln auf ihn herab. »Möchten Sie Kaffee?«

Er zog an der Decke, versuchte, sich gründlicher zuzudecken. Er war nicht nur ein sehr schamhafter Mann, ihm lag auch an der Zeit, die er allein verbrachte, und die frühen Morgenstunden waren ihm immer kostbar gewesen. Sogar im Hospital war es zwischen sechs und sieben still gewesen. Er wollte sein Brevier, seinen Rosenkranz. Dies war die Zeit des Gebets und der Kontemplation, nicht die gesellschaftlicher Kontakte.

Als sie sah, wie er nach seiner Decke griff, fragte sie sich, ob sie ihm nur ein leises Unbehagen bereitet oder ihn tatsächlich zum Schaudern gebracht hatte. Sie versuchte, die Spannung zu lockern. »Ich werde welchen machen«, sagte sie. »Für mich ist Kaffee wichtiger als Essen.« Außerdem wollte sie eine Zigarette, aber das sagte sie nicht. Sie würde sich in der Küche eine anzünden. »Und ich mache Ihnen Frühstück, wenn ich schon einmal dabei bin.«

Als er immer noch nichts sagte, verschwand sie in Richtung Küche. Jetzt, da es hell war, konnte sie ihn guten Gewissens allein lassen, und das war ganz offensichtlich das, was er von ihr wollte.

Hi-i-i-ier ist Frankie!

Etwas Komisches ist mir passiert auf meinem Weg in die Krypta. Ich bin gestorben. Eh heh heh heh.

Marsch, Leute, Knie hoch – Murkspatrouille!

»Und magst du mich, wie ich dich mag...«

Ich stecke bis über beide Ohren in der Scheiße, Momma, weil ich Hunca-Muncas Mäusefamilie umgebracht habe. Mäusevater Johnnikins, oh, ich... ich... ich hätte ihm ein Messer in die Brust stoßen sollen. Es ihm zeigen sollen, oh ho ho ho.

Er machte die Luke auf und sprang in die Cafeteria hinunter. Durch die hohen Fenster fiel etwas Licht ein und ließ die Reihen von Tischen und leeren Stühlen schwach glimmen.

»Ich bin der Herr des Tages, sagte er. Tanze, tanze, wer immer du auch bist!«

Muß pissen.

John rasierte sich gewissenhaft. Danach nahm er den Verband von seiner Wunde ab, wie man es ihm beigebracht hatte. Er trug die Salbe auf, die Pete Morris verschrieben hatte. Heute abend würde er sie mit Jodseife abwaschen müssen, eine Aussicht, die ihm mißfiel. Es hatte sehr weh getan, als die Krankenschwester das getan hatte, und er fürchtete, wenn er es selbst tat, würden die Schmerzen noch viel größer sein.

So schwer es ihm fiel, er zog einen Anzug an. In diesen Tagen konnte alles mögliche passieren, und wenn er ausgehen mußte, war der Anzug zweckmäßiger. Nachdem er sich angezogen hatte, öffnete er Franks Badezimmerschrank.

Er holte Franks After-Shave heraus und sprühte sich etwas davon auf die Wangen. Normalerweise benutzte er nie After-Shave, aber heute verlangte ihn danach. Er bemerkte, daß der Rasierapparat verschwunden war. Sorgfältig suchte er danach zwischen den säuberlichen Reihen von Salben und Lotionen. Frank war ein gewissenhafter Mann, und der Rasierapparat war eindeutig verschwunden.

Als der Kaffee sprudelte und der Speck briet, rief Kitty Dowd zuhause an, in der Hoffnung, daß er inzwischen etwas über die Identität der Skelette erfahren hatte. Sie war keine Küchenfrau, aber sie wollte Father John etwas zu essen vorsetzen, der Mann sah so verhungert aus. Sie beobachtete aufmerksam, wie der Speck zischte und sich aufrollte. Es läutete sechsmal, bis ihr Partner sich meldete.

»Ich stehe in der Küche und mache Frühstück für Father John, und ich möchte wissen, was mit den Skeletten ist.«

»Haben Sie geschlafen?«

»Ein bißchen, gegen Morgen. Aber unserem Baby geht es immer noch gut.«

»Sie glauben doch nicht wirklich, daß sich der Täter immer noch hier herumtreibt?«

»Nein, aber er könnte bestimmt jederzeit zurückkommen.«

»Dann müßte er aber schon sehr blöd sein, bei der Überwachung.«

»Er könnte sich daran vorbeischleichen.«

»Über die Skelette wissen wir noch nichts. Sie warten

noch auf die zahnärztlichen Unterlagen der beiden mutmaßlichen Kandidaten. Also gibt es nichts Neues, abgesehen davon, daß Sie für einen Mann Frühstück machen, bei dem nicht die Gefahr besteht, daß Sie sich in ihn verlieben.«

Das Problem mit Dowd war, daß ihm nicht genug entging.

Pißbecken für kleine Jungen, wo sie immer ihre Pimmel verglichen haben, oh Gott, ich bin so kaputt. Goldener Fluß, Brücke in die schwarze Gosse. Wenn ich dir nur folgen könnte, goldener Fluß, hinab, dort hinunter, wo die Jauchegrube der Freiheit liegt.

Du hast die Hostie geweiht, hast Beichten abgenommen, du hast Kinder getauft.

Er war ein Schwert, das auf das Herz des Priestertums zielte, *do wop*.

John war entschlossen, die Gemeinde wieder in Gang zu bringen. Alles war ins Stocken geraten, sogar die Suppenküche. Eine Zeitlang würde er eine Menge Dinge selbst erledigen müssen. Er bezweifelte stark, daß Bob Quindlan ihm einen Kuraten zuweisen würde, selbst wenn einer verfügbar war. Er schaute auf die Uhr. Zehn vor sieben. In fünf Minuten würde er zur Kirche hinübergehen, die Tür aufschließen und die Frühmesse abhalten.

Als er in seinem Brevier las, wurde er sich des Kaffeeduftes bewußt, der aus der Küche heraufschwebte, untermischt mit dem Geruch von verbranntem Essen. Scheppern und wütende Flüche machten es ihm schwer, sich auf seine Gebete zu konzentrieren. Er warf einen Blick auf den Kalender. Sankt Blasius war gekommen und gegangen, die Segnung der Kehlen. Wie lange das schon zurückzuliegen schien; dabei waren es nicht einmal zehn Tage. Und man sehe sich das an – morgen war Aschermittwoch.

Maria hatte vorgehabt, während der Fastenzeit täglich

zwei Stunden stummen Betens einzulegen. Sie war fasziniert gewesen von der Idee des Büßens.

Von der Decke her kam ein Knarren, ganz leise.

Wee Willie Winkle wohnt hier oben auf dem Dachboden. Hey, Wee Willie, du hast so große schwarze Augen, mit denen guckst du ständig auf und ab und ein und aus, du siehst die Welt der *Gefühle*.

Sing mir ein Liedchen, während du von Balken zu Balken springst.

Dachböden sind hübsch.

Sie haben Luken, an die Blödmänner gewöhnlich nicht denken. Sie schauen nicht nach oben. Schlechte Angewohnheit.

Er hockte sich neben die Luke, durch die man in den oberen Flur gelangte. Bald würde er sich in Johns Welt hinunterfallen lassen, eine Spinne an einem Faden aus Luft.

25

Der Mann, der auf der Vortreppe des Pfarrhauses stand, versuchte zu lächeln, aber es wirkte erbärmlich. Sein Haar sah in der Sonne aus wie weißer Rauch, der um seine Schläfen hing. Obwohl er einen Hut, einen Schal und einen dicken Mantel trug, zitterte er am ganzen Körper. Am Bordstein hinter ihm entdeckte John einen Wagen der Erzdiözese. »Ich gehe nicht von hier fort«, sagte John. »Wenn Sie deshalb gekommen sind.«

»Ich bin Bayley«, sagte der Mann, John trat zurück und zog die Tür weit auf.

»Treten Sie ein«, sagte John, »bitte.« Bischof Bayley mußte an die achtzig sein, und ein so alter Mann spürt die Kälte.

Frank machte die Luke auf. Ganz leise. Er spähte hinunter in den Flur. Leer. Von unten kamen Stimmen – John und ein weiterer Mann. Er reckte den Hals, um besser hören zu können. Ein Polizist? Nein, der Stimme fehlte es an Autorität.

Er beugte sich noch weiter vor, gab aber acht, daß er nicht das Gleichgewicht verlor.

Wer war zu Besuch gekommen, wer?

Als der Bischof das Pfarrhaus betrat, wurde John klar, daß seine Miene überhaupt kein Lächeln war, sondern eine permanente Grimasse. Er stand mitten in der Diele und mühte sich mit den Knöpfen seines Mantels ab. Es dauerte einen Augenblick, bis John begriffen hatte, daß er den Mantel nicht öffnen konnte. Seine Hände waren verkrümmt, die Knöchel knotig. Er litt an Arthritis, litt ganz fürchterlich. Es mußte für diesen kranken alten Mann eine ungeheure Anstrengung gewesen sein, die weite Reise von Chicago hierher zu unternehmen.

John half ihm. »Ich habe Kaffee«, sagte er.

Jetzt brachte Bischof Bayley ein echtes Lächeln zustande. »Ich war bei der Polizei«, sagte er. »Dort hat man mich mit Kaffee vollgeschüttet.« Er warf einen Blick zum Wohnzimmer hinüber. »Ich will Sie nicht lange aufhalten, Father. Ich weiß, daß Sie viele Pflichten haben.«

Dann, ganz plötzlich, weinte der alte Mann. John legte ihm eine Hand auf die Schulter. »Das Alter«, sagte der Bischof schließlich, »ist ein grauenhafter Verräter.« Mit der hektischen Unbeholfenheit des Arthritiskranken zupfte er an einem Taschentuch, und es gelang ihm, es aus der Tasche seines Jacketts herauszuziehen. Er schnaubte sich hörbar die Nase.

Frank sprang auf Strümpfen hinunter in den Flur. Um den Aufprall aufzufangen, ging er in die Hocke. Dann richtete er sich auf, streckte die Hand aus. Ja, er konnte mit dem allerkleinsten Sprung wieder hinaufgelangen, die Kante ergreifen, sich darüberschwingen.

Mit drei langen Schritten war er an der Treppe und schaute über das Geländer nach unten.

Der *sanbenito* war ein Bußgewand aus billigem, ungefärbtem Material, gewöhnlich Wolle, mit Symbolen für die Ketzereien, deren der Gefangene sich schuldig gemacht hatte. Außerdem trug er eine konische Kopfbedeckung, die *coraza.* In den Fällen, in denen er verbrannt werden sollte, waren sowohl *sanbenito* als auch *coraza* mit Flammen bemalt.

Und das war das Wort des Herrn!

Früher am Morgen hatte John die Messe abgehalten, mit Tina gesprochen und begonnen, seinen Kalender aufzuarbeiten. Für heute waren schon sechs Termine angesetzt, vom organisatorischen Problem der Übernahme von Franks Confraternity of Christian Doctrine bis zum Arrangieren eines Plans für die Messen, der der Gemeinde Genüge tat und gleichzeitig verhinderte, daß ihr Pastor tot umfiel. »Ich habe viel zu tun«, sagte John.

Der Bischof schwenkte eine verkrüppelte Hand. »Das weiß ich.«

John führte den alten Prälaten ins Wohnzimmer. Ed Bayley ließ sich dankbar in den Sessel sinken. Einen Moment lang schloß er die Augen. »Sein Vater und seine Mutter konnten nicht kommen. Sein Vater ist nach einem Schlaganfall völlig hilflos. Seine Mutter ist herzkrank. Ich hoffe, Sie verstehen das.«

»Natürlich.«

»Father, ich gehe davon aus, daß Sie denken, ich wäre aus selbstsüchtigen Motiven gekommen. Daß ich vielleicht hier bin, um mich für meinen Neffen einzusetzen.«

»Tun Sie das bei der Polizei. Ich kann Frank nichts zuleide tun, und ich bezweifle, daß ich ihm helfen kann.«

Der Bischof schloß die Augen. »Ich fürchte, das kann niemand, aber ich liebe ihn immer noch.«

Diese Stimme! Es war unmöglich, er war ein alter Mann, hoffnungslos verkrüppelt, er hätte es nie geschafft, hierher zu kommen. Aber nein, er war es, backe, backe Kuchen. Frank war auf der Hut. Wenn er sang, durfte es nicht mehr sein als das leiseste Wispern, man durfte ihn nicht hören. Aber er mußte singen! »Eines Tags fiel ein kleines Stück Himmel herab, fand im fernen Meer ein einsames Grab...« Nein, pst. Oh, bitte, laßt mich singen, laßt mich singen für Eddy! Oh, du hast mich so sehr geliebt, daß du mir den Kopf geküßt und mich in deinen schwarzen Armen gehalten hast. O Onkel Edward, Ed, Eddie, nenn mich Eddie, wenn wir allein sind, markierse mit nem Strich, ein Mann kann nicht für immer allein weitermachen, Eddie, nimm meine Hand, *do wop*. Die Fackel wurde dem Fürsten übergeben, und er stieß sie in die aufgeschichteten Scheite, dann sah er zu, wie die Flammen... »Ich bringe dich heim, Kathleen, übers Meer so groß und wild.« Jetzt krochen die Flammen an seinen gefesselten Beinen empor.

Muß tanzen!

Johns Wunde schmerzte, und er bewegte sich gequält auf seinem Stuhl. Ihn verlangte nach einem Drink. Um diese Tageszeit nicht gerade vernünftig.

Der Bischof fuhr fort. »Ich erinnere mich so gern und so gut an seine Kindheit. Franks Vater hat es sehr schwer gehabt. Seine erste Frau war gestorben und hatte ihm eine siebenjährige Tochter hinterlassen. Zwei Jahre lang siechte mein Bruder dahin, als sickerte das Licht einfach aus seiner Seele heraus. Dann lernte er Angela kennen. Sie brachte die Sonne wieder in sein Leben zurück.« Dann lachte er leise. »Eh heh heh heh.« Seine Augen schlossen sich wieder.

»Frank hat von seinen Eltern gesprochen, aber öfter von Ihnen.«

»Angela Holmes war eine prachtvolle Frau. Sie war achtundzwanzig.« Seine Stimme wurde höher, begann zu beben. »Sie können sich nicht vorstellen, wie schön sie war, so überaus anständig – mein Gott, sie war wunderbar.«

»Haben Sie einen Rat für mich, Euer Gnaden?«

»Machen Sie nicht den Fehler, zu glauben, Sie hätten es mit etwas... Natürlichem zu tun. Um Ihnen das zu sagen, bin ich gekommen.« Der Bischof sah aus, als wünschte er sich, nicht so lange gelebt zu haben.

»Er muß eine schwere Kindheit gehabt haben.«

»Wir haben nichts getan, was Frank hätte schaden können! Er wurde mit Liebe und Zuneigung in einem untadeligen Haushalt aufgezogen. Sehen Sie sich seine ältere Schwester an – sie ist eine erfolgreiche Geschäftsfrau, sie ist seit elf

Jahren mit demselben Mann verheiratet, sie hat zwei reizende Kinder.«

Oh, Eddie, sag ihm, was wir getan haben! Erzähl ihm von den Nächten und den Liedern. Erzähl es ihm, Eddie! Ich komme, Eddie, backe backe Kuchen, oh Eddie!

»Mein Neffe war ein lieber Junge. Er konnte singen wie seine Mutter. An Sommerabenden saßen wir oft draußen unter den Bäumen, und er sang all die alten Lieder. Seine Stimme war so rein wie ein Bergbach.«

»Das ist sie immer noch.«

»Als Franklin acht Jahre alt war, ist etwas geschehen, etwas Merkwürdiges und Bestürzendes.«

John hätte es am liebsten aus dem alten Mann herausgeschüttelt. Er zwang sich zum Warten.

»Eines Sonntagmorgens blieb Franklin im Bett. Er wollte nicht mit in die Kirche, es ging ihm nicht gut. Als seine Eltern nach Hause zurückkehrten, hing ein fürchterlicher Geruch im Haus. Sie stellten fest, daß Franklin auf der Terrasse hinter dem Haus einen Scheiterhaufen errichtet, das weiße Kaninchen seiner Schwester darauf angebunden und es verbrannt hatte.«

»Woraufhin Sie ihn in psychiatrische Behandlung gegeben haben?«

»Wir hielten es für einen Eingriff des Satans, also beteten wir. Es ist nicht noch einmal passiert. Frank war ein glücklicher Junge, jedenfalls nach außen hin. Während seiner Pubertät gab es ein paar kleine Zwischenfälle. Ein Mädchen hat sich beschwert, er wäre eines Nachts völlig nackt in ihr Schlafzimmer eingedrungen, und als sie aufwachte, hätte er sie geschlagen. Von Zeit zu Zeit berichteten Nachbarn, sie hätten nachts einen nackten Mann herumschleichen sehen. Aber ... nun ja, als er uns mitteilte, er wollte Priester werden, waren wir natürlich alle sehr froh.«

»Weil Sie damit die Verantwortung für ihn loswurden, nehme ich an. Wurde das Seminar über seine Probleme informiert?«

»Die Sache mit dem Kaninchen war übel, aber da war er ja noch ein Kind. Was die anderen Dinge betrifft, so sagte er, damit hätte er nichts zu tun, und wir entschieden uns dafür, ihm zu glauben.«

Frank wollte laut heraussingen, zu den Dachbalken, zu den Sternen. »Ich glaube an dich!« Eh heh heh heh. Sing laut heraus! Eh heh heh heh. Sing laut heraus. Eh heh heh heh.

Er würde einfach hineingehen, sich hinsetzen und ihnen die Herzen herausreißen.

»Als er zu mir kam, war er einfach wunderbar. Ein wunderbarer junger Priester.«

»Er *ist* wunderbar.«

»Ich hätte mir jemanden gewünscht, der ein bißchen liberaler war, aber Frank war immer fair und ein viel zu guter Priester, als daß mich das sehr gestört hätte.«

»Ist hier irgend etwas – passiert?«

»Er hatte ein hitziges Temperament. Ich habe deshalb sogar mit seinem geistlichen Berater gesprochen. Es ist vorgekommen, daß er mich angeschrien hat. Aber darum geht es hier nicht. Lassen Sie mich ganz offen sein. Sie sind ein aufgeklärter Mann, und ich bin es auch. Wir halten nichts von primitivem Aberglauben. Aber ich muß Ihnen gegenüber ehrlich sein. Frank verändert sich so von Grund auf, so vollständig, daß … sogar sein Gesicht verändert sich. Er ist nicht wiederzuerkennen.«

»Auf welche Weise verändert er sich?«

»Das kann ich Ihnen nicht beschreiben. Grauenhaft inhuman. Der Unterschied zwischen dem Guten und dem Bösen in ihm ist so groß, daß ich glaube, daß seine Persönlichkeit gespalten ist.«

Der Bischof schloß die Augen, offensichtlich schmerzgepeinigt. »Das kann sein.«

»Sie sagten, Sie hätten mir etwas mitzuteilen. Ich glaube nicht, daß Sie das bereits getan haben.«

Er musterte John aus dem Herzen seines Geheimnisses heraus.

Wie kannst du es wagen, alter Mann, ich bin dein dich ewig liebender Schiebse-in-den-Ofen-Neffe, und du sagst, du behauptest, ich wäre verrückt.

Tut mir ja so leid!

»Halt...« Verdammt. Das war laut. Er schlug die Hand vor den Mund.

Bischof Bayley erstarrte. »Ich habe ihn gehört.« Sein Blick wanderte zu der dunklen Türöffnung. »Da draußen – gerade eben!«

»Beruhigen Sie sich, Euer Gnaden.«

»Nein, ich will mich nicht beruhigen. Er ist hier, da bin ich ganz sicher.«

»Ich sehe nach.«

Der Bischof kam auf die Beine. »Nein. Bleiben Sie hier! Er ist da draußen, ich weiß es! Hören Sie, ich habe Ihnen noch nicht alles erzählt. Da gab es ein Ritual – eigentlich war es ein Scherz –, aber irgend etwas ist mit ihm passiert... Oh, es war ein Sakrileg, was wir taten – aber nur zum Scherz! Großer Gott, es hat ihn verändert. Irgendwie.«

»Also haben Sie gewußt, daß mit ihm etwas nicht stimmt, als Sie ihn ins Seminar schickten. Glauben Sie, daß der Herr tatsächlich einem solchen Mann die Sakramente anvertraut?«

»Die Sakramente... Ich weiß es nicht. An die Sakramente habe ich nicht gedacht.«

»Mir sind die Sakramente heilig, Euer Gnaden, auch wenn Sie es Ihnen nicht sind. Die Menschen kommen zu uns um der Sakramente willen. Der Rest ist Alltagskram und belanglos.«

»Wenn der Herr den Apostaten Judas ertragen konnte, kann er auch Franklin ertragen.«

»Was war das für ein Ritual?«

Der Bischof ruckte auf seinem Stuhl. »Nichts von Bedeutung.«

»Abgesehen davon, daß es vielleicht die Pforten der Hölle geöffnet hat.«

Bayleys Augen flackerten zur Tür hinüber. »Franklin!«

»Er ist nicht hier.« John wußte, daß das vermutlich eine Lüge war.

»Er ist hier, und das wissen Sie ganz genau.« Und der Bischof wußte es offensichtlich auch.

Ganz verstohlen pflegte der Inquisitor sich dem Angeklagten zu nähern. Er stand ganz plötzlich vor ihm, wenn er nicht auf der Hut war, und dann verhörte er ihn mit allergrößtem Nachdruck.

Vom unteren Flur kam ein rasselndes Geräusch. Tina hatte ihren Stuhl zurückgeschoben, und jetzt ein Geräusch – ihre Füße tappten über den Fußboden, sie war in Bewegung, sie verließ das Büro!

Auch John hörte das Tappen ihrer Füße, als sie die Diele durchquerte. »Father?« Sie steckte den Kopf zur Tür herein.

»Ja, meine Liebe?«

»Ich wollte nur sehen, ob alles in Ordnung ist.«

»Uns geht es gut. Ich finde, Sie sollten nach Hause gehen, Tina. Und erst wieder ins Pfarrhaus zurückkommen, wenn diese Sache erledigt ist.«

Frank atmete ganz flach. Wenn man vorsichtig war, kam man mit der Luft in einem Schrank wie diesem sehr lange aus. Während er den Geräuschen von Tinas Abgang lauschte, sammelte sich eine Träne in seinem rechten Auge und rollte ihm dann über die Wange.

Bischof Bayley hatte die Initiation einen Scherz genannt, einfach Kinder beim Spiel. Es gibt eine Tür, die nach unten führt, und diese Tür ist überall.

Hast du das nicht gewußt?

»Euer Gnaden, ich möchte wissen, was Sie getan haben. Was war das für ein harmloses Ritual – das Sakrileg?«

Die Hände des Bischofs zitterten, und der Tremor bereitete ihm offensichtlich starke Schmerzen. »Die Kinder beschäftigten sich mit Satan. Sie müssen wissen, ich glaube an das Böse. Aber nicht an einen tatsächlichen Teufel. Der Teufel war eine Erfindung des Mittelalters – eine Methode, die Götter der vorchristlichen Zeit in Verruf zu bringen.«

»Was haben Sie getan?«

»Ich wollte ihnen beweisen, daß Satan nicht existiert, indem ich ihn in einer alten Zeremonie beschwor, die man als Zitieren des Asmodeus bezeichnet. Es gibt bestimmte Worte – ich nahm die Kinder mit in eine Höhle – und ich sprach diese Worte. Ich beschwor Asmodeus.«

Und ich wurde geboren! Und es tut verdammt weh, geboren zu werden. Es tut weh, Onkel Eddie! Sie legen die Schinderklinge zuerst auf die Haut und stellen die Frage: Bereust du? Dann schneiden sie damit ein. Bereust du? Dann wird sie tief hineingestoßen. Bereust du jetzt? Dann ziehen sie sie wieder zurück. Hol tief Luft, halt sie an. Halt sie weiter an. Hol wieder Luft. Sie erstickten die Nonnen und Priester, indem sie sie einmauerten und durch eine Öffnung mit Essen und Trinken versorgten. Das Loch bot Platz für siebenundzwanzig, und sie mußten in der Mauer sterben.

John musterte den alten Bischof. »Das befriedigt mich nicht«, sagte er schließlich. »Das reicht nicht. Die Leute spielen ständig mit Ritualen herum, und nichts passiert.«

Der Bischof schaute zu Boden. Als er endlich sprach, tat er es mit leiser Stimme. »Es war grauenhaft, die Art, wie wir gelebt haben! Es gab so viele Dinge, die unrecht waren. Ich... ich...« Er stieß einen langen Seufzer aus, wie John ihn viele Male im Beichtstuhl gehört hatte. Jetzt würde es kommen. »Ich muß zugeben, daß ich ihn geliebt habe... körperlich... ich...«

Die Wut überkam John ganz unvermutet, sie hätte ihn fast veranlaßt, auf den alten Mann einzuschlagen.

»Er hat es nie gewußt! Das schwöre ich bei Gott! Ich ging nachts zu ihm. Spät nachts. Ich kniete dort ... er war wie jemand, der von oben herabgekommen war. Ich hatte nie ein eigenes Kind, und ich habe einfach... Meine Liebe wurde zu etwas Schmutzigem.«

»Sie behaupten, er hätte es nie gewußt? Aber es geschieht mitten in der Nacht, daß er loszieht und Leute erwürgt und verbrennt! Er erdrosselt *Sie*, er verbrennt *Sie!* So etwas geht nie unbemerkt vonstatten, Sie alter Narr! Das Kind hat etwas gemerkt, und es fürchtet sich und haßt! Und *haßt*!«

Der Bischof war in sich gekehrt, verkrümmt und verzerrt, und jetzt kam das tiefe Schluchzen eines zerbrochenen Menschen. »Ich hätte nie gedacht, daß ich den Mut aufbringen würde, diese Sünde zu beichten.«

John hätte diesem armen, niedergeschmetterten Sünder Trost spenden müssen, aber er konnte es nicht. Es war ihm unmöglich. »Ein Jammer, daß er nicht Sie verbrannt hat, Bayley. Vielleicht hätte er dann die anderen nicht verbrannt.«

Und es folgte das Gelächter des Dämons. Aber es war kein tatsächliches Gelächter, das in den Wänden und den Dachsparren widerhallte, sondern etwas wesentlich Fürchterlicheres, das in der Seele nachzitterte und bewirkte, daß sie sich klein fühlte und ihrer Macht beraubt.

Ich komme, Johnnie-John, unter Glockengeläut und mit Nägeln, so scharf wie Rasierklingen, und mit meinen wundervollen Blumen aus Feuer.

26

Die Gemeinde stellte unzählige Anforderungen, die Presse belagerte ihn, sein Bein und sein Arm schmerzten, er blieb erschöpft. Er bekam die tragische Nachricht, daß es sich bei einem der Skelette, die sie gefunden hatten, um die sterblichen Überreste von Tom Zimmer handelte. Das andere konnte noch nicht identifiziert werden, aber die Nicastros hatten nicht mehr viel Hoffnung.

Dem Herrn sei Dank, daß beide nicht von M. and J. aus beigesetzt werden mußten.

Jetzt mußte er eine weitere Krise bewältigen. Kitty stand vor der Tür, eine Tasche mit ihren Übernachtungsutensilien in der Hand und im Begriff, eine weitere Nacht im Pfarrhaus zu verbringen.

Er versperrte ihr den Weg. Ihm war klargeworden, daß Frank nichts unternehmen würde, solange andere in der Nähe waren. Und nach allem, was man von ihm wußte, war auch klar, daß man ihn nicht erwischen würde, wenn er sich nicht von selbst zeigte.

»Ich bleibe hier, John Rafferty!«

Er hob die Hand, als wollte er einen Schlag abwehren. »Hitzkopf«, sagte er im liebenswürdigsten Ton, den er zustandebrachte. »Ich bin lediglich der Ansicht, daß ich in den Gebäuden keine Polizeipersonen mehr brauche.«

»Ich bin keine Polizeiperson, ich bin ich.«

»Und ich bin hier zu Hause.« Was sollte er ihr sonst sagen? Sie wußten beide nur zu gut, weshalb er wollte, daß sie wieder ging.

»Ich habe mich schon jetzt zum Narren gemacht, indem

ich hierherkomme. Sie lachen über mich. Die Kollegen sagen, ich wollte Sie verführen.«

Er berührte sein verletztes Bein. »Ich glaube nicht, daß ich imstande wäre, die dazu erforderlichen Bewegungen zu machen.«

»Und eben deshalb muß ich bleiben. Sie brauchen einen Leibwächter.«

»Den brauche ich nicht.«

»Er kann Wände hochklettern! Er ist... ja, er ist...« Sie schlug die Augen nieder. »Wir wissen, was er ist, Sie und ich.«

Früher hätte John über das, was sie da andeutete, gespottet; jetzt tat er es nicht. »Vergessen Sie nicht, daß er außerdem ein menschliches Wesen ist. Ein Opfer.«

»Sie wissen, wozu er imstande ist.«

»Ich bin ein Invalide, es ist fast zehn, und ich brauche meinen Schlaf.«

»Sie können mich nicht zwingen, Sie allein zu lassen!«

»Ich kann es, meine Liebe. Sam.«

Als der Detektiv seinen Namen hörte, kam er aus der Küche. Auf Johns Bitte hin hatte er sich dort aufgehalten, um notfalls helfen zu können. »Gehen wir hinaus und genehmigen wir uns einen Kaffee, Lady.«

Kitty Pearson wußte, wann sie geschlagen war; jetzt versuchte sie nur noch, ihre Würde zu wahren. »Okay«, sagte sie, »Kaffee ist immer gut.« Ohne ein weiteres Wort ging sie, und Dowd folgte ihr.

John begleitete sie zur Haustür, machte sie hinter ihnen zu und schloß sie ab. Dann lehnte er sich mit geschlossenen Augen dagegen.

Der Herr ist mein Licht und mein Heil, vor wem sollte ich mich fürchten? Der Herr ist meines Lebens Kraft; vor wem sollte mir grauen?

Die Uhr im Wohnzimmer schlug zehn. John sprach in die darauf folgende Stille hinein. »Wir sind jetzt allein«, sagte er. »Nur du und ich.«

Im Mund hatte er einen metallischen Geschmack, seine Hände zitterten, er spürte das rasende Flattern seines Herzens. Die Angst machte Fäuste und bohrte sich in seine Kehle, als wollte sie von innen her das Leben aus ihm herauswürgen.

Mit schwerem Schritt bewegte er sich durch das Erdgeschoß und schaltete die Lichter aus. Es fiel ihm unvorstellbar schwer, aber er hatte keine andere Wahl.

Frank war hier drinnen, dessen war er sich ganz sicher. Und niemand auf dieser Erde konnte ihn aufspüren, einerlei, wieviel Mühe sie sich gaben.

Er mußte angelockt werden.

John war der Köder. Der beköderte Angelhaken – hoffentlich.

Er überprüfte sämtliche Türen vorn und hinten. Frank würde sicher sein wollen, daß alle fest verschlossen waren.

Dann durchquerte er die Diele und näherte sich der großen Eichentür, die in die Sakristei führte. Noch nie war sie ihm so groß, so überaus häßlich vorgekommen. Schon die Form des Türgiebels schien auf ein gewaltiges, lauerndes Böses hinzudeuten.

Er schloß die Tür auf und ging hindurch. Die Stille drinnen war profund und so total, daß von ihr eine Art Würde ausging.

Aber es war keine natürliche Stille. Draußen ertönten keine Hupen, keine Stadt ging ihren eiligen Geschäften nach.

Er roch den schwachen, vertrauten Duft von brennenden Kerzen. Er hatte sie selbst angezündet und bei jedem Streichholz, das er angerissen hatte, ein Gebet gesprochen.

Die großen Mahagonischränke, in denen die Meßgewänder aufbewahrt wurden, standen stumm da. Er durchquerte die Kirche, blieb am Altar stehen. Die Schatten waren tief, das einzige Licht kam von den Votivkerzen und der Kerze vor dem Allerheiligsten. Er hatte sie nach der Abendmesse neu entzündet, als er die eine Hostie gesegnet hatte, die er in dieser Nacht brauchen würde.

Das Ewige Licht leuchtete in seinem rubinfarbenen Glas, und die Flamme war hell und stetig. Er schloß das Tabernakel auf und holte den Kelch heraus. Er nahm die Hostie in die Hand und küßte sie, roch den uralten Duft ungesäuerten Brotes.

Plötzlich schaute er auf. Er hatte gespürt... Aber nein, hier zog es an allen Ecken und Enden. Das war alles gewesen – ein Luftzug.

Er richtete seinen Blick wieder auf die Hostie.

War es überhaupt möglich, einen Menschen mit einem Stück Brot zu erretten?

Aber wenn Satan wirklich existierte, dann mußte auch Gott existieren.

Oh nein, sagte eine Stimme in ihm. Sieh dir die Welt an. Die Werke Satans überspreizen Zeit und Geschichte. Aber wo sind die Werke des Herrn?

Er legte die Hostie in den Kelch zurück und griff nach der Monstranz. Der furchtbare Zweck, zu dem man sie gebraucht hatte, hatte sie für ihn noch heiliger werden lassen.

Irgendwie würde er Frank Bayley exorzieren. Er hatte die Rituale gelesen, aber es war nicht das Ritual, was es bewirkte – die Folge der Worte war nicht der ausschlaggebende Teil. Der Dämon isolierte die Seele vom Körper, ließ sie in Dunkelheit zurück. Für das Opfer ist Besessenheit nichts als eine schwarze, unbewußte Leere.

Der Körper rennt vor der Peitsche des Dämons her, während die Seele schläft...

Er hatte sich einen eigenen Exorzismus geschaffen, nur für Frank. Das Entscheidende daran war, die Seele des Besessenen aufzuwecken. Dann würde sie hervorkommen in all ihrer verborgenen Güte und den Dämon vertreiben, wie der Engel es tut, über die Klippen des Lebens und hinab in die Grube.

Aber er mußte weitermachen, er durfte nicht innehalten und nachdenken, keine Sekunde lang. Sonst würde er es sein, der rannte, er würde kreischend durch die Kirche jagen, würde durch die Straßen hetzen und nach Sicherheit schreien, aber es würde keine Sicherheit geben, niemals wieder, nicht für den Mann, der den Dämon kannte.

Er eilte durchs Schiff zum Portal und rüttelte daran. Die Tür war fest verschlossen, und er wußte, daß niemand sie öffnen würde, nicht in dieser Nacht. Um sicherzugehen, daß er auf dem Höhepunkt seiner Angst nicht selbst versuchen würde, die Flucht zu ergreifen, warf er seine Schlüssel fort in die Dunkelheit.

Dann begann er mit der Durchsuchung der Kirche. Es durften keine Polizisten darin sein.

Zuerst stieg er die Treppe zur Chorempore hinauf und sah sich zwischen den staubigen Bänken um, dann begab er sich in den Glockenturm. Über sich konnte er das Surren des Elektromotors hören, der die Glocken schwingen ließ. Es waren auch Seile da, so daß sie von Hand geläutet werden konnten. Als er die Treppe hinaufstieg, hielt er sich, um seinen Weg zu finden, mit einer Hand an den Seilen fest.

Hier war es stockfinster. Er konnte überhaupt nichts sehen, und er befand sich hoch oben, und unter ihm war eine beängstigende Tiefe, und er spürte, wie etwas an seinem Bein heraufglitt.

Er zog den Atem ein, stieß einen schrillen, erstickten Schrei aus – und fiel fast einen Meter tief, bevor seine Hand wieder die Seile umklammerte.

Es glich eher einem sehr, sehr langen Finger als einer Maus oder einer Schabe. »Frank?«

Dann war es verschwunden, und er konnte vor sich wieder etwas sehen. Durch das Zifferblatt der Uhr fiel ein wenig Licht ein. Er blieb stehen und schaute durch das gekrümmte Glas auf das gekrümmte Abbild der Stadt.

Dann stieg er wieder vom Turm herab, in der Gewißheit,

daß die Kirche leer war. Als nächstes mußte er in der Krypta nachsehen, und das würde ihm sehr schwerfallen.

Aber er mußte ganz sicher sein, daß sich kein Außenseiter eingeschlichen hatte. Nur ein einziger, und Frank würde es wissen und nicht kommen.

»Frank, ich will, daß du kommst.«

Als er die Tür öffnete und ihm von unten her der vertraute, feuchte Betongeruch entgegenschlug, wurde ihm bewußt, weshalb er die Krypta bis zuletzt aufgeschoben hatte.

Er schaute zum Altar hinüber, zu der im Kerzenlicht schimmernden Monstranz. Sein Herz schwoll an, und er dachte: So koste ich die Liebe, die ohne Ende ist. Die heilige Kerze erinnerte ihn an das Licht des Lebens und ihre Flamme daran, wie wir herumwirbeln und tanzen und vergehen.

Er tat einen Schritt in die Krypta hinein, blieb stehen, dann tat er noch einen. Die Schwärze war undurchdringlich. Er tastete herum, versuchte den Lichtschalter zu finden. Endlich berührte seine Hand die alte Zugkette. Als er daran zog, widerhallte das Geräusch zwischen den alten Grüften unter ihm. Diesmal ging das Licht an.

Er sah, daß Dowd sein Versprechen gehalten hatte. Auch hier hatten sich keine Polizisten versteckt. Außerdem sah er, daß die beiden leeren Grüfte geöffnet worden waren, und auch das war so, wie es sein sollte. Die eine hatte Frank offensichtlich für Tom Zimmer vorgesehen. Die andere war für den, der verlor.

Normalerweise hätte ihn der Gedanke, unter den Priestern zu ruhen, die hier ihr Leben beendet hatten, mit Frieden erfüllt. Aber nicht jetzt. Er hatte vor, den Dämon auszutreiben. Er mußte es. Alles andere war undenkbar.

Er berührte den kühlen Marmor der Grüfte. Dann sah er sich um, sicher, ein Rascheln gehört zu haben.

Die Wände schienen im Begriff einzustürzen, die Decke herabzukommen. Selbst die Luft, bisher zeitlos kühl, schien dick und bedrückend zu werden. Du wirst langsam gehen, befahl er sich. Aber er konnte es nicht, er stürmte los und rannte, mit ungeschickten Sprüngen zwei Stufen auf einmal nehmend, bis er die Tür der Krypta hinter sich geschlossen hatte.

Er lehnte sich dagegen, mit geschlossenen Augen und schwer atmend. Je mehr seine Anspannung wuchs, desto stärker schmerzten seine Verletzungen. Er kehrte in die Sakristei zurück, ging durch die Tür ins Pfarrhaus. Das Telefon läutete. Natürlich, in dieser Gemeinde war immer etwas los. Jemand war geboren worden, jemand anders war gestorben. Als er den Hörer abnahm, schaute er auf die Uhr. Zwanzig nach zehn. Diese Ewigkeit in der Kirche hatte nicht einmal eine halbe Stunde gedauert. »Mary and Joseph.«

»Hier ist Tina.«

»Hi.«

Dann trat Stille ein.

»Was ist los, Tina?«

»Nun... Ich mache mir Sorgen um Sie, Father. Daß die Presse mitten in der Nacht anruft, oder etwas ähnliches.«

Ihr Tonfall besagte, daß sie sich wegen viel mehr Sorgen machte als nur wegen der Presse. »Danke. Ich achte darauf, daß der Anrufbeantworter eingeschaltet ist.«

»Father?«

»Ja, Tina.«

»Wir lieben Sie, Father. Wir alle!«

»Und ich Sie.« Er legte schnell auf, weil er befürchtete, daß sie die Angst aus seiner Stimme heraushören würde, wenn das Gespräch länger dauerte. Dann ging er nach oben. »Ich werde mich bereit machen«, sagte er. Er war so nervös wie damals, als er sich auf seine Ordination vorbereitet hatte. Er würde baden, sich in so frischem Zustand präsentieren, wie es einem alten Mann überhaupt möglich war. »Jetzt liegt es bei dir.«

Er ging ins Badezimmer, entledigte sich seiner Kleidung,

warf sie in den Wäschekorb, damit Betty sie sortieren und waschen konnte. Nackt öffnete er Franks Badezimmerschrank und holte seine Seife und sein Shampoo heraus. Dann stellte er die Dusche an.

Das Shampoo enthielt ein starkes Parfum, das er als widerlich empfand, die Seife fühlte sich fettig an. Aber ihn verlangte nach dieser Nähe zu Frank. Er hatte fünf Jahre lang mit ihm im gleichen Haus gelebt, hatte gesehen, wie er sein Herz und seine Seele in diese Gemeinde einbrachte. Das Gute in Frank mochte in Gefangenschaft geraten sein, aber es war immer noch vorhanden; etwas anderes konnte John nicht glauben. Es verdiente Liebe, es verdiente Mitleid, es verdiente Hilfe.

Und nun ging es einzig darum, an diesen guten Teil zu appellieren, den sakramentalen Augenblick und die Gnade Gottes zu benutzen, um es wieder zutage zu fördern, das Gute in die Lage zu versetzen, das, was es gefangengenommen hatte, auszutreiben.

Er wußte, als er sich einseifte, daß ein Schatten ins Badezimmer gekommen war. Er drückte sich gegen die Rückwand der Duschkabine. Der Schatten zog sich zurück und kam nicht wieder.

»Danke«, sagte er, als er sah, daß ein Gewand zurückgelassen worden war. Dies war das erste eindeutige Zeichen dafür, daß er auf gutem Boden ackerte.

Das Gewand war grob aus einer der Wolldecken herausgeschnitten, die M. and J. an die Obdachlosen verteilte. Er nahm es von dem kleinen Tisch neben der Dusche und entfaltete es.

Wie eine Kasel bestand es aus einem einzigen Stück Stoff mit einer Öffnung in der Mitte und war dazu gedacht, vorn und hinten herabzuhängen. Er untersuchte es. Mitten auf Brust und Rücken war ein rotes X aufgemalt, das Symbol des Apostaten. An den Unterkanten waren orangefarbene und gelbe Flammen.

Aus der Kirchengeschichte kannte er dieses Gewand. Es war der *sanbenito*, das härene Kleid, das die Ketzer beim *auto da fé*, dem Glaubensakt, trugen. »Wer nicht in mir bleibet, der wird weggeworfen, wie eine Rebe, und verdorret, und man sammelt sie und wirft sie ins Feuer, und sie müssen brennen.« Armer alter Johannes, ihm ist vermutlich nie bewußt gewesen, welches Grauen aus diesen Worten erwachsen würde. Die gesamte Inquisition war aus Johannes 15.6 herausgesponnen worden.

Neben dem *sanbenito* zusammengerollt lag eine *morgaza*, ein in Galle getauchter Knebel. Er berührte ihn, leckte an seinem Finger. Essig, vielleicht Urin. Er flehte nicht um Erlösung, nicht um Hilfe. Im Glauben gibt es einen kritischen Zustand der Hingabe an Gott, der jenseits aller Gebete ist. Die in ihn eintreten, gelten als Märtyrer.

Was nicht bedeutet, daß sie sich weniger fürchten oder weniger leiden.

Er warf sich den *sanbenito* über den Kopf, schlang sich die wollene Schärpe um die Taille und nahm die *morgaza* in die Hand. Als er auf den Flur hinaustrat, fiel sein Blick wieder auf die Madonna von Guadelupe. Auch war ihm, als stünde die auf den Dachboden hinaufführende Luke offen, aber er brachte es nicht fertig, hinaufzuschauen.

Die Madonna sah ihn an, und ihr Gesicht kam ihm ganz anders vor als sonst. Es war immer noch rein, aber gleichzeitig war es ein wissendes Gesicht. Sie wußte um grauenhafte Dinge, sagten die Augen; dennoch blieben sie so bleich wie die Rose.

Er ging zur Treppe. Hinter ihm war nicht eigentlich ein Geräusch, sondern eher eine schnelle Luftbewegung. Das war er, oh ja. Mein teurer Freund, mein prächtiger junger Mann.

Sie stiegen zusammen hinunter. »Sieh mich nicht an«, sagte er.

»Warum tust du das?«

Es kam ein tierischer Laut. »Warum bahnt sich die Schlange ihren Pfad, warum wächst die Blume?«

Weil sie müssen, dachte John.

»So ist es«, sagte die rauhe, seufzende Stimme.

John war übel bei dem Gedanken, daß diese Augen in ihn hineinschauten, daß dieser grauenhafte Verstand dem Wirken seiner Seele folgte. Das Böse war dicht um ihn, so dicht wie Schwemmsand.

»Wie kannst du mich für böse halten – weil ich versuche, diesen deinen Christus zu vernichten? Vielleicht bin ich ein Arzt im Lande der Seelen, und er ist deine Krankheit.«

»Nein.«

Als sie am Fuß der Treppe angekommen waren, läutete abermals das Telefon. Sein Lärmen ließ sie beide erstarren. Außerdem schuf es ein Problem. Johns Blick wanderte zum nächsten Apparat auf der anderen Seite der Diele. Als sich eine Hand auf seine Schulter legte, fuhr er zusammen, blieb stehen. Die Hand tappte sanft, die Finger wischten über seine Wange. Als der Anrufbeantworter in Tinas Büro sich einschaltete, zog die Hand sich zurück.

Sie bewegten sich durch die Diele, und John hörte Kitty: »Weshalb melden Sie sich nicht, John? Verdammt nochmal, ich muß mit Ihnen reden. Unbedingt!« Dann ein Klicken, ein Summen.

Von hinter ihm kam eine Stimme. Sie war so seltsam, ein Grollen, die Bewegung des Windes, eine dunkle Erinnerung: »Weshalb fürchtest du mich? Ich habe mich nicht selbst erfunden. Wir sind alle Opfer der Schöpfung.«

»Du hast deine Sünde begangen.«

»Welche Sünde?«

»Zum Beispiel hast du dir den Körper meines Freundes angeeignet.«

»Ich bin dein Freund.«

Wie gerissen die Kunstfertigkeit dieser Lüge war! Der Eindruck, daß er es mit einer überaus erhabenen und entsetzlichen Präsenz zu tun hatte, wurde zur Gewißheit. Paradoxerweise gab ihm das neue Hoffnung. Wenn es wirklich so etwas gab wie Besessenheit, dann hatte er eine sehr reale Chance, Frank zu retten.

Der Dämon, durch Lügen und Gerissenheit gekommen, kann nur unter einem Vorwand wieder vertrieben werden. Das behaupteten die alten Bücher, sofern sie nicht logen.

»Ich kann nicht zu dir kommen ohne einen Körper, sonst würdest du mich übersehen.«

»Was nur gut wäre.«

»Solange du mich nicht verstehst, kannst du dich nicht von der Idee des Bösen befreien.«

»Eine weitere Lüge.« John versuchte mühsam, die Hand zu heben, um die Tür der Sakristei zu öffnen. Sein Arm fühlte sich unglaublich schwer an. Das war die berühmte Schwere der Angst, die es erforderlich machte, daß Menschen zu ihrer Hinrichtung getragen werden mußten.

Als ob er Johns Entsetzen spürte, klopfte sein Begleiter ihm wieder auf die Schulter. »Es gibt keinen wahreren Freund als den, mit dem man ein Laster gemeinsam hat.«

John hatte nicht das Gefühl, mit Frank zu sprechen. »Ich habe keine Laster mit dir gemeinsam«, erwiderte er.

»Nicht Stolz?«

Natürlich stimmte das. Die Leichtigkeit, mit der er zu dieser Erkenntnis gelangt war, flößte ihm Unbehagen ein. Er schwankte innerlich... nur ein kleines bißchen.

»*Do wop*. Und beeil dich. Die Polizistin ist schon unterwegs.«

Als er versuchte, sich zu schnelleren Bewegungen zu zwingen, tänzelte er wie eine Marionette. »Tut mir leid«, sagte er.

»Macht nichts, mein Freund.« Wieder berührten die Finger seine Wange. Sie waren trocken und verblüffend warm.

John schaffte es, die Tür zur Kirche zu öffnen. Hinter ihm

lag eine Pause. »Sie ist leer«, sagte John. »Ich habe sogar in der Krypta nachgesehen.«

»Der Turm?«

»Leer und abgeschlossen.«

»Dann geh nach hinten. Setz den Hut auf, den du dort findest, zünde die Kerze an und komm durch den Mittelgang zurück.«

An den Füßen trug John nur seine Pantoffeln, und sie machten keinerlei Geräusch. Einmal stolperte er, und das leise Poltern widerhallte in der Kirche.

Der Hut war der, von dem er gewußt hatte, daß er es sein würde, die *coraza*, die hohe Kopfbedeckung des Ketzers. Wie der *sanbenito* war er von aufgemalten Flammen gesäumt. John wurde klar, daß Frank diese Sachen in der Schule angefertigt hatte. Er stellte sich den Zeichensaal vor langer Zeit vor, voll von kleinen Kindern und ihren Fingermalfarben, das Sonnenlicht, das durch die hohen Fenster einfiel, und die winzige Schwester Anne, die versuchte, ein wenig Ordnung in das Chaos zu bringen.

Mit einem schweren Seufzer stülpte er die *coraza* auf seinen Kopf. Sie war aus Papiermaché auf einem Gestell aus feinem Maschendraht, und die Drahtenden bohrten sich in seinen Skalp wie eine absurde Parodie der Dornenkrone. Die Kerze war eine lange rote Votivkerze. Einen Augenblick lang wußte er nicht, wie er sie anzünden sollte, dann sah er, daß neben ihr eine Schachtel Streichhölzer lag.

Streichhölzer. Seine Hand zitterte so stark, daß er kaum eines herausholen konnte. Die meisten fielen heraus und landeten auf dem Boden.

Mit der flackernden Flamme der Kerze vor sich begann er seine Prozession zum Altar. Er sah ihn dort stehen in goldenen Gewändern, mit einer weißen Mitra auf dem Kopf und einem selbstgemachten Bischofsstab in der Hand. Er hatte sich für die schlichte Mitra entschieden, die Beerdigungen vorbehalten war.

Er sang mit seiner klaren, reinen Stimme, der Stimme des verlorengegangenen Jungen:

O heilsam Opfer, öffne weit
dem Erdenkind das Himmelstor!
Vom Feind bedrängt von aller Seit,
hilf uns, verleih uns Kraft zuvor.

Wie oft hatte John *O Salutaris Hostia* gehört, aber nie zuvor so voller Anmut und Gefühl wie jetzt. Ein Teil des Wunders war sogar in der etwas hölzernen Übersetzung erhalten geblieben. Und als spürte er Johns Wunsch, ging er zu Latein über, als er die Hymne ertönen ließ.

Uni trinoque Domino
Sit sempiterna gloria,
Qui vitam sine termino
Nobis donet in patria.

Je näher John herankam, desto stärker begann das Licht der Kerze auf dem Gesicht seines Rivalen zu flackern.

Das war der schwerste Teil, zu sehen, wie sich sein Gesicht veränderte. Der Übergang war so radikal, so unmöglich – die mumienstraffe Haut, die riesig gewordenen Augen, die in ihren eigenen Tränen schwammen, das aus den Poren hervorquellende Blut.

Als das Ding sprach, verwandelte sich die reine Kinderstimme in etwas wie das Krächzen einer Krähe. »Du dreckiger Götzendiener, mach deinen Rücken gerade! Du, der du Apostasie verbreitest, der du Lügen hineinrammst in den Schlund der Gläubigen, ich verfluche dich!«

Die Giftigkeit der Worte erschütterte John zutiefst. Der Frank, nach dem er suchte, mußte sehr weit von der Oberfläche entfernt sein.

»Leider haben wir keinen *quemadero*, aber diese Kirche,

die du mit deiner dreckigen Gegenwart besudelt hast, wird Brandstätte genug sein! Die Flammen werden sie reinigen, die Flammen werden sie wieder gut machen, und deine Asche wird zu heiliger Erde werden. Sohn einer Hure, widerlicher Sodomit!«

»Frank, du kannst das besiegen. Du mußt es nur versuchen.« Die Worte hörten sich dünn und unglaubwürdig an, und sie erhielten die Antwort, die sie verdienten: einen Schwall von Gelächter. John dachte: Ich habe einen fürchterlichen Fehler gemacht. Dann: Ich muß von hier fort! Aber die Tür war verschlossen, und er hatte sich bewußt die Möglichkeit des Aufschließens verwehrt. Er beschloß, gleichfalls gerissen zu sein. Er würde es mit einem Trick versuchen. »Hör mir zu, Frank! Du bist nicht besessen. Es ist eine Krankheit, Frank. Mit Gottes Hilfe können die Kranken geheilt werden.«

Und wieder das Gelächter. »Wolln wir den Strotzer tanzen?«

»Nein, das wollen wir nicht. Ich weiß nicht einmal, was das ist.«

Er bewegte sich auf ihn zu. »Ich bringe es dir bei.«

»Nein. Bleib, wo du bist. Hör mir zu. Ich weiß, was du empfindest. Du bist furchtbar verletzt und wütend...«

Wieder ein Schwall Gelächter, so scharf und heiß wie eine schlitzende Klinge. Etwas bewegte sich neben dem Altar, so schnell wie eine Ratte, so groß wie ein großer Hund. John redete sich ein, daß er es nicht gesehen hatte, daß solche Dinge unmöglich waren. Frank kicherte: »Dein Stolz hat dich zu uns gebracht. Dein Stolz ist dein Untergang.«

John sprach zu dem Mann, von dem er immer stärker fürchtete, daß es ihn nicht mehr gab: »Frank, nichts, überhaupt nichts wird mich davon überzeugen, daß du dem hier nicht entkommen willst.«

Der Feind schleuderte seinen Bischofsstab wie einen Speer durch das ganze Mittelschiff. Er prallte gegen die Tür. Dann hielt er etwas anderes in der Hand, einen langen, dikken Gegenstand. In seiner freien Hand funkelte etwas, und plötzlich war das, was er hielt, eine Fackel.

Die Flammen tanzten in den Fenstern und an den Wänden. »Frank, wenn du nicht sprechen kannst, streck die Hand aus, streck sie mir entgegen!« Er zwang eine zitternde Hand auf die reglose Gestalt zu. Einen Augenblick später war da entsetzliche Pein – die Fackel hatte seine offene Handfläche berührt. Er riß seine Hand zurück, er heulte. »Oh, *Jesus*!«

Wieder wurde die Fackel auf ihn zugestoßen. »Einige von ihnen waren so überzeugt von der Rechtmäßigkeit ihrer Verurteilung, daß sie den Schergen die Fackeln abnahmen und sie selbst in das zu ihren Füßen aufgestapelte Holz stießen. Es heißt, die Flammen hätten sich kalt angefühlt für diejenigen, die sie selbst entzündet hatten.« Grinsend bot er John die Fackel an.

»Nimm sie weg! Nimm sie weg von mir!« Wie dumm war er gewesen, was für ein Narr! Es bestand nicht die geringste Hoffnung, daß Frank zurückkehren würde.

John stürmte durch den Mittelgang und begann, an der verschlossenen Tür zu rütteln. Der Feind hatte jetzt zwei Fackeln und kam hinter ihm her, schleifte sie über die Rücklehnen der Bänke; jede von ihnen zog eine Feuerlinie hinter sich her. Wie ein wildes Tier brüllend, schleuderte er eine der Fackeln direkt auf John zu. Sie wirbelte durch die Luft und segelte so dicht über seinen Kopf hinweg, daß sie die wahnsinnige Kopfbedeckung herunterschlug.

Die Fackel versetzte der Tür einen widerhallenden Schlag und zerbarst in tausend Kügelchen aus loderndem Pech. John wich vor der Feuerwand zurück.

Dann stürmte Frank durch den Mittelgang wie ein großer, wahnsinniger Affe, mit zwei weiteren Fackeln in den Händen. Eine von ihnen schleuderte er gerade in die Luft empor. Sie prallte gegen die Decke, verfing sich in den Sparren und verspritzte überallhin weißglühende Tropfen.

»Nicht meine Kirche!«

»Do wopwopwop!« Er raste um die Peripherie der Kirche herum, schleifte zwei weitere Fackeln hinter sich her, hinterließ eine Feuerspur. Wieder am Altar angekommen, schleuderte er die Fackeln in die Höhe, und sie flogen wie Kometen zur Chorempore und blieben sprühend dort liegen.

Zwei weitere Fackeln flammten in seinen Händen auf. John unternahm einen Versuch, der, wie ihm bewußt war, vielleicht sein letzter sein würde. Er rannte auf die Sakristei zu.

»Wenn du schon nicht tanzen willst, möchtest du dann vielleicht backe, backe Kuchen spielen?« fragte Frank in einem so absolut vernünftigen Ton, daß es grauenhaft war.

John stürmte in die Sakristei und durch die Tür ins Pfarrhaus. Er knallte sie hinter sich zu und verschloß sie. Er stürzte zum Telefon, wählte 911, aber noch während er das tat, hörte er die Sirenen. Sie waren da, natürlich. Sie waren die ganze Zeit draußen gewesen. Gott sei Dank dafür, daß es dich gab, Kitty. Du dickköpfige Person, du konntest einen alten Narren nicht im Stich lassen!

Er griff nach seinem Mantel und warf ihn sich um die Schultern. Einem jener Impulse nachgebend, die typisch sind für Augenblicke großer Katastrophen, nahm er seinen neuen Hut vom Regal, setzte ihn auf und rückte ihn sorgsam zurecht, bevor er nach draußen rannte. Außerdem hatte er sich den alten Feuerlöscher aus der Vorratskammer gegriffen und trug ihn vor sich wie ein Kind einen Blumenstrauß für den Maialtar der Madonna. Das Wasser in dem alten Gerät schwappte beim Laufen.

Die Fenster der Kirche erglühten im Licht unmenschlichen Lebens: Joseph hüpfte im Fenster mit dem Kind in der Krippe, Maria wirbelte im Mysterienfenster durch die Sieben Schmerzen.

Eine Phalanx von Feuerwehrautos kam in Viererreihen

die Seventh Avenue herunter und jagte den zähen New Yorker Verkehr auseinander wie eine Bö, die fahles Laub beiseitefegt.

Dann wurde er ergriffen, eine kräftige Person nahm ihn in die Arme. Er war verblüfft, Bobby Quindlan zu sehen, mit knallrotem Gesicht und fassungslosen Augen, und hinter ihm die verkümmerte Gestalt von Bischof Bayley, der gerade aus einer Limousine ausstieg. Dann sprang Kitty aus ihrem Wagen. »Herr im Himmel!« schrie sie.

»Es tut mir leid. Es war Stolz, die Sünde des Stolzes!«

»Wie können Sie in einem solchen Moment so etwas sagen! Kommen Sie hier herüber, lassen Sie sich anschauen.« Sie hielt ihn bei den Schultern. »Sie Idiot, Sie sind alles losgeworden, was von ihren Augenbrauen noch übrig war.«

»Es tut mir leid.«

»Wir hätten Sie nicht aus dem Krankenhaus herauslassen sollen.«

»Ich gehe nicht dorthin zurück!«

Als der Brand wuchs, tauchte der Widerschein ihr Gesicht in ein grauenhaftes Orange. Sie schloß ihn in die Arme. Jetzt konnte er die Flammen hören, trotz des Getöses der eintreffenden Feuerwehr. Er wich vor ihr zurück, machte Anstalten, sich umzudrehen.

»John«, sagte sie. »Tun Sie es nicht.«

Die Sirenen verstummten. Stimmen dröhnten über elektrische Megaphone. Ein unheimlicher Pfeifton mischte sich mit dem gleichförmigen Knistern des Feuers. »Doch«, sagte John. »Ich muß.«

Eine Speerspitze aus Flammen schoß aus dem Glockenturm heraus und strebte empor in den Nachthimmel.

»Zurücktreten«, rief ein Feuerwehrmann durch ein Megaphon. »Zurück auf die andere Straßenseite!«

John hatte sich an etwas erinnert, das die Wichtigkeit von Anweisungen durch das Megaphon zu nichts verblassen ließ. Als er sich vornahm, was er tun würde, hatte er sich eine

Versöhnung vorgestellt, einen Augenblick, in dem er mit Frank die Hostie teilte, das Brot des Lebens mit ihm brach und damit den Heilungsprozeß in Gang setzte, der ihn zur Beichte führen würde, zu einer Anstalt, in der er seine geistige Gesundheit wiedererlangte, zur Rehabilitation.

Deshalb hatte er die Hostie geweiht, deshalb hatte er sie auf dem Altar zurückgelassen.

Dort war sie jetzt, in Satans eigener Monstranz.

John dachte: Weil ich mir eingebildet habe, ich wäre besser als er, werde ich hier sterben. Es war mein Stolz, der mich vernichtet hat.

Er starrte auf seine brennende Kirche, krank vor Angst vor dem, war er tun mußte. Unter gar keinen Umständen – und ganz gleich, wie groß die Gefahr war – durfte ein Priester zulassen, daß das geheiligte Sakrament zu Schaden kam.

⅃ 27 L

Sanctus, sanctus, sanctus Dominus Deus Sabaoth, pleni sunt, wie heißt es doch gleich, ach ja, caeli et terra gloria tua, hosanna in excelsis. Benedictus qui venit in nomine Domine, und ein *hoop de duu*, noch ein geweihter Schuh.«

Geweiht und abermals geweiht, soviel Weiherei zu erledigen! Er zog eine zerbrochene Zigarre aus der Hosentasche und legte sie neben seine geweihten Schuhe auf den Altar. Er weihte die Zigarre. Himmel, war das heiß hier drinnen.

John kam zurück; er hatte gewußt, daß er zurückkommen würde. »Du mußt alles essen, was auf dem Altar liegt«, teilte er ihm mit. »Ich habe alles geweiht. Vielleicht kannst du die Zigarre und die Schuhe zusammen kochen. Geweihter Schuh-Eintopf.«

Dampf stieg aus Johns Kleidung auf; wahrscheinlich brannte er, was wohl sonst? »Mein lieber Freund, das ist überhaupt nichts. Meine Mitra brennt schon seit mindestens fünf Minuten. Ehrlich!«

John taumelte näher heran, griff nach der Monstranz.

»Brauchst du ein bißchen Licht?« fragte der Gegner und streckte einen brennenden Ärmel aus. »Wie ich das mache, fragst du? Da, wo ich herkomme, ist Feuer keine große Sache. Wir sind an das Zeug gewöhnt.«

Aber der Mann, der in ihm war, fühlte es. Es lag Qual um die Augen herum, Qual in den kleinen Falten, die von den Mundwinkeln ausgingen.

»Komm mit mir, Frank.«

»Gib mir den Feuerlöscher. Den kann ich auch noch weihen. Ich möchte zu gern sehen, wie du und der tote Bischof einen Feuerlöscher essen.«

»Dein Onkel ist nicht tot. Er ist draußen.«

»Blödsinn, er ist gestorben, als er diese Hündin gevögelt hat.«

»Was hat er?«

»Seinen Irish Setter, Mann. Und mich hat er auch gevögelt, der alte Bastard!«

Wo endete Satan, wo begann Frank? John hatte sich darauf verlassen, daß es eine Trennungslinie gab. Was war, wenn da keine war? Er konnte den aus diesem Mann heraussprudelnden Unflat, die Korruption, den Haß fast körperlich fühlen. Wie konnte er es wagen, den Leib Christ zu berühren! »Gib mir die Monstranz!«

»Stört dich das Feuer?«

»Gib sie mir!« John versuchte, danach zu greifen, schlug auf die Flammen ein, die begannen, die Altardecke zu verzehren.

Er hielt die Monstranz außer Johns Reichweite. »Nein, nein, noch nicht. Ich will noch ein paar Dinge mehr weihen. Könntest du mir vielleicht noch irgend etwas geben?«

John ergriff seine Schultern, versuchte es abermals. »Frank, wach auf!« Er schüttelte ihn mit seiner ganzen Kraft. »In Gottes Namen, wach auf!« Gib mir diese Seele, schrie John innerlich. Auch wenn ich schwach bin und voller Stolz, gib mir diese Seele! »Wach auf, im Namen des Herrn!«

»Bäumchen schüttel dich, Bäumchen rüttel dich!« Er ließ sich schlaff vor- und zurückschnellen, bis John aufhörte. »Der Bursche, den du haben willst, ist momentan nicht verfügbar. Er mußte in sein Zimmer gehen.«

Da, das war so etwas wie ein Eingeständnis, daß er existierte! »Gut, Frank, das ist ein erster Schritt! Er ist hier drinnen, du weißt es, du hast es gerade zugegeben!«

»Niemand ist hier außer uns Teufeln, Johnnie-boy!«

»Ich will dich, Frank, dich!«

Er stieß John von sich, wendete für einen Moment sein Gesicht ab, dann blickte er über die Schulter zurück.

Das Gesicht war naß, rot, die Adern pulsierten an der Oberfläche. Es war, als wäre es von innen nach außen gekehrt. Johns ganzer Körper krampfte sich zusammen, sein eigener Schrei kam ihm so zerbrechlich vor wie der Ruf eines Vogels. Dann wurde es dunkel.

Er wußte genau, was er getan hatte. Er sollte den alten Narren einfach schmoren lassen. Aber es gab immer noch etwas, das sich aus ihm herausholen ließ. »Los, komm, so nützt du mir nichts!« Er hob den Feuerlöscher auf, pumpte ein paarmal, dann sprühte er dem alten Mann Wasser ins Gesicht.

John spuckte, taumelte beiseite.

»Laß uns zusammen den Strotzer tanzen, wir werden hübsch aussehen in dem Feuer. Kannst du in Feuer tanzen? Wo ist dein *sanbenito*? Er hat mich eine Menge Arbeit gekostet. Basteln hat mir schon immer Spaß gemacht! Ich habe einen Galgen gemacht, und sie haben gesagt, ich soll ihn in einen Bohrturm verwandeln, eh heh heh heh. Und übrigens, Bischof Eddiekins ist tot. Hast du je in seine Augen geschaut?« Er tanzte, immer rundherum, und die Funken flogen von seinem Gewand.

Jetzt würde John es mit seinem eigenen Exorzismus versuchen, er würde seinen Freund anflehen. Seine Stimme war nur ein Flüstern. »Frank, bitte, komm zurück. Du kannst es. Ich weiß, daß du es kannst.«

»Eh heh heh heh.«»

»Wir werden hier sterben, wenn du es nicht tust!«

»Wolln wir tanzen?«

»Wir werden verbrennen! Beide! Denn eines kann ich dir sagen, wenn du nicht zurückkommst, dann wirst du hier nicht lebend herauskommen. Ich werde nicht zulassen, daß du in die Welt entkommst. Ich lasse es nicht zu!«

»Rollse auf, rollse auf, markierse mit nem Strich!«

John streckte Frank die Hände entgegen. »Ich beschwöre dich, verlaß diesen Mann und kehre zurück in die Tiefen, aus denen du gekommen bist!«

»Schiebse in'n Ofen...«

»Frank, mein Freund. Mein lieber Freund!«

Franks Gesicht schien in sich selbst zu versinken. Seine wütenden Augen wurden trüb, seine geweiteten Nüstern zogen sich zusammen. »John?«

»Oh, Frank!« Johns Hände kamen, ergriffen ihn, hielten ihn fest.

»John?« Das Gesicht verschwamm, dann wurde es weich. Plötzlich war da ein verletzter Mann.

»Gott sei Dank, Gott sei Dank!«

»Ich... Wo...?« Er sah sich um. Seine Augen öffneten sich weit, auf seinem Gesicht erschien ein Ausdruck völliger Fassungslosigkeit und wilden Entsetzens. »Was habe ich getan?«

»Frank, wir müssen hier heraus!«

»Das habe ich nicht getan! Ich hätte es nicht gekonnt!«

Die Qual in seiner Stimme war fast unerträglich. Die Worte waren so verblüffend, daß John wie gebannt dastand. Ihnen blieb nicht einmal mehr ein Augenblick, das Feuer wütete, aber er stand da und starrte seinen armen Freund an. »Du hast es nicht gewußt?«

»Das habe ich getan?«

John nickte. In diesem Moment drangen die Schmerzen des Verbrennens in Franks Bewußtsein. Sein ganzer Körper bebte; wenn er sich wand, brachen in seiner Haut rote Risse auf, seine Muskeln verknoteten sich, seine Knochen krümmten sich in der Hitze.

Er warf den Kopf zurück und schrie.

John versuchte, den Feuerlöscher auf ihn zu richten. Eine riesige, orangefarbene Flammenwand fegte über sie hinweg, und plötzlich brannten beide Männer.

Es kostete Frank den letzten Rest seiner Kraft, den Feuerlöscher zu ergreifen und John gründlich zu durchnässen, zu versuchen, ihn zu retten, und dann die heiße Monstranz zu nehmen, die Lünette herauszuholen und sie ihm mit einer Hand zu überreichen, an der sich das Fleisch von den Knochen löste.

»Komm mit mir, Frank, er ist tot, der Dämon ist tot!«

Er sprang davon. »Den Teufel ist er, Johnnikins!« Der gute Priester raffte den allerletzten Rest seiner Kraft zusammen, stellte sich zwischen John und die Flammenwand vor dem Altar. »Komm, Dämon«, sagte er.

Er überlieferte sich selbst dem Feuer.

Es dauerte einen Moment, bis John begriffen hatte, daß die Lünette mit der Hostie in seiner Hand war.

»Oh, Frank«, flüsterte er und starrte auf das kostbare Brot.

Funkensprühend fiel die Mitra vom Kopf herunter. Dann verzerrte sich das Gesicht langsam zurück in seine grinsende Starre, und das Wüten der Flammen machte es noch grauenhafter.

Eine immense Anstrengung setzte ein, ein Körper versuchte, sich zu bewegen, in blauem Feuer zu funktionieren.

John trat einen Schritt zurück, genau in dem Moment, in dem eine verkohlte Hand an seinem Gesicht vorbeifuhr. Frank war tot, er konnte sich nicht mehr bewegen, er war verbrannt und zerstört. Es war die Hitze, die das bewirkte. Er sah es nicht wirklich.

Die Hand krallte wieder nach seinem Gesicht, und diesmal sprang er beiseite. Sengender Wind peitschte an ihm vorbei, als er sich in die Sakristei zurückzog. Die Tür krachte hinter ihm ins Schloß.

Die Schreie auf der anderen Seite schienen immer weiter und weiter und weiter zu gehen, und sie waren so grauenhaft, daß John gleichfalls schrie.

Die Tür schauderte, bebte, ratterte.

Oh Gott, was war da drinnen, welches Mysterium? Er erkannte, daß er nicht einmal angefangen hatte, es zu verstehen. Frank war nicht vollends gestorben, nur der gute Mann. Dieses Ding – wie konnte es sich wehren, wie konnte es schreien, wenn sein Körper nur noch eine geschwärzte Hülle war?

Das Beben der Tür wurde zu einem Dagegenhämmern. Sie rüttelte in ihren Angeln. John lehnte sich dagegen, aber sie ratterte und barst. Sie wurde immer heißer, sie würde nicht mehr lange halten. Johns Hand fuhr zum Riegel, die Tür bebte, das Schreien wollte nicht aufhören.

»Im Namen Gottes, hebe dich hinweg!« schrie er. Das Hämmern wurde nur noch heftiger, das Schreien wütender. Er versuchte, den Riegel vorzuschieben, aber die Hitze hatte ihn verbogen. Das Hämmern schwoll zu einem Dröhnen an, das Schreien zu einem Gebrüll. »Bei allen Heiligen und Engeln, bei der Macht des Herrn...«

Die Tür würde nicht halten, die Schlacht war verloren.

Dann Stille. Die Stimme eines kleinen Jungen begann zu weinen. John schüttelte den Kopf, er weigerte sich, es zu hören, aber das Weinen wurde zu piepsendem Geheul, und die Klein-Jungen-Stimme rief: »Mama, ich habe Feuer an mir, Mama, hilf mir, hilf mir!« Dann, lauter, älter: »Laß mich raus!« Und völlig erwachsen: »Laß mich verdammt nochmal raus!«

Die Tür knarrte, das Hämmern setzte wieder ein. John weinte, John schauderte, John hielt die Tür geschlossen, indem er mit seiner ganzen Kraft dagegendrückte, John betete, so gut er konnte, stockend, verworrene Fetzen sämtlicher Gebete, die er je gekannt hatte.

Das Hämmern ging immer weiter, steigend und fallend. Die Tür wurde heißer, die Angeln stöhnten. John mühte sich ab.

Eine Frau kam auf ihn zugestürmt, uralt und gebückt, und grub ihre Fingernägel in sein verletztes Bein. Er schrie vor Schmerzen, er rief den Namen Gottes, und sie verschwand mit einem Zischen in der Dunkelheit.

Er dachte an die Hostie in seiner Brusttasche, er versuchte zu glauben, daß ihr Vorhandensein etwas bewirkte, daß es ihm helfen würde. Für einen Mann des Glaubens kam er sich sehr schwach vor, der Prüfung nicht gewachsen.

Er war fast am Ende seiner Kraft, als ihm bewußt wurde, daß das Hämmern aufgehört hatte. Er wartete, aber aus dem Altarraum kam nichts außer dem vielfältigen Seufzen des Feuers. Die Tür war heiß, und John trat von ihr zurück. Von oben schwebte eine brennende Aschenflocke herab. Er rannte ins Pfarrhaus, brachte eine weitere Tür zwischen sich und das Inferno.

Sein Gesicht schmerzte, sein Mantel war angekohlt, sein Hut versengt, und er war tropfnaß vom Wasser aus dem Feuerlöscher.

Mit der Hostie sicher in der Tasche ging er nach draußen. Die kalte Luft fühlte sich an wie eine neue Haut. Ein Stück die Straße hinauf sah er eine Menschenmenge hinter einer Reihe von Polizisten. Mary and Joseph bot einen tragischen Anblick, Flammen schlugen aus allen Fenstern. Während er hinschaute, schwankte der Turm, stürzte ein und krachte funkensprühend vor der Kirche auf die Straße.

Feuerwehrleute riefen und rannten, Schläuche wurden ausgerollt, Wassermassen ergossen sich in das Inferno.

John hätte sich keine Sekunde länger drinnen aufhalten können.

Er überquerte die Straße und ging den Gehsteig entlang. Kitty und Dowd lösten sich aus der Menge und kamen auf ihn zugerannt. »John!« schrie Kitty, und ihre Füße hämmerten. Ein Feuerwehrmann versuchte, sie aufzuhalten. »Weg da, aus dem Weg«, brüllte sie ihn im Vorbeirennen an.

»Dieser Mann hat Brandwunden, Madam!« Der Feuerwehrmann versuchte, ihn auf eine Ambulanz zuzuschieben.

»Sie sind verbrannt, oh, Sie sind verbrannt!«

»Wenn man's genau nimmt, eigentlich nur angesengt. Frank hat mich mit einem Feuerlöscher gerettet.«

Sie warf einen Blick auf die Kirche. »Ist er tot?«

»Er ist ... nicht intakt.«

Sie schloß ihn in die Arme, drückte ihre Wange gegen seine Brust. Wie klein sie war, wie leicht! Sie nahm seine Hand und geleitete ihn wie eine bedeutende Persönlichkeit zu dem schwarzen Cadillac.

Ihre Hand drückte die seine ein letztes Mal, dann war sie fort.

Bobby Quindlans Gesicht war tränenverschmiert, seine Augen schwarze Höhlen. »John...«

»Bobby, das muß nicht sein.«

»Es tut mir so leid.«

John schaute an ihm vorbei auf die brennende Kirche. »Mir tut es noch viel mehr leid, Bobby.«

Bischof Bayley bedachte ihn mit einem dünnen Lächeln. »John«, sagte er, »Sie werden sie wieder aufbauen. Sie werden feststellen, daß die Leute immer noch da sind und warten.«

»Sie warten auf uns«, setzte Bobby Quindlan hinzu, »warten darauf, daß die Kirche mit ihnen Schritt hält. Das habe ich von Ihnen gelernt, John.«

»Was ist mit dem Kardinal?«

»Die Kirche hat Raum für Sie.«

John musterte den alten Bischof. Was konnte er zu diesem Mann sagen? Er war einer der Schöpfer von Frank Bayley. Dieses gebrechliche alte Wrack hatte schlimmen Schaden angerichtet.

Der Bischof bedeckte eine von Johns Händen mit seiner eigenen, jämmerlich verkrüppelten Klaue. »Wir werden einen Fonds gründen, wir werden sie in ihrer ursprünglichen Pracht wieder aufbauen, junger Mann! In ihrer ursprünglichen Pracht!«

John zuckte innerlich zusammen wie unter der Berührung eines Reptils.

Das Funkeln, das in Bischof Bayleys Augen geflackert hatte, ergriff die Flucht.

Bob Quindlan begann, die Stirn zu runzeln. Der Bischof schloß die Augen. Auf seinem Gesicht spiegelte sich verblüffender Schmerz.

In diesem Augenblick brach das gesamte Dach der Kirche unter gewaltigem Getöse zusammen, und aus der Menge kam ein lautes Aufstöhnen.

Das Pfarrhaus und die Schule blieben unversehrt. So würde wenigstens etwas übrigbleiben für ihn, für die Gemeinde. Etwas, wenn auch nicht viel.

John wußte nicht, ob er je imstande sein würde, die Kirche wieder aufzubauen. Aber er wollte es, und er war bereit, notfalls sein Blut dafür zu geben, denn sein Erfolg war gleichbedeutend mit der Niederlage des Dämons.

Noch mehr Leute kamen, rannten die Straßen entlang, ließen die bloß Schaulustigen hinter sich, und ihre Gesichter waren flach vor Schock.

Die Gemeinde versammelte sich.

»Ich habe zu tun«, sagte John. Er stemmte sich zur Wagentür hinaus und überließ es Bob, mit dem weinenden, zerschmetterten Bischof zurechtzukommen.

Für den Bruchteil einer Sekunde dachte John an Frank und sein Leiden, an das Leiden derer, die er umgebracht hatte, an die gepeinigte Seele auf dem Rücksitz des Cadillac, und wie es kam, daß der Sieg über das Böse immer gleich ist: Selbst seine schlimmsten Verheerungen fördern verborgenes Gold zutage; Gnade strömt aus den Rissen, die es der Welt zufügt.

Marias Gesicht erschien vor ihm, und er sah, daß ihnen eine Freiheit angeboten worden war, eine frauliche Gnade, die weder akzeptiert noch begriffen wurde, und all dieses Grauen war daraus entstanden.

Er überquerte die Straße, kroch unter dem gelben Band hindurch, das die Polizeiabsperrung markierte. »Messe im

Pfarrhaus, wenn der Brand gelöscht ist«, rief er. Er hielt die Lünette hoch. »Ich habe die Hostie.« Sie drängten vorwärts. Hände ergriffen Hände. Das war es, was unvergänglich war; dies war die Kirche; die Hostie, die suchenden Herzen, die Kinder Gottes.

Er trat unter sie.